Gesa Schwartz

Herz aus Nacht und Scherben

Gesa Schwartz

Herz aus Nacht und Scherben

cbt

Der Verlag weist ausdrücklich darauf hin, dass im Text enthaltene externe Links vom Verlag nur bis zum Zeitpunkt der Buchveröffentlichung eingesehen werden konnten. Auf spätere Veränderungen hat der Verlag keinerlei Einfluss. Eine Haftung des Verlags ist daher ausgeschlossen.

Dieses Buch ist auch als E-Book erhältlich.

FSC
www.fsc.org
MIX
Papier aus verantwortungsvollen Quellen
FSC® C014496

Verlagsgruppe Random House FSC® N001967

1. Auflage 2016

Umschlaggestaltung: Carolin Liepins
unter Verwendung eines Motivs von Shutterstock
(Aleshyn_Andrei, Renata Sedmakova, manfredxy)
mg · Herstellung: wei
Satz: Buch-Werkstatt GmbH, Bad Aibling
Druck und Bindung: GGP Media GmbH, Pößneck
ISBN 978-3-570-16450-1
Printed in Germany

www.cbt-buecher.de

Meiner Mutter,
die mich fliegen lehrte

1

Der Nebel zog in geisterhaften Schleiern durch Venedigs Gassen. Tiefschwarz thronte der Nachthimmel über den Dächern, die Kanäle glühten im Schein der Laternen, als bestünden sie aus dunklen Spiegeln, und während Milou durch die verwaisten Straßen lief, konnte sie die Stille atmen hören: wispernd wie ein Geheimnis. Sie liebte es, Venedig in dieser Jahreszeit zu besuchen, wenn der nahende Winter die Schatten schon am Nachmittag in den Hinterhöfen tanzen ließ und nur das leuchtende Rot ihres Koffers die Illusion störte, in eine Schwarz-Weiß-Fotografie aus lang vergangener Zeit geraten zu sein. Die Sommermonate, in denen die schmalen Gassen aus allen Nähten platzten und riesige Kreuzfahrtschiffe im Hafen anlandeten, waren fern, und mit jedem frostigen Pinselstrich verwandelte die Stadt sich stärker zurück in das, was sie eigentlich war: eine Zauberin, gegen deren Magie Milou seit jeher machtlos gewesen war.

Ihr Koffer rumpelte in störrischem Stakkato über das Pflaster, als wollte er seinen Unmut darüber kundtun, dass sie ihn durch die halbe Stadt zerrte, obwohl es doch verflucht noch eins kürzere Wege gab, um an ihr Ziel zu kommen. Fast meinte sie, in dem ärgerlichen Poltern die Stimme ihres Onkels Mathis zu hören, der ihr eindringlich geraten hatte, die Strecke vom Bahnhof mit einem Vaporetto zurückzulegen. Sie sah ihn vor sich, wie sie sich in Paris verabschiedet hatten: das Gesicht so sorgenvoll, als hätte er sie in ein Kriegsgebiet fahren lassen, und die

Augen dunkel umwölkt wie immer, wenn der seltene Fall eintrat, dass er in einer Angelegenheit keine Wahl hatte. Er hasste nichts mehr, als keine Wahl zu haben. Aber die Renovierungsarbeiten in seiner Wohnung verzögerten sich, und während er in dieser Zeit auf Geschäftsreise war, hatten Maler und Bodenleger Milou obdachlos gemacht. Sie selbst hätten Farbgeruch und Baulärm nicht gestört, doch Mathis bestand darauf, dass sie sich auch in den Ferien dem Lernen widmete. Denn trotz der teuren Privatschulen, auf die er sie in den vergangenen Jahren geschickt hatte, war es ihr nicht gelungen, ihre Leistungen seinen Ansprüchen anzupassen. In wenigen Wochen würde daher eine Armada von exzellenten Nachhilfelehrern auf sie warten, um sie unter Mathis' strengem Blick durch das letzte Schuljahr zu begleiten, und so hatte er einen ruhigen Ort für sie finden müssen, an dem sie sich angemessen darauf vorbereiten konnte. Das war alles andere als einfach gewesen. Er selbst konnte auf Reisen keine Ablenkung gebrauchen, ihre beste Freundin Celine war mit ihren Eltern in Mexiko, und Milou musste grinsen, als sie daran dachte, wie sie nach einer angemessenen Pause Venedig vorgeschlagen und Mathis' Gesicht sich verfinstert hatte. In derselben Sekunde hatten sie beide gewusst, dass die Stadt in der Lagune ihre einzige Möglichkeit war. Und so verbrachte sie die Ferien bei Nonna, ihrer Großmutter – zum Unwillen ihres Onkels und zu ihrer Freude.

Nonna war die warmherzigste, verrückteste Person, die Milou kannte. Sie hatte keine Ahnung von Computern oder Handys, schickte ihr aber regelmäßig Briefe mit gepressten Blumen und Fotos ihrer Katzen (wobei sie stets betonte, dass sie viel mehr den Katzen gehörte als umgekehrt), sie tanzte barfuß im Regen, sie setzte sich lustige Hüte auf und lief damit durch die Straßen, wenn sie Milou zum Lachen bringen wollte, sie düste mit ihrem knallrot gestrichenen Motorboot so rasant durch die Kanäle, dass selbst erfahrene Venezianer auf dem Wasser vor ihr Reißaus nahmen, und sie sang düstere Lieder aus dem Reich der Sagen und Legenden. Bisweilen hatte sie Milou in Paris besucht, dann war sie wie ein farbiger Fleck gewesen in dieser riesigen Stadt und hatte Mathis' nüchternes Penthouse mit Blumen und bunten Bildern vollgestellt. Immer wieder hatte Milou ihren Onkel in den letzten Jahren gedrängt, ihr einen Gegenbesuch abstatten zu dürfen, doch meist hatte er abgelehnt, kühl und sachlich wie immer, vielleicht aus Furcht vor den Erinnerungen, die auch ihn zwischen diesen Häusern heimsuchen könnten, vielleicht auch aus Sorge vor diesen Gassen, die das Träumen so leicht machten, dass allzu schnell jede Strenge und Rationalität, die er Milou in den vergangenen Jahren mühsam versucht hatte beizubringen, in flüsternden Schatten untergingen. *Rationalität.* Milou musste lächeln, als sie die Stimme ihrer Großmutter über dieses Wort stolpern hörte, als wäre es nichts als eine Illusion für all jene, die nicht genug Fantasie hatten, die Wahrheit rings um sie herum zu erkennen.

Sie ließ den Blick über die vom Hochwasser gezeichneten Fassaden schweifen und stellte sich vor, wie Mathis diese Gassen betrachten würde: abschätzig und mit kühler Strenge in seinen hellen blauen Augen, als begutachtete er eine der maroden Firmen, die er aufkaufte, um sie gewinnbringend wieder loszuschlagen. Sie seufzte. Mathis hatte es gut gemeint, als er ihr zu dem Wassertaxi geraten hatte. Er selbst legte größten Wert auf komfortables Reisen. Aber er verstand nicht mehr von Venedig als ihr Koffer, und daher wusste er nicht, dass es für sie nur eine Art gab, wirklich in dieser Stadt anzukommen. Schritt für Schritt hatte sie in das Labyrinth der Gassen eintauchen und den Geruch in sich aufnehmen müssen, den sie nirgends so intensiv wahrnehmen konnte wie hier: den Duft ihrer Kindheit nach Meer, Geheimnis und Abenteuer … ein Duft voller Erinnerungen, den Mathis verabscheute, so sehr, dass er es nicht über sich gebracht hatte, sie durch diese Gassen zu begleiten.

Milou nahm es ihm nicht übel. Zu deutlich sah sie ihn vor sich, wie er in jener Nacht vor vielen Jahren auf dem Flur im Krankenhaus von Venedig gestanden hatte, ihr kühler, unnahbarer Onkel, die Hand gegen die Tür gestützt, hinter der ihre Eltern den Kampf um ihr Leben verloren hatten. Nie hatte sie Mathis weinen sehen bis zu diesem Moment. Eine Schwester hatte sie den Gang hinaufgetragen. Er hatte Milou nicht bemerkt, aber sie hatte diesen Augenblick der Schwäche nie vergessen, der so viel mehr Stärke in sich getragen hatte als jeder Moment danach, als Mathis mit der ihm eigenen Eloquenz alle Angelegenheiten geregelt und sie bei sich aufgenommen hatte. Sie kamen aus verschiedenen Welten, er der zielstrebige Karrieremensch, der großen Wert legte auf gesellschaftliches Ansehen und Vorankommen, sie die Träumerin, die viel lieber in den Reichen ihrer Bücher lebte als in dem, was Mathis Realität nannte. Aber sie respektierten einander, und seit jener Nacht im Krankenhaus empfand Milou eine stille Zärtlichkeit, wenn sie in die blauen Augen ihres Onkels schaute, ganz gleich, wie kühl sie blicken mochten – wusste sie doch, dass darin dieselbe Trauer lag, die auch sie tief in sich vergraben hatte.

Musik und leises Stimmengewirr durchdrangen ihre Gedanken, als sie an einem kleinen Restaurant vorbeilief. Es war Jahre her, seit sie ihre Großmutter zum letzten Mal besucht hatte, und doch hatte sich das Viertel Castello kaum verändert. Noch immer war es das Sestiere der einfachen Leute, jenen rebellischen Freigeistern, die trotz offiziellen Verbots im Sommer weiterhin ihre Wäscheleinen zwischen ihren Fenstern spannten. Noch immer schauten die Häuser in den verwinkelten Straßen aus windschiefen Fensteraugen auf Milou herab und lehnten sich aneinander, als müssten sie sich angesichts des drohenden Untergangs am bröckelnden Putz ihres Nachbarn festklammern, und noch immer fiel es ihr nicht schwer, die Fabelwesen zu erkennen, die sie schon früher in den huschenden Schatten der Gassen gesehen zu haben glaubte. Sie zog ihren Koffer die Ponte Marcello hinab und beobachtete, wie ein Schemen, der gerade noch verteufelte Ähnlichkeit mit einem Kobold gehabt hatte, als Katze aus einem Hauseingang hervorsprang. Ein Lächeln glitt über ihr Gesicht. Es war eine verlangsamte, kostbare Welt, in der Nonna lebte, und es erfüllte sie mit einem unruhigen Glücksgefühl, zurück zu sein … zurück in der Kulisse ihrer Kindheit, die noch immer wie ein Märchen war, in dem die Zeit stillstand.

Sie hatte gerade die Calle Borgolocco betreten, als ein Flüstern an ihr Ohr drang, leise nur und doch so eindringlich, dass sie stehen blieb und sich umsah. Sie schien allein zu sein, aber ein Schauer flog über ihren Rücken wie früher, wenn sie mit den anderen Kindern in der Dämmerung herumgelaufen war und sie sich gegenseitig Gruselgeschichten erzählt hatten. Kurz meinte sie, das Gelächter der anderen an den Fassaden der Häuser widerklingen zu hören, und obwohl sie ihren Weg rasch fortsetzte, tauchten die Spukbilder von damals vor ihrem geistigen Auge auf. Sie sah unheimliche Gestalten mit bleichen Gliedern, die lautlos aus den Kanälen krochen und alles Lebendige in ihr eiskaltes Reich zerrten, Geisterfrauen in wehenden Gewändern, deren Hände den Tod brachten, und Clowns in den finsteren Häusernischen, die Zähne rot vom Blut unschuldiger Kinder. Langsam sog sie die Luft ein. Sie wusste, dass diese Bilder nichts als Ausgeburten ihrer wilden Fantasie waren, Gedanken, die nur in ihrem Kopf existierten. Und dennoch schaute sie wie damals

als Kind in den gespenstischen Nebel, als bräuchte sie nur die Hand auszustrecken, um den Schleier über ihrer Wirklichkeit fortzuziehen – diese dünne Haut, die sie jedes Mal berührte, wenn sie in ihre Bücher eintauchte, wenn sie mitten in der Nacht erwachte, als hätte eine steinerne Klaue ihre Wange gestreift, oder wenn sich für einen Wimpernschlag das Licht veränderte, das auf den regennassen Asphalt von Paris fiel, schillernd wie in einem Kaleidoskop aus tausend Farben. In solchen Momenten hielt Milou den Atem an, und manchmal konnte sie es noch immer spüren: das Geheimnis, das sie in ihrer Kindheit mit einer Mischung aus Sehnsucht und Furcht hinter jedem flüsternden Blatt und jedem flackernden Schatten erahnt hatte und das ihr seit jeher zuraunte, dass es mehr in der Welt gab, als ihre Augen sehen konnten ... so unendlich viel mehr als das. Sie hielt inne, als der Nebel vor ihr aufwallte wie ein lebendiges Wesen, und für einen Moment wollte sie nichts mehr, als auf ihn zuzutreten – ihren Weg zu verlassen und sich in den weißen Schleiern zu verlieren, als wäre sie noch immer das kleine Mädchen von damals, das auf den Schwingen seiner Gedanken fliegen gelernt hatte. Doch gleich darauf riss sie ihren Blick vom Nebel fort und drängte die Bilder zurück, während sie die Ponte dei Preti überquerte. Sie führte sich auf wie ein Kleinkind. Wenn Mathis sie jetzt sehen könnte, würde er ...

Das Flüstern strich wie ein Atemzug über ihre Wange. Milou fuhr zurück, so heftig, dass sie sich den Arm am Brückengeländer stieß, aber ehe sie noch etwas hinter sich hätte erkennen können, verlor sie das Gleichgewicht, rutschte über die Stufen abwärts und schlug am Boden auf. Ihr Koffer landete neben ihr. Krachend brach er auseinander, und all die Bücher, die sie mühevoll verschnürt und zusammengepackt hatte, ergossen sich über das feuchte Pflaster. Benommen kam sie auf die Beine. Ihr

Schädel puckerte, so heftig war sie auf den Steinen aufgekommen, und kurz drängte der Schmerz jedes andere Gefühl zurück. Dann jedoch nahm sie die Stille wahr, die sie nun wieder umgab. Sie hatte jedes andere Geräusch verschlungen, und zum ersten Mal, seit Milou die Stadt betreten hatte, kam sie ihr unheimlich vor – wie ein Luftholen vor einem entsetzlichen Fluch. Seufzend straffte sie die Schultern. War es nicht schlimm genug, dass sie wegen eines lächerlichen Flüsterns die Stufen hinabfiel? Musste sie nun auch noch anfangen, sich Geschichten auszudenken? Betont gelassen begann sie, ihre Bücher in den lädierten Koffer zurückzustopfen, aber sie brachte es dabei nicht über sich, den Nebel aus den Augen zu lassen, der nun in dicken Schwaden über die Mauern des Kanals trat und auf sie zu kroch, langsam wie ein zum Sprung bereites Tier. Im selben Moment kehrte das Flüstern zurück.

Noch immer fühlte Milou es eiskalt an ihrer Wange und sie zögerte nicht länger. Eilig griff sie nach ihrem Koffer, klemmte sich die übrigen Bücher unter den Arm und setzte sich in Bewegung. Jede Verzauberung, die sie gerade noch empfunden hatte, wurde von dem seltsamen Wispern zerrieben und ließ nichts in ihr zurück als rasende Anspannung. Sie zwang sich, nicht zu laufen, wusste sie doch, dass es mit jagendem Puls schier unmöglich werden würde, die aufkeimende Angst in sich klein zu halten. Stattdessen zerrte sie ihren Koffer über das Pflaster, als wäre er ein bockiger Hund, und versuchte vergeblich, das Flüstern zu ignorieren, das ihr rasch nachglitt. Mit klopfendem Herzen schaute sie über die Schulter zurück, aber ihr Blick perlte an der Wand aus Nebel ab wie Regen von Glas, und sie wich erschrocken zurück, als die Straßenlaternen zu flackern begannen.

Jedes Mal, wenn das Licht der Laternen für die Dauer eines Atemzugs erlosch, schienen sich die Gassen ringsherum zu verändern. Die Fassaden der Häuser wurden brüchig, als bestünden sie aus verbranntem Papier, das Pflaster knackte unter Milous Schritten wie brechendes Eis, und selbst das Licht wandelte sich wie in jenen seltenen Augenblicken vollkommener Stille, die niemand wahrzunehmen schien als sie selbst. Milou schaute zu den Häusern auf, die in der Dunkelheit wirkten wie aus Blei gegossen, und sie lief auf die erleuchteten Fenster zu, die nicht weit entfernt ihr Licht in die Nacht sandten. Eine tiefe Erleichterung brach in ihr auf, als sie die Menschen in ihren Wohnungen sah, wie sie vor dem Fernseher zusammensaßen oder in der Küche miteinander sprachen, gewöhnliche Venezianer, die vermutlich laut lachen würden, sollten sie das Mädchen aus der fernen Stadt mit hochroten Wangen durch albernen Nebel hetzen sehen, als wäre der Teufel hinter ihm her. Aufatmend strich Milou sich das Haar zurück und verlangsamte ihre Schritte. Doch kaum, da das Licht aus den Wohnungen ihre Haut traf, hoben die Menschen die Köpfe, ruckartig wie witternde Tiere, und ihre Züge verzerrten sich zu entstellten Fratzen.

Nur im letzten Augenblick unterdrückte Milou einen Schrei. Sie starrte in die Fenster, die plötzlich vergittert und dunkel wie Totenaugen dalagen, als hätten sie nie etwas anderes gezeigt als reglose Nacht. Dann riss sie ihren Blick fort und begann zu rennen. Ihr Koffer sprang über das Pflaster, als hätte auch ihn der Schreck erfasst, und Milou gelang es nicht, auf die mahnende Stimme in ihrem Inneren zu hören, die ihr zurief, dass sie sich beruhigen und die vernünftige Erklärung für die Ereignisse suchen sollte. Denn die gab es, die musste es einfach geben. Zu eindringlich verfolgte sie das Flüstern im Rhythmus ihrer eigenen Schritte. Immer schneller jagte es ihr mit Schwaden aus klebrigem Nebel hinterher, glitt an ihr vorbei und trieb sie von Brücken und Straßen zurück, bis der Dunst so dicht geworden war, dass sie nicht mehr sagen konnte, wo sie war. Atemlos bog sie um eine Ecke – und fand sich in einer Sackgasse wieder. Sie fuhr herum. Haushoch türmte der Nebel sich vor ihr auf, und gerade, als sie mit dem Rücken gegen die Wand stieß, verstummte das Flüstern.

Milous Herz schlug so heftig, dass sie meinte, es in den Steinen in ihrem Rücken widerklingen zu fühlen. Sie presste die Handflächen gegen die Mauer, bis die scharfen Kanten sich in ihr Fleisch gruben, und starrte in den Nebel, der sich ihr lautlos näherte. Irgendetwas in ihr rief ihr zu, dass sie sich zusammenreißen musste, dass es nichts als Nebel war, dass ihre Fantasie ihr einen Streich spielte wie so oft. Aber ganz gleich, was diese Stimme in ihr sagen mochte – sie fühlte, dass etwas in diesem Nebel sie anstarrte, reglos und lauernd, und sie hörte auf zu atmen, als sich ein schattenhafter Umriss aus dem Dunst hob.

Im ersten Moment meinte Milou, die Gestalt eines Minotaurus mit mächtigem Stierkopf und messerscharfen dunklen Hörnern erkennen zu können. Dann zog der Schemen sich zusammen. Sie glaubte, Luftballons von einem Clown in Pluderhosen aufsteigen zu sehen, und schließlich begann die Gestalt zu flackern wie die Straßenlaternen zuvor, so schnell, dass ihr schwindlig wurde. Schritt für Schritt trat sie auf Milou zu und blieb schließlich stehen, halb noch vom Nebel umschmeichelt. Es war ein Mädchen, etwa siebzehn Jahre alt, ein wenig pummelig mit langen dunklen Locken und beinahe kindlichem Gesicht, die Brauen in leichtem Trotz verzogen. Milou wich das Blut aus dem Kopf. Sie selbst war es, die da vor ihr stand, reglos wie eine Figur aus Eis. Doch anstelle ihrer dunklen Augen prangten Spiegel in dem blassen Gesicht, Spiegel, die das Meer zeigten … das Meer in sturmumtoster Nacht.

Milou stand da wie gelähmt. Die Bücher glitten ihr aus den

Händen, aber sie hörte sie kaum am Boden aufschlagen. Alles, was sie deutlich wahrnahm, war das Meer, das sich mit tödlicher Kraft um ihre Kehle schlang und ihr die Luft abpresste, ohne dass sie auch nur das Geringste dagegen tun konnte. Es fühlte sich an, als schlösse sich eine eisige Hand um ihr Herz, gnadenlos und kalt wie … eine Erinnerung … Das Mädchen vor ihr schien zu lächeln, so grausam, dass Milou zu zittern begann. Sie meinte schon, die Gischt des Meeres auf ihrer Haut fühlen zu können, doch gerade als ihr schwarz vor Augen wurde, ging ein Ton durch die Luft – so laut und durchdringend, dass der Nebel vor ihm zurückwich und jede Stille zerbrach. Es war der Schrei eines Raben.

Abrupt riss das Mädchen vor ihr den Kopf herum, und Milou meinte, ein Knurren aus ihrer Kehle dringen zu hören, dunkel wie bei einem Tier. Dann fuhr ihr Spiegelbild herum und ohne sich noch einmal umzudrehen, tauchte es im fliehenden Nebel unter.

Die Lähmung wich so plötzlich aus Milous Gliedern, dass sie sich an der Wand abstützen musste, um nicht zu fallen. Schwer atmend hob sie den Blick, und da sah sie eine hochgewachsene Gestalt am Ende der Gasse stehen, einen Mann, in einen schwarzen Mantel gekleidet, kapuzenbewehrt und umgeben von Schatten. Milou erkannte kein Gesicht in der Dunkelheit und doch erschien ihr irgendetwas an diesem Anblick seltsam vertraut. Langsam richtete sie sich auf, die Finger noch immer in die Mauer gekrallt, aber sie wandte sich nicht für einen Wimpernschlag von dem Fremden ab. War es seine Reglosigkeit, die sie bannte? Das Schweigen, das sich wärmend um ihre Schultern legte und jedes Flüstern aus ihren Gedanken vertrieb, oder das halblange, seidig schimmernde Haar, das in der Düsternis glühte wie eine silberne Flamme? Kurz meinte Milou, ein Lächeln in der Finsternis unter der Kapuze erahnen zu können, stolz und spöttisch und zugleich von einer sanften Vorsicht, die sie auf den Fremden zutreten ließ, instinktiv, als würde in seiner Dunkelheit etwas auf sie warten, das sie lange gesucht hatte, ohne es zu wissen – wie damals als Kind, wenn sie im Haus ihrer Großmutter an ihr Fenster getreten war und hinaus in die Nacht gesehen hatte in der Hoffnung, jemand würde diesen Blick erwidern.

Sie hielt inne. Wie lange hatte sie nicht mehr daran gedacht? Die Finsternis unter der Kapuze schien aufzuglühen wie eine Antwort und im selben Moment überkam Milou heftiger Schwindel. Sie griff erneut nach der Hauswand, als würde ein einziger weiterer Schritt auf diese Dunkelheit zu genügen, um ihr den Boden unter den Füßen zu nehmen. Die Schatten am Ende der Gasse begannen zu tanzen. Sie musste die Augen zusammenkneifen, um den Fremden noch erkennen zu können, und ihr ging der Gedanke durch den Kopf, ob er überhaupt wirklich da war. Seine Umrisse verschwammen bereits, und wie er so dastand, von Finsternis umtost, sah er aus, als wäre er ein Traum … nichts als ein Traum aus Nacht und Schatten. Kurz schien es Milou, als würde er vor ihr den Kopf neigen. Dann loderte die Dunkelheit um ihn herum auf und er war verschwunden.

Milou schwankte angesichts der flackernden Düsternis und schloss die Augen, um den Schwindel zurückzudrängen. Langsam atmete sie ein, und als sie aufschaute, war der Nebel gänzlich verschwunden. Das Licht der Straßenlaternen fiel ihr ins Gesicht, sie hörte Gelächter von einem nahen Balkon, und die Häuser, die gerade noch wie in Blei gebannt dagestanden hatten, zeigten nun ihr vertrautes, von Wellen und Menschen gebeuteltes Gesicht. Milou stieß die Luft aus. Verflucht, was war los mit ihr? Genügte tatsächlich schon ein wenig Nebel, um eine gewöhnliche Taschendiebin für sie in eine Spukgestalt zu verwandeln? Mit aller Kraft drängte sie die Gedanken an ihr Ebenbild mit den Spiegelaugen zurück und griff nach ihren Büchern. Sie war kein Kind mehr, das sich von diesen Gassen verhexen ließ wie früher! Ärgerlich wühlte sie in ihrer Tasche herum und holte ihr Pfefferspray heraus. Sollte noch einmal jemand auf die Idee kommen, sie zu belästigen, würde sie sich zu helfen wissen, so viel war sicher.

Mit entschlossenen Schritten setzte sie sich in Bewegung. Sie sah Mathis vor sich, die Sorge in seinem Blick – und das nur halb unterdrückte spöttische Funkeln angesichts der Hirngespinste, denen sie sich offensichtlich noch immer mit derselben Faszination hingab wie damals als Kind. Dabei gab es etliche naheliegende Erklärungen für das, was geschehen war. Vermutlich war sie einer Diebesbande auf den Leim gegangen, die sie mit gespenstischem Flüstern durch die Gassen gejagt hatte, nur um sie dann mit einer billigen Frauenmaske und dunkler Perücke in Angst und Schrecken zu versetzen. Die Fratzen hinter den Fenstern waren ihrer eigenen Panik geschuldet gewesen, ebenso wie die Fassaden aus Blei, und flackernde Straßenlaternen waren in dieser Stadt nun wirklich kein Anlass zur Beunruhigung. Die Erleichterung strich kühl durch ihre Glieder, während ihr Verstand die Ereignisse an einen harmlosen Platz rückte, und ihr Herzschlag hatte sich schon fast wieder beruhigt, als sie das Ende der Gasse erreichte.

Kurz nur wandte sie den Blick in die Schatten, und im selben Moment ging ein Ton durch die Luft, gerade dort, wo der rätselhafte Fremde gestanden hatte. Der Laut fuhr Milou ins Mark, so durchdringend, dass sie sich erst nach einigen Augenblicken dazu zwingen konnte, ihren Weg fortzusetzen. Mit festem Griff zog sie ihren Koffer über das Pflaster. Polternd sprang er über die Steine und drängte jede Erinnerung an das merkwürdige Flüstern in ihr zurück. Der Ton vom Ende der Gasse jedoch ging ihr nach, leise und betörend, und so sehr sie es auch versuchte: Es gelang ihr nicht, ihn aus ihren Gedanken zu vertreiben. Ein Lachen war es, so vertraut, als hätte sie es vor langer Zeit schon einmal gehört, und doch fern … so fern wie aus einer anderen Welt.

2

Die Calle de la Madoneta empfing Milou in nächtlichem Schweigen. Die uralten Fensterläden, die für gewöhnlich bei jedem noch so leisen Windhauch klapperten, schwiegen bedächtig, die verwitterten Häuser drängten sich schlafend aneinander, und die Finsternis des Himmels war auch hier in jede Nische eingedrungen und hatte die kleine Gasse schwarz gefärbt. Selbst das Pflaster, auf dem Milou sich früher unzählige Male die Knie aufgeschlagen hatte, gab nur schwach den Schein der Straßenlaternen zurück. Das Haus ihrer Großmutter jedoch glühte in der Dunkelheit wie ein grüner Stern.

Das Licht, das hinaus auf die Gasse fiel, rührte von dem grünen Kristall her, der seit Milou denken konnte an einer Lampe im Küchenfenster ihrer Großmutter hing und ihr umgehend ein Lächeln aufs Gesicht zauberte. Instinktiv beschleunigte sie ihre Schritte und eilte über die Straße ihrer Kindheit auf das Haus zu wie früher, wenn sie nach dem Spielen mit den Nachbarskindern heimgelaufen war. Und wie damals wurde auch nun die Tür aufgerissen, noch ehe sie überhaupt die Schwelle erreicht hatte. In grünen Strömen ergoss sich das Licht auf Milous Wangen und da stand ihre Großmutter, die Haare zu einem lockeren Knäuel ergrauter Locken am Hinterkopf zusammengedreht, die braunen Augen strahlend vor Lachen, und breitete die Arme aus.

»Da bist du endlich!«, rief sie. »Wie habe ich dich vermisst!«

Milou umarmte Nonna herzlich, die diese Worte immer zur Begrüßung zu ihr sagte, ganz gleich, ob sie nur wenige Stunden oder etliche Monate voneinander getrennt gewesen waren. »Es tut mir leid, dass es später geworden ist«, sagte sie und kam sich für einen Augenblick tatsächlich vor wie damals als Kind, als sie die Zeit vergessen und ihre Großmutter mit gespielter Strenge auf sie herabgesehen hatte. »Ich bin vom Bahnhof gelaufen, und der Weg bis hierher hat doch länger gedauert, als ich dachte. Aber ich wollte …«

»… den Duft Venedigs einatmen, bevor du in meine Küche kommst?« Nonna lachte und zog sie ins Haus. »Das war ein weiser Entschluss, denn ich habe Knoblauchbrot gebacken und Federico hat drei meiner Soßen anbrennen lassen, was für ein noch kräftigeres Aroma gesorgt hat.«

»Nicht jeder kann ein Händchen fürs Kochen haben!«

Die warme, dunkle Stimme ließ Milou herumfahren, und mit einem Freudenschrei fiel sie Federico in die Arme, der mit mehlbedeckten Händen und Küchenschürze im Türrahmen stand und sie lachend auffing. Er führte seit einer Ewigkeit den Buchladen in der Nähe, gehörte ebenso lange praktisch zur Familie und war so groß, dass er in den niedrigen Räumen ihrer Großmutter immer ein wenig den Kopf einziehen musste. Auch nun stand er da wie ein Bär, leicht geduckt und mit diesem schelmischen Funkeln in den Augen, das ihm etwas Jungenhaftes verlieh, und hielt Milou ein Stück weit von sich weg, um sie zu mustern. Für gewöhnlich konnte sie es nicht ausstehen, so genau betrachtet zu werden. Sie war sich bewusst, dass ihre Figur nicht ganz den Idealmaßen entsprach, die den meisten Mädchen in der Schule so wichtig waren, und hatte damit eigentlich auch kein Problem. Dafür hatte sie ein gutes Buch einfach schon immer mehr zu schätzen gewusst als ein Workout im Fitnessstudio. Aber die Blicke mancher Leute trafen sie mit einer Verächtlichkeit, als würde jedes Fettpölsterchen mehr darüber aussagen, was für ein Mensch sie war, als ihre Worte es gekonnt hätten, und das ärgerte sie. Federico jedoch sah sie auf eine Weise an, die jedes Unwohlsein sofort im Keim erstickte. Sein Haar stand nach allen Seiten von seinem Kopf ab und gab dem prüfenden Ausdruck, den er auf seine Züge legte, eine komische Note.

»Milou, Milou«, sagte er und seufzte wie jedes Mal, wenn das Lächeln nach diesem Ritual auf sein Gesicht zurückkehrte. »Es ist viel zu lange her, seit du das letzte Mal hier gewesen bist.«

Sie grinste. »Ob du das auch noch sagen wirst, wenn ich erst wieder die Bücher deines Ladens durcheinandergebracht habe? Nicht, dass es irgendwem außer dir selbst in deinem Chaos auffallen würde, aber ich erinnere mich an deine Verzweiflung vom letzten Mal, als du nichts wiedergefunden hast.«

Federico lachte, doch ehe er etwas entgegnen konnte, ging ein Zischen durch die Luft und Nonna schob sich eilig an ihm vorbei in die Küche. »Himmelherrgott, wenn ich nicht aufpasse, verbrennt auch noch der Pudding«, rief sie und wedelte mit einem Geschirrtuch herum. »Los, los! Bringt das Gepäck nach oben. Mein Essen wartet auf niemanden!«

Federico schnappte sich Milous Koffer und wuchtete ihn die schmale Treppe hinauf. »Wie ich sehe, hast du genug Bücher dabei, um meinem Laden fernbleiben zu können«, stieß er aus und stützte sich schnaufend an der Wand zwischen den Familienfotos und hinter Glas gebannten Blütenblättern ab. »Was ist mit deinem Koffer passiert, hat er aufgegeben unter der Last von so viel Wissen?«

Milou schaute prüfend die Treppe hinab, doch ihre Großmutter hantierte lautstark in der Küche herum und schien nichts gehört zu haben. Mit vielsagendem Blick bedeutete sie Federico, den Weg fortzusetzen, und folgte ihm über den verwinkelten Flur bis in ihr altes Kinderzimmer. Die Tür öffnete sich knarrend, als wollte auch sie Milou willkommen heißen, und kaum, dass sie den Raum betrat, umfing sie der vertraute Geruch von Thymian, Lakritz und Wachsmalstiften, der seit sie denken konnte darin herrschte. Noch immer stand ihr weißes Metallbett unter der Schräge neben der Tür, gegenüber dem uralten Holzschrank, vor dem sie sich als Kind gefürchtet hatte, bis Nonna ihr erzählt hatte, dass darin ein Kobold hausen würde, sehr scheu und sehr haarig, aber ausgesprochen erpicht darauf, kleine Mädchen vor Ungeheuern unter ihrem Bett zu beschützen. Seither hatte Milou den Schrank geliebt und bisweilen sogar heimlich Milchreis und andere süße Speisen darin verstaut, um ihrem Mitbewohner etwas Gutes zu tun. Ein Lächeln flog über ihr Gesicht, als sie daran dachte, wie ihr Vater eines Tages dem stechenden Geruch in ihrem Zimmer auf den Grund gegangen und beim Anblick von drei verfaulten Milchreisschälchen ganz grün im Gesicht geworden war.

»Also?«, fragte Federico und riss sie aus ihren Gedanken. »Was ist mit dem Koffer passiert?«

Milou drehte sich seufzend zu ihm um. Er lehnte neben der Tür, und ein Blick in seine Augen genügte, um sie wieder acht Jahre alt sein zu lassen und ebenso gläsern, wie sie seit jeher für ihn gewesen war. Immer schon hatte er ein Talent dafür gehabt, ihre Gedanken zu erraten … und nie, selbst bei dem größten Unfug, den sie angestellt haben mochte, hatte er diese Gabe gegen sie verwendet. Stattdessen war er stets ihr Verbündeter gewesen, und sie erinnerte sich an so manchen Schabernack, den sie zusammen ausgeheckt hatten. Doch dieses Mal war es etwas anderes. Sie hatte auf dem Weg zu ihrer Großmutter so viele rationale Erklärungen für die Ereignisse im Nebel gefunden, dass sie sich vorgekommen war wie Mathis, wenn er sie früher nach einem ihrer Albträume getröstet und ihr erklärt hatte, dass es schlicht keine Monster unter dem Bett gab. Die Anspannung war von ihr abgefallen, doch nun, da sie Federicos Blick erwiderte, hörte sie noch einmal das seltsame Flüstern, das ihr durch den Nebel gefolgt war, und ein Schauer glitt über ihren Rücken, als würde es zurückkehren, laut und übermächtig, wenn sie ihm auch nur mit einem Wort Bedeutung gab. »Ich bin gefallen«, sagte sie deshalb und erinnerte sich so genau an ihren Sturz von der Brücke, dass ihre Hand instinktiv zu ihrer Schläfe fuhr. »Wie sagst du immer: die Nase in den Wolken und einen Fuß über dem Abgrund. Erzähle bitte Nonna nichts davon. Sie würde sich nur Sorgen machen, und es ist ja nichts passiert.«

Noch immer musterte er sie eindringlich, und für einen Moment hatte Milou das Gefühl, als würde er wissen, dass sie ihm nicht die ganze Wahrheit erzählt hatte, ganz genau so, wie er früher stets als Erster herausgefunden hatte, wenn sie heimlich streunende Katzen in ihrem Zimmer versteckt und sie dort durchgefüttert hatte. Dann jedoch nickte er und Sorge trat in seinen Blick. »Ich werde ihr nichts erzählen, wenn du mir versprichst, auf dich achtzugeben. Du weißt doch: Venedigs Gassen sind tückisch, und die Stadt birgt mehr, viel mehr, als unsere sterblichen Augen sehen.«

Milou lächelte über diese Worte, mit denen er früher so oft die Märchen eingeleitet hatte, die er den Kindern in seinem Laden erzählt hatte. »Keine Sorge. Ich kann auf mich aufpassen.«

Er nickte. »Dann gilt unser Versprechen also«, raunte er verschwörerisch. »Jetzt und für immer?«

Milou hatte nicht vergessen, dass sie auf diese Weise stets ihre geheimen Beteuerungen besiegelt hatten, und sie spürte dieselbe Feierlichkeit wie damals, als sie noch ein Kind gewesen war und diese Worte wiederholt hatte. »Jetzt und für immer«, flüsterte sie, und als er ihr Lächeln erwiderte, wich zum ersten Mal, seit sie dem Nebel entkommen war, jede Kälte von ihrem Leib. Gerade öffnete Federico den Mund, um etwas zu sagen, als ein Scheppern aus der Küche drang, dicht gefolgt vom heiseren Fauchen einer Katze. Seufzend schüttelte er den Kopf. »Deine Großmutter wird nie lernen, dass gebratener Fisch und eine Horde Katzen in einer Küche zu allem führen können – aber garantiert nicht zu einem leckeren Essen.«

Milou musste lachen. »Geh du schon vor und fang den ersten Zornesschwall für mich ab. Ich komme gleich nach.«

»Federico, der Wellenbrecher«, murmelte er und grinste. »Jeder braucht einen wahren Namen, ist es nicht so?«

Damit lief er die Treppe hinab und ließ Milou allein. Es war seltsam, wieder zurück in diesem Zimmer zu sein, das sie als Kind verlassen hatte und nun als junge Frau wieder betrat. Fast schien es ihr, als wäre sie in eine Seifenblase geraten, in der die Zeit keine Macht hatte, und sie musste daran denken, was ihre Mutter ihr gerade an diesem Ort einmal über Erinnerungen erzählt hatte. *Nimm sie mit dir,* hatte sie gesagt. *Die Gedanken, Gefühle, Worte, die dir an einem besonderen Platz begegnet sind. Denn Erinnerungen sind wie Herztöne, die durch die Dunkelheit hallen. Und die Schläge eines Herzens sind das Leben.* Sie trat ans Fenster und schaute in die Dunkelheit jenseits ihres Zimmers. Früher hatte sie sich vorgestellt, durch ihr eigenes Spiegelbild in andere Welten reisen zu können. Sie hatte Märchenwälder und Fabelwesen in ihren Augen gesehen, und sie hatte sich getröstet gefühlt von der Dunkelheit, die so viel mehr in sich zu bergen schien, als ihre Augen sehen konnten. Noch immer fühlte sie, wie ihr Blick aufgefangen wurde, und sie stellte sich vor, dass er tatsächlich erwidert würde – von den Schatten, von der Dunkelheit, von etwas, das mehr war als alles, was sie kannte.

Sie legte die Hand gegen die Scheibe wie früher, wenn sie heimlich aus dem Fenster geklettert war, um gemeinsam mit ihren Freunden auf der Suche nach den Wundern in den Schatten durch die Nacht zu streifen. Für einen Moment erschien es ihr, als würde ihr Spiegelbild ihr zulächeln, als würde es sagen: *Komm heraus ... komm heraus in die Dunkelheit, Träumerin, und du wirst alle Zweifel hinter dir zurücklassen in diesem Licht, das ohnehin nie für dich bestimmt war.* Doch gleich darauf stieß sie seufzend die Luft aus. Verflucht, sie war kein Kind mehr, Mathis hatte recht. Die Zeiten, da sie daran geglaubt hatte, von einem goldenen Drachen abgeholt und in eine magische Welt gebracht zu werden, waren lange vorbei.

Und doch meinte sie, die Stimmen ihrer Eltern im Nebenraum hören zu können, genau wie früher, wenn sie Nonna über die Ferien und Wochenenden besucht hatten. Nachdenklich ging sie über den Flur und ließ die Hand über die Tür des Zimmers streifen. Inzwischen hatte ihre Großmutter darin ein Nähzimmer eingerichtet, aber Milou hörte noch immer das Lachen ihrer Mutter und die dunkle Stimme ihres Vaters, und wie von selbst folgte sie der Treppe weiter aufwärts, schob die Tür zum Dachgarten auf und trat hinaus.

Sofort umfing sie der Duft der Rosen, die seit jeher an dem alten Mauerwerk aus roten Ziegeln wuchsen. Sie konnte nicht zählen, wie viele fröhliche Stunden sie in den Sommermonaten an diesem Ort verbracht hatte. Der Geruch trug ihr Bilder ihrer Großmutter zu, so intensiv waren beide miteinander verknüpft, und als der Wind ihr das Haar zurückstrich, trat sie an die Brüstung. Sanft und rätselhaft war er, dieser Wind, den ihre Eltern geliebt hatten, so als berge er alle Geheimnisse der Welt, ohne auch nur ein einziges jemals zu verraten. Milou schaute über den nachtbeschienenen Rio di San Severo in Richtung der

Lagune, und sie konnte das Meer riechen, dieses Ungetüm, das sie zugleich sehnsüchtig liebte und fürchtete. Für einen Wimpernschlag kehrten die tosenden Wellen zu ihr zurück, die sie in den Spiegelaugen des Mädchens im Nebel gesehen hatte, und sie meinte, ein Grollen hören zu können … so fern wie ein dunkler Traum.

Sie war noch ein Kind gewesen, als sie mit ihren Eltern in den Sturm geraten war, weit draußen auf der Adria, und so sehr sie es in all den Jahren danach auch versucht hatte: Sie erinnerte sich nicht an jene Nacht. Das erste Bild, das dazu tief in ihr vergraben lag, war die Decke des Zimmers im Krankenhaus, in dem sie erwacht war. Mathis hatte an ihrem Bett gesessen und sie mit seltsamem Ausdruck angesehen, und da hatte sie gewusst, dass ihre Eltern tot waren, verschlungen vom Meer, das ihr bis zu diesem Augenblick stets als zärtlicher Freund erschienen war. Die Ärzte hatten geglaubt, dass sie den Tod ihrer Eltern nicht begriffen hätte, weil sie für eine lange Zeit nicht hatte weinen können. Aber sie hatte ihn verstanden, mit jeder Faser ihres Körpers. Noch immer spürte sie die Erschütterung, die sie in diesem Moment durchzogen hatte. Das Gefühl war so leicht abrufbar, dass sie binnen einer Sekunde in das Krankenhaus zurückkehren und wieder sieben Jahre alt sein konnte, und in jenen Augenblicken war sie dankbar, die Nacht nicht noch einmal erleben zu müssen: die Nacht, in der ihre Eltern gestorben waren und die in ihrem Kopf nichts mehr war als ein tödliches, sturmgepeitschtes Meer.

Sacht strich Milou über die Kerben der steinernen Brüstung, wie sie es auch früher so oft getan hatte. Sie erinnerte sich an die Wärme, die Federico ihr in jener Zeit gegeben hatte, an die leisen Tränen ihrer Großmutter, die ein Stück ihrer eigenen Verzweiflung mit sich fortgespült hatten, und an deren Umarmung, als sie mit Mathis fortgegangen war. So fest hatte Nonna sie gedrückt, als wollte sie ein Stück von ihr dabehalten. Und nun, da Milou sich von der Brüstung löste und zurück ins Haus ging, fühlte sie, dass es genau so gekommen war. Ein Teil von ihr hatte diese Stadt nie verlassen. Ein Teil, der es liebte, am Saum des Meeres zu sitzen und den Wellen zuzusehen und der nun, zaghaft und vorsichtig, wieder zu ihr zurückkehrte.

Die Treppe knarzte unter ihren Füßen, als sie Federicos Lachen in die Küche folgte. Wie immer war der Raum rettungslos überfüllt. Unzählige Kräuter standen auf den Regalen, rankten sich von den Hängeschränken und baumelten von der Decke. Teller, Pfannen und Töpfe bevölkerten die Ablagen, und ein riesiger Tisch stand in der Mitte des Raums und war mit Speisen beladen, die einen kompletten Straßenzug für mindestens eine Woche satt gemacht hätten. Und dazwischen, wohlig schnurrend angesichts der Wärme in dem kleinen Raum und der erbeuteten Fischstückchen, lag ein knappes Dutzend Katzen. Mit beeindruckender Gewandtheit stieg Federico kreuz und quer über sie hinweg, während er die Gedecke auflegte, und Milou musste lächeln, als sie Nonna dabei beobachtete, wie sie mit einer mechanischen Greifzange das Basilikum zu sich herab holte, das auf einem Schrank gestanden hatte. Fast hätte man meinen können, dass diese beiden Menschen mitsamt ihren tierischen Gehilfen jeden Abend ein solches Festessen veranstalteten, wenn man sich ihre Routine dabei ansah.

»Setz dich, setz dich«, forderte Nonna sie auf und deutete auf den Tisch, als würde Milou sonst auf die Idee kommen, sich in einer Schublade niederzulassen. »Wenn du wartest, bis eine der Herrschaften für dich Platz macht, wirst du dort in der Tür verhungern.«

Zielstrebig ging Milou zu einem der Stühle hinüber, doch der Kater, der darauf lag, schaute sie nur an, als wäre er der König der Welt und sie ein einfältiger Hofnarr, der es wagte, vor seinen Thron zu stolpern. Erst als sie Anstalten machte, sich auf ihn zu setzen, rutschte er murrend ein Stück beiseite und kletterte, nachdem sein empörter Blick sie nicht vertreiben konnte, auf ihren Schoß, um sich streicheln zu lassen. Sein Fell war seidenweich unter ihren Fingern, und Federico zwinkerte ihr zu, als er die beiden Katzen, die den Stuhl ihr gegenüber blockierten, mit etwas Fisch fortlockte und aufatmend Platz nahm. »Es ist gut, heimzukommen, nicht wahr?« Er lächelte, als würde er den Geruch der Rosen wahrnehmen, und Milou nickte.

»Es ist das beste Gefühl der Welt«, stellte sie fest.

»Aber nur fast so gut wie meine hausgemachten Tortellini«, sagte Nonna und stellte eine Schüssel mit dampfenden Nudeln auf den Tisch. Sie ließ sich so plötzlich auf einen Stuhl fallen, dass die Katze darauf nur im letzten Moment Reißaus nehmen konnte, und damit begann das Festessen. Milou hatte nicht bemerkt, wie hungrig sie eigentlich war. Doch als das Knoblauchbrot auf ihrer Zunge zerging und der Geruch der Tortellini ihr in die Nase stieg, schien es ihr, als hätte sie seit Jahren nichts Anständiges mehr gegessen. Wie früher aß sie sich durch Berge von Nudeln, duftendes Brot und gebratenen Fisch, probierte verschiedene Feigensorten, die Nonna extra auf dem Markt für sie gekauft hatte, und ließ wie Federico immer wieder unauffällig kleine Leckerbissen für die Katzen zu Boden fallen, die sich mit wohligem Schnurren darüber hermachten. Sie aßen und lachten und aßen noch mehr, und nachdem Federico allerhand Anekdoten seiner Kundschaft zum Besten gegeben hatte, erzählte Milou von ihrem Leben in Paris und den Verrücktheiten, die diese große Stadt jeden Tag aufs Neue hervorbrachte.

»Paris hat sich verändert«, sagte Nonna schließlich, als sie pappsatt auf ihren Stühlen hingen. »Ich würde die Stadt wahrscheinlich gar nicht wiedererkennen.«

Federico nickte. »Da lobe ich mir diese alte kleine Bastion auf dem Meer. Ozean und Mensch zehren an ihren Kräften, aber sie wird niemals untergehen. Und wenn doch, wird sie unter den Wellen in silbernem Licht erstrahlen, gerade so, wie es die alten Lieder erzählen.«

»Venedig ist die Königin der Magie«, stimmte Nonna ihm zu. »Sie verwandelt jeden, der durch ihre Gassen geht, und sie birgt Wunder, wohin man auch schaut.«

Milou drehte das Glas mit Traubensaft in ihrer Hand. »Das habt ihr mich früh gelehrt. Vermutlich habe ich meine ganze Versponnenheit, über die Mathis immer die Augen verdreht, nur euch zu verdanken.«

Nonna lächelte. »Deine Mutter hat mindestens ebenso viel Anteil daran. Schon als kleines Kind hat sie mit den Geistern unter ihrem Nachttisch gesprochen, die ich bis heute nicht zu Gesicht bekommen habe. Und dein Vater war der geborene Geschichtenerzähler, ganz genauso wie du. Ich weiß gar nicht mehr, wie oft du mit den Nachbarskindern hier um diesen Tisch oder in Federicos Laden gesessen hast. Du hast ihnen Geschichten erzählt von tanzenden Feen und wandernden Häusern, von Pfennigen, die um die Welt reisen, und Fischen, die bis hinauf zum Mond fliegen.«

Milou musste lachen. »Ich erinnere mich. Und der Drache aus Feuer und Gold, der sich mit aller Kraft gegen sein eigenes Volk stellte, um die Menschen vor den Mächten des Bösen zu beschützen.«

»Oh ja!«, rief Federico und riss die Augen auf. »An den erinnere ich mich. Ich war so gespannt, wie es weitergehen würde, dass ich mit allen Tricks versucht habe, das Ende der Geschichte aus dir herauszubekommen.«

»Das stimmt«, erwiderte Milou grinsend. »Einmal wolltest du mich mit Schokoladeneis bestechen, aber das ist nach hinten losgegangen. Es ist mir aus der Hand gerutscht und auf einem halben Dutzend alter Bücher gelandet. Ich wusste übrigens selbst nicht, wie die Geschichte ausging. Sie hat einfach ihre Flügel ausgebreitet und mich auf ihnen fliegen lassen.«

»Das sind die besten Geschichten«, warf Nonna ein. »Und du hast alle damit begeistert.«

Milou seufzte leise. »Ja, weil es niedlich ist, wenn ein kleines Mädchen von Drachen und Kobolden erzählt und daran glaubt, fliegen zu können. Heute ist das was ganz anderes. Irgendwann scheint man einfach zu alt dafür zu sein. Mathis sagt mir immer wieder, dass ich eine Träumerin bin, und auch wenn er es auf seine ganz spezielle Art sicher liebevoll meint, weiß ich doch, was dahintersteckt. Er meint damit, dass ich versponnen bin, dass ich ziellos durch die Welt stolpere und mir selbst Geschichten erzähle, die nur dazu führen, dass ich mich fortsehne, weil ich das ja immer tue, fort, nur fort von den Orten, an denen ich gerade bin, ohne zu wissen, wohin ich sonst gehen könnte. Früher hat er sich meine Geschichten angehört, meine Tagträumereien und verrückten Ideen, aber inzwischen findet er sie eher albern, und vielleicht … nun ja, vielleicht hat er damit gar nicht so unrecht.«

Milou drehte ihr Glas zwischen den Händen. Sie sah Mathis vor sich, seinen stillen Blick, mit dem er sie manchmal betrachtete, wenn er glaubte, sie würde es nicht merken, und der ihr jedes Mal einen Stich versetzte. Sorge lag darin … und der klebrige Schatten von Mitleid, als wäre sie ein armseliges Tier mit gebrochenen Beinen, das es nie schaffen würde, sich in der rauen Wirklichkeit zu behaupten. Erst als sich das Schweigen ringsum auf ihre Schultern legte, hob sie den Blick und schaute in die ernsten Gesichter von Nonna und Federico. Schnell räusperte sie sich und wischte durch die Luft, als könnte sie so die Worte zurücknehmen. »Hört nicht auf mich, ich habe nur Unsinn geredet. Das tue ich ständig und treibe Mathis damit in den Wahnsinn.«

Sie lächelte, aber ihre Großmutter sah sie ernst an. »Ein bisschen Wahnsinn hat noch niemandem geschadet. Dasselbe gilt für die Sehnsucht, denn selbst wenn wir manchmal gar nicht wissen, woher sie kommt oder wohin sie uns führt, ist sie doch die einzige Kraft, die uns über uns selbst hinauswachsen lässt, die Veränderung bringt und Mauern einreißt, seien es nun äußere Grenzen oder Barrikaden in unserem Kopf. Und was die Geschichten betrifft, die man sich selbst erzählt ... was sollte man anderes tun, wenn niemand sonst zuhört?«

Federico nickte vielsagend. »Genauso ist es. Lass dir das von einem Märchenerzähler sagen, über den all die klugen Leute seit Jahrzehnten den Kopf schütteln und der sich dennoch nie davon abhalten ließ, in voller Lautstärke von Elfen und Feen zu reden und von so vielen anderen Kreaturen, die das schnappatmige Hirn eines wissenschaftlich aufgeklärten Zeitgenossen niemals ganz begreifen wird. *Dennoch,* sagte ich ... nun ja ... oder vielleicht *gerade deshalb?* So ganz bin ich nie dahintergekommen.«

Er zwinkerte und Milou lächelte ein wenig. »Ich habe es geliebt, wenn du mir Geschichten erzählt hast. Und Nonnas alte Lieder von den Feen und den Kobolden und dem grünen Kristall ...« Sie schaute zu der Lampe im Fenster hinüber. Der Kristall glühte und warf das Licht zurück, als wäre er in einen Schwarm Glühwürmchen geraten. Als sie ihre Großmutter einmal gefragt hatte, warum diese Lampe in ihrem Fenster stand, hatte Nonna sie beinahe erstaunt angesehen.

Na, für die Wesen in den Schatten, hatte sie geantwortet. *Für die Nixen, die Feen, die Trolle und die Bären mit dem fliederfarbe-*

nen Fell, damit sie wissen, dass hier ein Mensch wohnt, der ihnen freundlich gesonnen ist.

Dann hatte sie gelacht, und Milou hatte ganze Nächte damit verbracht, heimlich hinter der Gardine zu hocken und auf die Straße zu schauen, wie ihre Großmutter es ihrerseits als junges Mädchen getan hatte. Die Hoffnung, Bären und Trolle mit eigenen Augen sehen zu können, hatte Milou stundenlang ausharren lassen. Und manchmal, so hatte sie damals geglaubt, war es ihr tatsächlich gelungen.

»Dieser Kristall hat mir immer Glück gebracht«, sagte Nonna nun. »Seit ich ein Mädchen war. Und er erinnert mich daran, dass wir die Welt um uns herum mit unseren Gedanken erschaffen. Es liegt an uns, ob wir daraus eine Wüste oder ein Zauberreich machen. Ich für meinen Teil habe mich vor langer Zeit für einen Weg entschieden, und ganz gleich, was irgendwelche *klugen Leute* dazu sagen, deren Fantasie gerade einmal bis zur nächsten Straßenecke reicht: Ich bin heilfroh, dass ich bis heute die Flüstertrolle unter den Brücken dieser Stadt hören kann, von denen schon mein Vater mir erzählte.«

Federico war ihrem Blick gefolgt, und das Lächeln, das sich beim Anblick des Kristalls auf sein Gesicht gelegt hatte, verwandelte sich in ein Grinsen. »Und manchmal höre ich sogar die Geizkobolde in den Geldbörsen meiner Kundschaft – gruselig, sage ich euch.«

Milou kicherte und Nonna lachte herzlich. »Es gibt mehr als eine Wirklichkeit«, sagte sie dann und sah Milou an. »Du hattest immer schon die Gabe, das zu sehen, und manchmal, in seinen geheimen Momenten, ahnt dein Onkel das auch. Hast du vergessen, wie er hier in meiner Küche saß und sich das Lied der dunklen Königin anhörte, damals vor ein paar Jahren, als du mich das letzte Mal besucht hast?«

Milou nickte. Sie hatte lange nicht mehr daran gedacht, aber nun erinnerte sie sich, wie Mathis in seinem teuren Anzug und den glänzenden Schuhen auf einem wackligen Hocker gesessen und wie schlafwandlerisch die Katze gestreichelt hatte, die ihm auf den Schoß gesprungen war. Erst als Nonnas Lied verklungen war, hatte er sich heiser geräuspert und war mit verklärtem Blick in die Realität zurückgekehrt. Ihre Großmutter nickte, als hätte sie ihn gerade ebenfalls vor sich gesehen.

»Nichts daran ist albern, dem Wissen zu folgen, das tief in dir liegt«, sagte sie leise. »Ganz im Gegenteil. Geschichten, Fantasien, Träume verwandeln uns in Feuer, mit ihnen entzünden wir die Welt. Lass dir von niemandem etwas anderes einreden, auch nicht von ihm.«

Milou senkte den Blick. »Manchmal erscheint es mir leicht, daran zu glauben. In meinen Büchern, in manchen Gesprächen, in Refugien wie hier. Aber dort draußen ... dort draußen in der richtigen Welt, wie Mathis sagen würde, ist es unglaublich schwer. Dort sind meine Träume wie Seifenblasen um mich herum, bei denen ein Luftzug genügt, um sie zerplatzen zu lassen.«

Für einen Moment schaute Nonna sie nur an. Dann streckte sie die Hand nach ihr aus und strich ihr über die Wange. Die Berührung war zart, beinahe flüchtig, und doch reichte sie aus, um Milou in die Nächte nach dem schrecklichen Unfall zurückzutragen, als sie schreiend aus tiefstem Schlaf erwacht war und all ihre Träume zum Teufel geschickt hatte.

»Deine Träume sind mächtiger, als du glaubst«, sagte Nonna nun wie damals. »Nur sie können dich gesund machen, dich heilen von dem, was diese Welt dir angetan hat – sie allein. Vergiss das niemals.«

Milou erwiderte ihr Lächeln und sah erst nach einer Weile, dass eine einzelne Träne über Nonnas Wange rann. Rasch wischte ihre Großmutter sie fort und stieß die Luft aus. »Himmelherrgott, dabei hatte ich mir doch fest vorgenommen, bei unserem Wiedersehen nicht zu weinen!« Kopfschüttelnd griff sie nach der Küchenrolle und putzte sich die Nase, während Federico sich zu Milou herüberbeugte.

»Alles, was deine Großmutter gesagt hat, ist wahr«, sagte er leise. »Und wenn es einen Ort gibt, der dich daran erinnern kann, so ist es Venedig. *Von tiefem Traum besiegt, vom Tode eingewiegt, schläft hier die Zeit …*«

»*… und alles Leben scheint so weit, so weit*«, setzte Milou das Gedicht fort, das Federico ihr schon früher so oft vorgesagt hatte. »*Hier will ich ganz allein durch alte Gassen gehn, bei Fackelschein an Gondeltreppen stehn, in blinde Fenster sehn, bang-glücklich wie ein Kind im Dunkeln sein.*«

Die letzten Worte sprachen sie zusammen. Dann berührte er ihre Stirn, gerade so wie die Helden in vielen seiner Geschichten es getan hatten, ehe sie ihre Knappen in die Schlacht entlassen hatten. Milou erwiderte sein Lächeln, bevor sie seinem Blick zu Nonna folgte. In Gedanken versunken schaute diese zum Fenster hinüber. Ihr Gesicht war das einer alten Frau, aber ihre Augen blitzten im Schein des Kristalls. Milou konnte sie vor sich sehen, wie sie am Fenster stand und mit diesem Ausdruck auf die Straße hinausschaute, der dieselbe Feierlichkeit in sich trug wie das Gedicht von Hesse – so, als würde sie auf etwas warten, das sie mehr erahnte als mit Händen greifen konnte und das doch so nah bei ihr war, dass es nichts als Sehnsucht in ihren Augen zurückließ … etwas, das ihr Lächeln mit stillem Glanz erfüllte wie damals, als sie ein junges Mädchen gewesen war.

3

Milou brauchte einen Moment, um zu begreifen, wo sie war. Das Licht der Straßenlaternen drang nur schwach durch die Vorhänge, und fast erwartete sie, in ihrem Schein die Umrisse ihres Zimmers in Paris zu sehen. Doch stattdessen fiel ihr Blick auf den Koboldschrank und die Unmengen von Einkaufstüten, die neben ihm an der Wand lehnten. In den vergangenen zwei Tagen war sie mit Nonna von einem Geschäft ins nächste gewandert, hatte Klamotten und Süßigkeiten gekauft und sich abends in der Küche lachend über ihre wunden Füße beklagt. Selten hatte sie so tief geschlafen wie seit ihrer Ankunft in Venedig und war so ausgeruht am nächsten Morgen erwacht. Aber nun war es mitten in der Nacht und sie spürte noch immer den Schreck in ihren Gliedern. Irgendetwas hatte sie geweckt.

Mit klopfendem Herzen setzte sie sich auf und lauschte. Vereinzelt hörte sie Schritte auf dem Pflaster, die Rufe der Möwen über den Dächern … und einen Ton, leise zuerst, doch rasch so durchdringend, dass sie den Atem anhielt. Sie konnte sich nicht erinnern, jemals etwas Ähnliches vernommen zu haben. Es war ein Laut wie aus einem Requiem, zart und kraftvoll zugleich, und als sie ans Fenster trat und den Blick über den nächtlichen Kanal schweifen ließ, schwollen die Klänge zu betörenden Gesängen an. Sie musste an den Karneval denken, den sie vor etlichen Jahren einmal in Venedig erlebt hatte und bei dem fantastisch gewandete Sänger in den schwarzen Gondeln der Stadt über die erleuchteten Kanäle gefahren waren und ihre Stimmen wie magische Formeln durch die Gassen geschickt hatten. Es war ein bewegendes Schauspiel gewesen, und als die Gesänge nun anschwollen, zögerte sie nicht länger. Rasch schlüpfte sie in Stiefel und Mantel und schlich sich aus dem Zimmer.

Ein Lächeln flog über ihr Gesicht, als die Treppe leise unter ihren Füßen knarzte. Sie konnte nicht mehr zählen, wie oft sie sich als Kind noch am späten Abend aus dem Haus geschlichen hatte, geduckt und wachsam wie ein Dieb, um sich bei einem der Nachbarskinder auf dem Dachboden zu treffen und in glitzernden Theaterkostümen oder uralten Seemannstruhen herumzustöbern. Es war ein aufregendes Gefühl, das nun mit kindlicher Übermacht in ihren Magen zurückkehrte, und sie spürte die Kälte der Nacht kaum, als sie auf die Straße trat und den Stimmen folgte, die mit den Fingern des Windes nach ihrem Haar griffen und sie vorwärtszogen.

Die Gesänge wirbelten wie unsichtbare Blätter durch die Luft. Sie schoben Milou über den Rio di San Severo, als wäre sie selbst nicht mehr als ein flatterndes Blatt, und sie zwang sich, nicht auf den Nebel zu achten, der aus den Kanälen aufstieg. Zu unbeschwert waren die Stimmen ringsherum, zu heiter, als dass sie sich dieses Erlebnis von düsteren Gedanken zerstören lassen wollte. Beschwingt wich sie den Passanten aus, die ihr vereinzelt entgegenkamen, und als sie die Scuola Grande di San Marco erreichte, deren weiße Fassade im Schein der Nacht leuchtete, schwollen die Gesänge an. Sie brachen über die Gassen herein, als wären sie düstere Wellen, und jeder Ton darin wurde so drängend, als erklänge er nur für Milou allein. Sie begann zu rennen, schnell, immer schneller, als wäre der Schmerz in ihren Füßen nicht mehr gewesen als eine Illusion. Sie glaubte fast, sich auf den Tönen in die Luft erheben zu können, so leicht fühlte sie sich. Erst als die Gischt über ihre Füße schlug, blieb sie stehen und stellte fest, dass sie die Fondamente Nove erreicht hatte. Die geheimnisvollen Stimmen hatten sie an den Rand des Meeres geführt.

Milou schaute über die Wellen hinweg. In einiger Entfernung erhob sich die Friedhofsinsel San Michele wie eine düstere Fata Morgana hinter dem Dunst des aufgepeitschten Wassers. Doch sie konnte weder Gondeln noch Sänger oder andere Quellen des Gesangs sehen, der nun mit erneuter Intensität um sie herum aufbrandete. Sie zog die Schultern an, als ein heftiger Windstoß sie einige Schritte vom Ufer zurücktrieb, aber die Kälte blieb seltsam fern und verschwand vollständig, als sie tief unten in den Wellen einen Schatten entdeckte. Sie hatte schon Aale, Seezungen und kleine Tintenfische in der Lagune Venedigs gesehen, aber die Schemen, die sie nun dort unten im Wasser erkannte, waren etwas anderes. In geschmeidigen Bewegungen glitten sie durch die Wellen, und als Milou neugierig näher heranging, meinte sie, die Umrisse menschlicher Körper in der Dunkelheit zu erkennen, umspielt von tiefblauem Haar – und mächtige Fischschwänze. Sie riss die Augen auf, und kurz schien es ihr, als würden Gesichter aus den Wellen tauchen, Dutzende schmale, betörend schöne Gesichter mit dunklen Rätselaugen, die Münder zu lockendem Gesang geöffnet.

Milou stieß mit dem Fuß gegen einen verrosteten Poller. Im selben Moment brachen die Wellen vor ihrem Blick, und sie schaute noch einmal in die Augen des Spiegelmädchens, die nichts als tiefschwarzes Meer in sich getragen hatten. In plötzlicher Atemnot griff sie sich an die Kehle, doch als die Gesänge erneut mit aller Macht um sie aufwallten, erlosch ihre Panik, als wäre sie nicht mehr gewesen als eine törichte kleine Flamme. Milou meinte, die Stimmen ihrer Eltern in all den Tönen hören zu können, und sie fühlte das Versprechen, das in jedem einzelnen Laut lag. Diese Wellen bargen Nächte aus fließender Seide und Gesänge vollendeter Harmonie, sie kannten die tiefste Finsternis des Ozeans ebenso wie das Leuchten des ersten Sterns am Abend, und sie zogen Milou näher, noch näher zu sich heran. Ihr Blick stürzte in die Tiefe. Sie fühlte, dass sie das Gleichgewicht verlor, aber der Schreck darüber blieb seltsam dumpf. Zu mächtig waren die Stimmen, die sie zu sich riefen und in denen jede Schwere, jede Furcht enden würde.

Der Schrei kam so plötzlich, dass er Milou wie ein Schlag vor die Brust traf und sie von dem Abgrund zurücktrieb. Grell peitschte er über das Wasser, und sie meinte, einen Raben dicht über den Wellen dahinjagen zu sehen, so deutlich hörte sie seinen Ruf. Voller Zorn bäumten sich die Stimmen ringsum auf. Noch einmal schien es, als höben sich dunkle Leiber aus den Fluten, tückisch nun und mit scharfen Klauen. Dann zerbrach der Gesang, und ehe Milou noch wusste, was sie im Tosen der Wellen gesehen hatte, tauchte jeder Schemen in der Tiefe des Meeres unter. Mit rasendem Herzen starrte sie in die Fluten, nicht wissend, ob sie einer optischen Täuschung aufgesessen war oder etwas anderes dort unten gesehen hatte ... etwas, das wirklich da gewesen war.

»Deine Wirklichkeit ist eine Illusion«, raunte da eine dunkle Stimme direkt hinter ihr.

Milou erschrak so sehr, dass sie den Halt verlor. Ihr linker Fuß rutschte über den Kairand, doch ehe sie in die Tiefe stürzte, wurde sie gepackt und zurück an Land gezogen. Atemlos schaute sie zu einem jungen Mann auf. Sein halblanges Haar war so hell, dass es fast farblos wirkte. Im Schein des Mondes jedoch, der nun durch die Wolken brach, schimmerte es silbern und umspielte ein erhabenes, von kühlem Stolz gezeichnetes Gesicht. Die Andeutung eines Lächelns lag auf seinen Lippen, und in seinen Augen spiegelte sich das Meer, so schwarz waren sie. Eine rätselhafte Glut stand in ihrer Mitte, und Milou kam es so vor, als würde die Dunkelheit darin als Schwingenschlag über ihre Haut gleiten, zärtlich und seltsam ruhelos zugleich. Noch nie hatte sie solche Augen gesehen.

»Ich kenne dich«, sagte sie und stellte zu ihrem eigenen Erstaunen fest, dass sie ihren Gedanken laut ausgesprochen hatte. »Du warst in der Gasse, als … der Nebel kam.«

Der Fremde zog sie vom Rand des Kais zurück. Sie konnte die Kraft spüren, die in seinem Körper lag, von einem starken Willen beherrscht und doch lohend wie bei einem Raubtier. Aus irgendeinem Grund sah sie sich für einen Wimpernschlag von außen: mit zerzausten Haaren, die Schlafanzughose in die Stiefel gesteckt, als wäre sie geschlafwandelt. Doch der Fremde schien nichts Ungewöhnliches an ihrem Aufzug zu finden. Stattdessen verstärkte er sein Lächeln. »Ich war dort. Mir schien es, als hättest du dich im Nebel verirrt.«

Seine Stimme war eigenartig, rau und sanft zugleich, und auf einmal waren die Bilder aus der Gasse wieder da, das Gesicht des Mädchens mit den Spiegelaugen, die entstellten Fratzen der Menschen in den Wohnungen, die bleigrauen Fassaden der Häuser. Milou schluckte. Irgendetwas in den Augen des Fremden löschte jede rationale Erklärung für diese Ereignisse in ihr aus. Instinktiv schlang sie die Arme um ihren Leib und fürchtete schon, dass die Erinnerung an das unheimliche Flüstern in ihr aufbrechen würde, als der Fremde den Kopf neigte. Das Mondlicht fing sich in seinen Augen. Milou stellte verwundert fest, dass sie hinter einem hauchzarten Schleier lagen, silbrig schimmernd im Schein der Nacht, und im selben Moment sanken die Bilder aus dem Nebel tief in sie zurück.

»Ich war vom Weg abgekommen«, erwiderte sie, als sie merkte, dass der Fremde sie abwartend anschaute. »Ich bin schon seit einer ganzen Weile nicht mehr in der Stadt gewesen, und offenbar habe ich doch mehr vergessen, als ich dachte. All die Schleichwege meiner Kindheit zum Beispiel.«

Er schwieg für einen Moment. Mit jedem Wort, das sie sagte, schienen seine Augen dunkler zu werden. »Mit der Zeit wirst du dich erinnern. Ganz geht man nie mehr fort, wenn man einmal hier gewesen ist, sagt man das nicht?«

»Das ist wahr«, stimmte sie ihm zu. »Und was ist mit dir? Streunst du jede Nacht durch die Gassen und rettest unvorsichtige Mädchen?«

Die Glut in seinem Blick glomm auf, und er lächelte unmerklich. »Es gäbe Schlechteres, das man mit seiner Zeit anfangen könnte, nicht wahr?«

Der schelmische Funke in seinen Augen machte Milou bewusst, dass er ihre Frage nicht beantwortet hatte. Doch ehe sie etwas erwidern konnte, frischte der Wind auf. Mit heftigem Stoß schlug er den Mantel des Fremden zurück, der wie ein Gehrock aus vergangenen Zeiten geschnitten war, und gab den Blick frei auf seine übrige Kleidung. Auch sie war über die Maßen ungewöhnlich. Er trug schwere Stiefel, überzogen mit wie von Klauen geschlagenen Schrammen, eine aschfarbene Hose und ein eng anliegendes Hemd mit rätselhaften Zeichen darauf, das schwarz war wie die Wellen des Meeres. Ebenso wie sein Mantel wirkte auch seine übrige Kleidung, als wäre sie aus Schatten gewebt worden. Mehrere Ringe zierten seine Finger und an seinem Gürtel hing ein Dolch, glühend wie eine schwarze Flamme. Milou überlegte, ob sie einem Rollenspieler gegenüberstand, verwarf den Gedanken aber sofort wieder. Der Fremde sah in keinster Weise verkleidet aus. Vielmehr konnte sie ihn sich in gewöhnlicher Garderobe gar nicht vorstellen.

»Ich muss jetzt gehen«, sagte er, als der Wind erneut nach seinem Haar griff. »Aber wo auch immer deine Wege dich in den kommenden Nächten hinführen: Die Sirenen sind gefährlich. Du solltest dich von ihnen fernhalten, solange du nicht Orpheus oder Odysseus heißt.«

Damit drehte er sich um und ging mit raschen Schritten am Kai entlang. Milou schaute ihm nach, wie vor den Kopf gestoßen von seinen Worten. Wispernd brachen die Schatten zu seinen Füßen auf wie bei ihrer letzten Begegnung in der Gasse, als er kurz darauf verschwunden war, und ehe sie noch darüber nachgedacht hatte, lief sie ihm hinterher.

»Sirenen?«, rief sie gegen den Wind an. »Ist das dein Ernst?« Der Spott in ihrer Stimme drängte die Gesänge zurück, die sie mitten in der Nacht durch die Stadt getrieben hatten, und ließ sie über sich selbst den Kopf schütteln, als sie an die Schemen im Wasser dachte. Sie hatte aufgebäumte Wellen gesehen, nicht mehr, die Stimmen waren Möwenschreie gewesen und … Da drehte der Fremde sich zu ihr um, und sein Spott zerbrach den ihren, als hätte er aus dünnem Glas bestanden.

»Du glaubst mir nicht?«, fragte er belustigt. »Dann stehst du jede Nacht am Ufer des Meeres, bereit, hinabzuspringen?«

Etwas in seinen Augen trug die Gesänge zu ihr zurück, so deutlich, dass sie fröstelte, und brachte sie gleichzeitig dazu, ihm widersprechen und mit aller Macht gegen das Rätsel in seinem Blick aufbegehren zu wollen, das irgendetwas tief in ihr erschütterte. »Nein, ich …«, begann sie und schüttelte den Kopf. »Ich war in Gedanken. Aber Sirenen, ich bitte dich. Sie sind Mythen, Legenden, Dinge, die …«

»… man weder greifen noch beweisen kann?«

Milou kam sich vor wie ihr Onkel, den sie oft genug mit demselben Blick angesehen hatte, mit dem der Fremde sie nun bedachte: ein Blick voller Hohn, als wäre sie ein dummes Kind, das nichts als Zahlen und Gleichungen im Kopf hatte. »So ungefähr«, murmelte sie, und ihre Miene verfinsterte sich.

Das Lächeln des Fremden jedoch wurde breiter. »Also Dinge wie Hoffnung? Demut? Liebe?« Er grinste, als sie den Mund öffnete und wieder schloss, ohne etwas zu sagen. »Die Welt ist voller Legenden, Träumerin. Ich dachte, das hättest du nicht vergessen.«

Er neigte den Kopf, ohne sie aus den Augen zu lassen, und für einen Moment überkam sie erneut dieses vertraute Gefühl, das sie schon bei ihrer ersten Begegnung empfunden hatte und das sie auch nun, da die Dunkelheit in seinem Blick aufglomm, wie ein warmer Schauer umgab. »Kennen wir uns?«, fragte sie so leise, dass ihre Stimme fast im Tosen des Windes unterging.

Er schwieg, und es schien ihr, als würde er tief in seinem Inneren gegen etwas ankämpfen, das doch mächtiger war als er. »Ja«, erwiderte er dann, und das Lächeln auf seinen Zügen wich einem Ernst, der Milou den Atem nahm. »Ich kenne dich seit … langer Zeit.«

Im selben Moment zog sich der Schleier von seinen Augen zurück. Der Fremde sah sie an, zum ersten Mal ohne jede Maske, und etwas an ihm ließ sie zurückweichen, etwas, das sie gleich darauf wieder vorwärtszog … eine Tiefe und Eindringlichkeit, die seinen schwarzen Blick durch Haut und Fleisch gleiten ließ und ein Lächeln auf sein Gesicht schickte, als würde er etwas in ihr sehen, das ihr selbst verborgen blieb. Seine Augen waren wie eine Frage, deren Antwort sie ersehnte und zugleich fürchtete, und sie spürte instinktiv, dass ein einziger Schritt auf ihn zu sie ins Bodenlose führen würde … ein einziger Schritt, der alles ändern konnte, was sie zu sein glaubte.

Da wandte er sich ab. Milou fühlte sich wie aus einer Umarmung entlassen. Der Blick des Fremden jedoch glitt halb über seine Schulter zurück, als würde er auf etwas hinlauschen, das sie nicht hören konnte. Erst jetzt bemerkte sie den Nebel, der in dichten Schwaden über das Meer kam, und als der Fremde sich wieder zu ihr umdrehte, erschrak sie. Jede Wärme war von seinen Zügen gewichen und jetzt konnte sie es deutlich sehen: das Raubtier, das er in seinem Inneren verbarg und das gelernt hatte, in einer Nacht zu überleben, die ihr unbekannt war. Etwas wie Bedauern ging über seine Züge, fast so, als hätte er ihr diesen Anblick ersparen wollen. Dann drang ein Laut durch die Luft, hell wie der Ruf eines Kojoten. Milou zog die Brauen zusammen, aber da raunte der Fremde schon eindringlich: »Lauf heim. Und ganz gleich, was geschieht: Folge nicht den Stimmen des Nebels.«

Damit wandte er sich ab, und so schnell, dass sie ihm kaum folgen konnte, lief er den Kai hinab. Milou eilte ihm nach, aber schon brach der Nebel in dichten Schleiern an Land und nahm ihr die Sicht. »Warte!«, rief sie dem Fremden nach, als sie ihn gerade noch erkennen konnte. »Wer bist du?«

Da drehte er sich zu ihr um. Trotz des Abstands, der zwischen ihnen lag, konnte sie seine Nähe spüren, sanft wie dunkle Federn auf ihrer Haut. »Ein Traum«, flüsterte er kaum hörbar. »Nichts als ein Traum aus Nacht und Schatten.«

Sie sah noch, wie er lächelte. Dann setzte er seinen Weg fort, und im selben Moment, da die Dunkelheit um ihn herum aufloderte, war er verschwunden.

Milou zog die Schultern an. Die Kälte kehrte nun zu ihr zurück und ließ sie frösteln. Kurz schien es ihr, als hätte der Fremde mehr als jede Wärme mit sich fortgenommen und als würde ihr nun etwas fehlen … etwas, für das sie keine Worte hatte.

Nachdenklich starrte sie in den Nebel und versuchte, sich daran zu erinnern, woher sie den Fremden kannte. Aber ihre Konzentration verlor sich beim Gedanken an den Klang seiner Stimme und die rabenschwarze Dunkelheit seiner Augen, und schließlich gab sie es auf. Mit schnellen Schritten trat sie den Heimweg an, ohne den Fremden auch nur für einen Wimpernschlag aus ihrem Schädel vertreiben zu können. Doch erst als sie das Haus ihrer Großmutter fast erreicht hatte und der Nebel sich lichtete, merkte sie, dass sie noch immer sein Lächeln erwiderte.

4

Die Katze strich um die Büchertürme wie ein Geist durch die Gänge eines verwunschenen Schlosses, streifte an den abgerissenen Polsterstühlen vorüber, auf denen ihre Artgenossen schliefen, und rollte sich schließlich auf einem von Kunstdrucken umgebenen Atlas zusammen, nicht ohne zuvor einen abschätzigen Blick zu dem Mädchen hinüberzuwerfen, das mitten in der Nacht von Kerzen und aufgeschlagenen Büchern umgeben vor dem windschiefen Ofen hockte und las.

Milou schaute auf und erwiderte den Blick aus den gelben Augen mit einem Lächeln. Seit jeher gehörten die Katzen auch in Federicos Buchladen zum Inventar, und das leise Schnurren, das rings um sie erklang, unterstrich die geheimnisvolle Atmosphäre dieses Ortes. Sie schaute zu dem Ohrensessel hinüber, in dem Federico ihr früher so oft vorgelesen hatte, und strich gedankenverloren über die uralte Pferdedecke, auf der sie sich niedergelassen hatte und die vermutlich ebenso viele Jahre zählte wie Federico selbst. Dennoch hatte sie, wie der gesamte Laden, schon so manches Acqua Alta überstanden. Der Kanal plätscherte vor dem hölzernen Tor, und Milou dachte daran, wie sie in Paris von diesem Laden geträumt hatte, von dem Geruch nach Rauch und staubigem Papier, den unzähligen Büchern in wackligen Regalen, Kübeln und Badewannen, den Kronleuchtern, in denen Kerzenstummel in verschiedenen Farben steckten, und der ausgedienten Gondel, die mitten im Raum stand und in der sie früher herumgeturnt war, ehe sie sich in so manchem Märchen festgelesen hatte. Immer schon war dieser Buchladen ein Zauberort gewesen. Federico verglich ihn gern mit dem Bau eines Tieres wegen der etlichen schmalen Gänge, und Milou konnte nicht mehr zählen, wie oft sich diese Pfade vor ihrem Blick in geheime Wege verwandelt hatten, wenn sie von einem Buch aufgesehen und für Momente noch die Welt zwischen den Seiten in ihrer Wirklichkeit gesehen zu haben glaubte. Etliche Male hatte sie sich zwischen den Bücherkisten versteckt und eine Geschichte nach der nächsten verschlungen, und obgleich sie Bibliotheken liebte, überkam sie noch immer nirgendwo sonst mit solcher Übermacht der Drang, sich auf die Bücher zu stürzen, wie hier – sich von ihnen aufsaugen zu lassen, mit ihnen zu lieben, zu weinen, zu sterben, in ihre Welten einzutauchen und verändert aus ihnen hervorzugehen, gerade so, als hätte sich ein Zauber auf sie gelegt. Dieser Ort war mehr als eine Ansammlung aus altem Kram und Büchern. Er war ein Portal zu Plätzen, die Milou sich kaum vorstellen konnte. Und jedes einzelne Buch ringsum flüsterte ihren Namen, begierig darauf, sie auf spannende Abenteuer mitzunehmen. Doch dieses Mal war sie aus einem anderen Grund gekommen.

Federico war schon vor einer Weile schlafen gegangen, aber sie sah noch immer sein Gesicht vor sich, als sie ihn am Abend nach einem Buch über Sirenen gefragt hatte. Aus irgendeinem Grund hatte sie gehofft, dass er spöttisch die Brauen heben und lächeln würde, wie Mathis es an seiner Stelle getan hätte. Doch stattdessen hatte er nur den Finger an die Schläfe gelegt, wie er es immer tat, wenn er nachdachte, und begonnen, in einem Bücherberg herumzuwühlen.

Wie kommst du darauf, dich mit Sirenen zu beschäftigen?, hatte er über die Schulter hinweg gefragt, und unwillkürlich hatte sie erneut an die Augen des Fremden gedacht, der sie vor einem Sturz in die Wellen gerettet hatte.

Ein ... Bekannter hat mir von ihnen erzählt, hatte sie erwidert. *Und da ist mir aufgefallen, dass ich eigentlich nichts über sie weiß. Das kann ich natürlich nicht auf mir sitzen lassen. Und abgesehen davon ist die Lektüre über Fabelwesen garantiert spannender als das Mathebuch, das ich noch durcharbeiten muss.*

Milou war froh gewesen, dass Federico zwar gelacht, sich aber nicht zu ihr umgewandt hatte. Bis zu diesem Moment hatte sie nicht genau gewusst, aus welchem Grund sie zu ihm in den Buchladen gegangen war. Vielleicht hatte sie geglaubt, auf diese Weise eine harmlose Erklärung für die Ereignisse der vergangenen Nacht zu finden, irgendetwas, das die Erscheinungen im Wasser und die rätselhaften Stimmen noch weiter vom Mythos der Sirenen abrückte als brechende Wellen und Möwengeschrei ... etwas wie die Kreaturen, die Christoph Kolumbus einst im Golf von Mexiko beobachtet und später als Meerjungfrauen beschrieben hatte, und die doch nur Seekühe gewesen waren. Aber nun, da das Gesicht des Fremden so deutlich vor ihren Augen stand, als schaute er mit leisem Spott aus einer Nische des Ladens zu ihr herüber, musste sie zugeben, dass dies nicht die einzigen Gründe für ihre Suche waren. Noch immer konnte sie sich nicht darauf besinnen, woher er sie zu kennen glaubte, aber vielleicht würde sie mit ihren Nachforschungen mehr über ihn herausfinden – über ihn, den Fremden mit den Rabenaugen, dem sie am Saum des Meeres begegnet war und der ihr seither nicht mehr aus dem Kopf ging.

Vorsichtig strich sie über die Seiten des Buches, das aufgeschlagen auf ihren Knien lag. Es war so alt, dass das Papier ganz dünn geworden war, das Leder war abgegriffen, und es roch nach

Rauch und Staub ... und nach Meeresrauschen, wenn man nah genug heranging an die geschwungenen Worte und die Bilder, die es enthielt: Zeichnungen, die den Schemen verteufelt ähnlich waren, die Milou in den Wellen gesehen hatte.

Mein Urgroßvater hat die Bilder angefertigt, hatte Federico gesagt, als er das Buch endlich gefunden hatte. *Er war Fischer und geriet eines Nachts in einen Sturm, der sein Boot zum Kentern brachte. Wie durch ein Wunder überlebte er und wurde zeit seines Lebens nicht müde, von den Kreaturen zu erzählen, die ihn gerettet haben sollen, ehe sie eines Tages in tödlichem Hass zu den Menschen entbrannten. Er nannte sie die Stimmen des Meeres – geheimnisvoll und betörend wie Licht in den Wellen.*

Fasziniert hatte Milou das Buch entgegengenommen und sich neben einem hölzernen Fass voller Comics niedergelassen. *Sirenen,* hatte sie gemurmelt, und Federicos Blick war über die Bilder auf den Seiten gewandert.

Ja, hatte er entgegnet. *Als ich größer wurde, hielt ich das natürlich für ein Hirngespinst. Aber ich kann nichts dagegen tun, dass mir, wenn der Wind richtig steht und die Schreie der Möwen sich verzerren, ein Schauer über den Rücken fliegt. Und dann hüte ich mich davor, ans Ufer der Lagune zu treten.* Für einen Moment, so schien es Milou, hatte er sie prüfend angesehen, gerade so wie in ihrem Zimmer, als sie ihm nur die halbe Wahrheit von den Ereignissen im Nebel erzählt hatte. Wie gebannt hatte sie ihren Blick auf die Zeichnungen gerichtet, wohl wissend, dass die Worte nur so aus ihr herausgesprudelt wären, wenn sie zu ihm aufgeschaut hätte – zu ihm, der einen mittleren Herzinfarkt erleiden würde, wenn er erführe, dass sie des Nachts beinahe in die Lagune gefallen und ertrunken wäre. Dann hatte er die Schultern gezuckt und leise geseufzt. *Die klugen Leute würden darüber lachen. Aber wie sagt deine Großmutter? Ein bisschen Wahnsinn hat noch niemandem geschadet. Und vielleicht, wer weiß, hat er mir schon das eine oder andere Mal das Leben gerettet.*

Ein Lächeln flog über Milous Gesicht, als sie daran dachte, wie Federico sich in dem abgewetzten Sessel niedergelassen hatte, dieser alte Mann, dessen Augen wie die eines Kindes leuchteten, wenn er von Sagen und Legenden berichtete, und der sie als Geschichtenerzähler vor langer Zeit das Träumen gelehrt hatte. Erst als er dreimal im Sessel in Schlaf gesunken war, hatte er sie allein gelassen. Daraufhin hatte Milou sich mit voller Konzentration in das Buch vertieft und inzwischen unzählige Geschichten über Sirenen, Wassermänner und andere Meerwesen gelesen. Anfangs waren sie ihr tatsächlich wie Märchen erschienen. Doch hatten die Worte ihr noch die Möglichkeit zur Flucht gelassen, zogen die Zeichnungen neben den Zeilen sie zunehmend in ihren Bann. Nachdenklich berührte sie das schmale Antlitz einer Sirene und meinte fast, das seidige blaue Haar an ihren Fingern spüren zu können, das deren Leib umspielte. Die Sirene schien ihren Blick zu erwidern. Ihre Augen waren wie nächtliche Spiegel und schwarz … fast so schwarz wie die Augen des Fremden.

Milou seufzte und versuchte erneut, ihn aus ihren Gedanken zu vertreiben. Aber seine Stimme hatte sich darin festgesetzt. Sie erinnerte sich an jede Kleinigkeit seines Gesichts, an die Art, wie das Mondlicht sich in seinem Haar verfangen hatte und an die Dunkelheit auf ihrer Haut, zärtlich wie schwarze Federn, und als sie ihn noch einmal inmitten des Nebels vor sich sah, den Blick halb zurückgewandt und mit diesem unmerklichen Lächeln auf den Lippen, da konnte sie nicht anders, als die Geste zu erwidern. Wieder schaute sie zu, wie er in den Schatten verschwand … und bemerkte erst nach einem Moment den Blick der Katze, die sie mit einem Ausdruck vollendeter Herablassung betrachtete. Milou verzog den Mund und scheuchte das Lächeln von ihren Lippen. Verflucht, seit wann ließ sie sich von einem Kerl derartig aus dem Konzept bringen, dass sie mitten in der Nacht Löcher in die Luft starrte und dämlich vor sich hin grinste? Sie würde keine Erklärung für die Ereignisse finden, wenn sie sich in kindischen Schwärmereien verlor. Seufzend beugte sie sich wieder über das Buch und hatte gerade mit einem neuen Absatz begonnen, als sie den Nebel sah, der lautlos durch einen Spalt in der Bootstür kroch.

Instinktiv wich Milou vor ihm zurück und meinte, Klauen und Krallen über den Boden auf sich zugleiten zu sehen, geformt aus weißen Schleiern. Sie näherten sich gerade weit genug, um von der Wärme der Kerzen nicht zerrissen zu werden, fast so, als würden sie auf etwas lauern. Milou stieß die Luft aus, um ihren Gedanken zu zerbrechen. Das war Nebel, zur Hölle noch eins, nicht mehr. Mit finsterer Miene sah sie zu, wie die Schleier über einige Bücher am Boden hinwegkrochen, und konnte nicht verhindern, dass ihr Herz plötzlich schneller schlug. Mochte es gewöhnlicher Nebel sein, doch immerhin hatte er sie schon zweimal in rätselhafte Situationen geführt, und vielleicht ... vielleicht hatte er Antworten für sie, die ihr kein Buch der Welt geben konnte.

Dieser Gedanke war als grelles Licht in ihren Kopf geschossen und sie zögerte nicht länger. Rasch löschte sie die Kerzen und griff nach den Ohrstöpseln, die Federico in seinem Tresen aufbewahrte, um sich gegen lautstarke Touristenhorden zu schützen. Sie drehte die Wachsstückchen zwischen ihren Fingern, und kurz stellte sie sich vor, was ihr Onkel sagen würde, wenn er sie jetzt sehen könnte. Aber sie erinnerte sich deutlich an die Warnung des Fremden, und was auch immer hinter dem merkwürdigen Gesang stecken mochte – er hatte sie schon einmal an den Abgrund geführt. Ein weiteres Mal würde sie sich nicht übertölpeln lassen. Damit holte sie tief Atem, und ehe Mathis' spöttisches Gesicht vor ihrem inneren Auge auftauchte, stopfte sie sich das Wachs in die Ohren und verließ den Laden.

Der Nebel stand hoch zwischen den Häusern. Er war so dicht, dass Milou nicht weiter als wenige Armlängen sehen konnte, und die anbrechende Dämmerung ließ ihn noch geisterhafter wirken. Durch das Wachs klang ihr Atem laut in ihrem Schädel wider, und als sie dem Dunst folgte, der wie von leisem Wind getrieben die Gasse hinabströmte, schien es ihr, als wäre sie in einen Traum geraten, in dem ihre Sinneseindrücke seltsam dumpf in ihr Bewusstsein drangen. Gespenstisch tauchten die Straßenlaternen durch den Nebel. Ihr Licht war kaum mehr als ein Glimmen inmitten der weißen Schleier. Milou kam es so vor, als würden sich Figuren aus dem Dunst formen, menschliche Schemen und Tiere, die aus dem Verborgenen zu ihr herüberstarrten. Doch jedes Mal, wenn sie den Blick wandte, verschwammen die Umrisse, und mit jedem Schritt überkam sie stärker das Gefühl, ganz allein zu sein in einem Kosmos aus trübem Dunst.

Umso heftiger erschrak sie, als plötzlich eine Gestalt neben ihr aus dem Nebel tauchte. Sie versuchte noch auszuweichen, aber sie konnte einen Zusammenstoß nicht mehr verhindern. Milou prallte von einer kleinen Frau zurück, als wäre sie gegen eine Mauer gelaufen. Benommen fuhr sie sich an die Schläfe und erkannte, dass es Matilda Rossi war, die da vor ihr stand, die Frau des Blumenhändlers, bei der sie vor Kurzem noch ein Gesteck aus leuchtend roten Weihnachtssternen für Nonna gekauft hatte. Sie hatte Milou mit der ihr üblichen Fröhlichkeit bedient, doch nun war jedes Lächeln von ihren Zügen gewichen. Ihre Lippen zitterten, Tränen liefen über ihre Wangen, und als sie auf Milou zutrat, langsam, als würde sie nicht glauben, dass sie tatsächlich da war, weiteten sich ihre Augen. Leise nur drang ihre Stimme an Milous Ohr, aber deutlich genug, um sie die Verzweiflung in Matildas Stimme hören zu lassen.

»Mein Sohn«, sagte sie und schlang die Arme um den Körper, als würde sie mit aller Kraft versuchen, sich zu beherrschen. »Ich suche meinen Sohn. Er war in seinem Zimmer. Ich bin nur kurz hinausgegangen, um das Frühstück vorzubereiten, und als ich wiederkam, war er verschwunden. Die Haustür stand offen, sperrangelweit. Es war der Nebel, ich weiß es. Der Nebel hat ihn gerufen!«

Ihre Worte schickten einen eisigen Schauer über Milous Rücken, doch sie zwang sich, ruhig zu bleiben. Was auch immer geschehen sein mochte, hatte Matilda vollkommen aus dem Konzept gebracht. Sie zitterte am ganzen Leib, offensichtlich stand sie unter Schock. Sie musste so schnell wie möglich zurück ins Warme. »Keine Sorge«, sagte Milou und legte beruhigend einen Arm um sie. »Wir werden ihn schon finden. Kommen Sie, ich helfe Ihnen bei der Suche.«

Sie war sich nicht sicher, ob Matilda sie gehört hatte. Kurz nur hob diese den Blick, dann setzte sie ihren Weg fort, so eilig, dass Milou kaum mit ihr Schritt halten konnte. Fieberhaft überlegte sie, wie sie Matilda zu Nonna oder Federico lotsen konnte oder zurück in ihre Wohnung, aber ehe sie noch zu einem Schluss gelangt war, begann Matilda wieder zu sprechen.

»Er war immer ein ängstliches Kind«, sagte sie nun, atemlos von ihrem raschen Lauf. »Er fürchtete sich vor allem, vor der Dunkelheit, dem Wispern der Vorhänge, den Geistern im Keller. Aber der Nebel hatte es ihm angetan. *Er flüstert,* hat er zu mir gesagt, *kannst du es denn nicht hören?*« Wieder begann sie zu weinen, und obwohl Milou sich nach Kräften bemühte, sich nichts anmerken zu lassen, fröstelte sie. Sie kannte das Flüstern, von dem Matilda sprach. Sie hatte es selbst gehört … tückisch wie aus tausend Kehlen.

»Wie alt ist er?«, fragte sie in ihre eigenen Gedanken hinein, um den Schreck zurückzudrängen.

Matilda fuhr sich über die Augen. »Er ist sechs Jahre alt.«

»Dann kann er noch nicht weit sein«, stellte Milou fest. »Ich bin mir ganz sicher, dass wir ihn finden. Vielleicht ist er zum Blumenladen gelaufen? Ich erinnere mich, wie er mich letzte Woche inmitten der Gestecke begrüßt hat, von einem Ohr zum anderen strahlend. Sein Haar muss im Dunkeln glühen, so rot ist es. Sicher leuchtet es auch in dem verfluchten Nebel. Sie werden schon sehen.«

Da schaute Matilda sie an, mit diesem sanften Lächeln, das sie im Laden auf ihren Lippen trug. Sie blinzelte, als hätte sie Milou gerade erst erkannt, doch gleich darauf kehrte die Maske der Furcht auf ihre Züge zurück. »Ich habe das Flüstern des Nebels nicht gehört«, raunte sie so leise, dass Milou die Worte von ihren Lippen ablesen musste. »Aber ich hörte etwas anderes. Schritte auf dem Pflaster, kratzend wie welke Blätter auf Gräbern. Ich schlich mich hinaus in den Nebel, gerade so wie mein armer Sohn, und da … habe ich sie gesehen.«

Milou hielt inne. »Gesehen?«, fragte sie so leise, dass sie sich selbst kaum hören konnte. »Wen?«

Das Wort jagte durch ihre Gedanken, als Matilda sich zu ihr umdrehte. Sie öffnete den Mund, aber kein Laut drang aus ihrer Kehle. Es war, als schlössen sich eisige Klauen um ihren Hals. Sie packte Milous Arm wie eine Ertrinkende, so fest, dass es wehtat, und für einen entsetzlichen Moment schaute Milou noch einmal in die Augen des Spiegelmädchens, das vor ihr aus dem Nebel getaucht war. Doch dieses Mal überzog sich ihr Gesicht mit Rissen, als bestünde es aus Glas, und darunter …

Der Schatten glitt so plötzlich an ihnen vorbei, dass Milou zusammenfuhr und jedes Bild vor ihrem inneren Auge zerbrach. Matilda wandte den Blick und stieß einen leisen Schrei aus. »Cristian!«, rief sie außer sich, zog ihre Hand zurück und rannte dem Schemen nach, der in einiger Entfernung wieder im Nebel untertauchte.

Für einen Wimpernschlag stand Milou da wie betäubt. Erst als sie sich in Bewegung setzte, verschwand die Lähmung aus ihren Gliedern und sie begann zu rennen. Mehrfach wäre sie um ein Haar mit einem Mauervorsprung oder einem Laternenmast zusammengestoßen, so dicht war der Nebel nun, doch so sehr sie sich auch bemühte, Matildas verzweifelten Rufen zu folgen, so wenig wollte es ihr gelingen. Ihre Stimme war nichts mehr als ein ferner Schrei, der heiser im Gewirr der Gassen widerhallte. Eisiger Wind trieb den Nebel vor Milou auseinander, als sie den Campo Santa Maria Formosa erreichte. Sie kniff die Augen zusammen, und gerade, als sie den Blick über den Platz schweifen ließ, tauchten Schemen durch den Dunst. Im ersten Moment glaubte sie, erneut dem Spiegelmädchen gegenüberzustehen, doch dann erkannte sie, dass es Kinder waren – ein Dutzend Kinder, die wie Marionetten mit mechanischen Bewegungen in Richtung des Kanals gingen.

Milous Herz setzte für einen Schlag aus. Sie mochte sich den Nebel nicht erklären können, der sich nun um ihren Körper schlang, aber sie spürte die Kälte, die plötzlich über den Platz zog, ebenso wie die Gefahr, die in der Luft lag und jedes Traumgefühl zerbrach – Gefahr für die Kinder, die in gespenstischer Langsamkeit ihren Weg fortsetzten. Milou lief ihnen nach, doch gerade als sie die Hand nach einem kleinen Mädchen ausstreckte, schlug ihr der Nebel wie eine Faust ins Gesicht. Benommen taumelte sie zurück. Fast meinte sie, Blut zu schmecken, so heftig war der Hieb gewesen. Aber sie spürte keinen Schmerz. Stattdessen jagte haltloser Schrecken durch ihren Leib, als die Kinder von ihr fortglitten, so schnell, als würden sie von unsichtbaren Händen in die Luft gehoben. Sie stemmte sich gegen den Sturm, der sich nun aus dem Nebel erhob, und entdeckte einen Jungen kaum wenige Armlängen von ihr entfernt. Er kauerte im Schatten eines Brunnens, die Hände krampfhaft gegen den Stein gepresst. Sein rotes Haar leuchtete im Nebel, wie ein Stich fuhr Matildas Schrei durch Milous Brust. Mit aller Kraft kämpfte sie sich vorwärts. Sie ignorierte die beißenden Hiebe des Nebels, der die Kinder immer rascher von ihr fortriss, und gerade als der Junge wie von einem fremden Willen gerufen auf die Beine kam, packte sie ihn am Handgelenk. Seine Haut war eiskalt, doch sie achtete nicht darauf. Sie würde ihn in Sicherheit bringen, zurück zu seiner Mutter, die …

Da drehte er sich ruckartig zu ihr um – und Milou fuhr zusammen. Jede Farbe war aus seinen Augen verschwunden. Sie waren wie erblindet, und während noch das Entsetzen durch Milous Körper strömte, strahlten sie weiß auf. Erschrocken wich sie zurück. Der Arm des Jungen entglitt ihr und im nächsten Moment wurde sie vom gleißenden Licht seiner Augen erfasst.

Der Schmerz schoss so heftig in ihre Glieder, dass sie auf die Knie fiel. Es war, als jagten Scherben durch ihre Adern und drückten sich von innen gegen ihre Haut. Sie presste sich die Hände vors Gesicht, doch sie konnte sie dennoch sehen: die Kinder, die hinter ihren Lidern vorüberflogen wie Blätter im Wind. Erst als sie verschwunden waren, brach der Sturm ab, und jedes Licht erlosch.

Für einen Moment rührte Milou sich nicht. Sie überkam der Gedanke, dass sie tatsächlich in einen Traum geraten sein könnte, dass sie nur die Augen öffnen und sich in ihrem Zimmer umsehen musste, um die Welt wieder geradezurücken, die gerade um sie herum ins Wanken geraten war. Aber da strich der Wind über sie hinweg und als sie sich aufrichtete und den Staub aus ihren Augen wischte, zerbrach jede Hoffnung auf eine plausible Erklärung für das, was geschehen war. Das erste Licht des Tages fiel über die Dächer, der Nebel lichtete sich zusehends, doch Milou konnte noch immer die Kinder sehen, die über diesen Platz hinweggerissen worden waren … gezogen von einer Macht, die sie weiterhin eiskalt auf ihrer Haut fühlte. Beinahe erschrak sie, als die Stimmen der Händler zu ihr herüberdrangen, die nun mit ihren Ständen und Verkaufswagen auf den Markt kamen – und sah erst nach einem Augenblick Matilda, die zusammengesunken vor dem Portal der Kirche lag.

So schnell sie konnte, lief Milou zu ihr. Ihr Haar war ihr ins Gesicht gefallen, doch als Milou sie am Arm berührte, hob sie den Kopf und sah sich benommen um. Sie schwankte, als sie auf die Beine kam, aber sie erkannte Milou sofort und lächelte. »Ich danke dir«, sagte sie und stützte sich auf Milous Arm. »Mir ist auf einmal so schwindlig geworden, dass ich …« Sie sah an sich herab. »Ach du meine Güte, wie sehe ich denn aus? So kann ich mich auf dem Markt ja gar nicht blicken lassen. Bitte entschuldige, aber ich muss jetzt gehen.«

Irgendetwas in ihrem Blick ließ Milou schaudern. »Matilda«, sagte sie dennoch, und ihre Stimme klang wie aus weiter Ferne. »Es tut mir so leid.«

Noch immer lächelnd sah Matilda sie an, doch nun, da sie Milous Hand ergriff, als wäre diese krank, trat plötzliche Betroffenheit auf ihre Züge. »Aber was denn?«

Milous Herz schlug so schnell, dass es wehtat. »Ihr Sohn«, sagte sie und riss sich das Wachs aus den Ohren. »Ich habe versucht, ihn aufzuhalten, aber …«

Da hob Matilda die Brauen. »Meine Liebe«, sagte sie, und ihr Lächeln wurde maskenhaft. »Ich habe keinen Sohn.«

Milou starrte sie an. Sie fühlte, dass Matildas Hände kalt wurden, so kalt wie die einer Toten, und kurz ging ein unheilvolles weißes Glühen durch ihre Augen wie von Scherben, die das Licht der Sonne zurückwerfen. Gleichzeitig verstärkte sich ihr Lächeln und die Erkenntnis breitete sich in grausamem Frost in Milou aus. Matilda erinnerte sich nicht.

Die Stimmen der Menschen drangen wie aus einer anderen Welt an Milous Ohr. Matilda zog nun ihre Hände zurück. Ihr Gesicht zeigte einen Anflug von Misstrauen, als würde mit Milou etwas nicht stimmen. Dann ging sie über den Platz davon, leicht schwankend zwar, doch lachend, als sie befreundete Händler grüßte, ganz so, als wäre nicht das Geringste passiert. Milou schaute ihr nach, ohne sie wirklich zu sehen. Die ersten Sonnenstrahlen trafen ihr Gesicht. Sie vertrieben die Schatten aus den Nischen des Platzes, und die Stimmen der Händler erfüllten die Luft, die nun ihre Stände aufbauten. Aber während alle um Milou herum ihrem Alltag nachgingen, sah sie noch immer die Gesichter der Kinder vor sich. Sie fuhr sich über die Augen. Hatte sie geträumt? Geschlafwandelt vielleicht, und sich das alles eingebildet? Hatte sie …

Ein stechender Schmerz ging durch ihre Augen. Sie schaute auf ihre Hand, mit der sie sich den Staub vom Gesicht gerieben hatte, und sie spürte, dass ihr das Blut aus dem Kopf wich, als jede Flucht, jede harmlose Erklärung der Ereignisse in sich zusammenbrach. Kein Staub klebte an ihren Fingern, wie sie geglaubt hatte, sondern Splitter … winzige Splitter weißer Scherben.

5

Der Parco delle Rimembranze glühte im letzten Schein der Sonne. Golden legten sich ihre Strahlen auf die Stämme der Pinien, flackerten über die Wege und strichen mit sanfter Wärme über Milous Wangen. Eingepackt in einen dicken Mantel hockte sie auf einer Bank, ihr Geschichtsbuch auf den Knien, und nickte zu dem Cafébetreiber hinüber, der ihr von seiner Eingangstür aus zuwinkte. Vermutlich fragte er sich, warum sie nicht zu ihm hereinkam, wieso sie keine heiße Schokolade bestellte und im Warmen weiterlernte. Seit zwei Tagen saß sie nun von früh bis spät hier herum, tat so, als würde sie lernen, und hörte den Kindern zu, deren Gelächter vom nahegelegenen Spielplatz zu ihr herüberklang. Ausgelassen turnten sie auf den Klettergeräten herum und scherten sich so wenig um die Kälte, dass es Milou fast gelang, sich dem vermeintlichen Frieden hinzugeben, der über der Szene lag. Doch kaum, dass die Sonne hinter den Bäumen unterging, erinnerte sie sich daran, dass der Schein eine Lüge war ... dünn wie eine trügerische Schneeschicht auf einer Decke aus brüchigem Eis.

Sie beobachtete, wie der Cafébetreiber wieder in seinem Laden verschwand, achselzuckend über das seltsame Mädchen, das Tag für Tag in der Kälte vor seinem Geschäft saß und nicht zu ihm hereinkommen wollte, und etwas an der Routine, mit der er nun begann, das Geschirr abzuräumen, zog Milou den Magen zusammen. Der Nebel war nicht zurückgekehrt. Niemand schien die Kinder zu vermissen, die in jener Nacht verschwunden waren, und selbst Matilda scherzte mit ihrer Kundschaft, als hätte es ihren Sohn nie gegeben. Milou fuhr sich über die Augen. Das Spiegelmädchen hatte sie sich erklären können, ebenso die nächtlichen Gesänge und die Schemen im Wasser, doch dieses Mal gelang es ihr trotz aller Bemühungen nicht, die Ereignisse mit der Realität in Einklang zu bringen. Stattdessen schloss sich der Alltag der Stadt immer enger um ihre Glieder. Wenn sie gewöhnliche Gespräche mitanhörte, stieg Übelkeit in ihr auf, und sobald sie jemand mit seinem Blick streifte, rechnete sie damit, das bedrohliche weiße Funkeln in seinen Augen zu erkennen, das Matildas Gesicht noch immer so fremd erscheinen ließ. Milou konnte spüren, dass etwas vor sich ging – etwas Unheilvolles, für das sie noch keine Worte hatte und das doch nur sie allein bemerkte, während alle anderen Menschen blind blieben.

Fröstelnd zog sie die Schultern an. Das feuchte Wetter hatte Federico eine schlimme Erkältung beschert, die ihn seit knapp zwei Tagen ans Bett fesselte. Nonna kümmerte sich mit der ihr eigenen Mischung aus Strenge und Hingabe um ihn, und auch wenn es Milou unendlich leidtat, ihn so krank zu sehen, kam es ihr doch ganz gelegen, dass weder er noch Nonna ihr gegenwärtig große Aufmerksamkeit widmen konnten. Immer wieder war sie in den vergangenen Tagen kurz davor gewesen, den beiden von den Ereignissen zu erzählen. Doch stets war sie im letzten Moment davor zurückgeschreckt, und das nicht allein, um die beiden alten Menschen nicht zu beunruhigen, gerade jetzt nicht, da es Federico so schlecht ging. Vor allem hielt die Furcht sie davon ab, ihre eigene dunkle Ahnung in deren Augen gespiegelt zu finden … diese Ahnung, die als dumpfer Schmerz hinter ihrer Stirn pochte und ihr mit tückischem Wispern zuraunte, dass das alles nur an einem einzigen Ort geschah: in ihrem eigenen Kopf.

Kinder fliegen nicht durch den Nebel davon, flüsterte es in ihren Gedanken. *Du verlierst den Verstand.*

Aber noch immer fühlte sie die eiskalte Haut des Jungen unter ihren Fingern, noch immer sah sie die Schemen der Kinder im Nebel verschwinden, und jedes Mal, wenn sie auf ihre Hände schaute, meinte sie, daran das Glitzern der weißen Scherben zu erkennen, die Matildas Augen glühen ließen, unsichtbar für alle Menschen bis auf Milou. Entschlossen ballte sie die Hände zu Fäusten. Sie war nicht verrückt. All das war wirklich passiert, sie hatte es gesehen. Es musste eine Erklärung dafür geben – und sie würde sie finden.

Es war nicht mehr als ein Zittern in der Luft, dieses Flüstern, das Milou so gut kannte, und doch setzte ihr Herz für einen Schlag aus, als es plötzlich über sie hinwegstrich. Und dann, lautlos und tückisch, kam der Nebel. In weißen Schleiern kroch er über das Meer an Land, glitt über die Promenade und schlang sich um die Stämme der Bäume, bis er den Spielplatz erreichte. Milou musste sich zwingen, ruhig sitzen zu bleiben. Sie verschloss ihre Ohren mit Wachs, aber sie wandte sich nicht von den Kindern ab, deren Bewegungen unter der Berührung des Nebels langsamer wurden. Sie hielten mitten im Spiel inne, ihre Stimmen verstummten, und ihre Blicke glitten in den Dunst, als würde aus den Schleiern heraus jemand ihre Namen rufen. Für einen winzigen Moment hoffte Milou, dass die Erwachsenen auf den Bänken die Kälte spüren würden, die nun über den Platz kroch. Doch sie schienen nicht einmal den Nebel wahrzunehmen, der sich in dichten Schwaden um sie schloss. Stattdessen fuhren sie sich an die Augen, als wäre Sand hineingeraten, und als die Kinder sich in Bewegung setzten, rief niemand sie zurück. Im Gegenteil: Die Menschen sahen ihnen nicht einmal nach. Es war, als hätten die Kinder sich in wehendes Laub verwandelt, dem sie keine Beachtung schenkten.

Milou musste ihre Fingernägel in ihre Handflächen graben, um den Impuls zurückzudrängen, den Kindern nachzueilen. Doch es gelang ihr, reglos sitzen zu bleiben. Sie blätterte in ihrem Buch, als würde der Nebel nicht mit eisigen Klauen über ihre Wangen streichen, ignorierte den stechenden Schmerz, der durch ihre Augen ging, und fuhr sich wie beiläufig übers Gesicht. Selbst als sie die Scherbensplitter erneut an ihren Fingern fühlte, hielt sie den Blick starr auf die Seiten ihres Buchs gerichtet, während die ersten Kinder an ihr vorbeiliefen. Wieder waren ihre Bewegungen mechanisch und seltsam willenlos, und Milou konnte nicht verhindern, dass sie angesichts des weißen Glühens in ihren Augen schauderte. Aber erst als das letzte Kind ihr den Rücken zugewandt hatte, kam sie auf die Beine und folgte ihnen.

Die ersten Kinder hatten bereits die Calle Generale Chinotto erreicht. Schwach nur konnte Milou sie im dichten Nebel noch erkennen, und sie überkam der Drang, schneller zu gehen und sie aufzuhalten. Doch der Nebel strich lauernd über ihre Haut, und sie erinnerte sich zu gut an die Kraft des Sturms, die sie zuletzt von den Kindern zurückgetrieben hatte. Mit rasendem Herzen setzte sie Schritt vor Schritt, ebenso mechanisch wie die Kinder vor ihr, und weder die Kälte noch der Wind, der nun durch ihr Haar strich, hinderte sie am Vorankommen. Stattdessen legte sich der Nebel sacht auf ihre Lider, und sie konnte sich nicht gegen das traumwandlerische Gefühl wehren, das sie mit jedem Schritt stärker ergriff. Die Menschen, die ihr mit angezogenen Schultern entgegenkamen, verschwammen zu blassen Schemen, und wie gegen ihren Willen fixierte sie den Nebel, der nun über die Ufer des Rio dei Giardini trat. Eisiger Frost strömte ihr entgegen … getrieben von dunkler, betörend schöner Stimme.

Milou stockte der Atem, so eindringlich durchfuhr sie ihre Glieder. Und im selben Moment, da sie nicht weit vom Rand des

Kanals entfernt innehielt, tauchte eine weiße Gondel aus dem Nebel. Das Wasser vereiste unter ihr. Milou konnte es knistern hören, doch die Gondel berührte es nicht. Sie schwebte auf dem Nebel durch die Luft und am Heck, die Hände um das Remo gelegt, stand ein Mann mit dem Kopf eines Schakals und rief die Kinder zu sich. Er trug ein Schwert und einen Gehrock aus blutrotem Samt, ein langer Umhang wehte im Wind, und seine Stimme strich so zärtlich über Milous Haut, als hätte sie ein Leben lang nach ihr gesucht.

Irgendetwas in ihr schrie ihr zu, dass sie die lockende Stimme aus ihren Gedanken vertreiben musste, aber ehe die Warnung noch vollends in ihr Bewusstsein gedrungen war, setzte sie sich bereits in Bewegung. Wie von unsichtbaren Händen gezogen, ging sie auf den Mann in der Gondel zu, dessen Stimme den Nebel ringsum lauter flüstern ließ, und sie erschrak, als die ersten Kinder in den Kanal hinabsprangen. Nur mit Mühe konnte sie sich davon abhalten, sich vorzustürzen und sie aus dem kalten Wasser zu retten. Doch gleich darauf tauchten sie im Nebel über der dünnen Eisschicht wieder auf und gingen auf unsichtbaren Bahnen auf den Mann in der Gondel zu. Seine Stimme griff nach ihnen. Mit sanfter Gewalt zog er sie näher, bis sie neben ihm stehen blieben, reglos wie Puppen mit weißglühenden Augen.

Milou schauderte, als sie das unheilvolle Licht auf ihrer Haut spürte. Ein eisiger Windhauch strich über ihren Nacken und die Pflastersteine unter ihren Füßen begannen zu flackern, ebenso wie die Bäume und Häuser ringsum. Sie musste die Hände zu Fäusten ballen, um nicht das Gleichgewicht zu verlieren. Risse zogen sich durch ihre Wirklichkeit, lautlos und doch so tief, als wäre sie nie mehr gewesen als eine Leinwand, die nun auseinanderbrach. Fremdartige Gebäude tauchten dahinter auf, errichtet aus zerbrochenen Spiegeln, und sie offenbarten ein anderes Venedig – eine Stadt mit silbernen Brücken und tiefschwarzen Türmen, eine Stadt, in der goldenes Wasser durch die Kanäle floss und düstere Gestalten in den Fenstern tanzten, eine Stadt, die tausend Geheimnisse barg und tausend Schrecken und deren Finsternis in nächtlichen Schatten durch die reglosen Gassen strich. Es war eine Stadt, wie Milou sie unzählige Male geträumt hatte, und doch begriff sie, noch während sie der Stimme zuhörte, die sie an diesen Ort geführt hatte, dass es kein Traum war, in den sie geraten war. Sie war in einer anderen Welt.

Die Erkenntnis traf sie mit solcher Übermacht, dass sie auf dem flackernden Boden das Gleichgewicht verlor. Sie stürzte auf die Knie und sah mit weit aufgerissenen Augen zu, wie ihr Herzschlag rings um ihre Hände in den Steinen widerhallte wie Wasserringe, die über einen glatten See liefen. Lautlos drang ihr Puls durch den Nebel, glitt über das Eis des Kanals und erreichte die weiße Gondel. Milou konnte sie unter ihren Händen spüren, so deutlich, als tastete sie darüber hin, und sie begriff, dass es kein Holz war, aus dem sie bestand, sondern Eis, so kalt, dass es in weißem Feuer stand. Im selben Augenblick zerbrach die Stimme ringsherum.

Milous Atem strömte in die plötzliche Stille hinein, und sie sah mit rasendem Herzen zu, wie der Mann in der Gondel sich langsam zu ihr umdrehte. Vergeblich versuchte sie, auf die Beine zu kommen. Zu kraftvoll schlang sich der Nebel um ihre Glieder, und als der Blick des Schakals sie umfasste, wich ihr die Luft aus der Lunge. Sie schaute in Augen aus weißem Kristall, deren eisige Glut nun mit einer Gewalt in ihren Schädel schoss, dass sie meinte, in ihrem Licht erblinden zu müssen. Die Welt ringsherum zerbrach in grellen Blitzen. Sie sah nichts mehr als das starre Gesicht des Schakals, und eine Stimme tief in ihr schrie ihr zu, dass sie sich losreißen und fortlaufen musste, nur fort aus dieser unbegreiflichen Welt und von diesem Kerl, dessen Frost durch ihre Adern pulste. Doch während sie ihn noch anschaute, atemlos und gelähmt wie früher, wenn sie als Kind allein im Dunkeln gewesen war, drang ihr Blick tiefer hinab in sein Licht. Es war gerade wie damals, wenn sie sich mit klopfendem Herzen ausgemalt hatte, was in der Dunkelheit unter ihrem Bett lauern mochte. Schönheit und Schrecken vielleicht, Grausamkeit, Düsternis und Zorn, aber ohne Zweifel ein Wunder, das jede ihrer Vorstellungen übertreffen würde. Und so erwiderte sie den Blick des Schakals, fiel durch das Licht seiner Augen, das über seine Wangen streifte ... und erkannte im selben Moment, dass er eine Maske trug.

Er wich vor ihr zurück, als hätte sie ihn geschlagen. Sein langes schwarzes Haar, das bisher auf seinen Rücken hinabgefallen war, wurde von einem plötzlichen Windstoß nach vorn gefegt und umgab seine Züge wie die eines wilden Tieres. Dann zogen sich Risse über das Antlitz des Schakals, die Maske zerbrach und fiel in Scherben nieder, und obgleich er abwehrend die Hand hob, erkannte Milou doch das Gesicht, das er zu verbergen suchte. In früheren Zeiten musste es ein Gesicht von erhabener Schönheit gewesen sein. Hohe Wangenknochen unterstrichen die aristokratische Kühle der großen, von dunklen Brauen betonten Augen, das schwarze Haar wehte im Wind, und für einen Moment meinte Milou, ein Lachen hören zu können, das vor langer Zeit über die leicht geschwungenen Lippen gedrungen war – dunkel und frei. Nun jedoch verzerrte sich der Mund des Mannes vor Schmerz. Ein keuchender Laut kam aus seiner Kehle, und sie sah zu ihrem Entsetzen, wie seine Haut an etlichen Stellen zu kohlen begann, als würden Lanzen aus Licht in sein Fleisch dringen und es schwarz färben. Seine Haut riss auf, nichts als wirbelnde Asche schien darunterzuliegen, und Milou starrte ihn an, so fassungslos, dass sie kaum atmen konnte. Dann loderte das Licht seiner Augen auf, und ehe sie noch den Blick hätte losreißen können, legte er den Kopf in den Nacken und schrie.

Kein Laut drang aus seiner Kehle, und doch konnte Milou seinen Schrei fühlen, deutlicher als alle Töne zuvor. Jede Verführung, jede Lockung, die seine Stimme gerade noch sanft und verführerisch gemacht hatte, war einem gewaltigen Crescendo aus Zorn gewichen, das sich mit gnadenloser Kälte um ihre Kehle schlang und sie am Boden niederdrückte. Heftiger Schwindel befiel sie. Bilder schossen durch ihre Gedanken, die sie sich nicht erklären konnte, Bilder von zerschnittenen Händen und brechendem Glas, von schneebedeckten Wäldern, die Blätter rot von Blut, und endlosen Korridoren in einem Palast aus schwarzem Eis. Vergeblich rang sie nach Atem, und da sah sie, wie die Luft ringsherum unter dem stummen Schrei des Fremden zu flattern begann. Der Nebel bäumte sich auf und Gestalten formten sich aus dem Dunst, achtäugige Kreaturen, deren menschliche Oberkörper sich auf riesigen Spinnenbeinen fortbewegten. Ihre Leiber bestanden aus Fleisch und glühenden Spiegeln. Anstelle von Händen hatten sie Klauen mit messerscharfen Nägeln, ihre Füße kratzten über den Asphalt wie Blätter über Gräber, als sie auf Milou zukamen, und noch während sie Matildas Worte in sich widerklingen hörte, fühlte sie ihre Gedanken, ihre Empfindungen, sogar ihre Furcht in dem entsetzlichen Schrei zerbrechen. Hilflos lag sie da, und als die letzte Luft aus ihrer Lunge wich, meinte sie, ein tödliches Wellenrauschen zu hören, so fern und vertraut zugleich, dass sie zu zittern begann. Nichts war mehr in ihr als haltlose Dunkelheit, angefüllt mit einer Leere, die selbst ihren Willen, sich von den unsichtbaren Fesseln zu befreien und in ihre Welt zurückzukehren, zum Erlöschen brachte.

Alles, was sie deutlich wahrnahm, war der Schrei, der sie umgab – dieser Schrei, den sie nicht verstand und der doch nicht ruhen würde, bis er sie in Stücke gerissen hatte.

Sie meinte schon, die Klauen der Spiegelwesen in ihrem Fleisch zu spüren, als ein Schatten über sie hinwegstrich, sacht wie ein Flügelschlag. Der Schrei zerbrach, die Fesseln um ihren Hals lösten sich. Keuchend sog sie die Luft ein, und da sah sie einen Raben, der in rasender Geschwindigkeit durch die Reihen der Spiegelwesen flog. Seine Schwingen wühlten den Nebel auf. Scharf wie Klingen trafen sie die Leiber der Angreifer und brachten sie zu Fall, und als er seinen Ruf ausstieß, bäumten sich die Schatten ringsum zu tosenden Wirbeln auf. Donnernd schlugen sie dem Mann in der Gondel den Kopf zur Seite, und ehe Milou noch auf die Beine kam, hüllte sich die Gestalt des Raben hoch oben in der Luft in Dunkelheit. Kurz meinte sie, das Rauschen unzähliger Schwingen zu hören. Dann zerbrach die Finsternis, und aus ihrer Mitte, gerade dort, wo die Schatten am tiefsten gewesen waren, erhob sich der Fremde mit den Rabenaugen.

Er landete auf allen vieren, doch ehe zwei nahende Spiegelwesen die Klauen heben konnten, sprang er auf die Beine. Sein Dolch war nicht mehr als eine leuchtende Flamme in der Luft, so schnell bewegte er sich. Schattenschwärme glitten aus seiner Faust. Sie durchschlugen die Leiber der Angreifer und hieben auf den Mann in der Gondel ein, und Milou hielt den Atem an, als der Fremde sich in die Luft erhob und sich um die eigene Achse drehte, als trüge er noch immer Flügel am Leib. Die Scherben seiner Gegner fielen um ihn nieder, aber gerade als er wenige Schritte von Milou entfernt landete, fegte erbarmungslose Kälte über ihn hinweg. Milou sah noch, wie der Mann in der Gondel die Faust vorstieß, das Gesicht von klaffenden Wunden überzogen. Und ehe der Fremde ausweichen konnte, schoss ein gleißender Speer aus Eis durch die Luft und traf sein Herz.

Milou schrie auf vor Entsetzen. Der Fremde taumelte, mit geballter Faust schickte er zwei Raben aus brennenden Schatten auf den Mann in der Gondel und stieß drei seiner Spiegelwesen mit solcher Wucht zurück, dass ihre Körper zerbrachen. Dann jedoch fiel er auf die Knie. Milou lief zu ihm, sie stützte ihn, als er nach ihrer Hand griff, und während flüsternde Schatten sich um sie schlossen, sanft wie ein Schutzwall aus Dunkelheit, sahen sie sich an. Jede Farbe war aus seinen Wangen gewichen, aber ein Lächeln flog über seine Lippen, sacht, beinahe zärtlich, als gäbe es gerade in diesem Augenblick nichts Wichtigeres, als ihr Gesicht zu sehen. Gleich darauf jedoch ging namenlose Härte durch seinen Blick, und fast glaubte sie, er würde sie fortschicken, so fremd wurde sein Ausdruck. Sie spürte ihn selbst, den Frost, der von ihm ausströmte und ihr das Atmen schwer machte, als würde er nach dem Leben greifen, das sie in sich trug. Aber sie wich nicht vor ihm zurück. Entschlossen griff sie nach seinem Arm, um ihn unterzufassen. Sie würde ihn nicht alleinlassen, sie …

Weiter kam sie nicht, denn da spürte sie ein Pulsen durch seinen Leib gehen, so heftig, dass es in ihrer eigenen Brust widerklang, und mit entschlossenem Griff umfasste der Fremde den Speer. Milou wollte ihn aufhalten, doch ehe auch nur ein Wort über ihre Lippen gekommen wäre, riss er sich die Waffe aus der Brust. Sein Blut strömte aus der offenen Wunde, aber im selben Moment ging erneut das Pulsen durch seinen Leib, und da sah Milou, wie sich sein Fleisch langsam, Stück für Stück, in klares Glas verwandelte. Sie atmete nicht, während sie auf seine Rippen schaute, die durchscheinend waren wie reines Licht und sich lautlos wieder zusammenfügten. Und darunter, gerade dort, wo sein Herz hätte sein müssen, klaffte ein Loch, angefüllt mit schwarzen Scherben. Gleich darauf zog sich das Glas von seinem Körper zurück. Eine dünne Schicht aus geheiltem Fleisch schloss sich über der Wunde, und das Pulsen, das Milou gerade noch durchdrungen hatte, erstarb in haltlosem Schweigen.

Für einen Wimpernschlag schien die Zeit stillzustehen. Milou war dem Fremden so nah, dass sie seinen Atem auf ihren Lippen fühlen konnte, und sie spürte die Macht, die noch immer von ihm ausströmte und sich in grausamem Frost um ihren Körper schlang. Es kam ihr so vor, als würde diese Kälte etwas tief in ihr zerbrechen, mit jedem Atemzug, den sie tat, und doch konnte sie sich nicht von dem Fremden abwenden. Rabenaugen waren es, in die sie schaute, tiefschwarz und von einer Dunkelheit, die sie festhielt wie eine Umarmung, nur um sie im nächsten Moment schwanken zu lassen, gerade so, als würde auch in ihr die Leere warten, die sie gerade im Schrei des Schakals erfahren hatte – diese entsetzliche Finsternis einer Welt, die nicht für sie bestimmt war.

Kurz ging etwas wie Schmerz durch den Blick des Fremden, und Milou glaubte für einen Moment, dass er die Hand nach ihr ausstrecken würde, um sie festzuhalten, nah bei sich inmitten der Schatten. Aber gleich darauf strömte ein weiterer Frostschauer durch die Luft, so mächtig dieses Mal, dass sich Raureif auf den Mantel des Fremden legte, und sofort war die Härte in seinen Augen zurück. Milou jedoch fühlte sich wie aus einem gefährlichen Griff entlassen, als er sich von ihr abwandte. Die Schatten um ihn zerbrachen. Blitzschnell fuhr er herum und traf zwei weitere Spiegelschergen mit gezielten Hieben in die Brust. Klirrend fielen sie nieder, aber im selben Moment zerbarsten die flammenden Raben unter dem Schrei des Schakals, und Milou sah zu ihrem Entsetzen, wie dieser Schwärme aus messerscharfen Scherben zwischen seinen Händen formte. Der Fremde jedoch hob seinen Dolch, und ehe sie noch wusste, was vor sich ging, glühte die Klinge in schwarzem Feuer auf. In schmerzhafter Kälte schlugen die Flammen höher und schnitten einen Riss in die Welt, die sie umgab. Milou starrte auf den klaffenden Spalt. Wie eine offene Wunde lag er da, mit Dunkelheit gefüllt wie mit schwarzem Blut.

»Lauf!«, rief der Fremde da so laut, dass seine Stimme wie ein Vogelschwarm um sie herum toste. »Lauf, so schnell du kannst!«

Sie sah noch, wie der Scherbenschwarm aus der Gondel direkt auf sie zuschoss. Doch es war nicht die Kälte, die sich in tödlicher Grausamkeit hinter ihr zusammenballte, die sie auf die Beine trieb. Es war die Dunkelheit in den Augen des Fremden, die sie vorwärtszog – diese Nacht aus tausend Schatten, die sie nicht verstand und die ihr Herz zum Taumeln brachte. Noch einmal sah sie ihn an, und kurz schien es ihr, als würde erneut sein Atem über ihre Haut gleiten, sanft wie eine Berührung. Dann stieß sie sich ab, und ohne sich noch einmal umzudrehen, sprang sie in die Finsternis.

Sie schlug hart am Boden auf. Im letzten Moment konnte ein älterer Mann ihr ausweichen, der gerade mit ein paar Freunden aus einem Restaurant kam. Erschrocken schaute er auf sie herab, und Milou erwiderte seinen Blick, ohne ihn wirklich zu sehen. Sie war wieder in ihrer Welt, mitten im tiefsten Gassengewirr Venedigs, doch die Erkenntnis brachte nicht die erwartete Erleichterung. Stattdessen fuhr sie zusammen, als der Mann besorgt die Hand nach ihr ausstreckte, so als würde jeden Augenblick erneut ein Riss durch ihre Wirklichkeit gehen, und ehe er auch nur ein Wort zu ihr sagen konnte, kam sie auf die Beine und rannte davon.

Sie lief so schnell, dass ihr Herz nach kurzer Zeit anfing zu rasen, rannte durch den zerbrechenden Nebel, ohne ihr Ziel zu kennen, als könnten ihre Schritte auslöschen, was gerade geschehen war. Aber der Schrei des Schakals ging ihr nach, die Bilder der Spiegelwesen, die Kinder in der brennenden Gondel … und der Blick des Fremden mit den Rabenaugen, dieser Blick aus tiefster Nacht. Noch einmal sah sie sein Herz aus schwarzen Scherben vor sich, und als sie erneut seine Dunkelheit auf ihrer Haut fühlte, so zärtlich wie einen rätselhaften Traum, zog sich ihr eigenes Herz zusammen, dumpf, beinahe spöttisch … so als würde sie vor etwas weglaufen, vor dem sie doch nicht fliehen konnte.

6

Milous Atem ging stoßweise. Die Schatten des Portals lagen kühl auf ihrer Haut und verbargen sie vor den Blicken der Touristen, die in der Gasse an ihr vorübereilten. Bisweilen blieben sie direkt vor ihr stehen, um sich über ihre Reiseführer zu beugen oder Fotos von den Fassaden der Gebäude zu machen. Aber Milou nahm sie kaum wahr. Zu konzentriert fixierte sie die Brücke, die seit sie denken konnte an dieser Stelle über den Rio Orseolo führte. Früher hatte sie mit den anderen Kindern an dieser Brücke viel Zeit verbracht. Die schmalen Gässchen ringsum eigneten sich ebenso gut zum Versteckspielen wie die Treppen, die hinab zu den Kanälen führten, und sie erinnerten Milou daran, wie oft sie mit klopfendem Herzen in gerade diesem Eingang gestanden und die Brücke im Blick behalten hatte, um dem Fänger zu entgehen und das Spiel zu gewinnen. Doch dieses Mal war es kein Spiel.

Das Spiegelwesen verschmolz fast vollständig mit dem Stein der Brücke. Seine langen Beine hatten sich in das Geländer gekrallt, und seine acht Augen glühten in der Dämmerung, bereit, sich jeden Moment in entsetzlichem Licht zu entzünden. Anders als die Kreaturen, die Milou am Rio dei Giardini gesehen hatte, verfügte dieses Wesen über durchscheinende Flügel, und sein menschlicher Oberkörper war wie der Leib einer Schnake mit den Beinen verwachsen. Lauernd beobachtete es die Menschen, die an ihm vorüberliefen, ohne es zu sehen, und Milou war klar, wonach es suchte: nach ihr, dem törichten Mädchen, das sich seinem Herrn entgegengestellt hatte. Noch einmal meinte sie, das weiße Licht auf ihrer Haut zu spüren, und sie hörte wieder die scharrenden Schritte der Kreaturen, die sie verfolgten – beinahe lautlos und so tückisch, dass sie ihnen mehrfach fast in die Arme gelaufen wäre. Seit Stunden versuchte sie, Nonnas Haus zu erreichen, und nun näherte sie sich über Umwege der Straße ihrer Kindheit, immer darauf bedacht, dem aufziehenden Nebel auszuweichen und ausreichend Abstand zu den Spiegelwesen zu halten, die flankiert von eisiger Kälte durch die Stadt glitten.

Milou presste die Hände gegen den glatten Stein des Portals, als könnte sie sich so aus tiefem Schlaf wecken und all das abstreifen, was in den vergangenen Stunden geschehen war. Aber ein einziger Blick in die glühenden Augen der Kreatur dort auf der Brücke löschte jeden Versuch einer rationalen Erklärung der Ereignisse aus. Was auch immer in dieser Stadt vor sich ging, war weder ein Traum noch ein Konstrukt ihrer Fantasie, und auch, wenn sie nicht wusste, was um sie herum geschah, stand eines doch außer Zweifel: *dass* es geschah. Und nichts anderes war momentan mehr von Bedeutung.

Die Kälte traf sie als eisiger Guss. Rasch presste sie sich gegen das Portal, um noch stärker mit den Schatten zu verschmelzen, und da sah sie, wie direkt über ihr ein weiteres Spiegelwesen landete. Die Beine schlugen so nah über ihrem Kopf in der Fassade ein, dass sie hören konnte, wie die Wand vereiste. Aber das Wesen sah nicht hinab in die Schatten. Es fixierte die Kreatur auf der Brücke, und schließlich stieß es ein Geräusch aus – ein Flüstern, das Milou den Atem anhalten ließ. Diese Wesen waren es gewesen, die sie bei ihrer Ankunft in Venedig im Nebel gehört hatte. Womöglich hatte auch das Spiegelmädchen zu ihnen gehört. Sie schauderte, als ihr bewusst wurde, wie nah sie ihnen schon dort gekommen war, doch gerade als erneut die Kälte nach ihr griff, riss das Wesen auf der Brücke den Kopf herum und erwiderte den Ruf. Kurz glommen seine Augen auf. Dann stieß es sich vom Geländer ab und flog mit seinem Gefährten über die Dächer davon.

Milou duckte sich unter den Eissplittern, die auf sie niederfielen, und zögerte nicht länger. So schnell sie konnte, tauchte sie aus den Schatten und eilte zwischen den Scharen der Touristen über die Brücke. Inmitten der Menschen griff sie wie etliche Male zuvor nach ihrem Handy. Immer wieder hatte sie versucht, Nonna oder Federico zu erreichen, immer wieder war die Verbindung abgerissen, ehe sie auch nur ihre Stimmen hätte hören können, und nun, da ihre Aufmerksamkeit nicht länger von dem Spiegelwesen auf der Brücke gebannt wurde, brauchte sie ihre gesamte Kraft, um die Sorge um diese beiden Menschen fortzudrängen. Das Gelächter der Touristen ringsum zerrte an ihren Nerven. Jeder Schatten, der über sie hinwegglitt, ließ sie zusammenfahren, selbst wenn es nur eine träge Taube war, und je langsamer es im Gewühl vorwärtsging, desto schwerer fiel es ihr, die Panik in ihrem Inneren klein zu halten. Ihr Verstand machte sich selbstständig. Ruhelos suchte er nach Erklärungen für das, was sie nicht begriff, und brachte ihr mit jedem weiteren Versuch stärker den Schwindel zurück, der sie im Schrei des Schakals befallen hatte … und beim Blick in zwei rabenschwarze Augen.

Sie drängte sich an einer Reisegruppe vorbei und sah sie erneut vor sich, die Dunkelheit im Blick des Fremden, die sie zu gleichen Teilen zurückweichen ließ und unwiderstehlich anzog. Gefahr lag in seinen Augen, das hatte sie gefühlt, aber zugleich undurchdringliche Wärme und ein Rätsel, das mit tausend schwarzen Federn über ihre Haut strich. Sie dachte daran, wie er sie angesehen hatte, so unerreichbar wie aus weiter Ferne und doch so nah, dass sie noch immer meinte, seinen Atem auf ihren Lippen spüren zu können. Erneut fragte sie sich, ob er lebendig aus dem Kampf herausgekommen war, und ein Schauer ergriff sie, als sie an die Wunde in seiner Brust dachte und an das Herz aus schwarzen Scherben. Er konnte kein Mensch sein, das war ihr nun klar. Aber was war er dann?

Milou fuhr sich an die Schläfe. Die Gedanken in ihrem Schädel ließen sie stolpern, so rasend schnell wechselten sie sich ab, und erst als sie endlich die Straße ihrer Kindheit hinabrannte, schmolzen sie zu einem einzigen zusammen: Sie musste zu Nonna. Sie musste Federico Bescheid sagen und aus der Stadt verschwinden und dann, fern dieser unerklärlichen Ereignisse, fern der Spiegelwesen, dem Mann in der Gondel und dem Blick aus tiefschwarzen Rabenaugen, würde sie herausfinden, was vor sich ging.

Sie drückte sich in den Eingang des Gebäudes, das Nonnas Haus gegenüber stand. Die Straße lag schweigend da. Keine Kälte streifte Milous Wangen, und als sie die Schatten verließ, überkam sie noch einmal das Gefühl ihrer Kindheit, wenn sie nach einem langen Tag in Aussicht auf eine Umarmung und tröstende Worte auf das Haus zugelaufen war. Erst als sie die Tür erreicht hatte, fiel ihr auf, dass der grüne Kristall nicht an seinem Platz war, doch sie achtete nicht weiter darauf. Jetzt gab es Wichtigeres als Steine aus Glas.

Die Wärme des Hauses legte sich um ihre Schultern, kaum dass sie die Tür hinter sich schloss. Kurz hielt sie inne, als würde sie erwarten, ein Spiegelwesen aus den Schatten brechen zu sehen. Doch dann trat sie einen Schritt vor, und unendliche Erleichterung flutete ihre Glieder, als sie Nonna in der Küche sitzen sah. Sie drehte den grünen Kristall zwischen ihren Händen.

Vermutlich hatte sie beschlossen, ihn endlich einmal vom Staub zu befreien, aber ehe sie den Blick heben konnte, schlüpfte Milou hinüber ins Wohnzimmer.

»Ich bin wieder da«, rief sie, streifte ihren schmutzigen Mantel ab und schlüpfte in die Jacke, die Nonna über ihren Sessel gelegt hatte. Rasch zog sie den Koffer ihrer Großmutter vom Schrank, öffnete die Schubladen der Kommode und begann, einige Kleidungsstücke hineinzuwerfen. »Es tut mir leid, dass ich so lange weg war, aber du wirst nicht glauben, was passiert ist. Ich hätte schon längst mit dir sprechen sollen, jetzt weiß ich das auch, aber ich hätte niemals ahnen können, was heute Abend geschehen ist. Ach, was sage ich … nicht nur heute Abend.« Sie schloss den Koffer und ging zur Küche hinüber. »Du wirst mich vermutlich für komplett verrückt halten«, fuhr sie fort. »Aber wir müssen die Stadt verlassen. Jetzt gleich. Ich werde dir alles erklären, sobald ich kann, aber jetzt müssen wir uns beeilen. Ich habe schon einiges eingepackt, nimm nur das Nötigste mit, und dann lass uns Federico holen und abhauen. Hier geschehen seltsame Dinge und wir müssen …«

Wie erstarrt blieb Milou im Rahmen der Küchentür stehen. Nonna saß noch immer am Tisch, doch erst nun, da Milou sie genauer betrachtete, erkannte sie, dass sie ihr gar nicht zuhörte. Stattdessen fixierte sie den Kristall in ihren Händen, so eindringlich, als wäre er das Einzige, das sie inmitten eines mächtigen Sturmes noch festhalten konnte, und sie fuhr sich über die Augen, immer wieder, als müsste sie Tränen fortwischen, die gar nicht da waren. Milous Herz schlug schneller. Auf einmal fühlte sie sich wieder gehetzt wie in den Gassen der Stadt, und sie duckte sich instinktiv, als würde jeden Moment ein eisiger Hauch von der Straße hereinkriechen und ihr die Luft abdrücken. Der Boden unter ihren Füßen schien weich zu werden, als sie zu Nonna hinüberging und sich neben sie setzte. Sie wollte nach ihrem Arm greifen, um ihren Blick auf sich zu lenken, doch irgendetwas an dem entrückten Lächeln auf den Lippen ihrer Großmutter hielt sie davon ab. Nonna strich über den Kristall, so vorsichtig, als würde er bei stärkerem Druck zerbrechen, und als sie den Mund öffnete, hoffte Milou für einen Moment, ihre strenge Stimme zu hören, Vorwürfe vielleicht, weil sie erst so spät nach Hause gekommen war, oder ein spöttisches Lachen angesichts des Gestammels, das sie gerade über die Lippen gebracht hatte. Doch stattdessen verstärkte Nonna ihr Lächeln.

»Dieser Kristall, weißt du«, begann sie wie in Gedanken. »Ich habe ihn nicht für Feen und Trolle ins Fenster gestellt.«

Milous Puls pochte schmerzhaft in ihren Schläfen. Unter anderen Umständen hätte sie über diese Feststellung gelacht, doch die Art, wie Nonna den Kristall umklammerte, wie sich ihr Lächeln fast wie unter Schmerzen in ihr Gesicht grub und wie sie nun die Schultern anzog, als würde sie unter plötzlichem Frost frieren, schickte einen Schauer über ihren Rücken. »Das weiß ich«, sagte sie, als würde sie den Nebel nicht sehen, der nun draußen auf der Gasse vorüberstrich. »Ich bin doch kein Kind mehr.«

Nonna nickte, aber sie schaute nicht auf. »Als ich jung war, gab es einen jungen Mann, in den ich mich verliebte. Meine Eltern waren allerdings sehr streng und erlaubten mir den Umgang nicht. Und so vereinbarten wir, dass ich diesen Kristall in mein Fenster legen sollte zum Zeichen dafür, dass ich auf ihn wartete. Im Schein einer Lampe strahlt er heller, doch er hat die Gabe, das Licht einzufangen und aus sich selbst heraus zu leuchten, fast wie ein Stern. Mein Geliebter besaß ebenfalls einen solchen Stein, und wenn er in den Schatten vor meinem Fenster aufglühte, dann wusste ich, dass er gekommen war, um mich abzuholen. Ich sehe ihn noch heute da stehen mit seinem dunklen, lockigen Haar und den braunen Augen, die alle Wärme der Welt in sich trugen.«

Ihre Stimme hatte einen schwärmerischen Ausdruck angenommen und Milou musste unwillkürlich an den Fremden mit den Rabenaugen denken. Sacht strich sein Lächeln über ihre Haut, und ehe sie noch darüber nachgedacht hatte, sprach sie die Frage aus, die durch ihre Gedanken schoss. »War er … ein Mensch?«

Da lachte Nonna auf und kurz verschwand jede Anspannung aus ihrem Körper. »Oh ja«, erwiderte sie. »Er war ein Mensch aus Fleisch und Blut … und doch war er mehr, viel mehr als das. Ich habe ihn sehr geliebt, mehr wohl als jeden anderen danach. Doch eines Tages hat er mich verlassen. Vielleicht sind wir zu jung gewesen, vielleicht traf er eine andere … Ich habe es nie erfahren. Für eine lange Zeit weinte ich mir die Augen aus, aber dennoch bereue ich keinen Moment, den ich mit ihm verbrachte. Denn er zeigte mir eine Welt, die ich noch nie zuvor gesehen hatte.«

Noch einmal strich eisiger Wind über Milous Nacken, gerade so wie am Ufer des Rio dei Giardini, als die Fassaden der Häuser um sie herum zu flackern begonnen hatten. »Was meinst du damit?«

»Ich kann ihn vor mir sehen«, sagte Nonna leise. »Hoch oben auf der Basilica di San Marco. Er hielt meine Hand auf der Loggia zwischen den vier Pferden, kurz bevor wir in schillernden Schwärmen aus Licht über die Dächer hinweggeflogen sind. Ich muss es geträumt haben, natürlich, aber manchmal denke ich, wir hätten es tatsächlich getan.« Langsam schüttelte sie den Kopf. »Ich habe so vieles vergessen, doch in letzter Zeit scheint es mir, als würden meine Erinnerungen zu mir zurückkehren. Vielleicht ist es der Nebel, der sie mir wiederbringt. Ich sehe Häuser aus Glas am Rand der Kanäle, ein schwarzes Meer voller glühender Lichter und … Furcht … Ich fühle seine Furcht.« Kurz umfasste sie den Kristall so fest, als hätte ein eiskalter Atemhauch sie gestreift. Doch gleich darauf glitt ihr Blick in die Ferne und ihre Finger entspannten sich. »Es war nicht unsere Welt, in die er mich führte«, flüsterte sie kaum hörbar. »Es war eine Welt wie in einem düsteren Traum. Eine Welt … aus tausend Scherben.«

Milou hielt den Atem an. Noch einmal sah sie die Risse, die am Ufer des Kanals durch ihre Wirklichkeit gegangen waren, und die Gebäude dahinter: düstere Häuser mit Spiegelscherben an den Fassaden und Brücken, geschwungen wie aus flüssigem Silber. Für einen Wimpernschlag schienen Nonnas Augen diese Bilder zu spiegeln, und ihr Gesicht wurde so jung, als würde sie in diesem Moment noch einmal an ihrem Fenster stehen und voller Sehnsucht in die Nacht hinausschauen.

Vorsichtig nahm Milou ihre Hand. »Ich muss dir etwas erzählen«, sagte sie und konnte hören, dass ihre Stimme zitterte. »Wenn du die Welt geträumt hast, von der du sprichst … dann habe ich das auch. Ich war dort, Nonna. Ich habe sie gesehen.«

Ihr Herz schlug so laut, dass sie meinte, Nonna müsste es hören. Sie konnte sehen, wie ihre Worte in deren Bewusstsein sanken, und da hob ihre Großmutter den Kopf und sah sie an. Nichts als haltloses Erstaunen stand in ihren Augen, ein Zauber, der wie eine Berührung über Milous Wangen strich und sie lächeln ließ. Nonna öffnete den Mund, und Milou kam es so vor, als wollte sie ihr etwas sagen … irgendetwas, das nur langsam den Weg aus den Tiefen ihrer Gedanken fand. Doch ehe auch nur ein Wort über ihre Lippen kam, verzog sie schmerzerfüllt das Gesicht. Ihre Finger umschlossen Milous Hand so fest, dass es wehtat, und sie griff sich an die Kehle, als würden die Scherben, von denen sie gerade noch gesprochen hatte, plötzlich mit gleißender Macht durch ihre Adern rasen. »Milou«, brachte sie hervor und riss die Augen auf wie aus einem Traum erwacht. »Der Nebel! Du musst …«

Ein Keuchen drang aus ihrem Rachen, so gequält, dass Milou erschrocken nach ihrem Arm griff. Hilflos hielt Nonna sich an ihr fest, das Gesicht vor Entsetzen verzerrt, und da glühte etwas in ihrem Blick auf … ein Licht, das sich mit dem Geräusch von brechendem Eis über ihre Iris zog und ihre Augen in milchigem Weiß verfärbte. Milou kniete vor ihr nieder. Verzweifelt packte sie Nonna an beiden Armen, um die entsetzliche Macht fortzudrängen, die nun von ihr Besitz ergriff. Aber sie konnte nichts gegen die Kälte ausrichten, die durch deren Körper jagte. Noch einmal bewegte Nonna die Lippen, und Milou sah, wie ihre Großmutter gegen die Blindheit ankämpfte, die ihren Willen befiel. Sie begann zu zittern, der grüne Kristall glitt ihr aus den Händen und fiel zu Boden. Im letzten Moment fing Milou ihn auf, und als das grüne Licht ihr Gesicht traf, rann eine Träne über Nonnas Wange. Dann sank ihr Kopf auf ihre Brust und sie schloss die Augen.

Milous Herzschlag hallte in dem Kristall wider, so fest hielt sie ihn. Sie spürte die Kälte, die nun unter der Tür hindurchkroch, sah auch den Nebel aus dem Augenwinkel, der auf der Gasse aufwallte und sehr bald schon in scharrenden Scherbenleibern über die Schwelle treten würde. Aber sie konnte sich nicht bewegen. Wie erstarrt kniete sie vor ihrer Großmutter am Boden, und obwohl ihr eine Stimme tief in ihrem Inneren zurief, dass sie fliehen musste, so schnell sie nur konnte, streckte sie die Hand nach ihr aus. Sie erschrak, als sie die Kälte fühlte, die von Nonna Besitz ergriffen hatte, doch kaum, dass ihre Finger ihre Schulter berührten, riss ihre Großmutter den Kopf hoch.

Wie aus tiefstem Schlaf erwacht sah sie Milou an. Das fremde Licht war aus ihren Augen verschwunden, und kurz gab Milou sich der Hoffnung hin, dass Nonna Atem holen und jede Kälte von ihr abfallen würde. Doch stattdessen wich ihre Großmutter vor ihr zurück. Ihr Blick glitt tastend über Milous Gesicht. »Wer bist du?«, fragte sie und zog die Brauen zusammen. »Was tust du in meinem Haus?«

Nonnas Stimme klang so fremd, dass Milou kaum atmen konnte. Sie öffnete den Mund, um etwas zu sagen, aber da erkannte sie die Angst in den Augen ihrer Großmutter und begriff, dass sie der Grund dafür war. Nonna erkannte sie nicht mehr. Sie hatte sie ... vergessen.

Das Wort jagte wie ein Stich durch Milous Brust. Schwankend kam sie auf die Beine. Ihre Gedanken überschlugen sich, noch einmal streckte sie hilflos die Hand nach ihrer Großmutter aus. Doch diese neigte plötzlich den Kopf. Das weiße Glühen kehrte in ihre Augen zurück, und so schnell, dass Milou nicht mehr ausweichen konnte, schlug sie nach ihr. Wie in Zeitlupe sah Milou, wie Nonnas Hand sich in eine Klaue verwandelte. Dann traf sie ihren Arm, und im selben Moment flackerte das Gesicht des Schakals unter Nonnas Antlitz auf – schemenhaft wie unter einer dicken Eisschicht und doch deutlich genug, um Milou die Bosheit spüren zu lassen, die nun in stechendem Schmerz durch ihren Leib pulste. Atemlos taumelte sie rückwärts und stieß gegen den Türrahmen, so hart, dass jede Lähmung von ihren Gliedern brach. Sie sah noch, wie die Kreatur vor ihr sich duckte und zum Sprung ansetzte. Dann warf sie sich herum und stürzte aus dem Haus.

Polternd schlug die Tür hinter ihr ins Schloss, doch Milou drehte sich nicht um. So schnell sie konnte, rannte sie die Straße hinab, fort von dem Nebel, der ihr mit heiserem Flüstern nachglitt, fort von den Spiegelwesen, die nun über die Dächer hereinbrachen und die Verfolgung aufnahmen ... und fort von Nonna, deren Gesicht noch immer vor ihren Augen stand und die im Licht des Schakals in Ketten lag.

7

Der Nebel zog in geisterhaften Schleiern an Milous Versteck vorüber. Sie kauerte im Sotoportego de le Colonne neben der Treppe, so dicht an die Wand gedrückt, dass die Kälte der Steine in ihre Glieder gedrungen war, und starrte wie erblindet gegen den weißen Dunst über dem Kanal. Ihre Finger waren blutig, so oft hatte sie sich in den vergangenen Stunden in rissigem Mauerwerk festgekrallt, und noch immer pochte die Verzweiflung in ihren Schläfen, mit der sie einen Ausweg aus der Stadt gesucht hatte. Doch der Nebel duldete keine Flucht. Er hatte ihr bereits den Weg zu Federico abgeschnitten, und jedes Mal, wenn sie das Meer oder den Bahnhof fast erreicht hatte, war er erneut vor ihr aufgewallt und hatte sie zurückgetrieben ... zurück ins Zwielicht der Gassen, um die er sein Netz zusehends enger zog. Vor einer ganzen Weile schon hatte die Erschöpfung sie in die Knie gezwungen, doch obwohl ihre Lider immer schwerer wurden, wandte sie sich nicht von dem flüsternden Nebel ab. Sie wusste zu gut, was darin lauerte. Sie hatte es gesehen.

Ein Geräusch drang durch die Stille und ließ Milou so heftig zusammenfahren, dass ihr beinahe der grüne Kristall aus den Händen glitt. Rasch presste sie ihn an sich, doch erst als sie den Flügelschlag der Tauben über den Dächern hörte, holte sie Atem. Die Klänge in den Gassen hallten unwirklich wider und mischten sich mit menschlichen Stimmen, die Milou noch enger gegen die Mauer trieben. Blitzlichtartig tauchten die Gesichter der Menschen vor ihr auf, bei denen sie nach der Flucht aus Nonnas Haus Hilfe gesucht hatte – Menschen, die sie seit ihrer Kindheit kannte und die sie angesehen hatten wie eine Fremde. Milou hatte einen Moment gebraucht, um zu begreifen, dass sie sich nicht an sie erinnerten. Sie hatten sie vergessen, als hätte der Nebel sie aus ihren Gedanken herausgelöscht. Und hatte er das nicht? Lautlos und heimlich zuerst … und dann mit gnadenloser Gewalt?

Milou schloss ihre Finger enger um den Kristall, aber sie konnte die Bilder nicht zurückdrängen, die nun in ihr aufbrachen. In heilloser Verwirrung war sie durch die Gassen gelaufen, immer darauf bedacht, dem flüsternden Nebel nicht zu nahe zu kommen, und hatte sie plötzlich inmitten der Schleier gesehen: wehrlose Menschen, von Spiegelwesen an der Kehle gepackt. Grell war das Licht in deren Augen aufgeflammt, hatte die Gesichter der Menschen in flackernden Schein gehüllt und sich um ihren Willen geschlungen, bis jeder Gedanke in ihnen ausgebrannt und nichts als milchiger Glanz in ihren Augen zurückgeblieben war. Milou bewegte die Finger, als würde sie noch immer die Scherbensplitter auf ihrer Haut fühlen, messerscharf wie die Blicke unsichtbarer Augen, die sie aus dem Nebel heraus anstarrten. Sie war vor diesem Anblick zurückgewichen, starr vor Entsetzen, und obwohl sie sich mit aller Kraft dagegen wehrte, schnürte sich die Gewissheit doch immer enger um ihre Kehle: Wer diese Kreaturen auch waren oder was sie vorhatten – sie waren auf der Jagd. Und es war nur eine Frage der Zeit, bis sie sie finden würden.

Mit zitternden Fingern griff sie nach ihrem Handy, als könnte sie so die aufsteigende Panik zurückdrängen. Doch das Display war noch ebenso weiß wie in den Stunden zuvor. Es sah aus, als hätte es sich auch mit dem unheilvollen Nebel gefüllt, der Milou von allen anderen Menschen trennte. Dennoch wählte sie die Nummer ihres Onkels, und obgleich sie wusste, dass sie nichts hören würde als das entsetzliche Flüstern des Nebels, presste sie das Telefon gegen ihr Ohr. Sie musste mit jemandem sprechen, der sich an sie erinnerte, der ihr sagte, dass sie nicht verrückt geworden war und dass es eine Erklärung für all das gab, was ihre Gedanken in heilloses Chaos stürzte. Aber stattdessen wisperte der Nebel an ihrem Ohr und beschwor das Gesicht ihrer Großmutter herauf, so fremd und unerreichbar, dass Milou zitterte. Sie ließ das Telefon sinken, aber sie konnte nichts dagegen tun, dass ihr die Tränen kamen. Sie hatte Nonnas Angst gespürt, ihren vergeblichen Kampf gegen den Nebel, und nichts, nichts hatte sie tun können, um ihr zu helfen. Wieder fragte sie sich, wie es Federico ergangen sein mochte, ob er sich gerade in diesem Moment um sie sorgte oder ob er sie auch schon vergessen hatte, und noch einmal sah sie die Hilflosigkeit in den Augen ihrer Großmutter, bevor das weiße Licht gekommen war. Doch ehe sich ihre Kehle zusammenzog, wischte sie ihre Tränen fort. Zum Teufel, was war los mit ihr? Was auch immer in dieser Stadt vor sich ging, sie war kein kleines Kind mehr, das heulend in dunklen Ecken herumsaß und darauf wartete, gerettet zu werden. Bisher war sie dem Nebel durch die weißen Klauen gerutscht. Sie musste auf die Beine kommen und fliehen, und dann …

Die Kälte kam so plötzlich, dass Milous Gedanken zerbrachen wie Figuren aus Glas. Ihr Atem gefror in der Luft, und ihre Finger, die noch feucht waren von ihren Tränen, überzogen sich mit hauchfeinem Frost. Langsam wie eine tastende Hand glitt er über ihre Haut … und verwandelte ihre Tränen in Eis. Im selben Moment traf sie ein Atemzug, und noch ehe sie den Blick hob und den Nebel sah, der über die Treppenstufen abwärts kroch, wusste sie, dass sie entdeckt worden war.

Kaum wenige Armlängen von ihr entfernt schoben sich drei Spiegelwesen aus dem Dunst. Sie trugen frostglühende Speere in ihren Klauen. Ihre Spinnenbeine scharrten über den Boden, ihre nackten Oberkörper glühten, als würden auch sie aus Eis bestehen, und vor ihnen, den Kopf tief geneigt, lief ein Köter mit einem Leib aus gesplitterten Scherben die Treppe hinab und stierte in die Dunkelheit, in der Milou sich verbarg. Für einen absurden Moment hoffte sie, dass die Blicke der Kreaturen an den Schatten abgleiten würden, die sie umgaben. Doch dann sog der Köter die Luft ein. Sie konnte seinen klebrigen Atem fühlen, der ihre Wangen streifte – und gleich darauf versteifte sich sein Körper. Seine Augen glommen auf, eiskalt traf sie sein Blick, und im selben Moment, da er sie in den Schatten entdeckte, riss er den Kopf in den Nacken und heulte. Der Laut fuhr Milou ins Mark, und während der Nebel in tausend Stimmen zu wispern begann, als würde er den Ruf des Köters weitergeben, brachen die Schatten um sie herum mit dem Geräusch von berstendem Eis auseinander. Sie sah noch, wie die Spiegelwesen sie mit ihren Blicken umfassten. Dann kam sie auf die Beine, und ehe noch ein Speer hinter ihr in die Wand einschlug, rannte sie die Gasse hinab.

Die Kälte in ihren Gliedern ließ sie taumeln, aber sie wurde nicht langsamer. Zu deutlich hörte sie das Heulen des Köters hinter sich, die Rufe der Kreaturen, die ihr nacheilten, und die Stimmen weiterer Spiegelwesen, die über die umliegenden Dächer heransprangen. Immer wieder zog die Furcht ihren Magen zusammen, aber sie packte den grünen Kristall fester und presste die Zähne aufeinander. Mochte sie diesen Kreaturen wenig entgegenzusetzen haben – aber sie würde sich nicht von ihrer eigenen Angst besiegen lassen, so viel war sicher. Die Häuser ringsum schauten aus dunklen Fensteraugen auf sie nieder, und sie erinnerte sich daran, wie sie früher mit ihren Freunden an ihnen vorübergelaufen war, atemlos wie jetzt, und jedes noch so kleine Versteck, jede Nachlässigkeit der Bewohner und jede Besonderheit der Gebäude herausgefunden hatte. Rasch sprang sie über einen plötzlich vor ihr auftauchenden Nebelschleier, und als sie die grüne, von Wind und Wetter verzogene Holztür mit dem Löwenkopf in der Calle Barcaroli erreichte, zögerte sie keinen Augenblick. Mit aller Kraft warf sie sich dagegen, hob die Klinke ein wenig an – und stieß erleichtert die Luft aus, als die Tür sie mit demselben vertrauten Seufzen ins Treppenhaus ließ wie damals, als sie vor den anderen Kindern davongelaufen war. Ohne stehen zu bleiben hastete sie die Stufen hinauf, und kurz schien es ihr, als würde ihr Herzschlag in dem alten Holz widerklingen. Immer schon war die Stadt ihre Verbündete gewesen – und kein Nebel würde daran etwas ändern, ganz gleich, aus welcher Welt er kam!

Die Tür fiel knarrend hinter ihr zu. Sie konnte den Nebel nicht aufhalten, der nun unter dem Falz hindurchkroch, aber Milou rannte weiter, so schnell sie nur konnte, und als ihre Verfolger die Tür aus den Angeln traten, schob sie gerade die Luke in der obersten Etage auf und kletterte aufs Dach. Kurz befiel sie der Schwindel, als sie hinab zur Straße sah, dann richtete sie ihren Blick auf den Horizont. Überall stieg Nebel aus den Gassen. Wie unter einem lautlosen Befehl schloss er sich immer schneller zu mächtigen Teppichen zusammen, doch noch konnte Milou das Meer sehen, das im trüben Licht des Tages dalag, und sie holte Atem. Sie musste hinunter zum Wasser. Dann konnte sie in ein Boot springen und durch den Nebel jagen, der doch irgendwo enden musste, und dann würde sie Hilfe holen und endlich herausfinden, was in Venedigs Gassen vor sich ging.

Sie setzte sich in Bewegung und verfiel instinktiv in den vorsichtigen Lauf wie zu Kindertagen, mit dem sie stets über diese Schindeln gehastet war. Deutlich nahm sie ihre Verfolger wahr, es wurden immer mehr. Einige sprangen in rasender Geschwindigkeit über die Häuserschluchten, andere schossen wie gewaltige Vögel durch den Nebel auf sie zu. Aber obwohl Milou merkte, dass sie nicht mehr so leicht und wendig war wie damals als Kind, beschleunigte ihr rasendes Herz ihre Schritte, und es war ihr Glück, dass sich manche Dinge in dieser Stadt niemals änderten. Rutschende Schindeln gehörten ebenso dazu wie überwachsene Luken, und während sie im Zickzack vor ihren Verfolgern davonrannte und immer wieder über gefährliche Stellen hinwegsetzte, rutschten etliche Spiegelwesen auf lockeren Schindeln aus und stürzten mit dem Geräusch von brechendem Glas in die Gassen nieder. Milou glaubte schon, den Wind des Meeres auf ihrer Haut spüren zu können, als plötzlich ein Grollen durch die Luft ging, so dunkel, dass die Häuser erzitterten. Im letzten Moment konnte sie vor dem Nebel zurückweichen, der direkt vor ihr aus einer Gasse brach. Sie warf sich herum und setzte ihren Weg fort, doch hinter ihr ballte der Nebel sich ebenfalls zusammen und quoll in unheilvollen Wellen über die Dächer. Mit gewagtem Sprung setzte sie über eine Häuserschlucht hinweg und landete keuchend auf den Knien. Die Schindeln zitterten unter ihren Händen. Fast meinte sie, Blitze inmitten des Donners aufzucken zu sehen wie bei einem Gewitter, und sie stemmte sich auf die Beine. Rings um sie waren die Abstände zu den anderen Häusern zu groß. Aus dem Augenwinkel sah sie die Spiegelwesen, die aus dem Nebel herausglitten und auf sie zusprangen. Eilig stieß sie die Dachluke auf, die sich im Schatten eines Schornsteins verbarg, und kletterte in die Tiefe.

Der Nebel ließ die Mauern erbeben, als wollte er sie auseinanderreißen. Knisternd kroch die Kälte Milou nach, und als sie auf die Straße sprang, meinte sie, die Klauen der Spiegelwesen bereits in ihrem Nacken zu fühlen. Ihr Blut rauschte in ihren Ohren, und als sie endlich die Piazza San Marco erreichte, strömte ein Schauer der Erleichterung über ihren Rücken. Sie rannte über den Platz, vorbei an Scharen von Tauben und Menschengruppen, die sie mit demselben ausdruckslosen Gesicht anstarrten wie all jene, die sie vergessen hatten, und für einen Moment sah sie sich selbst von außen: eine winzige Gestalt auf dem uralten Platz, während der Nebel mit gewaltigem Donnern über die Dächer brach. Aber gleich darauf konzentrierte sie sich auf die Boote, die nicht weit von ihr entfernt am Kai lagen. Sie entdeckte eine kleine Yacht, mehrere Gondeln – und ein leise tuckerndes Motorboot, dessen Besitzer gerade an Land sprang und mit einem Bekannten sprach. Milou ballte die Hände zu Fäusten. Sie würde sich nicht aufhalten lassen. Mit einem mächtigen Satz würde sie in das Boot springen, den Motor aufheulen lassen und davonrasen, so schnell, dass kein Spiegelwesen und kein Mensch mit unheilvollem Glühen in den Augen ihr mehr folgen konnte. Der Gedanke ließ sie fast fliegen. Schon machte sie sich zum Sprung bereit, doch gerade als sie den Kai fast erreicht hatte, strömten die Nebelschleier über dem Wasser ineinander und brachen als mächtige Welle über ihn herein.

Milou stolperte. Gerade noch rechtzeitig verhinderte sie einen Sturz, aber sie konnte sich nicht von dem Anblick abwenden, der sich ihr nun bot. Menschen waren es, die inmitten des Nebels auf sie zukamen, die Körper aus Fleisch und unzähligen Scherben zusammengefügt, die Augen glühend in weißem Frost. Ihre Kleidung schmiegte sich an ihre Leiber wie dünnes Papier. Es waren Frauen ebenso wie Männer, die nun die Hände auf glühende Schwerter, Messer und Armbrüste legten – eine Armee des Frosts, unter deren Schritten sich der Boden mit Eis überzog. Milou wich vor ihnen zurück, wohl wissend, dass hinter ihr die Verfolger mitsamt dem Nebel auf sie zustürmten, und ignorierte die Panik, als die Spiegelwesen die tückische Langsamkeit abwarfen und ihr nachstürmten. So schnell sie konnte, hastete sie zum Campanile zurück, dessen metallene Tore vor der Loggetta unter der plötzlichen Kälte ächzten. Schon zogen sich Adern aus Eis über die Fassade, und im selben Moment, da die ersten Ausläufer des Frosts mit dem grollenden Nebel zusammenstießen, brach die Seitentür des Turms in seinem Griff auf.

Milou zögerte keine Sekunde. Sie drückte sich durch den Spalt ins Innere und warf die Tür hinter sich zu. Sofort hämmerten scharfe Klauen von außen gegen das Holz, eisige Luft drang durch die Risse. Milou schlug gegen den Aufzug, doch er rührte sich nicht, und so lief sie die Treppe hinauf, die unter den Hieben der Spiegelwesen zu zittern begann. Gleich darauf krachte etwas gegen die Fassade des Turms. Erschrocken schützte Milou ihren Kopf mit den Armen, als Steine aus den Wänden brachen und auf sie niederregneten, und sie begriff, dass es ihre Verfolger waren, die an der Außenseite des Campanile aufwärts kletterten – mit messerscharfen Krallen und so schnell, dass die Kälte in mächtigen Schüben ins Innere des Turms drang. Donnernd brach die Tür weit unten aus den Angeln, und die Stimmen des Nebels hallten von den Wänden wider, als der Dunst über die Stufen aufwärtsströmte. Ein markerschütterndes Stöhnen drang durch die Treppe, so heftig erbebte der Turm, und Milou erreichte gerade noch rechtzeitig den Glockenstuhl, ehe etliche Stufen unter ihren Füßen zusammenstürzten.

Eiskalter Wind fuhr ihr ins Haar, und kurz erinnerte sie sich an ihren letzten Besuch an diesem Ort: auf dem Arm ihres Vaters, als sie noch ein Kind gewesen war. Sie meinte, sein Lachen hören zu können wie damals, doch gleich darauf krallten die ersten

Spiegelwesen ihre Klauen in die metallenen Streben zwischen den Säulen, die rings um die oberste Etage des Turms herumliefen. Instinktiv griff Milou nach dem Kehrbesen, der in einer Ecke stand, und sah ihren Verfolgern entgegen, die nun mitsamt dem Nebel aus dem Inneren des Turms sprangen. Mit tief geneigten Köpfen starrten sie sie an, und im selben Moment, da Milou mit dem Rücken gegen eine der Stützsäulen stieß, blitzten die Scherben ihrer Körper auf und zeigten das Gesicht des Schakals ohne jede Maske. Milou stockte der Atem, als er lächelte, so gnadenlos, als schlösse er seine Hände um ihre Kehle. Sie sah noch, wie eines der Wesen zum Sprung ansetzte. Dann glommen die Augen des Schakals auf und die Kreatur jagte auf Milou zu.

Mit aller Kraft riss sie den Besen in die Höhe. Sie traf das Wesen mit dem Stiel an der Schläfe – und spürte, wie ihr das Blut aus dem Kopf wich. Denn die Kreatur fiel nicht zu Boden und sie schwankte auch nicht. Stattdessen blieb sie mitten im Sprung stehen, und ihr Gesicht verwandelte sich, bis Milou ihrer Mutter in die Augen schaute. Der Schreck schoss durch ihre Adern, aber sie konnte sich nicht abwenden. Sie sah ihre Mutter auf dem Boot stehen wie in jener Nacht, getroffen vom Mast, den der Sturm zerrissen hatte, und begann augenblicklich zu zittern. Tief hatte sie dieses Bild in sich vergraben, so tief, dass sie glaubte, es vergessen zu haben. Doch nun traf es sie mit einer solchen Übermacht, dass sie kaum noch Luft bekam. Sie sah die Risse, die sich über das Gesicht direkt vor ihr zogen, schrie sich zu, dass es eine fremde Kreatur war, ein Trugbild, das sie verwirren sollte. Aber für einen Moment war es tatsächlich ihre Mutter, die ihren Blick erwiderte – so hilflos, dass es Milou die Kehle zusammenschnürte. Sie merkte kaum, wie die Kreaturen ringsum sich ihr näherten. Alles, was sie deutlich wahrnahm, war das berstende Gesicht ihrer Mutter und die Scherben ihres

Körpers, die wie Blut niederfielen. Klirrend schlugen sie auf den Steinen auf … und verwandelten den Boden des Turms langsam in hauchdünnes Eis.

Der Boden rings um Milou splitterte. Instinktiv fiel sie auf alle viere nieder und sah zu ihrem Entsetzen, wie tiefe Risse durch den Stein unter ihren Händen liefen. Die Säule hinter ihr bröckelte, der Turm schwankte so heftig, dass die Häuserzeilen weit unten in ihr Blickfeld gerieten, ehe er sich wieder in die andere Richtung neigte, und etliche Spiegelwesen machten sich zum Sprung bereit. Die Glocken über ihr dröhnten, doch nur eine erklang laut und deutlich: die Malefico, die in früheren Zeiten eine Hinrichtung angekündigt hatte. Milou zwang die Panik in sich nieder. Entschlossen schlug sie mit dem Besen nach den Kreaturen, die beinahe spielerisch vor ihr zurückwichen, fast so, als würden sie mit einem mächtigeren Angriff rechnen … oder als wäre es ein Spaß für sie, ein schwaches Menschenmädchen mit einem lächerlichen Besen zu quälen. Schon sprang ein Wesen mit eisglühenden Spinnenbeinen heran. Milou duckte sich unter seinem Hieb, aber ehe es nach ihr greifen konnte, brach der Boden rings um sie in sich zusammen. Sie schrie auf in der Erwartung, mitsamt den Trümmern abzustürzen. Doch sie sah nur das Spiegelwesen, das als berstender Scherbenschwarm in die Tiefe fiel, und da erkannte sie, dass sie auf ihrem Steinbrocken über einem schwarzen Abgrund schwebte – ohne jede Verbindung zu dem brechenden Eis ringsherum.

Milou keuchte. Wie zum Teufel war das möglich? Sie krallte sich an dem Stein unter ihren Händen fest, als könnte sie nicht fallen, solange sie den Frost von ihm fernhielt, doch ihre Gedanken rasten entfesselt durch ihren Schädel. Mit fliegendem Atem riss sie den Blick von der entsetzlichen Tiefe los. Ein Schatten glitt über sie hinweg, kurz glaubte sie, den Markuslöwen gesehen zu haben, lebendig und mit weit ausgebreiteten Schwingen. Gleich darauf öffnete sich der Himmel über ihr. Goldenes Licht strömte aus ihm hervor und löschte jeden Zweifel in ihr aus. Sie war erneut in jene andere Welt geraten – in die Welt jenseits des Nebels.

Das Spiegelwesen sprang so plötzlich auf sie zu, dass Milou es kaum kommen sah. Im letzten Moment stieß sie den Besen vor und trieb ihrem Angreifer den Stiel durch die Brust. Keuchend schlug die Kreatur um sich. Ihre Krallen trafen Milou an der Schulter, lähmender Frost schoss in ihre Glieder, doch der Schmerz blieb seltsam dumpf. Wie in Zeitlupe kratzte das Wesen über den Stein unter Milous Händen, ehe es in die Tiefe stürzte, und verwandelte ihn in weißes Eis. Milou wich die Luft aus der Lunge, so heftig ergriff sie die Kälte. Schon kroch das Eis auf sie zu. Der Stein durchzog sich mit frostglühenden Rissen, und unter ihr war nichts als Dunkelheit mehr, tief wie die Leere, in die der Schrei des Schakals sie gehüllt hatte – die Dunkelheit einer Welt, die sie verschlingen würde.

»Milou!«

Ihr Name peitschte mit einer Gewalt durch die Luft, dass ihre Gedanken zerrissen. Sie hob den Blick, und da sah sie, dass es der Fremde war, der sie gerufen hatte – der Fremde mit den Rabenaugen. Er kniete zwischen den bröckelnden Säulen des Turms, halb zu ihr herabgebeugt, und wehrte mit glühendem Dolch die Spiegelwesen ab, die sich ihm durch die zerrissenen Metallstreben entgegenstürzten. Sein Haar wehte im kalten Wind, schon fraß sich das Eis an der Fassade empor, verlangsamt, als würde es seine Nähe fürchten, und doch boshaft knisternd. Grollend wallte der Nebel ringsum auf, aber der Fremde wandte sich nicht für einen Wimpernschlag von Milou ab. Mit festem Griff beugte er sich weiter vor und streckte die Hand nach ihr aus.

»Lass los und nimm meine Hand!«, rief er gegen den Donner des Nebels an. »Vertrau mir – ich lasse dich nicht fallen!«

Milous Herz schlug ihr bis zum Hals, als sie seinen Blick erwiderte. Die Dunkelheit seiner Augen schien für einen Moment mit der Finsternis unter ihr zu einer entsetzlichen Nacht aus schwarzen Scherben aufzugehen. Ihr schwindelte, doch er sah sie nur an, so regungslos, als wäre ihre Furcht eine Illusion, und da spürte sie wieder die Sehnsucht, die sie bereits bei ihrer ersten Begegnung gefühlt hatte und die sie näher herantrieb an seine Finsternis, ganz gleich, was dann aus ihr werden würde – diese Sehnsucht nach dem, wofür es keine Worte gab. Sie richtete sich auf, und im selben Moment, da die Schergen sie erreichten, stieß sie sich ab und sprang über den Abgrund. Sie hörte noch, wie die Klauen hinter ihr die Luft in Fetzen rissen, und das Splittern von Eis. Dann ergriff sie die Hand des Fremden.

Er zog sie an sich, so schnell, dass ihr der Atem stockte, und barg ihren Kopf an seiner Brust. Sie hörte das Schlagen von Flügeln und fühlte seine Arme um ihren Leib, und kurz kam sie sich vor wie in einem Traum, in dem sie wusste, dass ihr nichts passieren würde, was auch immer rings um sie geschah. *Nirgends ist man sicherer als in den Armen eines Traums,* flüsterte es in ihrem Kopf, und sie konnte nicht sagen, ob es ihr eigener Gedanke war oder die Stimme des Fremden. Dann strich ein kühler Hauch über ihre Stirn und im nächsten Moment wusste sie nichts mehr.

8

Das Erste, das Milou hörte, als sie erwachte, war der Regen. Sein Prasseln erfüllte die Luft mit zärtlichem Wispern, und als sie die Augen aufschlug, fand sie sich in einem alten Himmelbett wieder, bezogen mit blauer Seide. Sie konnte den Staub auf den Kissen riechen, der davon kündete, dass dieses Zimmer seit langer Zeit nicht mehr bewohnt wurde. Nächtliches Zwielicht hüllte die Sessel und Kommoden an den Wänden in Schatten, die Vorhänge an den Pfosten wehten im Wind. Und dort vor dem geöffneten Fenster, halb beschienen von den Lichtern Venedigs, saß der Fremde.

Er schaute in die Nacht, so regungslos, als würde er aus Stein bestehen. Doch seine Augen verbargen sich nicht länger hinter einem Schleier. Stattdessen standen sie in schwarzer Glut, und trotz der Krallenhiebe, die seine Kleidung zerrissen hatten, und des Verbands, der quer über seine Brust lief, ging eine Stärke von ihm aus, die Milous Herz schneller schlagen ließ. Vor ihr saß ein Krieger, das fühlte sie mit jeder Faser ihres Körpers. Seine Hand ruhte auf seinem Dolch, sein Atem ging ruhig wie der eines Raubtiers kurz vor dem Sprung. Und doch spiegelte sich mehr auf seinen Zügen, als sein kämpferisches Äußeres hätte vermuten lassen. Mit einer Mischung aus betörender Kühle und zornigem Trotz schaute er auf das Licht, das aus den Wohnungen der Menschen fiel, und als der Wind die Vorhänge aufbauschte und es sein Gesicht traf, meinte sie, einen sehnsüchtigen Schimmer in seinen Augen zu erkennen, zerbrechlich und eigentümlich sanft zugleich. Gleich darauf war er wieder erloschen, aber Milou spürte ohne jeden Zweifel, dass der Fremde nur aus einem einzigen Grund mit der Wachsamkeit des Jägers in die Nacht schaute: um das Mädchen zu beschützen, das er aus den Klauen der Spiegelwesen gerettet hatte.

Der Gedanke an diese Kreaturen ließ Milou die Hand zu ihrer Schulter führen. Die lähmende Kälte war aus ihren Gliedern gewichen, und sie ertastete einen Verband unter ihren Fingern, doch als sie den Druck verstärkte, durchzog sie ein stechender Schmerz, und obwohl sie keinen Laut von sich gab, wandte der Fremde sich sofort zu ihr um. Lautlos kam er auf sie zu, gerade so, wie er sich ihr in der Nacht der Sirenen genähert hatte, und ehe sie etwas hätte sagen können, setzte er sich neben sie und berührte ihre Schulter. Wärme strömte durch ihren Leib und linderte ihren Schmerz, und als sie sich aufsetzte, sah sie, dass seine Augen jede Kälte verloren hatten. Sie glommen nun in dunklem Licht wie ein zärtlicher Traum.

»Wo sind wir?«, fragte sie leise und strich über den Verband an ihrer Schulter. Der Stoff war seidenweich.

»Im Palazzo Dario«, erwiderte der Fremde nicht lauter. »Sicher kennst du die Gerüchte, die sich um dieses Haus ranken.«

Milou nickte. Seine Stimme legte sich sanft auf ihre Haut, und sie musste ihre Hände fest zusammenpressen, um sich daran zu erinnern, dass sie nicht träumte, so seltsam und vertraut zugleich erschien ihr die Situation. »Es heißt, der Palazzo sei verflucht. All seine Besitzer wurden zuerst vom Pech verfolgt, ehe sie auf rätselhafte Weise ums Leben kamen. So geht das schon seit einer ganzen Weile.«

Der Fremde neigte den Kopf. »Genau so ist es. Seit einiger Zeit schon liegt der Palazzo wieder verlassen, was gut für uns ist. Es gibt doch kein besseres Versteck als ein verfluchtes Haus.«

Milou schluckte, als die Gesichter der Spiegelwesen vor ihrem inneren Auge auftauchten. »Dann war es also wirklich kein Traum … der Turm, der Nebel … diese Wesen?«

»Thar'koryen«, sagte der Fremde, und sein Gesicht verfinsterte sich. *»Blut des Nebels* in der Sprache der Scherben. Nein, sie sind kein Traum gewesen … ebenso wenig wie alles andere, was du in den letzten Tagen erlebt hast.«

»Aber was geht hier vor?«, fragte Milou atemlos. »Was soll das heißen – die Sprache der Scherben? Wer sind die *Thar'koryen*, was wollen sie? Was haben sie den Menschen angetan? Was ist mit meiner Großmutter passiert, wo sind die Kinder, die der Nebel mit sich genommen hat? Und wieso bin ich scheinbar die Einzige, die sich an sie erinnert, während mich alle Menschen, die ich kenne, vergessen?« Sie brach ab, als sie merkte, dass ihre Hände zitterten. »Was hat das alles zu bedeuten?«, fragte sie kaum hörbar. »Bin ich verrückt geworden?«

Der Fremde lächelte unmerklich. »Im Gegenteil«, erwiderte er. »Ich weiß, dass das alles erschreckend und verwirrend für dich sein muss, und ich werde alles tun, um deine Fragen zu beantworten. Aber vielleicht sollten wir mit einer einzigen beginnen.«

Irgendetwas an der Art, wie er sie ansah, ließ sie ruhiger atmen. Die Dunkelheit seiner Augen umhüllte sie als sanfter Schleier, und sie spürte, wie all ihre Fragen in sie zurücksanken, bis nur noch eine übrig blieb. »Wer bist du?«, flüsterte sie und konnte sehen, dass die Glut in seinem Blick aufglomm wie unter einem plötzlichen Luftzug. Für einen Wimpernschlag spannten sich seine Muskeln, als würde er vor ihr zurückweichen wollen, instinktiv wie ein wildes Tier, das grellem Feuer begegnet war. Dann jedoch holte er tief Atem.

»Mein Name ist Nív«, erwiderte er mit derselben Gelassenheit in der Stimme wie zuvor. »Und ich bin ein Wandler: ein

Mensch mit einem Herzen aus zerbrochenen Träumen, der die Gestalt eines Raben annehmen kann.«

Milou merkte, dass sie ihn anstarrte, aber sie konnte nicht anders. Fast erwartete sie, ihn lachen zu sehen, als wären seine Worte nichts als ein alberner Scherz gewesen. Aber sie hörte noch immer den Rabenschrei, der sie im Nebel erreicht und die Gesänge der Sirenen zerbrochen hatte, und wieder spürte sie die schwarzen Federn zart wie Tränen auf ihrer Haut. »Zerbrochene Träume«, murmelte sie und merkte erst nach einer Weile, dass sie auf den Verband über seiner Brust schaute. »Ich habe dein Herz gesehen, als die Thar'koryen dich verwundeten. Es war schwarz wie …«

»… meine Augen?« Ein bitteres Lächeln trat auf seine Lippen. »Du hast recht. Sie lassen mich Dinge sehen, die dir verborgen bleiben, aber sie spiegeln nichts als Dunkelheit und Scherben.« Er wollte noch mehr sagen, doch im selben Moment verzog er schmerzerfüllt das Gesicht. Milou erschrak, als er zu husten begann und Blut über seine Lippen trat. Unsicher berührte sie seinen Arm und spürte die Kälte, die in seinen Gliedern lag. Erst jetzt, da die Fassade des Kriegers zu bröckeln begann, konnte sie sehen, wie geschwächt er war, und sie fröstelte, als der Verband über seiner Brust sich blutig färbte und sie die tiefen Schnitte an seinem Oberarm bemerkte, die er nur notdürftig versorgt hatte. »Entschuldige«, sagte er, als es vorbei war, und presste sich die Hand auf die Brust. »Ich wollte dich nicht erschrecken. Aber deine Welt raubt mir das Leben, wenn ich sie nicht rechtzeitig wieder verlasse. Denn ich gehöre in ein Reich, das parallel zu Venedigs Gassen existiert. Es ist die Welt der verlorenen Gedanken, der zerschlagenen Träume, der unvollendeten Geschichten und vergessenen Wünsche. Man nennt sie auch die Welt der Scherben.«

Seine Worte waren wie flüsternde Schatten, und auf einmal spürte Milou dieselbe Unruhe in der Magengegend, die sie früher empfunden hatte, wenn Nonna oder Federico ihr düstere Geschichten erzählt hatten – eine Anspannung, die sie angesichts des Unerklärlichen den Atem anhalten ließ. Sie zog die Brauen zusammen, um dieses Gefühl zurückzudrängen, doch es wollte ihr nicht gelingen. »Die Welt der Scherben«, wiederholte sie und spürte, dass der Name auf ihrer Zunge vibrierte wie ein lebendiges Wesen. »Ich habe noch nie von ihr gehört.«

Nívs Lächeln ließ die Glut seiner Augen aufflammen. »Aber du hast sie schon oft betreten. Jedes Kind wechselt mühelos zwischen den Welten hin und her, und in früheren Zeiten war es keine Seltenheit, dass auch Erwachsene den Schleier über ihrer Welt heben und die Pfade der Scherben betreten konnten, ohne ihren Verstand zu verlieren – all die Wege, die unsere Welten verbinden. Sie kamen ins Reich der Scherben und ließen die zerbrochenen Träume in den herrlichsten Farben erblühen, und sie trugen den Zauber dieses Ortes in die Welt der Menschen hinüber. Und ebenso erkundeten die Dha'raki, die Kinder der Scherben, wie sich die Bewohner meiner Welt nennen, die Heimat der Menschen. Doch diese Zeiten sind lange vorbei. Die Menschen haben das Reich der Scherben vergessen. Sie sind blind und taub geworden für die Wunder, die sie umgeben, und abgesehen von den Zwischenweltlern wie den Sirenen können die meisten Dha'raki ihre Welt entweder gar nicht mehr oder nur noch an ganz besonderen Orten ohne Gefahr für ihr Leben betreten. Man nennt sie auch die Refugien der Scherben: Orte voller Magie, an denen selbst der ignoranteste Mensch spürt, dass ihn mehr umgibt, als er sich erklären kann. Einst gab es sie im Übermaß. Nun jedoch sind sie wie Oasen in der Wüste, und Nebel hat sich über die einst prächtigen Gassen meiner Welt gelegt … Nebel … und haltlose Kälte. Denn der grausame Magier Caldoron hat die Macht ergriffen: der König der Scherben mit den Augen aus weißem Kristall.«

Der Schrei brach so plötzlich in Milou auf, dass sie zusammenfuhr. Blitzlichtartig sah sie ihn erneut vor sich, den Mann mit der Maske in der Gondel aus weißem Feuer. Noch einmal drang sein Blick ihr ins Mark, noch einmal spürte sie die Leere, die in seinem stummen Schrei aufriss, und erst als Nív die Hand nach ihr ausstreckte, konnte sie Atem holen. Sie sah ihn an wie aus einem schrecklichen Traum geweckt. »Er hat die Kinder entführt«, flüsterte sie und spürte, wie ihre Worte eiskalt über ihre Zunge tanzten. »Er war es, der den Nebel über Venedigs Gassen schickte.«

Nív nickte. »Auch wenn unsere Welten sich fremd geworden sind, brauchen sie einander doch, um am Leben zu bleiben. Das Reich der Scherben bewahrt, was die Menschen vergessen haben, und nichts lässt unsere Welt so eindrucksvoll erblühen wie der Traum eines Menschen. Caldoron weiß das. Daher entführt er die Kinder, um mit der Kraft ihrer Träume die Pfade der Scherben in seine Gewalt zu bringen und sie für jeden außer ihn selbst und seine Schergen unüberwindbar zu machen. Denn er trachtet seit Langem danach, die Macht über die Welten zu ergreifen und sie in Orte ewigen Nebels zu verwandeln, und nun ist er seinem Ziel so nah wie nie zuvor. Sein Frost durchzieht die Gassen der Scherben mit gnadenlosen Klauen, und du hast die Menschen gesehen, die unter seinen Bann gerieten. Bald schon wird er keine Thar'koryen mehr brauchen, um sie zu Sklaven seines Willens zu machen, denn mit der Macht über die Scherbenpfade entscheidet er allein, woran sie sich erinnern … und er wird ihnen nichts lassen als das weiße Glühen seines Lichts.«

Milou zog die Arme um den Körper, so deutlich spürte sie plötzlich wieder den flüsternden Frost, der ihr nachgeglitten war. »Aber aus welchem Grund tut er das?«, fragte sie leise. »Wer ist er?«

Nívs Gesicht verfinsterte sich. »Einst war er ein Mensch. Er wanderte zwischen den Welten und erfüllte das Scherbenreich mit seinen Träumen, wie er die Welt der Menschen mit seinen Geschichten erfreute. Doch eines Tages schloss sich Dunkelheit um ihn. Unzählige Mythen ranken sich um Caldorons Fall, Legenden, düster und verschlungen. Sicher jedoch ist nur eines: In einer finsteren Nacht riss er sich das Herz aus der Brust und ersetzte es durch Splitter aus weißem Glas. Seit jenem Tag ist er zu etwas anderem geworden … einer Kreatur aus Fleisch und Blut mit einem Herzen aus Scherben.« Er hielt inne und schaute auf den Verband, der seine Brust bedeckte, und etwas in seinem Schweigen schickte ein Frösteln über Milous Leib. Auch er war ein Mensch aus Fleisch und Blut, auch er trug ein Herz aus Scherben in seiner Brust … und er litt darunter, das verstand sie in diesem Moment – mehr, als sie wohl jemals begreifen würde. »Inzwischen hat Caldoron seine Menschlichkeit fast ganz verloren«, fuhr Nív fort. »Deine Welt greift ihn nun an, daher muss er sich mit einer magischen Maske vor ihr schützen, wenn er sie betritt oder ihr zu nahe kommt.«

»Der Maske eines Schakals«, murmelte Milou nachdenklich.

»Ja«, stimmte Nív ihr zu. »Der Schakal, der nachts die Wüste durchstreift auf der Suche nach den Überresten der Verstorbenen … und Anubis, der die Seelen der Toten in eine andere Welt geleitet. Wir mögen nicht viel über Caldorons Motive wissen, aber eines ist sicher: Er betrachtet die Menschen als fühl- und leblose Kreaturen. Und er bedient sich des Einzigen, das für ihn noch Wert besitzt: ihrer Träume.«

Milou sah die Maske des Schakals vor sich, die in Scherben niederfiel und langsam Caldorons Gesicht freigab. Aufatmend fuhr sie sich über die Augen, um seinen eisigen Blick aus ihren Gedanken zu vertreiben. »Ich weiß nicht, was ich davon halten soll. Die Zeiten, da ich an Märchen glaubte, sind eigentlich vorbei. Alles, was du mir erzählst, klingt wie eine Geschichte aus einem meiner Bücher oder wie … ein Traum.«

Nív schwieg für einen Moment. Dann streifte er seinen Mantel ab und begann wortlos, sein Hemd aufzuknöpfen. Sein Haar fiel ihm dabei in die Stirn. Es war so seidig, dass sich das Licht des Mondes darin verfing, der nun seinen Schein durch das Fenster schickte. Doch Milou kam nicht dazu, es eingehender zu betrachten, denn Nív hob den Blick und sah sie mit einer Intensität an, die ihre Aufmerksamkeit gänzlich gefangen nahm. »Kein Märchen«, sagte er. »Und auch kein Traum. Alles, was hier geschieht, ist wirklich.«

Damit wandte er sich um – und Milou sog erschrocken die Luft ein. Sein Rücken war von Narben übersät, tief wie von brennenden Eisen und Feuer geschlagen. Behutsam berührte sie seine Haut, und er fuhr zusammen, so heftig, als hätte sie ihn geschlagen. Rasch zog sie die Hand zurück und musste sich zwingen, sich von den Zeichen der Folter abzuwenden. »Hat Caldoron dir das angetan?«, fragte sie fassungslos, als er sich wieder zu ihr umdrehte.

»Ich gehöre zu den Pathari«, sagte er, und sie konnte den Stolz hören, der nun in seiner Stimme mitschwang. »Rebellen, die gegen Caldorons Herrschaft aufbegehren. Wir zerstören die Netze und Fallen, die er immer enger um uns zieht, erobern einzelne Scherbenpfade zurück, befreien entführte Kinder und geknechtete Dha'raki aus den Klauen seiner Schergen und bemühen uns, die Menschen zu schützen. Doch Caldoron setzt alles daran, uns aufzuspüren, und so führen wir ein Leben auf der Flucht. Etliche sind schon in seinem Feuer umgekommen. Und das ist noch längst nicht alles, was er den freien Wesen antut.« Er hielt inne, und als sein Blick in die Schatten fiel, bemerkte Milou das Muskelspiel seiner Schläfen. Es schien ihr, als würde er in der Dunkelheit etwas erkennen, das ihr verborgen bleiben musste, und seine Stimme klang wie aus weiter Ferne, als er fortfuhr. »Mein Vater war ein Mensch. Ich lernte ihn nie kennen, doch meine Mutter war eine Tochter der Scherben, und ich erinnere mich an sie wie an einen zerbrochenen Spiegel, in dem sich das Morgenlicht verfängt … tausend gesplitterte Bilder, die ich nicht verstehe und die ich doch mit aller Macht greifen will, wohl wissend, dass dieser Wunsch vergebens ist.«

Die Dunkelheit seiner Augen flackerte und offenbarte eine Verletzlichkeit, die unter der Kühle seiner Züge lag und sein Gesicht adelte. Aber ehe Milou etwas hätte erwidern können, räusperte er sich. »Sie wurde von Caldorons Schergen getötet, als ich noch ein Kind war«, fuhr er mit rauer Stimme fort. »Mit ihrem Leben hat sie verhindert, dass seine *Klauen,* wie er sie nennt, mich seiner Armee der Scherben einverleibten. Nach einer Zeit der Wanderschaft durch beide Welten schloss ich mich den Pathari an. Doch wir sind wenige, und auch wenn wir Caldoron alles entgegensetzen, was wir haben, sind unsere Möglichkeiten begrenzt.«

Milou zog die Brauen zusammen. »Und es gibt niemanden, der Caldoron aufhalten kann?«

»Es gab jemanden«, erwiderte Nív leise. »Einen Menschen, der einst die Scherbenwelt durchwanderte. Man nennt ihn *Pala'Dhey,* was so viel heißt wie Fuchsmann. Unzählige Legenden ranken sich um seine Gestalt. So soll er ein mächtiger Magier gewesen sein, der auf dem Markuslöwen durch die Luft ritt, mit nichts als Feuer und ungezähmtem Wind auf dem Gesicht, und der die Pathari in vergangener Zeit gegen Caldoron in die Schlacht führte. Immer wieder stellte er sich dem König entgegen, bis dieser ihn in einem letzten Kampf besiegte und schwer verwundete. Seither wurde er nicht mehr gesehen. Doch es geht das Gerücht, dass er noch am Leben ist, irgendwo in der Dämmerung. Dort hütet er die Waffe, mit der Caldoron zu bezwingen ist, aber der Weg zu ihm ist nicht leicht zu finden. Nur ein Wesen, das ihm ebenbürtig ist, vermag ihn aufzuspüren … ein Wesen, das auch Caldoron gewachsen wäre und seine Herrschaft beenden könnte. Lange haben wir nach ihm gesucht, einem Wesen, das zwischen den Welten wandern kann, ohne sich zwischen den Scherben zu verlieren. Und nun … nun haben wir es gefunden.«

Milou hob die Brauen. »Wirklich?«, fragte sie und setzte sich mit wachsender Neugier auf. »Wer ist es?«

Sein Lächeln war kaum mehr als eine Ahnung, und doch traf es Milou mit einer Wucht, die ihr den Atem nahm. Sie riss die Augen auf und schüttelte den Kopf, als könnte sie die Antwort fortwischen, die so deutlich in seinem Blick stand, dass sie mit Händen zu greifen war. »Ich?«, flüsterte sie so leise, dass sie sich selbst kaum verstehen konnte. »Das kann nicht dein Ernst sein! Du musstest mir schon dreimal das Leben retten, und hast du nicht gesehen, wie ich mich an dem Steinbrocken im Campanile festgekrallt habe? Ich weiß, dass man so etwas normalerweise nicht zugibt, aber ganz ehrlich: Ich hätte mir fast in die Hose gemacht vor Angst! Ich bin doch keine Heldin!«

Nív zuckte beinahe gleichgültig mit den Schultern. »Vielleicht nicht. Aber du bist eine Träumerin.«

»Oh ja«, gab sie zurück und schnaubte verächtlich. »Das ist doch mal eine großartige Superheldenkraft: Träumerei!«

Er lächelte. »Es ist eine Kraft, die den meisten Dha'raki und immer mehr Menschen fehlt und die zwingend nötig ist, um jene zu finden oder zu bezwingen, die über sie verfügen. Daher kann kein Wesen aus meiner Welt den Fuchsmann aufspüren oder Caldorons Herrschaft brechen. Nur ein Wanderer kann das tun – ein Mensch wie du, der mit wachen Augen träumen und die Waffe führen kann, die Caldoron bezwingen wird.«

Milou sprang aus dem Bett und begann, im Zimmer auf und ab zu gehen. »Hörst du mir denn nicht zu?«, rief sie aufgebracht. »Ich bin kein Wanderer! Ich habe nicht einmal gewusst, dass ich in eine andere Welt geraten bin, bis ich die gläsernen Häuser und den brennenden Himmel über mir gesehen habe! Weiß der Teufel, wie ich dort hingekommen bin! Und Caldoron ist unglaublich mächtig! Ich habe die Kraft seines Nebels gespürt, ich weiß, was er mit meiner Großmutter gemacht hat und mit all den anderen Menschen, die in die Klauen seiner Schergen geraten sind! Und er hat den Campanile verwandelt wie in einem Albtraum!«

Sie musste sich an der Wand abstützen, um nicht zu fallen, so plötzlich befiel sie der Schwindel. Doch ehe sie die Hand gegen ihre Schläfe pressen konnte, war Nív an ihrer Seite. Behutsam führte er sie zurück zum Bett und kniete sich vor ihr auf den Boden. Seine Hände waren nun warm, und etwas an der Art, wie er sie betrachtete, so ruhig und voller Zuversicht, vertrieb den Schwindel hinter ihrer Stirn. »Nicht er hat das getan«, erwiderte er sanft. »Das warst du selbst.«

Milou starrte ihn an, als hätte er einen schlechten Witz gemacht. »Du meinst …«, begann sie, aber alles, was sie sagen konnte, erschien ihr zu absurd, um es auszusprechen.

»Caldoron hat dich mit seinem Nebel an den Rand meiner Welt geführt«, fuhr Nív fort. »Doch du warst es, die dem Pfad der Scherben gefolgt ist, als du ihm am Kanal begegnet bist – und es war deine Angst, die den Campanile in Trümmer legte. Selten habe ich eine solche Stärke gefühlt wie dort oben zwischen den Säulen, so viel kannst du mir glauben. Versteh mich nicht falsch: Die Scherbenwelt ist unberechenbar, selbst für mich, und ich leugne nicht, dass sie etliche tödliche Gefahren birgt. Caldoron weiß nun, wer du bist. Er wird dich jagen mit allem, was er aufzubieten hat, im Reich der Scherben ebenso wie in der Menschenwelt. Doch frage dich eines: Wenn deine Furcht ein solches Chaos hervorbringen kann wie auf dem Campanile – was vermag dann deine Hoffnung?«

Ein sachter Schauer flog über Milous Rücken, als er nun lächelte, und sie spürte, dass sie diese Geste erwidern wollte, vielleicht, um noch einmal seine Dunkelheit auf ihrer Haut zu fühlen, vielleicht, um das Vertrauen, das er in sie setzte, in sich selbst aufblühen zu sehen. Aber sie schüttelte den Kopf. »Das ist doch alles vollkommen verrückt. Ich bin erwachsen, verdammt noch mal! Ich habe vor langer Zeit aufgehört, an solche Dinge zu glauben! Und jetzt gerate ich in flüsternden Nebel, werde von gefährlichen Spiegelwesen und Maskenmännern verfolgt und von allen Menschen vergessen, die mich je gekannt haben, während meine Großmutter von einer fremden Macht befallen wurde und etliche Kinder der Stadt spurlos verschwunden sind. Und dann erzählt mir jemand mit einem Herzen aus schwarzen Scherben, dass es eine zweite Welt neben der unseren gibt, in der ein finsterer Magier regiert, den ausgerechnet ich bezwingen soll. Wenn ich meinem Onkel das erzählen würde, könnte ich gar nicht so schnell gucken, wie er mich einweisen lassen würde.«

Sie musste fast lachen, als sie sich Mathis' Gesicht vorstellte. Doch Nív sah sie ernst an. »Ich weiß, wie dir all das erscheinen muss«, sagte er so behutsam, als spräche er zu einem verängstigten Kind. »Vermutlich wartest du noch immer darauf, aufzuwachen, weil du einfach nicht fassen kannst, was um dich herum geschieht. Aber gibt es nicht noch mehr Stimmen in dir als die, die du Verstand nennst?«

Milou erwiderte seinen Blick. Sie hatte schon eine Antwort auf der Zunge, abfällig genug, um die Stimme ihres Onkels hören zu können, mit der er sie in den vergangenen Jahren stets bedacht hatte, wenn sie in Tagträumereien versunken war. Aber stattdessen flackerte die Dunkelheit in Nívs Augen auf und ließ sie den Atem anhalten wie damals, als sie darauf gewartet hatte, ein Geheimnis aus den Schatten treten zu sehen, deutlich spürend, dass es da war – ganz gleich, ob es sich ihr zeigen wollte oder nicht.

»Du irrst dich«, fuhr Nív fort. »Du bist nicht erwachsen geworden, und das ist ein Glück. Die Menschen deiner Welt haben sich selbst verloren, als sie aufhörten, nach dem Wunderbaren zu suchen. Sie haben vergessen, dass es für sehr lange Zeit ein lebensnotwendiger Teil von ihnen war, und als es ihnen durch ihre eigene Ignoranz fremd wurde, haben sie angefangen, sich davor zu fürchten. Sie haben es verfolgt und verteufelt wie alles, was sie nicht verstehen, und schließlich haben sie die Wahrheit vergessen. Nun belächeln sie es, wenn es ihnen begegnet, als Spinnerei oder Illusion oder wie all die anderen abwertend gemeinten Vokabeln heißen mögen, die sie sich in ihrer einzigartigen Dummheit ausgedacht haben. Sie ahnen nicht einmal, dass ein einziger Blick in die Schatten genügen könnte, um sie von sich selbst zu befreien, von ihrer Rastlosigkeit, ihrer Leere, ihrer trostlosen, abgehäuteten Welt. Du jedoch hast nie aufgehört, an das zu glauben, was sich in der Dunkelheit verbirgt. Du hast dich danach gesehnt, so sehr, dass du mitunter mitten in der Nacht aufgewacht und ans Fenster getreten bist in der Hoffnung, deinen Blick von der anderen Seite aus erwidert zu finden.

Du weißt, dass es immer einen anderen Weg gibt, du hörst sie noch immer flüstern, die Stimmen in den Wellen des Meeres, die jedes Rätsel der Welt zu kennen scheinen. Und du hast schon immer geahnt, dass es das Reich der Scherben gibt – und mit ihm so viel mehr als alles, was deine Augen sehen können oder was deine Welt dir erzählt. Ist es nicht so? Du hast es gefühlt.«

Milou hatte nicht gemerkt, dass er ihre Hand in die seine genommen hatte. Doch nun strich er über ihre Handfläche, zart wie ein Atemzug oder ein Kuss, und ein Kribbeln ging durch ihren Magen, das sie die Luft einsaugen ließ. Sie konnte sich nicht daran erinnern, dass sie schon einmal auf diese Weise angesehen worden war, so forschend, als gäbe es nichts Bedeutenderes auf der Welt als sie. Fast hätte sie über den Anblick gelacht, den sie boten: er der schöne, mächtige Krieger der Pathari und sie das zerzauste, weltfremde Mädchen, das zeit ihres Lebens nichts anderes getan hatte, als sich in Geschichten zu flüchten. Doch der Ernst in seinem Blick nahm ihr den Spott, und fast staunend sah sie zu, wie ihre Abwehr in sich zusammenfiel. »Du sagtest, dass du mich kennst«, erwiderte sie kaum hörbar. »Und nach allem, was du gerade gesagt hast, scheint das wahr zu sein. Sind wir uns schon einmal begegnet?«

Nív hielt in seiner Bewegung inne, und kurz fühlte es sich an, als würde sich sein Finger glühend heiß in ihr Fleisch senken, ehe er seine Hand zurückzog. »Ich wuchs in der Scherbenwelt Venedigs auf«, sagte er, ohne sie anzusehen. »Und seit jeher streifte ich immer wieder auch durch die Gassen der Menschenwelt. Du wirst dich kaum an mich erinnern. Wir Scherbenwesen verstehen uns darauf, uns in den Köpfen der Menschen aufzulösen wie erlöschende Träume. Aber wie sollte ich ein Mädchen, das stundenlang aufs Meer hinausschaute, obwohl es gerade mal fünf Jahre alt war, nicht bemerkt haben?«

Seine Stimme war sanft geworden, so sanft, dass sie Milou schaudern ließ. »Du hast mich beobachtet?«, fragte sie und musste grinsen, als er mit leisem Lächeln den Kopf neigte.

»Ich habe dich angesehen«, sagte er dann, und als er den Blick hob, schien etwas in seinen Augen aufzuglimmen, kurz nur und flüchtig, aber doch deutlich genug, um Milous Herzschlag zu beschleunigen. Nicht mehr als ein rätselhafter Schimmer war es, so als würde sich hinter seiner Antwort ein Geheimnis verbergen, das mehr in sich trug, viel mehr als jedes Wort sagen konnte. Doch gleich darauf war der Glanz wieder verschwunden, so schnell, dass Milou nicht mehr sicher war, ob er tatsächlich da gewesen war.

»Und was hast du gesehen?«, fragte sie, um ihre Verwirrung zu überspielen. »Die mächtige Wanderin, die eines Tages deine Welt retten könnte und die der Menschen gleich dazu?«

Er betrachtete sie nun wieder so ernst, dass sie sich nicht für einen Wimpernschlag von ihm abwenden konnte. »Ich sah ein Kind am Ufer des Meeres«, sagte er leise. »Ein Kind, das mehr darin erkannte als tosende Wellen. Ich sah ein Mädchen, dessen Sehnsucht die Schatten in den Gassen tanzen ließ, und immer wieder habe ich deine Träume gesehen, abgründig und betörend wie ferne Zauber. Ich ahnte immer, dass du eine Wanderin bist – ein Mensch, der auch jenseits dessen, was ihr Kindheit nennt, in die Scherbenwelt wechseln kann. Und jetzt hast du weit mehr getan als das. Du bist in meine Welt gekommen. Und du bist Caldoron entgegengetreten.«

»Ich bin vor ihm geflohen«, entgegnete Milou und verdrehte die Augen.

Doch Nív schüttelte den Kopf. »Du hast dich ihm widersetzt. Sein Bann ist von dir abgeglitten, keine Scherbe konnte deine Augen trüben, und du hast seine Maske vernichtet mit nicht mehr als einem Blick. Du magst deine Magie noch nicht begreifen, aber sie ist da. Ich kann sie sehen. Sie glüht wie ein goldener Schimmer in deinen Augen. Ich zweifle nicht daran, dass du Caldoron bezwingen kannst, für keinen Augenblick, und solltest du dich auf diese Reise begeben, verspreche ich dir, dass ich dich nicht alleinlassen werde auf deinem Weg, ganz gleich, wohin er dich führen wird. Du bist mehr als alles, was du bisher für möglich gehalten hast, Träumerin – so viel mehr als das.«

Milou konnte nicht anders, als sein Lächeln zu erwidern. Doch gleich darauf fiel ihr Blick auf den Verband über seiner Brust, und sie spürte den stechenden Schmerz, der ihre eigenen Wunden puckern ließ. »Dieser Weg ist gefährlich, nicht wahr?«

Nív nickte unmerklich. »Wir wissen nicht, auf welche Pfade unsere Suche uns führt, wir werden von den Schergen Caldorons verfolgt, und während deine Welt mir das Leben nimmt, raubt das Reich der Scherben dir die Erinnerungen mit jedem einzelnen Atemzug, den du in meiner Welt tun wirst. Es wäre nicht fair, dir das zu verschweigen.« Er hielt kurz inne. »Und abgesehen davon ... Auch ich bin eine Gefahr für dich. Du hast es erlebt, als du am Rand des Kanals in meine Nähe gekommen bist. Mein Herz nimmt dir die Kraft, es stiehlt dir das Leben, nach dem es sich sehnt, ohne es selbst je wirklich erfahren zu haben. Ich kann mich dagegen wehren, doch wenn wir uns zu nah kommen oder wenn ich verwundet bin wie dort, wird es gefährlich.«

Milou seufzte. »Das klingt ja großartig.«

»Aber das bedeutet nicht, dass wir keine Chance haben«, erwiderte er schnell. »Sondern nur, dass es nicht einfach wird. Menschen und Dha'raki sind wie Sonne und Mond. Sie sind nicht füreinander bestimmt.«

Leise hatte er das gesagt, und etwas an der Art, wie er nun den Kopf neigte, ohne sie aus den Augen zu lassen, trug sie in

Gedanken in seine Arme zurück. Für einen Moment wich jeder Schmerz von ihr, und seine Dunkelheit umhüllte sie so behutsam, als gäbe es nichts mehr von Bedeutung als wispernde Schatten und seinen Atem auf ihrer Haut. »Aber sie begegnen sich in der Dämmerung«, flüsterte sie. »Und sie teilen sich denselben Himmel.«

»Dann ist es die Dämmerung, die auf uns wartet«, erwiderte er nach einem Augenblick. »Wenn du mit mir auf diese Reise gehen willst. Aber wirst du das tun, Träumerin? Wirst du mir folgen in die Welt der Scherben?«

Unverwandt schaute er sie an, und als sie seinen Blick erwiderte, fühlte sie noch einmal die Macht, die in seinen Augen lag – diese unerklärliche Magie in diesen Rätselaugen, die alles auf den Kopf stellen konnten, woran sie sich bisher festgehalten hatte. Tiefschwarz loderte die Dunkelheit darin auf, finster wie der Abgrund, der sich im Campanile unter ihr aufgetan hatte, und sie meinte, erneut die Leere zu spüren, in die Caldorons Schrei sie gehüllt hatte, diese Leere, die ihr alles genommen hatte, selbst ihren Willen, in die Welt der Menschen zurückzukehren. Aber die Wärme in Nívs Augen hinderte sie daran, sich abzuwenden. Er sah sie auf eine Weise an, als hätte er jedes Wort genau so gemeint: als würde mehr in ihr liegen, viel mehr, als sie je für möglich gehalten hätte, und kurz überkam sie der Drang, die Maske festzuhalten, die er offensichtlich betrachtete und die ihn daran hinderte, ihr wahres Selbst zu erkennen … die versponnene Träumerin, die sie war. Doch im selben Moment glitt ihre Hand in ihre Tasche und sie umfasste den grünen Kristall. Sie sah Nonna vor sich, die nun in Caldorons Ketten lag, und sie erinnerte sich an die Sehnsucht, mit der sie so oft auf die dunkle Straße hinausgesehen hatte. Nie, so schien es Milou nun, hatte sie dieses Gefühl besser verstanden als in diesem Moment, da sie in Nívs Augen schaute, und sie nickte. Nonna hätte keine Sekunde gezögert. Sie wäre kopfüber in die Welt der Scherben gesprungen, um Milou zu retten – und Milou würde genau dasselbe tun. Sie würde alles tun, was in ihrer Macht stand, um ihre Großmutter zu befreien, ebenso wie die anderen Menschen, die unter Caldorons Bann standen, und die entführten Kinder in ihre Welt zurückzubringen. Und sie würde nicht allein gehen. Wo auch immer ihr Weg sie hinführen mochte: An ihrer Seite stand ein Traum aus Nacht und Schatten.

»Ja«, sagte sie leise und lächelte ein wenig. »Ich folge dir.«

Für einen Moment saß er nur da, regungslos wie bei ihrer ersten Begegnung, und sein Lächeln vertrieb jede Härte von seinen Zügen. Dann kam er auf die Beine. Sein Dolch entfachte sich in eiskaltem Feuer, und Milou hielt den Atem an, als Nív mit geschmeidiger Bewegung einen Riss in ihre Wirklichkeit schnitt. Die Farben des Zimmers verblassten an den Rändern und dahinter lag flirrende Finsternis. Doch ehe die Furcht Milous Magen umfasste, nahm Nív ihre Hand, und seine Wärme drängte die Anspannung in ihren Gliedern auf ein erträgliches Maß zurück.

Er wartete, bis sie ihm zunickte, unmerklich beinahe und mit rasendem Herzen. Dann zog er sie näher an sich, und mit einem einzigen großen Schritt betraten sie die Welt der Scherben.

9

Die Schatten fielen um Milou nieder wie Schleier aus schwarzer Seide. Für die Dauer eines Schrittes waren sie eiskalt über sie hinweg geglitten, hatten ihr Haar in wildem Sturm nach hinten gerissen und an ihrer Kleidung gezerrt, und nun, da sie sich lichteten, hielt sie den Atem an. Jeden Moment würde sie sich in der Welt der Scherben wiederfinden, in jenem Reich, das … Wispernd sanken die letzten Schatten zu Boden, und ein Blick in die Dämmerung ringsherum genügte, um ihren Gedanken zu zerbrechen. Neben ihr erhob sich das blaue Himmelbett wie zuvor, die Stühle und Kommoden standen unverändert vor den Wänden, und als sie den Staub auf den Kissen bemerkte, gab es keinen Zweifel mehr: Sie befand sich noch immer in dem düsteren Zimmer des Palazzo Dario.

Verwirrt sah sie zu Nív auf. Sein Atem streifte ihr Haar, so nah war er ihr, doch er schien es kaum zu merken. Angespannt schaute er in die Nacht jenseits des Fensters, so konzentriert, als würden seine schwarzen Augen jede Dunkelheit durchdringen. Er sog die Luft ein – und ehe Milou wusste, was er tat, packte er ihr Handgelenk und trieb die Klinge seines Dolchs durch ihren Ärmel. Sie konnte die schmerzende Kälte des Feuers spüren, so nah war es ihrer Haut. Erschrocken wich sie zurück und starrte auf den Stofffetzen in Nívs Hand.

»Was zum Teufel …«, begann sie, aber er brachte sie mit einer warnenden Geste zum Schweigen.

»Still«, raunte er. »Sie sind ganz nah.«

Seine Worte legten sich wie ein Zauber auf ihre Stirn. Mit klopfendem Herzen beobachtete sie, wie Nív die linke Hand um den Stofffetzen schloss und die rechte mit dem Dolch in rätselhaften Bewegungen durch die Luft führte. Knisternd erschienen fünf Funken um seine Faust herum. Milou riss die Augen auf, als winzige Klauen aus der Glut drangen und sie aufschoben, als wäre die Dämmerung ringsum nichts als eine klemmende Tür. Helles Licht fiel aus den Rissen, die auf diese Weise entstanden, und heraus sprangen fünf gnomenartige Wesen mit riesigen Nasen, ledriger Haut und winzigen Flügeln, deren vielfarbige Augen übermütig aufglühten, als sie Nív erblickten. Ihre Worte zerplatzten wie Knallerbsen, kaum dass sie über ihre Lippen kamen, und Nív lachte leise, als sie die Hacken zusammenschlugen und die Hände an imaginäre Mützen hoben. Er antwortete ihnen in fremder Sprache, während sie neugierig zu Milou herübersahen, um gleich darauf in eilfertiges Nicken auszubrechen. Als er die Faust öffnete, stürzten sie sich auf den Stofffetzen und rissen ihn auseinander. Halb wahnsinniges Gekicher erklang, ehe sie in alle Richtungen durch die Luft schossen, und Milou stellte fasziniert fest, wie ihre Umrisse verschwammen und in den verschiedensten Farben zu glühen begannen. Noch einmal bekundeten sie Nív ihren Respekt und neigten mit zahnlosem Grinsen vor Milou die Köpfe. Dann stoben sie quer durch den Raum und waren im nächsten Moment durchs Fenster verschwunden.

»Ich wollte dich nicht erschrecken«, sagte Nív und steckte den Dolch zurück an seinen Gürtel. »Das Scherbenfeuer meiner Klinge ist gefährlich für dich, dessen bin ich mir bewusst, denn es vermag weit mehr, als Fleisch und Knochen zu durchdringen. Aber die Thar'koryen werden uns jagen. Da kann es nicht schaden, sie auf die eine oder andere falsche Fährte zu locken.«

Milou riss ihren Blick vom Fenster los. »Was waren das denn für Wesen? Sie sahen aus wie Irrlichter oder … hässliche Feen.«

Nív grinste. »Lass sie das besser nicht hören. Die Caenoro sind ein sehr stolzes Volk, auch wenn man es ihnen nicht immer ansieht.«

»Caenoro«, wiederholte Milou. Der fremde Begriff lag schwer auf ihrer Zunge. »Was sind sie?«

»Es gibt keinen Namen in den Sprachen der Menschen für sie«, gab Nív zurück. »Vielleicht trifft *Traumsplitter* es am besten. Denn mitunter entkommen die Figuren einer Idee, eines Wunsches, eines Traums, bevor ihre Welt zerbricht. Und dann landen sie hier.«

Er sagte das, als wäre es das Normalste auf der Welt, und lachte über Milous erstauntes Gesicht. »Du hast sie gerufen«, stellte sie fest und konnte nicht umhin, auf die erlöschenden Funken in der Luft zu starren. »Das war Magie, nicht wahr?«

Da kehrte es auf seine Lippen zurück, dieses Lächeln, das voller Zärtlichkeit war und ihr gleichzeitig das Gefühl gab, von den wesentlichen Dingen nicht die geringste Ahnung zu haben. »Es gibt viele Arten von Magie. Manche können wir mit Händen greifen, andere müssen wir fühlen, um sie zu verstehen. Doch nirgends fällt es so leicht, ihrer Kraft zu vertrauen wie hier. Denn wir sind nicht mehr in deiner Welt, auch wenn es dir auf den ersten Blick so erscheinen mag. Sieh selbst, wohin die Schatten dich getragen haben.«

Damit zog er sie zum Fenster hinüber. Der Wind strich ihr das Haar zurück – und da sah sie, dass Nív recht hatte. Vor ihr, gehüllt in Schatten und Dämmerung, lag das Reich der Scherben. Auf den ersten Blick schienen es noch immer die Gebäude Venedigs zu sein, auf die sie schaute. Doch kaum, dass die Wolken aufbrachen und der Mond anstelle seines bekannten Silberlichts kurz einen schwarzglühenden Glanz auf die Häuser legte, verbrannten die Fassaden, die Gassen, selbst die Kanäle vor ihren Augen, als bestünden sie aus etlichen Lagen Papier. Sie meinte, Buchstaben auf den Seiten erkennen zu können, noch glänzend in frischer Tinte, und gleich darauf flossen die Worte ineinander und flogen als Ascheschleier über die Häuserzeilen hinweg. Und da sah Milou, dass mehr vor ihr lag als ein Spiegelbild der Menschenwelt – so viel mehr als alles, was sie sich hätte vorstellen können.

Gläserne Türme erhoben sich aus den Kanälen und warfen das Licht aus den Fenstern zurück, das samten in die Nacht fiel. Es gab Häuser aus Kristall, aus Papier und aus Spiegeln, Paläste, deren Fassaden von Schleiern bedeckt wurden, und andere, die aus sich selbst heraus leuchteten, als hätten sie ein Stück der Sonne in ihren Mauern gefangen. Eine glühende Kathedrale mit uralten Bäumen ragte in einiger Entfernung aus dem Häusermeer, manche Gassen waren wie aus düsterem Licht gewebt, und selbst jene Gebäude, die sich nicht im Geringsten von ihren Abbildern in der Menschenwelt unterschieden, zogen Milous Blick magisch an. Vieles war ihr so vertraut, und stets genügte doch ein Wimpernschlag, um sie all die Falltüren spüren zu lassen, die sich in der Dunkelheit verbargen und die sie tief, immer tiefer stürzen lassen konnten, wenn sie nur einen einzigen unbedachten Schritt tat. Diese Stadt, das fühlte sie deutlich, war mehr als ein Ort in einer fremden Welt. Sie war ein Geheimnis, kostbar wie eine Bibliothek voller ungelesener Bücher, und jeder Schatten, jede Scherbe, jedes Gassenstück spiegelte Milous Gesicht, als wäre sie selbst vor langer Zeit zerbrochen worden und nun an diesen labyrinthischen Ort gekommen, um sich selbst wieder zusammenzusetzen. Und vielleicht, so ging es ihr durch den Kopf, war dies der einzig wahre Grund, überhaupt in die Welt der Scherben zu kommen: um sich an das zu erinnern, was einst zerbrochen worden war, und dann daran zugrunde zu gehen … oder geheilt zu werden, von Schatten, Nacht und Dämmerung.

Das Licht tauchte so plötzlich über den Dächern auf, dass Milou es nicht kommen sah. Rasch zog Nív sie zurück in die Schatten, und erst, als sie nach einem atemlosen Moment an den Vorhängen vorbeispähte, erkannte sie die drei Thar'koryen, die über den Kanal hinwegflogen. Das Licht ihrer Augen glitt grell über die Fassaden, und Milou fröstelte, als sie die Kälte spürte, die von diesen Wesen ausging. Sie suchten nach ihr, Nív hatte recht gehabt. Die Jagd hatte bereits begonnen.

Erst als die Thar'koryen in der Nacht verschwunden waren, holte Nív Atem. Er taxierte den Himmel, so regungslos, als wäre das Eis seines Feindes ihm in die Glieder gefahren. Dann nahm er Milous Hand und zog sie mit sich. Lautlos öffnete er die Tür des Zimmers und eilte mit ihr ein düsteres Treppenhaus hinab, so schnell, dass sie kaum mit ihm Schritt halten konnte.

»Wohin gehen wir?«, flüsterte sie, doch er verringerte seine Geschwindigkeit nicht.

»Das wirst du bald erfahren«, erwiderte er dunkel. »Jetzt haben wir keine Zeit für Erklärungen. Wir müssen von hier verschwinden, so schnell wir können.«

An der Haustür hielt er inne und schob sie einen Spalt breit auf. Milou hörte die Stimmen, die jenseits des Palazzos die Luft erfüllten, fremdartig und so vielgestaltig, dass sie sie nicht einordnen konnte. Erneut griff die Kälte nach ihr, doch als sie zurückweichen wollte, strich Nív behutsam über ihre Finger. Sein Blick durchdrang die Finsternis direkt vor ihnen, aber Milou schaute auf ihre Hand, die noch immer in der seinen lag. Selten hatte ein einfacher Anblick wie dieser es verstanden, ihr auf so mühelose Weise die Furcht zu nehmen. Nív wandte sich zu ihr um, als hätte er ihren Gedanken gehört. Er wartete, bis sie vorsichtig nickte. Dann öffnete er die Tür und ohne ein Wort tauchten sie in die Schatten ein.

Die Gasse empfing sie mit Finsternis. Nur vereinzelt spendeten Straßenlaternen diffuses Licht, doch Milou achtete kaum darauf. So schnell wie möglich lief sie an Nívs Seite an den Häusern vorüber, die sich wie aus schwarzen Knochen errichtet aneinanderlehnten, und betrachtete die Kreaturen, die in einem wachsenden Strom die Gasse hinab liefen, ohne dass sie den Grund dafür erkennen konnte. Die meisten sahen aus wie Menschen. Erst auf den zweiten Blick bemerkte sie, dass ihre Körper aus Kristall bestanden oder mit Tinte beschrieben waren wie dünnes Pergament, dass sie durchscheinend waren oder sich ihre Glieder mit jedem Schritt neu zusammenfügten, so schnell, dass Milou ihren Bewegungen kaum folgen konnte. Vielleicht waren auch sie Splitter von Träumen und Erinnerungen aus der Welt der Menschen, dachte sie, und sie konnte nicht verhindern, dass sie den Atem anhielt, als die ersten Blicke ihr begegneten. Farben standen in den Augen vieler Wesen, Farben von solcher Schönheit, dass Milou keine Worte fand, um sie zu beschreiben. Doch sie schaute auch in andere Augenpaare, die einen rätselhaften Glanz trugen und zu Menschen gehörten, deren Herzschlag sie spüren konnte, jedes Mal, wenn sie ihnen näher kam. Die meisten von ihnen hatten tiefe Schnitte an den Armen und erschienen ihr so verloren, dass sie Nívs Hand stärker umfasste. Aber er ließ sie nicht los. Mit der Gewandtheit des Kriegers zog er sie immer wieder vor plötzlich auftauchenden Thar'koryen zurück, die sich durch die Menge drängten. Milou stellte fest, dass selbst gefährlich anmutende Dha'raki Abstand zu ihm hielten, als würden sie den Raben fühlen, der jederzeit aus seiner

Brust brechen und sie in Fetzen schneiden konnte. Ein warmes Gefühl breitete sich in ihr aus, so beschützt fühlte sie sich, und während sie inmitten der Kreaturen zum Fähranleger hinunterlief, Hand in Hand mit einem Traum aus Nacht und Schatten, da schien es ihr, als würde auch sie sich wandeln und neu zusammenfügen ... wie eine zerbrochene Tasse, die plötzlich wie durch Zauberhand wieder ganz wurde.

Silbern schlug das Wasser des Canal Grande an Land, als sie den Anleger erreichten. Er unterschied sich mit seinem metallenen Überstand kaum von seinem Abbild in der Menschenwelt, und selbst das davor wartende Boot erinnerte Milou an die Vaporetti Venedigs. Erst als sie näher kamen, konnte sie erkennen, dass es aus schwarzem Stahl gefertigt worden war. Feuer glühten in metallenen Käfigen, die sich zu geschmeidig tanzenden Figuren formten, zu Männern und Frauen, die sich mit glühenden Leibern an die Streben schmiegten, nur um gleich darauf aus ihren Käfigen heraus und als flackernde Lichter übers Heck zu gleiten. Milou spürte die Hitze, als sie Nív auf das Boot folgte. Zielstrebig steuerte er auf die Sitze in der hintersten Reihe zu, und ehe sie noch die dort sitzenden Dha'raki erreichten – einen dicklichen Mann mit grün glimmenden Augen und eine Frau, in einen Umhang aus Spiegeln gehüllt –, suchten diese eilig das Weite. Nur ein kugelförmiger Kater blieb in der Ecke sitzen.

Nív schien den Respekt, mit dem ihm die anderen Wesen begegneten, kaum zu bemerken. Er wartete, bis Milou Platz genommen hatte. Dann setzte er sich neben sie und lehnte aufatmend den Kopf gegen die Wand. Wie selbstverständlich umschloss er ihre Finger mit seinen Händen, und erst, als er für einen Moment die Augen schloss, bemerkte sie, wie blass er war. Sorgenvoll betrachtete sie den Verband, der ein Stück weit unter seinem Hemd hervorschaute und sie an die Wunde erinnerte, die unter der dünnen Schicht aus geheiltem Fleisch noch immer in seiner Brust klaffte ... und an das Herz aus Scherben, das darunter lag. Im selben Moment glitt ein eisiger Schauer über sie hinweg, und sie merkte, dass es nicht der Gedanke an Nívs Dunkelheit war, der sie plötzlich frösteln ließ.

Lautlos streifte die Kälte ihre Stirn, und doch kam es ihr so vor, als wäre sie in den Klang einer gewaltigen Bronzeglocke geraten. Die Luft wich aus ihrer Lunge, die Umgebung flackerte vor ihrem Blick, als wäre sie nicht mehr als ein Trugbild, das jeden Moment bersten konnte, und erst als Nív sie näher an sich zog, wich der Frost von ihr. Sie sah gerade noch den geisterhaften Schemen, der in einiger Entfernung durch den Raum glitt. Er hinterließ eine Spur aus glitzerndem Raureif, ehe er durch die Wand des Schiffes verschwand.

»War das ... ein Geist?« Sie rechnete damit, dass Nív spöttisch die Luft ausstoßen würde, so absurd erschien ihr selbst diese Frage. Doch er schüttelte den Kopf, so beiläufig, als hätte sie ihn nach dem Wetter gefragt.

»Das war ein Rhomare«, erklärte er. »Einer der Toten. Ihre Kälte kann dir die Kraft rauben, wenn du nicht vorbereitet bist. Aber für gewöhnlich sind sie friedlich.«

Milou sah ihn mit großen Augen an. »Die Toten?«, wiederholte sie mit staubtrockenem Mund. »Du meinst ... die Verstorbenen aus der Menschenwelt?«

Nív zuckte mit den Schultern. »Aus der Menschenwelt oder woanders her. Sie haben hier ihr Zuhause gefunden, oder sie kommen auf ihren Reisen zwischen den Welten hin und wieder vorbei. Die Toten können das, genauso wie die Verrückten. Oder die Katzen.«

Milou warf dem Kater einen Blick zu, der sie nun anschaute, als wäre er im Besitz der gesamten Weisheit jeder Welt und sie nichts als ein törichtes Kind, das nie verstehen würde, welche Genialität sich hinter seinen Rätselaugen verbarg. »Dass Venedig ein Heim für streunende Katzen ist, war mir klar«, sagte sie, um die Gedanken an den Rhomare fortzudrängen. »Aber ich hätte nicht gedacht, ihnen auch im Reich der Scherben zu begegnen. Sie sind doch … nun ja … gewöhnliche Katzen, oder? Sie sehen jedenfalls ganz normal aus.«

»*Normal*«, wiederholte Nív und hob spöttisch die Brauen, als hätte er noch nie einen so absurden Begriff gehört. »Im Gegensatz zu den meisten anderen Wesen können sie in beiden Welten zu Hause sein, ohne sich selbst zu verlieren, und dazwischen herumspazieren, wie es ihnen gefällt. Aber wundert dich das? Ich kenne kaum eine Kreatur, die eigensinniger ist als eine Katze. Niemals würden sie sich von äußeren Regeln in Schach halten lassen, und das haben sie auch gar nicht nötig. Immerhin tragen sie genug Magie in sich, dass sie für neun Leben reicht.«

Er lächelte, ehe er wieder die Augen schloss, und Milou meinte, den Kater selbstgefällig grinsen zu sehen, als sie ihm einen Blick zuwarf. Sie stellte sich vor, wie er zwischen den Welten hin und her sprang, wie er durch Gassen aus Spiegeln und Feuer lief, nur um gleich darauf auf dem Markt in der Menschenwelt die Fischreste zu klauen, und sie musste an Nonna und Federico denken, die unzähligen dieser Streuner ein zeitweiliges Zuhause gegeben hatten. Das Boot setzte sich in Bewegung, und Milou ging der Gedanke durch den Kopf, wie begeistert die beiden gewesen wären, wenn sie nun an ihrer Seite hätten sein können. Sie meinte, Federicos aufgeregte Stimme angesichts des schimmernden Kanals zu hören, und sie stellte sich vor, was Nonna sagen würde, wenn sie den Palazzo Treves sehen könnte, dessen asymmetrische Fassade aus silbernem Glas bestand, hinter der sich endlose Korridore erstreckten. Ein Lächeln glitt über ihre Lippen. Doch gleich darauf erinnerte sie sich daran, dass sie nicht wusste, wie es Federico im Augenblick ging, und wie sie Nonna zuletzt gesehen hatte: fremd und gefangen, mit nichts als Angst und Zorn in ihrem Blick. Milou fröstelte und wie eine Spiegelung ihrer Gedanken veränderten sich die Gassen jenseits des Wassers. Sie färbten sich dunkler, je weiter sie den Kanal hinabfuhren, und Milou zog die Arme um ihren Körper, als sie die ersten Bäume der Giardini Ex Reali zu geisterhaftem schwarzen Eis erstarrt dastehen sah.

»Einst residierte Caldoron im Palast der Scherben«, sagte Nív, der ihrem Blick gefolgt war. »Dem Dogenpalast und dem Markusdom in deiner Welt. Das war lange bevor er seinen Sitz im Weißen Turm von San Michele einnahm – und lange bevor er in die Finsternis stürzte. Damals, so sagen es die Legenden, war der Scherbenpalast das Herz dieser Stadt. Doch seit Caldorons Fall ist es erstarrt. Dort forderte der Pala'Dhey seinen Feind heraus, dort riss Caldoron sich das Herz aus der Brust, und seither ist der Palast ebenso wie das Gebiet ringsum in schwarzes Eis und Schatten gehüllt. Selbst Caldoron, so heißt es, kann es nicht mehr betreten ohne Gefahr für sein Leben, und nicht wenige haben den Verstand verloren, als sie ihm zu nah kamen. Bisher ist niemand lebend daraus zurückgekehrt. Man nennt es das Fluchviertel, und genau das ist es geworden: ein Bereich des Todes, umgeben von Caldorons Ketten.«

Milou sah ihn von der Seite an. Der Zorn verlieh seinen Zügen eine Schärfe, die jede Wärme aus seinem Blick zog. »Aber die Stadt ringsum ist wunderschön«, sagte sie. »Ich habe noch nie Türme aus Kristall gesehen oder silbernes Wasser, und all die Wesen …«

Sie hielt inne, als er sie mit leichtem Lächeln betrachtete. »Die Welt der Scherben ist stark, doch lass dich nicht täuschen von dem, was sie dir zeigt. Caldorons Macht hält sie gefangen. Sieh in die Schatten, dann wirst du es erkennen.«

Die Bäume am Ufer schienen zu flüstern, als Milou seinem Blick folgte, und als sie über die Fassaden der Häuser hinwegschaute, kam es ihr so vor, als würde sie mit Nívs Augen auf die Welt sehen, so durchdringend, dass ein greller Schmerz durch ihren Schädel peitschte. Doch sie wandte sich nicht ab, und da erkannte sie den hauchdünnen Nebel, der über der Stadt lag, über den Gassen, den Häusern, selbst den Kanälen. Ein Schleier war es, der auf allem lastete, und Milou meinte, ihn mit der Stimme Caldorons flüstern zu hören, dunkel wie ein Fluch. Doch ehe die Kälte sie frösteln lassen konnte, stieß sie die Luft aus. Es war derselbe Fluch, der über Nonnas Geist lag – und sie würde ihn brechen.

Heftiges Rumpeln zerriss ihren Gedanken. In die Dha'raki ringsum kam Bewegung, und auch Nív erhob sich. »Hier steigen wir aus«, sagte er und schützte Milou mit seinem Körper vor einem taumelnden Kerl in Pluderhosen, der allerhand Kisten auf den Armen balancierte. »Aber sei gewappnet: Der Hafen der Scherben ist anders als der Hafen Venedigs. Ganz anders.«

Ein schelmisches Blitzen ging durch seine Augen. Im selben Moment hallte ein Dröhnen durch den Raum, und ehe Milou das Geräusch noch als Schiffshorn erkannt hatte, liefen sie in den Hafen ein. Im Venedig der Menschen war dieser Ort kaum mehr als der Anlandepunkt der Kreuzfahrtschiffe, von dem Milou nichts anderes in Erinnerung hatte als riesige Luxusdampfer und überfüllte Terminals. Im Reich der Scherben jedoch trieb ihr der Wind den Geruch gebrannter Mandeln zu, und als sie sich über die Reling lehnte, umfing sie die flirrende Atmosphäre eines Hafens, wie sie ihn noch nie gesehen hatte. Hölzerne Segelschiffe ankerten neben Katamaranen und Yachten aus glitzerndem Kristall, Frachtschiffe mit Kisten und Containern schoben sich an kleinen Kuttern vorüber, und wie aus Altmetall zusammengeschweißte Jetskis jagten zwischen den Riesen umher oder erhoben sich mit ratternden Propellern in die Luft. Selbst einen Zeppelin gab es, Amphibienfahrzeuge standen an Land herum, und die Pontons und Stege schwankten unter den Dha'raki, die zwischen Handelsständen umherliefen und ihre Waren feilboten. Bunte Segel flatterten im Wind, und Milou konnte sich nicht an den leuchtenden Flammen sattsehen, die in Feuerkörben an Bord der Schiffe brannten. Nie hätte sie erwartet, inmitten des düsteren Venedigs der Scherbenwelt einen Ort wie diesen zu finden.

»Ich habe noch nie solche Schiffe gesehen«, sagte sie, als sie Nív durch die Menge folgte. »Siehst du die Fregatte dort hinten? Sie sieht aus, als bestünde sie aus geschliffenem Eis!«

»Sie sieht nicht nur so aus«, erwiderte er und führte sie an einem Stand mit schimmernden Messern und Dolchen vorüber. »Die Dha'raki sind sehr einfallsreich, was ihre Schiffe betrifft, und in früheren Zeiten beschränkten sie ihren Erfindungsgeist nicht nur auf ihre eigene Welt. Damals gab es sogar magische Gondeln, deren Kräfte der Legende nach durch die Tränen eines Drachen erweckt wurden und die ein schöner Gedanke von einer Welt zur anderen fliegen ließ, entfacht vom Drachenfeuer.«

Milou wich einem Mann mit pechschwarzer Haut und leuchtend blauen Augen aus, der gerade ein Boot belud und kristallene Zähne entblößte, als er sie anlächelte. »Hätte ich das als Kind gewusst, hätte ich ganz Venedig nach so einer Gondel abgesucht. Stell dir nur vor, was meine Freunde gesagt hätten, wenn ich sie in diese Welt gebracht hätte!«

Nív lachte. »Auch das Reich der Scherben ist voller Legenden, bevorzugt solchen, die das Talent und die Klugheit der Dha'raki unterstreichen. Ich selbst habe jedenfalls noch nie eine solche Gondel gesehen, und wir können von Glück reden, dass wir auch jetzt nicht danach suchen müssen. Wir benötigen nur ein ganz normales Boot, um unseren Weg fortzusetzen – und einen besonderen Kapitän.«

Er blieb stehen und schaute auf etwas, das Milou erst auf den zweiten Blick überhaupt als Boot erkannt hätte. Es sah aus wie ein winziges Batmobil ohne Räder, das einmal zu oft in den Mixer geraten war. Tiefe Schrammen zogen sich über das Heck, Kratzer wie von Klauen gezogen liefen bis hinauf zur Reling, und dort, wo wohl früher einmal eine gläserne Kuppel über der Kabine gewesen war, ragten nur noch verbogene Stahlstreben in die Höhe. In einem Feuerkäfig hockte ein grün glühender Affe mit zerzaustem Fell, der missmutig seine Fingernägel untersuchte. Und am giftgrünen Steuerrad, über ein Schachspiel mit pink- und lilafarbenen Figuren gebeugt, lehnte ein Kobold, dessen rot leuchtende Mähne unter einer schief sitzenden Kapitänsmütze hervorquoll, und kratzte sich am Kopf.

»Das ist Pogg«, raunte Nív. »Ein verlorener Gedanke. Man nennt sein Volk auch die Kobolde über dem Meer, weil die meisten von ihnen mit ungeheurem Geschick die kompliziertesten Boote durch die Wellen führen können, und manchmal auch in waghalsiger, manche sagen: wahnsinniger Höhe weit darüber hinwegfliegen. Frag nicht, aus welchem Grund, aber sie sind die besten Steuerleute der Scherbenwelt. Und Pogg kann niemand das Wasser reichen.«

Daraufhin redete er den Kobold in einer Sprache an, die Milou nicht verstand. Dieser hob den Blick und betrachtete Nív mit kreisrunden, leuchtend roten Augen, ehe er seine Aufmerksamkeit auf Milou richtete. Dann fing Pogg einen Kristall auf, den Nív ihm zuwarf, biss hinein, als wollte er die Qualität prüfen, und spuckte mit angewidertem Gesicht winzige Splitter aus. Mürrisch drehte er den Kristall zwischen den Fingern, schob das Schachbrett mit dem haarigen Fuß beiseite und schaute noch einmal zu ihnen herüber. Dann zuckte er die Schultern und winkte sie mit nachlässiger Geste an Bord.

Sie schafften es gerade noch, sich im hinteren Teil des Bootes auf der Bank niederzulassen, als auch schon der Motor aufjaulte und Pogg sein Gefährt in beeindruckender Geschwindigkeit an den Schiffen vorbeisteuerte. Eisige Tropfen flogen Milou ins Gesicht, doch Nív schien die waghalsigen Manöver kaum wahrzunehmen. Er hatte die rechte Hand auf die Brust gepresst, und als sie den Hafen verließen und durch das pechschwarze Wasser dahinglitten, fiel das Licht des Mondes in seine Augen wie eine Fackel in einen tiefen Brunnen. Besorgt beugte Milou sich zu ihm hinüber, doch im selben Moment strich etwas über die Reling … deutlich genug, um ihr das Blut aus dem Kopf zu ziehen.

Nebel. Tastend kroch er übers Deck direkt auf sie zu und trug eine Kälte mit sich, die ihren Blick über das Wasser zog. Mit Planen bedeckte Boote glitten darüber hin, aber Milou achtete kaum auf sie. Sie schaute zu dem Ort hinüber, an dem in der Menschenwelt die Friedhofsinsel San Michele lag. Hier im Reich der Scherben hüllte undurchdringlicher Nebel die Insel ein, doch gerade als ihr Blick den Dunst traf, lüftete er sich ein Stück weit. Inmitten der geisterhaften Schwaden erhob sich hinter hohen Mauern ein gewaltiger Turm aus weißen Scherben. Das Mondlicht ließ ihn glühen, als stünde er in Flammen. Milou konnte den Frost spüren, der von ihm ausströmte, und sie presste die Zähne aufeinander, als der Nebel ringsum zu flüstern begann. Dort vor ihr lag der Sitz Caldorons.

»Der Weiße Turm«, raunte Nív mit finsterer Miene. »Man sagt, dass er sich aus den Scherben von Caldorons Feinden zusammensetzt, aus ihren zerrissenen Träumen und Sehnsüchten, die jeden freien Gedanken zerbrechen, wenn man ihnen zu nahe kommt. Ganz gleich, was man von dieser Legende halten mag, ist eines doch sicher: Es ist Caldorons Bosheit, die ihn aufrecht hält.«

»Und die Thar'koryen bewachen ihn«, murmelte Milou und beobachtete die Gestalten, die in einiger Entfernung über das Wasser glitten, die glühenden Augen auf die Wellen gerichtet. »Am Ufer des Kanals hat Caldoron sie aus seinem eigenen Schrei brechen lassen wie …«

»… Sklaven seines Willens?«, beendete Nív ihren Satz. »Sie würden natürlich etwas anderes behaupten, aber für jeden freien Dha'raki sind sie genau das. Doch gib dich keinen Illusionen hin. Nicht nur Scherbenwesen sind anfällig für die Macht, die Caldoron verspricht. Es gibt sogar Menschen unter seinen Schergen.«

Milou riss die Augen auf. »Menschen?«

»Manche Thar'koryen bestehen aus Fleisch und Blut«, gab Nív zurück. »Andere aus Glas und Scherben, und wieder andere sind Wandler wie ich. Viele hat Caldoron mit grausamer Magie geschaffen. Die achtbeinigen Arkhorax gehören dazu, mit denen du bereits Bekanntschaft geschlossen hast. Und wie jene, die jenseits seines Willens geboren wurden, haben sie nur ein Ziel: ihm zu folgen. Kaum ein Befehl wird so dringlich verfolgt wie die Jagd auf uns, darauf kannst du wetten.«

Milou wollte etwas erwidern, doch da flogen zwei Thar'koryen in ihre Richtung. Gerade als sie meinte, ihr grelles Licht auf ihrer Haut zu spüren, glitt es von den gekrümmten Streben des Bootes ab wie von einem Schutzschild, und Pogg stieß ein heiseres Lachen aus. Seine Augen blitzten zornig auf, während er sein Boot an Caldorons Turm vorbeisteuerte, und es brauchte nicht mehr als ein Knurren, um das grüne Äffchen aus seinem Käfig herausgleiten zu lassen. In rasender Geschwindigkeit sprang es übers Deck, zerschlug den Dunst mit geschickten Hieben und packte den letzten Nebelstreif schließlich direkt vor Milous Gesicht. Dann riss es ihn zu sich heran wie eine sich windende Schlange, ehe es ihn mit würgendem Geräusch hinunterschlang, brachte ein schiefes Grinsen zustande und hockte sich neben Pogg, der den Weißen Turm keines Blickes mehr würdigte. Aber erst als die Insel sich hinter ihnen wieder in Nebel hüllte, entspannten sich seine Züge, und Milou holte erleichtert Atem.

Sie suchte Murano in der Dunkelheit, aber sie konnte die Insel nicht finden, auf der sie früher mit Nonna die herrlichsten Glasskulpturen bewundert hatte. Wie lange war es her, seit sie zum letzten Mal über die Wellen der Lagune hinweggebraust war? Sie kannte die Antwort genau, und sie schauderte, als sie daran dachte, wie oft sie mit ihren Eltern hinausgefahren war … bis zu jener Nacht. Kurz meinte sie, fernes Sturmgrollen zu hören, doch im selben Moment ging ein Schrei durch die Luft, so laut, dass sie erschrocken zusammenfuhr. Sie schaute zu Pogg hinüber, der nun erneut seine Stimme durch die Nacht schickte, und hielt sich an der Bank fest, als das Boot an Geschwindigkeit zunahm. Das Äffchen war neben dem Steuerrad auf die Beine gekommen. Begeistert tippelte es von einem Fuß auf den anderen. Doch gleich darauf gab das Boot ein zorniges Knurren von sich und verlor wieder an Fahrt. Pogg fuhr herum und rief etwas, das ausgesprochen ärgerlich klang. Dabei piekte er mit dem Zeigefinger in die Luft und fixierte Milou mit rollenden Augen.

»Was sagt er?«, fragte sie und setzte sich nervös auf.

Nív räusperte sich. »Nun ja«, begann er. »Er sagt, dass du das Boot aufhältst. Du bist zu schwer, und …«

»Zu schwer?«, unterbrach sie ihn und spürte, wie ihr das Blut in den Kopf schoss. »Ich bin vielleicht keine Elfe, aber so dick, dass ich ein Boot verlangsame, bin ich nun auch wieder nicht!«

Beschwichtigend hob er die Hände. »So hat er es auch gar nicht gemeint. Aber sieh nur, ich glaube, er will es dir selbst erklären.«

Mit finsterer Miene schaute Milou zu Pogg hinüber, der sie zu sich heranwinkte. Noch immer glühten Zornesfunken in seinen Augen. »Was hat er vor?«, flüsterte sie, ohne sich von ihm abzuwenden. »Will er mir die Nase abbeißen und über Bord spucken, um mich leichter zu machen?«

Nív lachte auf. »Ein Kobold gäbe sich niemals mit einem so kleinen Happen zufrieden«, sagte er grinsend. Dann wurde seine Stimme sanft. »Hab keine Angst, Träumerin. Manche Dinge muss man fühlen, um sie zu verstehen.«

Milou seufzte. Pogg sah sie abwartend an, als sie auf die Beine kam. Dicht vor ihm blieb sie stehen. Er reichte ihr gerade einmal bis zur Hüfte, doch die Funken in seinen Augen schickten brennende Glut über ihre Haut. Sie meinte schon, dass er sie in seiner dunklen Sprache beschimpfen würde, doch er sagte kein einziges Wort. Stattdessen sah er sie nur an und sog die Luft ein. Mit einer Geste forderte er sie auf, es ihm gleichzutun. Instinktiv tat sie es. Die Augen des Kobolds quollen ein Stück weit aus ihren Höhlen, und gerade als Milou meinte, ein Lachen nicht länger zurückhalten zu können, entließ er die Luft aus seiner Lunge in einem ohrenbetäubenden Brüllen. Das Boot machte einen Satz, der Milou ebenfalls aufschreien ließ – und da merkte sie, wie ihre Stimme in den Bug des Schiffes jagte und es über die Wellen trieb.

Ihr Herz begann zu rasen, als Pogg sie mit sichtbarer Begeisterung anschaute. Das Äffchen sprang auf und ab, und als Pogg zum dritten Mal schrie, begann das Boot unter seiner Stimme zu hüpfen, als wollte es den Fischen nacheifern, die nun in leuchtenden Blautönen um sie herum auftauchten und ihre Fahrt begleiteten. Das Hüpfen klang in Milou wider, perlend wie Gelächter, und sie dachte daran, wie sie damals mit ihrem Vater übers Wasser gejagt war, so schnell, dass sie die Wellen kaum berührt hatten. Pfeilartig glitt ihr Boot auch nun übers Meer. Sie spürte die Arme ihrer Mutter um ihren Leib und hörte ihren Vater lachen, und da schrie sie noch einmal, so laut dieses Mal, dass ihre eigene Stimme in ihren Ohren widerhallte. Ausgelassen ließ sie das Boot mit ihrem Schrei übers Wasser jagen, und als hätte sich ihr Lachen in seinem Körper zu Flammen entfacht, loderte Poggs Haar in rotem Feuer auf. Kurz sah Milou ihn vor sich, wie er in liebevoller Kleinarbeit sein Boot zusammengebaut hatte, wie er allein übers Meer fuhr, mit nichts als dem Himmel über und dem kleinen Affen neben sich – und wie er vielleicht im Schrank eines Mädchens gewohnt hätte, weit entfernt in einer anderen Welt, wenn er nur gewusst hätte, dass es sie gab. Er kicherte übermütig, als hätte er ihre Gedanken gehört. Seine Augen strahlten vor Vergnügen, und mit heiserem Lachen streckte er die Zunge heraus und ließ sie im Fahrtwind wehen, während sein Haar als leuchtende Fackel hinter ihm her flackerte. Wie der Teufel fuhr er dahin, und als Milou die Arme ausstreckte und den Kopf zurücklegte, da begriff sie, dass das Boot von Freude angetrieben wurde.

Erst als sie heiser war, kehrte sie zu Nív zurück. Er empfing sie mit einem Lächeln, und während sie über das Wasser hinwegglitten, leise nun, schaute sie zu den Sternen auf, die hoch über ihnen leuchteten. »Sind das dieselben Sterne wie in der Welt der Menschen?«

»Ich weiß es nicht«, erwiderte Nív, ohne sein Lächeln einzubüßen. »Ich habe sie noch nicht besucht.«

Milou schwieg für einen Moment. »*Es ist so still hier draußen*«, sagte sie dann. »*Ich wette, dass man die Sterne funkeln hören kann, wenn wir den Motor ausstellen*. Das hat mein Vater immer gesagt, wenn wir früher raus aufs Meer gefahren sind. Und manchmal hat er tatsächlich den Motor abgestellt, und ich kann es noch immer hören: das Funkeln der Sterne. Verrückt, nicht wahr?«

Sie rechnete damit, ihren eigenen Spott auf Nívs Zügen gespiegelt zu sehen, aber sie fand nichts als eine stille Hingabe in seinen Augen, als sie sich zu ihm umwandte. »Nein«, sagte er leise. »Nur wunderschön.«

Seine Stimme tanzte über ihre Haut wie feiner Regen. Sie nahm nichts mehr wahr als den Wind in seinen Haaren, seine Finger, die sacht über ihre Hand strichen, und die Dunkelheit seiner Augen, die sie wie selbstverständlich näher zu ihm zog. Aber gerade als sie seinen Atem spürte, ging eine Erschütterung durch das Boot, und Nív setzte sich auf.

»Hier endet unsere Fahrt«, sagte er, und die Erschöpfung wich von seinen Zügen, als er über die Reling schaute.

Milou folgte seinem Blick, doch der Mond hatte sich hinter einen Wolkenstreif zurückgezogen, und sie erkannte nur einen herrenlosen Steg, der ein ganzes Stück weit übers Wasser führte, ehe er sich im Dunkeln verlor.

»Hier steigen wir aus?«, fragte sie verwirrt. »Der Route nach hätten wir Burano erreichen müssen, aber hier …«

»… ist alles anders?«, erwiderte Nív und lachte. »Komm schon, Träumerin. Merkst du das wirklich erst jetzt?«

Er neigte vor Pogg und dem Äffchen den Kopf und sprang an Land. Milou folgte ihm zögernd, und nachdem sie das schiefe Lächeln des Kobolds erwidert und dem Äffchen zum Abschied zugewinkt hatte, tuckerten beide über das tiefschwarze Wasser davon. Sie sah ihnen nach, bis die Flammen der Koboldmähne in der Finsternis untergingen. Dann drehte sie sich um und lief neben Nív den Steg hinauf. Sie rechnete damit, jeden Moment die bunten Häuser Buranos aus den Schatten tauchen zu sehen, diese farbenfrohe Künstlerinsel vor Venedigs Toren. Doch als der Mond endlich aus den Wolken brach, war weit und breit keine Stadt zu sehen. Selbst das Meer schien auf einmal weit entfernt, denn jenseits des Stegs gab es nichts als endlosen Sand … dunkel wie Dünen aus schwarzer Asche.

»Wann sagst du mir endlich, wohin wir gehen?«, fragte Milou. Sie begann zu frieren und sehnte sich nach Poggs Schrei zurück, nach dem Feuer in seinen Haaren und dem ausgelassenen Kreischen des Äffchens. Nív hingegen schien in dieser Einöde wie durch Zauberhand wieder zu Kräften zu kommen.

»Wir sind fast da«, sagte er, und seine Augen glühten auf, als er ihre Hand nahm und sie mit sich zog. »Jetzt ist es nicht mehr weit.«

10

Die Erschöpfung pochte hinter Milous Stirn. Sie hatte ihren Magen auf Erbsengröße zusammengezogen und ließ sie stolpern, über Steine und vorstehende Äste, die auch Knochen hätten sein können. Seit einer Ewigkeit lief sie nun hinter Nív durch diese Ödnis, die den Glanz der Sterne in flirrendes Zwielicht verwandelte, und noch immer hatte sie keine Ahnung, wohin sie gingen. Denn Nív, der zielstrebig vorauslief, hüllte sich in Schweigen, aus Sicherheitsgründen, wie er sagte. Als dunkler Schemen ließ er sich nun auf einer Düne nieder und schaute zu ihr zurück, und Milou blieb nichts anderes übrig, als ihm über den weichen Sand zu folgen, vorbei an verkrüppelten Bäumen und dem ausgeblichenen Skelett eines Pferdes, bis sie endlich neben ihm innehielt.

»Entweder sagst du mir jetzt, wohin wir gehen«, brachte sie hervor und stützte sich auf ihre Knie. »Oder du kannst meinen leblosen Körper eigenhändig ans Ziel tragen, denn ich werde jede Minute auf dieser Düne zusammenbrechen.«

Er warf ihr einen amüsierten Blick zu und fuhr fort, winzige Knochen mit einer silbernen Schnur aneinanderzubinden. Rabenknochen. »Keine Sorge«, erwiderte er. »Du bist viel stärker, als du denkst, und abgesehen davon sind wir zu weit gekommen, als dass wir den Thar'koryen noch in die Hände fallen und sie unser Ziel aus dir herauspressen könnten. Ich kann dir also sagen, wohin wir gehen.« Er richtete sich auf und ließ seinen Blick über die Dünen schweifen. »Nach dem Kampf im Scherbenpalast entkam der Fuchsmann Caldorons Zorn. Doch seine Spur endet auf der Insel San Giorgio Maggiore, und keinem Dha'raki ist es bisher gelungen, sie von dort aus weiter zu verfolgen. Denn nur der Wanderer …«

»… kann den Fuchsmann aufspüren«, beendete Milou seinen Satz und seufzte. »Ja, ich weiß. Aber warum suchen wir dann nicht auf der Insel nach ihm, sondern schlagen uns stundenlang durch eine finstere Wüste?«

Nív befestigte einen weiteren Rabenknochen an der Schnur. »Der Pala'Dhey war auf der Flucht. Er hat einen Ort gebraucht, um Caldoron und seinen Schergen zu entkommen. Say'lar Aghbar, wie die Insel in der Sprache der Scherben heißt, ist dafür ideal, denn der Ort wurde vor langer Zeit verflucht. Der Weg dorthin ist gefährlich. Manche sagen sogar, er ist unpassierbar. Doch der Fuchsmann ist ihn gegangen, und dasselbe werden wir auch tun. Denn alles, was wir dafür brauchen, bekommen wir hier.«

Milou zog die Brauen zusammen. »Hier? In einer Wüste aus Sand?«

Da lächelte er. »Du musst lernen, genau hinzusehen, Tochter der Menschen. Oder hat deine Welt dich schon so blind gemacht?«

Die Schnur glitzerte, als er den letzten Knochen an ihr befestigte. Dann bewegte er die Finger über ihr und warf sie hoch in die Luft. Milou sah noch, wie der Schein der Sterne sich auf den Gebeinen brach. Gleich darauf erklang lautes Flügelrauschen und mit dem Ton klackernder Knochen entzündete sich die Schnur zu grellem Licht. Milou wich geblendet zurück, aber im selben Moment drang ihr der Geruch von Feuer und Rauch in die Nase, und sie ließ die Hand sinken. In Zeitlupe fielen die Knochen nieder, und dahinter, in graues Zwielicht gehüllt, erhoben sich die Umrisse einer verlassenen Stadt.

»Willkommen im Versteck der Pathari«, sagte Nív neben ihr.

Milou folgte ihm über eine moosbewachsene Treppe auf den Kai, und als sie den Blick hob, erkannte sie, dass es Burano war, das da vor ihr lag. Doch während die Stadt in der Menschenwelt für ihre bunten Häuser bekannt war, hatten die Gebäude hier jede Farbe verloren und standen in bleichem Grau da. Moos und Gräser zogen sich über das Pflaster, der Wind flüsterte in den gesprungenen Fenstern, als würde er nach dem Meer suchen, das Burano in Milous Erinnerung umgab, und es hätte nicht das rostige Riesenrad, die Zirkuswagen zwischen den Bäumen oder das große gekenterte Segelschiff vor den ersten Häuserzeilen gebraucht, um dem Ort die Atmosphäre eines düsteren Jahrmarkts zu geben. Die zerrissenen schwarzen Segel schlugen schwer gegen den Mast.

Mit einem Fingerschnipsen befahl Nív die Rabenknochen in seine Hand und setzte sich in Bewegung. Milou schloss zu ihm auf, aber kaum, dass sie das Schiff erreicht hatten, ging ein Ton durch die Luft. Es war der Ruf eines Kojoten. Milou erinnerte sich daran, ihn schon einmal gehört zu haben: auf dem Kai in der Nacht der Sirenen, als sie Nív begegnet war. Doch nun schien der Ton aus allen Gassen zugleich zu kommen, und gerade in dem Moment, da Nív sie zurückzog, schlug ein brennender Pfeil direkt vor ihren Füßen ein. Erschrocken sah Milou zu der Gestalt hoch, die nun im Ausguck des Schiffs auftauchte. Es war ein Junge von vielleicht elf Jahren mit einem glühenden Bogen in der Hand. Sein braunes Haar stand zerzaust von seinem Kopf ab, seine Kleidung war schmutzig und abgerissen, aber sorgfältig geflickt, und als er grinste, leuchteten seine Zähne in seinem bronzefarbenen Gesicht.

»Zum Teufel noch eins«, rief Nív, und der Zorn in seiner Stimme war wie ein Donnergrollen. »Hast du den Verstand verloren? Sieh zu, dass du da runterkommst!«

Das Lächeln wich von den Zügen des Jungen und mit betretenem Gesichtsausdruck kletterte er den Mast herunter, eilte die Schiffstreppe hinab und blieb vor ihnen stehen. Er war dünn, beinahe zart. Das Haar fiel ihm in die Stirn, und als er für einen Wimpernschlag aufsah, meinte Milou, er würde Nív um den Hals fallen, so sehr leuchteten seine Augen bei dessen Anblick auf. Doch stattdessen schlossen sich seine Finger enger um den Bogen. »Ich habe geübt«, sagte er in die eisige Stille hinein und spähte noch einmal unter seinen Haarsträhnen zu Nív hinüber, so spitzbübisch, dass Milou fast lachen musste. »Siehst du? Das Blatt wurde genau halbiert!«

Er deutete auf den Pfeil, der vor ihren Füßen erlosch, und sie stellte fest, dass er recht hatte: Die Spitze hatte ein Ulmenblatt genau in der Mitte getroffen. Doch Nív rührte sich nicht. Mit versteinerter Miene stand er da und schaute auf den Jungen hinab, und Milou spürte sein Schweigen so schneidend wie früher den strengen Blick ihres Vaters, wenn sie etwas angestellt hatte. Endlich stieß Nív die Luft aus. »Sei froh, dass ich *dich* nicht halbiere, Narrenkind«, murmelte er und fuhr dem Jungen durchs Haar. »Ist das etwa die Art, wie bei uns Gäste begrüßt werden?«

»Kommt drauf an«, erwiderte dieser sichtbar erleichtert. »*Irgendwer* hat mir beigebracht, jeden vom Betreten der Stadt abzuhalten, der sich nicht zu erkennen gibt. Als Zeichen dienen der Warnruf, prägnante Merkmale und vor allem Mitbringsel, mit denen der Wächter, also ich, bestochen werden kann. Einen Warnruf habe ich nicht gehört und besondere Merkmale konnte ich auch nicht erkennen – vermutlich war *jemand* dafür einfach zu lange fort. Also, wie sieht es aus, Fremder? Habt Ihr etwas von dort drüben mitgebracht?«

Seufzend griff Nív in seine Tasche und zog ein Buch heraus.

Ein Blick auf den Einband genügte Milou, um es als lederne Ausgabe von *Oliver Twist* zu erkennen, und sie musste lächeln, als der Junge es wie einen Schatz entgegennahm. Behutsam strich er über die Seiten und bemerkte erst nach einem Moment, dass Nív ihn beobachtete. Schnell vertrieb er den hingebungsvollen Ausdruck von seinen Zügen und räusperte sich. »Nun gut«, sagte er und nickte. »Dafür will ich euch einlassen. Aber merkt euch eines: Nicht jeder hier ist so freundlich wie ich. Ganz besonders nicht ein Kerl mit silbernem Haar und schwarzen Augen, ich sage euch …«

Er lachte, als Nív ihn am Kragen packte und so rasant herumwirbelte, dass er das Gleichgewicht verlor. Gerade noch rechtzeitig fing Nív ihn auf und drehte ihn zu Milou herum.

»Dieser Schlawiner hier freut sich sehr, dich begrüßen zu dürfen«, sagte Nív grinsend. »Sein Name ist Corvin. Und das ist Milou. Sie kommt aus der Welt der Menschen und …«

Corvin riss die Augen auf. »Aus der Menschenwelt, ehrlich? Ich komme auch daher, aber ich erinnere mich kaum an sie. Peter hat mich von dort geholt, als ich noch klein war.« Milou hob die Brauen, als sie verstand, dass er von Nív sprach, aber sie kam nicht dazu, etwas zu erwidern. »Das ist schon eine ganze Weile her«, fuhr Corvin fort. »Und jetzt bin ich ein Pathari. Peter hat mir alles beigebracht, was ich wissen muss, aber von der Menschenwelt bekomme ich nicht viel mit, abgesehen davon, wenn ich ausnahmsweise doch mal mit hinüber darf, oder wenn ich in meinen Büchern von ihr lese. Stimmt es eigentlich, dass ihr dort drüben keine Magie wirken könnt, sie aber pausenlos erfindet und in Geschichten davon erzählt?«

Milou musste unwillkürlich lächeln. »Nicht alle von uns tun das. Aber meine Großmutter sagt, dass das Geschichtenerzählen auch eine Form von Magie ist, und damit hat sie gar nicht so unrecht. Wenn man bedenkt, dass es nichts als ein paar dunkle Zeichen auf hellem Grund braucht, um uns in andere Welten zu bringen und in Abenteurer, Geister und Tiere zu verwandeln – was ist das sonst, wenn nicht Magie?«

Corvin nickte begeistert. »Das finde ich auch! Ich glaube, wenn ich dort drüben geblieben wäre, dann wäre ich ein Geschichtenerzähler geworden. Oder ein Seiltänzer, das hätte mir auch gefallen. Erzählst du mir mehr von der Menschenwelt? Lebst du dort in einem Haus mit Heizungen und Fernseher? Bist du schon mal in einem Flugzeug geflogen? Und hast du schon ...«

Nív hob die Hände. »Oh ja«, unterbrach er ihn. »Ich habe dir alles beigebracht, aber Anstand scheint nicht darunter gewesen zu sein. Lass Milou ankommen, bevor du sie mit Fragen löcherst. Und vor allem: Lass uns endlich rein. Ich bin nicht grundlos so lange fort gewesen, wie du dir denken kannst, und unsere Kräfte neigen sich dem Ende.«

Er trat an Corvin vorbei auf das Schiff zu, doch der Junge rührte sich nicht, und als Nív sich abwartend zu ihm umdrehte, schaute er auf dessen Verband, flüchtig nur und doch lange genug, um Milou die Sorge sehen zu lassen, die seine Augen eine Spur dunkler färbte. »Alle haben sich gefragt, wo du bleibst«, sagte Corvin, leise nun, als hätte er soeben auf das Herz aus schwarzen Scherben geblickt und auf die Wunde, die noch immer in Nívs Brust klaffte. »Und manche ... manche hatten Angst, dass du nicht wiederkommen würdest. Dass dir etwas zugestoßen sein könnte.«

Er sah Nív nicht an, aber auf einmal trug er eine Traurigkeit in seinem Blick, die weit über sein junges Alter hinausging. Und als er den Kopf neigte, da wusste Milou, dass er jede Nacht wachgelegen und sich um seinen Freund gesorgt hatte – um seinen

Helden, zu dem er aufsah und der doch so viel mehr für ihn war als bloß der Krieger, der ihn beschützte. Sie waren wie Brüder, das spürte sie nun, da Nív zu dem Jungen zurückkam und ihm die Hand auf die Schulter legte. »Manchmal muss man fortgehen, um wiederzukommen«, sagte er, und zum ersten Mal, seit sie Burano betreten hatten, lag nichts als Zärtlichkeit in seiner Stimme. »Das weißt du doch.«

Corvin nickte unmerklich. »Ja«, erwiderte er ein wenig heiser. »Das weiß ich. Aber ich hätte mit dir gehen können.«

»Und wer hätte sich dann um diese Stadt gekümmert?«, fragte Nív, ohne sich auch nur für einen Wimpernschlag von ihm abzuwenden. »Wer hätte unsere Mauern bewacht und ein Auge auf den Sauhaufen gehabt, der sich fortwährend in die Haare bekommt, wenn niemand mit Vernunft in der Nähe ist? Und wer hätte mich im Nebel gefunden, wenn ich verloren gegangen wäre?«

Da hob Corvin den Blick. »Ich hätte dich gefunden«, sagte er mit einer Überzeugung, die Milou lächeln ließ, so ernsthaft und unerschütterlich kam sie über seine Lippen. »In jedem Nebel der Welt.«

»Siehst du«, erwiderte Nív leise. »Genau das habe ich gewusst.«

Sein Lächeln spiegelte sich auf Corvins Lippen und für einen Moment wirkte dieser noch jünger. Dann straffte er die Schultern und ging zum Rumpf des Schiffes hinüber. »Trotzdem war Asra nicht begeistert«, sagte er über die Schulter hinweg. »Du bist ihr bester Mann, auch wenn sie das niemals zugeben würde, und es passte ihr gar nicht, dass sie nicht wusste, wo du warst. Sie hat gesagt, dass sie dich sehen will, sobald du zurück bist.«

Nív warf Milou einen Blick zu. »Asra ist unsere Anführerin. Sie folgte ihrem Bruder Rhemus nach, einem mächtigen Krieger, der im Kampf fiel und dem noch heute mit Ehrfurcht gedacht wird. Und Asra, die Tochter des purpurnen Feuers, bleibt nicht hinter ihm zurück. Seit ich sie kenne, stellt sie sich Caldoron und seinen Schergen mit all ihrer Kraft entgegen, doch die vielen Jahre des Krieges sind nicht spurlos an ihr vorübergegangen. Manche sagen, sie würde ihre Rüstung nie ablegen, so sehr sei sie mit ihr verbunden. Sicher ist jedoch, dass sie Dinge erlebt hat, durch die jeder andere von uns den Verstand verloren hätte. Und sie ist die stärkste Kriegerin, die wir haben.«

»Und die grausamste noch dazu«, warf Corvin ein. »Nur sie bringt es fertig, einen armen Wächter drei Nächte hintereinander nackt auf seinem Posten anzuketten, nur weil ihm für eine Winzigkeit die Augen zugefallen sind.«

Nív nickte vielsagend. »Eine Winzigkeit, in der die Thar'koryen uns leider aufgespürt und beinahe erfolgreich ausgelöscht hätten.«

Doch Corvin stieß verächtlich die Luft aus. »Das wäre niemals passiert. Vorher hätte Asra ihnen die Kleider geraubt und sie zu den Sirenen ins Meer gejagt, so viel ist sicher. Jedenfalls habt ihr Glück. Sie ist mit einem kleinen Trupp losgezogen, um ein paar Leuchtaugen auszuschalten, und kommt erst am Abend zurück.«

»Das ist in der Tat ein Glück«, stellte Nív fest. »Es wäre nicht klug, sich unausgeschlafen vor Asras Augen zu begeben.«

Corvin lachte auf. »Das kann ich nur bestätigen. Ihr habt also mehr mit ihr zu besprechen, wie es scheint?«

Neugierig schaute er von einem zum anderen, doch Nív lächelte nur. »Asra wacht über die Schätze der Pathari, wie du weißt, und ich werde sie nach etwas fragen, das wir für eine sehr wichtige Angelegenheit brauchen. Mehr wirst du wie alle anderen erfahren, wenn ich ihr davon berichte. Du weißt sehr gut, wie fuchsteufelswild sie wird, wenn sich Neuigkeiten in der Stadt verbreiten, ehe sie ihr zu Ohren gekommen sind. Und apropos: Lass lieber den Ausguck nicht zu lange allein. Du weißt ja: Asra sieht alles, selbst dann, wenn sie gar nicht da ist.«

Corvin verdrehte die Augen. »Schon gut«, murmelte er, ehe er Milou noch einen Blick zuwarf. »Aber heute Abend erzählst du mir von der Menschenwelt, in Ordnung?«

Sie musste lachen, als er sie flehend anschaute, und nickte. »Solange du die Blätter vor meinen Füßen heil lässt, kannst du mich alles fragen, was du willst.«

»Das ist ein Deal«, sagte er und klopfte dann in melodischem Rhythmus gegen den Schiffsrumpf. Ein Rumpeln erklang aus dem Bug und gleich darauf flackerte die Luft vor den Häuserreihen und sank als glimmender Schild zu Boden. »Unser Schutzwall gehört zu den besten Venedigs«, stellte Corvin fest. »Manche sagen, er wäre fast so gut wie der Eisnebel, den Caldoron um seine Insel geschlungen hat.«

»Vor allem sagen das diejenigen, die bei der Errichtung geholfen haben«, warf Nív ein, und Corvin grinste verlegen. »Wir sehen uns heute Abend, Wächter der Stadt.«

Damit setzte er sich in Bewegung. Corvin winkte Milou zum Abschied zu, ehe er behände am Mast hinaufkletterte, so schnell, dass jeder Seiltänzer der Menschenwelt in Ehrfurcht erstarrt wäre. Sie folgte Nív in die labyrinthischen Gassen des grauen Buranos. Auch hier drängten sich die Gebäude aneinander, sodass sie fast den Eindruck bekam, noch immer in der Menschenwelt zu sein. Doch kaum, dass der unsichtbare Schild wieder hinter ihnen aufglühte, bemerkte sie die Gestalten in den Schatten, und jeder Zweifel daran, dass sie sich im Reich der Scherben befand, erlosch.

Auf den ersten Blick unterschieden sich die Pathari kaum von den Bewohnern des Scherbenvenedigs. Auch hier sah Milou Menschen mit Narben an den Unterarmen oder glühenden Augen, Wandler, die sich binnen eines Atemzugs in Tiergestalt brachten, um als Panther oder Hirsch durch die Gassen zu streifen, und Dha'raki, deren Leiber von unzähligen Glassplittern gebildet wurden. Auch Kobolde gab es, die zwischen ihnen herumsprangen, ebenso wie zerschlissene Gefährte aus Glas, Metall oder Holz, die Milou an die Jetskis des Hafens denken ließen. Doch im Gegensatz zu den Dha'raki Venedigs trugen die Pathari abgerissene, dunkle Kleidung. Messer und Dolche blitzten an Gürteln und schweren Stiefeln, und in ihren Augen loderte eine Glut, die die Luft flackern ließ, kaum dass sie Milous Blick erwiderten. Sie konnte spüren, dass jeder Einzelne die Waffen, die er bei sich trug, bereits benutzt hatte, und sie holte tief Atem, als die Erkenntnis sich in ihr festigte: Jeder um sie herum war ein Krieger, der sich aufs Töten verstand.

Sie wandte sich zum Schiff zurück, um den Blicken der Pathari zu entgehen, die allzu prüfend über ihre halb zerrissene Jacke und ihre wirr zu Berge stehenden Haare schweiften, und beobachtete, wie Corvin sich hoch oben im Ausguck in sein Buch vertiefte. »Das hätte Dickens sich vermutlich auch nie träumen lassen: dass seine Bücher mal in einer Welt der verlorenen Gedanken gelesen werden.«

Nív lachte, während er an einer Gruppe Pathari vorüberging und ihnen wortlos zunickte. »Aber wenn das einer verstanden hätte, dann wäre er es gewesen. Und wer weiß … vielleicht ist er sogar einmal hier gewesen. Viele Schriftsteller haben unsere Welt erkundet, manche aus freien Stücken, andere, weil sie nicht mehr anders konnten. Und jedes Mal fanden ihre Eindrücke den Weg aufs Papier und haben die Menschen in deiner Welt daran erinnert, dass sie mehr, viel mehr sind als die Summe ihrer Teile.«

Milou lächelte, als sie sich vorstellte, dass die Autoren ihrer Lieblingsbücher durch diese Gassen gewandelt sein mochten. »Das, was für sie das Reich der Scherben war, scheint für Corvin die Menschenwelt zu sein. Er ist ja richtig begierig darauf, mehr von ihr zu erfahren.«

»Ja«, erwiderte Nív leise. »Weil er nicht weiß, was sie ihm angetan hat.«

Ein Schatten hatte sich auf sein Gesicht gelegt, und Milou spürte sie genau: diese Kälte des Kriegers, die jede weitere Frage von seinen Zügen abgleiten lassen sollte. Doch sie blieb hartnäckig. »Was ist denn passiert?«

Sie konnte das Muskelspiel seiner Schläfen sehen, als er sie über einen ausgetrockneten Kanal führte, den Blick fest auf den Boden gerichtet. »Sagen wir einfach, er hätte kein weiteres Jahr dort überlebt«, sagte er finster. »Körperlich nicht – und auch seelisch nicht. Ich fand ihn, als er drei Jahre alt war, grün und blau geschlagen von Menschen, denen er zufällig in die Hände geraten war, und ich nahm ihn mit hierher. Deswegen nennt er mich Peter, verstehst du? Peter Pan.«

Kurz sah er sie an, und da war es wieder, dieses Funkeln in seinen Augen, das seiner Gestalt unter all seiner Düsternis etwas Jungenhaftes verlieh und ihren Herzschlag beschleunigte. Nachdenklich schaute sie zu den Gestalten hinüber, die auf einem kleinen Marktplatz zusammensaßen, und fragte sich, wie viele Menschen in diesen Gassen Verlorene Jungen und Mädchen sein mochten, in eine Welt der Fantasie getragen von einem Wesen wie Nív. »Du hast ihn gerettet«, sagte sie leise. »Genauso wie mich.«

Nív holte Atem. »Ich wünschte, ich hätte mehr tun können. Ich wünschte, ich hätte euch an einen sichereren Ort bringen können. Aber diese Welt ist alles, was ich bin ... und solange sie

Wesen wie euch eine Heimat werden kann, und sei es auch nur für kurze Zeit, habe ich kein Recht, mich zu beklagen.« Für einen Wimpernschlag glitt ein Lächeln über seine Züge. Dann blieb er stehen und deutete auf das Gebäude hinter ihm. »Wir sind da. Hier wohne ich.«

Das Haus sah aus, als wäre es von einem verrückten Geist zusammengesetzt worden. Treppen führten an der bröckelnden Fassade hinauf ins Nirgendwo, Erker und Türmchen wuchsen an den unmöglichsten Stellen aus dem Mauerwerk, und die Fenster schauten in allen Formen und Größen wie schwarze Augen auf Milou herab. Die Tür knarrte, als sie eintraten, und sofort umhüllte sie eine angenehme Wärme. Nív schlug mehrfach in die Hände, worauf drei goldene Kugeln aus der Dunkelheit tauchten und sich in sanftem Licht entzündeten, und Milou folgte ihm über einen von Büchern gesäumten Korridor in ein großes Wohnzimmer. Polstersessel standen zwischen zerbrochenen Spiegeln und Bildern herum, und auch hier stapelten sich unzählige Bücher.

»Ein Haus wie in einem meiner Träume«, sagte Milou und strich über den Einband einer ledernen *Ilias*, die auf einer Anrichte lag. »Es sieht beinahe wie ein Zuhause aus.«

Nív öffnete ein Fenster und ließ das Licht der anbrechenden Dämmerung ein Stück weit durch die samtenen Vorhänge fallen. »Für die anderen ist Burano das vielleicht geworden. Aber für mich …« Er schüttelte den Kopf. »Ich war nie irgendwo zu Hause.«

Milou ging zu ihm hinüber. Die Kühle der ausklingenden Nacht strich ihr das Haar zurück, und als sie die Gasse hinabschaute, musste sie an Nonna denken, an Federico, an Mathis … und daran, wie oft sie in der Menschenwelt auf diese Weise am Fenster gestanden und hinausgesehen hatte, als müsste es mehr in der Dämmerung geben als alles, was sie wusste. Sie nickte unmerklich. »Das kenne ich gut«, erwiderte sie und strich über die Vorhänge, die trotz ihrer Schwere zart waren wie die Flügel eines Schmetterlings. »Ich wurde zwar bis vor Kurzem noch nicht von gefährlichen Kreaturen verfolgt, aber ich fühlte mich auch vorher nie richtig in der Welt der Menschen. Jeder Gedanke in meinem Kopf, die Art, wie ich rede und weine und träume … es war schon immer anders als bei den anderen, irgendwie … falsch.«

Sie stockte. Ihre Worte erschienen ihr stümperhaft, aber sie fand keine anderen, die auch nur ansatzweise das hätten ausdrücken können, was sie in diesem Moment empfand. Noch nie hatte sie auf diese Weise mit jemandem über ihre Gefühle gesprochen, über die Einsamkeit, die sie bisweilen mitten in der Nacht aus dem Schlaf riss und in die Dunkelheit starren ließ, wohl wissend, dass niemand ihr rasendes Herz hören konnte. Sie fürchtete, dieselbe Verständnislosigkeit in Nívs Augen zu sehen, mit der ihr Onkel ihr stets begegnet war, und sie konnte nichts dagegen tun, dass ihre Finger sich fester um den Vorhang schlossen.

Nív jedoch sagte kein Wort. Er streckte nur die Hand nach ihr aus, strich sacht über ihren Arm und verschränkte seine Finger mit den ihren, so behutsam, dass Milou meinte, ihren Herzschlag in ihrer Hand pochen zu fühlen. »Ich will nie wieder hören, dass du so etwas sagst«, stellte er fest, leise und doch mit einer Bestimmtheit, die keinen Widerspruch duldete. »Nichts an dir ist falsch, ganz im Gegenteil, und wohin auch immer unser Weg uns führen wird: Ich werde nicht zulassen, dass irgendjemand dir etwas anderes erzählt. Kein Mensch. Kein Dha'raki. Keine Welt. Hast du verstanden?«

Sie musste fast lächeln, doch in seinen Augen stand ein Ernst, der mit sanfter Kühle über ihre Haut strich. »Es ist nicht leicht, etwas anderes zu glauben«, gab sie zurück und schaute auf ihre Hände, die ineinander verschlungen waren. »Seit ich denken kann, habe ich dieses Gefühl, dass etwas mit mir nicht stimmt, und …«

»… du glaubst, dass das an dir liegt?«, beendete er ihren Satz. »Ist es dir mal in den Sinn gekommen, dass mit dir alles in Ordnung ist und stattdessen die Welt krank ist, in der du leben musst?«

Sanft hatte er das gefragt, und doch trafen sie seine Worte, als wären gleißende Lichter durch ihren Schädel geglitten. »Wie meinst du das?«

Er wandte sich ab, doch seine Finger strichen über ihre Hand, als er Atem holte. »Ich erzählte dir, dass die Menschen früher oft ins Reich der Scherben kamen. Und umgekehrt besuchten die Dha'raki deine Welt. Nur die Menschen können zusammenfügen, was einst zerbrochen wurde, und nur das Reich der Scherben kann sie daran erinnern, was wahres Menschsein bedeutet. So hielten die Welten sich lange gegenseitig am Leben. Doch heute müssen die Kinder der Scherben um ihr Leben fürchten, wenn sie die Menschenwelt betreten, und das hat seine Gründe. Caldoron tut alles in seiner Macht Stehende, um die Pfade zwischen den Welten zu verschließen, aber viel früher schon haben die Menschen selbst damit begonnen, sie einzureißen. Denn meine Welt ist nicht das Einzige, an das sie sich nicht mehr erinnern. Sie haben etwas vergessen, das tief in ihrem eigenen Inneren liegt. Etwas, das sie Mitgefühl lehrte und Freude und Schmerz. Etwas, das sie mit sich selbst verbunden hat und mit allem um sie herum. Die Geschichtenerzähler, die einst beide Welten bereisten, nannten es Poesie. Doch die Menschen kennen ihre Bedeutung nicht mehr, im Gegenteil: Sie haben begonnen, sich vor ihr zu fürchten. Und so häuten sie ihre Welt ab,

Stück für Stück ein bisschen mehr. Sie treiben ihr die Wunder aus, die entweder in der Wüste jenseits unserer Pfade verdursten oder es gerade noch rechtzeitig in das Reich der Scherben schaffen, bevor sie ganz erloschen sind. Hier werden sie bewahrt, so lange, bis auch hier kein Raum mehr für sie bleibt. Und sie erinnern uns an Zeiten, in denen beide Welten unter dem Atem der jeweils anderen erblühten. Jeder Dha'raki trägt diese Erinnerung tief in sich. Aber die Menschen … die Menschen wissen das nicht mehr.«

Milou betrachtete ihn von der Seite. »Du sagst das so, als wärest du kein Mensch«, meinte sie, und die Kälte, die daraufhin in seinen Blick trat, ließ sie frösteln.

»Das bin ich auch nicht«, erwiderte er, die Augen dunkel umwölkt. »Jedenfalls nicht so wie du. Oder hast du schon einmal einen Menschen mit einem Herzen aus Scherben gesehen?«

Unwillkürlich fiel ihr Blick auf seine Brust. »Aber abgesehen davon …«, begann sie, doch Nív schüttelte den Kopf. Kurz ließ er seine Hand in der ihren ruhen, als wollte er, dass sie die Kälte fühlte, die auf einmal auch seine Finger durchströmte. Dann wandte er sich ab und ging in eine Ecke des Raumes, die Milou bisher nicht aufgefallen war. Er zog das Laken fort, das davor gespannt worden war, und dahinter kam eine Maschine zum Vorschein, die Milou näher treten ließ. Sie bestand aus einer Liege mit Riemen und metallenen Armlehnen, an denen mehrere Spritzen angebracht worden waren. Hinter ihr an der Wand stand ein Kanister mit leicht schimmernder Flüssigkeit, der durch Schläuche und einen Tropf mit den Spritzen verbunden war. Ein helles Geräusch erklang, als Nív gegen den Kanister klopfte.

»Weißt du, was das ist?«, fragte er und wartete, bis sie den Kopf schüttelte. »Menschliche Tränen, vermischt mit den verlorenen Erinnerungen deines Volkes. Zu winzigen Scherben zermahlen, helfen sie mir, meine Wunden zu heilen, denn sie verbinden sich mit der Magie, die ich in mir trage. Doch sie werden niemals ein Teil von mir. Denn ganz gleich, wie mächtig ich dir erscheinen mag: Ich weiß nicht, was es bedeutet, wie ein Mensch zu schreien und zu lachen. Deine Welt ist wie ein Wort, das ich vergessen habe und das mir doch auf der Zunge liegt, so nah und gleichzeitig so unendlich weit entfernt, dass es jeden meiner Gedanken lähmt. Die Wärme der Sonne bleibt mir ebenso fern wie die Kühle des Mondes, und jedes Mal, wenn ich das Licht sehe, das aus den Wohnungen der Menschen auf die Straße fällt, muss ich mich zwingen, nicht in seinen Schein zu treten, den ich doch nicht spüren würde – nicht so wie ihr. Ich trage die Sehnsucht eines Menschen in meiner Brust, aber mir fehlt ein menschliches Herz, und so ist es, als würde ein Schleier über mir liegen, der mich von allem trennt und den ich mit all meiner Magie nicht zerreißen kann. Ich kann deine Träume sehen und deuten. Ich kann sie riechen, jeden einzelnen von ihnen. Und manchmal kann ich sie berühren und ihre Farben auf meinen Fingern sehen. Aber ich werde nie in der Lage sein, selbst einen Traum hervorzubringen, wie ihr Menschen es könnt. Mein Herz bleibt ein Dieb, der dich bestiehlt, sobald er die Gelegenheit dazu hat, ebenso wie das Scherbenfeuer meiner Klinge. Und in all der Dunkelheit meiner Augen, die so viel sehen und begreifen, habe ich noch nie eine einzige Träne vergossen.« Er hielt inne, und die Kälte in seinem Blick wich einer Verletzlichkeit, die Milou schaudern ließ. »Nein«, sagte er und betrachtete mit dunkler Bitterkeit die Spritzen an den Armlehnen. »Ich bin keiner von euch.«

Milou senkte den Blick, und plötzlich spürte sie noch einmal die Kälte an ihren Fingern, als sie im Sotoportego de le

Colonne von den Schergen Caldorons entdeckt worden war. »Die Thar'koryen haben mich durch meine Tränen gefunden. Sie haben sie in Eis verwandelt.«

Nív nickte unmerklich. »Ihnen bleibt nichts anderes, als das, was sie ersehnen, mit Frost und Tod zu überziehen. Du weißt nicht, was für ein Geschenk es ist, wie ein Mensch träumen und weinen zu können. Ich würde jede verfluchte Dunkelheit dagegen tauschen.« Sein Blick war in die Ferne geglitten, und plötzlich sah Milou ihn vor sich, wie er draußen auf der Straße vor den Wohnungen der Menschen stand und zu ihnen hineinsah, wohl wissend, niemals an dem Licht Anteil haben zu können, das sie umgab. Doch dann hob er den Kopf. »Ich wünschte, ich könnte dir auch den Rest des Hauses zeigen«, sagte er und fuhr sich über die Augen. »Aber ich merke, wie meine Kraft mich verlässt. Ich muss mich heilen, wenn ich nicht in den nächsten Minuten zusammenbrechen will.«

Seine Hände zitterten, als er sich an der Wand abstützte, und Milou half ihm, sich auf die Liege zu setzen. »Kann ich irgendetwas tun?«, fragte sie und sah zu, wie er seinen Mantel und sein Hemd zu Boden gleiten ließ. Seine Haut wirkte im Schein der Dämmerung wie kühler Marmor.

»Nein«, erwiderte er, während er den Verband um seine Brust löste. Milou schauderte, als sie die Wunde sah, die unter einer dünnen Schicht aus getrocknetem Blut noch immer in seinem Fleisch klaffte. »Ruhe dich aus, das genügt vollkommen. Dort neben dem Diwan findest du etwas zu essen und zu trinken, und du kannst dich in den anderen Räumen umsehen, wenn du willst. Es gibt ein Schwimmbad und eine Bibliothek, auch wenn man das nicht meinen sollte, wenn man sich das Bücherchaos hier ansieht. Und wenn du müde bist, kannst du unter drei Schlafzimmern wählen.« Er lächelte ein wenig. »Ja, es hat auch seine Vorteile, wenn man den Gesetzlosen angehört. Wir können uns nehmen, was uns gefällt, solange wir unseren Feinden nicht in die Arme laufen. Und oft beinhaltet das interessante Wohnmöglichkeiten.« Dann wurde er wieder ernst. »Geh, wohin auch immer du willst in meinem Haus. Aber bleibe nicht hier, während ich mich heile. Du hast genügend Schrecken gesehen in den letzten Tagen. Du musst dir nicht auch noch das hier antun.«

Milou stieß die Luft aus. »Wir gehen diesen Weg gemeinsam, hast du das vergessen? Ich gehe nirgendwo hin … es sei denn, du bittest mich um deinetwillen darum.«

Für einen Moment rührte er sich nicht. Er sah sie nur an, mit einem so undurchsichtigen Ausdruck, als würde alles in ihm sie fortschicken wollen und doch nicht gegen die leise Stimme ankommen, die ihn schließlich den Kopf schütteln ließ. »Nein«, sagte er. »Um meinetwillen … bleib.«

Das Wort strich so sacht über ihre Wange, dass ihr das Blut in den Kopf stieg. Für einen Wimpernschlag gab sie sein Lächeln zurück. Dann wandte sie sich ab, nahm sich eine der Decken, die auf einem Sessel herumlagen, und setzte sich auf den Diwan. Aus dem Augenwinkel sah sie, wie Nív sich auf der Liege zurücklehnte. Mit surrendem Geräusch sprang die Maschine an und die Riemen schlangen sich wie durch Geisterhand um seinen Körper. Gleich darauf wurde die flirrende Flüssigkeit in die Spritzen gepumpt. Nívs Arme lagen regungslos auf den Lehnen, und im selben Moment, da er die Augen schloss, drangen die Nadeln tief in sein Fleisch ein. Er fuhr zusammen, und Milou musste sich zwingen, nicht zu ihm zu stürzen und ihn von der Maschine loszubinden. Seine Muskeln spannten sich zum Zerreißen, und da schossen die Scherben mit aller Kraft durch seine Adern. Milou konnte sehen, wie sie sich gegen seine Haut drückten, und sie zögerte nicht länger. Eilig lief sie zu ihm, doch ehe sie ihn erreicht hatte, entspannte sich sein Körper. Er sank auf der Liege zurück, aufatmend, als wäre eine große Last von ihm genommen worden, und sie sah staunend zu, wie seine Wunden zu heilen begannen. Aber stärker noch als die Magie, die sich vor ihren Augen entfaltete, zog sie der Ausdruck auf Nívs Gesicht in seinen Bann. Seidig fiel sein Haar ihm in die Stirn, und seine Züge wirkten so friedlich, als würde er schlafen, mehr noch – als könnte er auf diese Weise Anteil nehmen an all den Bildern der Menschen, die nun seinen Körper fluteten. Behutsam strich Milou ihm eine Haarsträhne aus dem Gesicht, und als hätte er ihre Berührung gespürt, glitt ein Lächeln über seine Lippen. Eine stille Zärtlichkeit ergriff sie, als sie ihn betrachtete. Selten hatte sie ein Bild von solcher Schönheit gesehen, das zugleich eine solche Traurigkeit in sich trug.

So leise wie möglich kehrte Milou zum Diwan zurück. Sie schlang sich die Decke um den Leib und aß von den Trauben und dem Brot, das auf einem Tablett neben ihr stand. Sie konnte sich nicht mehr daran erinnern, wann sie zuletzt etwas zu sich genommen hatte, aber nun, da die Süße der Früchte ihre Kehle hinabrann und sie von dem kristallklaren Wasser trank, löste sich ihre Erschöpfung und verwandelte sich in samtene Müdigkeit. Aufatmend lehnte sie sich zurück und beobachtete die Schatten, die wie fliehende Gedanken über die Decke huschten. Sie rechnete damit, dass der Schlaf sie mit sich ziehen würde, aber je länger sie zu den Schatten aufsah, desto stärker nahm die Unruhe in ihr zu, die in den vergangenen Stunden von Entkräftung betäubt worden war. Sie beschwor Caldorons Schrei herauf, trug die Gestalten der Thar'koryen zu ihr zurück, ebenso wie die flüsternde Kälte des Nebels, und ehe sie erneut deren Klauen in ihrem Fleisch fühlte und Nonnas fremdes Gesicht vor sich sah, kam sie auf die Beine. Nív lag unverändert auf der Liege. Sein Atem ging ruhig. Die Wunde in seiner Brust schloss sich zusehends und die Schnitte an seinem Arm waren kaum noch mehr als blasse Striemen. Milou atmete langsam ein. Er hatte sein Leben für sie riskiert. Da würde sie ihn nicht mit einem Schrei aus seiner Heilung reißen, nur weil sie in seiner Nähe in Albträume geriet.

Sie bewegte ihre Schultern, um die Anspannung zu vertreiben, und ging an den Bücherstapeln vorbei, die überall im Zimmer verteilt standen. Vor allem Klassiker fanden sich auf Nívs Fußboden, Goethe, Shakespeare, Tolstoi, aber auch leichtere Literatur, Kinderbücher und jede Menge Comics. Milou verdrehte über sich selbst die Augen. *Leichtere Literatur,* hörte sie Federico in ihren Gedanken sagen. *Nichts ist schwerer zu machen als das Leichte, das hat schon Michael Ende uns gelehrt. Und abgesehen davon: Jede Geschichte, die je erzählt wurde, hat ihre Berechtigung und ihre ganz eigene Magie. Nur Schwachköpfe können das anders sehen – bevorzugt jene, denen der Zauber sich verschließt.* Milou sah ihn vor sich, das Haar besonders zerzaust wie jedes Mal, wenn er sich über den Literaturzirkus aufregte, wie er ihn nannte. Seit jeher belächelte er das Gebaren all jener, die glaubten, über Bücher urteilen zu können. *Wenn ein Kopf und ein Buch zusammenstoßen und es klingt hohl, so liegt es nicht immer am Buch,* war eines seiner Lieblingszitate, und ebenso wie die Ignoranz mancher Leser und Kritiker verachtete er die Konventionen einiger Buchhändler, ihr Schubladendenken, ihre Arroganz, mit der sie meinten, den Anspruch von Literatur beurteilen zu können, und all die Bezeichnungen, mit denen sie die Bücher zugunsten der vermeintlich besseren Verkäuflichkeit klassifizierten. Sie musste lächeln, als sie daran dachte, wie oft Federico seine Bücher nach Farben oder Größen geordnet hatte, um seine Kundschaft zu verwirren. *Ein Buch wird nicht gefunden,* beliebte er zu sagen. *Es findet.* Und genau das hatte Milou selbst oft genug erlebt – zu oft, um nun in ihrem Kopf dieselben Schubladen zu öffnen, gegen die Federico zeit seines Lebens gekämpft hatte.

Vorsichtig blätterte sie in einer Ausgabe des *Faust* und stellte fest, dass Anmerkungen am Rand standen, in einer ihr fremden Sprache zwar, aber mit schöner, geschwungener Schrift. Verstohlen schaute sie zu Nív hinüber und stellte sich vor, wie er über ein Buch geneigt dasaß, um seine Gedanken an den Rand zu schreiben. Sie ertappte sich dabei, wie sie über die Buchstaben strich. Aber erst als sie das Lächeln auf ihren Lippen bemerkte, verzog sie den Mund und stellte das Buch zurück an seinen Platz. Sie war in diese Welt gekommen, um Caldoron zu bezwingen, verflucht noch eins, und nicht für romantische Abenteuer, die ohnehin keine Zukunft hatten.

Sie zog die Schultern an, als der Name ihres Feindes in ihren Gedanken zu flüstern begann wie der Nebel, der sie durch halb Venedig gejagt hatte, und ihr Blick fiel auf die Gegenstände, die vor einem zerrissenen Bilderrahmen in einer Ecke standen. Es waren weggeworfene Dinge aus ihrer Welt, das erkannte sie sofort. Zerbrochene Puppen, durchlöcherte Stofftiere, Fotos von glücklichen Familien. Bruchstücke einer Welt, die für Nív unerreichbar war und die ihn und das Reich der Scherben vergessen hatte. Noch einmal sah sie zu ihm hinüber, und auf einmal wirkte seine Haut im fahlen Glanz des anbrechenden Tages wie versteinert. Ein Frösteln flog über ihren Leib. Da war sie nun also, fern ihrer eigenen Welt, doch umgeben von deren Trümmern, und sollte einen Magier besiegen, dessen Schergen sie bereits fast getötet hatten. Wie zur Hölle sollte sie das anstellen?

Ein Knirschen unter ihren Füßen ließ sie zusammenfahren. Erschrocken schaute sie zu Nív hinüber. Doch er schien nichts gehört zu haben, und sie bückte sich nach der Scherbe, auf die sie getreten war. Aschgrau war sie wie die Häuser der Stadt. Milou drehte sie zwischen ihren Fingern. Aber ehe sie sich noch fragen konnte, was das für eine Scherbe war, fiel das erste Licht des Tages in den Raum. Die Schatten in den Ecken lichteten sich, und da sah sie, dass sich unzählige weitere Scherben in der Dunkelheit verborgen hatten. Es waren so viele, dass sie sich zu Bergen türmten. Nachdenklich hielt sie die Scherbe in ihrer Hand gegen das Licht, und als die Dämmerung sich darin verfing, erkannte sie ein Bild darin, schemenhaft nur und doch deutlich genug, um sie den Atem anhalten zu lassen. Der Himmel war es, strahlend blau, und ein weißer Vogel flog darüber hin. Milou meinte, seinen Flügelschlag hören zu können, so deutlich, dass er für einen Augenblick im Zimmer widerklang. Das Blau der Scherbe fiel auf ihr Gesicht. Ihr schien es, als würde es alle Kälte von ihrem Körper waschen, und als das Flüstern in ihrem Inneren verstummte, da wusste sie, dass es ein Traum war, den sie in der Hand hielt – ein zerbrochener Traum aus ihrer Welt.

Die Farben glitten über die Scherben in den Ecken, und als hätten sie ein Feuer in ihnen entzündet, entfachten sich auch in ihnen unzählige Bilder. Milou erkannte das Meer, vom Licht des Mondes beschienen, sie hörte Kinderlachen in einem offenen Auto, dann das Bellen eines Hundes, und sie sah Regen, so schillernd, dass sie meinte, ihn auf ihrer Haut spüren zu können. Sie drehte sich um sich selbst, während das Zimmer um sie herum zu glühen begann – und sah, wie Nív auf der Liege die Augen aufschlug.

Für einen Moment rührte er sich nicht. Haltloses Staunen spiegelte sich auf seinen Zügen, als er zu den Farben aufsah, die über Wände und Decke glitten, so als wäre er in einen Traum geraten, den ersten, der den Träumen der Menschen nahe kam.

Die Bilder flackerten über seine nackte Haut, und da erschien er Milou auf einmal tatsächlich wie Peter Pan, der zum ersten Mal in Wendys Fenster schaute und das Licht auf seinen Wangen spürte. Doch es war nicht Wendy, die er voller Verzauberung betrachtete. Sie war es, die Träumerin aus der Menschenwelt, und nichts als Zärtlichkeit stand in seinem Blick. Gleich darauf fiel die Versteinerung von seinen Gliedern. Und ehe sie ihn davon abhalten konnte, öffnete er die Riemen um seinen Leib und kam auf die Beine.

Beinahe grob riss er sich die Spritzen aus den Armen. Er schwankte, als er auf sie zukam, aber er schüttelte nur den Kopf, als sie den Mund öffnete. Sie wollte ihn dazu bringen, sich zu setzen, doch er griff mit einer Entschlossenheit nach ihrer Hand, dass jeder Widerstand zwecklos war. Eilig zog er sie aus dem Zimmer und den Flur hinab. Ein Kribbeln umfasste ihren Magen, als die Farben ihnen nacheilten und die Wände um sie herum in einen farbigen Tunnel verwandelten. Nív führte sie eine marode Wendeltreppe hinauf, und erst als sie das oberste Stockwerk erreicht hatten, ließ er ihre Hand los. Er stieß die Flügeltür eines Balkons auf und sah sie abwartend an. Milous Herz schlug in ihrer Kehle, als sie an ihm vorbei in den anbrechenden Morgen trat.

Für einen Atemzug lagen die Gassen Buranos in bleiernem Schweigen da, ergraut und vergessen von jenen, die sie einst zum Leben erweckt hatten. Milou konnte sie spüren, die Schwere, die auf diesen Dächern lastete. Aber sie fühlte auch noch immer die Scherbe in ihrer Hand, und da strömten die Farben aus dem Inneren des Hauses über sie hinweg, lautlos wie Wind über dunklem Wasser und doch so kraftvoll, dass sie sich am Geländer festhalten musste, um nicht zu fallen. In funkelndem Licht ergossen sie sich in die Straßen, brannten das Grau von den Fassaden und strahlten so hell, dass Milou meinte, sie flammengleich knistern zu hören. Und tatsächlich stiegen die Bilder, die sie gerade noch in den Scherben gesehen hatte, in brennenden Schleiern über den Dächern auf und riefen die Pathari aus den Schatten, deren staunende Rufe die Luft erfüllten. Aber Milou sah nicht zu ihnen hinab. Ihr Blick lag auf der Welt, die sich um sie herum entzündete. Selbst das Meer in der Ferne schien durch den Schleier der zerbrochenen Träume in goldenem Licht zu strahlen, und ein Schauer flog über ihre Glieder, als Nív hinter sie trat und die Scherbe in ihrer Hand berührte. Kurz nur nahm sie die Federn wahr, die plötzlich ihre Finger streiften, und im selben Moment brach der Vogel aus der Scherbe ins Freie. Sein Flügelschlag erfüllte noch einmal die Luft, doch nun war er schwarz – ein Rabe, der sich wie ein befreiter Schatten in den glühenden Morgen erhob.

Nívs Atem strich zärtlich über ihre Haut, als er sich zu ihr herabbeugte. »Wie kannst du zweifeln?«, fragte er, und sie hörte, dass er lächelte. »Wie nur, wenn du solche Farben in dir trägst?«

Da löste Milou ihren Blick von der Umgebung und sah ihn an. Sie fand die Farben der Welt in der Schwärze seiner Augen gespiegelt, und als er sie näher an sich zog, fühlte sie keine Unsicherheit, keine Furcht, keinen Zweifel. Alles, was sie wahrnahm, waren die Farben der Träume in seiner Dunkelheit, und als sie den Kopf an seine Brust lehnte und sie zu dem brennenden Himmel aufsahen, glitt ein Lächeln über ihr Gesicht. Sie war wunderschön – die Welt der Scherben.

11

Die Dämmerung tauchte die Stadt der Pathari in goldenes Licht. Schwingengleich glitt es über die Fassaden der Häuser, die noch immer in satten Farben glühten, und legte einen weichen Schleier auf die Gesichter der Krieger, die der anbrechende Abend auf die Straße gezogen hatte. In Gruppen saßen sie vor ihren Häusern, preschten ausgelassen mit ihren Jetskis durch die Luft oder forderten einander zu harmlosen Trainingskämpfen heraus. Ihre Waffen funkelten im Schein der letzten Sonnenstrahlen, und jedes Mal, wenn sich gleißende Zauber auf das Pflaster ergossen, kam es Milou so vor, als wäre sie in die Kulisse eines Films gestolpert. Doch stets genügte das raue Lachen der Pathari oder ein Blick in deren Augen, um ihr zu zeigen, dass alles um sie herum vollkommen real war. Das Einzige, das seltsam fehl am Platz wirkte in dieser Welt, war sie selbst.

In letzter Sekunde wich sie dem Funkenregen aus, der von den klirrenden Waffen zweier Kämpfer niederging, und schloss zu Nív auf. Mit gewohnt geschmeidigen Bewegungen ging er an den Kriegern vorüber, die instinktiv vor ihm zurückwichen, und warf Milou ein Lächeln zu, als würde er nicht merken, dass sie wie ein Trampel durch sein Reich strauchelte. Nervös zupfte sie an der aschgrauen Bluse, die sie mitsamt einer Hose in derselben Farbe, schweren Stiefeln und einem tiefschwarzen Gehrock nach dem Aufwachen neben dem Diwan gefunden hatte. Nív war verschwunden gewesen und gerade in dem Moment zurückgekehrt, als sie sich in der Kleidung der Pathari vor dem Spiegel gedreht hatte. Diese sah nicht nur so aus, als wäre sie aus Schatten gewebt worden, sondern fühlte sich auch so an. Sie war seidenweich und doch so robust, dass sie wie eine federleichte Rüstung auf Milous Haut lag. Zu ihrem Erstaunen hatte der Gehrock sich bei einer raschen Drehung um die eigene Achse vom Saum ausgehend in schwarze Scherben aufgelöst, die ihre Gestalt in Schatten hüllten, ehe sie sich wieder zusammenfügten. Fasziniert hatte sie die Bewegung beständig wiederholt, und noch immer stieg ihr das Blut in den Kopf, als sie daran dachte, wie Nív sie angesehen hatte – für einen Wimpernschlag ohne die beherrschte Kühle auf seinen Zügen und dafür mit einer Hingabe in seinem Blick, die ihr den Atem stocken ließ. Dann war er hinter sie getreten und hatte ihr wortlos einen Waffengürtel mit einem silbernen, schwach glimmenden Messer um die Hüfte gelegt.

Meinst du, dass ich eine Kriegerin werde?, hatte sie ihn spöttisch gefragt, und er hatte gelächelt.

Das bist du schon längst, war seine Antwort gewesen. *Aber ich weiß, worauf deine Frage abzielt, und daher: nein. Niemand verlangt von dir, dass du allein gegen Horden von Thar'koryen in die Schlacht ziehst oder den legendärsten Kämpfern der Pathari Konkurrenz machst. Dennoch wirst du mit jedem Atemzug in meiner Welt stärker lernen, auf alles rings um dich zu achten. Bald schon wirst du deinen Kräften ebenso vertrauen wie der Stärke des Scherbenreichs und daraus Nutzen für dich ziehen.*

Daraufhin hatte er ihre Hand mit dem Messer geführt und ihr einige Tricks zur Verteidigung gezeigt. Als sich ihre Blicke im Spiegel begegnet waren, hatte sie für einen Moment tatsächlich geglaubt, eine Pathari geworden zu sein – kühl und stolz, mit zum Kampf gehobener Waffe. Aber kaum, dass sie auf die Straße getreten waren und sich auf den Weg zu Asra gemacht hatten, war dieses Gefühl zerbrochen. Je näher sie dem gekenterten

Schiff kamen, desto stärker verblassten die Farben ringsherum, und Milou schien es, als würde ihre Aufregung im Verhältnis dazu steigen. Auf den ersten Blick mochte sie aussehen wie eine Kämpferin. Doch jedes Mal, wenn sie gebannt den Zaubern der Pathari nachsah, fühlte sie sich wie ein unwissendes Kind, das nur zufällig in eine Welt voller Magie geraten war. Und diese Empfindung verstärkte sich, als das Schiff vor ihnen auftauchte.

Es glühte nun in dunklem Feuer. Flüsternd strichen die Flammen über die Reling und den Mast, ohne das Holz anzugreifen, und Milou konnte die Musik und das Stimmengewirr hören, das aus den geöffneten Luken drang. Ihr Atem ging schneller, doch als sie die Treppe erreichten, hielt Nív inne. Er sah sie an, wie er es am Nachmittag vor dem Spiegel getan hatte, und sie spürte noch einmal seine Nähe, als er seine Finger um ihre Hand mit dem Messer geschlossen hatte. Mit aller Kraft erinnerte sie sich daran, dass sie in verschiedene Welten gehörten, und sie dachte an den Schwindel, der sie immer wieder bei einem Blick in seine Augen befiel, als könnte die Finsternis darin jeden Moment aufbrechen und sie verschlingen. Aber nun, da er unmerklich den Kopf neigte, konnte sie nicht verhindern, dass sie dasselbe vertraute Gefühl ergriff wie auf dem Balkon unter den tausend Farben. Ein Lächeln flog über seine Lippen, als hätte er gerade denselben Gedanken gehabt, und etwas in der Art, wie er ihr zunickte, linderte ihre Anspannung. Dann wandte er sich ab und gemeinsam gingen sie die Treppe zum Schiff hinauf.

Die Musik umfing sie wie ein Schwall aus warmen Wellen, und Milou stellte fest, dass sich im Bauch des Schiffs eine Kneipe angesiedelt hatte. Rauch hatte die Luft geschwängert, ein Tresen glühte unter flackernden Kronleuchtern in dem Dunst, der die Grenzen des Raums verschwimmen ließ, und überall saßen und standen Pathari und vereinzelte Kobolde an hölzernen Fässern und übertönten mit ihren Stimmen die Musik, die eine Gruppe auf einer kleinen Bühne zum Besten gab. Sie bestand aus insektenartigen Wesen aus dunklem Kristall, und fast musste Milou lachen, als ein heuschreckenähnliches Geschöpf von der Größe eines Kleinkindes auf einer Mandoline herumzuzupfen begann und seine Fühler anfingen zu glimmen. Aber gleich darauf bemerkte sie die Blicke der Pathari, die über sie hinwegglitten, flüchtig nur und doch so durchdringend, als wollten sie ihr mit dieser Geste die Haut abziehen. Gerade legte Nív ihr die Hand auf den Rücken, um sie durch die Menge zu führen, als ein Lachen zu ihnen herüberklang.

»Da seid ihr ja!«, rief Corvin und sprang mit einem ausgelassenen Satz zwischen zwei Kriegern hervor. »Ich dachte schon, ihr würdet nicht kommen. Hey, du siehst ja aus wie eine von uns!«

Anerkennend betrachtete er Milous Kleidung und das Messer, und sie konnte nicht anders, als sein Lächeln zu erwidern. Etwas in seinem Grinsen hatte die seltene Gabe, die misstrauischen Blicke ringsum weniger scharf zu ihr durchdringen zu lassen. »Es kann nicht schaden, wenn das so aussieht«, erwiderte sie. »Auch wenn ich bezweifle, dass ich im Kampf gegen irgendwen hier im Raum auch nur den Hauch einer Chance hätte.«

Corvin lachte auf. »Ach was, Jo könntest du sicher das Fürchten lehren«, gab er zurück und deutete augenzwinkernd auf den Grashüpfer mit der Mandoline. »Und bei allem Weiteren wird die Welt der Scherben dir helfen, glaub mir.«

»Das habe ich ihr auch schon gesagt«, stellte Nív fest. »Aber es gibt eben Leute, die jede Erfahrung selbst machen müssen. Kommt dir gar nicht bekannt vor, nicht wahr?«

Corvin zuckte mit Unschuldsmiene die Schultern. »Keine Ahnung, wovon du redest. Auf jeden Fall bin ich froh, *eine* Erfahrung heute Abend nicht machen zu müssen: Asra wartet schon auf dich. Folgt mir.«

Nívs Gesicht verfinsterte sich, doch nur kurz. Gleich darauf zog sich die Maske des Kriegers über seine Züge, die jede Regung verbarg. Schattenschnell lief Corvin durch die Menge und blieb schließlich vor einem breiten Tisch in einer Ecke des Raums stehen. Zwei Kerzenleuchter erhellten etliche Kristallsplitter, die auf dem Tisch herumlagen, und Milou brauchte einen Moment, um sie als Krallen, Zähne und Augen zu erkennen – Überreste der Thar'koryen, die offensichtlich erst vor Kurzem in ihre Einzelteile zerbrochen worden waren. Das Feuer der Kerzen fing sich in den toten Pupillen, die erstarrt zu ihr aufschauten, und dort auf dem Stuhl, die Füße in den schweren, kniehohen Stiefeln auf den Tisch gelegt, saß Asra und bohrte mit einem kompliziert anmutenden Gewinde ein Loch in eines der Augen.

Sie trug einen breitkrempigen Hut, der ihr Gesicht verbarg. Ihr langes, aschgraues Haar fiel in einem dicken Zopf über ihre rechte Schulter, und ihre Haut, die ebenso schwarz war wie der Piratenmantel, der hinter ihr über dem Stuhl hing, schimmerte leicht im Schein des Feuers. Die Narben an ihrem Hals ließen keinen Zweifel daran, dass auch sie von Caldorons Feuer gefoltert worden war, aber Milou nahm die Schmisse kaum wahr. Stattdessen ließ sie den Blick über die lederne Korsage und die eng anliegende Hose gleiten, und sie meinte, die Glut der Armbrust fühlen zu können, die an Asras Stuhl lehnte. Bei jeder Drehung des Gewindes konnte sie die Muskeln ihrer Arme sehen, schwach beschienen vom purpurfarbenen Licht des Reifs, der an ihrem linken Handgelenk prangte. Hinter ihr, nur halb verborgen im Halbschatten des Schiffes, saß ein Wandler in der Gestalt eines Bären mit einer Narbe quer über dem rechten Auge und musterte Milou mit einem durchdringenden Blick, so unverwandt, dass sie sich schließlich mit klopfendem Herzen abwandte.

»Der verlorene Krieger kehrt zurück«, stellte Asra fest und durchstieß das Auge mit ihrem Bohrer. Dann hob sie den Blick. Ihr Gesicht mit den hohen Wangenknochen, den ovalen Zügen und den vollen, leicht geschwungenen Lippen war beinahe lieblich. Milou musste an eine Madonnenfigur denken, doch Asras Haut wirkte hart und wie aus Marmor, und ihre Augen aus Kristall waren so blau wie Gletschereis und ebenso kalt. Ohne einen Wimpernschlag sah sie zu Nív auf. Und obgleich sie den Kopf zurücklehnen musste, um ihn anzuschauen, war es doch, als blickte sie auf ihn hinab.

»Ich war nicht verloren«, erwiderte Nív ruhig. Seine Stimme hatte einen seltsamen Klang angenommen, dunkel und vorsichtig, als würde er sich mit jedem Wort auf sehr dünnes Eis vorwagen. Aber als er Asras Blick erwiderte, konnte Milou den Respekt sehen, den er der Kriegerin entgegenbrachte. »Jeder hier weiß, dass ich oft genug in den Nebel geriet, um wieder herauszufinden.«

Asra zeigte keine Regung, während sie das Auge als Patrone in die Pistole drückte, die neben ihr auf dem Tisch lag. »Der Nebel wandelt sich«, gab sie zurück. »Niemand weiß das besser als du. Mancher hier hatte schon nicht mehr damit gerechnet, dich lebend wiederzusehen.« Sie sah Corvin nicht an, und doch neigte der Junge den Kopf, als hätten sich sämtliche Blicke auf ihn gerichtet. »Andere haben sich überlegt, was geschehen würde, wenn du noch einmal in Caldorons Fänge gerätst – und welche Gefahr das bedeuten könnte für jeden von uns.«

Nívs Muskeln spannten sich, doch nur für einen Moment. »Ich habe mich schon einmal aus den Ketten des weißen Feuers befreit«, erwiderte er ebenso ruhig wie zuvor. »Nichts anderes würde ich wieder tun. Mir ist bewusst, dass ich ohne Rücksprache in der Welt der Menschen geblieben bin, und ganz sicher wollte ich damit weder euch noch mich selbst in Gefahr bringen. Aber ich hatte keine andere Wahl.«

»Keine Wahl«, sagte sie und stieß die Luft aus, kurz und schneidend. »Was weißt du schon davon, Nív Traumtänzer? Du kennst die Regeln: Wir lassen niemanden zurück und niemand verlässt seine Einheit ohne Absprache mit mir. Ich musste heute elf unserer Krieger aus den Klauen der Thar'koryen befreien. Wir hätten dich an unserer Seite gebraucht. Aber stattdessen wussten wir nicht einmal, wo du bist.«

Nív nickte unmerklich. »Und es tut mir leid, wenn ich euch damit in Unruhe versetzt habe. Doch ich konnte nicht das Risiko eingehen, Kontakt zu euch aufzunehmen. Caldorons Schergen haben mich gejagt, fast hätten sie mich getötet.«

Milou bemerkte, wie der Bär sich im Hintergrund aufrichtete. Ein warmes Glühen ging durch seinen Blick, das wie eine sorgenvolle Hand über Nívs Wange strich. Asra hingegen sah ihn nur an, noch immer unbewegt. Und dann, ohne den Kopf zu rühren, schaute sie zu Milou herüber. »Nicht grundlos, wie ich sehe«, stellte sie fest. »Es ist eine ganze Weile her, seit du die letzte verlorene Seele aus jener Welt geholt hast. Was ist sie? Ein weiteres Waisenkind, das dort drüben nicht überleben würde?«

Die Kälte in ihrer Stimme schickte ein Frösteln über Milous Haut. Aber sie zwang sich, Asras Blick standzuhalten, als Nív den Kopf schüttelte. »Nein«, erwiderte er, und Milou meinte, ein Lächeln in seiner Stimme hören zu können. »Sie ist diejenige, die Caldoron bezwingen wird.«

Von einem Augenblick zum anderen wurde es totenstill. Die Pathari wandten sich um, ihr Gelächter brach zusammen wie dünnes Eis. Nur der Grashüpfer mit der Mandoline zirpte hingebungsvoll weiter, bis ihm der Beckenspieler hinter ihm sein Instrument auf den Kopf schlug. Benommen sah der Grashüpfer sich um und hob dann die Mandoline vor seine Brust, während der Ton des Beckens wie Donnergrollen von den Wänden widerhallte. Steinschwer legten sich die Blicke der Pathari auf Milous Schultern. Aber sie konnte sich nicht von Asra abwenden, deren Mund nun zu einer blassen Narbe in ihrem Gesicht wurde.

»Die Wanderin«, sagte sie voller Spott. »So habe ich mir ja immer schon die Retterin der Welten vorgestellt.«

Milou spürte, wie Asras Blick über ihren Körper glitt, als würde sie jeden Schokoriegel und jedes Quarktörtchen darin erkennen können, das sie im Laufe ihres Lebens in sich hineingestopft hatte. Auf einmal zog sich die Bluse der Pathari so eng um ihre Kehle, dass sie kaum noch Luft bekam. Doch da trat Nív einen Schritt vor. Seine Präsenz dehnte sich aus wie ein Schatten, der langsam über die Gesichter der Umstehenden kroch und auch vor Asra nicht haltmachte.

»Was hast du dir vorgestellt?«, fragte er, noch immer ruhig, doch so kalt nun, dass die Luft um ihn herum zu knistern schien. »Eine verbitterte Frau mit Augen aus Eis, die alles vergessen hat, was sie einst war?«

Umgehend glühte Zorn in Asras Blick auf. »Und selbst wenn wahr ist, was du sagst«, erwiderte sie schneidend. »Was fällt dir ein, sie hierher zu bringen? Du kennst die Gefahr, die uns umdrängt!«

»Und eben deswegen tat ich es«, gab er zurück. Eine stolze Verachtung trat in seinen Blick, die Asra verstummen ließ. »Du magst den Glauben an unsere Befreiung aufgegeben haben, aber nicht alle hier denken so wie du. Jetzt bietet sich uns die Chance, auf die viele hier ihr Leben lang gewartet haben. Wir können Caldoron bezwingen, wir können ihn besiegen und seine Herrschaft beenden, wenn wir nur den Mut haben, für unsere Freiheit zu kämpfen. Ich werde niemanden zwingen, in dieser Angelegenheit an meiner Seite zu stehen. Aber ich werde auch nicht auf diese Gelegenheit verzichten, nicht jetzt, wo sie zum Greifen nah ist. Und deswegen erbitte ich den Aman'thur – das Herz des Meeres, das uns zur verfluchten Insel hinüberbringen wird.«

Ein Raunen ging durch die Menge, und Milou konnte den Namen hören, der nun die Luft erfüllte. *Pala'Dhey*, flüsterten die Umstehenden, ehrfurchtsvoll und dunkel zugleich. *Der Mann der Füchse.* Aber ehe der Name sich wie ein Zauber auf die Köpfe legen konnte, stieß Asra die Luft aus. Erneut schaute sie Milou an, doch dieses Mal hielt sie sich nicht mit dem Speck ihrer Hüften und ihrer schlaffen Haltung auf. Ihr Blick umfasste sie und drang mühelos durch ihr Fleisch, bis es Milou schien, als würde Asra jede Furcht, jeden Zweifel, den sie tief in sich verbarg, sofort erkennen. »Das ist absurd«, sagte die Kriegerin prompt und riss sich von Milou los wie von einem bedauernswerten Tier, das halb überfahren am Straßenrand lag. »Du kennst die Gefahren dieses Weges! Etliche Pathari sind umgekommen bei dem Versuch, ihn zu gehen! Hast du ihr davon erzählt? Weiß sie, was du von ihr verlangst?«

Ihre Worte hatten sich eiskalt um Milous Kehle geschlungen, doch Nív blieb ganz ruhig. »Sie weiß, dass ich an sie glaube«, gab er zurück. »Und wenn du sie in den letzten Tagen gesehen hättest, tätest du das auch. Sie hat die Kraft, diesen Weg zu gehen. Sie hat Caldorons Nebel standgehalten und seine Maske zerbrochen, sie ist seinen Schergen entkommen, sie hat den Himmel über dieser Stadt in Brand gesetzt. Noch immer glühen unsere Häuser in ihren Farben und …«

»… und sie ist ein Mensch«, sagte Asra. »Wir alle wissen, wie wankelmütig die Menschen sind. Einst erhielten sie unsere Welt am Leben – aber jetzt haben sie uns vergessen!«

»Nicht alle von ihnen«, gab Nív zurück. Mit leicht geneigtem Kopf stand er da, und Asra erwiderte seinen Blick, so regungslos, als wären sie beide zu Eis geworden und würden dennoch in einem unsichtbaren Kampf die Klingen kreuzen. Die Pathari ringsherum schienen den Atem anzuhalten, bis Asra sich schließlich abwandte und Milou erneut abschätzig betrachtete.

»Ich kann ihre Angst riechen«, sagte sie verächtlich. »Sie ist hier, weil sie um ihr Leben fürchtet, weil ihr, verfolgt von Caldorons Schergen, keine Wahl blieb. Wie soll ausgerechnet sie, die ganz offensichtlich schon in den letzten Tagen an den Rand ihrer Kräfte geriet, unsere Welt vor Caldoron bewahren – eine Welt, die sie noch nicht einmal ansatzweise begreift? Wie kommst du darauf, dass sie das schaffen könnte?«

»Weil es auch meine Welt ist.«

Milou erschrak, als die Worte, die gerade durch ihre Gedanken gerauscht waren, nun im Raum widerklangen. Jetzt starrten alle zu ihr herüber. Der Grashüpfer ließ seine Mandoline sinken, Corvin riss die Augen auf und selbst Nív sah sie überrascht von der Seite an. Sie spürte, wie ihr das Blut in die Wangen stieg, doch sie räusperte sich entschlossen. Nun gab es kein Zurück mehr. »Nív hat recht«, sagte sie und stellte erleichtert fest, dass das Zittern, das sie in ihrer Stimme fühlen konnte, nicht zu hören war. »Nicht alle Menschen meiner Welt haben das Reich der Scherben vergessen. Viele sehnen sich danach, auch wenn sie nicht mehr wissen, wie es heißt, oder wie sie den Weg dorthin finden können. Es gibt unzählige Geschichten, mit deren Hilfe mein Volk in fremde Welten fliehen kann, Lieder, die uns träumen lassen wie früher, und Bilder, die irgendetwas in uns daran erinnern, was wir wirklich sind. Ich mag noch nie in eurer Welt gewesen sein. Aber ich habe von ihr geträumt, von brennenden Himmeln und tiefschwarzen Meeren, von Nixen und Kobolden und von der Hoffnung, die in ewiger Dunkelheit geboren wird. Ihr sagt, dass die Menschenwelt euer Reich am Leben erhalten hat, aber dasselbe gilt auch umgekehrt. Ich kann nicht mehr zählen, wie oft ich mich aus meiner Wirklichkeit fortträumte, wie oft ich einen Traum beim Erwachen vergessen oder einen Gedanken nicht wiedergefunden habe. Nun weiß ich, dass nichts davon verloren ist, denn jetzt habe ich gesehen, was ich immer schon fühlte: dass es mehr als eine Wirklichkeit gibt, in jedem Sinn dieser Worte. Es war meine Großmutter, die mich das lehrte, die Frau, die mich nach dem Tod meiner Eltern tröstete und die mir immer ein Zuhause war. Nun wurde sie von Caldorons Schergen gebannt, und ganz gleich, wie wenig ich dem Bild des Retters entsprechen mag, das ihr euch über die Jahre zusammenfantasiert habt, weiß ich doch eines: Ich werde alles tun, um meine Großmutter wieder nach Hause zu bringen, genau so, wie sie es mit mir getan hat, damals, als meine Eltern gestorben sind. Ich werde mich Caldoron entgegenstellen – ganz gleich, was es mich kosten wird!«

Kurz sagte niemand ein Wort. Milou spürte Nívs Blick auf sich, und im selben Moment, da ein Lächeln auf seine Lippen glitt, erklang zustimmendes Gemurmel. Etliche Krieger nickten sich anerkennend zu, und der Bär, der sie mit glühenden Augen betrachtete, neigte den Kopf, als würde er ein Lächeln unterdrücken. Nur Asra blieb weiterhin regungslos. Erst als Milou ihrem Blick eine gefühlte Ewigkeit hindurch standgehalten hatte, gab sie Corvin ein Zeichen. Eilig drängte der Junge sich durch die Menge und kam kurz darauf mit einem in schwarzes Leinen eingewickelten Gegenstand zurück. Vorsichtig legte er ihn vor Asra auf den Tisch und nach einem Augenblick des Zögerns zog sie das Tuch fort.

Ein Raunen ging durch die Menge und die Pathari drängten sich näher um den Tisch herum. Darauf lag ein Felsbrocken, geisterhaft durchwirkt von blassem, blauen Licht. »Der Aman'thur«, sagte Asra leise, und zum ersten Mal klang etwas Wärme in ihrer Stimme mit. »Der Weg zum Fuchsmann führt nach Say'lar Aghbar, auf die verfluchte Insel, die einst von den Sirenen als Geschenk für die Menschen errichtet wurde. Damals war sie wunderschön. Blauer Blütenstaub strich durch die Gassen, und Meerwesen und Menschen begegneten sich an Brunnen der Weisheit, die mit silbernem Wasser gefüllt waren und von denen man sich erzählt, dass ein Schluck aus ihnen genügte, um jeden beliebigen Ort der Scherbenwelt zu erreichen. Heute jedoch wird das Geschenk über dem Meer, wie die Insel auch genannt wird, von tödlichen Wellen umgeben. Denn aus Gründen, die tief in der Dunkelheit des Ozeans vergraben liegen, verfluchte die Königin der Meere die Menschen und schloss sie auf ihrer Insel ein. Keiner von ihnen sollte sie je wieder über das Wasser hinweg erreichen oder verlassen können, nicht fliegend, nicht schwimmend. Doch die Tochter der Königin hatte sich in einen der Menschen verliebt, und um ihren Geliebten zu befreien, schloss sie einen Pakt mit der Meerhexe.«

»Wie die kleine Meerjungfrau«, flüsterte Corvin mit leuchtenden Augen. »In dem Märchen von Hans Christian Andersen.«

Asra ging nicht auf seine Worte ein. »Die Hexe gab der Prinzessin im Tausch gegen all ihre Tränen ein Gift, das ihr den Körper eines Menschen schenkte, und sie betrat das verfluchte Meer. Das Wasser wich vor ihr zurück, denn sie trug noch immer das Herz einer Sirene in ihrer Brust, das die Wellen daran hinderte, sie zu vernichten. So ging sie Schritt für Schritt durch das Meer, das einst ihre Heimat gewesen war, und sie führte ihren Geliebten von der verfluchten Insel fort. Glaubt man den Legenden, ließ sie jedoch die Liebe zum Meer nie los. Bereits nach kurzer Zeit, so heißt es, ist sie am Saum des Meeres gestorben, vergangen vor Sehnsucht nach den Wellen, die sie verloren hatte und um die sie nicht einmal mehr weinen konnte. Ihr Körper erlosch, doch ihr Geliebter ehrte ihr Andenken und trug ihr unsterbliches Herz bis zu seinem Lebensende bei sich. Manch einer glaubt, dass die Königin Erbarmen zeigte, als er starb, und ihn wie seine Geliebte im Augenblick seines Todes zu Schaum auf den Wellen verwandelte, da er eine Tochter des Meeres wahrhaft geliebt hat. Sicher ist jedoch, dass der Aman'thur in der Todesstunde der Prinzessin noch immer in alter Stärke erglüht. Und so ermöglicht es ihr Herz seinem Träger, durch das verfluchte Meer hindurchzugehen – gerade so, wie der Pala'Dhey es einst tat, ehe er es von einem Fuchs zu uns zurücktragen ließ.« Für einen Atemzug hielt Asra inne und ihre Augen wurden so kalt, dass sich ihr Blick schmerzhaft auf Milous Gesicht legte. »Bist du so stark wie er?«, fragte die Kriegerin. »Hältst du der Kraft des Meeres stand, Tochter der Menschen?«

Die Lichter im Inneren des Steins schienen aufzuglühen, und Milou überkam der Impuls, davor zurückzuweichen wie vor den scharfen Klauen der Sirenen, die sie am Kairand gesehen hatte. Doch sie spürte Nívs Nähe ebenso wie Corvins atemlosen Blick, und ehe die Anspannung ihre Hände zittern ließ, griff sie nach dem Stein.

Er war eiskalt. Aber die Lichtstrahlen darin trafen ihre Finger, als würden sie durch tiefes Wasser gleiten, und kaum fühlte sie den Wärmehauch, setzte er sich als das Geräusch flüsternder Wellen im Raum fort. Die Pathari sahen sich erstaunt um. Gleich darauf brach das Licht in dem Stein auf und ergoss sich in strahlendem Blau auf ihren Gesichtern. Milou hielt den Atem an, so heftig durchströmte sie das Rauschen der Wellen, und als das Licht ihren Leib erfasste, da war es, als würde sie von den unsichtbaren Händen des Meeres emporgehoben. Flackernd glühten die Schleier ringsum auf, und für die Dauer eines Atemzugs sah sie die Prinzessin und ihren Geliebten in ihnen auftauchen: lachend in den Fluten des Ozeans, als sich der Glanz der Sterne noch auf ihrem Fischschwanz gespiegelt hatte, dann eng aneinandergeschmiegt am Strand, die Gesichter so nah beieinander, dass Milou ihre Zuneigung spüren konnte, und gleich darauf Hand in Hand am Saum des Meeres, als die Prinzessin ein Mensch geworden war. Aus dem Augenwinkel nur sah sie, wie die Bilder über die Pathari hinwegglitten, und als sie Luft holte, strömte die Kraft des Meeres in ihre Glieder, so übermächtig, dass ein Lachen aus ihrer Kehle drang – diese Kraft, die sie zu beherrschen schien. Wassergleich brandete das blaue Licht über sie hinweg. Sie drehte sich um sich selbst, hoch oben in der Luft, in der dieser Zauber sie hielt, und breitete die Arme aus, als wäre sie die Prinzessin, die ausgelassen durch die Fluten schwamm. Wie aus weiter Ferne drang das Gelächter der Pathari an ihr Ohr … und sie hörte das Grollen des Donners zu spät.

Sie sah noch den Schreck, der in Nívs Augen aufglühte. Dann schloss sich das Licht enger um sie, und ehe sie noch wusste, wie ihr geschah, schlug es als harte Welle über ihr zusammen. Heftiger Schmerz schoss durch ihren Schädel. Erst nach einem Moment merkte sie, dass Blut über ihre Schläfe rann. Sie war gegen einen der Balken geprallt, doch das Licht um sie riss sie bereits weiter. Sie spürte nur kurz den Boden unter ihren Füßen und versuchte, Nívs Hand zu ergreifen, aber schon erfasste sie eine weitere Welle und trieb sie mitten unter die Pathari, die ebenso wie sie selbst hilflos in den Strudel des Lichts geraten waren.

Keuchend schloss sie die Augen, um dem flackernden Schein zu entkommen. Sie war keine Sirene, schoss es ihr durch den Kopf, als hätte sie das nicht schon die ganze Zeit über gewusst. Sie war nur ein Mensch. Sie riss die Augen auf, doch sie sah nichts mehr als tobende Wellen um sich herum, aufgewühlt von einem Sturm, den sie sehr wohl kannte. Er ergriff sie mit wildem Tosen, hart schlug sie am Boden auf, als er sie niederwarf – und der Aman'thur glitt ihr aus den Händen.

Mit unnatürlich klirrendem Geräusch schlug er auf und zerbrach das Meer wie eine Illusion aus hauchdünnem Glas. Die Schleier jedoch gingen in blauen Flammen auf, und aus dem Stein stoben Funken, die in brennenden Schwärmen durch den Raum schossen. Milou duckte sich unter ihnen. Selbst die Pathari zogen die Köpfe ein, und während Corvin sich neben ihr zu Boden warf, wurde Nív von knisternden Flammen zurückgedrängt. Nur Asra ging langsam, beinahe gelassen auf den Aman'thur zu. Fast gleichgültig schlug sie einzelne Funken mit bloßer Hand zurück. Ohne Milou aus den Augen zu lassen, bückte sie sich nach dem Stein und hüllte ihn in das schwarze Tuch, und als sie sich aufrichtete, umgeben von den erlöschenden Funken, bestand kein Zweifel mehr: Sie hatte gewusst, was passieren würde. Ihre Augen waren zwei eiskalte Spiegel, in denen Milou sich selbst erkannte: die große Wanderin zwischen den Welten – hilflos und gelähmt wie das Kind, das damals tief in ihrem Inneren im Sturm mit ihren Eltern gestorben war.

Milou spürte kaum, wie Nív sie auf die Beine zog. Grausam peitschte Asras Spott über ihre Wangen, und sie rechnete damit, deren Verachtung jeden Moment in einer Salve eisiger Worte durch den Raum hallen zu hören. Schon verzog sich Asras Mund, doch gerade als sie etwas sagen wollte, erklang ein anderes Geräusch, so durchdringend, dass Milou den Blick von ihr fortriss. Schrill jagte der Ton durch ihre Glieder, und sie begriff, dass es Warnsirenen waren, die das Schiff zum Beben brachten. In die Pathari ringsum kam Bewegung. Blitzschnell eilten sie zu den Luken, und Nív zog Milou an sich, als drei Krieger mit brennenden Waffen dicht an ihr vorbeirannten.

»Was ist los?«, rief sie gegen den Lärm an. »Was geschieht hier?«

Sie war Nív so nah, dass sein Haar ihre Stirn berührte, aber er sah sie nicht an. »Caldoron«, sagte er nur, und seine Augen entfachten sich zu schwarzem Feuer. »Seine Schergen haben uns gefunden.«

12

Das Schiff bebte so heftig, dass Milou fast das Gleichgewicht verlor. Erschrocken hielt sie sich an Nív fest. Stühle und Tische rutschten durch den Raum, die Kronleuchter klirrten, als das Schiff sich aufrichtete, und im selben Moment, da es sich unter mächtigem Dröhnen in die Luft erhob, warfen die Fässer ihre hölzerne Fassade ab und offenbarten sich als verborgene Waffenkammern. Milou sah Flammenwerfer, Armbrüste und Pistolen, die blitzschnell von den Pathari ergriffen wurden. Wehrgänge und Schießscharten klappten sich aus. Harpunen und Kanonen, die an die Kriegsgeräte Leonardo da Vincis erinnerten, brachten sich wie durch Geisterhand in Stellung. Peitschengleich schlugen Asras Befehle über den Köpfen zusammen. Die Krieger rannten durch den Raum und luden an verschiedenen Positionen ihre Waffen. Binnen weniger Augenblicke hatte sich das Schiff in eine militärische Abwehrstation verwandelt. Nichts als ein leichtes Zittern ging mehr durch den Rumpf, und doch schwankte Milou, als Nív sie losließ. Rasch lief sie hinter ihm zum Fenster – und spürte, wie ihr das Blut aus dem Kopf wich.

Caldorons Schergen jagten in Schwärmen auf die Stadt der Pathari zu. Die fliegenden Arkhorax trugen Speere in den Händen und glitten so rasch durch die Luft, dass ihre Umrisse als Raureif hinter ihnen niederfielen. Andere Thar'koryen saßen auf Jetskis aus weißem Glas, einige wendig, andere groß genug, um mehrere Krieger tragen zu können, und manche sprangen dem

Schiff wie über unsichtbare Schollen entgegen. Schon glühten die Zauber in ihren Händen auf und schossen auf Buranos Gassen zu. Milou duckte sich an Nívs Seite. Doch gerade als sie die Kälte der Magie auf ihrer Haut spürte, loderte der Schutzwall vor dem Schiff auf. Krachend schlugen die Zauber dagegen, und ehe sie noch in flackernden Farben zu Boden fielen, gellte Asras Stimme durch die Luft. Sofort wurde der Schlachtruf von den Pathari aufgenommen und brachte das Schiff zum Erzittern. Und wie Raubtiere, deren Ketten zerbrochen waren, stürzten sie sich ihren Feinden entgegen.

Asra führte die Pathari auf dem Rücken des Bären in die Schlacht. Ihre Augen glühten, grell entluden sich die Schüsse ihrer Pistole in den Reihen ihrer Feinde. Etliche Krieger schwangen sich auf ihre Jetskis und jagten durch die Luft, andere schienen zu fliegen, und manche griffen nach dem Licht der Sterne und zogen sich daran weiter. In dunklen Schwärmen sprangen die Pathari aus den Luken des Schiffs, bis sie durch das Licht des Schutzwalls brachen. Kurz nur hüllte dessen Magie ihre Körper in Farben. Dann rissen sie die Fäuste in die Höhe und stießen mit ihren Feinden zusammen. Funken sprühten auf, als sie einander von ihren Gefährten rissen. Doch ehe auch nur ein Kämpfer zu Boden stürzte, packte Nív Milou am Arm und zog sie vom Fenster zurück.

Sie stolperte, als er sie durch den Raum zerrte. Corvin hatte sich vor einer Schaltzentrale aufgebaut, die mit blinkenden Knöpfen aus der Wand geklappt war. Er gab den Kobolden ringsum Befehle, die auf die Kanonen zustürzten. Knirschend richteten sie sich auf die Angreifer aus, während die Kobolde eisglühende Kanister aus Bodenluken zogen. Milou spürte die Kälte der verlorenen Erinnerungen darin und wich einem schlangenähnlichen Greifarm aus, der aus einer Kanone schoss und tückisch nach ihr schnappte. Nív zog sie weiter, aber sie sah noch, wie ein Kobold nach dem Arm griff und dieser sich mit schnappendem Geräusch in einem Kanister vergrub. Sofort begann dieser zu rumpeln. Der Greifarm flammte auf und die Erinnerungen liefen in gleißenden Kugeln durch die Maschine. Im nächsten Moment feuerte ein Kobold die Kanone ab. Die Farben ergossen sich jenseits des Walls und färbten Nívs Gesicht blutrot, als er Milou in einer dunklen Ecke gegen die Wand drückte.

»Bleib hier«, sagte er eindringlich. »Halte dich fern von den Luken!«

Damit wandte er sich ab, doch Milou hielt ihn zurück. Ein Piepen zog durch ihren Schädel, als wäre die Kanone direkt hinter ihrer Stirn in die Luft gegangen. »Warte«, rief sie gegen den Lärm an. »Wohin gehst du?«

»Ich bin ein Pathari. Ich werde sie aufhalten.«

Noch einmal berührte er ihren Arm und ein Wärmeschauer floss durch ihre Glieder, behutsam wie eine Umarmung. Dann fuhr Nív herum, schwang sich aus dem Fenster und war verschwunden.

Milou stand da wie erstarrt. Irgendetwas in ihr rief ihr zu, dass sie die Augen öffnen und aufwachen sollte, um dieser entsetzlichen Szene zu entkommen, den Schreien, die nun durch die Luken hereinbrachen, und dem Rasen ihres Herzens, das so schnell gegen ihre Rippen schlug, als wollte es jede Sekunde daraus hervorspringen. Der Lärm ringsum hämmerte auf sie ein und ließ Übelkeit in ihr aufsteigen. Aber ehe sich ihr Magen zusammenzog, setzte sie sich in Bewegung. Sie wich den Kobolden aus, die immer schneller die Kanonen befeuerten, und stürzte zurück ans Fenster.

Der Nachthimmel stand in Farben des Feuers. Immer wieder stürzten Verwundete auf die Ebene nieder, und die Luft erzitterte unter den Zaubern, die gegen den Wall schlugen. Die Magie ergoss sich aus Flammenwerfern und Fäusten, entfesselte sich unter lauten Stimmen zu flackernden Abbildern und schickte Ströme aus Farben über Milous Gesicht. Auch hier waren es die Scherben ihrer Welt, die die Luft in Flammen setzten, und sie schauderte, als etliche Dha'raki schwer getroffen zu Boden fielen. Sie konnte ihr Blut riechen, fuhr zusammen, als ihre Leiber zerbrachen – und schloss ihre Hände um den Fensterrahmen, als sie Nív inmitten der Flammen entdeckte.

Gerade schwang er sich vom Rücksitz eines Jetskis auf das Gefährt eines Thar'koryen, stieß den Fahrer in die Tiefe und jagte direkt auf drei Arkhorax zu, die dem Schutzwall gefährlich nah gekommen waren. Nív riss seinen Dolch in die Höhe und traf in rasender Geschwindigkeit ihre Kehlen. Kurz nur erstarrten sie in ihren Bewegungen. Dann pulste Blut aus ihren Leibern, und ehe sie noch am Boden aufschlugen, zerbrachen sie zu weißen Scherben. Schon fuhr Nív herum, erfasst vom roten Licht eines Scherbenstroms, den zwei Thar'koryen mit gewaltigen Flammenwerfern auf den Wall richteten. Milou spürte den Frost inmitten der tosenden Splitter, die sich nun in die Nacht ergossen. Sie schrie auf, als der Schein auf Nívs Gesicht fiel. Doch auf seinen Zügen spiegelte sich keine Furcht. Stattdessen glühte wilde Entschlossenheit in seinem Blick, als er sein Gefährt wendete und direkt auf den Strom zuhielt. Milou sah noch, wie er auf dem Jetski auf die Beine kam. Dann schlugen die Scherben um ihn zusammen.

Milou schien es, als würden die Bewegungen der Schlacht sich verlangsamen. Der Jetski fiel verkohlt zu Boden. Schon trafen die ersten Scherben den Wall und schickten tiefe Risse hindurch. Aber gerade als sie meinte, sich nicht länger aufrecht halten zu können, ging ein Schrei durch die Luft – dunkel wie der

Ruf eines Raben. Sie sah noch, wie sämtliche Köpfe der Kämpfenden herumfuhren. Dann glühten die Scherben in dem Strom auf, so farbenfroh, als würden all die Erinnerungen, Gedanken und Träume darin noch einmal in voller Kraft entfacht, und Milou spürte die Sehnsucht, die sie gerufen hatte – die Sehnsucht nach der Welt der Menschen, die jede einzelne von ihnen nun mit Schatten umhüllte.

Lautlos färbte sich der Strom der Scherben schwarz. Milou erkannte die Rabenfedern, die über den Wall hinstrichen, und aus ihrer Mitte brach Nív, die Arme wie Schwingen von seinem Körper ausgebreitet. Mit einer einzigen Bewegung schickte er den Zauber zu den Thar'koryen zurück. Atemlos sah sie, wie die Schergen Caldorons von Nívs Magie erfasst wurden. Sie hörte ihre Körper zerbrechen, aber sie spürte keinen Schrecken und keine Furcht. Alles, was sie wahrnahm, war die Dunkelheit, die vor ihr aufbrach – und Nív, der für einen Wimpernschlag zu ihr zurücksah, mit diesem Blick, der ihr durch und durch ging. Als Krieger stand er dort draußen in der Schlacht, als Pathari stellte er sich seinen Feinden entgegen. Doch nur aus einem einzigen Grund hüllte er den Himmel in seine Finsternis: um sie zu beschützen, die Wanderin zwischen den Welten, die alles war, was er je gewollt hatte.

Sie sah noch, wie er auf einem Jetski landete und sich vorbeugte. Dann tauchte er in der Schlacht unter, und Milou zögerte nicht länger. Nív riskierte sein Leben, um das ihre zu retten. Da würde sie nicht hilflos und zitternd in einer Ecke herumstehen und zuschauen. Entschlossen griff sie sich zwei Kanister, die neben ihr an der Wand lehnten, und lief zu den Kanonen hinüber. Kurz nur schauten die Kobolde mit großen Augen zu ihr auf. Dann nahmen sie ihr die Kanister ab und schlossen sie an, und ehe Milou sich versah, rannte sie wie die anderen Helfer über die

Planken und versorgte die Kanonen mit neuen Scherben. Immer wieder hörte sie Triumphgebrüll der Pathari, aber jedes Mal folgten die wilden Rufe der Thar'koryen auf dem Fuß, und sie schauderte, als sie zu Corvin hinübersah. Der Junge war kreidebleich. Etliche Knöpfe an seinem Pult blinkten in rotem Licht, und als ein Krachen durch die Luft drang, fuhr er zusammen, so heftig, als hätte ihn ein Schlag getroffen. Schreckensstarr sah er aus dem Fenster, und da bemerkte auch sie den Riss, der sich über den Schutzwall zog und große Teile davon zum Einsturz brachte.

Sofort schlugen eisige Scherbenströme gegen den Rumpf des Schiffs. Raureif zog sich über die Planken. Milous Atem gefror in der Luft, aber sie blieb nicht stehen. Zu deutlich hörte sie die Kampfschreie der Pathari jenseits des Schiffes, und als sie nach weiteren Kanistern griff, folgten die Kobolde ihrem Beispiel. Sie sah ihre eigene Unbeugsamkeit in deren Augen gespiegelt, und kurz meinte sie, die Kraft der Scherben spüren zu können, die sie Caldorons Frost entgegenschleuderten. Doch gleich darauf hörte sie die Stimmen der Thar'koryen ganz in ihrer Nähe. Sie sah, wie die Kobolde ringsum erzitterten, schlug den Greifarm der Kanone in einen neuen Kanister – und erstarrte, als ein lautes Knirschen durch die Maschine ging.

Der Kobold direkt neben ihr stieß einen Schrei aus. Sie verstand kein Wort, aber sie folgte seinem panischen Fingerzeig in Richtung Fenster und sah, dass ein Arkhorax auf einem Jetski direkt auf sie zuhielt. Corvin schaute über die Schulter zu ihr zurück, dann griff er nach seinem Bogen. Knisternd jagte sein Pfeil durch die Luft und traf den Jetski, der umgehend in Flammen aufging. Doch sein Fahrer sprang ab, zog die Beine an den Leib und raste ins Innere des Schiffs. Mit einem Tritt traf er Corvin in den Magen, dass der Junge quer durch den Raum flog, und rollte sich am Boden ab. Kreischend stoben die Kobolde auseinander. Milou rührte sich nicht. Sie wusste nicht, ob es Corvins Schmerzensschrei war, der in ihr widerhallte, die Erinnerung an Nívs Blick, mit dem er sie vor dem Spiegel angesehen hatte, oder ihre eigene Entschlossenheit, die sich glühend in ihre Glieder ergoss und ihr deutlich sagte, dass sie nicht auf den Knien liegen würde vor einem Wesen aus tausend Scherben. Sie sah nur, wie der Krieger auf die Beine kam, verlangsamt, als befände er sich unter Wasser, und sie erkannte jede Einzelheit seines Gesichts: seine grün glimmenden Augen, die Narben auf seinen Wangen, das bittere Lächeln seiner Lippen. Dann schlossen sich ihre Finger um ihr Messer und sie setzte zum Sprung an. Sie fühlte den Wind auf ihrer Haut, als sie auf ihn zu glitt, so schnell, wie sie gewöhnlich nur in ihren Träumen war. Dann traf sie ihn an der Schulter, drängte ihn zum Fenster zurück und stieß ihn mit einem gezielten Hieb in die Tiefe.

Seine Gestalt wurde von flackernden Zaubern verschluckt, aber Milou musste sich dennoch von dem Abgrund losreißen. Es kam ihr so vor, als wäre auch etwas von ihr hinabgestürzt, etwas, das in ihr widerhallte wie ein verzweifelter Schrei. Doch sie kam nicht dazu, der Übelkeit nachzugeben, die auf einmal nach ihr griff. Sie sah noch die Begeisterung in Corvins Blick, als der Junge auf sie zulief, die Hand gegen seinen Bauch gedrückt. Dann drangen die Rufe der Thar'koryen durch den Raum, die nun als mächtiger Strom auf ihr Fenster zuhielten.

Milou sah ihnen entgegen. Die Risse des Walls waren zu groß, als dass er sie noch abhalten konnte, und während die Pathari sich wie besessen auf ihre Feinde stürzten, glühte der Strom direkt vor ihr auf. Es kam ihr so vor, als würde eine eisige Stimme über die Köpfe hinweggleiten und sich gnadenlos auf die Pathari stürzen, die sich dem Strom entgegenstellten. Doch ehe Caldorons Gesicht vor ihren Augen auftauchte, stieß sie die Luft aus. Es brauchte nicht mehr als einen Blickwechsel mit Corvin. Der Junge verstand sofort. Rasch schob er einen Kobold zu seinem Pult hinüber und schwang sich selbst aus dem Fenster. Für einen Moment blieb er im Rahmen sitzen, und wie er so zu ihr zurückschaute, den Bogen mit den Pfeilen in der Hand, da schien es Milou, als wäre er selbst der Peter Pan, von dem er geträumt hatte – der Junge, der niemals erwachsen wurde und dem ein wunderbarer Gedanke und etwas Magie reichten, um fliegen zu können. Schon trafen die Lichter der aufglühenden Waffen sein Gesicht. Noch einmal lächelte er, spitzbübisch und furchtlos wie bei ihrer ersten Begegnung. Dann stieß er sich vom Rahmen ab. Milou sah noch, wie er in blitzschnellen Salti durch die Luft schoss und zwei Thar'koryen dicht vor dem Fenster mit seinen Pfeilen traf, ehe er von einem Pathari auf einen Jetski gezogen wurde. Gleich darauf riss sie ihren Blick fort.

Für den Bruchteil einer Sekunde starrte sie auf den Kanister. Der Kobold neben ihr schaute mit riesigen Telleraugen zu ihr auf. Dann setzte sie sich in Bewegung, riss den Greifarm zu sich heran – und presste ihn auf ihr Handgelenk. Kurz nur hörte sie, wie die Kiefer des Arms sich öffneten. Dann gruben sich die Zähne in ihr Fleisch. Lähmender Frost jagte durch ihre Glieder, so eisig, dass sie kaum noch Luft bekam. Ihre Muskeln spannten sich, sie begann zu zittern. Aber im nächsten Moment floss goldenes Licht durch den Greifarm in die Kanone und die Maschine begann zu rumoren. Schemenhaft nur erkannte Milou den Kobold, der panisch um sie herumsprang, und glaubte für einen Wimpernschlag, die Kanone explodieren zu sehen, so laut wurde das Grollen. Doch stattdessen zerfetzte plötzlich ein Knall die Luft, und gleich darauf schoss eine Lichtkugel aus der Maschine, so hell, dass Milou die Hand vor die Augen hob. Sie sah, wie die Kugel dem Strom der Thar'koryen entgegenflog – und dann, mit einem Krachen, das die Luft in Fetzen riss, zerbrach sie in grellem Feuer. Es ergoss sich auf Caldorons Schergen, und Milou hielt den Atem an, als sie die Kreatur sah, die aus der Mitte der Flammen ihre Schwingen spannte. Ein riesiger Drache war es, der nun den Kopf in den Nacken riss und brüllte. Ein Drache aus Feuer und Gold.

Milou wusste nicht, ob sie noch atmete. Sie stand nur da, die Hand mit dem Greifarm um das Fenster geschlossen, und sah zu dem Drachen auf, den sie geträumt hatte, als sie noch ein Kind gewesen war. Sie erinnerte sich daran, wie sie in ihren Gedanken auf seinem Rücken über das Meer hinweggeflogen war, wie er sie gerettet hatte, jedes Mal, wenn sie geglaubt hatte, an der Welt oder sich selbst zu ersticken, und als er nun die Flügel ausbreitete und Atem holte, da meinte sie, seine Schuppen unter ihren Fingern aufglühen zu sehen. Etliche Zauber der Pathari rauschten in seinen Schlund, und gerade in dem Moment, da der Strom der Thar'koryen ihn erreicht hatte, stieß er den Kopf vor. Donnernd ergoss sich sein Feuer auf die Schergen Caldorons, so ohrenbetäubend laut, dass Milou glaubte, den Himmel in seinen Farben erglühen zu sehen, und sie bemerkte kaum, dass die Thar'koryen wie brennendes Papier zu Boden fielen. Alles, was sie deutlich wahrnahm, war der Drache, der nun zu ihr zurückschaute … der Drache aus ihren Träumen, den sie zum Leben erweckt hatte.

Ein tiefer Glanz ging durch seine Augen, und kurz meinte sie, Nonnas Gesicht in ihnen zu erkennen und das Lächeln Federicos, wie früher, wenn sie den beiden von dieser Kreatur erzählt hatte. Dann breitete er erneut die Schwingen aus, und mit einem letzten Aufglühen seines Feuers stob er den fliehenden Schergen Caldorons nach, ehe er weit über dem Meer zu goldenen Funken zerbrach. Milou fühlte noch den Schein der Flammen auf ihrer Haut. Dann glitt ihre Hand über den Fensterrahmen und sie fiel zu Boden.

Als sie die Augen öffnete, war Nív bei ihr. Sein Atem streifte ihre Lippen, als er sie an sich zog und behutsam den Greifarm aus ihrem Fleisch entfernte, doch sie spürte es kaum. Eine seltsame Taubheit puckerte in ihrem Inneren, und erst als sie die bewundernden Blicke der Pathari bemerkte, die sie umringten, begriff sie, dass die Schlacht gewonnen war. Nur Corvin hatte sich dem Himmel zugewandt, als würde noch immer der Drache darüber hinfliegen – wie eine Erinnerung an eine Welt, die er schon fast vergessen hatte. Dann jedoch verfinsterte sich seine Miene, und ehe Milou wusste, was vor sich ging, sprang Asra durchs Fenster in den Raum.

Ohne Milou auch nur eines Blickes zu würdigen, trat sie auf Nív zu, der rasch auf die Beine kam. »Du hast sie hergebracht«, rief sie und stieß ihn so heftig vor die Brust, dass er zurückwich. »Ich habe dir gesagt, was für eine Gefahr das ist! Caldorons Späher sind überall, sie suchen uns – jetzt noch mehr als je zuvor! Was hast du dir dabei gedacht?«

Hinter ihr sprangen weitere Pathari durch die Fenster, die Gesichter vom Kampf gerötet und ein triumphierendes Glühen in den Augen, das umgehend erstarrte, kaum dass sie Asras Zorn bemerkten. Nív jedoch neigte nur den Kopf und Milou spürte seine Kälte auf ihrer Haut. »In der Welt der Menschen wäre sie umgekommen«, gab er zurück. »Und abgesehen davon, dass ich dir von unserem Ziel erzählt habe: Milou hat uns gerade das Leben gerettet!«

Ein Raunen ging durch die Reihen der Pathari. Wieder spürte Milou ihre Blicke auf sich, doch jetzt von einer Neugier getragen, die sich vorsichtig auf ihre Schultern legte. Asra stieß die Luft aus. »Nachdem du unserer aller Sicherheit für sie riskiert hast!«, erwiderte sie schneidend. »Und komm mir nicht wieder damit, dass sie uns von Caldoron befreien kann! Ein guter Schuss macht noch keinen Jäger! Sie ist keine Pathari! Sieh sie dir doch an! Sie zittert am ganzen Leib! Wie kannst du nur glauben, dass sie unsere Welt retten wird?«

Zum ersten Mal, seit sie Asra kannte, bemerkte Milou etwas wie Hilflosigkeit in ihrer Stimme. Regungslos stand sie da und sah zu Nív hinüber, die Pistole noch in der Hand, die Kleider besudelt vom Blut ihrer Feinde, und kurz schien es, als würde sie den Atem anhalten, als er langsam den Blick hob. »Es gibt Dinge, die man fühlen muss, um sie zu verstehen«, erwiderte er leise. »Und eines ist sicher: Selten in meinem Leben habe ich etwas so ohne jeden Zweifel empfunden wie die Stärke, die in diesem Mädchen steckt.«

Milou sah zu ihm auf. Sie wusste nicht, ob nur sie den Schimmer wahrnahm, der durch seine Augen glitt, aber sie spürte die Stille ringsum wie ein Atemholen, und auf einmal meinte sie, noch einmal fünf Jahre alt zu sein und aufs Meer hinauszuschauen – heimlich beobachtet von einem Traum aus Nacht und Schatten, der ihr eines Tages das Leben retten würde. Prüfend sah Asra ihn an, und da trat etwas Weiches in ihren Blick, flüchtig nur und doch so deutlich, dass es ihr Gesicht adelte. Sie nickte, als hätte sie etwas in seinen Augen gesehen, das jedem anderen ringsum, selbst Milou, unsichtbar geblieben war. Wortlos griff sie in ihre Tasche und reichte Nív das Herz des Meeres in seinem Schutz aus schwarzem Leinen. »Dann möge dieses Gefühl dich nie verlassen«, sagte sie und sah ihn ernst an. »Und sei vorsichtig, Traumtänzer«, fügte Asra kaum hörbar hinzu. »Vergiss nicht den Fluch der Areya.«

Kurz nur neigte Nív vor ihr den Blick. Dann ging ein Beben durch das Schiff, und ehe Milou noch begriffen hatte, was vor sich ging, öffnete einer der Pathari die Treppe nach draußen. Behutsam half Nív ihr auf die Beine und führte sie an den Kriegern vorüber, die ihr in einer Mischung aus Erstaunen und Ehrfurcht nachschauten. Sie hatten die Treppe fast erreicht, als Corvin ihnen in den Weg trat.

»Lass mich mit euch kommen«, flüsterte er und sah Nív flehend an. »Ich kann euch von Nutzen sein, ganz bestimmt. Ich ...«

»Und wer soll diese Chaostruppe dann vor Caldorons Schergen warnen?«, unterbrach Nív ihn sanft und legte ihm die Hand auf die Schulter. »Asra hat recht: Caldoron sucht nach uns. Er wird die Pathari jagen, gnadenloser als jemals zuvor. Und ganz besonders wird er danach trachten, die einzige Person in die Finger zu bekommen, die ihm gefährlich werden könnte.«

Corvin nickte. »Gerade deswegen braucht ihr jede Unterstützung, die ihr kriegen könnt. Ich kann euch den Rücken freihalten. Ich kann kämpfen, das hast du mir doch beigebracht!«

»Das ist wahr«, stimmte Nív ihm zu. »Aber ich lehrte dich auch, dich nie blindlings in den Kampf zu wagen. Diese Schlacht ist anders als alles, was du zuvor erlebt hast. Caldoron wird uns auf den Fersen bleiben, umso mehr nun, da Milou ihre Kräfte gezeigt hat. Noch ist sie nicht bereit, ihm entgegenzutreten. Und daher müssen wir alles vermeiden, was Aufmerksamkeit auf uns zieht. Je mehr wir sind, desto größer ist das Risiko, aufgespürt zu werden – ganz zu schweigen von dem, was noch kommen wird.«

Seine Stimme war so leise geworden, dass selbst Milou ihn kaum verstanden hatte, und Corvin zog die Brauen zusammen. »Was meinst du damit?«, fragte er nicht lauter zurück, und da beugte Nív sich zu ihm vor.

»Wir werden Caldoron zum Kampf fordern«, raunte er und sah Corvin eindringlich an. »Und wenn das geschieht, brauche ich die freien Wesen der Scherben an meiner Seite. Ich spüre den Zweifel rings um mich, aber du hast den Drachen gesehen, nicht wahr? Du weißt, dass wir siegen können. Und deswegen bitte ich dich: Halte hier die Stellung – und sei bereit, wenn ich zu dir zurückkehre.«

Da leuchteten Corvins Augen auf, und für einen Moment sah er nicht mehr aus wie der Junge, der er doch eigentlich war. In dem Augenblick, da er vor Nív den Kopf neigte, wortlos und ohne jede Regung, tat er es als der Krieger, der er werden würde. Noch einmal lächelte er Milou zu, und sie erwiderte die Geste schweigend, als sie die Treppe hinabgingen. Sie fing noch einen Blick von Asra auf, kühl und undurchsichtig, bevor die Treppe sich schloss. Dann erhob sich das Schiff erneut in die Luft.

Die Pathari ringsum setzten sich in Bewegung. Die Jetskis heulten auf, und ehe Milou noch die Knochenschnüre bemerkte, die die Krieger allenthalben in die Luft warfen, brach flackerndes Licht vor ihnen auf. Noch einmal sah sie den Mast in Feuerfarben erglühen und fühlte, wie Nív beim Anblick seiner Gefährten Atem holte. Dann tauchte das Schiff in flirrendem Licht unter, flankiert von den Pathari, und sie waren allein.

13

Die Lagune lag in trügerischer Ruhe. Milou saß am Kai der Punta della Dogana, die Arme um den Körper geschlungen, und schaute zur verfluchten Insel hinüber, die sich wie eine Fata Morgana aus tanzenden Schatten hinter den schwarzen Wellen erhob. Immer wieder kniff sie die Augen zusammen, um einzelne Gebäude zu erkennen, den Campanile oder die tempelartige Fassade der Kirche, die sie in ihrer Welt schon oft besucht hatte. Aber jedes Mal, wenn sie glaubte, einen Umriss ausmachen zu können, begann die Finsternis vor ihrem Blick zu flackern, bis sie schließlich nicht einmal mehr sicher war, ob die Insel tatsächlich dort draußen inmitten des Wassers lag, oder ob sie zu einer Illusion hinüberstarrte, die nur darauf wartete, sie zu verschlingen.

Fröstelnd zog sie die Schultern an und wickelte den Gehrock enger um ihren Leib. Der Aman'thur in ihren Händen verströmte eine schwache Wärme, ebenso wie der grüne Kristall in ihrer Tasche, aber sie konnten die Kälte nicht zurückdrängen, die seit dem Drachen aus Feuer und Gold in Milous Knochen steckte. Immer wieder überkam sie ein Zittern, und jedes Mal rutschte sie dann in scheinbarer Unruhe hin und her, um es vor Nív zu verbergen. Es war schon schlimm genug gewesen, dass sie den Aman'thur vor den Augen seiner Gefährten quer durch den Raum geworfen hatte. Da fehlte es gerade noch, dass sie Asras Worte bestätigte und anfing, wie ein hilfloses kleines Mädchen über die Kälte zu jammern. Sie vertrieb den eisigen Blick der Kriegerin aus ihren Gedanken und schaute verstohlen zu Nív hinüber. Er saß in einigem Abstand zu ihr, das Gesicht verschlossen, den Blick auf die Wellen gerichtet wie in eine weite Ferne, und sie seufzte leise. Vermutlich würde ihm ihr Zittern auch dann nicht auffallen, wenn sie aufhören würde, es vor ihm zu verbergen.

Seit sie Burano verlassen hatten, war kaum ein Wort über seine Lippen gekommen. Mit der gewohnten Routine des Kriegers hatte er falsche Fährten gelegt, auf dem Meer ebenso wie in den Gassen Dorsoduros, und Milou immer wieder vor patrouillierenden Thar'koryen in Sicherheit gebracht. Doch mit derselben Präzision war er ihrem Blick ausgewichen, und nun, da sie reglos dasaßen und auf die Todesstunde der Prinzessin warteten, in der sich der Aman'thur in all seiner Kraft entfalten würde, schien sich sein Schweigen wie eine Schlinge um ihren Hals zu legen. Überdeutlich nahm sie die Kühle war, mit der er sie von sich fernhielt, und jedes Mal, wenn sie zu ihm hinübersah, glaubte sie, Asras Worte in ihm widerhallen zu hören … diese Worte, die mehr als eine Warnung gewesen waren und die ihn von ihr forttrieben. Wispernd spülten die Wellen gegen den Kai, und Milou stieß leise die Luft aus. Mit jedem Augenblick der Stille kam es ihr stärker so vor, als würde die Kälte in ihrem Inneren zunehmen, und schließlich straffte sie die Schultern und sah Nív direkt an.

»Es tut mir leid, dass ich den Stein fallen gelassen habe«, sagte sie. Ihr Hals kratzte, als hätte sie seit einer Ewigkeit nicht mehr gesprochen, und ihr Herz schlug in ihrer Kehle, als er ihren Blick mit tiefschwarzen Augen erwiderte. »Und dass die Thar'koryen meinetwegen auf eure Spur gekommen sind. Das habe ich nicht gewollt, und …«

»Unsinn«, unterbrach er sie und schaute wieder auf die Wellen. »Man hält nicht jeden Tag das Meer in den Händen, und die

Thar'koryen haben uns nicht zum ersten Mal aufgespürt. Vermutlich haben sie schon im Palazzo Dario unsere Fährte aufgenommen und sind uns von dort gefolgt, um unser Versteck herauszufinden. Ich hätte es ahnen müssen. Dich trifft nicht die geringste Schuld, im Gegenteil. Du hast sie vor unseren Toren zurückgeschlagen und das mit einer Kraft, die kaum ein Pathari dir zugetraut hätte. Darauf kannst du stolz sein.«

Milou senkte den Blick. Noch immer standen die bewundernden Gesichter der Krieger ihr vor Augen, doch wie jedes Mal, wenn sie an den Drachen aus Gold und Feuer dachte, spürte sie auch jetzt nichts als die Kälte in ihren Gliedern und das dumpfe Pulsen, das tief in ihrem Inneren jede andere Empfindung auslöschte. »Es tut mir auch leid, dass du dich meinetwegen mit Asra gestritten hast«, sagte sie, um dieser Taubheit zu entkommen. »Sie schien wirklich … *ärgerlich* zu sein.«

Das Wort fühlte sich merkwürdig unpassend auf ihrer Zunge an, und Nív lächelte ein wenig, als hätte er es auch gespürt. »Asra ist nicht Asra, wenn sie nicht ärgerlich sein kann«, gab er zurück. »Und dass wir aneinandergeraten, ist nichts Neues, glaub mir. Nimm dir ihr Verhalten nicht zu Herzen. Es hatte viel weniger mit dir zu tun, als du vielleicht glaubst.«

Milou verzog den Mund. »Dafür hat es aber ziemlich persönlich geklungen, was sie gesagt hat. Am liebsten hätte sie mich wohl auf direktem Weg in die Menschenwelt zurückgeschickt, wenn das möglich gewesen wäre. Besonders überzeugt war sie von mir jedenfalls nicht.«

Nívs Lächeln verlor sich, und für einen Moment schaute er still in die Dunkelheit der Wellen. »Asra wurde in der Welt der Scherben geboren wie ich«, sagte er dann. »Doch es gab eine Zeit, da sie in der Menschenwelt lebte, denn auch, wenn ihre Augen aus blauem Kristall sie als Dha'raki offenbaren, trägt sie im Gegensatz zu mir ein Herz aus Fleisch in ihrer Brust. Kein Pathari würde es wagen, von ihren Erlebnissen dort zu sprechen, und auch ich kann dir nicht davon erzählen, denn ich bin einer ihrer Krieger, und es steht mir nicht zu, ihre Vergangenheit zu verraten. Doch so viel sei gesagt: Als sie ins Reich der Scherben zurückkehrte, war sie nicht mehr dieselbe. Manche sagen, dass sie sich selbst verloren hat in der Welt der Menschen und im ewigen Spiegel der Scherben zerbrochen wäre, hätte der Gedanke an den Pala'Dhey ihr keinen Halt gegeben – der Gedanke an den Fuchsmann, der über viele Jahre ihr Lehrer gewesen ist, ehe er verschwand. Hinter vorgehaltener Hand erzählt man sich, dass er wie ein Vater für sie war, und bis heute trägt sie wie kaum ein anderer Krieger der Pathari den Gedanken der Freiheit in sich, den er die Rebellen der Scherben einst lehrte. Dennoch oder vielleicht gerade deshalb hat sie sein Fortgehen nie verwunden, umso weniger, da sie nicht in der Lage ist, ihn zu finden. Das ist ungeheuer schwierig für sie, will sie doch immer und ständig die Kontrolle behalten. Doch sie hat sich seinem Kampf verschrieben, mit Haut und Haaren, auch wenn sie zu viele Gefährten in der Schlacht verloren und zu viel Grausamkeit erfahren hat, als dass sie leichtfertig einer Hoffnung folgen würde, die sie zerstören könnte, sollte sie sich zerschlagen. Aber insgeheim glaubt sie daran, dass du es schaffen kannst. Sonst hätte sie dir den Aman'thur nicht überlassen.«

»Ich bin mir nicht sicher, ob das nicht ein Fehler war«, murmelte Milou. Nachdenklich hob sie den Stein und betrachtete die Risse, in denen das blaue Licht glühte. Erneut meinte sie, die Kraft der Wellen unter ihren Fingern zu spüren – und bemerkte erst nach einem Moment, dass ihre Hände noch immer zitterten. Rasch zog sie sie in ihre Ärmel zurück, doch Nívs Blick traf sie wie eisiges Feuer. Seine Augen glommen in leichtem Vorwurf auf. Dann kam er zu ihr herüber, und ohne ein Wort zu sagen, zog er sie an sich und breitete seinen Mantel über sie.

»Nicht jeder zweifelt so stark an deinen Fähigkeiten wie du selbst«, sagte er, während seine Wärme sich langsam über ihre Glieder legte. Nun, da er ihr so nah war, hörte sie den rauen Klang seiner Stimme hinter der Kälte des Kriegers, die seine wenigen Worte der letzten Stunden so hart gemacht hatte, und sie überkam das Bedürfnis, den Kopf an seine Schulter zu lehnen und die Augen zu schließen. In dunkler Stille schaute er sie an, und sie musste sich abwenden, um diesem Impuls nicht zu folgen.

»Asra hat etwas zu dir gesagt«, meinte sie, um von ihrem rasenden Herzen abzulenken. »Etwas, das ich nicht verstanden habe. Was bedeutet der Fluch der Areya?«

Die Dunkelheit seiner Augen flammte über ihr Gesicht, ehe er sich abwandte. »Es ist die Legende zweier Liebender«, sagte er leise. »Der junge Dalkur kam aus der Welt der Scherben und sie, Areya, aus der Welt der Menschen. Sie begegneten sich zwischen Träumen und Wachen und in den endlosen Stunden der Dämmerung, wenn Sonne und Mond sich ansehen, und sie verliebten sich ineinander. Aber mit jedem Augenblick, den sie zusammen verbrachten, verlor sie ein Stück ihrer Welt, und schließlich, als ihre Nähe in einem leidenschaftlichen Kuss zu ihrem Höhepunkt kam, schwor sie ihm, ihn niemals wieder zu verlassen, ganz gleich, was das für sie bedeuten mochte. Sie glaubte, ihm so ihre Liebe beweisen zu können. Doch Dalkur erschrak zutiefst, und im festen Glauben daran, sie vor sich selbst bewahren zu müssen, verließ er sie. Aber es war bereits zu spät. Mit allen Mitteln versuchte Areya, sich von dem Schmerz zu befreien, den sein Verlust ihr bereitete. Doch sie sah sein Bild vor sich, Tag und Nacht, und es war ihr unmöglich, einen anderen zu küssen, ohne an ihn zu denken. Der Legende nach starb sie wenig später an gebrochenem Herzen. Seit langer Zeit wird diese Geschichte in meiner Welt erzählt, um meinesgleichen von den Menschen fernzuhalten und sie daran zu erinnern, dass eine Annährung nur unermessliches Leid auf beiden Seiten hervorbringt. Kein Fluch, so heißt es, wäre schrecklicher als der Kuss eines Dha'raki, denn er trägt die Ewigkeit in sich … und dafür seid ihr Menschen nicht gemacht.«

Erst als sich erneut die Stille über Milou senkte, stellte sie fest, dass sie auf Nívs Mund starrte. Rasch wandte sie sich ab, doch sie spürte noch einmal seinen Atem auf ihren Lippen wie am Boden des Schiffes, als er sich über sie gebeugt hatte, und sie konnte nicht verhindern, dass sie errötete. »Eure Welt ist voller Flüche und tragischer Geschichten«, sagte sie und verdrehte die Augen, um ihre Verlegenheit zu überspielen. »Aber woher wollt ihr wissen, ob Areya wirklich an gebrochenem Herzen gestorben ist? Vielleicht hatte Dalkur nur tödlichen Mundgeruch.« Sie brachte ein schiefes Lächeln zustande, doch sie sah Nív nicht an, ehe sie wieder ernst wurde. »Oder vielleicht ist er zu ihr zurückgekehrt, nachdem er sie verließ. Vielleicht hat er ihre Gefühle erwidert. Vielleicht haben sie einen Weg gefunden, zusammen zu sein, aber niemand weiß etwas davon, weil tragische Geschichten einfach viel dramatischer sind und länger im Gedächtnis bleiben. Denk doch nur an die Prinzessin des Meeres. Ihre Geschichte klingt so traurig, weil sie ihre Welt für ihren Geliebten aufgegeben hat. Aber vielleicht ist sie dennoch glücklich gewesen. Und abgesehen davon ist es nicht wahr, dass wir Menschen nicht für die Ewigkeit gemacht sind. Oder kannst du mir auch nur ein anderes Volk nennen, das seine wenige Zeit mit solcher Inbrunst darauf verwendet, unsterblich zu werden – und es manchmal sogar schafft?«

Ein schwaches Lächeln glitt über sein Gesicht. »Nicht wenige Dha'raki und sogar einige Menschen glauben, dass die Sehnsucht nach der Ewigkeit aus der Endlichkeit entspringt. Nicht grundlos gibt es in meinem Volk viele, die eure Dichtkunst, eure Musik, eure Malerei bewundern, weil sie ihnen den Funken der Unsterblichkeit fühlbar macht, den sie selbst in sich tragen. Ihr könnt die Ewigkeit spüren, zumindest für einen Wimpernschlag. Aber begreifen … nein, begreifen werdet ihr sie nie.«

Milou hob leicht die Brauen. »Es ist doch interessant zu sehen, wie gut ein Sohn der Scherben über uns Menschen Bescheid weiß, obwohl er doch glaubt, keiner von uns zu sein.« Sie wartete, bis er amüsiert den Mund verzog, dann zuckte sie mit den Schultern. »So oder so verstehe ich Asras Warnung nicht«, fuhr sie dann fort. »Immerhin sind wir … Waffenbrüder oder wie man das nennt, nichts weiter. So ist es doch, nicht wahr?«

Kaum hatte sie es ausgesprochen, war sie der festen Überzeugung, noch nie etwas so Dämliches von sich gegeben zu haben. Sie konnte nicht anders, als zu ihm aufzusehen, und bereute es sofort. Ein schelmischer Funke ließ seine Augen glühen und zeigte ihr ohne jeden Zweifel, dass er den leisen Unterton in ihrer Stimme auch gehört hatte: dieses Zittern am Ende ihrer Frage, als würde sie hoffen, dass er den Kopf schütteln würde.

»Es gibt einen Grund für die Warnung«, sagte er schließlich, und wie schon unzählige Male zuvor überkam sie auch nun der Drang, ihn dafür zu schütteln, dass er ihr auf die wirklich wichtigen Fragen so selten eine direkte Antwort gab. »Denn ganz gleich, wie sehr ich mir wünsche, dass es anders wäre, steht eines doch fest: Ich bin eine Gefahr für dich. Wir haben das schon einmal erfahren. Hast du es schon vergessen?«

Als hätte er den Mantel von ihr fortgezogen, kehrte die Kälte mit aller Macht zu Milou zurück. Gnadenlos fuhr sie über ihre

Haut und trug sie noch einmal an den Rand des Kanals, zurück in den Frost, mit dem Nívs Scherbenherz nach ihr gegriffen hatte und der sie schaudern ließ, nun, da sie erneut in seine Augen sah – diese Augen voller Dunkelheit, die sie unweigerlich an die Leere erinnerten, in die Caldorons Schrei sie gehüllt hatte, und von denen sie sich doch nicht abwenden konnte. Unmerklich schüttelte sie den Kopf. »Dort warst du verwundet und …«

»… das könnte jederzeit wieder passieren«, unterbrach er sie sanft, aber bestimmt. »Zwar bin ich nun vorbereitet auf das, was mich erwartet. Ich habe erlebt, mit welcher Macht mein Herz nach dir greift, und kann mich wappnen. Aber jeder Moment der Nähe schwächt die Grenzen, die zwischen uns liegen und die dich vor mir schützen. Es ist schon schwer genug, mitanzusehen, wie meine Welt dir schadet. Ich könnte es nicht ertragen, dir ein Leid zuzufügen.«

Milou zog die Brauen zusammen. »Aber ich fühle mich gut. Ich wüsste nicht, wo deine Welt mir bisher geschadet hätte, wenn man von Caldoron und seinen Schergen einmal absieht.«

»Und genau darin besteht die Gefahr«, erwiderte er, und Milou schien es, als würde sein Blick durch sie hindurchgehen und sich kühl auf die Taubheit in ihrem Inneren legen. »Dein goldener Drache hat dir viel Kraft geraubt, und wer weiß, ob du sie jemals vollständig zurückbekommen wirst. Sieh dich an. Du hast die Thar'koryen zurückgeschlagen, doch nun zitterst du vor Kälte – und das war nur eine Ahnung von dem, was meine Welt dir antun kann. Du erinnerst dich doch an die Menschen, die wir kurz nach unserer Ankunft in meiner Welt gesehen haben? Die mit den Schnitten an den Armen? Man nennt sie auch die Verlorenen. Die meisten von ihnen haben sich diese Wunden selbst zugefügt, um all ihre Erinnerungen an die Welt der Menschen so schnell wie möglich zu vergessen. So haben sie sich selbst jeden Weg verwehrt, je wieder in ihre Welt zurückkehren zu können, denn um das aus eigener Kraft zu schaffen, bräuchten sie wenigstens eine Erinnerung, die stark genug wäre, um sie über die flammenden Scherbenpfade zu tragen. Aber sie haben alles verloren, denn das Reich der Scherben ist gierig. Es hat diesen Menschen alles genommen, was sie einst an ihre Welt gebunden hat.«

Milou fiel es nicht leicht, die Bilder der Menschen aus ihren Gedanken zu vertreiben. Noch immer sah sie ihre Gesichter vor sich, seltsam entrückt, als wären sie im Inneren in tausend Teile zerbrochen und würden nun vor dem Scherbenhaufen stehen, unfähig, sich selbst wieder zusammenzufügen. »Du meinst alles, was die Menschenwelt ihnen zu bieten hatte«, entgegnete sie dann. »Vielleicht war das nicht besonders viel. Vielleicht sind sie hier im Reich der Scherben glücklicher, als sie es dort jemals geworden wären. So oder so haben sie sich aus freien Stücken dazu entschlossen, ihre Welt hinter sich zu lassen. Und abgesehen davon würde ich nicht erlauben, dass das Scherbenreich mir alles nimmt, was ich bin.«

Ein Lächeln glitt über seine Lippen. »Ab einem gewissen Punkt hast du keine Wahl mehr. Meine Welt kann dich fliegen lassen, sie verwandelt dich in einen Engel, wenn du es ersehnst, und in brennende Teufel, die über einen endlosen Himmel hinwegrasen und dich bis ins tiefste Innere mit Freude erfüllen. Aber zugleich raubt sie dich aus, mit jedem Atemzug, den du ihr schenkst, und sie ist ebenso unberechenbar wie die Welt der Menschen. Denn ob du in meiner Welt die Erinnerungen verlierst oder ich in deiner das Leben, hängt nicht nur von der Zeit ab, die wir dort verbringen, sondern auch von dem, was wir dort erleben. Unsere Kraft wird uns vor allem dann geraubt, wenn wir verwundet werden, oder …« Er hielt inne und senkte den Blick.

»Oder was?«, fragte Milou, und da hob er den Kopf.

»Oder wenn wir glücklich sind.«

»Also soll ich unglücklich sein?«, fragte sie mit leisem Spott. »Du magst ein Krieger sein, ein Pathari, der sich ohne mit der Wimper zu zucken jedem noch so boshaften Feind entgegenstellt und weder Schmerz fürchtet noch Tod. Aber in dieser Angelegenheit warst du bisher nicht sonderlich erfolgreich. Denn ich war bereits glücklich in deiner Welt und ... nun ja. Das war dein Verdienst.« Ihr Herz schlug schneller, als er die Brauen hob, und sie räusperte sich schnell. »Ich werde mich im Reich der Scherben nicht verlieren«, fuhr sie fort. »Ich habe viel zu lange von dieser Welt geträumt, als dass so etwas passieren könnte, und ich bitte dich: Errichte keine Grenzen, wo sie nicht nötig sind. Ich werde doch von einem Traum aus Nacht und Schatten beschützt. Ich meine, du bist Asras bester Krieger. Ich habe in der Schlacht keinen gesehen, der mächtiger war als du. Und ich kann mir nicht vorstellen, dass dich irgendetwas davon abhalten könnte, diejenigen vor Unheil zu bewahren, die ...« Sie hielt inne, als ihr erneut das Blut in die Wangen stieg. »... dir etwas bedeuten.«

Sie spürte ihren Puls in ihrer Kehle, als sie Nívs Blick erwiderte. Für einen Moment glaubte sie, dass er sie mit diesem schelmischen Funkeln in den Augen ansehen würde, das ihr klarmachte, dass sie sich auf verflucht dünnes Eis begeben hatte. Aber stattdessen neigte er den Kopf und von einem Wimpernschlag zum nächsten verlor sich jede Kälte auf seinen Zügen. An ihrer Stelle trat diese stille Verletzlichkeit in seinen Blick, die Milou schon zuvor darin bemerkt hatte und die ihr auch jetzt das Herz zusammenzog. Es kam ihr so vor, als würde sie in diesem Moment in einer golden erleuchteten Wohnung ihrer Welt stehen und zu ihm auf die Straße hinaussehen. Jeder Schatten seiner

Augen war voller Sehnsucht, eine behutsame, zärtliche Hingabe an alles, was sie war, und kurz glaubte sie, dass er die Hand nach ihr ausstrecken und über ihre Wange streichen würde, als könnte er den Augenblick auf diese Weise vor seinem eigenen Geist bewahren. Doch gerade als sie schon meinte, seine Finger spüren zu können, flammte die Dunkelheit in seinen Augen auf, gnadenlos wie ein Fluch, den sie nicht begriff, und er schüttelte unmerklich den Kopf. »Träumerin«, sagte er, und Milou schien es, als würde die Kälte in seine Stimme zurückkehren und seine Worte mit Eis überziehen. »Du weißt nicht alles über mich.«

Sie öffnete den Mund, um etwas zu sagen, irgendetwas, das den Frost daran hindern würde, sich erneut auf seine Züge zu legen. Aber sie spürte ihn genau, diesen Glanz, der seine Augen noch dunkler färbte und irgendetwas vor ihr verbarg, und sie wusste, dass er vor ihr zurückweichen würde, wenn sie nun die Hand nach ihm ausstreckte. Und so ertrug sie die Stille, die sich über sie legte … über eine Träumerin und ihren Schatten, die so nah beieinandersaßen, dass sie den Atem des anderen auf ihrer Haut fühlten, und sich doch nicht erreichen konnten, so sehr sie es auch versuchten.

Gerade hatte sie sich abgewandt und den Blick auf die Wellen gerichtet, als grelles Licht ihr Gesicht traf. Erstaunt schaute sie auf den Stein in ihren Händen. In blauen Schleiern strömte der Schein aus den Rissen, und Milou spürte das Pulsen an ihren Fingern, das den Aman'thur durchzog. Sie sah Nív an. Das Licht brach sich in seinen Augen, und sie wusste, dass auch er es fühlen konnte: das stetig zunehmende Pochen, das aus dem Inneren des Steins drang. Das Herz des Meeres war erwacht.

14

Der Aman'thur glühte in Milous Händen wie ein Stück brennendes Eis. Geisterhaft glitten die Lichtschleier über ihre Wangen, und sie konnte die Wärme fühlen, die sich im Inneren des Steins entfaltete. Als stummer Ruf flog sie über die Wellen hinweg, ein Herzschlag, der im Flüstern der Gischt aufging, und Milou meinte, das Lachen der Prinzessin zu hören, die einst in diesen Fluten geschwommen und immer ein Teil von ihnen geblieben war.

Doch gleich darauf bäumten sich die Wellen in dunklem Raunen auf. Milou konnte den Zorn spüren, der nun von allen Seiten auf sie zurollte, den Groll, der sich in tanzenden Schatten vor der verfluchten Insel erhob und das Wasser tränkte wie Gift. Sie meinte, die Leiber der Sirenen aus den Fluten tauchen zu sehen, die Klauen zum tödlichen Hieb erhoben, und irgendetwas in ihr schrie ihr zu, dass sie zurückweichen sollte, nur fort von dem Meer, das sie verschlingen wollte. Aber Nív war an ihrer Seite. Behutsam legte er den Arm um sie, und als hätte er einen Zauber gewirkt, beruhigte sie sich. Der Wind heulte auf, doch Milou konnte seinen alten Duft riechen: dieses Aroma von Wasser, Salz und Freiheit, das ihr seit jeher ein Lächeln aufs Gesicht gezaubert hatte. Sie meinte, Nív aus dem Augenwinkel lächeln zu sehen, als hätte er diesen Duft ebenfalls wahrgenommen, und schloss ihre Hände fest um den Aman'thur. Ohne sich auch nur für einen Wimpernschlag von den schwarzen Wellen abzuwenden, trat sie auf das Meer zu.

Instinktiv hielt sie den Atem an. Sie rechnete damit, dass die Kälte der peitschenden Gischt sie treffen oder sie auf dem rutschigen Kai das Gleichgewicht verlieren würde. Aber nichts dergleichen geschah. Denn im selben Moment, da das Licht des Aman'thurs auf die Wellen fiel, prasselten blaue Funken von ihm auf die Wasseroberfläche. Zischend sanken sie in die Dunkelheit wie glimmende Steine in einen tiefschwarzen See. Dann glühten sie grell auf und mit einem Beben drängten sie die Wellen zu einem mächtigen Tunnel auseinander. Als Wirbel aus blauem Licht grub er sich in das Meer, und Milous Herz schlug ihr bis zum Hals, als sie mit Nívs Hilfe vom Kai hinabkletterte und einen Schritt hineinsetzte. Doch kaum, dass sie den glühenden Boden betrat, schloss sich der Tunnel hinter ihr und eine Stille umgab sie wie früher, wenn sie sich in Federicos Laden zwischen die Büchertürme zurückgezogen hatte ... eine Stille, beschützend und sanft wie in einem Traum.

Kurz nur berührte sie die beruhigende Erkenntnis, dass sie zum ersten Mal, seit sie in Caldorons Nebel geraten war, wieder tatsächlich in Sicherheit war: Hier konnten die Thar'koryen sie nicht erreichen. Gleich darauf jedoch nahm sie die Schleier wahr, die über die Tunnelwände glitten. Sie hatte sie schon einmal betrachtet, im Bauch des brennenden Schiffs der Pathari, doch erst nun, da sie nicht nach einem Atemzug wieder erloschen, konnte sie sie wirklich ansehen. Es waren die Bilder der Prinzessin, deren Lachen erneut ringsum aufwallte, kraftvoll und so unantastbar wie das Licht, das sie umgab. In geisterhaften Schemen flammten ihre Umrisse über die Wände des Tunnels. Milou sah sie an der Seite ihres Geliebten, in dunklen Wellen und ausgelassen am Strand, und immer wieder schien es ihr, als würde die Prinzessin sie direkt anschauen, aus einer anderen Welt vielleicht, fern der Schrecken, die das Reich der Scherben heimsuchten. Und jedes Mal, wenn sie ihren Blick erwiderte, lüftete sich das Blau des Tunnels, und Milou konnte hinausschauen in die Finsternis des Meeres.

Zuerst sah sie nur Schwärze auf der anderen Seite, eine lähmende, drückende Dunkelheit, die ihren Puls beschleunigte. Doch die Stimme der Prinzessin löste ihre Anspannung, und bald erkannte sie rätselhafte Wesen, die an den Wänden des Tunnels vorüberglitten. Sie sah Fische mit schleiergleichen Flossen, Seedrachen, deren Schuppen in den schönsten Farben schillerten, und dunkle Gestalten, deren Leiber erst im Widerschein des blauen Lichts aufglommen und die aussahen wie Menschen mit großen, meergrünen Augen, die Gesichter angesichts des Tunnels in stillem Staunen verklärt. Fasziniert ließ sie den Blick über diese Kreaturen schweifen, für die sie nicht einmal einen Namen hatte … und erschrak umso heftiger, als plötzliche Furcht deren Züge dunkler färbte. Kurz nur glühten die grünen Augen auf, und gerade als sie lautlos in der Finsternis verschwanden, hörte Milou den Gesang.

Wispernd drang er durch die Tunnelwände, und für einen Moment stand Milou noch einmal im Nebel auf der Fondamente Nove und schaute in die Schwärze der Wellen hinab, schaudernd und hingegeben zugleich an die betörenden Klänge. Der Aman'thur flackerte unruhig, als hätte ihn ein eisiger Windhauch gestreift, und Milou spürte, dass Nív neben ihr die Muskeln spannte. Die Bilder an den Wänden wurden durchscheinend. Ihr Blick glitt in die Finsternis dahinter, und da sah sie, wie Gestalten aus den Schatten tauchten, die Gesichter in regloser Kälte erstarrt, die Augen glühend vor Zorn. Sirenen waren es, Dutzende Sirenen – und sie strömten von allen Seiten auf den Tunnel zu.

»Weiter«, raunte Nív an ihrem Ohr. »Schau sie nicht an.«

Gewaltsam riss Milou ihren Blick los und fixierte den Stein in ihren Händen. Nív zog sie näher an sich, so gelassen, als würde er die Stimmen nicht hören, die die Wände des Tunnels zum Erzittern brachten, und legte einen Zauber aus flüsterndem Wind über sie, der jeden Gesang in weite Ferne rückte. Doch noch immer spürte Milou den Schreck in ihren Gliedern, der beim Anblick der Sirenen in sie gefahren war. Die Stimme der Prinzessin war in den Gesängen untergegangen, schwach nur strichen noch die blauen Schleier über die Wände hin. Aber sie hatten sich verändert. Es waren nun Bilder der Verzweiflung: die Prinzessin in menschlicher Gestalt zwischen tobenden Wellen, die Arme ausgebreitet, als erhoffte sie einen unsichtbaren Anker, ihre Augen, vor Kummer geweitet, und schließlich ihr regloser Leib allein am Strand, den Blick in haltloser Sehnsucht auf das schwarze Meer gerichtet. Milou zog es das Herz zusammen, so stark empfand sie die Trauer der Prinzessin, und umso heftiger nahm sie die Dunkelheit wahr, die jenseits des Tunnels zu flackern begann. Sie wusste nicht, ob das von den Krallen herrührte, die im blauen Schein des Tunnels funkelten wie geschliffenes Eis, oder von den grausamen Augen, die immer wieder in kalter Schwärze aufglühten, als wären sie mondbeschienene Spiegel in der Nacht. Doch mit jedem Auflodern beschleunigte sich ihr Herzschlag. Die Stimmen der Sirenen wurden lauter. Sie durchdrangen Nívs Zauber, in jedem Ton lag beißender Spott, und als Milou wie von eisigen Klauen gezwungen den Blick hob, erkannte sie sich selbst in deren Augen: ein Mädchen aus der Welt der Menschen, das ein gewaltiges Meer auseinanderhielt – mit einem blauen Kiesel.

Das Lachen der Sirenen traf Milou wie ein Hieb. Übermächtig wühlte es das Meer jenseits des Tunnels auf und im selben Moment schossen die Sirenen auf die glimmenden Wände zu und gruben ihre Krallen in das Licht. Milou fuhr zusammen, so heftig durchzuckte sie der Schmerz. Gleich darauf wallte plötzlicher Sturm vor ihr auf, rau und gnadenlos wie in jener Nacht, und das Meer erhob seine Stimme in zügellosem Grollen … dieses Meer, das uralt war, älter als die Zeit, und das den Tod in sich barg.

Mit festem Griff zog Nív sie mit sich. Seine Worte gingen im Tosen des Sturms unter, aber er ließ sie nicht los, als sie, so schnell sie nur konnten, über den flackernden Boden rannten. Immer wieder schleuderte er gleißende Zauber gegen die Sirenen, die auf die Tunnelwände niederstießen, und jedes Mal wurden ihre Gesichter zu gespenstischen Masken verzerrt. Milou hielt den Aman'thur fest an sich gepresst. Doch gerade als sie glaubte, das rettende Ufer am Ende des Tunnels erkennen zu können, rollte eine gewaltige Welle direkt auf sie zu. Vergeblich versuchte sie, ihren Blick fortzureißen. Sie hatte diese Welle schon einmal gesehen, sie hatte sie vergessen, aber nun kehrte sie zu ihr zurück, und während die Wassermassen gegen die Tunnelwände brandeten, schienen sie auch in Milous Innerem aufzubrechen, so übermächtig, dass sie sich an die Kehle griff. Jede Luft war aus ihrer Lunge gewichen. Nív packte ihren Arm, doch schon traf sie erneut das Lachen einer Sirene, und da glitten Risse über die Tunnelwand, knisternd wie berstendes Eis. Panisch sah Milou, wie feine Wasserschleier auf sie niederfielen – und gerade in dem Moment, da Nív ihr Gesicht in seine Hände nahm und ihren Blick von dem Schrecken fortzog, ging ein Ton durch die Luft, der alles erschütterte, was sie war.

Das Blut wich ihr aus dem Kopf, während die Stimmen um sie aufwallten, Stimmen, die sie seit jener Nacht nicht mehr gehört hatte und die nun, da sie zu ihr zurückkehrten, in tausend Scherben durch ihr Innerstes jagten. Schreie waren es, hilflos inmitten tosender Wellen … die Schreie ihrer Eltern, kurz bevor das Meer sie verschlungen hatte. Sie fühlte noch, wie der Aman'thur in ihren Händen erlosch, als wäre er nie mehr gewesen als ein Klumpen erkalteter Glut. Dann ging ein Stöhnen durch die Wände – und im nächsten Moment brach der Tunnel in sich zusammen.

Das Wasser schlug mit solcher Gewalt auf sie nieder, dass Milou kurz die Besinnung verlor. Wie durch dicke Tücher spürte sie, dass Nív nach ihr griff, und sie sah ihn vor sich, den Blick auf sie gerichtet, als könnte er sie so vor der Kraft des Meeres bewahren. Doch gleich darauf wurde er von drei Sirenen gepackt und in die Dunkelheit gerissen, und kaum, dass er verschwunden war, befiel Milou eisige Lähmung. Mit letzter Kraft presste sie den Aman'thur an sich, diesen armseligen Felsklumpen, der zusehends erkaltete, und schützte ihr Gesicht mit den Armen, als die Sirenen über sie kamen.

Ihre Gesichter verzerrten sich zu tierhaften Fratzen. Mehrere Reihen messerscharfer Zähne prangten in ihren aufgesperrten Mäulern. Milou wartete auf den Schmerz, doch als sie nach ihr bissen, verwandelte sich ihre Kleidung wie unter einem Zauber in undurchdringlichen Stahl. Mit weit aufgerissenen Augen sah sie zu, wie zwei Sirenen etliche Zähne verloren und sich zornig zurückzogen. Aber gleich darauf kratzten gnadenlose Klauen über ihren Rücken und nahmen ihr jeden Triumph. Das Meer kroch in ihre Wunden, und als das Wasser in ihre Lunge drang, glitten schwarze Schlieren an ihren Augen vorüber. Dumpf nur spürte sie die Panik, die sie um sich schlagen ließ, und schon sank sie tiefer wie in jener Nacht … hilflos in der Dunkelheit des Meeres, das ihr das Leben aus dem Leib zog. Für einen Wimpernschlag sah sie den letzten blauen Schleier vor sich aufflammen. Er zeigte die Prinzessin am Strand tot zusammenbrechen und ihren Geliebten verzweifelt nach ihr schreien. Milou schien es, als wären es die Stimmen ihrer Eltern, die aus seiner Kehle drangen, und dann wurde ihr schwarz vor Augen. Es war, als würde die Stille sie mit sich ziehen, tief hinab an einen Ort, an dem es keine Gedanken mehr gab.

Der Schmerz kam so plötzlich, dass sie die Augen aufriss. Es fühlte sich an, als wäre Feuer in ihren Mund und ihre Kehle hinabgeschossen, das jetzt ihre Lunge in Flammen setzte. Wild hustend schlug sie um sich, doch schon schlossen sich zwei Hände um ihre Arme und zwangen sie nieder, und da erkannte sie, dass es Nív war, der sie festhielt. Sein Haar glühte in der Finsternis der Wellen, und als er sie an sich zog, wehrte sie sich nicht mehr. Seine Lippen waren weich auf den ihren, sie schmeckten nach Wasser und Salz. Behutsam ließ er seinen Atem in ihre Lunge strömen, und als er sich wieder von ihr löste, da sah sie sein Gesicht im Glanz einer silbrigen Luftblase, die er um sie geschlossen hatte.

Außer sich schlugen die Sirenen von außen gegen den Zauber. Milou sah die Striemen, die Nív bei jedem Hieb davontrug, als würden die Krallen sich direkt in sein Fleisch graben, aber er schien es kaum zu merken. Seine gesamte Aufmerksamkeit lag auf ihr. Sie konnte die Kühle seines Herzens unter ihren Fingern spüren, das drängende Pulsen, das nach ihrer Wärme rief, doch sie wich nicht vor ihm zurück. Er, der Pathari, der nichts so hoch achtete wie die Freiheit, legte seine eigene Finsternis für sie in Ketten, und während er sie inmitten des Meeres in seinen Armen hielt, war seine Nähe ihr so vertraut, als hätte es nie auch nur einen Hauch von Distanz zwischen ihnen gegeben. Unmerklich neigte er den Kopf, und da kam es ihr so vor, als bräuchte sie nur die Hand auszustrecken, um sein Geheimnis zu ergründen – dieses Rätsel, das wie ein glänzender schwarzer Stein unter der Oberfläche seiner Augen lag und ihr Herz schneller schlagen ließ. Aber sie sah ihn nur an, diesen Krieger, der ihr erneut das Leben gerettet hatte, der sie bewahrt hatte vor seiner Welt und vor der eisigen Glut in seiner Brust, die noch immer verlangend gegen ihre Finger pochte, und der ihren Blick dennoch erwiderte, als wäre sie es, die ihn gerettet hatte – ein Mädchen aus der Menschenwelt, das ihn ansah wie ein Wunder. Ein Lächeln glomm auf seinen Lippen auf, so zärtlich, dass sie nicht anders konnte, als es zu erwidern … ein Lächeln voller Vertrauen, das Wärme durch ihre Glieder schickte und jede Taubheit, jede Lähmung mit sich nahm. Da waren sie, die Träumerin und ihr Schatten, und für einen kostbaren Augenblick gab es keine Grenzen mehr zwischen ihnen.

Ohne ein Wort zu sprechen, legte er seine Hände auf die ihren, die noch immer den Aman'thur umfasst hielten. Schwach nur glomm noch das Licht darin, doch kaum, dass Milou ihre Finger fest dagegenpresste, loderte es auf, so grell, dass die Sirenen mit wütenden Schreien zurückwichen. Zischend gruben sich die Lichtlanzen in die Wellen und trieben die Kreaturen zurück, und als Milou Hand in Hand mit Nív über den Grund des Meeres rannte, umgeben von flackerndem blauen Licht, da meinte sie, ein fernes Lachen hören zu können, leise nur und doch deutlich genug, um jeden tödlichen Gesang zu zerreißen. Atemlos kletterte sie neben Nív über die glitschigen Stufen am Kai der verfluchten Insel, ehe das Meer sich tosend hinter ihnen schloss, und als sie über die Wellen zurückblickte, sah sie keine Sirenen aus den Fluten tauchen. Stattdessen erkannte sie zwei Gestalten in der Dunkelheit: in blaues Licht gehüllt, die Hände wie zum Gruß erhoben.

Das Lächeln der Prinzessin, die dort als geisterhafter Schemen mit ihrem Geliebten in den Wellen schwamm, glitt wie ein Wärmeschauer über Milous Haut. Mochte sie zwischen den Welten verzweifelt sein, mochte sie bittere Tränen geweint haben fern der Wellen, die einst ihr Zuhause gewesen waren, mochte sie am Saum des Meeres gestorben sein. Doch es lag kein Bedauern in ihrem Blick, und Milou verstand, dass sie sich geirrt hatte. Die Prinzessin hatte keine Welt aufgegeben, um mit ihrem Geliebten zusammen zu sein, im Gegenteil: Sie hatte eine neue Welt errichtet. Mit leisem Lachen warf die Prinzessin sich herum und verschwand mit ihrem Geliebten in den Wellen. Milou jedoch konnte ihre Stimmen noch hören, als sie längst nicht mehr zu sehen war … frei und unerschütterlich wie ein Kuss aus Wasser und Salz.

Für einen Moment stand Milou einfach da, an Nív geklammert, als würde die kleinste Bewegung die Kälte und die Gefahr ihrer Reise zu ihnen zurückbringen. Wortlos sah sie zu ihm auf und lächelte, als die letzten Funken des Zaubers in seinen Augen erloschen. Dann holte sie tief Atem und wandte sich um. Und dort, reglos wie ein Geheimnis in den Schatten, lag Say'lar Aghbar – die Insel, auf der der Fuchsmann verschwunden war.

15

Milou erinnerte sich genau an ihren ersten Besuch auf der Insel San Giorgio Maggiore. Sie war noch klein gewesen und hatte auf dem Arm ihres Vaters zu der Fassade der Kirche aufgesehen, die an die Front eines römischen Tempels erinnerte. Und später war sie mit ihrer Mutter über den großen Vorplatz gelaufen, gewärmt von den farbigen Steinplatten, die die Hitze der Sonne gespeichert hatten. Stets war die Insel ein besinnlicher Ort gewesen, fernab von dem gerade im Sommer so unruhigen Zentrum Venedigs, und Asras Erzählungen hatten sich mit Milous Erinnerungen zu einem schillernden Bild verwoben – dem Bild einer Insel mit Türmen und Brunnen aus fließendem Licht, glühend inmitten tiefschwarzer Wellen wie ein Kleinod aus silberner Stille. Doch ein Blick auf Say'lar Aghbar hatte genügt, um diese Vorstellung Lügen zu strafen.

Die Insel war eine Ruine aus erstarrter Asche. Sämtliche Gebäude waren eingestürzt oder ausgebrannt, Ruß bedeckte die Trümmer und tote Bäume streckten ihre Zweige wie Totenklauen in den dunklen Himmel. Missmutig ließ Milou ihren Blick über die mit schwarzem Wasser gefüllten Brunnen schweifen. Nív stand in einiger Entfernung, kaum mehr als ein Schatten inmitten der Ascheschwaden, die geisterhaft über die Ruinen hinwegglitten, und sie seufzte leise. Er hielt Abstand zu ihr, als würde er befürchten, sie bei irgendwelchen hochmagischen Dingen zu stören, die nur in der Macht des Wanderers lagen und jeden Augenblick aus ihr herausbrechen konnten. Dabei hatte sie keine Ahnung, was sie noch tun sollte, um den verfluchten Fuchsmann aufzuspüren. Gedankenverloren strich sie über einen verbrannten Mauerrest. Wie viel Zeit war vergangen, seit sie über die algenbewachsenen Stufen des Kais zur Insel hinaufgeklettert waren und Nív die Kratzer an ihrem Rücken mit einem kühlen Zauber geheilt hatte, wie viele Stunden, seit sie mit ihrer Suche begonnen hatte? Sie wusste es nicht, aber es kam ihr so vor, als hätte sie jeden verfluchten Kiesel dieser Insel berührt, so oft war sie nun schon durch die Trümmer gelaufen. Jeden Winkel hatte sie erkundet und doch keine Spur gefunden von dem, den sie suchten.

Ein Scharren durchbrach ihre Gedanken. Es war das erste Mal, dass sie auf dieser verfluchten Insel ein Geräusch jenseits ihres eigenen Herzschlags hörte, und ihr Puls ging schneller, als sie dem Ton folgte. Er verursachte ein schwaches Echo in den Trümmern eines zusammengestürzten Turms und führte sie über bröckelnde Steinplatten in einen halb eingerissenen Raum. Teile des Turms lasteten auf den Wänden, und Milou brauchte einen Moment, bis ihre Augen sich an das düstere Zwielicht gewöhnt hatten. Dann erkannte sie Mauerstücke in den Ecken, so stark verbrannt, dass sie aussahen wie Berge aus Kohle. Erneut erklang das Geräusch, leiser dieses Mal, doch so nah, dass Milou den Atem anhielt.

Angespannt schaute sie in die Finsternis eines Steinhaufens kaum wenige Schritte von ihr entfernt und ging langsam darauf zu. Sie erinnerte sich an alles, was sie über den Fuchsmann gehört hatte, und Asras Stimme ging durch ihre Gedanken. *Und so ermöglicht es das Herz der Prinzessin seinem Träger, durch das verfluchte Meer hindurchzugehen – gerade so, wie der Pala'Dhey es einst tat, ehe er es von einem Fuchs zu uns zurücktragen ließ.* Vergebens hatte Milou auf dieser verfluchten Insel nach Fuß- und

Blutspuren gesucht, nach verborgenen Hinweisen und schließlich sogar nach den Überresten eines menschlichen Körpers. Aber vielleicht, so ging es ihr nun durch den Kopf, sollte sie aufhören, nach etwas Totem Ausschau zu halten. Vielleicht verbarg sich eine Spur des Fuchsmanns in diesen Trümmern, die jeden Augenblick mit rotem Fell und buschigem Schwanz aus der Dunkelheit springen und sie zu ihrem Herrn führen würde.

Ihr Herz schlug ihr bis zum Hals, als sie vor dem Steinhaufen in die Knie ging. Vorsichtig beugte sie sich vor – und fuhr erschrocken zurück, als plötzlich eine pechschwarze Ratte aus einem Spalt direkt auf sie zusprang. Milou landete rücklings am Boden, das Quieken des Tieres hallte in dem Raum wider. Kurz meinte sie, dessen struppiges Fell an ihrem Arm zu spüren. Dann sprang die Ratte auf einen Mauerrest, schaute sich noch einmal mit sichtlich empörtem Ausdruck zu dem Mädchen um, das sie gestört hatte, und verschwand zwischen zwei Steinplatten. Milou fuhr sich über die Augen, doch ehe sie sich beruhigen konnte, erklang eine Stimme hinter ihr.

»Was tust du denn hier?«

Milou fuhr herum, so plötzlich, dass sie sich den Ellbogen an der Wand stieß, und verdrehte die Augen, als sie Nív im Eingang lehnen sah. »Oh, nichts Besonderes«, gab sie zurück und kam auf die Beine. »Ich dachte, ich rolle mich durch ein paar Aschehaufen und lasse mich nebenher zu Tode erschrecken, damit die Quälerei meiner heldenhaften Suche auf dieser Insel zu guter Letzt doch noch ein Ende findet.«

»Ein hervorragender Plan«, sagte Nív grinsend. »Allerdings solltest du dringend ein bisschen mutiger werden, bevor du deinem Leben auf so heroische Weise entfliehst. Wer kann schon sagen, welchen Herausforderungen du dich im Totenreich stellen musst?«

Mit finsterer Miene klopfte Milou die Asche von ihrem Mantel. »Solange ich sie nicht auf dieser verfluchten Insel erleben muss, ist alles gut. Es kommt mir so vor, als wären wir seit einer Ewigkeit hier, und mit jedem Augenblick, der vergeht, wird mir stärker bewusst, dass ich keine Ahnung habe, was ich hier überhaupt tue. Ich meine, ich habe alles abgesucht, immer wieder, und nicht das Geringste herausgefunden. Wer auch immer die Fährte des Fuchsmanns auf dieser Insel aufspüren kann – ich bin es jedenfalls nicht.«

»Das ist nicht wahr«, erwiderte Nív und kam zu ihr herüber. Wortlos griff er nach ihrem Arm und strich über ihren Ellbogen, worauf ein kühler Schauer über ihre Haut lief. »Niemand außer dir kann sie finden und genau das wirst du auch tun.«

Er sagte das mit einer Sicherheit, die Milou wütend werden ließ. Seit einer gefühlten Ewigkeit wühlte sie sich nun durch Asche und Dunkelheit und hatte nichts erreicht als einen schmerzenden Ellbogen, und Nív stand da und tat so, als wäre das vollkommen bedeutungslos. Sie hatte gerade zu einer Antwort angesetzt, als er den Blick hob und sie ansah, und wie jedes Mal, wenn sein Lächeln sie traf, schmolz jedes harte Wort auf ihrer Zunge. Resigniert stieß sie die Luft aus. »Und woher weißt du das?«, fragte sie und stellte zu ihrer Befriedigung fest, dass immerhin ihr alter Trotz in ihrer Stimme mitschwang. »Erzählst du mir jetzt wieder, dass ich Caldorons Maske zerbrochen und Buranos Gassen bunt gefärbt habe, oder vom goldenen Drachen?«

Sein Lächeln wurde breiter, als er über ihren Arm und das Handgelenk hinab strich. Seine Finger trafen kaum ihre Haut, so zart war die Berührung, und Milou musste all ihre Kraft aufwenden, um sein Lächeln nicht zu erwidern. »Nein«, entgegnete er sanft. »Ich erzähle dir lieber von dem Meer, das du gespalten hast – und von dem Traum aus Nacht und Schatten, der dich seit dem Beginn deiner Reise begleitet und der noch keine Situation erlebt hat, in der du aufgegeben hättest. Stattdessen war er dabei, wenn du gezweifelt und Furcht empfunden hast, und er hat gesehen, wie du auf die Beine gekommen bist, jedes Mal nach einem Sturz. Denn ganz gleich, wie wenig es dir selbst bewusst sein mag: Du lässt ihn teilhaben an der Magie, die sich immer stärker in dir entfaltet. Ich wünschte, du könntest die Farben sehen, die in diesem Moment in deinen Augen glühen. Es ist ein wunderschönes Schauspiel, das kannst du mir glauben.«

Milou erwiderte seinen Blick, und wie von selbst verschränkte sie ihre Finger mit den seinen. Sie erkannte die Dunkelheit des Raums in seinen Augen, ihr eigenes blasses Gesicht ... und für einen winzigen Moment goldene Funken, die in ihrem Blick auftauchten wie Feuer in der Nacht. »Aber ich finde keine Spur«, erwiderte sie kaum hörbar. »Ganz gleich, wie sehr ich es auch versuche ... ich sehe sie einfach nicht.«

»Niemand hat gesagt, dass du sie sehen musst«, gab er zurück. »Es gibt viele Arten, etwas zu finden, weißt du das nicht? Manche Dinge kann man ertasten, andere muss man erahnen. Und wieder andere nähern sich ganz zaghaft, bis sie sich schließlich finden lassen – oder dich finden.«

Milou musste sich zwingen, nicht auf ihre Hände zu schauen. »Wie soll ich von etwas gefunden werden, das ich noch nie gesehen habe und das nicht weiß, dass ich existiere?«

Da kehrte die Dunkelheit in sein Lächeln zurück und verband sich mit dem schelmischen Funkeln seiner Augen zu diesem ganz besonderen Blick, der Milou jedes Mal das Blut in die Wangen trieb. Behutsam hob er ihre Hand und führte sie über seine Lippen, so sacht, als flüsterte er einen Zauber. »Träume«, raunte er und sah sie über ihre beiden Hände hinweg an, die

Augen in schwarzem Feuer lodernd, durchsetzt mit goldenen Funken. Sie spürte noch, wie jeder Schmerz aus ihrem Arm verschwand. Dann zog er seine Hand zurück, und ehe sie noch etwas hätte erwidern können, ließ er sie allein.

Milou seufzte. Träumen. Als wenn das so einfach wäre. Gedankenverloren ließ sie Ascheflocken durch ihre Finger gleiten und betrachtete die Trümmer des Turms, die neben dem Eingang lagen. Im fahlen Licht der Dämmerung konnte sie die Risse erkennen, die durch den Stein gegangen waren, und kurz sah sie noch einmal die Bauwerke vor sich, die Asras Erzählung vor ihrem inneren Auge heraufbeschworen hatte. In jenen Tagen, da die Mauern dieses Turms sich noch hoch über den Dächern erhoben hatten, musste dieser Ort wunderschön gewesen sein. Damals, als die Sirenen den Menschen noch freundlich gesonnen waren und der Staub der blauen Blüten durch die Gassen geweht war, flüsternd, als erzählte er Geschichten aus fernen Welten, die …

Das Wispern flog wie ein Lichtschimmer durch Milous Gedanken. Sie senkte den Blick, und da stellte sie fest, dass es nicht länger Asche war, die zwischen ihren Fingern zu Boden fiel. Staub war es, blauer Blütenstaub mit winzigen Glitzerpartikeln darin, die in tausend Stimmen flüsterten, und kaum, dass sie die Hände sinken ließ, erhob er sich in die Luft. Sacht strich er über die Wände des Kellers und schmolz die Schatten von ihnen, als wären sie nie mehr gewesen als düstere Schleier, und darunter lag azurblauer, glänzender Marmor. Ein intensiver Duft stieg in Milous Nase. Sie sah den blauen Jasmin, der in üppiger Blütenpracht über einem Torbogen wuchs, und als sie dem Flug des blauen Staubs folgte, da erkannte sie, dass sie nicht länger in einem finsteren Raum stand. Um sie herum erhob sich ein säulenbewehrter Innenhof, kunstvolle Mosaike bedeckten den Boden, sie zeigten das Meer und die Wellen, und überall flüsterte der Jasmin im leisen Wind. Mit klopfendem Herzen trat Milou durch den Torbogen – und da lag Say'lar Aghbar vor ihr, das Geschenk über dem Meer, wie es einst gewesen war.

Noch nie zuvor hatte Milou so prachtvolle Gebäude gesehen, nicht einmal in ihrer Vorstellung. Goldene Kuppeln glühten im Schein der Morgensonne, Häuser und Türme gaben den Glanz mit marmornen Fassaden und silbernen Intarsien zurück, und selbst die Bäume, deren Blätter im Wind sangen wie Schwärme winziger Vögel, leuchteten unter ihrer Blütenpracht, als würden sie Feuer in sich tragen. Doch es war nicht die überwältigende Schönheit dieser Gassen allein, die Milou den Atem anhalten ließ. Überall bemerkte sie feinste Steinmetzarbeiten an den Fassaden, die Gebäude erhoben sich in kühnen Formen, wobei keines dem anderen auch nur ähnelte, und jedes Mal, wenn der Wind zunahm, glitt er durch Harfen hindurch, die auf zahlreichen Dächern standen. Die Töne vermischten sich mit dem Flüstern des Blütenstaubs und der Musik, die aus manchen Fenstern drang, und Milou betrachtete die Mosaike zu ihren Füßen, die sich zu geschwungener Schrift zusammenfügten. Sie meinte, die Gedichte in ihren Gedanken widerklingen zu hören, und obgleich sie ihre Sprache nicht verstand, glitt ein Lächeln über ihr Gesicht. Sie war umgeben von Architektur, Malerei, Musik und Dichtung ... sie war auf einer Insel der Künste gelandet, und dort, auf einem Platz nicht weit von ihr entfernt, erhoben sich die Brunnen der Weisheit mit ihrem silbernen Wasser. Sirenen schwammen darin und sprachen mit den Menschen, die – in feinste Gewänder gekleidet – am Rand der Brunnen saßen. Milou verstand nicht, worüber sie redeten, aber sie sah die leicht durchscheinenden Leiber, und noch ehe sie begriff, dass es Geister waren, die sie umgaben, konnte sie den Frieden spüren, der in jedem Ton, in jeder Farbe und jedem geraunten Wort lag – an diesem Ort der Freundschaft zwischen Menschen und Anderwesen.

Dieser Gedanke ließ sie Atem holen. Wie oft hatte sie sich selbst einen solchen Platz gewünscht, an dem sie den Wesen leibhaftig hätte begegnen können, die sie nur aus Büchern und Liedern kannte. Und wie wenig unterschied sich das Gefühl nun, da sie inmitten dieser Lichter stand, von dem, das sie schon früher empfunden hatte, jedes Mal, wenn sie die Figur einer Geschichte auf ihrer Reise begleitet hatte. Ohne ein Wort zu sprechen, hoben die Menschen und Sirenen die Köpfe und sahen zu ihr herüber. Ihre Gesichter waren sanft, ihr Lächeln verstärkte sich, als würden sie sie bereits kennen, mehr noch, als wäre sie viel zu lange fort gewesen, und für einen Moment konnte Milou sie spüren: all die Wege, die diese Wesen gegangen waren und auf denen sie vielleicht an ihrer Seite gewesen war – atemlos zwischen den Seiten eines Buchs.

Sie setzte sich in Bewegung, und als die Ersten von ihnen ihr entgegenkamen, gelassen, als hätten sie ihren beschleunigten Herzschlag gespürt, da wusste sie, dass nicht sie es war, die diese Wesen anschauten – nicht sie allein jedenfalls. Es waren all jene, die sich Abend für Abend in Geschichten verloren, die monate- und jahrelang an einem Bild, einem Buch, einem Lied feilten, um seine Seele zu ergründen, all jene, die heimatlos waren, ganz gleich, wie oft sie irgendwo nach Hause kamen, und als die Sirenen und Menschen vor ihr den Kopf neigten, demütig und respektvoll, da spürte sie, wie all die Gesichter sich von ihren Zügen lösten und nur ein einziges übrig blieb. Aber es war nicht ihr Gesicht. Kurz nur meinte sie, einen Namen durch die Luft klingen zu hören, gewispert von den Harfen auf den Dächern, und doch reichte das aus, um zu wissen, wen die Bewohner dieser Insel nun betrachteten. Sie fuhr sich an die Stirn. Ihre Haut war fremd und kühl, und der Wind zog den Namen von ihren Lippen, sacht, beinahe zärtlich.

Pala'Dhey, flüsterte sie, und da wiederholten die Menschen und Sirenen dieses Wort und nickten dem Wesen zu, das sie mit nichts als Hingabe betrachteten. Milou spürte, wie ihre Blicke von ihr abglitten. Es war der Fuchsmann, den die Bewohner der Insel sahen. Auch er hatte vor langer Zeit in ihre Augen geblickt und nichts als Schönheit in ihnen gefunden. Viele der Geister lächelten nun, als würden sie einen alten Freund wiedersehen. Milou konnte das Vertrauen spüren, das sie dem Fuchsmann entgegenbrachten. Offensichtlich hatte sein Weg ihn häufig auf diese Insel geführt … und eines Nachts war er zum letzten Mal gekommen.

Die Erschöpfung traf Milou so plötzlich, dass sie schwankte. Sie griff sich an die Kehle. Ihr Atem ging stoßweise, und sie konnte fühlen, wie die Kraft aus ihren Gliedern rann, als hätte sie einen langen Lauf hinter sich. Und hatte sie das nicht? Sie fuhr sich über die Augen, ihre Hand war rau und groß, die Hand eines Mannes, und als sie einen Schritt nach vorn setzte, gingen Schübe aus Schmerz durch ihre Glieder wie von harten Schlägen. Keuchend fiel sie auf die Knie. Die Geister um sie herum verblassten und lösten sich auf. Blut lief über ihre Hände, sie wusste nicht, ob es ihr eigenes war oder das ihrer Feinde, doch noch ehe sie den Gedanken beenden konnte, erklangen Rufe hinter ihr. Erschrocken fuhr sie herum. Sie sah nichts als die silbernen Gebäude der Insel, aber sie hörte deutlich die Schreie der Thar'koryen, die den Pala'Dhey vor langer Zeit verfolgt hatten, und als sie sich am Boden abstützte, flackerten Erinnerungen durch ihren Sinn, die nicht die ihren waren. Das geteilte Meer. Der Aman'thur in menschlichen Händen. Die Thar'koryen, die dem Fuchsmann nachjagten, die immer näher kamen durch den Tunnel aus blauem Licht … und die er schließlich zerschmetterte, als er mit emporgerissener Faust die Wellen über ihnen zusammenstürzen ließ.

Milous Herz hämmerte gegen ihre Rippen, als sie auf die Beine kam, doch ihr Körper war nicht länger der ihre. Es war nun gänzlich der Fuchsmann, in dessen Leib sie sich aufrichtete, und er war es auch, der mit jedem seiner Schritte schwarz-rote Glut aussandte und alles um ihn herum dunkel färbte. Sein Feuer fraß sich knisternd in den Boden, glitt die Fassaden der Häuser hinauf und verbrannte sie, als bestünden sie aus Papier, und mit einem einzigen Windhauch zerfielen die Kuppeln, die silbernen Türme, selbst die Harfen auf den Dächern zu Asche. In rauschenden Schwaden stoben sie Milou entgegen. Sie fühlte sie so deutlich, als wäre sie es, die nun über den Platz ging, und sie spürte, wie der Atem des Fuchsmanns aus ihrer Lunge drang, um jede Helligkeit, jede Pracht und jede seiner Spuren ein für alle Mal auszulöschen. Nur ein einzelner Brunnen glühte noch in flackerndem Licht. Wie Sterne sammelten sich die letzten Silberfunken der Insel auf seinem Grund. Milou trat im Leib des Fuchsmanns darauf zu. Schwer fielen dessen Hände auf den marmornen Rand, der sich umgehend schwarz verfärbte, und er beugte sich vor. Milou hielt den Atem an. Jetzt würde sie ihm ins Gesicht schauen, dem rätselhaften, gefürchteten Pala'Dhey. Sie würde ihn im silbernen Spiegel des Wassers erkennen und herausfinden, wohin er gegangen war, und …

Ein Gesicht schaute aus der Tiefe des Brunnens zu ihr herauf und löschte jeden ihrer Gedanken aus. Das, was ihr dort entgegenblickte, war nicht das Antlitz eines Mannes. Es war eine Frau, ein Kind, ein Tier vielleicht, dann ein Riese mit zotteligem Haar und ein großer schwarzer Hund. Rasend schnell wechselten die

Züge und blieben schließlich beim Antlitz einer wunderschönen Frau mit schneeweißer Haut stehen. Milou beugte sich vor, halb aus Neugier, halb vom rätselhaften Blick der Fremden gezogen. Sie wollte in deren Augen schauen. Vielleicht würde sie dort das Gesicht des Fuchsmanns erkennen können, dessen Hände sich plötzlich fester um den Brunnenrand schlossen. Milou schaute hinab in die Tiefe, und da sah sie, dass es keine Augen waren, die dort unten in den Höhlen des bleichen Gesichts lagen. Es waren goldene Flammen, und aus dem Feuer heraus sah die Kreatur sie an – nicht den Fuchsmann, in dessen Leib sie steckte, sondern sie, Milou, die so wahnsinnig gewesen war, in diese Glut hinabzuschauen. In gleißender Hitze drang dieser Blick ihr ins Mark, so gnadenlos, dass sie meinte, von innen heraus verbrennen zu müssen. Vergeblich versuchte sie, inmitten der Flammen etwas zu erkennen, doch erst als das Wesen in Gelächter ausbrach, seltsam tonlos, als käme es von einer alten, verkratzten Schallplatte, konnte Milou es erkennen: Es war kein Gesicht, in das sie schaute. Es waren nichts als tanzende Schatten.

Kaum hatte sie das gedacht, wühlte sich die Wasseroberfläche auf. Schwer atmend taumelte Milou zurück, als hätten unsichtbare Fesseln sie näher an den Abgrund gezogen und nicht ihr eigener Wille. Der Körper des Fuchsmanns war verschwunden. Es waren ihre eigenen Hände, die nun zitternd über ihre Wangen fuhren – und es war ihr Gesicht, das sie im trüben schwarzen Wasser des halb zerbrochenen Brunnens erkannte. Benommen hob sie den Kopf, als Nív sie am Arm berührte. War er die ganze Zeit über an ihrer Seite gewesen? Sie hatte ihn nicht bemerkt, aber nun, da sie den Blick über die erloschene Insel schweifen ließ, schien es ihr, als hätte sie die vergangenen Augenblicke nur geträumt. Fast musste sie über diesen Gedanken lächeln. *Träume,* hatte Nív zu ihr gesagt. Und nichts anderes hatte sie getan.

»Ich habe jemanden gesehen«, sagte sie und zögerte, als sie sich selbst im Wasser des Brunnens betrachtete. »Oder … etwas.«

»Ich weiß«, erwiderte Nív mit seltsam rauer Stimme. »Ich habe ihn auch gesehen.«

Milou sah ihn an. Erst jetzt bemerkte sie, wie blass er war. »Aber wer war das? Etwa der Fuchsmann? Ich glaube, dass ich in eine seiner Erinnerungen geraten bin, und vielleicht …«

Nív schüttelte den Kopf und die Härte auf seinen Zügen brachte sie zum Schweigen. »Das, was du gesehen hast, war ein Schatten. Ein Geist in jeder Welt, die er betritt, und doch mächtiger als jede Finsternis. Er vermag es, Leben zu schenken ebenso wie den Tod und er lässt Gedanken brennen mit nicht mehr als einem Blick aus seinen tausend Gesichtern. Ihn hat der Fuchsmann also gesucht und hier gefunden. Er brauchte ein neues Gesicht, um unauffindbar zu werden … und er hat es ihm gegeben.«

Sein Blick stürzte in das Wasser des Brunnens wie in eine namenlose Tiefe, und obgleich er bewegungslos dastand, konnte Milou die Kälte spüren, die auf einmal aus jeder Pore seines Körpers strömte. Es hätte sie nicht gewundert, wenn er binnen eines Wimpernschlags seinen Dolch gezogen und gegen einen ihr unsichtbaren Gegner gerichtet hätte.

»Aber was bedeutet das?«, fragte sie, und da endlich sah Nív sie an. Die Schwärze seiner Augen war regungslos wie Eis auf einem nächtlichen See.

»Das, was ich seit dem Beginn unserer Reise befürchtete«, erwiderte er dunkel. »Wir müssen tiefer ins Reich der Scherben vordringen, zu tief vielleicht, als dass wir mit heiler Haut zurückkehren werden. Wir müssen zum Mar'kharat – dem Herrn der Masken.«

16

Die Bäume der Glühenden Kathedrale standen in dunkelgrünem Licht. Ihr Schein fiel auf die Schindeln, die sich wellengleich um die dicken Stämme geschlungen hatten, und ließ die Blätter flackern, jedes Mal, wenn der Wind durch die Zweige strich. Milou lehnte an einem Baum, der seine Äste ins Mauerwerk der Kirche geschlungen hatte, als wäre er ein Teil von ihr, und schaute zu den Feenwesen auf, die hoch in den Baumkronen ihre glimmenden Nester bauten und die Luft mit leisem, lieblichen Gesang erfüllten. Auch kleine Häuschen gab es, in denen Gnome und Kobolde Zuflucht fanden, und im Inneren des Kirchturms, der mit einer Fassade aus knorriger Rinde beinahe selbst wie ein Baum aussah, loderte das Feuer der Verlorenen.

Milou strich über ein Stück Moos. In ihrer Welt gehörte die Kirche Santo Stefano, auf der sie gerade saß, zu den bedeutendsten Venedigs. Sie erinnerte sich an die hölzerne, reich geschmückte Schiffskieldecke, den schiefen Kirchturm, der sich meterweit zur Seite neigte, und das Presbyterium, das sich über dem Rio del Santissimo befand, sodass man mit einem Boot unter der Kirche hindurchfahren konnte. Nie hätte sie sich träumen lassen, einmal an einem Abbild dieses Bauwerks hinaufzusteigen, über schmale Stufen, die sich an der Fassade aufwärtswanden wie Girlanden aus Papier, um dann auf dem Dach herumzusitzen, umgeben von Bäumen, die älter waren als jede Pflanze, die sie je gesehen hatte, und mit der Kirche zu einem einzigartigen Kosmos verschmolzen waren. Aber auch wenn sich dieses Konstrukt aus glimmenden

Ästen und uralten Mauern auf den ersten Blick gänzlich von dem Gebäude in ihrer Welt unterschied, herrschte hier doch dieselbe Ruhe, die Milou früher oft zwischen den Säulen Santo Stefanos empfunden hatte: diese andächtige, behutsame Stille, die sie aufgenommen hatte wie kühles Wasser, jedes Mal, wenn sie mit erhitzten Wangen aus dem Trubel Venedigs darin versunken war. Fast schien es ihr, als wäre sie hier oben zwischen den Bäumen in eine weitere Welt geraten, in der sie Atem holen konnte von den Schrecken des Scherbenreichs … aber nur fast.

Verstohlen schaute sie zu Nív hinüber. Er lehnte am Rand des Daches an einem Baum. Seine Hand lag auf seinem Dolch, und er schaute mit einer Konzentration über die Dächer der Stadt hinweg, als würde er damit rechnen, jeden Moment eine Horde Thar'koryen in ihre Richtung preschen zu sehen. Dabei hatte er jede Menge falsche Fährten gelegt, so ausgiebig, dass kaum ein Wort über seine Lippen gekommen war, seit sie die verfluchte Insel verlassen hatten. Milou hatte geglaubt, dass sich seine Anspannung zwischen diesen Bäumen legen würde. Aber stattdessen hatte er umgehend Kobolde ausgeschickt, um bei dem ominösen Maskenkerl um Audienz zu bitten. Und mit jedem Augenblick, den sie länger auf eine Antwort warteten, schien sich seine Stimmung weiter zu verfinstern.

Warum gehen wir nicht einfach zu ihm?, hatte Milou gefragt, als sie den Kobolden mit ihrem Blick gefolgt war, aber Nív hatte nur geschnaubt.

Man geht nicht einfach zu ihm, hatte er erwidert. *Der Herr der Masken lässt sich nicht finden. Er findet. Und niemand betritt sein Reich, der nicht von ihm eingeladen wurde.*

Seine Stimme war so eisig gewesen, dass Milou ihn von der Seite angesehen und den Frost seiner Worte in seinen Augen gespiegelt gefunden hatte. *Du scheinst ihn nicht zu mögen.*

Darauf hatten sich seine Finger enger um seinen Dolch geschlossen. *Der Mar'kharat ist ein Torwächter, ein Hüter von Rätseln und Geheimnissen, und er bietet Antworten auf Fragen, die mächtiger sind als mancher Zauber. Er ist immer auf der Suche nach neuen Wundern in seiner Welt der tanzenden Schatten, und nicht selten ist es vorgekommen, dass er denjenigen geholfen hat, die gepeinigt und verzweifelt zu ihm kamen. Aber mehr als jedem anderen dient er sich selbst und er ist gefährlich und tückisch. Darüber hinaus ist sein Preis hoch … und nicht immer ist seine Antwort das wert.*

Milou hatte sie gefühlt, die Falltüren, die hinter jedem seiner Worte lauerten. Irgendetwas schien Nív mit diesem rätselhaften Maskenwesen zu verbinden, doch ein Blick in sein verschlossenes Gesicht hatte genügt, um jede weitere Frage auf ihrer Zunge zu zerbrechen. Und auch jetzt, da sie zu ihm hinüberging, sagte sie kein Wort. Stattdessen schaute sie in den Himmel, der sich über ihnen spannte, und holte tief Atem. Was auch immer Nív vor ihr verbergen mochte, sie wollte sich nicht von dem Gedanken daran lähmen lassen. Sie hatte die Spur des Fuchsmanns gefunden. Sie hatte die verfluchte Insel gesehen, wie sie einst gewesen war, ebenso wie die Menschen und Sirenen, die damals dort gelebt hatten. Und sie hatte dem Herrn der Masken in seine brennenden Augen geblickt, ohne sich auch nur für einen Moment abzuwenden. Nichts von alledem hätte sie sich zugetraut, als sie über die rutschigen Steine Say'lar Aghbars aufwärts geklettert war, und doch hatte sie es geschafft. Die Furcht, die so lange in ihrem Magen gesessen hatte, schwieg. Fast war es, als hätte der Mar'kharat sie mit seinem Feuer fortgerissen, und zum ersten Mal, seit sie in diese Welt geraten war, fühlte sie sich als das, was Nív von Anfang an in ihr erkannt hatte: die Wanderin, die gekommen war, um Caldoron zu bezwingen. Noch einmal sog sie die Luft in ihre Lunge. Es kam ihr so vor, als hätte sie noch nie einen so weiten, freien Himmel gesehen wie nun, da sie den Blick über die Dächer gleiten ließ, und es schien ihr, als würde er ihrer Empfindung mit einem Funkeln seiner Sterne Antwort geben. Erst als sie genauer hinschaute, erkannte sie, dass es keine Sterne waren, die sie dort sah, sondern Lichter – unzählige winzige Lichter, die zusehends näher kamen.

Tatsächlich glühten sie sternengleich vor der Schwärze des Himmels, doch sie bewegten sich wie schwirrende Glühwürmchen, und bald waren es so viele, dass sie in Schwärmen über die Dächer dahinstoben. Immer wieder verbanden sie sich hoch am Himmel zu fantastischen Formen, stoben auseinander und jagten über die Häuser hinweg, so nah, dass die Fassaden in ihrem Schein flackerten. Milou trat aus dem Schatten der Bäume, als sie näher kamen, und da erkannte sie, dass es winzige Wesen mit durchscheinenden Körpern wie aus Glas und zarten Flügeln waren, die nun kurz vor der Kathedrale in die Höhe jagten. Große, dunkle Augen lagen in den schmalen Gesichtern, und in ihrer Brust pulsierten Farben, die sich wie sichtbar gewordener Schall auf ihre Umgebung übertrugen. Schon färbte sich Nívs Haar in dunklem Blau, als sie dicht über ihn hinwegflogen, und Milou zog den Kopf unter dem flirrenden Schwarm ein. Die Farben trafen sie wie Pusteblumensamen. Silberhelles Gelächter erklang ringsherum, und als der Strom weiterzog, strich sie mit den Fingern durch ihr Haar, gerade dort, wo die winzigen Wesen es berührt hatten. Staunend betrachtete sie den purpurfarbenen Staub, der auf ihren Fingern glitzerte.

»Was ist das?«, fragte sie und schaute zu den Schwärmen hinüber, die sich nun in einiger Entfernung zu einer gewaltigen Magnolienblüte zusammenfügten, nur um gleich darauf in funkelnde Vögel zu zerbrechen. In wildem Rauschen schossen sie durch die Gassen, ehe sie erneut in den Himmel aufstiegen.

»Die Bhara'carlýn«, erwiderte Nív und lächelte ein wenig, als Milou ihn mit erhobenen Brauen ansah. »Die Schwärme des Glücks in der Sprache der Menschen. Glück ist Glück, weil es aus einem einzigen Augenblick besteht. Ist er vergangen, verwandelt sich das Glück für gewöhnlich in Zufriedenheit, Unruhe oder Enttäuschung. Manchmal aber kann es entkommen, und dann gelangt es hierher, um in den Schwärmen aufzugehen.« Er hielt inne. Das Licht flackerte über seine Haut, und Milou erkannte etwas wie Hingabe hinter all der Kälte, die er auf seine Züge gelegt hatte. »Die Menschen liebten es, mit den Bhara'carlýn zu fliegen«, sagte er leise. »Früher, als sie noch zu uns kamen. Schwerelos wie in ihren Träumen sind sie über die Dächer hinweggeflogen, Männer, Frauen und Kinder. Und für die Spanne dieses Flugs waren sie frei. So erzählen es jedenfalls die Geschichten.«

Milou schaute zu den Schwärmen hinüber und plötzlich gingen Nonnas Worte durch ihren Sinn. *Er hielt meine Hand auf der Loggia zwischen den vier Pferden, kurz bevor wir in schillernden Schwärmen aus Licht über die Dächer hinweggeflogen sind. Ich muss es geträumt haben, natürlich, aber manchmal denke ich, wir hätten es tatsächlich getan.* So deutlich hörte Milou ihre Stimme, dass sich ihre Kehle zusammenzog. Doch ehe die Erinnerung an das fremde, von weißem Glühen entstellte Gesicht ihrer Großmutter sich ihren Weg bahnte, griff sie nach Nívs Hand. »Geschichten sind dafür da, dass man sie erlebt«, sagte sie, wie Federico es ihr so oft zugeraunt hatte, wenn sie wieder einmal über einem Buch die Zeit vergessen hatte. »Lass es uns versuchen.«

Nív sah sie an, als hätte sie den Verstand verloren. Für eine Winzigkeit flog der alte Schalk durch seine Augen, und Milou hoffte schon, dass er einfach lächeln und sie mit sich ziehen würde, hinein in die Schwärme, die noch immer ihre Lichter über sein Gesicht schickten. Doch dann schüttelte er den Kopf. »Das können wir nicht tun. Es ist zu …«

»Ach, komm schon«, unterbrach sie ihn. Seine Stimme hatte den Tonfall des Kriegers angenommen, der ihr jedes Mal mit einer Kälte ins Mark fuhr, dass sie sich nur noch schwer gegen ihn wehren konnte. Aber irgendetwas in ihr begehrte gegen die Vernunft auf, die in seinem Blick stand und die auch in ihrem Inneren spöttisch schnaubte angesichts der Tatsache, dass sie gerade allen Ernstes vorgeschlagen hatte, von tausend Lichtern getragen über die Dächer der Scherbenwelt hinwegzufliegen. Vielleicht war es das leise Gelächter der Bhara'carlýn, das sie zum Widerspruch trieb, oder ihre eigene Unsicherheit, die mit jeder Sekunde, die sie zögerte, stärker wurde. Oder es war der Schatten, der auf Nívs Gesicht lag, seit er in den Brunnen geschaut und den Herrn der Masken darin erkannt hatte – dieser eisige Schleier, den sie nicht länger zwischen ihnen ertragen wollte. »Was soll denn schon passieren? Früher haben die Menschen das andauernd gemacht, das hast du selbst gerade gesagt, und Caldoron und seine Schergen haben genug damit zu tun, deinen falschen Fährten zu folgen. Sie werden gar nicht mitkriegen, was inmitten flirrender Lichtschwärme vor sich geht, und selbst wenn: Dann finden wir schon einen Ausweg. Du warst es doch, der feststellte, dass ich mutiger werden soll.«

Nív stieß die Luft aus. »Mutiger«, wiederholte er und nickte. »Aber nicht leichtsinnig. Es tut mir leid, aber das ist einfach zu gefährlich.«

Kurz nur ging etwas wie Bedauern über sein Gesicht. Dann zog er seine Hand zurück. Milou konnte spüren, wie ihr Blick von ihm abglitt, als wäre sie Regen und er der Felsen, der die

Tropfen von sich abperlen ließ. Ganz offensichtlich ging er davon aus, dass das Gespräch beendet war, denn er richtete seine Aufmerksamkeit wieder auf die Schatten. Doch sie wandte sich nicht von ihm ab. *»Dann ist es die Dämmerung, die auf uns wartet«*, entgegnete sie und hörte seine Stimme in ihren Gedanken widerklingen, gerade so wie in dem Zimmer des Palazzo Dario, als er diese Worte zu ihr gesagt hatte. *»Wenn du mit mir auf diese Reise gehen willst. Aber wirst du das tun, Träumerin? Wirst du mir folgen in die Welt der Scherben?«* Sie hielt inne, als er ihren Blick erwiderte. Die Dunkelheit seiner Augen brandete gegen die Kälte seiner Maske wie ein aufgewühltes Meer gegen bröckelndes Land. »Das sagtest du zu mir«, fuhr sie fort. »Wo ist die Dämmerung, die du mir versprochen hast, Krieger der Pathari? Wann werde ich wieder die Gelegenheit haben, über die Dächer von Venedig hinwegzufliegen, Hand in Hand mit einem Traum aus Nacht und Schatten? Willst du mir das wirklich verwehren?«

Sie konnte sehen, wie er mit sich rang: der Krieger, der geschworen hatte, sie zu beschützen – und der Wandler, der nun langsam die Hand nach ihr ausstreckte, als stünde er in diesem Augenblick auf der anderen Seite ihres Fensters in der Dunkelheit. Das Lächeln auf seinen Lippen war nicht mehr als eine Ahnung, doch als er ihre Hand ergriff und sie ohne ein einziges Wort zum Rand des Daches zog, schmolz zum ersten Mal seit ihrer Rückkehr von der verfluchten Insel die Düsternis von seinen Zügen. Milous Herz schlug schnell. So nah am Abgrund fuhr ihr der Wind eiskalt ins Gesicht, und sie schwankte, als sie einen Blick in die Tiefe riskierte. Nív jedoch stand ebenso sicher wie zwischen den Bäumen, und als er vorsichtig durch ihr Haar fuhr, blieb der Staub glitzernd an seinen Fingern haften und entzündete sich unter einem Zauber zu purpurfarbenem

Feuer. Milou riss die Augen auf, doch die Flammen verbrannten ihn nicht, als er langsam die Hand hob. Kurz verfing sich der Schein in den gläsernen Körpern der Bhara'carlýn. Ihr Gelächter schwoll an – und dann kamen sie direkt auf sie zu.

Milou sah noch, wie sich die Schwärme durch die Luft bewegten, so fließend und schnell, als wären sie Fische unter Wasser mit langen, geschmeidigen Leibern. Dann waren sie bei ihnen. Nichts als flirrende Farben und Lichter flackerten mehr um sie herum, und ehe sie wusste, wie ihr geschah, verlor sie den Boden unter den Füßen. Erschrocken griff sie nach Nívs Arm, doch er lachte nur. Und da spürte sie die unsichtbaren Hände, die sie hielten, die Windströme, die sie bei dem kleinsten Gedanken vorwärts- oder rückwärtsgleiten ließen, und die unzähligen lachenden Gesichter, die sie mit großen Augen betrachteten. Schemenhaft nur erkannte Milou, dass sie hoch über den Dächern in der Luft schwebte, aber der Schwindel blieb seltsam dumpf in ihrem Kopf. Stattdessen klang das Lachen der Bhara'carlýn in ihr wider, und als der Schwarm sich in Bewegung setzte, breitete sie die Arme aus und glitt über Wellen aus Licht in seiner Mitte dahin. Immer wieder stieß sie mit einzelnen Glücksmomenten zusammen. Dann brach sie durch Szenen, die in Feuerfarben um sie aufflammten, und sie sog sie in sich auf, als wäre sie selbst es gewesen, die sie einst erlebt und dann vergessen hatte. Sie spürte die Wärme einer ersten Umarmung, sah einen Hund, der sichtbar erleichtert nach langer Trennung zu seinem Menschen zurücklief, und tanzte inmitten fliegender Blütenblätter, die kindliche Hände in die Luft warfen. Immer wieder zog Nív sie schneller voran. Sein Lachen vermischte sich mit den Stimmen der Bhara'carlýn, und als ihre Hände auseinanderglitten und Milou das Gleichgewicht verlor, da trudelte sie kichernd wie ein kleines Mädchen durch die Farben, bis er wieder an ihrer Seite war und sie auffing. Ausgelassen stoben sie über die Dächer hinweg, und als sie Nív von der Seite ansah, wie er dahinflog, schwerelos und mit diesem Lächeln auf dem Gesicht, das jede Schwere aus ihren Gedanken vertrieb, da schien es ihr, als würde sie tatsächlich neben Peter Pan durch die Luft jagen – sorglos und frei und eingehüllt in flirrendes Glück.

Lachend fasste er sie um die Taille und wirbelte sie herum, und gerade in dem Moment, da sie glaubte, bei einem weiteren Sinkflug der Bhara'carlýn erneut das Gleichgewicht zu verlieren, zog er sie aus dem Schwarm heraus. Die Schatten flackerten rings um sie auf. Milou meinte, die samtene Kühle von Rabenfedern auf ihrer Haut zu spüren. Dann landeten sie mit einigem Schwung auf einem Häuserdach. Nív fing seine Geschwindigkeit geschickt auf, aber Milou geriet ins Trudeln und stieß einen erschrockenen Schrei aus, als der Boden auf sie zuraste. Doch ehe sie stürzte, zog Nív sie an sich und sie fiel in seine Arme. Lachend schaute sie zu ihm auf, und erst als sich das Licht der fernen Schwärme in seinen Augen verfing, wurde ihr bewusst, wie nah sie sich auf einmal waren. Ihre Hände lagen auf seiner Brust. Sie spürte sein Herz unter seiner Haut, aber sie empfand keine Furcht angesichts seiner Kälte. Alles, was sie wahrnahm, war die Dunkelheit in seinem Blick, und zum ersten Mal, seit sie sich begegnet waren, sah sie nichts als Schönheit darin. Jede Distanz, die einmal zwischen ihnen gelegen hatte, war wie weggewischt. Unmerklich glitt ein Lächeln über sein Gesicht, zaghaft wie eine Frage, und wie eine Antwort hob sie die Hand und legte sie in seinen Nacken. Sie fuhr durch sein Haar, es war so weich, dass sie es kaum spürte. Ihr Herz schlug rasend schnell. Sie wusste, dass er es hörte, aber er verstärkte nur sein Lächeln, als hätte er noch nie zuvor etwas so Schönes gespürt, und beugte sich zu ihr herab. Doch im selben Moment, da sein Atem ihre Lippen berührte, hielt er plötzlich inne.

»Milou«, sagte er leise. »Wo sind wir?«

Sie lächelte ein wenig. »Ich dachte, du kennst dich im Reich der Scherben aus«, erwiderte sie sanft. »Sieh dich doch um: Wir sind in einer Welt aus Farben.«

Erneut strich sie ihm durchs Haar, doch er schob sie ein Stück weit von sich, behutsam, aber bestimmt. »Nein«, erwiderte er, und da konnte sie hören, dass seine Stimme zitterte. »Wo sind wir?«

Milou spürte, wie das Lächeln auf ihren Lippen gefror. Noch nie zuvor hatte sie eine solche Anspannung in Nívs Stimme gehört, fast so etwas wie … Furcht … Das Wort klang seltsam unwirklich in ihr wider. Schweigend sah sie sich um. Sie befanden sich auf einer Dachterrasse, wie es sie zu Hunderten in Venedig gab. Eine Tür führte ins Innere des Hauses, eine steinerne Brüstung erhob sich vor der Kulisse der umliegenden Gassen, und dort, vor einer Wand aus roten Ziegeln, wuchsen Rosen in die Höhe. Nur die glimmenden Farne neben der Tür verrieten, dass sie sich in der Scherbenwelt befanden, doch Milou erkannte nichts Ungewöhnliches rings um sich. Sie zuckte mit den Schultern. »Wir sind auf einem Dach«, erwiderte sie unsicher. »Auf einer Dachterrasse, um genau zu sein. In Venedig gibt es unzählige davon, offenbar ist das im Reich der Scherben nicht anders. Aber diese hier scheint mir nichts Besonderes zu sein. Ich weiß nicht, warum …«

Ein Blick in Nívs Augen genügte, um sie zum Schweigen zu bringen. Tiefschwarz lagen sie da, zwei Abgründe, die nichts als dunkle Glut in sich trugen, und nun, da die Farbe aus seinen Wangen wich, wirkten sie noch finsterer. Milou wollte die Hand nach ihm ausstrecken, doch ehe sie ihn berühren konnte, fing er ihre Geste ab. »Warte«, flüsterte er und schloss ihre Augen mit seiner Hand.

Milou hörte, wie Nív sich entfernte und nach einem Augenblick zu ihr zurückkehrte, und da entfaltete sich ein Duft unter ihrer Nase, so unauffällig, dass sie ihn zuvor nicht wahrgenommen hatte. Nun jedoch drang er in all seinen Nuancen durch ihre Gedanken. Sie konnte die Sonne auf den roten Ziegeln sehen, den Regen auf den grünen Blättern, und im selben Moment, da sie begriff, dass es der Duft der Rosen war, der sie durchströmte, hörte sie die Stimmen, die diese Pflanzen so oft umgeben hatten ... ihre eigene ... und die von Federico und Nonna. Der Schreck traf sie so heftig, dass sie die Augen aufriss. Dort war die steinerne Brüstung. Sie fühlte die Kerben unter ihren Fingern, kaum dass sie einen zweiten Blick darauf warf. Es war Nonnas Dach, auf dem sie stand, ein Ort ihrer Kindheit, den sie liebte – und sie hatte ihn nicht erkannt.

Nív stand einfach da. Die Rose zerbrach in seiner Hand zu schwarzem Glas, Milou schien es, als würden die Scherben in seinen Augen niederfallen. Dann wandte er sich ab und ging zur Brüstung hinüber. Sie konnte sehen, wie er Atem holte, langsam, als müsste er einen Schmerz zurückdrängen, der sonst aus ihm herausgebrochen wäre. Schweigend sah sie zu, wie er seinen Dolch zog und mit brennender Klinge einen Riss in seine Welt schnitt. »Wohin willst du?«, fragte sie und musste sich zwingen, sich von den Schatten abzuwenden, die in dem Zauber aufloderten.

Da sah Nív sie an. »Zurück«, erwiderte er. Keine Kälte stand in seinem Blick und kaum ein Schmerz, sondern nichts als dunkle, haltlose Traurigkeit. »Zurück in deine Welt.«

Regungslos stand er neben seinem Zauber und hielt ihr die Hand hin, und für einen Moment wollte sie den Kopf schütteln, wollte zurückweichen vor der Welt, die jenseits dieser Schatten auf sie wartete, und in die Farben des Glücks zurückkehren, die in weiter Ferne noch immer über die Dächer stoben. Doch gleich darauf nahm sie erneut den Duft der Rosen wahr. Noch einmal hörte sie Nonnas Stimme und sah ihr Gesicht vor sich, und da setzte sie sich in Bewegung, Schritt für Schritt auf Nív zu. Dicht vor ihm blieb sie stehen und meinte, ein letztes Mal seinen Atem spüren zu können: sanft wie ein Flüstern auf ihren Lippen. Dann legte sie ihre Hand in die seine, und im selben Moment kehrte sie zu ihnen zurück: die Kluft, die zwischen ihnen lag und die kein Farbenstrom der Welt überwinden konnte.

17

Das Äffchen mit dem zitronengelben Umhang sprang in wildem Zickzack über das Pflaster der gläsernen Gassen. Es trug einen Fez mit goldener Quaste auf dem Kopf und schien die Wege der Thar'koryen vorauszuahnen, denn immer wieder schaute es warnend zu Milou und Nív zurück, die ihm so schnell sie konnten folgten, und führte sie auf sicheren Pfaden an Caldorons Schergen vorbei. Mit Einbruch der Dämmerung war es plötzlich neben ihnen aufgetaucht, gerade in dem Moment, da sie aus der Welt der Menschen zurückgekehrt waren. Keckernd hatte es Nív eine Aluminiummünze überreicht: das Zeichen des Mar'kharat, der dieses springende Fellbüschel zu ihnen geschickt hatte. Mit jedem Schritt näherten sie sich nun seinem Hoheitsgebiet, und Milou konnte sich des Eindrucks nicht erwehren, zusehends stärker in einen Traum aus flüsternden Schatten zu geraten.

Schnalzend hielt der Affe inne. Ehe er noch den Blick wandte, griff Nív nach Milous Arm und zog sie in den Schutz einer Häusernische. Der Affe strich über seinen Umhang, der sich umgehend grau verfärbte, und Milou sah staunend zu, wie sich die Farbe auch über seinen Leib zog, bis er aussah wie eine leblose Figur aus Stein. Im nächsten Moment glitten drei Thar'koryen an ihrem Versteck vorüber, die glühenden Augen suchend in die Dunkelheit gerichtet. Milou konnte den Frost spüren, der von ihnen ausging, doch stärker noch nahm sie die Kälte wahr, die über Nívs Hand in ihren Arm strömte. Er rührte sich nicht, bis die Thar'koryen verschwunden waren und das Äffchen sich den Zauber wie grauen Staub vom Leib schüttelte, und fast war sie erleichtert, als sie ihren Weg fortsetzten und er seine Hand zurückzog.

Sie sah ihn flüchtig von der Seite an, doch er erwiderte ihren Blick nicht. Konzentriert schaute er in die Schatten jenseits ihres Weges, aber es schien ihr, als wäre ein Teil von ihm noch in der Menschenwelt, und auch ihre eigenen Gedanken kreisten immer wieder um jene Gassen, in die er sie ohne ein Wort zu sprechen zurückgeführt hatte. Auch dort waren sie beinahe von Caldorons Schergen entdeckt worden, aber schlimmer als die unheilvollen Wesen war Milou die Welt erschienen, in die sie eingetaucht war – grau und kalt und so fremd, als hätte sie sie monatelang nicht mehr betreten. Schweigend war sie Nív durch die Straßen gefolgt, vorüber an Häusern, die sie seit ihrer Kindheit kannte und an die sie sich erst nun, da sie den Blick über die Fassaden gleiten ließ, wieder erinnerte, und jedes Mal, wenn das warme Licht aus den Wohnungen der Menschen sie getroffen hatte, war ihr ein Schauer über den Rücken gelaufen. *Deine Welt ist wie ein Wort, das ich vergessen habe und das mir doch auf der Zunge liegt, so nah und gleichzeitig so unendlich weit entfernt, dass es jeden meiner Gedanken lähmt.* Wie oft musste Nív gerade auf diese Weise an den Häusern vorübergegangen sein, wie oft hatte er aus den Schatten hinüber ins Licht geschaut, unfähig, auch nur die Hand danach auszustrecken, aus Furcht, in seinem Glanz zu verbrennen oder es in ewige Finsternis zu hüllen? Sie hatte seinen Atem gespürt, als dieser Gedanke durch ihren Sinn gegangen war, und gleich darauf an den unendlich traurigen Ausdruck auf seinen Zügen gedacht, mit dem ihm bewusst geworden war, dass sie in seinen Armen ihre Welt vergessen hatte. Und trotz der Kühle, die seither zwischen ihnen lag, trotz der

Distanz, mit der er ihr begegnete, fühlte sie sich ihm doch inmitten ihrer eigenen Welt, inmitten der Gassen ihrer Kindheit stärker zugehörig als jedem Licht ringsum. Ausgestoßen war sie, vergessen und heimatlos, doch all das noch immer an seiner Seite, und inmitten ihrer Verwirrung war eine leise Wärme in ihrem Inneren aufgebrochen, die ihr das Atmen leichter gemacht hatte … bis zu dem Moment, da sie Nonnas Haus erreicht hatten.

Nív hatte kein Wort gesagt. Er hatte nur den Blick auf die erleuchteten Fenster gerichtet, und im selben Moment, da Milou begriff, dass er unzählige Male auf gerade diese Weise in der Finsternis gestanden und zu ihr hinaufgesehen hatte – zu ihr, dem Mädchen aus der Menschenwelt, das seinen Blick nie erwidert hatte –, schlang sich die Kühle zwischen ihnen eiskalt um ihr Herz. Vielleicht war es die Sehnsucht in seinen Augen, die ihren Blick hinüber zu Nonnas Küchenfenster lenkte, doch noch ehe dessen Lichtschein sie traf, wurde sie von solchem Heimweh ergriffen, dass sie zu zittern begann. Kaum mehr als ein Schemen war Nonna hinter dem dünnen Glas, aber Milou sah ihr Haar, das im Schein der Kerzen schimmerte, und hörte die Katzen auf den Stühlen schnurren, und für einen Augenblick konnte sie den Duft wahrnehmen, der sie seit sie denken konnte in Nonnas Armen umfangen hatte: dieser Geruch von Rosen und Heimat, den sie im Reich der Scherben vergessen hatte und der ihr nun die Tränen in die Augen trieb.

Erst als Nív sie festgehalten hatte, war ihr bewusst geworden, dass sie auf das Licht zugetreten war. Gewaltsam hatte sie ihren Blick von Nonna fortgerissen und war in die Schatten zurückgestürzt, atemlos, als hätte ein Dolchhieb sie verwundet. *Bring mich zurück*, hatte sie geflüstert, kaum hörbar sogar für sie selbst. Doch Nív hatte sie verstanden. Er hatte gespürt, dass etwas in ihr zerbrochen wäre, wenn sie auch nur einen Augenblick länger in ihrer Welt hätte bleiben müssen, und ohne ein Wort hatte er sie zurück in sein Reich geführt. Die Scherbenwelt hatte sie mit den erlöschenden Schwärmen des Glücks empfangen, aber Milou hatte sich gezwungen, nicht zu ihnen aufzuschauen, und nun, da Nívs Blick ihr begegnete, kühl und wie aus weiter Ferne, holte sie tief Atem. Sie konnte die Distanz zwischen ihnen kaum ertragen, doch es war der einzig richtige Weg, das wusste sie nun. Sie gehörte nicht in die Scherbenwelt und sie gehörte auch nicht zu Nív. Je früher sie das in ihr Hirn hämmerte, desto besser.

Mit leisem Keckern blieb der Affe stehen, doch erst als Milou den Blick hob, erkannte sie, dass sie das Teatro La Fenice erreicht hatten. In der Menschenwelt war es das größte und bekannteste Opernhaus Venedigs mit schlanken Säulen und weißer Fassade. Das Reich der Scherben aber hatte seine Schatten um das Gebäude geschlungen, als wäre es tatsächlich der Phoenix, nach dem es nach einer Brandkatastrophe benannt worden war – jedoch kurz vor seiner Auferstehung und über und über mit Asche bedeckt. Die steinernen Figuren schauten mit lebendig funkelnden Augen zu Milou herab, und sie meinte, den Putz unter ihnen bröckeln und zur Straße niederfallen zu sehen, als sie sich in kühler Neugier vorbeugten. Die Eingangstür war mit Brettern vernagelt, hinter den eingeworfenen Fenstern lag reglose Finsternis, und kurz gab sie sich der Hoffnung hin, dass sie nur zufällig vor diesem finsteren Opernhaus stehen geblieben waren und es nicht das Ziel ihrer Suche war. Doch der Affe keckerte so übermütig, dass es wie ein höhnisches Lachen klang. Furchtlos sprang er zwischen den Säulen hindurch und warf Milou einen letzten spöttischen Blick zu. Dann schlüpfte er durch einen Spalt in der Tür und war verschwunden.

Milou seufzte unmerklich. Nun war es also schon so weit gekommen, dass Affen mit albernen Umhängen und goldbequastetem Fez sich über sie lustig machten. Mit finsterer Miene folgte sie Nív und hörte, wie sein Klopfen unnatürlich laut im Inneren des Gebäudes widerklang, dumpf und dröhnend wie das Schlagen einer sehr großen Glocke. In derselben Sekunde, da das Echo endete, wurde die Tür einen Spalt breit geöffnet.

Vor ihnen stand ein alter Mann mit einer Klappe über dem rechten Auge. Das linke glühte in goldenem Licht und warf seinen Schein auf ein schmales, von tiefen Falten durchzogenes Gesicht und einen dürren Leib, der in das Kostüm eines Harlekins gekleidet war. Langes rotes Haar quoll unter der typischen Mütze hervor, doch die Glöckchen zeigten nicht die Umgebung in ihrem Spiegel, sondern fallende Spielkarten. Sie wirbelten über die glänzende Fläche, dass es fast aussah, als würden sie tatsächlich aus dem nächtlichen Himmel der Scherbenwelt niederfallen, und der schmale Mund des Fremden verzog sich zu einem Lächeln, als Milou bei diesem Anblick schwankte. Es war, als hätte sie in einen Abgrund geschaut. Kurz glomm das goldene Auge auf, und während es sie prüfend ansah, musste Milou an Feuer denken … das tückische Feuer einer Kerze, das auf eine Wiege übergriff. Verwirrt von diesem Gedanken senkte sie den Blick und fühlte sich umgehend wie von einer Fessel befreit. Der Fremde stieß ein Keuchen aus, das wie ein Lachen klang. Dann griff er nach der Münze, die Nív ihm entgegenhielt. Milou bemerkte noch im Glanz seines Auges, dass seine Finger aus Holz bestanden. Sogar die feinen Maserungen der Lebensringe konnte sie erkennen. Gleich darauf schob er die Tür weiter auf und ließ sie mit nachlässiger Geste hinein.

Sie folgten ihm durch einen dunklen Gang, der sich zu den Seiten in Abzweigungen verlor. Statuen standen auf dem abgewetzten roten Teppich, der an den uralten Kristallleuchtern an den Wänden vorüberführte. Sie schienen sich zu bewegen, kaum dass Milou an ihnen vorbeiging, und immer wieder traf sie ihren eigenen Blick in einem der Spiegel, die in jeder Form und Größe ihren Weg säumten, nur um zusammenzufahren, wenn sich ihr Gesicht darin fratzenhaft verzerrte. Jedes Mal meinte sie, das geisterhafte Lachen ihrer Abbilder durch den Gang hallen zu hören, lediglich unterbrochen von dem leisen Klackern der hölzernen Füße des Harlekins. Er ging leicht gebeugt. Immer wieder stieß er scheinbar beiläufig mit der Faust gegen die Wand oder den Sockel einer Statue, und jedes Mal sah Milou, wie sich ein Schatten von dort zurückzog – wie ein gefährliches Tier, das sich in Finsternis hüllte und nur darauf wartete, seinem hölzernen Kerkermeister ins Genick zu springen. Doch dieser achtete nicht darauf. Ohne sich auch nur einmal umzudrehen, führte er sie weiter den Gang hinab, der zunehmend finsterer wurde. Bald war der Schein des goldenen Auges die einzige Lichtquelle. Wie ein Pendel glitt die Helligkeit vor ihnen hin und her, und nach einer Weile konnte Milou nicht mehr sagen, wie lange sie nun schon durch diese Dämmerung liefen. Es hätten ebenso gut Minuten wie Stunden vergangen sein können, als die Füße des Harlekins plötzlich laut über hölzerne Dielen polterten. Er hielt inne und schaute zu ihnen zurück, und Milou setzte ihre Schritte so vorsichtig, als würde sich jeden Moment eine Falltür unter ihr auftun. Die Dielen schienen zu pulsieren, als sie den Blick des Harlekins erwiderte. Kurz schaute er sie erneut prüfend an. Dann murmelte er etwas in einer Sprache, die sie nicht verstand, und bedeutete ihnen zu warten. Milou bemerkte, dass er humpelte, als er sie verließ.

Kaum war er verschwunden, schloss sich die Dunkelheit wie ein lebendiges Tier um sie, und Milou war dankbar, als Nív dichter zu ihr trat. Seine Nähe schien die Finsternis zurückzudrängen und auf einmal hörte sie Musik, seltsam betörend und furchterregend zugleich. Ein schwerer Duft lag plötzlich in der Luft, süß wie der Geruch ihrer Kindheit, wenn sie mit ihren Eltern auf dem Festland in einen Zirkus gegangen war, und gleich darauf glühten Lichtfunken vor ihr auf – blassgolden wie erwachende Sterne. Sie kniff die Augen zusammen, und gerade, da ihr der Gedanke durch den Kopf ging, dass Sterne vielleicht nichts als winzige Löcher in einer pechschwarzen Kuppel wären, erkannte sie, dass sie hinter einem Vorhang standen. Sie waren auf der Bühne des Theaters.

Da öffnete sich der Vorhang. Vor ihnen lag der Saal mit den samtroten Sesseln und schwach beleuchteten Logen und Milou schaute in die Gesichter des Publikums. Menschen waren es, die dort in Abendgarderobe zu ihr heraufschauten – Menschen aus ihrer Welt. Fast wollte sie zurückweichen, instinktiv, als müsste sie sich vor ihnen verbergen wie ein Wesen des Scherbenreichs, doch deren Blicke glitten von ihr ab wie Wasser von Stein. Es schien, als wäre sie gar nicht da. Stattdessen verfolgten die Menschen offensichtlich etwas, das hinter ihr vor sich ging – und als hätte dieser Gedanke einen Schleier über ihrer Wahrnehmung fortgezogen, schlug plötzlich Musik über ihr zusammen, und sie sah, dass sie keinesfalls allein mit Nív auf der Bühne stand. Sie befanden sich in einem Salon im Paris des neunzehnten Jahrhunderts. Prunkvolle Sessel standen um einen Flügel herum, und überall, in Kleider der vergangenen Epoche gehüllt, saßen und standen Schauspieler und läuteten *La Traviata* ein.

Ehe Milou sich noch gefangen hatte, begannen einige von ihnen zu tanzen. Erschrocken wollte sie ihnen ausweichen – und hielt den Atem an, als sie direkt durch sie hindurchliefen. Kurz nur spürte sie die Wärme ihrer Körper und meinte, etwas wie Entsetzen auf ihren Gesichtern aufflammen zu sehen, als wären sie Schläfer, die in tiefstem Traum von etwas Schrecklichem gestreift wurden. Dann war der Moment vorüber, und während sie selbst dastand wie erstarrt, setzten die Menschen ihr Stück fort, als wäre nicht das Geringste geschehen. Milou wandte sich dem Publikum zu, aber niemand erkannte sie, und sie überkam der absurde Drang, mit den Armen zu wedeln und zu schreien, dass sie da war – genau hier, in den Schatten, die menschlichen Augen unbekannt geworden waren.

Doch ehe sie auch nur einen Schritt vortreten konnte, griff Nív nach ihrer Hand. Wortlos zog er sie in die Knie, sodass sie wie zwei Verschwörer nebeneinanderkauerten, umgeben von lachenden und tanzenden Menschen. Er sah sie nicht an, aber sie spürte die Mahnung, die jede Faser seines Körpers aussandte, und als er sich vorbeugte, bemerkte sie das Kind, das er im Publikum fixierte. Es war ein Junge von vielleicht zehn oder elf Jahren mit tiefschwarzem Haar, das sich in rebellischen Wirbeln von der Steifheit seines Anzugs abhob – und das Kind erwiderte seinen Blick. Kurz weiteten sich dessen Augen, als Nív die Hand zum Gruß hob und blaue Feuerfunken um seine Finger tanzen ließ, jeder einzelne davon ein Versprechen. Milou meinte fast, das Herzklopfen des Jungen hören zu können, als er die Geste vorsichtig erwiderte und einer der Funken auf seiner Handfläche landete. Sie sah noch, wie er lächelte, mit leisem Glanz in den Augen und bezaubert von etwas, das kein Erwachsener ringsum jemals sehen würde. Dann ging ein Windstoß durch die Sitzreihen, der Vorhang bäumte sich – und im nächsten Augenblick war der Saal wie leer gefegt.

Laubblätter und vergilbte Programmseiten flatterten über die eingestaubten Sessel, schwach nur erhellt vom fahlen Licht des spinnenwebbekränzten Kronleuchters. Milou meinte, den Klang einer Orgel in den Schatten der Logen hören zu können, und ihr schien es, als würden von dort Gestalten zu ihr niederschauen …

Geschöpfe der Finsternis wie sie, die darauf warteten, dass sie die Hand nach ihnen ausstrecken und sie erkennen würde. Doch kaum, dass sie ein schwaches goldenes Licht inmitten der Schatten zu sehen glaubte, erlosch der Kronleuchter, und sie verstand, dass es nur das Auge des Harlekins war, das am Bühnenrand in der Dunkelheit glühte. Er grinste zu ihnen herüber, und neben ihm in der Luft drehte sich eine Spielkarte lautlos um sich selbst. Erst als er sie mit goldflirrendem Atem anpustete, schwebte sie zu Boden – und ehe Milou noch darüber nachgedacht hatte, kam sie auf die Beine und fing die Karte auf.

Sofort verfärbte sie sich unter ihren Fingern, und die Herzdame, die gerade noch darauf zu sehen gewesen war, verwandelte sich in ein Mädchen mit blonden Haaren und einem weißen Kaninchen auf dem Arm. Alice im Wunderland. Erstaunt hob Milou den Blick, doch der Harlekin lächelte noch immer und stampfte dann mit dem Fuß auf, so heftig, dass ein Dröhnen durch den Bühnenboden ging. Leise knirschend öffnete sich eine Falltür zu ihren Füßen und mit ergebener Geste bedeutete der Einäugige ihnen, hinabzusteigen … hinunter ins Kaninchenloch, aus dem flackerndes blaues Licht fiel. Nív warf dem Harlekin keinen Blick zu, als er die Leiter abwärtskletterte. Milou jedoch sah es genau: das kindliche Lächeln, das sich in dessen Auge zu einem diabolischen Flackern zusammenzog. Dann wandte auch sie sich ab, und im selben Moment, da die Spielkarte in ihrer Hand zu Asche wurde, stieg sie die Leiter hinunter.

Kurz nur umfing sie grelles Licht. Dann zerriss der Schrei des Affen den Schein und Milou fand sich inmitten eines farbenfrohen Karnevalsumzugs in den nächtlichen Gassen von Venedig wieder. Doch die Gebäude wanden sich in seltsamen Farben und Formen in die Höhe, die Dächer drehten sich wie Kreisel, und spindeldürre Türme und Erker wuchsen in alle möglichen Richtungen aus den Häusern heraus. Milou erkannte vornehme Ballsäle hinter kristallenen Fenstern, doch von den reich geschmückten Wagen drang elektronische Tanzmusik, so laut, dass sie meinte, ihr Herz müsste in deren Rhythmus verfallen. Auch die Gestalten, die um sie herumsprangen, hatten wenig mit den Feiernden zu tun, die sie während des Karnevals in Venedig gesehen hatte.

Zwar gab es auch hier kostbar gewandete Maskenträger, doch sie glitten so fließend durch die Menge, als würden sie schweben, und ihre glühenden Augen ließen erahnen, dass es keine Menschen waren, die sich hinter ihren Masken verbargen. Sie bildeten einen seltsamen Kontrast zu den Tänzern, die sich wie beim Karneval von Rio in knappen Glitzerkostümen zur Musik bewegten. Auch sie trugen Masken, wachsbleiche Tiergesichter oder reich bestickte Göttermienen, und Milou erkannte Dha'raki unter ihnen, die gläserne Haut schillernd im Schein der Fackeln, und Feuerspucker, die auf den Wagen mitfuhren, aber auch Menschen, die Augen hingegeben geschlossen, die schweißnassen Körper zuckend im Klang der Bässe. Viele trugen Perlenketten wie beim Mardi Gras, und irgendetwas in Milou drängte sie dazu, sich ebenfalls im Rhythmus der Musik zu bewegen. Schon wandten sich einzelne Tänzer zu ihr um, als hätten sie ihren Impuls gespürt. Doch ehe sie ihrem auffordernden Nicken folgen konnte, nahm Nív ihre Hand. Seine Kühle drängte die Hitze der Tänzer zurück, und auf einmal meinte Milou, ein unheilvolles Flackern in deren Augen erkennen zu können.

»Sei vorsichtig«, raunte Nív dicht an ihrem Ohr. »Das Viertel der Masken kennt keine Regeln, und es achtet nur seine eigenen Gesetze, die tödlich enden können, gerade wenn man sie befolgt. Bleib bei mir.«

Erst als er sich in Bewegung setzte, bemerkte Milou den Affen mit dem Fez, der auf einem Laternenmast hockte und abwartend zu ihnen heruntersah. Das Feuer der Fackeln ließ sein Fell rötlich glühen, und ehe sie ihn erreicht hatten, stieß er sich von der Laterne ab und verschwand im Gewühl. Milou verlor ihn schon nach wenigen Sekunden aus den Augen. Doch Nívs Blick glitt ihm nach, als würde er die Tänzer durchdringen, die sich in zunehmend wilderen Bewegungen vor ihnen gebärdeten. Mit kühler Entschlossenheit schob er sich durch die Menge. Immer wieder wichen die Maskierten vor ihm zurück, als hätte seine Kälte ihnen einen Stoß versetzt, und Milou meinte schon, den flatternden Umhang des Äffchens im Getümmel des Platzes vor ihnen zu erkennen, als plötzlich die Fensterläden eines Turms direkt über ihnen aufgerissen wurden und Clowns in wehenden Pluderhosen zu ihnen herabsprangen.

Erschrocken zog sie den Kopf ein, aber schon breiteten die Clowns die Arme aus und jagten, von winzigen Fledermäusen getragen, über die Köpfe hinweg. Die Tänzer sprangen auseinander, und im selben Moment, da die Fledermäuse zu purpurfarbenem Dunst zerbarsten, landeten die Clowns in der Menge. Erst jetzt bemerkte Milou, dass ihre Gesichter gesprungen waren wie Porzellan kurz vor dem Zerbrechen, und messerscharfe Zähne waren auf ihre erstarrten Züge gemalt worden. Nív zog sie näher an sich, doch gerade als er eine Lücke in der Menge ausgemacht hatte, rissen die Clowns die Arme in die Luft. In dunklem Gesang erhoben sich ihre Stimmen, so durchdringend, dass sie jede Note der bisher erklungenen Musik unter ihre Gewalt zwangen. Funkensprühend jagten Zauber in die Menge, Süßigkeiten flogen durch die Luft, und ehe Milou noch zurückweichen konnte, rannte ihr ein beleibter Dha'raki mit glasgrüner Haut in die Seite. Sie keuchte, so heftig war der Zusammenstoß – und verlor Nívs Hand im Gewühl.

Sie sah noch, wie der Dha'raki von einem heftigen Hieb getroffen in die Menge flog. Aber ehe Nív nach ihr greifen konnte, packte sie jemand an der Hüfte und riss sie hoch in die Luft. Milou schrie, so rasend schnell flog sie dahin, und sie krallte sich an dem Artisten fest, der sie mit freiem Oberkörper und dem Kopf eines Minotaurus über die Köpfe hinwegtrug. Erst als er sie auf einem Brunnen am Rand des Platzes absetzte, so behutsam, als wäre sie ein zerbrechliches Gefäß, bemerkte sie, dass er an einem Seil hing, das ohne sichtbares Ende im dunklen Himmel verschwand. Sie ergriff noch die Blume, die er ihr hinhielt. Dann wurde er zurückgerissen, und unter dem Applaus der Umstehenden jagte er über die Menge davon.

Milou hingegen blieb allein zurück. Niemand schien von ihr Notiz zu nehmen, doch als sie sich in Bewegung setzte, um Nív im Gewühl zu finden, zerbrach die Blume zu dunklen Scherben und schnitt ihr in den Finger. Ein stechender Schmerz durchzuckte ihre Hand, und als hätten auch die Maskierten ringsum ihn wahrgenommen, fuhren sie in seltsamer Gleichzeitigkeit zusammen. Im nächsten Moment setzten sie ihren Tanz fort, schnell, immer schneller, und Milou stockte der Atem, als sie begriff, dass es ihr Herzschlag war, der ihnen den Takt vorgab – ihr Herzschlag, der sich angesichts der unheimlichen Menge nur noch mehr beschleunigte. Grob stießen die Tänzer sie zurück, als sie versuchte, sich vorwärtszudrängen, und während sie ihr Herz wie zerbrochen in tausend Leibern widerklingen fühlte, schien es ihr, als wäre sie in ein düsteres Kaleidoskop geraten, das Bilder um sie herum erschuf … Bilder, die sie schon einmal gesehen hatte.

Das Kleid einer Tänzerin, mit Pailletten bestickt … die Luftballons, die von einem der Wagen in den schwarzen Himmel stiegen … die Stimmen, die von irgendwo herkamen wie ein

Ruf aus weiter Ferne und die ihr vertraut waren ... so vertraut, als hätte sie sich lange nach ihnen gesehnt, nach ihnen, die sie fast vergessen hatte. Verwirrt stolperte sie zwischen den Maskierten umher, bis ein Tänzer mit perlenbesetzter Maske nach ihrer Hand griff. Sein Lachen umhüllte sie in einem Rausch aus Donnerschlägen, als er sie um die eigene Achse drehte, und sie dachte daran, wie Nonna ihr einmal eine ganz ähnliche Maske geschenkt hatte ... nein, sie war nicht nur ähnlich gewesen, gerade diese Maske war es, die früher in ihrem Zimmer gehangen hatte, auf einmal wusste sie es ohne jeden Zweifel. Sie erinnerte sich genau an die glänzenden Perlen, an das samtene Band auf der Rückseite, und da blitzten die Augen des Tänzers in goldenem Licht auf. Erneut traf Milou der Schmerz in ihren Fingern, und sie spürte, wie etwas in sie hineinglitt, etwas Tückisches, das sie bestehlen wollte. Schon sah sie die Perlenmaske in ihren Gedanken blass werden und zerbrechen, und als der Tänzer sich von ihr abwandte, wusste sie nicht mehr, ob sie tatsächlich eine solche Maske besessen oder es nur geträumt hatte. Sie fuhr sich an den Kopf. Der Dunst der Clowns kroch klebrig über ihre Haut und brachte ihr einen Schwindel, der die Tänzer ringsum zu einer flirrenden Masse an Leibern und fratzenhaften Masken verzerrte. Spiegel waren es, die sie umgaben, Spiegel, die nichts zeigten als ihre eigenen Erinnerungen, die sie tief in sich selbst vergraben hatte – und mit jedem Blick in eines dieser Augenpaare wurden sie ihr genommen.

Mit aller Kraft drängte sie sich weiter durch das Gewühl und zwang sich, an Nív zu denken, daran, dass sie ihn finden musste in diesem erbarmungslosen Tanz, aber auch er verblasste in ihren Gedanken, kaum dass sie sein Bild heraufbeschworen hatte, und mit jeder Farbe, die von seinen Zügen wich, drang weniger Luft in ihre Lunge. Panisch griff sie sich an die Kehle. Es war, als würde der verfluchte Dunst in ihren Schädel dringen und jeden ihrer Gedanken zu Staub zermahlen. Doch ehe ihre Knie weich wurden, ballte sie die Hände zu Fäusten. Sie spürte den Willen, der in dem Dunst der Clowns und dem starren Grinsen der Masken lag, den Willen, der sie herumspringen ließ wie leblose Puppen und ihr mit jedem ihrer Gedanken stärker das Leben aus dem Leib zog. Aber eines war sicher: Sie war nicht ins Viertel der Masken gekommen, um ihren Herzschlag zu verlieren. Sie würde sich nicht in die Knie zwingen lassen von einem Possenspiel, und wer auch immer sich hinter diesen Masken verbarg – sie würde ihm ins Gesicht schauen!

Der Schwindel ließ sie schwanken, als sie stehen blieb, aber sie achtete nicht darauf. Wie früher, wenn sie allein im Dunkeln die Angst überkommen hatte, schloss sie für einen Moment die Augen und schaute in ihre eigene Finsternis – diese Nacht, die so viel mehr Bilder in sich barg als jede Maske ihr rauben konnte. Ihr Herzschlag beruhigte sich und zwang die Tänzer in langsame Bewegungen, und sie konnte den Unmut hören, der die Stimmen der Clowns dunkler färbte. Dann schrien sie auf, als wären sie Schallplatten, über die Nägel hinwegkratzten, und Milou zögerte nicht länger. Sie öffnete die Augen – und riss dem Tänzer direkt vor ihr die Maske vom Gesicht.

Ihr Herz setzte für einen Schlag aus und die Stille zog sich als dumpfer Glockenschlag über den Platz. Der Tänzer stand da wie erstarrt, doch hinter seiner Maske war kein Gesicht. Nichts als reglose Dunkelheit lag dort: der hohle Schädel einer Puppe. Die Maske in Milous Hand jedoch verzog plötzlich den Mund zu einem Schmerzenslaut, und während sie noch den Blick wandte, durchzuckte sie ein Gefühl, das sie sehr gut kannte: das Erschrecken des ersten Atemholens nach einem entsetzlichen Traum, wenn man noch nicht wusste, ob man tatsächlich erwacht war. Sie sah, wie die Züge der Maske sich mit Staunen überzogen. Dann zerfiel sie mitsamt dem Tänzer zu bunter Asche. Dumpf nur drang die Musik noch an Milous Ohr. Jemand rempelte sie an, aber sie achtete nicht darauf, und ehe erneut die Stimmen der Clowns über den Platz gellten, zog sie einem weiteren Tänzer die Maske fort. Wieder zerbrach er, dieses Mal mit wildem Gelächter, und als Milou seine Stimme in tausend Tönen in ihrer Brust widerhallen fühlte, da verstand sie, dass es Träume waren, die sie umgaben: nichts als erstarrte Träume aus farbiger Asche.

Sie konnte nicht verhindern, dass ihr Herz schneller schlug. Die Tänzer beschleunigten ihre Bewegungen wieder, doch Milou strich mit ihren Händen über sie hin, und kaum, dass sie sie berührte, verwandelten sie sich zu Skulpturen aus erstarrter Asche. Teilweise genügte sogar ihr Blick, um sie zu verbrennen, die dünne Haut, die über den Farben in ihrem Inneren lagen, und bald war jede Musik erloschen. Das Licht der Ballsäle ringsum zerbrach, die Clowns standen da wie erstarrt, umringt von den Tänzern, die noch immer die Arme in die Luft hoben, als wollten sie nach etwas greifen, das Milou nicht sehen konnte. Sie ertrug kaum das Echo ihres Herzschlags, das über den reglosen Platz hallte, und plötzlich überkam sie der absurde Drang, die Gestalten ringsum wieder zum Leben zu erwecken und an ihrem Festzug teilzuhaben, diesem sinnlosen Tanz der Masken, der nicht für sie bestimmt war und nur ein einziges Gefühl in ihr zurückließ, ein einziges inmitten all der Farben: die atemlose Sehnsucht nach etwas, das unerreichbar war. Behutsam berührte sie die Hand eines Tänzers und ertrug die Hitze, die in seinen Fingern glühte. Es kam ihr so vor, als wäre sie selbst eine wirbelnde Farbe geworden – der letzte Tanz aus flirrender Asche, in dem jede Frage, jede Antwort unterging.

Die Stimme war kaum zu hören, und doch traf sie Milou mit einer Macht, die ihren Blick von dem Tänzer fortzog. Erschrocken sah sie, dass sich dessen Asche als steinerne Schicht auf ihre Hand gelegt hatte, und im selben Moment, da sie vor ihm zurückwich, hörte sie ihren Namen. Dunkel hallte er durch die Luft – getragen von einer Stimme aus Schatten.

»Nív!«, schrie sie wie eine Ertrinkende, und sein Name sprengte den lähmenden Panzer von ihrem Körper, als wäre er nie mehr gewesen als flüsternder Staub. Er antwortete ihr, leise wieder, als hätte ihn ein Fluch in weite Ferne geschickt. Doch Milou rannte in die Richtung, aus der seine Stimme zu ihr drang, und als sie erneut seinen Namen rief, da brach er zwischen den berstenden Körpern zweier Tänzer hervor, die Augen in schwarzer Glut entfacht. Jede Kälte war von seinen Zügen gewichen, und als er sie an sich zog, konnte sie die Furcht spüren, die er ihretwegen ausgestanden hatte – die Angst um sie, die so viel mehr für ihn war als die Retterin seiner Welt. Ohne ein Wort zu sprechen, barg sie den Kopf an seiner Brust, und für diesen Moment war es nicht mehr wichtig, wie mächtig die Welten waren, die zwischen ihnen lagen. Für diesen Augenblick waren sie nur ein Junge und ein Mädchen, die sich aneinander festhielten ... umgeben von den Farben der Träume.

Später hätte Milou nicht mehr sagen können, was sie den Blick heben ließ. Vielleicht war es das Keckern des Affen gewesen, der in einiger Entfernung am Boden hockte, oder das Flüstern des Windes, der seltsam vertraut nach ihrem Haar griff. Sie wusste nur noch, wie sie den Kopf wandte und eine Maskengestalt mit venezianischer Bauta, Dreispitz und langem dunklen Umhang auf dem Platz erkannte – eine einzige, die inmitten der erstarrten Tänzer noch übrig war. Trotz des fehlenden Mundes schien es Milou, als würde der Schatten eines Lächelns über die

Maske gehen, und obgleich sie erneut die Hitze spürte, die schon am Rand des Brunnens durch ihre Adern geschossen war, wandte sie sich nicht ab. Sie war die Wanderin zwischen den Welten. Sie würde nicht den Kopf neigen vor dem, der ihren Herzschlag gestohlen hatte. Kurz war es, als würde das Lächeln der Gestalt sich vertiefen. Dann hob diese die Hand und mit einer fast beiläufigen Geste ließ sie die Tänzer ringsherum zerbrechen. In pulsierenden Wirbeln stob die Asche auf. Dann legten sich die Farben, und gerade dort, wo eben noch die Maskengestalt gestanden hatte, schwebte nun eine leuchtend rote Tür.

Die Farben flüsterten, als Milou an Nívs Seite auf die Tür zutrat. Mit Befremden bemerkte sie, dass sie aus Haar geflochten war … Haar von derselben Farbe wie der Schopf des Harlekins, der sie durch das Theater geführt hatte. Für einen Moment meinte sie, Gesichter im hölzernen Rahmen zu erkennen, die sich wie unter einer Wasseroberfläche emporhoben, nur um gleich darauf wieder zu verschwinden, und etwas wie Bedauern ging durch ihre Brust, als sie die Züge des Affen darin sah – zum ersten Mal ohne jeden Spott in seinem Blick. Dann holte sie tief Atem und ohne sich noch einmal umzudrehen, öffnete sie die Tür.

18

Mit leisem Schnappen fiel die Tür hinter ihnen ins Schloss. Sie standen in einem Korridor, von dem zu beiden Seiten unzählige Türen abzweigten, kleine und große, bunte und farblose, Türen mit glänzenden Klinken und kunstvollen Schnitzereien und solche, die so schäbig aussahen, als würden sie bei der kleinsten Berührung auseinanderfallen. Selbst eisenbeschlagene Tore gab es, die bis zur mit Sternen bemalten Decke hinaufreichten, und winzige Pforten, gerade breit genug für einen Kinderstiefel. Der Teppich, der den Boden bedeckte, war abgelaufen, und so weit Milou den Korridor auch hinunterschaute, konnte sie doch nicht erkennen, woher er kam oder wohin er führte. Es schien, als würde er in beide Richtungen in die Unendlichkeit führen.

»Ein Margar'thar Oros«, sagte Nív. »Ein Korridor ohne Ende.« Er hatte die Hand auf seinen Dolch gelegt, aber obgleich Milou seine Anspannung spüren konnte, bemerkte sie auch die Faszination in seinem Blick. »Ich habe Geschichten von diesen Wegen gehört, die das Reich der Scherben ebenso durchziehen wie die Welt der Menschen. Es heißt, dass sie vor langer Zeit von deinem Volk erdacht wurden, damals, als es noch Dichter und Sänger gab, die keine Grenzen zwischen den Wirklichkeiten anerkannten. Heute gibt es nicht mehr viele von ihnen, oder vielleicht haben wir auch nur verlernt, sie zu finden. Ich wusste nicht, dass sich der Herr der Masken einen solchen Korridor angeeignet hat.«

Seine Stimme war kühl geworden bei diesem Namen und Milou zog die Schultern an. Auf einmal schienen die Wände näher zu rücken, und sie meinte, ein höhnisches Lachen zu hören, tausendfach gebrochen von den verblassten Sternen über ihr. »Dann ist dieser Ort eine Falle?«

»Er ist eine Prüfung«, gab Nív zurück. »Wählen wir die richtige Tür, werden wir unser Ziel erreichen und den Mar'kharat finden. Gelingt es uns nicht, werden wir in die Irre laufen und den Korridor niemals mehr verlassen.«

Milou zog die Brauen zusammen. »Aber wir könnten doch einfach zurückgehen und ...«

»... wieder ins Theater gelangen?«, beendete er ihren Satz. »Versuchen wir es.«

Etwas Dunkles hatte sich in seinen Blick geschlichen, das ein Frösteln über Milous Rücken schickte. Sie trat an Nívs Seite durch die Tür, durch die sie gekommen waren – und fand sich gleich darauf an anderer Stelle im Korridor wieder. Erneut fiel die Tür hinter ihnen zu, doch dieses Mal klang es in Milous Ohren wie das Zuschnappen eines Käfigs. Noch einmal ließ sie den Blick in beide Richtungen schweifen. »Aber wenn der Korridor kein Ende hat, gibt es auch unendlich viele Türen. Wie sollen wir die richtige unter ihnen finden?«

»Gar nicht«, antwortete Nív. »Sie wird uns finden.«

Damit ging er den Gang hinauf, langsam, als schlenderte er an erleuchteten Schaufenstern vorbei. »Ach so«, sagte Milou spöttisch und holte zu ihm auf. »Wird sie auf kleinen Gehwarzen den Korridor entlangtrippeln und direkt vor uns stehen bleiben, am besten noch mit einem leuchtenden Schild, auf dem *Ich bin die richtige Tür* steht?«

Nív lachte. »Das wäre ein interessantes Bild. Aber ich vermute, dass es so eher nicht passieren wird.«

»Du vermutest?«, Milou stieß die Luft aus. »Woher weißt du, dass wir nicht doch in eine Falle geraten sind? Was, wenn es gar keine richtige Tür gibt?«

»Es gibt sie«, erwiderte er ruhig. »Der Herr der Masken ist ein Spieler, und er würde seinen Stich nicht genießen, wenn sein Gegenüber keine Chance hätte.«

Milou seufzte. »Großartige Chance. Wir befinden uns in einem Korridor ohne Grenzen, umringt von einer endlosen Anzahl von Türen, und müssen uns von genau einer davon finden lassen. Vielleicht ist die Frage ja naiv, aber: Wie sollen wir das anstellen?«

Ein amüsierter Funke ging durch seinen Blick. »Du bist die Träumerin von uns beiden«, entgegnete er. »Warst du nicht schon oft an einem Ort wie diesem, jedes Mal, wenn du eine Geschichte erzählt hast? Woher wusstest du, wie es weitergeht, Tochter der Menschen? Wie fängt diese Geschichte an?«

Milou schwieg, als er sich abwandte. Sie hatte noch nie darüber nachgedacht, wie genau sie eigentlich vorging, wenn sie Geschichten erzählte, aber je länger sie den Blick über die Türen schweifen ließ, desto deutlicher spürte sie, dass Nív recht hatte. Tatsächlich kannte sie dieses Gefühl sehr gut, scheinbar unzählige Möglichkeiten zu haben und dabei doch genau zu wissen, dass in Wahrheit nur ein einziger Weg der richtige war. Sie erwartete, dass sich dieser Gedanke lähmend auf ihre Schultern legen würde. Aber stattdessen ging plötzlich ein Pochen durch ihren Körper wie früher, wenn sie mitten in einer Geschichte die Orientierung verloren hatte. Fast meinte sie, die gespannten Gesichter der anderen Kinder vor sich zu sehen, in deren Augen all die Szenen glühten, die sie ihnen bereits geschenkt hatte, und mit plötzlicher Gewissheit begriff sie, dass sie nie gewusst hatte, wie die Geschichte weiterging. Sie war einfach den Bildern gefolgt, die auf irgendeine magische Weise in ihren Kopf gekommen waren – den Bildern, die sie ausgesucht hatten, um von ihr erzählt zu werden.

Erst als sie Nívs Blick bemerkte, stellte sie fest, dass sie vor einer Tür stehen geblieben war. Sie zeigte die lachende und die weinende Maske von Komödie und Tragödie, und für einen Wimpernschlag hörte Milou noch einmal die ausgelassene Musik des Karnevals, die sie inmitten der tanzenden Gestalten umgeben hatte. Sie spürte, dass nichts hinter dieser Tür lag als wirbelnde Asche, doch als sie ihren Weg fortsetzte, flog ein Lächeln auf ihre Lippen. Dieser Korridor hatte keine Grenzen, aber die Musik der Masken hallte in ihr wider, noch immer von ihrem Herzschlag getragen. Und wie früher, wenn sie in ihre eigenen Geschichten eingetaucht war, spürte sie, dass das nächste Bild bereits auf sie wartete: eine weitere Scherbe in dem Mosaik, das sie allein zusammenfügen konnte. Sie lief an den Türen vorbei, an all den falschen Wegen, die die Musik in ihrem Kopf nur verstärkten. Kurz schien es ihr erneut, als wäre sie selbst nicht mehr als eine tanzende Farbe, schwerelos und frei ... und im selben Moment, da dieser Gedanke durch ihren Schädel flog, spürte sie den Blick auf sich.

Mit rasendem Herzen blieb sie stehen. Vor ihr lag eine Tür, die wie ein Spiegel war. Milou erkannte sich selbst darin, doch sie stand auf dem Platz der zerbrechenden Tänzer, und während sie ihren eigenen Blick erwiderte, spürte sie mit einer Gewissheit, die ihr den Atem stocken ließ, dass nicht sie es war, die diese Geschichte erzählte. Sie war die Idee, die sich in den Schatten verborgen hatte, ehe sie zum Leben erwacht war. Sie war das allererste Bild. Und sie betrachtete sich selbst durch die Augen des Mar'kharat. Sie sah noch, wie sie dort draußen auf dem Platz das schattenhafte Lächeln der Bauta erwiderte. Dann wurde der Spiegel schwarz, und ehe sie sich selbst in die Augen schaute, wandte sie sich zu Nív um.

»Sie hat mich gefunden«, sagte sie. »Dies ist die richtige Tür.«

Kurz nur sah er sie an. Dann nickte er und ohne ein Wort zu sprechen traten sie durch die Tür. Auf der anderen Seite lag ein riesiger unterirdischer Kerker. Im Dämmerlicht einzelner Fackeln standen rostige Käfige an den Wänden, Blutspuren wie von Fingern gezogen bedeckten den Steinboden und inmitten der tanzenden Schatten bemerkte Milou Skulpturen aus gefrorenem Papier, Bilder, besetzt mit bunten Scherben, und Seifenblasen wie aus schwarzem Glas mit Figuren darin, von denen sie nur Umrisse erkennen konnte. Und überall, zwischen den Gitterstäben der Verliese und am Boden verstreut, lagen die Bruchstücke unzähliger Masken.

»Was ist das?«, flüsterte sie und erschrak, als ihre Stimme wie das Echo eines Steins verklang, der in einem tiefen Brunnen aufschlug.

»Erinnerungen«, erwiderte Nív nicht leiser, und doch hallten seine Worte nicht von den Wänden wider. Es war, als hätte er ihnen den stummen Befehl gegeben, sich nicht in die Schatten vorzuwagen. »Gedanken. Träume. Sie sind die Währung des Mar'kharat. Sie sind der Preis, den jeder zahlen muss, der einen Gefallen von ihm erbittet.« Etwas Hartes hatte sich in seine Stimme geschlichen, das Milou prüfend den Blick heben ließ. Doch ehe sie dem plötzlichen Zorn in seinen Augen nachspüren konnte, ging ein Ton durch den Kerker, so grollend, dass sie ihn mehr fühlte als hörte. Sie griff nach Nívs Arm, der sie beschützend an sich zog, und im selben Moment, da sie erkannte, dass ein Lachen den Raum erfüllte, formte es sich zu einer Stimme.

»Narren«, dröhnte sie durch den Kerker, tief und dunkel wie

Donner. »Was wisst ihr von Träumen, was von Erinnerungen? Nichts – nichts!«

Die Flammen der Fackeln bäumten sich zu brennenden Leibern auf. Sie wanden sich, als lägen sie in Ketten. Und dort, von glühenden Fesseln an einen Thron aus Dornen gebunden, saß der Herr der Masken und schaute aus goldenen Augen auf seine Besucher herab. Beinahe wäre Milou vor ihm zurückgewichen. Sie hatte ein Wechselspiel von Gesichtern erwartet, Spiegel vielleicht, zu Scherben zerbrochen, oder die rätselhafte Bauta, deren Lächeln nie mehr als ein Schatten gewesen war. Doch es war Nívs Antlitz, in das sie schaute, und das Lächeln auf seinen Lippen war so grausam, dass ihr die vertrauten Züge ganz fremd erschienen. Nur das Gold der Augen bewegte sich feuergleich und ließ das Gesicht des Mar'kharat wirken wie eine Totenmaske, während es flackernd auf seinen nackten Oberkörper fiel. Risse zogen sich durch seine Haut wie durch Stein, blutende Wunden klafften in seinem Fleisch, als hätten Kindernägel ihn verletzt, und Milou spürte sein Alter, das in tödlicher Kälte aus jeder seiner Poren drang. Es stand in seltsamem Widerspruch zu der Glut seiner Augen, die nun aufloderte, als er Nív mit seinem Blick umfasste.

»Traumfänger«, grollte er, und der Name ging wie ein Beben durch den Boden. »Es ist lange her.«

Milou sah Nív von der Seite an. Der Herr der Masken redete, als wären sie sich schon einmal begegnet, aber Nívs Gesicht zeigte keine Regung, und seine Stimme war kalt, als er antwortete: »Und vermutlich wisst Ihr, warum ich gekommen bin. Oder hat Eure Angewohnheit, in fremden Gedanken herumzustreunen, sich geändert?«

Der Mar'kharat entblößte silberne Zähne, während Nívs Züge sich auf seinem Gesicht verloren wie zerlaufene Schminke. Doch sein Lächeln blieb kalt. »Es wäre töricht, nützliche Angewohnheiten abzulegen«, erwiderte er mit leisem Spott. Dann richtete er seine Aufmerksamkeit auf Milou. Mit einigem Unbehagen sah sie zu, wie sein Antlitz sich in das ihre verwandelte, während sein Blick als heißer Wüstenwind durch sie hindurchglitt. »Ah«, sagte er lang gezogen und neigte den Kopf, wodurch das Gold seiner Augen noch glühender über ihre Haut strich. »Ihr seid also tatsächlich auf der Suche nach dem Pala'Dhey. Ein gefährlicher Weg liegt hinter euch und ihr seid weit gekommen. Ich habe euch inmitten meiner Tänzer gesehen, so verzaubert, so verzweifelt, fast wie … ein Liebespaar …« Er hielt inne, und Milou konnte nicht verhindern, dass ihr das Blut in die Wangen stieg. Umgehend intensivierte sich sein Lächeln, ehe kühles Bedauern auf seine Züge trat. »Aber es liegt mehr zwischen euch als das Reich der Scherben oder die Welt der Menschen«, murmelte er, ohne sich nur für einen Moment von Milou abzuwenden. »So viel mehr, als du ahnst, Träumerin.«

Die Glut seines Blicks färbte sich schwarz, bis es ihr schien, als würde sie in Nívs Augen schauen – in dieses Rätsel seiner Dunkelheit, das sie seit dem Beginn ihrer Reise immer wieder gesehen hatte, ohne ihm auch nur einen Deut näher gekommen zu sein. Der Herr der Masken lächelte, listig nun, als bräuchte es nicht mehr als einen Fingerzeig von ihr, um ihn das Geheimnis lüften zu lassen. Nív spannte die Muskeln an. Sie konnte es durch seine Kleidung hindurch spüren, doch er war es nicht, der diesen Worten begegnete. »Ihr mögt der Herr der Masken sein«, sagte sie mit fester Stimme. »Aber Ihr wisst nichts von meinen Ahnungen und auch nichts von meinen Träumen. Ihr kennt mich nicht, Meister der Täuschung.«

Sie war selbst erstaunt darüber, wie furchtlos sie klang, aber sie wandte sich nicht ab, als der Mar'kharat das Lächeln auf ihrem Spiegelgesicht verstärkte. Er musterte sie so langsam, dass es sich anfühlte, als glitten scharfe Klingen über ihre Haut. »Komm näher«, raunte er dann. »Ich will dich ansehen.«

Nív versteifte sich, als wollte er sie um jeden Preis davon abhalten, auch nur einen Schritt auf diese Kreatur zuzutreten. Sie schaute zu ihm auf, doch erst als sie unmerklich nickte, ließ er den Arm sinken. Er stand da wie ein Raubtier kurz vor dem tödlichen Sprung, dem sie im letzten Moment Ketten umgelegt hatte, und sie konnte das Muskelspiel seiner Schläfen sehen, ehe sie sich abwandte und auf den Herrn der Masken zutrat. Ihre Schritte knirschten auf dem Boden, und als sie einige Schritte vor dem Thron innehielt, bemerkte sie den Raureif, der sich rings um die Dornen und Maskensplitter ausgebreitet hatte wie das Netz einer lauernden Spinne.

»Näher«, wiederholte der Mar'kharat.

Milou zwang sich, nicht auf seine Hände zu achten, die klauengleich auf den Lehnen des Throns lagen. Ihr Atem gefror in der Luft, als sie ihren Weg fortsetzte, und sie begann zu zittern, während der Raureif sich über ihre Stiefel aufwärtszog. Ein zuckender Schmerz ging durch ihren Fuß, als sie gegen einen vereisten Dorn stieß, und als hätte er diesen Impuls gespürt, verstärkte der Herr der Masken sein Lächeln.

»Noch näher«, verlangte er.

Seine Stimme war nun nicht mehr als ein Flüstern, aber Milou spürte es wie eine Klinge an ihrer Kehle, als sie zögerte. Kurz überkam sie der Drang, sich zu Nív umzuwenden. Sie konnte ihn spüren, hinter sich in den Schatten, die Hand an seinem Dolch, den Zorn in seiner Brust, der ihn immer stärker dazu trieb, sich vorzustürzen und sie aus dem Bann des Mar'kharat zurückzureißen. Doch sie sog die Luft ein, ungeachtet der Kälte, die sich in ihre Lunge ergoss, und ehe die Furcht von ihr Besitz ergreifen konnte, trat sie die letzten Schritte auf den Herrn der Masken zu. Erst nun, da sie dicht vor seinem Thron stehen blieb, bemerkte sie, dass er nicht atmete. Die Risse seiner Haut erschienen ihr wie Schluchten, die ihren Blick unweigerlich anzogen, und für einen Moment kam es ihr so vor, als wäre sein Leib nichts als ein Spiegelbild des Kerkers ringsherum. Nur seine Augen verrieten, dass jede Faser dieses Körpers eine Maske war … geschaffen über einer Finsternis, die jedes sterbliche Wesen mit einem einzigen Blick hinein um den Verstand bringen konnte.

Milou spürte, wie die Angst in ihr zunahm, aber sie blieb seltsam fern, als wäre sie der Impuls einer Fremden, und sie bemerkte, wie Gestalten in die Risse dieser Haut fielen … nein, es waren Spielkarten, unzählige wie in den goldenen Glöckchen des Harlekins. Sie fuhr sich an die Stirn, um dem Schwindel Einhalt zu gebieten, der nach ihr griff. Aber sie konnte sich nicht abwenden, und als sie das Gold der brennenden Augen auf ihrer Haut fühlte, da schien es ihr, als wäre sie dem Herrn der Masken schon einmal begegnet, in der Menschenwelt vielleicht oder in der Geschichte eines Buchs aus Licht und Schatten. Sein Lächeln war wie eine Antwort auf ihre Gedanken, die sie nicht deuten konnte. »Da bist du nun also«, raunte er dunkel. »Die Wanderin zwischen den Welten.«

Milou ertrug die Hitze seiner Augen, die in raschem Wechsel mit dem Frost seines Körpers über ihre Wangen glitt. »Da bin ich«, stimmte sie ihm zu. »Ihr klingt, als hättet Ihr mich erwartet.«

Noch immer trug er ihr Gesicht, aber sein Feuer schien ihre Haut und ihr Fleisch mehr und mehr in eine dünne Schicht zu verwandeln, die jederzeit reißen konnte. »Es wäre leichtsinnig, in der Ewigkeit meiner Tage auf etwas zu warten, das womöglich nie geschehen wird, selbst für einen Schattentänzer wie mich«, sagte er. »Doch du hast in anderer Weise recht, denn ich wusste, dass du kommen würdest. Ich wusste es seit jener Stunde, da der Pala'Dhey vor meinen Thron trat und mich um Hilfe bat. Er war die große Hoffnung des Scherbenreichs. Und die Hoffnung, Tochter der Menschen, ist zäh.«

Erst als ihre Wangen schmerzten, erkannte Milou, dass sie sein Lächeln erwiderte. »Dann ist es also wahr«, sagte sie schnell und presste die Zähne aufeinander. »Der Pala'Dhey kam zu Euch, um Euch um ein neues Gesicht zu bitten.«

»Er wurde verfolgt«, erwiderte der Mar'kharat leise. »Von jenem, dem ich auch eine Maske fertigte ... den Kopf eines Schakals, um ihn zurückkehren zu lassen in die Welt, die er verlor, und um die Seelen der Sterblichen in ein anderes Reich hinüberzuführen, gerade so, wie man es Anubis nachsagt. Ja, Wanderin – auch Caldoron trat einst vor diesen Thron, gerade an die Stelle, an der du nun stehst. Erschreckt dich das?«

Milou erwiderte seinen Blick ungerührt. »Nein«, gab sie zurück und stellte zu ihrem Erstaunen fest, dass das die Wahrheit war. »Ihr seid ein Schattentänzer, wie Ihr gesagt habt, und Ihr habt Euer eigenes Reich um Euch erschaffen. Ihr gehört in keine Welt. Warum also solltet Ihr Partei ergreifen für etwas, woran Ihr niemals Anteil haben werdet?«

Sie spürte sie selbst, die Schärfe in ihrer Stimme, und für einen Atemzug ging etwas wie Zorn über die Züge des Mar'kharat. »Caldoron ist grausam«, sagte er dann. »Bis heute sucht er nach jenem Wanderer, der sich ihm in den Weg stellte, und ohne jeden Zweifel hätte er ihn bereits gefunden, wäre der Pala'Dhey nicht zu mir gekommen. Ja, ich gab ihm, worum er mich bat, und so entkam er seinem Feind.«

Milous Herzschlag beschleunigte sich. »Dann wisst Ihr, wo ich ihn finden kann?«

Das Feuer in seinen Augen glühte auf, tückisch wie ein Lachen. »Ich weiß vieles«, entgegnete er. »Doch ich verrate die Gesichter nicht, die ich verschenke, und ganz gleich, was du mir anbietest: Dieses Gesetz gilt auch für dich. Allerdings ließ der Pala'Dhey Spuren zurück, Splitter seines Selbst, die nur von einem Wesen seinesgleichen gefunden werden können, mehr noch: gefunden werden sollen. Du hast das bereits erfahren. Du bist mir auf Say'lar Aghbar begegnet, als du wie er in den Brunnen gesehen hast. Und daher werde ich dir verraten, wohin der Mann der Füchse ging, nachdem er bei mir war – wenn du die Antwort wirklich hören willst.«

»Das will ich«, sagte Milou schnell.

»Bedenke, dass mein Preis hoch sein wird«, raunte der Herr der Masken, so leise nun, dass seine Stimme wie die Ankündigung eines Gewitters in ihr widerhallte. »Und du wirst erst erfahren, wie hoch, wenn es schon zu spät ist. Bist du dennoch bereit, ihn zu bezahlen?«

Seine Frage war kaum zu hören und doch spürte Milou sie in jeder Faser ihres Körpers. Eiskalt strich sie durch ihre Gedanken, und sie fuhr zusammen, als Nívs Stimme durch den Raum hallte.

»Ich werde ihn bezahlen«, rief er laut. Er war bis zum Rand des Raureifs vorgetreten, und seine Augen glühten in schwarzem Feuer, nun, da er den Blick des Mar'kharat erwiderte. Dieser schob leicht das Kinn vor, und für einen kurzen Moment meinte Milou, eine haltlose Gier auf seinen Zügen erkennen zu können – diesem Gesicht, das noch immer das ihre war und ihr doch so fremd erschien, als hätte sie es nie zuvor gesehen. Aber dann schüttelte der Herr der Masken den Kopf, als müsste er sich selbst von etwas überzeugen. »Nein«, grollte er, und die Glut seiner Augen wurde kalt. »Dieses Mal weise ich dich zurück, Nív Traumfänger. Ich wähle stattdessen … das Menschenkind.«

Dieses Mal … Dumpf klangen die Worte in Milou nach, doch ehe sie ihren Sinn erfassen konnte, richtete der Mar'kharat seine Aufmerksamkeit wieder auf sie.

»Was ist, Wanderin?«, fragte er. »Zahlst du meinen Preis?«

Wie aus weiter Ferne hörte sie Nívs Stimme. Er rief etwas, so drängend, dass sie sich zwingen musste, sich nicht zu ihm umzudrehen. Ein einziger Blick auf ihn und sie würde vor dem Gold der Masken zurückweichen, das fühlte sie. »Ja«, sagte sie mit aller Entschlossenheit, die sie aufbringen konnte. »Das werde ich.«

Der Mar'kharat betrachtete sie ohne jede Regung, als würde er erwarten, dass sie ihre Worte zurücknahm. Aber sie rührte sich nicht und schließlich hob er die linke Hand. Sie hörte noch, wie der Raureif rings um sie als knisternde Rosenhecke in die Höhe schoss. Dann beugte der Herr der Masken sich vor, und ehe sie hätte zurückweichen können, entfachten sich seine Augen zu gleißender Glut. Die Luft wich aus ihrer Lunge, und als die ersten Funken ihre Wangen trafen, explodierte das Feuer in ihrem Schädel. Instinktiv wappnete sie sich gegen die Hitze, doch an ihrer Stelle traf sie eine Kälte, so übermächtig, dass sie fast die Besinnung verlor. In Blitzlichtern peitschte der Frost durch ihre Adern und riss sie in sich selbst zurück, und gleich darauf sah sie den Herrn der Masken in den goldenen Flammenströmen dahinjagen. Als düsteres Abbild ihrer Selbst raste er durch ihre Gedanken, die wie gefrorene Blätter aus dem glühenden Frost tauchten, und jedes Mal, wenn er die Klaue über eine Erinnerung zog, suchend nach dem Preis, den er verlangen würde, verwandelte sie sich für die Dauer eines Herzschlags zu einer Figur aus schwarzer Asche … zerbrechlich wie die Tänzer im Viertel der Masken. Dumpf nur nahm Milou noch ihren Körper wahr, der fern dieses Schauspiels auf die Knie fiel. Es schien ihr, als würde sie sich mit jedem gebannten Gedanken auch in eine solche Figur verwandeln – das Abbild eines Wunders, erstarrt in einer Welt ohne Zeit.

Der Mar'kharat lachte in ihrem Kopf. Es war ihre eigene Stimme, die in ihr widerhallte, doch voller Hohn verzerrt – und heilloser Schreck ergriff sie, als eine weitere Szene vor ihr aus den Flammen tauchte. Es war Nonna, wie Milou sie zuletzt gesehen hatte, in ihrer Küche, durch die Glasscheibe des Fensters von ihr getrennt. Das Bild stand in so leuchtenden Farben, dass sie noch einmal den Duft der Rosen wahrnahm, und als hätte der Herr der Masken den Schmerz gespürt, der dabei durch ihre Brust ging, hielt er inne. Mit glühenden Klingen glitt sein Lächeln über sie hinweg, als er Nonna mit seinem Willen umfasste. Hier war sie, die Erinnerung, die er sich nehmen würde – und er zögerte keinen Augenblick. Schattenhaft berührte er Nonnas Hand, die sich umgehend zu Asche verfärbte. Und im selben Moment, da die Farben in den Augen ihrer Großmutter langsam verblassten und über seine Klaue in seinen Leib strömten, begriff Milou, dass der Herr der Masken weitaus mehr tat, als ihr die Erinnerung zu rauben. Er stahl ihr jedes Leben, doch sie verschwand nicht. Sie blieb festgebrannt in ihrem Kopf, ein ausgezehrter Schemen all dessen, was sie einst in sich getragen hatte, und sie schauderte, als sie in Nonnas tote Augen sah. Hierin lag die Grausamkeit des Mar'kharat: in einer Wunde tief in ihrem Inneren, die sich niemals schließen würde.

Sie sah zu, wie Nonnas Augen stumpf wurden ... und ballte die Hände zu Fäusten. Ihre Finger schmerzten, so kalt waren sie geworden, aber sie achtete nicht darauf. Sollte der Mar'kharat sie berauben, sollte er ihr eine Erinnerung nehmen, einen

Traum, einen Gedanken, um seine eigene armselige Existenz zu erhellen. Aber sie würde nicht tatenlos zusehen, wie er dieses Bild in ihr verbrannte, als wäre es nicht mehr als eine Hülle aus Papier, um sie bis ans Ende ihrer Tage mit diesem Anblick zu foltern. Sie war die Träumerin zwischen den Welten – sie würde es tausendfach neu erschaffen!

Mit aller Kraft fixierte sie Nonnas Hand, während ihre steif gefrorenen Finger in ihre Tasche glitten. Warm glomm der grüne Kristall unter ihnen auf, und als hätte sie neue Kraft durchströmt, sog Milou die Luft ein. In dem Bild vor ihr ruhte Nonnas Hand auf ihrer Hüfte, wie immer, wenn sie eine der Katzen aus der Küche scheuchte. Aber Milou erinnerte sich daran, wie eben diese Hand früher die Seiten des Märchenbuchs umgeschlagen hatte, das jahrelang ihre liebste Lektüre gewesen war, und ihr das Haar aus der Stirn gestrichen hatte, wenn sie als kleines Kind ins Bett geschlüpft war. Sacht war diese Geste gewesen, und doch spürte Milou sie nun so deutlich, als wäre sie gerade erst passiert, und da brachen Farben durch die Risse in der Asche, die Nonnas Bild ergriffen hatte. Lautlos drängten sie die Dunkelheit zurück, und obgleich das Feuer ringsum aufloderte, nahm Milou es kaum wahr. Alles, was sie sah, war Nonna, die nun den Kopf hob und sie anschaute – atemlos, als hätte sich für einen Wimpernschlag ein Tor zwischen Erinnerung und Wirklichkeit aufgetan, in dem sie einander begegnen konnten. Dann schlugen die Flammen höher, und ehe Milou noch wusste, wie ihr geschah, fand sie sich vor dem Thron des Mar'kharat wieder.

Noch immer rankten sich Blumen aus Eis und Schnee um sie in die Höhe, so dicht, dass sie Nív kaum sehen konnte. Der Herr der Masken jedoch hatte sein Lächeln verloren. Auch die Gier war von seinen Zügen verschwunden, und statt des Feuers, das gerade noch grell aufgeflackert war, stand nun ein Bild in seinen Augen. Es war Nonna, die Milous Blick erwiderte, und eine seltsame Hingabe stand auf seinen Zügen, als würde auch er die Rosen riechen können, deren Duft sich in Nonnas Haaren verfangen hatte. Kurz schien er Luft holen zu wollen, ehe er sich daran erinnerte, dass er nicht atmete. Dann beugte er sich vor, und als wäre die Erinnerung ein Tor für ihn, schlüpfte er erneut in das Bild hinein.

Milou sah ihn als goldenen Glanz über Nonnas Gesicht flammen, und sie meinte, den Korridor erkennen zu können, wie ein Schemen in dem Bild verborgen ... einen Korridor mit unzähligen Türen. Sie kam auf die Beine. Fast glaubte sie, die Türen schlagen zu hören, als der Herr der Masken sie durchschritt. Er schloss das Bild auf mit all den Portalen, die darin lagen, und mit jeder Tür verwandelte es sich in seinen Augen. Sie sah Nonna darin jung werden, sah sie lächeln und weinen und ausgelassen über ein Springseil hüpfen, und sie meinte, den Mar'kharat lachen zu hören, als er durch die verborgenen Bilder strich, behutsam auf einmal, als hätte er ein Geheimnis entdeckt, das selbst ihm kostbar war. Seine Augen glommen in grünem Licht auf. Sacht fiel der Schein auf Milous Gesicht, und da sah sie Nonna als junges Mädchen am Fenster stehen und auf die nächtliche Straße hinausschauen. Lange hatte sie so gestanden und vergebens auf ihren Geliebten gewartet – und Milou stockte der Atem, als plötzlich ein Schatten in das Licht des Kristalls trat. Unwillkürlich beugte sie sich vor. Die Kälte des Mar'kharat legte Raureif auf ihr Haar, aber sie achtete nicht darauf. Alles, was sie sah, war der Fuchs in der Dunkelheit, der zu Nonna aufschaute, so aufmerksam, als würde er sie kennen, und als diese die Hand gegen das Fenster legte, konnte Milou das Glas unter ihren eigenen Fingern fühlen. Es war ein Abschiedsgruß, den sie betrachtete, das spürte sie ohne jeden

Zweifel … ein letzter Gruß an Nonna vom Pala'Dhey, der ihr Geliebter gewesen war.

Der Fuchs verschwand mit raschem Sprung, und Milou merkte kaum, wie der Herr der Masken sich aus dem Bild zurückzog. Zu deutlich sah sie noch immer ihre Großmutter vor sich, wie sie als alte Frau an eben diesem Fenster stand, umgeben vom grünen Schein des Kristalls, und die Träne nicht bemerkte, die über ihre Wange rann. Milou meinte, sie auf ihrer eigenen Haut zu fühlen. Aber erst als das Bild langsam erlosch, erkannte sie, dass nicht sie es war, die weinte.

Lautlos fiel die Träne des Mar'kharat auf den Kristall in ihren Händen, und zum ersten Mal, seit sie ihm begegnet war, sah sie sein wahres Gesicht. Es war das Antlitz eines Menschenkindes, kaum vier oder fünf Jahre alt, und während Milou in diese Augen schaute, so blau wie der Himmel an einem klaren Tag, da wusste sie, dass auch er einst aus ihrer Welt gekommen war – der mächtige Herr der Masken, der in den Schatten verloren gegangen war. In tausend Rätseln saß er vor ihr, doch alles von Bedeutung war die Sehnsucht, die auch er kannte, dieselbe Sehnsucht, die sie selbst so oft ans Fenster und in die Dunkelheit getrieben hatte und die sie noch immer den Atem anhalten ließ, jedes Mal, wenn sie Nív in die Augen sah. Es war diese Sehnsucht, die den Herrn der Masken zu einem Dieb machte, sie allein, die ihn in Ketten legte und zugleich fliegen ließ, und ehe Milou noch die Wunde in seiner Brust fühlte, diese unheilbare Wunde aus goldenem Feuer, die jedes Bild zerbrach, hob sie die Hand. Kurz glomm die Frage in ihr auf, welcher Verlust ihm diese Glut bereitet hatte … welcher Schmerz, welche Erschütterung es gewesen sein mochte, die ihn keines seiner gestohlenen Bilder bewahren ließ und ihn in diese Ketten legte. Aber dann glomm der grüne Kristall auf und sie legte den Stein in seine

Klaue. Auch diese formte sich nun zu der Hand eines Kindes, und der Mar'kharat sah in haltlosem Staunen auf den Kristall, als hätte er vergessen, was sein Licht bedeutete … dieses Licht, das nicht gestohlen werden konnte und nun als Geschenk zu ihm gekommen war.

Wortlos hob er es vor seine Augen, die sich erneut grün verfärbten, und da glühte das Licht auf. Geblendet fuhr Milou zurück, doch sie hörte, wie die Rosen aus Eis und Schnee in sich zusammenfielen, und kaum, dass Nív an ihrer Seite war, folgte sie dem grünen Schein mit ihrem Blick durch den Raum. Er strich über die gefrorenen Gedanken hin, über die Erinnerungen und Träume, die einst an diesem Ort gebannt worden waren. Und als hätte sein Schein die Kälte von ihnen genommen, erblühten sie für die Dauer eines Herzschlags in tausend Farben, kräftiger und strahlender als jede Asche auf dem Platz der Masken. Milou streckte die Hand nach den flirrenden Seifenblasen aus. Sie meinte, das Gelächter der Menschen hören zu können, die sich nun darin aufrichteten, und als sie sich zum Herrn der Masken umdrehte, ging ein wärmender Schauer über ihren Rücken. Reglos saß er da, umgeben von einem Meer aus wispernden Farben – er, der Magier ohne Welt, der einst ein Kind gewesen war.

Milou erwiderte sein Lächeln, und für einen Moment überkam sie das Bedürfnis, die Hand nach ihm auszustrecken, zu fühlen, ob seine Haut tatsächlich ohne jede Wunde war und ohne jeden Frost. Doch als sie sich vorbeugte, hielt Nív sie zurück, und da sah sie zu ihrem Schrecken, dass ihre Finger sich mit Eis überzogen hatten, lautlos, als hätte der Herr der Masken ihren Gedanken gespürt. Mit pochendem Herzen schaute sie auf, und da bemerkte sie das listige Funkeln in dessen Blick – golden wie von einem einzelnen Auge in einem Körper aus geschnitztem Holz.

»Er hat in den Spiegel gesehen, ehe er ging«, sagte er leise, und Milou konnte nicht sagen, ob Bedauern auf seinen Zügen lag, als die Bilder ringsherum ihre Leuchtkraft verloren. »Euer Weg führt euch nach Murano … ins Reich aus Glas. Und nun geht, Narren, Träumer, Wanderer … geht … in eure Welt … zurück …«

Damit senkte er den Blick und betrachtete die schwarze Träne, die sich im Inneren des Kristalls ausbreitete und ihn langsam in Asche verwandelte. Die Kälte strich sacht über Milous Haut, aber der Raureif ließ den Boden knacken, und sie wich zurück, als er sich knisternd um den Thron aus Dornen schloss. Schon zogen sich neue Risse über den Leib des Mar'kharat. Doch gerade als sie sich von ihm abwandte und Nív in die Schatten folgen wollte, hob er noch einmal den Blick. Deutlich sah sie das Lächeln auf seinen Lippen, zum ersten Mal ohne jeden Spott, und sie wusste, dass seine Augen von nun an in grünem Licht erstrahlen würden … geboren aus der Sehnsucht nach einer Welt, die unerreichbar war.

19

Das Licht der Sonne fiel nur schwach durch die Wolkendecke, die auf den Dächern der Scherben lastete. Es legte sich bleiern auf die Spiegel der Fassaden, ein fahler Schatten nur von der Wärme, die es für gewöhnlich in sich trug. Und doch musste Milou all ihre Kraft aufwenden, um nicht darauf zuzustürzen. Sie wusste, dass sie sich in der Dunkelheit verborgen halten musste, aber seit sie den Herrn der Masken verlassen hatte, schien die Kälte in ihrem Leib immer mehr zuzunehmen. Selbst die aufreibende Flucht vor den Thar'koryen, denen sie einige Male fast in die Arme gelaufen war, änderte daran nicht das Geringste, und nun stand sie mit angezogenen Schultern in diesem finsteren Hinterhof und schaute zu Nív hinüber, der an der Häuserecke die Straße im Blick behielt.

Er hatte kaum ein Wort gesprochen, seit sie das Viertel der Masken hinter sich gelassen hatten. Schweigend hatte er einen wärmenden Zauber auf ihren Körper gelegt, der die Kälte ein wenig gelindert hatte, und noch immer zeigte sein Gesicht dieselbe Verschlossenheit, mit der er dem Mar'kharat den Rücken gekehrt hatte. Milou seufzte leise, als sie an ihr letztes Gespräch zurückdachte … oder wie auch immer man einen Wortwechsel nennen sollte, der hauptsächlich aus Schweigen bestand. Sie hatten im Schutz eines Palazzos darauf gewartet, dass eine Gruppe Thar'koryen sich von ihnen entfernen würde, und sie fühlte noch immer die Kühle, die sich aufs Nívs Zügen verstärkt hatte, jedes Mal, wenn sich ihre Blicke begegnet waren.

Murano also, hatte sie schließlich geflüstert, um der elenden Stille zwischen ihnen zu entkommen, und nichts als ein Schnauben geerntet. *Bei der Fahrt mit Pogg habe ich die Insel in der Finsternis gar nicht gesehen. Besteht sie wirklich aus Glas, wie der Herr der Masken gesagt hat? Und was könnte den Fuchsmann dorthin getrieben haben?*

Wege, hatte Nív gemurmelt, ohne sie anzusehen, und da hatte Milou es aufgegeben. Seine Anspannung hatte sie den Thar'koryen zugeschrieben, die in wachsender Zahl über die Dächer dahinjagten. Nun jedoch, da sie ihn in der Finsternis dieses Hinterhofs betrachtete, bemerkte sie die Unruhe in seinem Blick, die jede Kühle des Kriegers durchdrang. Irgendetwas ging in ihm vor, seit sie den Herrn der Masken verlassen hatten ... etwas, das ihn vor ihr zurückweichen ließ wie ein wildes Tier vor menschlichen Stimmen.

Sein Ruf war fast lautlos. Warnend hob Nív die Hand, ehe er sie zu sich winkte, und als sie im Schutz der Häuser am Kanal entlangrannten, flogen etliche Thar'koryen über den Hinterhof hinweg. Milous Herz raste. Jedes Mal, wenn der Frost von Caldorons Schergen über ihre Haut glitt, begann sie zu zittern, und es brauchte nicht mehr als ein Scharren der Scherbenklauen in ihrer Nähe, um ihr die Luft aus der Lunge zu pressen. Nív hingegen eilte so mühelos dahin, als würden ihn weder ihre Verfolger noch die Anstrengungen der letzten Tage auch nur die geringste Kraft kosten. Schließlich blieben sie vor einem Haus stehen, das sich in einer Sackgasse zwischen den Nachbargebäuden duckte, als wollte es sich gänzlich in die Schatten zurückziehen. Die Fenster starrten schwarz auf die Straße, und als Milou ins Innere spähte, erkannte sie eine verlassene Stube mit halb verbogenem Metallbett. Offensichtlich war das Haus schon vor einer ganzen Weile verlassen worden. Doch Nív klopfte an die morsche

Tür, so leise, dass das Geräusch beinahe nicht zu hören war, und gleich darauf wurde sie einen Spalt weit geöffnet.

Ein breitschultriger Dha'raki erschien im Rahmen. Die Tätowierungen, die sich über seine muskulösen Arme und den kahlen Schädel zogen, bewegten sich wie lebendige Schlangen, und seine Augen strahlten im grünkalten Licht eines Reptils. Doch als er Nív erkannte, hellte sich seine Miene auf. Ein Wort kam über seine Lippen, das wie ein sanfter Fluch klang, und er entblößte zwei Reihen goldener Zähne, als Nív ihm in dunkler Sprache antwortete und zum ersten Mal seit Stunden den Mund zu einem Lächeln verzog. Kurz nur streifte der Fremde Milou mit seinem Blick. Dann klopfte er Nív gegen die Schulter und ließ sie herein.

Im Inneren hatte das Haus nichts mehr mit dem verlassenen Gebäude zu tun, das Milou gerade noch durchs Fenster gesehen hatte. Stimmengewirr erfüllte die Luft, und sie musste an das Abrisshaus in Paris denken, in dem sie zu Mathis' Ärger einmal auf einer illegalen Party gewesen war. Auch dort hatten dunkle Gestalten auf Sofas, Sesseln und Stühlen zusammengehockt, auch dort hatte es nach Rauch und Alkohol gerochen, und auch dort hatte es eine improvisierte Theke gegeben, an der allerhand Flaschen an der Wand aufgereiht worden waren. Aber ganz im Gegensatz zu der Party in Paris gab es hier keine reichen Söhne und Töchter, die ein Abenteuer suchten. Die Wesen an diesem Ort sahen eher aus wie Krieger, die eine Pause von all den Eskapaden brauchten, die sich an ihre Fersen geheftet hatten ... oder wie zwielichtige Gestalten, die nur darauf warteten, sich in die nächste Finsternis zu stürzen. Selbst der Kerl an der Theke, ein Dha'raki mit pechschwarzen langen Haaren und einer Haut aus dunklem Metall, schien die Gläser in seinen Händen ebenso gut verspeisen wie abspülen zu können.

»Was tun wir hier?«, flüsterte Milou, als sie sich hinter Nív an einer Gruppe lachender Frauen in knappen Lederkleidern vorüberschob. »Ich dachte, wir müssen nach …«

Ehe sie weitersprechen konnte, warf er ihr einen warnenden Blick zu. »Wir sind auf dem Weg«, gab er kaum hörbar zurück. »Aber das Reich aus Glas liegt zu nah am Weißen Turm, als dass ich das Risiko eines schreienden Kobolds eingehen würde.«

In der Nähe der Theke blieben sie stehen. Milou ließ ihren Blick über die Gestalten schweifen und hob spöttisch die Brauen. »Und was willst du hier tun? Einen Piraten anheuern?«

Die Andeutung eines Lächelns glitt über sein Gesicht. »Die Kälte des Mar'kharat wird nicht von selbst wieder verschwinden. Wir müssen ihr die Wärme der Schatten entgegensetzen, sonst wird sie dich krank machen. Und was die Überfahrt betrifft … Es gibt andere, die uns hinüberbringen können. Wesen ohne jede Welt, die das Licht ebenso scheuen wie die Dämmerung. In wenigen Stunden wird es dunkel sein, dann brechen wir auf. Bis dahin gibt es keinen sichereren Ort für uns als hier.«

Unauffällig deutete er in Richtung der Fenster, und da bemerkte Milou die bewaffneten Dha'raki, die an den Rahmen gelehnt die Straße beobachteten. »Gehören sie zu den Pathari?«, fragte sie, als einige der Wächter respektvoll zu Nív herübernickten.

»Manche von ihnen«, entgegnete er und erwiderte die Geste. »Andere sind in ewigem Hass auf Caldoron entbrannt, aber unfähig, sich einer hierarchischen Gruppe anzuschließen. Eines jedoch eint jede Seele unter diesem Dach: der Gedanke der Freiheit, der sich Licht und Finsternis entgegenstellt, ganz gleich, was geschieht.« Er hielt inne, und plötzlich fragte Milou sich, wer ihm diese Worte einst gesagt hatte – ihm, dem Kind eines Menschen mit einem Herzen aus schwarzen Scherben. Dann traf sie sein Blick und durchbrach ihre Gedanken. »Setz dich dort hin, ich bin gleich zurück.«

Er deutete auf ein Sofa, das in der Ecke des Raumes neben einem glühenden Ofen stand, und ging zur Theke hinüber. Es war so weich, dass Milou fast darin versank, als sie seiner Aufforderung folgte. Während die Wärme des Ofens über ihre Wangen strich, ließ sie den Blick durch den Raum schweifen. *Wesen ohne jede Welt* … Nívs Worte klangen in ihr wider, als sie die Gestalten ringsum betrachtete, und unwillkürlich musste sie an den Herrn der Masken denken. Noch einmal sah sie ihn vor sich, die gerade noch goldenen Augen in klarem Grün erhellt, und fragte sich, was Nonna sagen würde, wenn sie wüsste, dass sie ihren Kristall fortgegeben hatte. Doch dann musste sie lächeln. Nonna hätte an ihrer Stelle nichts anderes getan. Auch sie hätte den Kristall an dieses Wesen verschenkt, das nichts von ihm hatte bewahren können als das Licht, das einst in die Nacht einer menschlichen Gasse gefallen war – dieses Licht, das alles war, was wirklich zählte. Sie sah ihre Großmutter dastehen, reglos am Fenster, sah auch den Fuchs im Augenblick des Abschieds, und sie hörte noch einmal Nonnas Stimme, als sie ihr von dem jungen Mann erzählt hatte, der sie einst in die Scherbenwelt geführt hatte … der Mann, den sie geliebt hatte und der sie nun mit Milous Hilfe von Caldorons Bann befreien würde. Nachdenklich schaute sie zur Theke hinüber, wo Nív mit einigen dunklen Gestalten sprach, und sie erinnerte sich daran, wie sie bei ihrer letzten Begegnung in der Küche den Eindruck gehabt hatte, dass Nonna ihr etwas hatte sagen wollen, ehe Caldorons Macht sich um ihre Kehle geschlossen hatte. Hätte sie Milou vor der Scherbenwelt gewarnt? Hätte Nonna sie davor gewarnt … sich zu verlieben?

»Sei vorsichtig«, sagte Nív in Milous Gedanken hinein. Sie hatte nicht gemerkt, dass er zu ihr an den Tisch getreten war, und nun schoss ihr das Blut in den Kopf, so ertappt fühlte sie sich. Erst als er sie mit sichtlicher Verwunderung ansah, bemerkte sie den Becher in seinen Händen. »Der Tee ist heiß«, stellte er fest, als er ihn ihr reichte. »Aber er hat seine Wirkung noch nie verfehlt.«

Milous Wangen brannten, als Nív sich neben sie setzte. Sie konnte ihr Gesicht im dunklen Spiegel des Bechers nur schemenhaft sehen und hoffte inständig, dass es nicht so stark glühte, wie es sich anfühlte. Schweigend trank sie von dem Tee. Er schmeckte würzig und breitete sich mit samtener Wärme in ihrem Inneren aus, und als sie nach einer Weile einen Blick auf Nív warf, stellte sie fest, dass auch er an diesem Ort ein wenig seiner Unruhe verloren zu haben schien. Gedankenverloren drehte er ein Glas mit tiefschwarzer Flüssigkeit in seinen Händen, und wie unter der plötzlichen Furcht, ihn erneut an sein Schweigen zu verlieren, setzte Milou sich vor. Dabei stieß sie mit ihrem Knie an das seine und konnte nichts dagegen tun, dass ein Schauer durch ihren Körper ging.

»Du warst schon einmal bei ihm«, sagte sie, um von ihrem rasenden Herzen abzulenken. »Beim Herrn der Masken, meine ich. Aus welchem Grund?«

Nívs Gesicht hatte sich verfinstert, als sie den Namen ausgesprochen hatte, doch bei ihrer Frage ging ein amüsierter Funke durch seinen Blick. »Und ich hatte gehofft, du hättest es überhört.«

»Du hast mir doch beigebracht, auf alles ringsherum zu achten«, gab sie zurück. »Das ist es doch, was Krieger tun, oder nicht?«

Er nickte. »Aber ich sagte dir schon einmal, dass du keine Kriegerin werden sollst. Du bist eine Träumerin. Das ist mehr als genug.«

Sacht strich seine Stimme über ihren Nacken, und er intensivierte sein Lächeln, als könnte er das Gespräch auf diese Weise beenden. Doch Milou schüttelte den Kopf. »Auch die Träumerin hat gehört, was der Herr der Masken gesagt hat«, beharrte sie. »Du hast ihm erlaubt, dich zu bestehlen. Warum?«

Der Ernst legte sich schattengleich auf Nívs Gesicht, und Milou war überzeugt, dass er ihr niemals eine Antwort geben würde. Aber dann hob er den Blick und sah sie an, und für einen Moment standen sie noch einmal in der Gasse wie in jener ersten Nacht in Venedig, als sie sein Lächeln gespürt hatte, ohne es zu sehen. Stolz und spöttisch war es gewesen und zugleich von einer sanften Vorsicht, und ein Frösteln flog über ihren Rücken, als es auf seinen Zügen zerbrach. »Für eine Maske«, erwiderte er kaum hörbar. »Die Maske eines Menschen.«

Milou zog die Brauen zusammen. »Aber du …«, begann sie, doch Nív hob abwehrend die Hand, als hätte er mit dieser Reaktion gerechnet.

»Nein«, sagte er, und es schien ihr, als würde er ihre Hand auf sein Herz aus Scherben legen, so kalt wurden ihre Finger auf einmal. »Vergiss nicht: Ich bin kein Mensch … nicht so wie du. Und auch wenn es dir seltsam erscheinen mag, wenn ich es dir verrate, aber früher, vor vielen Jahren, wünschte ich mir nichts mehr, als einer von euch zu sein.«

Tatsächlich konnte Milou nicht verhindern, dass ein Lächeln auf ihre Lippen flog. Wie oft hatte Nív über die Menschen gelacht, wie oft spöttisch und verächtlich über sie gesprochen? Sie erinnerte sich an die betörende Kühle, die jedes Mal auf seine Züge geglitten war, wenn er über die Blindheit der Menschen geredet hatte, über ihre Ignoranz, ihre Dummheit, sie spürte noch einmal den leisen Zorn, den sie in seinen Augen gesehen hatte, als er vom Palazzo Dario aus auf ihre Welt hinabgeschaut hatte … und kurz, nur für einen Moment, sah sie die Sehnsucht durch seine Augen brechen, als er das Licht der Menschen auf seiner Haut gefühlt hatte. Kaum länger währte dieser Moment als einen Atemzug, und doch genügte er, um jedes Lächeln von ihren Lippen zu vertreiben.

»Ich weiß nicht, wie oft ich mich fragte, wer mein Vater gewesen sein mochte«, fuhr Nív fort, leise und wie zu sich selbst. »Wie oft ich die Menschen beobachtete, heimlich zuerst, ehe ich es wagte, mit ihnen zu sprechen … und wie fremd ich mich fühlte unter ihnen, jedes Mal, wenn sie in meine Augen schauten, die mein Scherbenherz erahnen ließen. Ich war ein Kind damals, kein Krieger wie jetzt, und ich wusste nicht, wohin mit meiner Einsamkeit. Und so gab ich dem Mar'kharat eine Erinnerung und erhielt eine Maske dafür. Es war ein Zauber, der mir die Augen eines Menschen verlieh. Zuerst schien es mir, als würde sich alles ändern. Die Menschen sahen meine Dunkelheit nicht mehr, und als wäre sie dadurch auch für mich verschwunden, gab ich mich der Illusion hin, ein Teil ihrer Welt zu sein. Doch dieses Trugbild währte nur kurz. Denn ihre Welt raubte mir weiterhin das Leben, und schon bald erkannte ich, dass ich noch immer ein Fremder unter ihnen war, unerkannt und fern ihrer Blicke, die nur zu gern von meinem Gesicht abglitten, als hätten sie gefühlt, dass ich ihnen die Last meiner Dunkelheit genommen habe … den Spiegel, der in mir lag und den nur die wenigsten von ihnen überhaupt ertragen hätten.«

»Ich kenne diesen Blick«, sagte Milou leise. »Sie sehen dich an, als wärest du gar nicht da, und glauben gleichzeitig, dich genau zu kennen.«

Nív nickte. »Die Menschen schauen dich an, aber sie sehen nicht, was du bist. Sie sehen, was sie sind. Doch je weniger sie mich erkannten, desto deutlicher sah ich sie. Ich verstand, dass sie das Reich der Scherben nicht nur vergessen hatten, sondern dass sie es vergessen *wollten*. Sie wussten nicht mehr, was es hieß, den Dingen und sich selbst den richtigen Namen zu geben. Sie hatten verlernt, was Träume bedeuteten, und mit jeder verlorenen Erinnerung und jedem zerbrochenen Gedanken wuchs ihre Furcht vor dem, was meine Welt ist: unfassbar für den menschlichen Verstand. Noch heute spüre ich denselben Zorn auf diese Angst wie damals, als ich sie zum ersten Mal mit eigenen Augen sah ... und dennoch konnte ich mich nicht von den Menschen abwenden. Denn sie konnten träumen, und wie war es möglich, dass ein träumendes, liebendes, weinendes Wesen so blind geworden war, dass zwei Welten darüber zugrunde gehen mussten? Das fragte ich mich immer wieder. Und schließlich fand ich Menschen, die meinen Blick erwiderten, tief in ihrem Inneren. Und manchmal fühlte ich mich ihnen ganz nah.«

Milou schwieg für einen Augenblick. »Du sagtest, dass ich dir aufgefallen wäre, damals, als ich aufs Meer hinausgesehen habe. Bin ich dir nur sonderbar erschienen, oder ...« Sie hielt inne. Auf einmal war sie seltsam atemlos. »Hast du mich auch so angesehen ... so wie diese Menschen?«

»Ja«, erwiderte er nach einem Moment der Stille. »Oft.«

»Und habe ich deinen Blick erwidert?«

Ihre Frage war kaum zu hören, so leise hatte sie sie gestellt, und sie spürte nichts mehr als ihren Herzschlag und Nívs Blick, so dunkel in seinem Feuer, dass er alles bedeuten konnte. Und dann endlich brach das Lächeln in seinen Augen auf. »Jedes Mal.«

Ein Schauer flog über Milous Haut, flüsternd wie tausend schwarze Federn, und für einen Moment stand sie wieder am Fenster ihres Zimmers, in einer dunklen Gasse, am Ufer des Meeres und schaute in die Schatten. Wie oft hatte sie das getan, wie oft hatte sie sich gewünscht, dass dieser Blick eine Antwort finden würde. Und wie hätte sie ahnen können, dass genau das passiert war? Vielleicht hatte sie Nív schon früher angelächelt, ohne etwas davon zu wissen … und vielleicht hatte sie sich gerade deshalb so sehr nach der Dunkelheit gesehnt, weil sie gespürt hatte, dass er darin auf sie wartete. »Aber deine Sehnsucht konnten auch diese Menschen dir nicht nehmen«, sagte sie nach einer Weile, und ein Schatten legte sich auf seine Züge, als er ihren Blick erwiderte.

»Sehnsucht ist nicht dafür da, um genommen zu werden«, erwiderte er. »Aber du hast recht. Immer dann, wenn die Menschen anfingen zu träumen, wenn sie weinten und vor Trauer verzweifelten, zerbrachen sie unter meinem Blick. Dann erschienen sie mir wieder fern wie die Gedanken eines Fremden und ich schlug mir die Hände blutig an den Mauern in meinem Kopf. Denn damals begriff ich, dass meine Sehnsucht nicht dem Ziel galt, ein Mensch zu sein, sondern den Schleier zu heben, der mich gefangen hält … die Tränen weinen zu können, die in mir sind, und den Herzschlag zu hören, den ich zwischen Schlafen und Wachen erahnt habe. Ich bin wie ein Vogel mit gebrochenen Flügeln, dabei möchte ich nur lebendig sein, durch und durch, verstehst du? Mit allem, was ich bin.« Er holte tief Atem. »Doch das wird nicht geschehen. Und so brachte mir die Maske des Mar'kharat zwar Erkenntnis, aber sie linderte meinen Schmerz nicht. Ich habe sie eines Nachts verbrannt. Sie verglühte in goldenem Feuer.«

»Du bist nicht gebrochen«, sagte Milou sanft. »Ich habe dich fliegen sehen.«

Doch Nív schüttelte den Kopf. »Ich gab ihm eine Erinnerung«, wiederholte er, und als sein Blick in die Schatten schweifte, lag eine Hingabe darin wie in den Augen von Kindern angesichts eines Wunders. Jede Kälte, die ihn gerade noch geschützt hatte, schmolz unter dem Glanz in seinem Blick, als er lächelte. Es war ein Lächeln aus weiter Ferne.

»Ich sehe sie noch vor mir«, raunte er. »Wie ein Bild, das ich nicht mehr verstehe. Es zeigt meine Mutter, die mir durchs Haar streicht. Ihre Augen glänzen im Schein der Sonne und sie lächelt … wie die Mütter in deiner Welt, wenn sie ihre Kinder lieben.«

Erst als ihre Finger seine Haut berührten, wurde Milou bewusst, dass sie nach seiner Hand gegriffen hatte. Wie aus einem Traum geweckt sah er sie an, und kurz wollte sie ihre Hand zurückziehen. Aber sie tat es nicht. Stattdessen strich sie sacht über seine Finger, und als wären sie über diese Geste in einen schützenden Kokon geraten, ließ er es geschehen.

»Früher habe ich ihre Nähe gefühlt«, fuhr er fort. »Jedes Mal, wenn ich an diese Szene dachte. Doch nun ist nichts mehr davon übrig als ein Abziehbild. Du hast es selbst erlebt. Du weißt, welche Macht der Herr der Masken hat. Und anders als du konnte ich seinem Feuer nichts entgegensetzen.«

Noch einmal sah Milou, wie Nonnas Hand sich unter dem Griff des Mar'kharat schwarz verfärbte, doch ehe die Kälte sie erneut packen konnte, schüttelte sie den Kopf. »Das ist nicht wahr«, erwiderte sie eindringlich. »Du setzt ihm mehr entgegen, als ich es je gekonnt hätte, mit jeder Sekunde, in der du den Blick auf diese Erinnerung erträgst. Er hat sie schwarz gefärbt in dir, aber er konnte sie nicht töten, denn selbst ihm fehlt dazu die Macht. Du magst es mir nicht glauben, aber sie ist noch immer da. Und vielleicht wird sie eines Tages mit aller Kraft zu dir zurückkehren – genauso strahlend, wie sie einmal war.«

»Vielleicht hast du recht«, erwiderte er. »Vielleicht musst du mein Herz berühren und es bunt färben, genau so, wie du es mit Buranos Gassen getan hast.«

Unwillkürlich schaute Milou auf seine Brust. Sie hatte den leisen Spott in seiner Stimme gehört, aber zum ersten Mal empfand sie keinen Zorn darüber. »Ich würde es tun«, flüsterte sie, so leise, dass sie sich selbst kaum hörte. »Wenn ich es könnte – ich würde es tun.«

Ohne ein Wort drehte er seine Hand und umschloss die ihre mit seinen Fingern, und doch genügte diese Geste, um sie fühlen zu lassen, dass er verstanden hatte. Sie sah zu ihm auf und da lächelte er unmerklich.

»Sei vorsichtig, Träumerin«, sagte er leise. »Der Mar'kharat hatte recht. Es liegt mehr zwischen uns als verschiedene Welten … eine Dunkelheit aus tausend Scherben, die mich umfangen hält und die nicht für dich bestimmt ist.«

Milou lächelte ein wenig. »Warum sprichst du immer in Rätseln?«

»Nicht immer«, gab er zurück. »Nur bei den Rätseln, die du nicht lösen sollst.«

Sie strich über die Linien seiner Hand und spürte, dass er auf ihre Finger schaute wie auf das unerreichbare Licht der Menschenwelt. »Ich fürchte mich nicht vor der Dunkelheit.«

»Das solltest du aber«, sagte er, und seine Stimme klang rau. »Sie kann alles zerbrechen, was du jetzt zu kennen glaubst.«

Da hob Milou den Blick. Die Schatten in Nívs Augen loderten auf, aber sie zog ihre Hand nicht zurück. Zu sanft war sein Lächeln, zu zärtlich seine Finger, die nun wie instinktiv ihre Berührung erwiderten, und ehe er vor ihr zurückweichen konnte, legte sie die Hand auf sein Herz. »Nicht alles«, flüsterte sie.

Etwas wie Erstaunen flammte in seinem Blick auf, und für einen endlosen Moment saßen sie einfach da, umgeben von schützendem Zwielicht, und sahen einander an: Sonne und Mond, die sich in der Stunde der Dämmerung begegneten. Dann öffnete Nív den Mund, um etwas zu sagen. Doch ehe ein Laut über seine Lippen gedrungen war, ging ein Krachen durch die Luft, so ohrenbetäubend, dass Milou zusammenfuhr.

Die Dha'raki um sie sprangen auf die Beine. Aber erst als die grellen Lichter vor den Fenstern auftauchten und die Wächter ihre Waffen entluden, fühlte Milou die Kälte, die direkt auf sie zu kroch … die Kälte der Thar'koryen, die sie gefunden hatten.

20

Die Gläser der Fenster barsten mit lautem Klirren. Scherben fielen um Milou nieder, als Nív sie schützend an sich zog, und im nächsten Moment erzitterte die Luft unter donnernden Zaubern. Grelle Lichtkugeln stoben in den Raum, zerbrachen zu beißendem Qualm und schickten Funkenregen über die Dha'raki, die aufgeschreckt auf die Beine kamen. Etliche stürzten mit gezückten Waffen zu den Wächtern, und als ihre Scherbenschwärme hoch über den Dächern explodierten, sah Milou in ihrem Schein die Thar'koryen, die auf das Haus niederstoben: Dutzende Schergen Caldorons, die Augen in weißem Feuer entflammt.

Nív zog sie auf die Beine. Eng an ihn geklammert eilte sie durch den Raum. Er breitete seinen Mantel über sie, um den erstickenden Qualm von ihr fernzuhalten, und immer wieder stieß er einzelne Dha'raki zurück, die ihnen versehentlich in den Weg sprangen. Zornige Schreie peitschten durch die Luft, aber Milou hörte keine Furcht darin und keinen Schrecken. Selbst die Dha'raki, die über Luken im Boden die Flucht antraten, schauten mit nichts als Wut zu den Thar'koryen hinüber, die nun ihre froststarrenden Speere durch die Fenster schickten. Krachend schlugen sie im Boden ein. Milou taumelte, als die Kälte sie traf, doch Nív hielt sie fest, und ehe noch das Eis über die Dielen und Stühle glitt, erreichten sie den Dha'raki mit den Schlangentattoos, der in einer finsteren Ecke auf sie wartete.

Beiläufig drückte er Nív etwas in die Hand. Milou konnte

nicht erkennen, was es war, aber sie hörte den Krieger etwas murmeln. Er wartete, bis Nív nickte, und presste dann die Hand gegen die Hauswand. Graue Lichtadern zogen sich durch den Stein und ließen ihn durchscheinend werden, und als Milou sich vorbeugte, erkannte sie eine Seitengasse jenseits des Spalts. Kaum, dass der Stein sich gänzlich zurückgezogen hatte, sprang Nív auf die Straße und half ihr hinunter. Sie sah noch, wie der Dha'raki ihr zunickte, respektvoll, als wäre auch sie eine Kriegerin, die sich den Schrecken der Welt entgegenstellte. Dann hüllte er seine Fäuste in grünes Feuer. Die Schlangen auf seiner Haut erhoben sich mit tödlichem Zischeln, und im selben Moment, da er herumfuhr und sich den Thar'koryen entgegenstellte, schloss sich die Wand vor Milous Blick. Kurz nur umhüllte sie die unwirkliche Stille des Hauses, das nun wieder wie verlassen vor ihr lag. Dann gellten die Rufe der Thar'koryen durch die Nacht und Nív zog sie mit sich.

Milou rannte, so schnell sie konnte. Sie spürte den Zauber kaum, den Nív auf ihre Haut legte, so eisig fuhr ihr der Wind ins Gesicht, und als sie einen Blick in den Himmel warf, schnürte der Schreck ihr die Kehle zu. Das Firmament glühte unter den Schwärmen der Thar'koryen, die über die Dächer dahinrasten. Schon zog sich knisterndes Eis durch die Gassen, sie meinte, das Kläffen der Köter hören zu können, die ihre Fährte witterten, und jedes Mal, wenn sie aus den Schatten sprang, um Brücken und Kanäle zu überqueren, glaubte sie, die scharfen Klauen erneut in ihrem Fleisch zu spüren. Mehrfach wäre sie fast gestürzt, doch Nív ließ sie nicht los. Mit sicherem Griff führte er sie durch das Gassengewirr, und erst, als die Stimmen ihrer Feinde hinter ihnen zurückgeblieben waren, hielt er in den Schatten eines kleinen Platzes inne.

Wortlos griff er in seine Tasche und öffnete die Faust über einem grünen Licht. Ein Pulsen ging durch den Schein, und dann, so grazil, als hätte sie lange für ihren Auftritt geprobt, hob eine Schlange darin den Kopf. Sie sah aus wie eine der Tätowierungen des kahlköpfigen Dha'raki, und Milou zweifelte nicht daran, dass sie es war, die kurz vor ihrer Flucht in Nívs Hand verschwunden war. Ihre Augen glühten, als sie das Licht in ihrem durchscheinenden Körper zusammenzog, und sie zischelte leise, während sich ihr daumendicker Leib um Nívs Handgelenk schlang. Ohne einen Wimpernschlag sah er sie an, und Milou schien es, als würden sie in Gedanken miteinander sprechen. Dann neigte die Schlange den Kopf, als hätte sie verstanden, und Nív ging in die Knie, um sie am Boden abzusetzen. Doch gerade als der schuppige Leib die Steine berührte, traf Milou die Kälte.

Sie spürte den Frost wie eine Schlinge, die sich um ihren Hals schnürte. Gnadenlos schnitt sie ihr ins Fleisch, und sie konnte nicht verhindern, dass sie zu zittern begann, als sich Raureif über ihre Stiefel zog. Nív hingegen zeigte keine Regung. Mit nicht mehr als einem Fingerzeig befahl er die Schlange zurück an seinen Arm und hob langsam den Kopf. Seine Augen glühten, als er Milou ansah – und da erkannte sie ein halbes Dutzend Thar'koryen in ihrem Spiegel, die direkt hinter ihr an der Hauswand hinabglitten.

Nur mit aller Kraft konnte sie sich davon abhalten, herumzufahren. Nívs Blick hielt sie fest, doch sie sah die Schergen Caldorons in seinen Augen, die nun lautlos näher kamen. Zwei von ihnen bewegten sich auf eisglühenden Spinnenbeinen, die anderen waren von menschlicher Gestalt. Sie trugen Messer und Speere in den Händen. Milou spürte die Kälte der Waffen auf ihrem Rücken, und sie konnte die Scherben sehen, die in der Haut ihrer Feinde steckten wie Maden in faulendem Fleisch. Nichts Lebendiges schien in diesen Kreaturen zu lauern als das weiße Feuer ihres Herrn, das sich nun in ihren Nacken senkte.

Eissplitter fielen auf Milou nieder, als ein Arkhorax seine Klaue über ihren Kopf hob. Ein Schnarren ging durch die Luft – und im selben Moment, da die Kreatur ihr Bein herabsausen ließ, sprang Nív vor.

Milou hatte nicht gesehen, wie der Dolch in seine Hand gekommen war. In glühenden Sicheln zerschnitt er die Luft, durchtrennte das Bein des Arkhorax, der laut schnarrend zurückwich, und raste durch dessen Brust. Mit heiserem Röcheln fiel der Arkhorax zu Boden und zerbrach in seinem eigenen Blut zu glitzernden Scherben. Sofort stürzten sich die anderen Thar'koryen vor, doch Nív zögerte nicht. In geschmeidigen Bewegungen erhob er sich in die Luft, rannte über die Hauswand in die Höhe und sprang hinter seine Feinde, um einem weiteren den Dolch durch die Kehle zu treiben. Blitzschnell duckte er sich vor zwei Hieben. Ein dritter schlug ihn zu Boden, aber er rollte sich unter den stampfenden Spinnenbeinen zur Seite und durchtrennte einem der Krieger die Sehnen an beiden Füßen. Krachend landete dieser neben Nív, der ihm den Kopf in den Nacken drehte, und fast hätte Milou einen Schrei ausgestoßen, als die übrigen Angreifer außer sich vor Zorn die Fäuste ballten. Mit entsetzlichem Geräusch trafen ihre Zauber Nív an Brust und Hüfte, doch er sah sie nur an, so kalt, als wäre er ein Engel, der zum Jüngsten Gericht auf die Erde herabgekommen war. Ohne auf die Hiebe der Scherben zu achten, ließ er sie näher herankommen, und gerade als ihre Waffen in tödlichem Frost aufglühten, rief er die Schatten um sich. Rauschend loderten sie auf, und da verwandelte er sich in den Raben, dessen Schrei Milou schon so oft das Leben gerettet hatte. Blitzschnell jagte er an seinen Feinden vorüber, kurzzeitig immer wieder in menschlicher Gestalt. Die Thar'koryen schlugen nach ihm, die Klauen von Caldorons Nebel umgeben. Milou fuhr zusammen, als schwarze Federn aufflogen, aber schließlich glitten Nívs Schwingen wie Messer durch deren Leiber, und jedes weiße Licht erstarb. Klirrend fielen die Angreifer nieder, und als Nív stehen blieb und die Dunkelheit langsam in ihn hineinsank, umgeben von Scherben in dunklem Blut, da sah Milou zum ersten Mal diese besondere Traurigkeit hinter der eiskalten Fassade des Pathari – die Trauer eines Kriegers, der gekommen war, um gegen die Finsternis zu kämpfen, und doch mit jedem gefallenen Schatten stärker einer von ihnen geworden war. So viel Schönheit lag in diesem Bild und solche Tragik, dass sie kaum atmen konnte. Und doch hatte Nív seine Feinde nur aus einem einzigen Grund getötet, das fühlte sie nun, da er den Blick hob und sie ansah: um sie zu beschützen.

Eilig setzte sie sich in Bewegung. Sie überkam das Bedürfnis, ihn von dem Abgrund zurückzuziehen, den er im Blut seiner Feinde zu sehen schien, und sie hatte ihn fast erreicht, als sie das Knistern hinter sich hörte. Der Schreck schoss durch ihre Adern, als Nív wie in Zeitlupe den Kopf wandte und den gleißenden Speer direkt auf sich zurasen sah. Sie musste diesen Frost von Nív fernhalten – von Nív, dem Pathari, der solche Traurigkeit in den Augen trug. Ihre Faust schloss sich um ihr Messer. Sie fuhr herum, schlug den Speer mit der freien Hand quer über den Platz – und trieb ihre Klinge ins Herz des Thar'koryen, der direkt hinter ihr stand.

Er war deutlich größer als sie, doch nun, da sich die Glut ihrer Waffe in seinen Leib ergoss, schien er in sich zusammenzufallen, als bestünde er aus Spielkarten. Keuchend sah er sie an. Sie erkannte noch den Schrecken und das Erstaunen, das in seinen Augen aufkeimte, ehe jedes Licht darin erlosch. Hinter dem Schein Caldorons, hinter all dem Frost und der Grausamkeit lagen die Augen eines Menschen. Ein halb erstickter Laut drang aus der Kehle des Kriegers, als Milou ihre Klinge mit metallischem Geräusch aus seiner Brust zog. Dann fiel er zu Boden und regte sich nicht mehr.

Für einen Moment stand sie da wie erstarrt. Überdeutlich spürte sie den Atem des Kriegers auf ihrem Gesicht, das Entsetzen im Angesicht des Todes, den sie ihm gebracht hatte, und als sein Körper zu ihren Füßen zerbrach, da war es, als würde auch sie nun in einen Abgrund blicken … eine Kluft, in der eine Kälte lauerte, schlimmer als jeder Frost ihres Feindes. Gewaltsam riss sie ihren Blick los und sah Nív an, und da wusste sie, dass es dieser Abgrund war, vor dem er sie hatte bewahren wollten … diese Schlucht voller Finsternis, die nun auf ewig ein Teil von ihr sein würde – nun, da sie wusste, was Töten bedeutete. Kurz glühte die Nacht in Nívs Augen auf. Dann trat er einen Schritt auf sie zu, doch ehe er die Hand nach ihr ausstrecken konnte, ging heftiger Schmerz über sein Gesicht. Jede Farbe wich aus seinen Wangen. Im nächsten Moment stürzte er auf die Knie.

Erschrocken lief Milou zu ihm, und da sah sie das Blut, das in dunklen Schüben aus seinen Wunden rann. Die Thar'koryen hatten ihn mehrfach getroffen, flüsternd drang Caldorons Nebel in ihn ein. Eisige Güsse fluteten Milous Leib, aber sie drängte die Panik zurück, die nun von ihr Besitz ergreifen wollte. Schon hallten laute Stimmen über die Dächer. Die Thar'koryen würden sie finden, wenn sie noch länger bleiben würden. Sie mussten verschwinden, so schnell sie nur konnten. Mit rasendem Herzen half sie Nív auf die Beine. Sie stützte ihn mit aller Kraft, als die Schlange aus seinem Ärmel kroch, und ohne ein Wort zu sprechen, stolperten sie dem grün glimmenden Leib hinterher. Nív presste die Hand gegen seine Brust. Milou konnte fühlen, wie er seinen Körper dazu zwang, in Bewegung zu bleiben. Doch sie spürte auch die Kälte, die zunehmend von ihm Besitz ergriff, und mit jedem Schritt, den sie taten, fiel es ihr schwerer, sein Gewicht zu halten. Atemlos folgten sie der Schlange in eine schmale Gasse – und da endlich glitt der dünne Körper unter dem Spalt einer Tür hindurch und war verschwunden. Milou sah noch den grünen Schimmer, der über den Rahmen lief, als sie davor innehielten. Dann warf Nív sich mit seinem gesamten Gewicht dagegen und mit heiserem Knirschen sprang die Tür auf.

Nív fiel mehr, als dass er ging. Taumelnd stürzte er in dem dämmrigen Raum hinter der Tür nieder, und er wäre hart gefallen, wenn Milou seinen Sturz nicht im letzten Moment abgefangen hätte. Schwer atmend hielt er sich an ihr fest und blieb an einen Balken gelehnt gegenüber der Tür sitzen. Mit einem Fingerzeig ließ er sie zufliegen, und Milou sah aus dem Augenwinkel, wie die Schlange sich blitzartig um den Rahmen wand und mit dem Geräusch sich schließender Riegel erlosch. Kurz schweifte ihr Blick durch den Raum. Offenbar waren sie dieses Mal tatsächlich in einem verlassenen Haus gelandet. Staub bedeckte den Boden des leeren Zimmers und halb vermoderte Türen standen offen vor anderen verwaisten Räumen. Dann kniete sie sich neben Nív. Doch ehe sie ihn berühren konnte, packte er ihren Arm.

»Hör zu«, brachte er hervor, und sie erschrak unter der Kälte seiner Hand, die sich fest um ihren Arm schloss. Fast meinte sie, das Gift Caldorons in ihren eigenen Gliedern spüren zu können, lähmend und tödlich, aber Nív schien es kaum wahrzunehmen. »Die Thar'koryen sind nah«, fuhr er fort. »Wenn sie uns hier finden, habe ich ihnen nichts entgegenzusetzen, und daher musst du verschwinden. Die Tür des Nebenzimmers führt zum Kanal. Dort liegt ein Boot. Verbirg dich unter der Plane, löse das Seil und lass dich in Richtung Hafen treiben. Sobald es dunkel ist, wird man dich dort finden und nach Murano bringen. Sprich mit niemandem und hab keine Angst. Ich werde nachkommen.«

Milou starrte ihn an, und für einen Moment überkam sie der absurde Drang, ihn zu schlagen. »Ist das dein Ernst?« Zorn stieg in ihr auf. »Du schickst mich fort, ausgerechnet jetzt, da …«

»… ich schwer verwundet bin?«, fragte er, und seine Stimme war kälter als der Nebel, der sich in seine zahlreichen Wunden fraß. »In meinem Zustand kann ich dich nicht beschützen, und du weißt sehr gut, dass die Thar'koryen nicht die einzige Gefahr für dich sind. Mein Herz wird dir die Kraft rauben, sobald Caldorons Gift mir die Besinnung nimmt, und das werde ich nicht erlauben. Deshalb geh jetzt! Ich flehe dich an!«

Sie zwang sich, nicht auf das Blut zu achten, das aus seinem Leib strömte, und riss sich aus seinem Griff los. Kraftlos fiel seine Hand zu Boden, doch sie achtete nicht darauf. »Ich hätte nie gedacht, diese Worte einmal aus deinem Mund zu hören«, gab sie zurück. Der Spott vertrieb die Furcht, die sich mit tückischen Klauen in ihren Nacken krallen wollte. »Und wie stellst du dir das vor? Ich soll verschwinden, und du rufst nach deinen Gefährten, die dich irgendwann hier finden werden, oder eben auch nicht?«

Er verzog das Gesicht unter Schmerzen und auf einmal hörte sie den Nebel Caldorons flüstern. »Sie werden mich finden«, stieß Nív hervor. »Früher oder später. Und bis dahin kann ich mich verbergen, in Schatten und Finsternissen, die nur ein Dha'raki ertragen kann. Kümmere dich nicht um mich. Du darfst nicht in Caldorons Hände geraten. Du musst dich verstecken und deinen Weg fortsetzen und …«

»… zulassen, dass du allein in einem gottverdammten Abrisshaus um dein Leben kämpfst?«, entfuhr es ihr, lauter als beabsichtigt. »Ein ganz wunderbarer Plan, der dir da eingefallen ist. Aber so wird es nicht laufen. Ich lasse dich nicht allein, und ich weiß auch nicht, warum du das von mir verlangst. Du musst geheilt werden, und ich habe mehr als die Tränen und verlorenen

Erinnerungen in mir, die du dir sonst durch die Venen jagst – mehr als das, was vergessen wurde!«

Nív presste die Zähne aufeinander. »Ich werde deine Kraft nicht nehmen«, sagte er gefährlich leise. »Kennst du mich so wenig, dass du glaubst, ich würde so etwas tun?«

»Ich kenne dich«, erwiderte sie mit fester Stimme. »Und ich weiß, dass du mich beschützen willst, aber wenn du wirklich der Meinung bist, dass ich dich hier allein lasse, dann bist wohl du derjenige, der mich nicht kennt! Du willst meine Kraft also nicht nehmen, um zu überleben? Wenn du es nicht freiwillig tust, werde ich dich zwingen!« Sie sah noch das Erstaunen in seinen Augen. Dann beugte sie sich vor, und ehe er sie abwehren konnte, schnappte sie sich seinen Dolch und hielt sich die Klinge an den Arm. Haltloses Entsetzen ging durch seinen Blick, doch sie schüttelte nur den Kopf. »Deine Welt wird mir alles nehmen«, fuhr sie fort und spürte ihren Puls im eisigen Scherbenfeuer seiner Klinge widerhallen. »Alles, das weißt du sehr gut, wenn ich mich mit dieser Waffe verletze!«

Er versuchte sich aufzurichten. »Du bist ja verrückt!«, stieß er hervor, seine Stimme schwankend zwischen Zorn und Verzweiflung. »Gib mir den Dolch, sofort!«

»Sonst was?«, fragte sie und musste die Waffe mit aller Kraft umfassen, um unter ihrer Kälte nicht zu zittern. »Willst du mich dafür bestrafen, dass ich mich an unser Versprechen erinnere – an dein Versprechen? Du hast gesagt, dass du an meiner Seite bist, wenn ich dir in deine Welt folge!«

Nív erwiderte nichts. Zu ihrem Schrecken sah Milou, wie seine Augen ihre Farbe verloren, und er schüttelte den Kopf. »Das bin ich«, raunte er. »Aber …«

»Nein«, unterbrach sie ihn. »Du hast mich gerettet, immer wieder, jetzt lass mich dasselbe für dich tun! Und wenn du dir selbst nicht wichtig genug bist – dann tu es für mich! Wie soll ich mich allein gegen Caldorons Schergen verteidigen? Wie soll ich die richtigen Wege in dieser Welt finden? Und wie, Nív Traumfänger, soll ich allein den Mut aufbringen, mich dem König der Scherben entgegenzustellen?« Sie hielt inne, ihr Herz pochte in ihrer Kehle. Noch immer lag der Trotz auf seinen Zügen, aber seine Augen waren grau geworden. Das Leben wich aus seinen Gliedern, das konnte sie spüren, und plötzlich war sie zurück … die Angst, die weit über all das hinausging, was sie gerade gesagt hatte. »Ich bin verloren ohne dich«, flüsterte sie. »Kannst du das denn nicht sehen?«

Nív rührte sich nicht. Sie konnte spüren, wie er gegen die Wärme ankämpfte, die nun durch die bröckelnde Maske des Kriegers brach. Doch es wollte ihm nicht gelingen, und als seine Abwehr in sich zusammenfiel, stieß er einen Fluch aus, sanft nun und so zärtlich, dass ein Schauer über Milous Rücken flog. »Träumerin«, flüsterte er dann. »Du bist wahnsinniger als die Kobolde über dem Meer, hat man dir das schon einmal gesagt?«

Ein Lächeln huschte über ihre Lippen, als sie den Dolch sinken ließ. »Was bleibt mir anderes übrig bei einem Sturkopf aus Nacht und Schatten?«, erwiderte sie. Dann holte sie Atem. »Und jetzt sag mir, was ich tun soll.«

Er schloss kurz die Augen, dann stemmte er sich in die Höhe, so weit er es vermochte, und griff nach ihrer Hand. »Ich habe mich nach dir gesehnt«, sagte er so leise, dass sie ihn kaum verstehen konnte. »Von der ersten Sekunde an, da ich dich sah. Du kannst es nicht wissen, aber deine Erinnerungen, deine Träume, selbst deine Tränen sind die schönsten, die ich jemals sah, und obwohl es mich danach drängte, sie zu berühren, bin ich doch immer wieder vor ihnen zurückgewichen. Alles, was ich wollte, war, diese Farben zu bewahren. Und nun werde ich sie dir nehmen.«

»Du hast recht«, erwiderte Milou und konnte nicht verhindern, dass ihre Stimme zitterte. »Ich wusste nichts von der Kraft meiner Gedanken, bis ich dir begegnete. Aber schon damals, als ich als kleines Kind aufs Meer hinaussah, habe ich eines ganz genau gespürt: Wenn ich jemals die Chance haben sollte, mit meinen Gedanken einen Traum zum Leben zu erwecken – dann werde ich es tun. Aus keinem anderen Grund habe ich Geschichten erzählt. Und keine meiner Geschichten ist mir je so nah gewesen wie du.«

Sein Lächeln war nicht mehr als ein Schimmer, als er ihre Hand an seine Schläfe führte. Erneut schloss er die Augen. Der Schmerz färbte sein Gesicht wachsbleich, doch sein Atem strömte zart über ihr Handgelenk, und es schien ihr, als würde er ihren Duft in sich aufnehmen – den Geruch der Träumerin, die sie war, bevor er sie berauben würde. »Es wird wehtun«, flüsterte er. »Bist du dir wirklich sicher?«

Sie wartete, bis er die Augen öffnete und sie ansah. »So sicher ich nur sein kann«, erwiderte sie. »Ich hätte nie gedacht, dass ich das einmal zu dir sage, aber … hab keine Angst. Ich habe auch keine.«

Er neigte den Kopf wie damals in der Nacht der Sirenen, kurz bevor sie sich zum ersten Mal angesehen hatten. Dann schloss er ihre Augen und legte ihre Hand auf sein Herz. Für einen Wimpernschlag fühlte sie das Blut unter ihren Fingern und das Gift Caldorons, das mit eisigem Frost über ihre Haut strich. Dann presste Nív seine Hand auf die ihre, und mit einer Gewalt, die ihr den Atem nahm, strömte seine Kälte in ihren Leib. Dumpf nur spürte sie, dass er sie an sich zog, während ihr Körper unter dem dunklen Frost zu zittern begann. Schwärme aus schwarzen Scherben jagten durch ihren Schädel, glühend heiß und eiskalt zugleich, und gerade in dem Moment, da sie glaubte, die Besinnung zu verlieren, erlosch die Finsternis um sie herum.

Benommen hob sie den Kopf und fand sich allein auf einer blühenden Wiese wieder. Sie roch Margeriten, die sich im leisen Wind bewegten, und erinnerte sich daran, wie sie mit ihren Eltern an diesem Ort gewesen war ... dieser Wiese vor den Toren Roms, die unter den Strahlen der Sonne geleuchtet hatte. Schon meinte sie, die Stimme ihres Vaters hören zu können, und sie drehte sich um. Doch da erhob sich ein Flusslauf vor ihr, schimmernd im Abendlicht, mit blauen Steinen im Wasser. Milou lief darauf zu, aber sie tat es schwerelos wie im Traum, und als sie stolperte und auf die Knie fiel, zerbrachen Lebkuchen zwischen ihren Fingern wie damals, als sie mit Nonna zu Weihnachten gebacken hatte. Das Lachen ihrer Großmutter erfüllte die Luft. Sie schmeckte Zimt und Kräuter auf ihrer Zunge, und gleich darauf traf sie das Licht des Mondes durch ihr Fenster in Paris. Es legte sich auf ihr Schlüsselbein, zart wie ein Kuss, und als sie die Arme ausstreckte, da flog sie im Schein des Mondes dahin, schnell, immer schneller. Sie glitt durch die Sonnenstrahlen in den Blättern der Weide vor ihrem Kinderzimmer, durch den Geruch ihres Vaters nach Rauch und Anis und die sanften Hände ihrer Mutter. Warme, zarte Bilder waren es, die in ihr aufbrachen, und als sie schließlich zu schwarzem Licht verschwammen, schwebte Milou für einen Atemzug reglos inmitten der Dunkelheit, die sie umgab wie ein sternloser Himmel in der Nacht oder das Meer auf seinem Grund – unwirklich und zugleich wunderschön. Dann strömte die Luft aus ihrer Lunge und wie aus der Tiefe des Ozeans stieg sie hinauf ins Licht. Kurz meinte sie, Wellenrauschen zu hören, und als sie die Augen öffnete, schaute sie Nív ins Gesicht. Ein Lächeln lag auf seinen Lippen, als er sacht über ihre Wange strich, doch sein Haar war nass und er ... war noch ein Kind.

Milou fuhr sich über die Augen und sein Gesicht verschwand wie ein Bild der Wellen. Benommen hob sie den Kopf, und da sah sie, dass sie in dem verlassenen Zimmer auf Nívs Brust lag. Die Wunde unter ihrer Hand hatte sich geschlossen, ebenso wie die meisten anderen seiner Verletzungen, und sein Atem streifte ihre Stirn, als er zärtlich durch ihr Haar fuhr. »Blaue Steine im Wasser«, sagte er leise. »Der Geschmack von Zimt und Kräutern. Die Stimme deines Onkels, wenn er nachts deinen Namen ruft, von Albträumen geplagt. All das und noch viel mehr hast du verloren, all diese Erinnerungen … um mich zu retten.«

Milou richtete sich ein wenig auf. Sie konnte sie fühlen, all die Bilder, die sie gerade noch erfüllt hatten und die nun tief in ihrem Inneren wie dünne Schemen verblassten. Doch ein Lächeln glitt über ihre Lippen, als sie in Nívs Augen sah. Sie waren so schwarz wie das Meer auf seinem Grund. »Ich habe meine Erinnerungen nicht verloren«, erwiderte sie. »Ich habe sie dir geschenkt. Wenn ich sie vergesse, wirst du mir davon erzählen. Und dann gehören sie uns zusammen … die Erinnerungen, die ich einst in mir trug und die dir das Leben retteten.«

Für einen Moment hielt er inne. Dann streckte er die Hand aus und führte seinen Finger über ihre Wange und ihr Schlüsselbein entlang, gerade dort, wo der Mond sie in ihren Gedanken gerade geküsst hatte. »Ich werde jede einzelne davon bewahren«, flüsterte er. »Und ich wünschte, ich könnte mehr tun als das. Ich wünschte, ich könnte einfach deine Hand nehmen und dich von hier fortbringen, in eine Welt, in der es keine Grenzen mehr gibt. Ich wünschte, ich könnte dich beschützen vor dem, was ich bin.« Sacht strich er über ihre Haut, als wollte er den Glanz des Mondes mit sich nehmen, hinein in die Dunkelheit, die nun, da er sie ansah, in seinen Augen aufglühte. »Aber ich kann es nicht«, sagte er leise. »Denn ganz gleich, welche Rätsel du in mir ergründen willst: Mit jedem Moment, den du bei mir bist, verlierst du deine Welt, und jedes Mal, wenn du mich auf diese Weise ansiehst, fällt es mir schwerer, dich gehen zu lassen. Und wir beide wissen, dass es bald schon keinen anderen Weg mehr für uns geben wird.«

»Hast du nicht gesagt, dass es immer einen anderen Weg gibt?«, fragte sie mit sanftem Spott.

Nív lächelte unmerklich, doch dann schüttelte er den Kopf. »Dieses Mal nicht. Es ist nicht leicht für mich, die Grenzen aufrechtzuerhalten, auch wenn es für dich vielleicht den Anschein haben mag, und daher bitte ich dich, um deinetwillen: Erinnere dich an die Gefahr, die ich bin. Halte dich fern von meiner Finsternis.«

Milou erwiderte nichts. Zu deutlich spürte sie die Distanz, die nun wie ein Fluch zu ihnen zurückkam und sie hilflos werden ließ, so sehr, dass sie kaum atmen konnte. Sie ertrug den Blick in Nívs Augen kaum, als er seine Hand fortzog. Langsam tat er das, fast wie gegen seinen Willen, und als die Kühle auf seine Züge zurückkehrte, da schien es ihr zum ersten Mal, als würde er rücklings in seine eigene Dunkelheit stürzen, ohne dass sie ihn halten konnte … hinein in die Nacht, die ihn in Ketten hielt und die ihr verschlossen war.

Ohne ein Wort kamen sie auf die Beine. Nív legte seinen Mantel um Milous Schultern, als würde er eine Kälte in ihr spüren, die sie selbst nicht wahrnehmen konnte, und als sie ins Nachbarzimmer hinübergingen, lauschte er lange an der hölzernen Tür, ehe er sie aufschob. Mit dem Einbruch der Dämmerung bestiegen sie das Boot und glitten über das Wasser dahin, in den Schatten verborgen wie Diebe in der Nacht. Doch erst als das Licht des aufgehenden Mondes sie traf, nahm Milou die Leere wahr, die in ihr pochte … kalt und dumpf wie der Gedanke an einen erlöschenden Traum.

21

Die Kutte des Fährmanns bewegte sich im Wind wie ein Totentuch. Hoch aufgerichtet stand er in seiner Barke, ein schwarzer Schemen vor dem aufreißenden Nachthimmel, und ließ seinen Schatten auf Milou fallen, die zusammengesunken dasaß, die Arme um den Körper geschlungen. Nív hatte eine Decke über sie gebreitet, kaum dass sie die Barke betreten hatten, doch sie konnte sie dennoch fühlen: die eigentümliche Kälte des Fährmanns, die sich weder von Stoffbahnen noch von Fleisch und Knochen aufhalten ließ.

Er hatte nahe des Hafens auf sie gewartet, regungslos auf seiner Barke, die er auch nun, da sie tieferes Wasser erreichten, gleichmäßig mit dem Remo vorwärtstrieb. Kein Wort war über seine Lippen gekommen, als er sie an Bord gelassen hatte, jedenfalls nicht so, dass Milous Ohren ihn hätten hören können. Und doch besaß er eine Präsenz, die es ihr fast unmöglich machte, sich von ihm abzuwenden. Seine knochigen Hände schlossen sich mit schwarzen, spitzen Nägeln um das Ruder, sein kahler Schädel hob sich weiß unter der Dunkelheit seiner Kapuze ab, und sein Mund, kaum mehr als ein schmaler Strich, schien alle Geheimnisse der Welt in sich zu verschließen. Es war, als würde jede Faser seines Körpers eine Geschichte erzählen, und doch stellte Milou irritiert fest, dass sie sein Gesicht vergaß, kaum dass sie sich von ihm abwandte. Es war ein erhabenes Gesicht mit hohen Wangenknochen und schmaler, aristokratischer Nase, das ebenso gut einem Krieger wie einem Mörder gehören konnte, und dennoch verblasste es umgehend in ihren Gedanken, sobald sie es nicht länger betrachtete. Das Einzige, das dem Vergessen widerstand, waren seine Augen. Sie waren von einem weißlichen Blau, glanzlos und ohne Pupillen. Anfangs hatte Milou geglaubt, dass er blind wäre. Aber dann hatte sie seinen Blick auf sich gespürt, der sie umgehend eines Besseren belehrt hatte. Dieser Blick drang durch Haut und Fleisch, und jedes Mal, wenn er sie direkt anschaute, schien es ihr, als würde er ihr gesamtes Leben in einem gewaltigen Bilderstrom in ihrem Schädel ablaufen sehen. Mehrmals hatte sie versucht, diesen Blick zu erwidern, doch stets hatte sie dabei eine solche Müdigkeit ergriffen, dass sie immer wieder erschrocken aufgefahren war. Es war nicht klug, in dieser Barke einzuschlafen, das spürte sie deutlich. Aber erst als sie Venedig hinter sich ließen und in die Lagune hinaus steuerten, konnte sie sich länger von dem Fährmann abwenden – jetzt, da Caldorons Sitz vor ihnen aus der Nacht tauchte.

Der Weiße Turm verbarg sich hinter dem Nebel, aber Milou konnte sie dennoch spüren: die Kälte ihres Feindes, die mit eisigen Klauen auf sie zu glitt. Wie Geister schwebten die Thar'koryen über dem Wasser, doch als sie in ihre Richtung kamen, streckte der Fährmann die Hand aus und ließ etwas durch seine Finger fallen. Schaudernd erkannte Milou, dass es Zähne waren … menschliche Zähne, Knochen und getrocknetes Blut, das sich nun, da es die Wellen traf, zu brennenden Lichtern entfachte. Lautlos säumten sie den Weg der Barke, weißlichblau wie die Augen ihres Schöpfers, und Milou meinte, die Thar'koryen heiser schreien zu hören, als der Schein sie traf. Mit raschen Bewegungen kehrten sie um und hielten Abstand zu den Lichtern, die der Fährmann auf die Wellen setzte, und Milou zog die Schultern an, als das Licht seine Kälte mühelos durch ihre Glieder schickte.

Wer auch immer der Fährmann sein mochte: Jeder, selbst Caldoron, hielt sich von ihm fern. Nur Nív schien ihn nicht zu fürchten.

Milou sah ihn vor sich, wie er am Hafen auf den Fährmann zugetreten war, schattenhaft und ohne zu zögern. Auch er hatte kein Wort gesagt, doch nach wenigen Augenblicken des Schweigens waren sie sich handelseinig geworden, und auch nun, da sie über das Wasser dahinglitten, schien er weder die Kälte noch den eigentümlichen Blick des Fährmanns wahrzunehmen. Reglos saß er an Milous Seite, so nah bei ihr, dass sie seine Atemzüge fühlen konnte, und gleichzeitig meilenweit von ihr entfernt. Sie erinnerte sich daran, wie sacht er durch ihr Haar gestrichen hatte, und für einen Moment wollte sie die Hand nach ihm ausstrecken, um ihn noch einmal fühlen zu können: diesen Augenblick zwischen Ahnen und Vergessen, den sie in dem verlassenen Haus miteinander geteilt hatten. Aber gleich darauf durchzog sie erneut die dumpfe Leere in ihrem Inneren. Sie konnte sie sehen, die verblassenden Erinnerungen, die tief in ihr zerbrochen waren, und noch einmal hörte sie den Herrn der Masken von all dem sprechen, das Nív und sie voneinander trennte. Sie spürte es selbst, das Rätsel in der Dunkelheit, die Nív in seinen Augen trug und die sich mit jedem Moment des Schweigens lähmender auf sie legte, so übermächtig, dass sie ihr den Schwindel zurückbrachte, den sie schon bei ihrer ersten Begegnung empfunden hatte … diesen Schwindel, der ihr den Boden unter den Füßen nehmen konnte, wenn sie nur einen falschen Schritt tat. Immer wieder sagte sie sich, dass Nív recht hatte, dass sie Abstand zu ihm halten musste, um ihrer beider willen. Und doch konnte sie nicht verhindern, dass sie zusammenfuhr, wenn er aus Versehen ihren Arm streifte, und dass sie dann jedes Mal nichts anderes wollte als seine Hand zu nehmen und an seiner Seite zu sein, ganz gleich, was es sie kosten würde.

Es war nicht mehr als ein Raunen, das ihre Gedanken durchbrach. Betörend drang es über die schwarzen Wellen und ließ den Fährmann in seinen Bewegungen innehalten. Zum ersten Mal, seit sie die Barke betreten hatten, wich die Reglosigkeit von seinem Gesicht. Kaum merklich öffnete er den Mund, und als ein Ton über seine Lippen kam, hell und klar wie das Geräusch von singendem Glas, da färbten sich seine Augen in dunklem Rot. Milou rührte sich nicht, aus Furcht, diesen Moment mit einer unbedachten Bewegung zu zerbrechen, aber sie hörte, wie das Raunen über den Wellen sich mit der Stimme des Fährmanns verband. Wispernd färbten die Lichter sich in rotem Schein, und da, als hätte dieser Ton den Befehl dazu gegeben, tauchte Murano aus der Dunkelheit – das Reich aus Glas.

Der Feuerschein etlicher Fackeln brach sich in den kristallenen Häusern, den Türmen, die wie transparente Spindeln in die Höhe ragten, und den Uferwegen, unter deren gläsernen Wänden das Spiel der Wellen zu sehen war. Lautlos steuerte der Fährmann an erleuchteten Fenstern vorüber, deren Licht in Kaskaden durch zerbrochene Fassaden fiel, und als er anlandete, stieß die Barke mit melodischem Klirren gegen den geschliffenen Kai. Staunend kam Milou auf die Beine. Doch als angesichts der glitzernden Gebäude ein Lächeln auf ihre Züge glitt, bemerkte sie, wie Nív dem Fährmann einen Beutel übergab. Ein leises Klackern durchdrang die Luft, und sie fröstelte, als ihr bewusst wurde, dass sich Knochen oder Zähne darin befanden … Überreste eines Menschen, den Nív getötet hatte.

Blitzlichtartig tauchte das Gesicht des Dha'raki vor ihr auf, der mit ihrem Messer in seinem Herzen gestorben war. Erst als eisige Kälte durch ihren Leib zog, verschwand er wieder aus ihren Gedanken. Stattdessen bemerkte sie den Blick des Fährmanns. Langsam sog er die Luft ein, und als hätte er sie für diesen Atemzug in die Szene zurückgebracht, konnte sie ihn auf einmal erneut riechen: den Duft von Blut, Verzweiflung und Erlösung, den der Tod mit sich getragen hatte. Kurz nur sah sie das Lächeln, das über die Züge des Fährmanns glitt, fast so, als wäre er dort gewesen, direkt neben ihr, als sie die Hand mit dem Messer geführt hatte … um den letzten Atemzug des Sterbenden mit seiner Faust zu umschließen. Dann wandte er sich ab, und wie aus einer erstickenden Umarmung entlassen, kletterte Milou mit Nívs Hilfe an Land. Sie sah noch, wie der Fährmann sich vom Kai abstieß, schattenhaft, wie er gekommen war. Dann blähte sich seine Kutte im Wind auf, und ehe die Barke noch das Wasser zerschnitt, erloschen die Lichter ringsherum und er war verschwunden.

»Wer zum Teufel …«, murmelte sie, doch Nív schüttelte den Kopf.

»Den Teufel lass aus dem Spiel«, erwiderte er, und sie konnte nicht sagen, ob Zorn oder Ehrfurcht in seinen Augen lag, als er in die Dunkelheit schaute, wo der Fährmann verschwunden war. »Selbst er hat keine Ahnung von den Schatten, die ein Fährmann der Lagune in seinen Adern trägt.«

Sie bemerkte das Lächeln, das auf seinen Lippen lag … leise wie ein Abschiedsgruß an einen alten Freund. Dann holte er tief Atem, und im selben Moment, da er sich zu ihr umdrehte, verblasste die Erinnerung an den Fährmann in ihr, gerade so, wie sie auch sein Gesicht vergessen hatte. In sanfter Wärme fiel der Fackelschein auf ihre Haut und nahm ihr die Kälte, und kaum, dass sie den Kai hinaufgingen und die erste Gasse betraten, eröffnete sich ihnen die Welt aus Glas. Die Häuser waren Kunstwerke mit geschliffenen und reich verzierten Fassaden, in die faszinierende Szenen hineingraviert worden waren. Doch interessanter noch als die Gebäude waren die Bewohner der Insel. Sie schienen allesamt aus Stein, Sand oder Glas zu bestehen. Milou sah winzige Männchen mit transparenten Gliedern und viel zu großen Brillen, die geschäftig auf Stelzen herumliefen, schemenhafte Gestalten, deren Leiber aus flirrendem Staub geformt waren, und Menschen mit Augen aus Kristall, deren Adern unter ihrer gläsernen Haut schimmerten. Mehrfach stolperten dämonenhafte Steinfiguren vor ihre Füße, die Zerrspiegel und Paletten von Glockenspielen übers Pflaster zogen, und jedes Mal, wenn sie die Blicke der gläsernen Wesen erwiderte, ging ein Schimmer durch deren Augen – dunkel wie Milous Haar und sanft wie ein Lächeln.

»Es ist lange her, seit sie zuletzt einen Menschen aus deiner Welt gesehen haben«, sagte Nív, als ein Kobold aus grünem Kristall mit offenem Mund stehen blieb und sie wie verzaubert anstarrte. »Ohnehin kommen nur selten Besucher auf diese Insel. Die Gläsernen, wie man ihre Bewohner nennt, sind ein eigentümliches Völkchen mit der Gabe, durch Masken hindurchschauen zu können – eine Fähigkeit, die im Reich der Scherben zu schnell als Waffe missbraucht werden könnte, als geschätzt zu werden. Früher jedoch, in Zeiten des Friedens, sollen die Dha'raki häufig an diesen Ort gekommen sein und in die Spiegel geschaut haben.«

»So, wie der Pala'Dhey es getan hat?«, fragte Milou, und Nív nickte.

»Das Reich aus Glas wurde vor langer Zeit erschaffen«, erwiderte er und ließ den Blick über die kleine Werkstatt eines Uhrmachers schweifen, dessen Gehäuse sämtlich aus funkelndem Kristall bestanden. »Lange vor dem Venedig der Scherben, so erzählt man es sich zumindest. Nur hier gibt es Glas, das so rein ist, dass es Lüge und Wahrheit zeigen kann. Und nur hier gibt es Spiegel, die Wegweiser werden können für alle Wesen ohne Welt.«

Nachdenklich strich Milou über das verschlungene Geländer einer gläsernen Brücke und lauschte dem Ton nach, den ihre Finger darauf verursachten. Er klang wie das Trippeln winziger Füße auf Kristall. »Der Fuchsmann hat einen Weg gesucht, um Caldoron zu entkommen«, stellte sie fest. »Er brauchte einen Ort, an dem er in Sicherheit sein würde – bis zu dem Tag, da der Wanderer ihn finden würde. Aber wie konnte der Blick in einen Spiegel ihm dabei helfen? Ist eine gute Fee herausgekommen und hat ihm einen mächtigen Tarnzauber auf die Stirn gelegt?«

Ein Lächeln flog über Nívs Gesicht. »Die Feen der Scherben hätten ihm eher ihre Nägel ins Fleisch gegraben, als Zauber für ihn zu wirken, so viel ist sicher. Aber du wirst gleich selbst sehen, was es mit den Spiegeln des Gläsernen Reichs auf sich hat. Wir sind fast da.«

Milou folgte seinem Fingerzeig und sah am Ende des Platzes, den sie überquerten, eine graue, steinerne Kathedrale aufragen. Sie nahm sich seltsam aus inmitten all der glitzernden Häuser, doch nun, da der Mond durch die Wolken brach, glühten in ihrer Fassade unzählige Spiegelsplitter in solcher Farbenpracht auf, dass Milou den Atem anhielt. Gleich darauf versank der Schein wieder in blassem Grau, aber sie spürte noch immer sein Licht auf ihrer Haut. Er war wie die Wahrheit, ging es ihr durch den Kopf. Manchmal konnte man sie sehen, aber meistens war es unmöglich, sie mit den Augen zu erkennen. Man musste fühlen, wie sie wirklich war.

»Die Spiegel sind in dieser Kirche?«, fragte sie, leise auf einmal, als würden die Steinfiguren, die sich in jeder Form und Größe in die Fassade gekrallt hatten und reglos zu ihr niederstarrten, jederzeit zum Leben erwachen.

Nív nickte unmerklich. »Du magst es eine Kirche nennen. Doch im Reich der Scherben heißt dieses Gebäude nur der

Graue Dom – oder der Hort der Farben, je nachdem, als was er dem Betrachter gerade erscheint. Hier, so sagen es die Lieder, ist das Reich der Scherben wie das Herz eines Menschen. Vielleicht bin ich aus diesem Grund noch nie durch diese Tür getreten. Vielleicht fürchtete ich, dass der Klang des Herzschlags in meiner Brust aus Scherben mich womöglich den Verstand gekostet hätte.« Er lächelte ein wenig, doch Milou spürte noch einmal die Kälte an ihren Fingern, mit der sein Herz nach ihr gegriffen hatte, und sie musste sich von ihm abwenden, um die Gedanken an die Ereignisse im verlassenen Haus fortzudrängen. Sie sah noch, wie ein Schimmer durch das Kirchenportal ging, als sie davor stehen blieben, so als hätten sie mit ihrem Kommen eine sonst reglose Wasseroberfläche aufgewühlt. Dann berührte Nív die Klinke und ohne jeden Widerstand öffnete sich die Tür.

Dahinter lag der Vorraum der Kirche in grauem Licht. In seiner Mitte stand ein Mädchen von vielleicht elf oder zwölf Jahren, den gläsernen Körper in ein rotes Kleid gehüllt. Ihr helles Haar bewegte sich wie unter Wasser, doch in ihren Händen hielt sie eine Schale mit glitzernden Feuerfunken, und als Nív auf sie zutrat, legte sie mit einem Lächeln den Finger an die Lippen. Ohne jedes Geräusch schickte sie zwei Funken durch die Luft, die mit leisem Knistern über ihren Köpfen zerbrachen. Milou musste fast lachen, so sehr kitzelten die winzigen Flämmchen auf ihrer Haut. Das Licht legte sich in sanftem Silberschein auf ihre Stirn, und erst als sie Nív ansah, flog ein Schauer über ihren Rücken. Die Funken waren auf seiner Haut zu Asche geworden. Lautlos fielen sie nieder, und Milou hätte nicht den Ernst in seinen Augen sehen müssen oder das gläserne Mädchen, das bedauernd den Kopf schüttelte, um zu begreifen, dass ihm der Zutritt verwehrt worden war.

»Ich soll allein gehen?«, fragte sie und schaute zu dem Mädchen hinüber. »Glaubt sie, dass du das Taufbecken mitgehen lässt, oder wie?«

Nív lachte leise. »Abgesehen davon, dass sie nur die Schwellenwächterin ist und nichts als den Willen des Doms übermittelt, bezweifle ich, dass es etwas wie ein Taufbecken hinter dieser Tür geben wird. Und du bist die Wanderin. Du wirst den Pala'Dhey finden, nicht ich.«

Milou schaute misstrauisch zu der Tür hinüber, die ins Innere der Kirche führte. »Und wenn es eine Falle ist?«, flüsterte sie. »Was, wenn dahinter Caldorons Schergen auf mich warten?«

»Dann hat es mich sehr gefreut, dich gekannt zu haben«, gab Nív zurück und grinste, als sie ihn empört anschaute. Doch gleich darauf wich der Spott von seinen Zügen und er legte beruhigend die Hände auf ihre Schultern. »Keine Sorge. Der Graue Dom mag mir verschlossen bleiben, aber du weißt doch, was ich bin. Hast du schon jemals einen Gesetzlosen gesehen, der sich von Türen und Schlössern aufhalten ließ? Sollte ich auch nur das leiseste Geräusch von dort drinnen hören, habe ich die Gesetze des Doms schneller gesprengt, als die Funken der Wächterin sich in die Luft erheben können. Aber ich glaube nicht, dass das nötig sein wird. Vergiss nicht: Du bist die Träumerin zwischen den Welten. Du wirst deinen Weg finden.«

Milou erwiderte sein Lächeln, als er ihr das Haar aus der Stirn strich. Dann holte sie Atem und wandte sich zu dem gläsernen Mädchen um. Es stand noch genau so da wie zuvor, Standbein und Spielbein gekreuzt, als wäre es eine Seiltänzerin, und deutete mit graziler Geste auf die Tür hinter ihr. Vorsichtig schob Milou den schweren Samtvorhang beiseite, der vom Rahmen herabhing, und trat in die größte Kirche ein, die sie je gesehen hatte.

Scheinbar endlos zogen sich Säulengänge durch die Dämmerung des Doms. Kuppeln und Decken, hoch wie der Himmel, erhoben sich über weiten Gewölben, und überall, zwischen den flackernden Kerzenleuchtern, den halb zerfallenen Kanzeln, selbst den Kirchenbänken, die von Staub und zerrissenen Gebetsbüchern bedeckt waren, standen Reihen von Spiegeln. Sie zeigten kein Bild, denn einige waren zerbrochen, andere mit Schmutz und Blut bedeckt, und manche verbargen sich unter abgegriffenen Tüchern. Und doch konnte Milou das Leben spüren, das den Raum erfüllte, leise und kühl wie … ein Atemzug …

Die Berührung war so zart, als hätte ein Blütenblatt ihre Wange gestreift. Sacht strich der Lufthauch über ihre Haut und zog ihren Blick mit sich, und da sah sie die Gestalt, die sich in einiger Entfernung über einen Spiegel beugte. Ohne ein Wort folgte sie dem Atemzug, der nun erneut nach ihrem Haar griff. Mit jedem Schritt, den sie auf die Gestalt zuging, erkannte sie deutlicher, dass es ein Gargoyle war, der dort stand. Er besaß den muskulösen Körper eines Menschen, doch seine steinerne Haut war grau wie die Luft seiner Kathedrale, und seine Hände hatten sich wie seine Füße zu mächtigen Klauen geformt. Ein Umhang lag um seine Schultern, halb zerrissen, als wäre er durch viele Feuer gegangen, und ein Blick auf seine Krallen genügte, um Milou wissen zu lassen, dass viele Wesen von ihnen zerrissen worden waren. Aber sie wartete vergeblich auf die Furcht, die sie für gewöhnlich bei einem solchen Anblick ergriffen hätte. Stattdessen schaute sie auf seine Klauen wie ein Kind, das zum ersten Mal in seinem Leben ein verletztes Tier betrachtete, und sie zweifelte nicht daran, dass noch immer der Geruch des Blutes an ihnen haftete, bezwungen von einem mächtigen Willen, der sich weigerte, den Schmerz gehen zu lassen … einen Schmerz, der mächtiger war als Leben oder Tod. Und als hätte der Gargoyle ihren Gedanken gefühlt, glitt ein Lächeln über seine Züge, die zugleich sanft und grob waren mit dem breiten Mund und den schattenhaften, leicht geschwungenen Brauen. Er schaute sie nicht an, denn nun strömte erneut sein Atem aus seiner Lunge, und da sah sie, dass er über einen zerbrochenen Spiegel strich, wispernd wie ein Geheimnis, und ihn auf magische Weise von seinen Wunden heilte. So behutsam tat er das, als würde er jeden Riss in seinem eigenen Inneren tragen … als würde er wissen, was es bedeutete, zerbrochen worden zu sein und nur mit Magie wieder ganz werden zu können.

Wanderin, raunte da seine Stimme durch ihre Gedanken. *Ich habe dich erwartet.*

Sein Lächeln schien ein Feuer in seinem Inneren zu entzünden, das als goldene Flamme in seinen schwarzen Augen auf und nieder tanzte. Milou konnte nicht anders, als dieses Lächeln zu erwidern.

Dann hast du gewusst, dass ich kommen werde, Wächter der Spiegel?, fragte sie ihn auf dieselbe Weise, in der er mit ihr gesprochen hatte. Doch er schüttelte den Kopf.

Wissen und Dämmerung sind keine Freunde, gab er leise zurück. *Aber ich fühlte dein Kommen vom ersten Moment an, da du einen Fuß in diese Welt gesetzt hast, und ich sah die Farben Buranos, die du erschaffen hast. Selten habe ich etwas Ähnliches erblickt. Und ich habe viel gesehen.* Unmerklich hob er den Kopf, und sie konnte den Stolz hören, der in seiner Stimme mitschwang, als er fortfuhr: *Mein Name ist Ghror.*

Für einen Moment schien es, als würden die Farben Buranos in seinen Augen aufglühen, und Milou konnte sie noch einmal spüren: die zerbrochenen Träume, die unter ihren Händen zum Leben erwacht waren. Sie war versucht, ihm auch ihren Namen zu nennen, doch dann begriff sie, dass er ihn längst kannte. Er hatte ihn ebenso deutlich gehört wie ihren Herzschlag, als sie seine Kirche betreten hatte. *Ich hätte nicht gedacht, dass ich einmal an einen solchen Ort kommen würde,* sagte sie stattdessen und ließ den Blick durch den Raum schweifen. *In eine Kathedrale ohne Grenzen, angefüllt mit …* Sie zögerte. *Sind es wirklich Spiegel, die ich sehe?*

Ghror folgte ihrem Blick. *Sie sind Spiegel, weil du sie als Spiegel siehst. In Wahrheit jedoch sind sie weit mehr als das. Sie liegen in Stille, weil kein Wort sie erfassen könnte. In deiner Welt aber nennt man sie Ideen. Hier siehst du all jene, die einst verwundet wurden. Manche sind zerbrochen, andere fast erloschen. Aber sie sind noch ebenso stark wie bei ihrer Geburt, denn ich bewahre sie alle seit langer Zeit.*

Er richtete sich auf und ging langsam den Pfad zwischen den Spiegeln hinauf, so geräuschlos, dass Milou staunend zu ihm aufsah. *Du bist kein Dha'raki,* sagte sie, ohne sich von ihm abzuwenden. Es hatte eine Frage werden sollen, aber noch während die Worte sich in ihren Gedanken zusammengefügt hatten, wusste sie, dass sie der Wahrheit entsprachen. *Wie kommt ein Wesen wie du an diesen Ort?*

Das Lächeln auf seinen Zügen flackerte, kurz nur und doch lange genug, um sie sein Alter fühlen zu lassen. Kalt wie Schneeschauer strich es über ihre Haut. *Durch Feuer,* raunte er. *Durch Eis und durch Scherben. Ich bin lange umhergezogen, ehe der Graue Dom mich fand. Doch du bist nicht für meine Geschichte gekommen.*

Ein beinahe schelmisches Glühen ging durch seine Augen. Milou wollte ihm widersprechen, so sehr drängte es sie, seine Geschichte zu hören. Aber er hatte sie bereits durchschaut, und so blieb ihr nichts anderes übrig, als zu nicken. *Warum sind die anderen gekommen?*, fragte sie dennoch. *All die Wesen, die vor mir durch diese Tür gegangen sind?*

Sein Schweigen legte sich als dunkler Schatten auf seine Züge. *Aus Gier,* grollte er dann. *Aus Unruhe. Oder aus Zorn. Es gibt viele Gründe, in die Spiegel zu sehen, verstehst du, Wanderin? Sie gewähren dir den Blick in andere Welten und, wenn du mutig oder leichtsinnig bist, was oft dasselbe ist, dann kannst du hinüberwechseln an Orte, die du bisher nicht einmal in deinen Träumen betreten hast.*

Sie beobachtete, wie er fast beiläufig mit seiner Klaue über einen gesprungenen Spiegel strich. Schwarz quoll sein Blut aus seiner Haut, als er die Scherben berührte, und fügte sie mit leisem Knirschen wieder zusammen. *Du weißt, warum ich gekommen bin, nicht wahr?*, fragte sie leise.

Das Lächeln in Ghrors Augen wurde tiefer, als er zustimmend den Kopf neigte. *Aber weißt du es auch?*

Milou zog die Brauen zusammen. Ihr lag bereits eine Antwort auf der Zunge, aber dann bemerkte sie den leisen Spott im Blick des Gargoyles und zögerte. Nachdenklich schaute sie über die Spiegel hinweg, und gerade in dem Moment, da sich die Stille schwer auf ihre Schultern legte, meinte sie, ein Kratzen hören zu können … so leise, als würde von der anderen Seite der Scheibe jemand gegen einen Spiegel klopfen. *Aus Hoffnung,* sagte sie, und als das Wort in ihren Gedanken widerklang, wusste sie, dass das die Wahrheit war.

Ghror jedoch schaute lange schweigend auf sie herab. *Hoffnung,* wiederholte er dann, als hätte er dieses Wort seit einer Ewigkeit nicht mehr ausgesprochen. *So etwas Zartes habe ich lange nicht gehört in meiner Einsamkeit. Ebenso wenig wie die Stimme eines Wanderers in meinen Gedanken. Hoffnung ist nichts als Magie … und nichts berührt mich mehr, als wenn ich sie sehen kann in meinem Dom aus tausend Spiegeln. Ja, Träumerin. Ich weiß, warum du gekommen bist. Du suchst nach dem Pala'Dhey.*

Milou konnte nicht verhindern, dass ihr Herz bei diesem Namen schneller schlug. Ghror fuhr leicht zusammen, so als hätte er diese Regung auch gespürt. *Er ist hier gewesen, nicht wahr?*

Der Gargoyle nickte langsam. *Ich erinnere mich gut an ihn. Er ist lange zwischen den Spiegeln herumgegangen auf der Suche nach einem Ort, an dem er in Sicherheit sein würde. Schließlich war er verschwunden, doch ich kann dir nicht sagen, wohin sein Weg ihn führte. Wenn du das herausfinden willst, musst du selbst in die Spiegel schauen und jenen einen finden, der zuletzt seinen Blick erwiderte. Nur so kannst du erfahren, wohin er ging.*

Etwas Dunkles war in seinen Blick getreten, das Milou die Schultern anziehen ließ. *Du sagst das, als wäre das alles andere als leicht. Forderst du einen Tribut, wenn du mich in die Spiegel schauen lässt? Oder tun sie es?*

Nein, grollte Ghror. *Aber dennoch hast du recht: Es ist nicht leicht, in die Spiegel zu sehen, mehr noch als das: Es ist gefährlich. Schon so mancher hat sich in sie hineingestürzt und nie wieder herausgefunden. Denn schnell wird der Drang überwältigend groß, alles sehen und fühlen zu wollen, was sie in sich tragen. Aber nur die wenigsten von uns sind dafür geschaffen, gänzlich in jede dieser Welten einzutauchen, und tut man es doch … nun, dann zahlt man den Preis dafür.*

Milou hörte das Beben, das auf einmal durch die Kirche ging, fern und nah zugleich, als würde es die Wände des Doms ebenso erschüttern wie Ghrors steinerne Brust und irgendwo in der Ferne uralte Teile der Kathedrale in sich zusammenstürzen lassen. *Du hast selbst nicht nur hineingesehen,* sagte sie leise. *Du hast die Welten kennengelernt, die diese Spiegel bergen. So ist es doch, nicht wahr?*

Er schwieg für einen Moment. *Ja,* sagte er dann. *So ist es. Ich stürzte mich in sie hinein, immer wieder, und ebenso oft entkam ich ihnen, was niemand sonst von sich behaupten kann. Doch gleichzeitig verlor ich jene Welt, in die ich einst gehörte, denn mit jedem Sprung durch einen Spiegel erblindete ich stärker für ihre Wunder. Und so kehrte ich zwar eines Nachts zu ihr zurück … doch jenseits dieses Doms sehe ich sie nicht mehr. Und jede Welt, die mich umgibt, pflanzt nur eine Sehnsucht in meine Brust: die Heimat wiederzusehen, die ich verlassen habe.*

Seine Stimme verlor sich in einem endlosen Echo in der Ferne. Wie Donner klang es zu ihnen herüber, und plötzlich erschien es Milou, als wäre sie nicht in eine Kirche hineingetreten … sondern in ein Grab. *Und es gibt keine Hoffnung für dich?*, fragte sie, sogar in Gedanken so leise, dass sie sich selbst kaum verstand.

Doch da hob Ghror den Kopf und das Lächeln kehrte in seine Augen zurück, samten und golden. *Es gibt immer Hoffnung*, erwiderte er sanft. *Ich kann sie sehen, manchmal, in all meinen Spiegeln. Du hast mir die Farben Buranos geschenkt, Träumerin aus der Welt der Menschen. Und eines Tages, ich weiß es genau, wird ein anderer kommen, hierher in meine Gruft aus grauem Licht … und er wird alle Farben der Welt zu mir zurückbringen. Doch dies ist nicht meine Geschichte, Wanderin. Es ist die deine und daher höre auf meinen Rat: Halte dich fest an dem, was tief in dir flüstert. Nur auf diese Weise wirst du dich selbst nicht verlieren und deinen Weg finden zu jenem Spiegel, der dir Antwort geben kann.*

Milou holte tief Atem. Dann nickte sie. Wortlos führte er sie zu einer der halb zerfallenen Kanzeln. Die Stufen bröckelten unter seinen Klauen, als er ihr vorausging, und als sie oben stehen blieben, konnte sie den Staub auf seiner Haut riechen, so nah waren sie sich.

Die Spiegel erwarten deinen Wunsch, raunte Ghror neben ihr. *Sprich ihn aus – und sie werden sich dir zeigen.*

Der Stein der Brüstung war kalt unter Milous Fingern, als sie sich daran festhielt. Auf einmal ging ihr Atem schneller, doch sie straffte die Schultern und ließ ihren Blick so gelassen wie möglich über die Spiegel schweifen. »Zeigt mir den Pala'Dhey!«, sagte sie laut – und fuhr zusammen, als ihre Stimme wie heftiges Gewittergrollen durch den Raum peitschte. Erst als Ghror die Klauen hob, majestätisch, als riefe er die Götter des Himmels zu sich herab, ballte sich der Donner zusammen und riss Staub und Blut und Unrat von den Spiegeln. Die Tücher flogen in wildem Sturm davon. Gellend fuhr Milous Stimme durch die Gänge, und mit einem Schrei, der wie aus ihrer eigenen Kehle brach, erstrahlten die Spiegel und der gesamte Raum in warmem, goldenen Licht.

Milous Herz raste, als sie die Treppe der Kanzel hinunterging. Die Stufen waren nun mit kostbaren Steinen besetzt, jeder Riss hatte sich geschlossen. Es war, als hätte ihr Wunsch jedes Anzeichen von Verfall ausgelöscht. Am leichten Beben des Bodens spürte sie, dass Ghror ihr folgte, langsam und in gebührendem Abstand. Ihr Blick lag auf den Spiegeln, die sich rings um sie erhoben, mit schillernden Rahmen und makellosen Gläsern. In keinem davon konnte sie mehr erkennen als verschwommene Formen, einige erstarrt, andere in Bewegung, aber dennoch zogen sie ihren Blick wie magisch an. Einige Umrisse klopften wie Figuren hinter dickem Eis gegen die Spiegelhaut, als wollten sie unbedingt zu ihr, sie nahm Farben, Gerüche und Laute wahr, die sie nur aus ihren Träumen kannte, und mit jedem Klopfen, mit jedem Ruf aus einer anderen Welt wurde der Drang einer Antwort in ihr stärker. Sie wollte wissen, woher diese Farben kamen, die schon einmal in ihren Kopf gelangt waren, fern des Scherbenreichs in der Welt der Menschen. Sie wollte erfahren, wer gegen die Spiegel klopfte, so eindringlich und mit ihrem Herzschlag im Gleichklang, dass es ihr schien, als wäre es ihr eigener

Atem. Doch jedes Mal, wenn sie auf einen der Spiegel zutrat, getrieben von dem brennenden Gefühl, die Welten zu sehen, von denen sie geträumt hatte, ballte sie die Hände zu Fäusten. Sie war nicht um ihretwillen ins Reich der Scherben gekommen. Sie hatte es für Nonna getan, für Federico, für die Kinder in Caldorons Klauen und die gebannten Menschen in ihrer Welt, für Nív und die freien Dha'raki, die sich von den Ketten des weißen Feuers befreien wollten. Sie war nicht hier, um Farben und Düften zu folgen. Sie war hier für den Pala'Dhey, jenes Wesen, das ihr helfen konnte, Caldoron zu bezwingen. Beruhigend fühlte sie Ghrors Schritte hinter sich und hatte ihren Atem gerade einigermaßen beruhigt, als samtene Kühle über ihre Haut strich.

Wie von einem Hieb getroffen blieb sie stehen und starrte auf den tiefschwarzen Spiegel, der direkt vor ihr stand. Erneut streifte die Kälte über ihre Wangen, und fast meinte sie, die blassblauen Augen des Fährmanns aus der Dunkelheit des Spiegels auftauchen zu sehen. Tatsächlich erkannte sie schattenhafte Umrisse darin, und als sie näher herantrat, formten sich zwei Gestalten daraus. Ein Mann war es, das braune Haar lockig und zerzaust wie das ihre, und eine Frau mit einem Lächeln, das ihr den Atem stocken ließ. Instinktiv streckte Milou die Hände aus, und ein Zittern ergriff ihren Körper, so übermächtig, dass sie es nicht abschütteln konnte. Mit den Jahren waren die Gesichter dieser beiden Menschen in ihren Gedanken unscharf geworden wie eine Fotografie, von der Sonne gebleicht. Sie hatte ihre Stimmen aus ihrer Erinnerung verloren, abgesehen von einzelnen Lauten, die bisweilen in ihr widerhallten, haltlos und ohne Antwort, und manchmal war sie mitten in der Nacht hochgefahren, aus tiefstem Schlaf gerissen von der Angst, sie vergessen zu haben. Doch nun, da sie in ihre Augen sah, war alles zurück, jede Umarmung, jedes Wort, jedes Lächeln, und Milou schossen die Tränen in die Augen, als ihre Eltern die Hände nach ihr ausstreckten. Sie konnte das Schluchzen ihrer Mutter hören, so nah stand sie an der Scheibe des Spiegels, und als sie die Finger ihres Vaters berührte, die er von der anderen Seite dagegenlegte, zitternd, als könnte er nicht glauben, dass sie wirklich da war, durchfuhr sie seine Wärme so unvermittelt, dass sie kaum atmen konnte. Wie lange hatte sie dieses Gefühl vermisst, diese Nähe, die sie nun umfloss wie warmer Regen? Für einen Moment, einen unendlichen Moment, hielt sie die Hände ihrer Eltern fest wie früher, wenn sie gemeinsam durch die Finsternis gelaufen waren, wohl wissend, dass am Ende der Straße ein erleuchtetes Zuhause auf sie wartete. Unwillkürlich trat sie den letzten Schritt vor … und erschrak, als die Kälte mit gnadenloser Kraft über ihre Finger strich.

Sie wollte diesen Frost nicht spüren, wollte nicht den Schmerz sehen, der nun in den Augen ihrer Eltern aufbrach. Sie wollte den allerletzten Schritt tun, durch diesen verfluchten Spiegel hindurch. Nie zuvor hatte sie etwas so sehr gewollt. Und doch rührte sie sich nicht. Denn im selben Moment, da sie den Glanz des Spiegels bereits auf ihrer Haut spürte, ging ein Ton durch die Luft, leise wie das Geräusch von singendem Glas. Sie sah den Fährmann vor sich, kurz nur, als spiegelte sich sein Gesicht vor ihr. Und sie sah die Warnung in seinen Augen, die jede Kälte verloren hatten. In diesem Spiegel, das spürte sie nun mit aller Macht, lag das Reich des Todes, und mit einer Unausweichlichkeit, die ihr die Kehle zuschnürte, begriff sie, dass dieser und jeder andere Spiegel sie verwandeln würde, gerade so, wie sie Ghror verwandelt hatten, jedes Mal, wenn er in ihre Welten gefallen war. Ohne jeden Zweifel würden sie ihr auch die Farben schenken, die Düfte und Sehnsüchte aller Träume, die sie bargen. Aber dafür würden sie ihr das nehmen, was eine einzige unter all diesen Welten für sie ausgewählt hatte: ihr menschliches Herz.

Noch einmal spürte sie den Drang, den letzten Schritt zu tun und ihre Eltern zu umarmen, ein allerletztes Mal. Aber sie rührte sich nicht, und als ihre Eltern die Hände hoben, mit derselben Stille in ihren Augen, mit der sie stets auf sie herabgeschaut hatten – dieser zärtlichen, liebenden Stille, die nur Eltern für ihr Kind im Blick tragen konnten –, da merkte sie, dass sie die Hand auf ihr Herz gelegt hatte, gerade so, wie sie es bei Nív getan hatte, als ihre Erinnerungen ihn gerettet hatten, und sie spürte seinen Klang, der sie lachen und weinen und verzweifeln ließ und den sie nicht aufgeben würde, für nichts in der Welt. Sie hob die freie Hand, als ihre Eltern ihr ein Lächeln schenkten, sacht und wie aus weiter Ferne. Dann drängte die Dunkelheit über den Spiegel zurück und färbte ihn schwarz.

Milou stand da wie erstarrt. Ihre Kehle schmerzte. Sie meinte fast, Splitter von ihren Fingern abspringen zu sehen, als sie sich bewegte, so steif gefroren fühlte sie sich. Doch stattdessen ging ein Pulsen durch ihre Hand, das leise Pochen ihres eigenen Herzschlags … und im nächsten Augenblick hörte sie eine Antwort. Ihr Blut rauschte in ihren Ohren, als sie dem Impuls nachging, der dumpf auf ihre Haut traf. Es schien ihr, als würde sie gerufen, von Gesang vielleicht oder in einer Sprache, die sie nicht verstand. Sie lief die Gänge hinunter, weiter, immer weiter hinab … und da sah sie, dass es ein Spiegel war, der ihr mit der unbeirrbaren Sturheit ihres Herzschlags begegnete.

Sie trat auf den Spiegel zu. Er war kaum größer als sie selbst und von in sich gedrehten metallenen Streben umgeben. Als sein Bild klar wurde, sah sie den Himmel darin und die Wolken, den Wind über den Wellen des Meeres, blaue Blumen auf einem Feld ohne Grenzen und all die Schönheit einer Welt, die wie ein ferner Traum tief in sie zurückgesunken war. Atemlos blieb sie dicht vor dem Spiegel stehen. Es war die Welt der Menschen, die sie sah, und sie konnte ihren Wunsch in dem Spiegel widerklingen hören, sacht wie ein Versprechen. Erneut wandelte sich das Bild, und sie beobachtete, wie sich ein Gesicht aus den wirbelnden Farben formte … ein Gesicht, das ihr das Blut aus dem Kopf zog. Mit weit aufgerissenen Augen starrte sie darauf.

Sie spürte, dass Ghror hinter ihr stehen blieb, doch sie konnte sich nicht zu ihm umdrehen. Ihre gesamte Aufmerksamkeit lag auf dem Bild, das sie im Spiegel betrachtete – das Bild des Pala'Dhey. Ihr Herz schlug so schnell, als wollte es aus ihrer Brust springen, während sie den Blick des Fuchsmanns erwiderte. Langsam schüttelte sie den Kopf.

»Nein«, sagte sie, und ihre Stimme war nicht mehr als ein Flüstern. »Das darf nicht wahr sein.«

22

Milou rannte. Sie war so schnell, dass Nív sie nur mit Mühe vor den Thar'koryen in Deckung ziehen konnte, die immer wieder plötzlich vor ihnen auftauchten, doch sie achtete kaum darauf. Alles, was sie deutlich wahrnahm, war das Kribbeln der Anspannung in ihrem Nacken, wenn sie in den Schatten warten musste, und Nívs forschender Blick auf ihrem Gesicht. Sie hatte ihm nicht sagen können, was sie im Spiegel gesehen hatte. Stattdessen war sie nach einem letzten Blick auf Ghror zu ihm zurückgekehrt, und es hatte nicht mehr als zwei Worte gebraucht, um ihn den Dolch heben zu lassen.

Nach Venedig, hatte sie geflüstert, und er hatte einen Schmiss in seine Welt geschnitten, schweigend, obwohl sein Blick eine einzige Frage gewesen war. Kaum, dass die Gassen ihrer Welt um sie herum aufgetaucht waren, hatte sie zu rennen begonnen. Der Ausdruck auf den Zügen des Gargoyles ging ihr nach, nun, da sie durch die Finsternis lief, und sie spürte das Lächeln darin, das sich mit stiller Wärme um ihre Schultern legte. Er hatte ihr die Antwort gegeben, die sie gesucht hatte, und doch glaubte sie, jeden Moment mit heillosem Schrecken aufzuwachen, in der Gewissheit, alles nur geträumt zu haben und erneut auf die Suche gehen zu müssen … auf die Suche nach dem Fuchsmann, dessen Gesicht gestochen scharf vor ihren Augen stand und ihr zugleich so unwirklich erschien, als könnte es bei einem einzigen Ton aus ihrem Mund wieder verschwinden. Das durfte sie nicht riskieren, und so erwiderte sie Nívs Blick nicht, der so leicht jeden Gedanken aus ihr herausziehen konnte. Zuerst musste sie Gewissheit erlangen.

Sie hatten die Straße ihrer Kindheit fast erreicht, als Milou stehen blieb. Vor ihr lag Federicos Buchladen, aber ein Blick auf die halb aus den Angeln gerissene Tür genügte, um ihr die Kehle zuzuschnüren. Auch hier waren sie also gewesen … Aus dem Augenwinkel sah sie, wie Nív seinen Dolch zog, doch sie ließ nicht zu, dass er vorausging. Mit klopfendem Herzen trat sie auf die Tür zu und schob sie auf. Dahinter bot sich ihr ein Bild der Verwüstung. Sämtliche Bücher waren aus den Regalen gerissen worden, Stühle und Kisten waren verbrannt, und selbst die Gondel, die seit Milou denken konnte an ihrem Platz gestanden hatte, lag gestürzt und mit Asche bedeckt unter einem Berg verkohlter Manuskripte. Sie zog die Arme um den Körper, um ein Zittern zu unterdrücken, aber es gelang ihr nicht. Glühende Schatten waren in Nívs Augen getreten, und auch sie spürte haltlosen Zorn, als sie sich die Schergen Caldorons in diesen Räumen vorstellte. Sie war ihnen entkommen … aber es schien ihr, als hätten sie diesem Ort das Herz herausgerissen.

Gerade hatte sie sich nach einem halb verbrannten Buch gebückt, als ein Scharren sie aufsehen ließ. Nív schob sie hinter sich, doch sie spähte an ihm vorbei und bemerkte eine der Katzen, die einst an diesem Ort ein Zuhause gefunden hatten. Sie hockte hinter einem zerbrochenen Regal und für einen Moment glitt ihr Blick über Milous Gesicht wie eine krallenbewehrte Pfote. Dann schwand die Feindseligkeit aus ihren Augen. Mit grazilen Sprüngen setzte sie über die am Boden verstreuten Bücher hinweg, streifte die umgestürzte Gondel und schaute sich zu Milou um, als würde sie erwarten, dass sie ihr folgen würde. Dann setzte sie ihren Weg fort und verschwand hinter einem Haufen zerrissener Manuskripte.

Milou wechselte mit Nív einen Blick, der verwundert die Waffe sinken ließ, und folgte der Katze. Sie ging neben den Manuskripten in die Knie, doch als sie sich vorbeugte, war das Tier nicht zu sehen. An ihrer Stelle fand Milou einen Spalt in der Wand, nur wenig größer als eine Faust. Vorsichtig schob sie die Hand hinein in der Erwartung, weiches Fell unter den Fingern zu spüren. Doch stattdessen berührte sie Holz, Moos ... und einen glatten, kühlen Stein. Er gab unter dem Druck ihrer Finger nach. Ein Knacken ging durch die Wand, und direkt vor ihr, halb noch verborgen vom zerbrochenen Regal, tat sich ein geheimer Gang auf, der in einer Wendeltreppe aus groben Stufen abwärtsführte.

»Was ist das?«, raunte Nív und entfachte eine Flamme auf seiner Hand, die ihr Licht über rußgeschwärzte Wände flackern ließ.

Milous Mund war so trocken, dass sie kaum einen Ton hervorbrachte. »Ein Fuchsbau«, flüsterte sie dann. »Und ein Refugium der Scherben.« Ohne seinen fragenden Blick zu erwidern, folgte sie dem geheimen Pfad abwärts. Sie musste sich an der Wand festhalten, um auf den glatten Stufen nicht den Halt zu verlieren, doch Nívs Flamme erhellte den Rücken der Katze, die stets in Sichtweite innehielt und zu ihnen zurückschaute, und schließlich verschmolz der Feuerschein mit schwachem Licht, das ihnen entgegenfiel. Sie erreichten das Ende der Treppe und vor ihnen, von roten Fackeln erhellt, lag ein kleiner, von Bücherregalen durchzogener Raum. Mehrere Stühle und ein Diwan umringten einen Tisch, der mit unzähligen Papieren und magischen Artefakten beladen war, von denen einige sich in flirrenden Farben in der Luft drehten. Dahinter erhob sich ein großer roter Sessel. Er stand mit dem Rücken zur Treppe, sodass Milou die Gestalt nicht erkennen konnte, die darauf saß. Aber umso deutlicher nahm sie die Katze wahr, die nun auf den Sessel sprang. Noch in der Luft verwandelte sie sich in einen Fuchs mit glühendem roten Fell und kaum, dass sie in den Armen ihres Herrn gelandet war, drehte der Pala'Dhey sich zu ihnen um.

Milou rührte sich nicht. Sie sah ihn nur an, Federico, den Märchenerzähler, Federico, den Freund und Vertrauten aus Kindertagen – Federico, den Mann der Füchse, den sie gefunden hatte. Sie suchte nach einem Anzeichen dafür, dass er dieses Geheimnis über all die Jahre vor ihr verborgen hatte, irgendetwas, das seine Maske offenbaren würde. Müde wirkte er, als er langsam aufstand, ausgelaugt und erschöpft in eine Decke gehüllt, aber obwohl seine Augen in dunklem Glanz standen, als hätte er Fieber, sah er noch immer genauso aus, wie sie ihn seit jeher in ihrem Herzen mit sich herumtrug: ein wenig schief aufgrund seiner Größe, das volle, dunkle Haar zerzaust, als wäre er noch immer ein Kind, das nie gelernt hatte, sich zu bürsten, und mit diesem Lächeln auf den Lippen, das ihr immer schon einen Mantel aus Geborgenheit um die Schultern gelegt hatte. »Du bist …«, begann sie, weil sie die Stille zwischen ihnen nicht länger ertrug, und er nickte unmerklich.

»Der Pala'Dhey«, erwiderte er, und seine Stimme klang rau, als hätte er sie seit langer Zeit nicht mehr benutzt. »Der Mann der Füchse … ein glorreicher Name in der Welt der Scherben und doch nicht mehr als ein alter Mann, der sich hinter einem Gerüst aus Lügen versteckt, um jene zu schützen, die er liebt.« Er hielt inne. »Ich wünschte, ich hätte dich früher als das erkannt, was du bist. Doch als ich mit letzter Gewissheit davon erfuhr, war es bereits zu spät. Da warst du schon gegangen … ins Reich der Scherben. All meine Versuche, dich dort zu finden, schlugen fehl, und so blieb mir nichts anderes übrig, als auf dich zu warten.«

Milou nickte, aber sie fühlte es kaum. Das Bild des Fuchsmannes, das sie seit dem Blick in den Spiegel vor sich gesehen hatte, begann vor ihren Augen zu bröckeln, und sie schwankte, so plötzlich fiel es in sich zusammen. Rasch ließ Federico den Fuchs zu Boden gleiten und zog einen Stuhl heran, und Nív half ihr, sich zu setzen. Wortlos griff er nach ihrer Hand, und als er einen wärmenden Zauber über ihre Glieder schickte, wich der Schwindel von ihren Schläfen. »Jetzt bin ich da«, sagte sie und fuhr sich über die Stirn. »Aber eins ist sicher: Ich hätte niemals erwartet, dass du derjenige bist, den ich gesucht habe.«

Federico stieß ein Lachen aus. »Sag bloß, du hast dir den sagenumwobenen Pala'Dhey anders vorgestellt?«, fragte er mit leisem Spott. »Nun, ich kann mir denken, dass du einen Krieger erwartet hast, dem man das auch ansieht ... was kein Wunder ist, wenn man bedenkt, wer dich begleitet hat.« Er richtete seinen Blick auf Nív, und für einen Moment meinte Milou, einen prüfenden Ausdruck darin zu erkennen, abschätzend und beinahe kühl. Dann jedoch kehrte das Lächeln in Federicos Augen zurück. »Nív Traumfänger«, sagte er, und Milou bemerkte den Respekt, der in seiner Stimme mitschwang. »Ich hörte viel von dir in den Jahren zwischen den Welten. Die Pathari können sich glücklich schätzen, dich auf ihrer Seite zu haben ... und nicht nur sie. Es ist mir eine Ehre, deine Bekanntschaft zu machen.«

Zum ersten Mal, seit sie ihn kannte, sah Milou etwas wie Verlegenheit auf Nívs Zügen, und sie musste daran denken, mit welcher Ehrfurcht er vom Pala'Dhey gesprochen hatte – dem Symbol des Widerstands gegen seinen Feind, dem er sein Leben gewidmet hatte. »Die Ehre ist ganz bei mir«, erwiderte er und deutete ein Lächeln an. Dann neigte er vor Federico den Kopf, und als dieser die Hand auf seine Schulter legte und die Geste erwiderte, schien es Milou, als würde sie einen Ritter und seinen

König betrachten, die einander zur Treue verpflichteten. Die Feierlichkeit der Szene strich über ihre Haut, und erst als Federico sich abwandte und Nív sich neben ihr auf einen Stuhl setzte, konnte sie Atem holen. Erneut schaute sie Federico prüfend an, doch noch immer suchte sie vergeblich nach einem Anzeichen der Befremdung, die sie angesichts der Umstände erwartet hätte. Er war noch immer ihr Federico, der sie seit ihrer Kindheit beschützt und ihr Märchen erzählt hatte, gebeugt, als hätte sich eine steinerne Schicht um seine gealterten Glieder geschlossen, und so sehr sie sich auch bemühte, ihn sich als Krieger in der Schlacht vorzustellen, so wenig wollte es ihr doch gelingen. »Wie geht es Nonna?«, fragte sie schließlich und trank von dem Wasser, das er ihr reichte.

Ein Schatten ging über sein Gesicht, als er sich seufzend gegen seinen Schreibtisch lehnte. »Sie ist stark«, erwiderte er. »Doch Caldorons Macht setzt ihr zu, auch wenn sie alles tut, um gegen ihr Gefängnis aufzubegehren.«

»Caldoron«, wiederholte Milou. »Du kennst ihn besser als jeder andere, wenn wahr ist, was man sich im Reich der Scherben erzählt. Wer ist er? Und wer ... wer bist du?«

Ein schwaches Lächeln glitt über seine Züge. »Einst war Caldoron ein Mensch wie wir beide. Ein Wanderer, der zwischen den Welten wechseln konnte. Doch mehr noch als das war er mein bester Freund. Wir kannten uns, seit wir Kinder waren, wir spielten an den Kanälen und jagten uns durch den Speicher seines Vaters, der Gewürzhändler war, oder wir kletterten auf den Gondeln herum, die meine Familie besaß. Oft paddelten wir verbotenerweise auf einer von ihnen zu den Inseln der Lagune hinüber. Und eines Nachts gerieten wir in undurchdringlichen Nebel. Eine Ewigkeit, so schien es uns, hockten wir in der Gondel, bis sie plötzlich über rauen Grund schrammte. Offensichtlich hatten wir tatsächlich eine Insel erreicht, doch als wir an Land sprangen, stellten wir fest, dass wir sie noch nie zuvor gesehen hatten. Gläserne Häuser erhoben sich vor uns, durchwirkt von Fackelschein, und Türme, dürr wie Spindeln wuchsen in den dunklen Himmel ...«

»Das Reich aus Glas«, flüsterte Milou.

Federico nickte. »Wir waren in der Welt der Scherben gelandet. Später fanden wir heraus, dass unser Gefährt eine jener magischen Gondeln gewesen war, um die sich so viele Legenden ranken, und wir verbrachten von dieser Stunde an endlose Tage in dieser neu entdeckten Welt. Damals waren die Zeiten friedlicher, doch es gab trotzdem jede Menge Abenteuer zu bestehen. Ich erinnere mich lebhaft an unseren Kampf gegen den Roten Minotaurus, der einmal fast ganz Venedig in Schutt und Asche gelegt hätte, oder an unsere Furcht vor den Sirenen, die stets darauf aus waren, uns in die Klauen zu bekommen. Aber wir beschützten einander, wann immer es nötig war, und das nicht nur vor den äußeren Gefahren der Scherbenwelt. Nicht selten kam es vor, dass Caldoron mich gerade noch rechtzeitig in die Welt der Menschen zurückbrachte, ehe ich mich verloren hätte. Du wirst erlebt haben, wie leicht es ist, sich selbst im Reich der Scherben zu vergessen, nicht wahr?«

Milou senkte den Blick. Deutlich spürte sie die Leere in sich pochen, nun, da sie wieder an den Verlust ihrer Erinnerungen dachte, und sie sah noch einmal die Traurigkeit in Nívs Augen, als er sie inmitten der Rosen betrachtet hatte. »Ja«, erwiderte sie leise. »Aber auch ich hatte einen Beschützer, der darauf achtete, dass ich nicht verloren ging.«

Sie schaute Nív an und für einen Moment glitt ein Lächeln über seine Lippen. Es konnte den Schatten in seinen Augen nicht vertreiben, doch es trug sie in das verlassene Haus zurück, und sie hörte noch einmal seine Worte, sanft und so zärtlich, wie sie nur zwischen allen Welten ausgesprochen werden konnten. Erst als sie Federicos Blick auf sich spürte, wandte sie sich ab, aber ihr entging nicht das schelmische Funkeln in dessen Augen, als er zwischen ihnen hin und her schaute.

»Es ist gut, jemanden zu haben, der aufpasst, wenn man sich verliert«, sagte er und nickte bedeutungsvoll. »Und manchmal ist es sogar noch wichtiger, sich gemeinsam zu verlieren. Ihr seid noch jung, ihr beide, und wer weiß … vielleicht werdet ihr das noch erfahren.« Für einen Wimpernschlag ging der alte Schalk durch seinen Blick, und er betrachtete Milou so wissend, dass ihr das Blut in die Wangen stieg. Dann jedoch wandte er sich ab und der Ernst kehrte zu ihm zurück. »Ja«, sagte er leise. »Caldoron und ich fanden eine zweite Heimat in jener Welt. Als wir älter wurden, schufen wir manche Bereiche der Scherbenwelt neu. So errichteten wir mit der Kraft unserer Gedanken den Palast der Scherben an der Stelle, wo im Venedig der Menschen der Dogenpalast steht, und wir weihten ihn der Freiheit, der Fantasie und den Künsten, da es vor allem diese Aspekte waren, für die wir das Reich der Scherben liebten. Dennoch kehrten wir immer wieder in die Welt der Menschen zurück, bis … nun ja … bis Caldoron sich verliebte.«

Nív hob abrupt den Kopf und Milou spürte sie selbst: die Überraschung, die angesichts dieser Worte in ihm aufglomm. Deutlich sah sie Caldoron vor sich, verborgen unter der Maske des Schakals und später mit eiskalten Zügen, und erst als ein Lächeln über Federicos Gesicht glitt, begriff sie, dass er nicht scherzte. Der König der Scherben hatte einst gewusst, was Liebe war.

»Man nannte sie die Gläserne Prinzessin«, fuhr Federico fort. »Auch wenn sie nicht wirklich aus Glas bestand. Doch ihre

Haut war so durchscheinend, dass es so aussah, und ihre Augen waren von dem schönsten Blau, das ich jemals gesehen habe. Aber sie war nicht nur schön, das braucht ihr nicht zu glauben. Vor allem anderen war sie mutig – und furchtbar eigensinnig. Wir trafen sie, als sie versuchte, eine Leiter aus Stühlen auf der Spitze des Campanile aufzustellen, um zu schauen, ob sie auf diese Weise den Mond erreichen könnte. Ohne jede Frage haben wir ihr dabei geholfen und uns später über unsere kindliche Einfalt kaputtgelacht, und ich glaube, dass es an jenem Tag für Caldoron angefangen hat: als er dieses Mädchen auf den wackligen Stühlen sah, die Arme dem Mond entgegengestreckt, als wollte sie ihn umarmen, und ihn nicht das Bedürfnis überkam, sie von dort herunterzuholen und in Sicherheit zu bringen, sondern sie höher hinauf zu tragen … ihr Flügel zu geben, um sie tatsächlich bis zum Mond zu bringen, nach dem sie sich sehnte.«

Er verstummte, und als Milou seinem Blick folgte, da meinte sie, dieses Bild in den Schatten sehen zu können: die Gläserne Prinzessin auf all ihren Stühlen und Caldoron, der vom Fuß des Campanile zu ihr aufsah. Sanft war sein Gesicht gewesen, damals, als er noch jung gewesen war, und ein Stich ging durch ihre Brust, als sie an das entstellte Antlitz dachte, das sie unter seiner Maske erblickt hatte. Was musste ihm zugestoßen sein, dass er so tief gefallen war?

»Anfangs nahmen wir sie mit auf unsere Abenteuer«, fuhr Federico fort, als hätte er ihre Frage gehört. »Doch mit der Zeit trafen die beiden sich immer öfter allein. Es wurde zunehmend schwerer für mich, Caldoron wieder nach Hause zu bringen, und schließlich blieb er in jenem Reich … für sie. Ich fürchtete, dass er seine alte Welt verlieren würde, so wie es allen Menschen erging, die zu lange im Reich der Scherben blieben. Doch Lhornya, das war ihr Name, war wie ein schützender Zauber über ihm. Sie bewahrte ihn davor, sich zu vergessen, und eine Zeit lang waren sie glücklich miteinander ... so glücklich, dass ich noch heute die Wärme zwischen ihnen spüren kann, wenn ich daran denke – diese Wärme, die das Reich der Scherben mit strahlenden Farben erfüllte. Sie lebten gemeinsam im Scherbenpalast und bauten Luftschlösser über den Wolken mit seinen Träumen, und so sehr er die Prinzessin für ihren Wagemut und ihre ätherische Anmut bewunderte, so sehr liebte sie ihn dafür, dass er ein Mensch war – mit allem, was das bedeutete. Wann immer sie ihn danach fragte, erzählte er ihr von seiner anderen Welt ... und er sah nicht, dass sie begann, sich nach dieser Welt zu sehnen.«

Nív rührte sich nicht, doch Milou konnte seine Hände sehen, die reglos auf den Lehnen des Stuhls lagen – so kühl wie sein Blick, wenn er zu den Fenstern der Menschen aufsah, um die aufbrandenden Gefühle dahinter zu verbergen. Nur mit Mühe konnte sie sich davon abhalten, seine Hand zu nehmen, aber im selben Moment, da er ihren Blick erwiderte, flüchtig und wie aus weiter Ferne, wusste sie, wie die Geschichte der Gläsernen Prinzessin enden würde.

»Eines Tages folgte sie ihm«, fuhr Federico fort. Seine Miene hatte sich verfinstert, und seine Stimme klang gepresst, als müsste er sich dazu zwingen, weiterzusprechen. »Und wie alle Dha'raki, die zu lange dort bleiben, ist sie in der Welt der Menschen gestorben. Am Ufer des Meeres ist sie zerbrochen, in tausend Scherben, als hätte sie tatsächlich aus nichts als Glas bestanden.« Er hielt inne, und Milou konnte das Rauschen des Meeres hören, alt und gleichgültig, während seine Wellen über glitzernde Scherben spülten. »Caldoron geriet außer sich«, sagte Federico dann. »In jener Nacht färbte er die Mauern seines Palastes in der Farbe des Meeres, das die Scherben seiner Geliebten verschlungen hatte, und tränkte sie mit seinem Frost. Einige wenige der Scherben jedoch ergriff er und riss sich das Herz aus der Brust, um es durch diese Splitter zu ersetzen, und er schwor Rache an der Welt der Menschen, die ihm die Liebe seines Lebens genommen hatte. Als seine Geliebte starb, verlor er sich selbst.«

Die Stille legte sich über sie wie der Nebel, den Caldoron durch Venedigs Gassen geschickt hatte. Noch einmal spürte Milou ihn auf ihrer Haut, noch einmal fiel sie am Ufer des Rio dei Giardini auf die Knie, doch als sie nun erneut den Schrei hörte, lautlos, als wäre jeder Ton im Leib des Scherbenkönigs zerbrochen, da fühlte sie den Schmerz darin, so schneidend, dass er Stein und Fleisch zerschnitt ... und die Trauer, die sie selbst in sich trug und die niemals enden würde, ganz egal, wie viele vergessene Erinnerungen auf diese Wunde niederfielen. Doch gleich darauf tauchte Nonnas Gesicht durch dieses Bild. Sie sah erneut die Kinder, die Caldoron unter seinen Willen zwang, und die Dha'raki, die im Kampf gegen seine Schergen verwundet worden waren, und sie stieß langsam die Luft aus. Caldoron war ihr Feind, und sie würde ihn bezwingen – ganz gleich, wie entsetzlich sein Schicksal gewesen sein mochte.

»Wir entzweiten uns«, fuhr Federico fort und holte tief Atem, als müsste auch er die Erinnerung an Caldorons Verzweiflung von sich abstreifen. »Und während er seine Schergen um sich zog, tat ich es ihm auf meine Weise gleich. Bald schon formten wir uns zu den Rebellen, die noch immer gegen die Thar'koryen in die Schlacht ziehen. Damals waren sie nicht mehr als ein Haufen unorganisierter und untrainierter Dha'raki, die meisten mehr Kinder als fähige Krieger. Doch uns einte der feste Wille, uns keine Ketten anlegen zu lassen und die Welt der Menschen zu beschützen – jene Welt, die uns tausendmal vergessen haben mochte, aber die dennoch die Farben der Scherben begründete und die die Hoffnung in sich trug, sie eines Tages wieder erstrahlen zu lassen: so leuchtend, dass jeder Frost und jeder Schatten unter ihnen zerbrechen konnte. So entstanden die Pathari, und ich erinnere mich an jeden Einzelnen von ihnen. Puk mit dem glühend roten Haar. Orla, deren Stimme Gebäude zum Einsturz bringen konnte. Und Asra, das Mädchen mit den Augen aus Eis, die so viel Sanftheit in sich trug.«

Erstaunt hob Milou die Brauen. »Es gibt vieles, was ich über Asra sagen könnte«, warf sie ein. »Ganz sicher ist sie eine großartige Kriegerin, aber sanft … so habe ich sie nicht gerade kennengelernt.«

»Mitunter gestattet sie den Thar'koryen, die Waffe für ihre Hinrichtung selbst zu wählen«, stellte Nív fest. »Aber ansonsten erlaubt sie sich tatsächlich keine Sanftheit mehr, seit sie unsere Anführerin wurde.«

Federico lächelte. »Dann ist es also wahr. Ich hörte davon, dass sie die Pathari in die Schlacht führt, seit Rhemus gefallen ist, doch die Gerüchte aus der Welt der Scherben sind wie Geschichten: Sie beginnen, sich selbstständig zu machen, sobald man den Blick von ihnen abwendet, und so war ich mir nicht sicher, ob es wirklich der Wahrheit entspricht. Es muss schwer für Asra gewesen sein, nachdem ich sie verlassen hatte … umso mehr nach allem, was darauf folgte.«

Milou zog die Brauen zusammen. »Was meinst du damit?«

Federico warf ihr einen Blick zu. »Asra trägt mehr in sich als die Kälte, die du ihr ansiehst«, erwiderte er leise. Er hielt inne und schaute zu Nív hinüber. Ein Schatten flog über dessen Gesicht, und für einen Moment schien es, als wollte er Federico daran hindern, fortzufahren. Doch dann senkte er den Blick und nickte unmerklich. »Rhemus war ein stolzer Krieger«, sagte Federico und wandte sich wieder Milou zu. »Und er beschützte seine Schwester mit all seiner Kraft. Mitunter war das alles andere als einfach, denn Asra war schon als Kind ungeheuer stur und eigensinnig, und sie tat nichts lieber, als in der Welt der Menschen herumzustreunen. Doch sie hat keine Streiche ausgeheckt wie andere Dha'raki, denen der Weg über die Scherbenpfade gelungen war. Ich habe sie oft dabei gesehen, wie sie einfach nur dasaß, auf irgendeiner Bank in einem Park, und den Kindern der Menschen beim Spielen zuschaute ... fast so, als würde sie in ihnen etwas erkennen, nach dem sie sich mehr sehnte als nach der Luft in ihrer Lunge. Doch sie kehrte immer wieder zu Rhemus zurück. Ihre Mutter war früh gestorben, ihr Vater im Kampf gegen Caldoron gefallen, und nach meinem Fortgang aus der Welt der Scherben führte Rhemus die Pathari mit Weitsicht und Tapferkeit in die Schlacht. Die Lieder und Legenden, die mich aus jener Zeit erreichten, sprudelten über von seinem Heldenmut, und Asra liebte niemanden so sehr wie ihn, bis ... nun ja, bis sie in der Welt der Menschen auf einen jungen Mann traf und ihr Herz an ihn verlor. Den Geschichten zufolge verliebte sie sich rettungslos in ihn, und bald schon stellte sich heraus, dass er ein Wanderer war. Sein Name war Hamur, oder jedenfalls hat er sich selbst so genannt, kaum dass er das Scherbenreich zum ersten Mal betreten hatte. Rhemus hielt ihn für arrogant, für besessen von sich selbst und seinem Wunsch nach Macht und Einfluss. Doch Asra liebte ihn, und auch wenn sie es nie offen aussprach, glaube ich doch, dass sie ihn für den Wanderer hielt, der Caldoron bezwingen konnte. Aber Rhemus sollte recht behalten. Hamur verlor sich zwischen den Scherben und griff nach der Macht. Er trachtete danach, die Welt zu unterwerfen und nach seinem Bild wiederaufzubauen. Sein Irrweg gipfelte in einem Kampf, bei dem er Rhemus tödlich verwundete. Er floh in die Welt der Menschen, doch Asra folgte ihm. Nach langer Suche fand sie ihn, und sie hat ihn getötet, den Mörder ihres Bruders … und den Mann, den sie liebte.« Er hielt inne und schaute zu Nív hinüber. »Das ist es, was mich erreichte in meinem Exil der Dämmerung.«

Nív hob den Blick, und Milou fand die Betroffenheit, die lähmend in ihrer Brust klopfte, in seinen Augen gespiegelt. »So hat es sich zugetragen«, erwiderte er ein wenig heiser. »Kein Pathari hat es je gewagt, Asra gegenüber davon zu sprechen, und auch außerhalb unserer Reihen war es ein ungeschriebenes Gesetz, das Wort nicht darauf zu lenken.«

Federico nickte und ein Lächeln flog über sein Gesicht. »Ich kann mir gut vorstellen, dass Asra keine Schwierigkeiten damit hatte, den Kriegern Respekt einzuflößen. Und ebenso wenig überrascht es mich, sie als Anführerin zu sehen. Sie ist die stärkste Kriegerin, der ich je begegnet bin. Schon damals, als sie noch fast ein Kind war, hatte sie einen ausgeprägten Willen.« Er griff in seine Tasche und holte einen blassroten Holzknopf daraus hervor. »Diesen Knopf gab sie mir mit den Worten: *Darin sind all meine guten Gedanken gespeichert. Er wird dich beschützen.* Und das hat er getan.«

Milou musste lächeln, als sie sich Asra als Kind vorstellte, und zu ihrer Überraschung sah sie die Kriegerin tatsächlich vor sich: trotzig und furchtlos wie bei ihrer letzten Begegnung und zugleich mit einer Wärme in ihrem Blick, die sie nun hinter tausend Masken verbarg.

»Sie hat den Gedanken an Euch stets bewahrt«, sagte Nív, während Federico schweigend den Knopf zwischen den Fingern drehte. »Auch wenn sie Euren Verlust nie verwunden hat, trug sie den Gedanken der Freiheit und des Widerstands doch mit aller Kraft weiter. Ich glaube …« Er zögerte, als würde er fürchten, mit seinen Worten eine Schwelle zu überschreiten. Doch

Federico nickte auffordernd, und so fuhr er fort: »Ich glaube, Ihr wart wie ein Vater für sie. Auch wenn sie das vermutlich nie zugeben würde.«

Federico sah ihn an und etwas wie Dankbarkeit ging durch seine Augen. »Und sie war wie eine Tochter für mich«, entgegnete er. »Ich wünschte, ich hätte mich von ihr verabschieden können, als ich ging. Ich hätte die Welt gern für sie zum Besseren verändert – jede Welt, die ich betreten habe. Doch ich konnte nicht mehr tun, als mich Caldoron entgegenzustellen. Und selbst dort scheiterte ich.«

»Bei allem gebotenen Respekt«, entgegnete Nív ruhig. »Aber ohne Euch säße ich jetzt nicht hier. Ihr habt den Willen zum Widerstand in den Dha'raki geweckt und er hat bis heute Bestand.«

Federico lächelte ein wenig, ehe er wieder ernst wurde. »Und doch unterlag ich in der Schlacht um den Palast der Scherben. Zwar konnte ich Caldoron verwunden, aber es gelang mir nicht, ihn zu hassen ... und so tötete ich ihn nicht, als ich die Gelegenheit dazu hatte. Er hingegen kannte keine Grenzen mehr.« Er knöpfte sein Hemd auf und offenbarte eine tiefe Narbe, die quer über seine Brust lief. Dann sah er Milou an. »Er verfluchte mich mit all seinem Zorn. Bereits sein Nebel hat mich krank gemacht, als er mit zunehmender Macht in die Welt der Menschen eindrang, und ich brauchte meine ganze Kraft, um das, was ich dir und deiner Großmutter als simple Erkältung verkaufte, zu überwinden. Aber sobald ich mich in die Welt der Scherben begebe, bricht diese Wunde auf und raubt mir das Leben. Je weiter ich mich dem Ort nähere, an dem Caldorons Klinge mich traf, desto stärker setzt seine Macht mir zu. So haben wir uns beide eine Welt genommen – Caldoron mir das Reich der Scherben und ich ihm die Menschenwelt.«

»Aber er hat sich nicht geschlagen gegeben«, sagte Nív dunkel. »Seine Kräfte kehren mit jedem seiner Atemzüge stärker zu ihm zurück, und neben der Macht über das Scherbenreich dienen all seine Taten nur einem einzigen großen Ziel: die Welt der Menschen in den Abgrund zu reißen.«

Federico nickte. »Lange konnte ich nichts tun, als ihm zuzusehen, wie er den Menschen und Dha'raki das raubte, was ihm selbst genommen wurde: die Erinnerungen und die Träume ihres Lebens, bis sie eines Tages nichts mehr sind als leblose Hüllen seines Zorns.«

Milou setzte sich vor. »Aber er ist nicht unverwundbar. Du hast es geschafft, ihn zu verletzen – mit einer Waffe, die du noch immer beschützt. So ist es doch?«

Für einen Moment sah er sie still an, und sie fürchtete, dass er den Kopf schütteln würde. Doch dann nickte er erneut. »Ich selbst trug die Waffe unter Einsatz meines Lebens tief hinein in seine Welt … in den Palast der Scherben, wo sie sicher war bis zu jenem Tag, an dem ein stärkerer Wanderer als ich es bin danach greifen könnte. Und nun ist dieser Tag gekommen.«

Milous Herz klopfte laut. Sie rechnete damit, dass sich das Lächeln auf seinen Zügen vertiefen, dass er auf sie zutreten und ihr die Hände auf die Schultern legen würde. Aber er neigte nur den Kopf wie früher, wenn er schlechte Nachrichten für sie gehabt hatte, und wie damals zog sich ihr Magen zusammen, noch bevor sie seine Worte hörte. »Das Fluchviertel trägt Caldorons Schmerz in sich«, sagte er leise. »Ebenso wie seinen Zorn. Sein schwarzes Eis lastet schwer auf seinem einstigen Palast, seine Verzweiflung strahlt aus wie ein boshaftes Geschwür und hat über all die Jahre unzählige dunkle Träume, finstere Gedanken und Momente voller Leere angezogen, die in vereisten Schatten auf den Gassen liegen. Viele gestandene Krieger stürzten bereits in Wahnsinn und Tod, weil sie die Dunkelheit und den ewigen Frost nicht ertrugen, und es hat seine Gründe, warum niemand, der seither einen Fuß in dieses Viertel setzte, je daraus zurückkehrte. Die Abgründe dort sind zu tief. Ich weiß, dass ihr einen langen Weg gegangen seid bis zu diesem Punkt, und umso härter ist es für mich, euch nun die Wahrheit zu sagen: Unsere Schlacht ist vorbei. Keiner von uns wird die Waffe jemals zurückholen, die Caldoron bezwingen könnte. Es ist hoffnungslos.«

Milou saß da wie erstarrt. Sie sah aus dem Augenwinkel, dass Nív sich vorbeugte. Seine Hände krallten sich in die Lehnen seines Stuhls, als wollte er Federico an der Kehle packen, nur um gleich darauf vor dessen Blick zurückzuweichen – diesem Blick aus Hilflosigkeit und Resignation. Sie spürte den Schrecken, der sich in ihrem Inneren zusammenballte, gleißend kalt wie der Moment kurz vor einem heftigen Schmerz. Doch dann stieß sie die Luft aus, und wie damals, als sie trotz Federicos Verbot nach den unheimlichsten Geschichten seines Ladens gegriffen hatte, sah sie ihn auch nun mit funkelnden Augen an.

»Das ist nicht die Wahrheit«, sagte sie und war selbst überrascht von der Entschlossenheit in ihrer Stimme. Sie maß Federico mit ihrem Blick und sah auch zu Nív hinüber, der sie mit sichtbarer Verwunderung anschaute. »Da sitzt ihr«, fuhr sie fort und schüttelte langsam den Kopf. »Zwei Krieger, die ihr Leben dem Kampf gegen Caldoron gewidmet haben und nun ein Mädchen mit dem Kopf in den Wolken brauchen, das ihnen sagt, dass diese Schlacht nicht verloren ist. Nív Traumfänger – seit wann lässt du dir von jemandem sagen, was du glauben sollst? Du hast den Pala'Dhey bewundert, ohne ihn zu kennen, aber aus welchem Grund gibst du jemandem diese Macht über deine Gedanken? Und du«, sagte sie und wandte sich an Federico, der wie erstarrt in seiner Bewegung innehielt. »Warst du es nicht, der mich die Bedeutung der Hoffnung fühlen ließ, damals, als ich nicht ein noch aus wusste nach dem Tod meiner Eltern? Kein einziges Wort hast du gesagt. Du hast mich nur festgehalten, die ganze Nacht hindurch, während ich weinte – endlich, nach langer Zeit, da die Tränen in mir verschlossen gewesen waren. Und am nächsten Morgen, es dämmerte gerade, hast du mich hochgehoben und hinunter zum Meer getragen. Der Himmel lag schwer auf den Wellen, und ich konnte ihr Flüstern kaum ertragen, aber du hast mich dazu gebracht, deinem Blick hinauf zu den Wolken zu folgen. Und da brachen die Strahlen der Sonne durch die Dunkelheit. Sie waren kaum mehr als silbrige Streifen in der trüben Luft. Aber ich erinnere mich an sie, so deutlich, als hätten sie mich mit Lanzen durchbohrt. Hast du das etwa vergessen?« Sie musste Atem holen, als sie den Glanz bemerkte, der nun in seine Augen trat. »Ich habe gesehen, was Caldoron tut«, fuhr sie dann fort. »Nicht nur in dieser Welt, sondern auch im Reich der Scherben. Ich habe die Dha'raki gesehen, die unter den Hieben seiner Schergen gefallen sind, ich habe ihren Schmerz gespürt und ihren Zorn. Und ich habe die Farben gesehen, die unter seinem Willen in Ketten liegen – dieselben Farben, die sich in den Schwärmen des Glücks spiegeln, wenn sie über den Dächern der Scherben dahinjagen. Sie sind es, die Nonna ans Fenster gezogen haben, sie, die mich durchhalten ließen, als nichts als Nebel um mich war und obwohl ich noch nicht einmal wusste, dass es sie gibt. Aber ich habe es gefühlt, mein ganzes verfluchtes Leben lang, und als ich von einem Traum aus Nacht und Schatten ins Reich der Scherben geführt wurde, ließ ich sie aufbrechen, und ich tat es mit meiner eigenen Kraft.« Sie schwankte nicht, als sie ihren Stuhl zurückschob und aufstand. Auf einmal war jede Erschöpfung, jede Müdigkeit von ihr gewichen, und zurück blieb nur die eisige Entschlossenheit hinter ihrer Stirn, die die Worte wie Peitschenhiebe über ihre Lippen trieb. »Verflucht noch eins«, sagte sie und schaute von einem zum anderen. »Nonna liegt in Caldorons Ketten, während wir hier herumsitzen, und Gott weiß, wie viele Menschen und Dha'raki in diesem Augenblick in die Klauen seiner Schergen fallen! Ich hätte niemals gedacht, dass ich das einmal sage, aber eins ist sicher: Ich werde Caldoron zum Kampf fordern, ganz gleich, wer dabei an meiner Seite steht! Und ich werde ihn bezwingen – weil ich es will!«

Keiner von beiden rührte sich. Nur der Fuchs schaute von einem zum anderen, listig, als würde er grinsen. Dann kehrte die Wärme in Nívs Augen zurück, und im selben Moment, da er nach Milous Hand griff, stieß Federico ein Lachen aus. Ohrenbetäubend laut war es, und sie konnte nicht anders, als mitzulachen, während es ihr so vorkam, als würde jeder Ton die steinerne Schicht von seinen Gliedern sprengen, die ihn bisher so gebrechlich hatte erscheinen lassen.

»Genau das wollte ich hören!«, rief er, und mit einer Geste, die jede Schwäche von seinem Körper riss, streifte er die Decke von seinen Schultern. Und darunter, an etlichen Stellen abgegriffen und zerschlissen, aber noch immer dunkel wie aus Schatten gewebt, trug er die Kleidung der Pathari. Ein funkelndes Schwert hing an seinem Gürtel, Messer blitzten an den schweren Stiefeln, und als er unter seinen Schreibtisch griff, zog er eine Armbrust hervor, die in roter Glut aufglomm. »Ich werde euch begleiten«, raunte er dunkel. »Ich habe sie schon einmal im Stich gelassen – noch einmal wird das nicht geschehen!«

Damit hielt er Milou die Hand entgegen wie früher, wenn sie einen geheimen Pakt besiegelt hatten. Sie wusste, dass er von Nonna gesprochen hatte, ohne dass ihr Name gefallen war, und ein warmes Gefühl stieg in ihr auf, als sie ihre Großmutter noch einmal am Fenster stehen und zu dem Fuchs auf der Straße hinausschauen sah: dem letzten Gruß ihres Geliebten, den sie verloren zu haben glaubte und der doch in all den Jahren an ihrer Seite gewesen war. Kurz glomm der alte Federico hinter der Maske des Kriegers auf, der nun vor ihr stand, und als die beiden miteinander verschmolzen, überkam Milou eine Erleichterung, die sie erzittern ließ. Nív war an ihrer Seite, als sie wortlos einschlug, und während sie in die Augen dieser beiden Krieger sah, spürte sie es deutlich: Wenn jemand Caldoron bezwingen konnte, den König der Scherben in seinem Weißen Turm – dann waren sie es.

23

Milou erwachte vom Knistern der Fackeln. Der Feuerschein tanzte über die Bücherregale, die Sprungfedern des Diwans bohrten sich in ihren Rücken, und kurz kam es ihr so vor, als wäre sie noch einmal wie vor Jahren über einer Geschichte eingeschlafen und erst mitten in der Nacht wieder erwacht. Wie damals lag auch nun die uralte Pferdedecke über ihr, die Federico stets voller Fürsorge über sie gebreitet hatte. Aber sie brauchte nur zum Sessel hinüberzusehen, um zu begreifen, dass jene Zeit vergangen war. Der Buchladen, der einst ihr zweites Zuhause gewesen war, lag in Trümmern, ein kühler Wind glitt durch den Raum, und dort, zurückgezogen in die letzte sichere Kammer seines einstigen Refugiums, saß Federico mit dem Fuchs in seinen Armen und schlief. Er sah aus wie ein Krieger, der ihren Schlaf bewacht hatte, bis er selbst von der Müdigkeit übermannt worden war. Seine Hand ruhte auf seiner Armbrust, doch ein Lächeln lag auf seinen Lippen, als würde er davon träumen, wie er früher gemeinsam mit Caldoron ins Reich der Scherben gereist war … damals, als sie noch Freunde gewesen waren.

Der Name des Scherbenkönigs zog Milou auf die Beine. Nív war nirgends zu sehen, aber sie spürte die Unruhe, die ihn aus dem Raum getrieben hatte, in ihren eigenen Gliedern. Jedes Buch schien plötzlich mit den Stimmen des Nebels zu flüstern, der schon einmal an diesen Ort gekommen war, und sie musste sich zwingen, den Gedanken an die Augen der Thar'koryen aus ihrem Schädel zu drängen. Leise streifte sie sich die Decke von den Schultern und legte sie über Federico. Er bewegte sich nicht im Schlaf, doch der Fuchs öffnete die Augen, und als sie sich zu ihm herabbeugte, schien es ihr, als würde er ihr Lächeln erwidern. Vorsichtig strich sie über seinen Kopf. Sein brennendes Fell war warm, doch seine Flammen tanzten sanft über ihre Finger, ohne sie zu verletzen. Dann wandte sie sich ab und verließ den Raum.

Die Nacht hatte die Trümmer des Ladens schwarz gefärbt. Schatten tanzten zwischen den verkohlten Büchern, und Milou erschrak, als sie im einfallenden Mondlicht die Katzenaugen zwischen den Regalen aufglühen sah. Erst auf den zweiten Blick bemerkte sie, dass auch sie sich in Füchse verwandelt hatten, und als sie ihren Weg fortsetzte, da war es, als würde sie noch einmal an den langen Reihen der Spiegel im Grauen Dom vorübergehen. Erneut sah sie Ghrors Lächeln vor sich, so unerschütterlich, dass sie nicht anders gekonnt hatte, als es zu erwidern. Eine feierliche Stille lag über der Zerstörung, und in jedem Augenpaar der Füchse erkannte sie die Entschlossenheit, die sie auch in sich selbst spürte: den festen Willen, dieses Unrecht zu vergelten. Und dennoch drängten sich die Schatten mit jedem zerrissenen Buch und jedem verkohlten Manuskript näher um sie, und erst als sie auf der Rückseite des Hauses ins Freie trat, wich die Schwere von ihrer Brust. Sie holte Atem und schaute zur Mauer hinauf, von der aus man in den Kanal sehen konnte, und ein Lächeln flog über ihr Gesicht. Dort oben gegen die Wand gelehnt saß Nív und schaute in die Schatten.

Seine Haltung war entspannt, beinahe ruhig, aber Milou spürte die Gefahr, die jede Faser seines Körpers aussandte. Die Hand auf seinem Dolch ließ keinen Zweifel daran, dass er nur einen Wimpernschlag brauchte, um einem Feind damit die Kehle zu öffnen, und sein Blick durchschnitt die Dunkelheit in kalter Wachsamkeit. Und doch bemerkte Milou nun, da er zu den Lichtern am Ende des Kanals hinüberschaute, diese eigentümliche Sanftheit auf seinen Zügen, die sie schon manches Mal an ihm gesehen hatte, wenn er wie aus weiter Ferne auf die Welt der Menschen geblickt hatte. Jeder Atemzug in dieser Welt raubte ihm die Kraft, und dennoch war es, als säße er nur aus einem einzigen Grund so still: um nichts von dem Glanz zu zerbrechen, der dort drüben in die Nacht fiel und den er niemals erreichen würde. Nichts von ihm, so dachte Milou in diesem Moment, gehörte in diese Welt – und doch schien eben diese Welt nichts und niemanden so sehr zu brauchen wie ihn.

»Träumerin«, sagte er, ohne sich zu ihr umzudrehen. »Es ist spät, und wir haben einen langen Weg vor uns, sobald der Morgen anbricht. Du solltest schlafen.«

Milou stieß die Luft aus. »Ich wusste gar nicht, dass du als mein Kindermädchen angeheuert hast. Und abgesehen davon: Wer sitzt denn Nacht für Nacht in Finsternis und Kälte herum und hält Wache, ohne sich auch nur einmal auszuruhen? Kein besonders gutes Beispiel, das du da bietest, das muss ich mal sagen.«

Noch immer schaute er zu den Lichtern der Menschen hinüber, aber sie konnte sehen, dass er amüsiert den Mund verzog. »Wäre ich dein Kindermädchen, würde ich Wege finden, dich zum Schlafen zu bringen, dessen kannst du gewiss sein. Die Dha'raki sind sehr einfallsreich, was magische Fesseln und Tränke betrifft. Und abgesehen davon bin ich es gewohnt, wach zu sein – ganz im Gegensatz zu dir.«

Milou hob spöttisch die Brauen. »Du magst ein Krieger sein und ein Pathari, der alle Schleichwege der Scherbenwelt kennt. Aber du hast keine Ahnung, welche Energiereserven ich aktivieren kann, wenn es sein muss. Was glaubst du, wie oft ich drei

Tage vor einer Mathearbeit angefangen habe zu lernen, ohne auch nur das Geringste zu wissen? Glaub mir: Ich weiß, was Schlafmangel bedeutet. Und ich kann damit umgehen.«

Damit stieg sie die Treppe zu ihm hinauf. Sie bestand aus alten Büchern. Vor Urzeiten hatte Federico sie aufeinandergeschichtet, um die Aussicht über den Kanal genießen zu können, und wie bei ihrem ersten Gang über diese Seiten kam es ihr auch nun so vor, als müsste sie vorsichtig auftreten, um die Bücher nicht zu verletzen – als wären sie Tiere, die unter ihren Füßen stillhielten. Doch sie trugen ihr Gewicht ohne jedes Geräusch, bis sie an der Mauer stehen blieb. Der Wind fuhr ihr mit einiger Härte ins Gesicht, aber als sie sich vorbeugte, sah sie glühende Schemen im Wasser, die die Kälte zurückdrängten. Staunend stellte sie fest, dass es fluoreszierende blaue Fische waren, die dicht unter der Wasseroberfläche dahinschwammen.

»Aegur'naray«, sagte Nív, als er ihrem Blick folgte. »*Die Flügel der Träume* in deiner Sprache. Sie können im Reich der Scherben die unterschiedlichsten Gestalten annehmen, doch in der Welt der Menschen sind sie für gewöhnlich unsichtbar. Geistergleich fliegen sie durch eure Träume und atmen etwas von deren Kraft, während sie ihrerseits einen Teil ihrer Magie in ihnen zurücklassen. Das äußert sich mitunter in einem besonders ruhigen Schlaf, in außergewöhnlich farbenprächtigen Träumen oder in Ideen, die bis zum nächsten Morgen in euren Gedanken haften bleiben. So oder so verleihen sie euren Träumen Flügel, und die Magie der Thar'koryen und der Pathari, die in diesen Tagen ungewöhnlich stark durch diese Gassen streift, lässt sie auch für deine Augen sichtbar werden. Früher, so sagt man, ist es häufig vorgekommen, dass die Aegur'naray auch jenseits des Scherbenreichs gesehen wurden … damals, als die Welten einander noch nicht fremd geworden waren.«

Milou bemerkte die Kühle in seiner Stimme und sah ihn an. »Du schaust zu ihnen hinab, aber du scheinst sie nicht wirklich zu sehen. Dein Blick geht durch sie hindurch in die Dunkelheit. Was siehst du, wenn du auf diese Weise in die Schatten schaust?«

»Ich sehe die Gefahr, die auf uns wartet«, sagte er, und die Nacht seiner Augen flammte auf, als würden gerade in diesem Moment Schrecknisse aus der Dunkelheit tauchen, die für Milou unsichtbar bleiben mussten. »Du hast gehört, was der Pala'Dhey über das Fluchviertel erzählte, und er hat nicht übertrieben. Die Kälte dort ist gnadenlos und die Finsternis darin mitunter so groß, dass Risse in andere Welten aufklaffen, um Trauer und Elend von dort in sich aufzunehmen. Ich selbst verlor etliche Gefährten an den Palast, einige, weil sie ihren Mut beweisen wollten und dabei umkamen, andere, weil sie die Hineingeratenen retten wollten. Keiner kehrte je zurück. Und ausgerechnet dorthin werde ich dich nun führen.«

Milou lächelte ein wenig. »Tätest du es nicht, würde ich den Weg auch selbst finden. Es war meine eigene Entscheidung, ins Fluchviertel zu gehen und Federicos Waffe zu holen. Hast du das schon vergessen?«

»Natürlich nicht«, entgegnete er und stieß die Luft aus. »Selten bist du so entschlossen, als wenn es darum geht, dich in Schwierigkeiten zu bringen. Und dennoch ...« Er hielt inne und sah sie an, zum ersten Mal, seit sie zu ihm an die Mauer getreten war. Das Mondlicht ließ sein Gesicht kühl wie Marmor wirken und fächerte sich in seinen Augen zu flirrendem Silber auf. »Ich habe geschworen, dich zu beschützen, aber ich kann nicht voraussagen, was uns in diesem Viertel erwartet. Ich kenne nur die Legenden, die sich um die Gassen aus schwarzem Eis ranken, um den Palast mit all seinen verfluchten Sälen ... und die

Gesichter der Pathari, die auf dem Weg dorthin gefallen sind. Etliche starben, weil sie der Düsternis des Palasts nicht widerstehen konnten, erfahrene Krieger, älter und mächtiger, als ich es bin. Viele von ihnen habe ich in der Schlacht erlebt. Ich sah sie vor keiner Gefahr zurückschrecken und gegen Scharen von Thar'koryen obsiegen. Und dennoch hielt keiner von ihnen dem Fluch des Viertels stand.«

Er sprang von der Mauer herab, als könnte er die äußere Ruhe angesichts dieser Worte nicht länger aufrechterhalten, und stützte sich auf den kühlen Stein. »Wir werden ihm standhalten«, sagte Milou und nickte bekräftigend, als er sie ansah. »Gemeinsam.«

»Ist es die Nähe all dieser Bücher oder der Vollmond, der dich so reden lässt?«, fragte er mit leisem Spott. »Woher kommt diese plötzliche Zuversicht?«

Milou schaute zu den Fischen hinab, deren Körper die Fassaden der Häuser blau erleuchteten. »Durch die Farben deiner Welt«, sagte sie dann. »Und den Wind in der meinen. Durch die Stimmen der Sirenen, das Licht der Menschen in der Nacht, durch Nonnas Sehnsucht und durch Federico, der so viel mehr ist, als ich je für möglich hielt … und dadurch, dass du mich ansiehst, als wäre ich es auch.«

Nív betrachtete sie schweigend, als wollte er sich jeden Moment abwenden und die Maske des Kriegers auf seine Züge zurückrufen. Doch stattdessen flog ein Lächeln über seine Lippen. »Das bist du«, erwiderte er. »Mehr, als du ahnst. Du hättest dich sehen sollen, als du Federico dort unten entgegengetreten bist. Deine Worte waren wie Funken in deinen Augen. Und manchmal denke ich …« Er hielt inne, als würde ihn etwas tief in seinem Inneren daran hindern wollen, weiterzusprechen. Aber dann schüttelte er den Kopf, langsam und beinahe hilflos. »Manchmal denke ich, dass du wie Feuer bist«, fuhr er fort. »Und du hast dich entzündet … in mir.«

Er hatte so leise gesprochen, dass sie ihn kaum verstanden hatte. Aber seine Worte flogen zärtlich durch ihre Gedanken, und als er die Hand nach ihr ausstreckte und über ihre Wange strich, begann ihr Herz zu rasen. Fern war das Pochen der Leere in ihr, fern der Schwindel, der sie im Angesicht seiner Dunkelheit so leicht befallen konnte. Alles, was sie wahrnahm, war der Ausdruck auf seinen Zügen, als er sich vorbeugte, und sein Atem, der unendlich sanft ihre Wange streifte. Doch gerade als sie glaubte, seine Lippen auf den ihren zu spüren, stieß er ein Stöhnen aus und wich vor ihr zurück.

»Verzeih mir«, brachte er hervor und hob die Hände. »Ich wollte nicht …«

»Du musst dich nicht entschuldigen«, unterbrach sie ihn. Noch immer pochte ihr Herz gegen ihre Rippen, so heftig, dass sie glaubte, er müsste es hören. »Ich sagte es dir schon einmal, und ich wiederhole es so oft, bis du mir glaubst: Ich fürchte mich nicht vor dir.«

»Oh, Milou«, sagte er und fuhr sich über die Augen. »Du hast keine Ahnung, was du da sagst. Du weißt so wenig über mich.«

Sie hob die Schultern. »Vielleicht … und trotzdem weiß ich genug. Ich weiß, dass du derjenige bist, der mich im Nebel gefunden hat, der mich im Meer der Sirenen in seinen Armen hielt, der meine Erinnerungen vor der Kraft der Scherben bewahrte. Und jetzt kommst du mit mir an den gefährlichsten Ort deiner Welt, und das Einzige, worum du dich sorgst, ist meine Sicherheit. Du magst die Dunkelheit deiner Augen verfluchen, aber ich … ich finde sie wunderschön.«

Behutsam legte sie die Hand auf seinen Arm, doch er fuhr

zusammen, als hätte sie ihn verbrannt. »Milou«, wiederholte er. »Du verstehst nicht …«

»Ich verstehe sehr gut«, widersprach sie eindringlich. »Aber wie sagtest du: Manche Dinge muss man fühlen, um sie zu verstehen.« Ohne ein weiteres Wort trat sie näher auf ihn zu. Er war bis an die Mauer vor ihr zurückgewichen und rührte sich nicht, aber sie konnte seine Anspannung spüren, als sie dicht vor ihm stehen blieb. »Ich werde dich nicht danach fragen, welche Abgründe du in dir trägst. Vielleicht wirst du es mir eines Tages erzählen, vielleicht auch nicht, es ist ganz gleichgültig. Denn ich sehe sie, die Dunkelheit, die in dir liegt, und auch wenn sie mir den Atem raubt, wenn sie mich schwindeln lässt und mir so fremd ist, dass ich keine Worte finde, um sie zu beschreiben, ja, selbst wenn sie mich bestiehlt – ich kann mich nicht von ihr abwenden, und ich will es auch nicht länger versuchen.« Sie spürte das Zittern seines Atems, als sie die Hand auf seine Brust legte. Er sah sie an wie ein verwundetes Tier, und als er etwas erwidern wollte, legte sie die Finger auf seinen Mund. Seine Lippen waren so warm, dass sie von diesem Augenblick an keine Kälte mehr fühlte. »Nein«, flüsterte sie. »Erzähl mir nichts von Vorsicht und Gefahr und von dem, was geschehen kann. Ich bin mir dessen bewusst. Ich fühle noch immer die Leere in mir, seit ich in dem verlassenen Haus deine Wunden heilte, und du irrst dich, wenn du glaubst, dass der Fluch der Areya mich nicht schaudern lässt. Aber erinnerst du dich nicht mehr daran, was du mir über das Glück gesagt hast? Es besteht nur für einen Augenblick. Und das bedeutet, dass man sich dafür entscheiden muss, ganz gleich, was einmal daraus werden könnte.« Sie hielt inne. »Was auch immer geschieht – dieser Moment gehört uns.«

Langsam ließ sie die Hand sinken. Sie sah noch, wie er sie anschaute, so entwaffnet, dass ein Schauer über ihren Rücken glitt. Dann stellte sie sich auf die Zehenspitzen, und ehe er noch etwas erwidern konnte, küsste sie ihn. Für einen Moment spürte sie seine Abwehr wie einen elektrischen Impuls im ganzen Körper. Doch gleich darauf wurden seine Lippen weich, und als sie die Finger in sein Haar grub, erwiderte er ihren Kuss, so leidenschaftlich, dass ihr der Atem stockte. Es war, als glitten tausend Rabenfedern über ihre nackte Haut. Er umfing ihren Körper mit beiden Armen und drängte sie gegen die Mauer, und als er sie näher an sich zog, da fühlte sie, wie ihr Herzschlag in seiner Brust widerklang. Er fuhr zusammen, doch er ließ sie nicht los. Nichts als Dunkelheit war mehr um sie herum, eine samtene, übermächtige Dunkelheit, und ein Strom aus Zärtlichkeit flutete Milous Glieder. Noch nie zuvor hatte sie eine solche Nähe gefühlt wie in diesem Augenblick.

Nívs Haar war zerzaust, als sie sich voneinander lösten, und wie sie war auch er außer Atem. Er sah sie an, als könnte er nicht glauben, was geschehen war … als wäre sie ein Traum, der jeden Moment zerbrechen würde, und mit plötzlicher Furcht meinte sie, die Kälte in seine Augen zurückkehren zu sehen, die sie schon so oft von ihm fortgetrieben hatte. Doch sein Blick stand in dunklem Feuer, und als hätte er ihre Angst gespürt, schüttelte er unmerklich den Kopf. Sein Lächeln blühte auf seinen Lippen auf, dieses Lächeln aus Vorsicht und spöttischem Stolz, das sie so an ihm liebte. Und im selben Moment, da sie es erwiderte, nahm er ihr Gesicht in beide Hände und küsste sie erneut.

Erst als die Luft ringsherum zu glühen begann, wandten sie den Blick. Erschrocken wollte Milou zurückweichen, als grelle Farben um sie aufbrachen, doch Nív hielt sie fest und lachte, und da sah sie, dass es die Fische waren, die sich im Kanal in die Luft erhoben. Schleierartige Flügel entfalteten sich auf ihren Leibern, und mit einem Schwingenschlag, der sie hoch über das Wasser dahintrug, entfachten sie sich zu Farben in allen Nuancen des Meeres. Schillernd glitten sie über den Kanal hinweg, und als Milou die Wassertropfen leuchtend wie Feuerfunken niederfallen sah, lehnte sie den Kopf an Nívs Brust. Sanft strich er durch ihr Haar und hielt sie fest, und so standen sie da und schauten den Flügeln der Träume zu … diesem Tanz aus tausend Farben in ihrer Welt der Dämmerung.

24

Der Pala'Dhey hob warnend die Faust. Er stand kaum wenige Schritte von Milou entfernt am Ende der Gasse und beugte sich nun im Schutz eines Knochenturms weiter vor. Sie konnte die Kälte der Arkhorax spüren, die er beobachtete. Sie waren zu sechst. Ihre Stimmen hallten laut durch den fahlen Morgen, und sie hielt den Atem an, als Federico seine Hand auf sein Schwert legte. Seit sie die Welt der Scherben betreten hatten, schien jede Gebrechlichkeit und jedes Alter von ihm abgefallen zu sein. Nur manchmal presste er sich in plötzlichem Schmerz die Hand vor die Brust, doch seine Augen glühten vor Entschlossenheit und jede seiner Bewegungen ließ die Kraft erahnen, die in seinem Körper steckte – die Macht des Kriegers, der er noch immer war. Sein Fuchs kauerte neben ihm, das lodernde Fell in Finsternis getaucht, sodass es schien, als tanzten die Schatten zu seinen Füßen, und gemeinsam warteten sie, bis die Thar'koryen sich in die Luft erhoben und verschwanden. Dann ließ Federico die Faust sinken und ohne sich umzudrehen setzte er seinen Weg fort.

Milou folgte ihm, geduckt unter dem Regen, der sie begleitete, seit sie das Reich der Scherben betreten hatten. Anfangs hatte er mit beinahe höhnischem Prasseln den Nebel zerrissen, der hartnäckig durch die Stadt gekrochen war, als suchte er nach dem Magier, der zurückgekehrt war, um den König herauszufordern. Doch je weiter Federico sie an das Fluchviertel heranführte, desto kälter wurde der Regen, und Milou hatte mit einigem Schaudern zugesehen, wie er sich langsam blutig färbte. Bald schon waren sie durch Pfützen gehastet, so rot, als hätte eine Schlacht in den Gassen getobt, und der metallische Geschmack der Tropfen, die ihre Lippen trafen, hatte ihr den Magen zusammengezogen. Nun jedoch wurden die Häuser um sie herum zunehmend dunkler. Eis zog sich darüber hin, und kaum, dass der Regen die Dächer berührte, verlor auch er seine Farbe und wurde schwarz. Milou zog die Schultern an, als die Tropfen ihren Nacken hinabrannen. Sie waren eisig, aber sie konnten die Kälte nicht durchdringen, die sie seit dem frühen Morgen fühlte ... die Kälte des Kriegers, der ihr folgte und der seither kaum ein Wort mit ihr gesprochen hatte.

Flüchtig sah sie sich zu Nív um. Er hatte seinen Dolch gezogen, bereit, sich jeden Angreifer vorzunehmen, der ihnen in den Weg springen würde, und kurz flammte sein Blick über sie hinweg, ehe er sich wieder in die Schatten stürzte. Jede seiner Bewegungen kündete von der Gefahr, die sie umgab, und Milou spürte sie selbst: die Wachsamkeit, die über die Welt der Scherben gekommen war, seit Federico den ersten Schritt hineingetan hatte. Ihr war es, als hätte Caldoron die Rückkehr seines alten Freundes gewittert, und jedes Mal, wenn sie ein Frostschauer traf, rechnete sie mit einem Angriff seiner Schergen. Und doch wurde sie das Gefühl nicht los, dass mehr hinter Nívs Kälte steckte als die Anspannung des Kriegers ... etwas, das ihn bereuen ließ, was vergangene Nacht geschehen war.

Sie sah ihn vor sich am Kanal, das Haar zerzaust, die Lippen gerötet von ihren Küssen, und sie spürte noch einmal seine Hand auf ihrer Stirn, als er sie viel später auf dem Diwan zugedeckt hatte. Er selbst hatte sich neben ihr an ein Bücherregal gelehnt, und das Letzte, woran sie sich erinnerte, ehe sie eingeschlafen war, war sein Blick gewesen ... sanft wie eine Berührung. Am Morgen jedoch war er verschwunden gewesen. Federico hatte sich über einen Berg handgezeichneter Stadtpläne von Venedig gebeugt, die Stirn vor Konzentration zerfurcht, und als Nív schließlich mit weiteren Skizzen in den Raum gekommen war, hatte er Milou mit demselben Lächeln bedacht, das er auch Federico zuwarf – so unverbindlich, dass sie sich gefragt hatte, ob ihre Begegnung am Kanal vielleicht nur in ihren Träumen stattgefunden hatte. Aber selbst nun, da sie durch diesen elenden Blutregen lief, spürte sie noch Nívs Lippen auf den ihren, so intensiv, wie sie es sich niemals hätte ausmalen können. Und so sehr ihr Verstand ihr auch zurief, dass sie die Gefühle für ihn zurückdrängen musste, gerade jetzt, da sie kurz davor standen, in das gefährlichste Viertel der Scherbenwelt vorzustoßen, so wenig konnte sie sich doch davon überzeugen, dass der Kuss ein Fehler gewesen war. Mochten tausend Welten und Geheimnisse zwischen ihnen liegen, mochte Nívs Kuss verflucht sein, wie es die Legende der Areya prophezeite – aber noch nie zuvor hatte Milou etwas gefühlt wie in jenem Moment, da er sie an sich gezogen und sie ihr eigenes Herz in seiner Brust gespürt hatte. Noch nie hatte sie etwas Ähnliches erlebt.

Federicos Ruf war nicht mehr als ein leises Pfeifen, und doch riss es Milou wie ein Schlag aus ihren Gedanken. So lautlos wie möglich schlich sie an seine Seite an den Rand eines Sotoportego und spähte auf die gegenüberliegende Tür in einem kleinen Backsteinhaus. Papier blätterte von der Fassade wie abgestorbene Haut. Über der Tür baumelte eine Laterne im Wind, und erst als Federico sie mit seinem Blick umfasste, hielt sie inne. Ohne sich von ihr abzuwenden, hob er die Faust. Milou sah einen winzigen grünen Falter auf seiner Handfläche, der aufmerksam den Kopf hob. Rasch breitete er die Flügel aus und schwirrte in rasender Geschwindigkeit zur Tür hinüber. Dort hielt er inne, als würde er überlegen, was als Nächstes zu tun wäre, dann stob er vor, verschwand in einem Spalt hinter der Tür – und gleich darauf glomm die Lampe darüber in grünem Licht auf.

Im selben Moment zerrissen die Stimmen mehrerer Thar'koryen die Luft, doch Federico zögerte nicht länger. Ohne den Blick von der Lampe zu nehmen, sprintete er durch den Regen auf die Tür zu. Milou folgte ihm, so schnell sie konnte. Sie meinte schon, die Kälte ihrer Feinde in ihrem Nacken zu spüren, aber da färbte sich die Tür vor ihnen in grünem Licht. Insektenfühler glommen darin auf, groß wie Menschenschädel. Milou stockte der Atem, als Federico zwischen ihnen verschwand, doch ehe sie zurückweichen konnte, packte Nív sie am Kragen und sprang mit ihr direkt in das Licht hinein.

Die Dunkelheit umfing sie so plötzlich, dass sie das Gleichgewicht verlor. Im letzten Moment hielt Nív sie fest. Doch kaum, dass sich ihre Augen an die Finsternis gewöhnt hatten, tauchten die Umrisse eines Spinnennetzes vor ihr durch die Schatten. Erschrocken fuhr sie zurück und blieb in etwas Klebrigem hängen. Ihr wich das Blut aus dem Kopf, als sie sich umwandte und feststellte, dass sie in einem weiteren Spinnennetz hing, groß genug, um einen Menschen außer Gefecht zu setzen. Aber ehe ihre Panik sich in einem Schrei entladen konnte, erklang ein Schnarren. Für den Bruchteil einer Sekunde erkannte Milou im Licht von Nívs auflodderndem Dolch einen Tunnel, vertäfelt mit dunklem Holz – und über und über mit Spinnweben bedeckt. Dann schloss Federico die Faust um Nívs Klinge und erstickte das Licht. Erneut konnte Milou nichts sehen, aber dafür hörte sie umso deutlicher, wie sich etwas auf scharrenden Beinen näherte. Atemlos starrte sie in die Dunkelheit, und da glühten Augen in den Schatten auf, so nah, dass sie sich selbst in ihnen gespiegelt fand: acht Augen in einem riesigen, mit struppigen

Borsten bedeckten Gesicht, in dem sich Mundwerkzeuge bewegten. Die Augen einer gewaltigen Spinne.

Vor Entsetzen brachte Milou keinen Ton heraus, doch ehe sie anfangen konnte, in wilder Panik an dem Netz herumzureißen, in das sie geraten war, ließ Federico den Dolch los. Blut lief über seine Finger, so fest hatte er die Waffe umfasst. Aber als er nun über das Fell seines Fuchses strich, schlossen sich seine Wunden. Stattdessen entflammte sich grünes Licht auf seinen Fingern, und Milou riss die Augen auf, als er sich der Spinne unter leisen Beschwörungen näherte. Sie war so groß, dass sie mit ihren messerscharfen Beinen fast bis an die Decke stieß. Milou meinte schon, sie ihre Zähne in Federicos Nacken graben zu sehen, als er dicht vor ihr stehen blieb. Doch stattdessen ging ein Schaudern über ihren Leib, kaum dass das Licht sie traf, und als er ihr behutsam den Kopf kraulte, stieß sie einen Laut aus, der wie ein Schnurren klang. Der Glanz ihrer Augen verlor die Bosheit, die gerade noch darin geglüht hatte, und ehe Milou noch wusste, wie ihr geschah, schnellte eines der Beine auf sie zu und traf das Netz, das sie gefangen hielt. Ein kurzes Schnalzen ging durch den Raum. Dann fiel es in glimmenden Schnüren nieder und sie war befreit.

Die Spinne jedoch achtete nicht auf sie. Ihre gesamte Aufmerksamkeit lag auf Federico, der nun in seltsam schnarrenden Lauten begann, mit ihr zu sprechen. Als er geendet hatte, spürte Milou noch einmal den Blick der acht Augen auf sich. Dann setzte die Spinne sich in Bewegung und glitt in einer Geschwindigkeit den Tunnel hinab, die Milou ihr angesichts ihrer Größe gar nicht zugetraut hätte. Sie warf Nív einen Blick zu, doch offensichtlich hatte selbst er eine solche Kreatur noch nicht gesehen, denn jedes Mal, wenn die Spinne plötzlich innehielt, hob er erneut seinen Dolch. Nur Federico folgte dem Tier, als wäre es ein flauschiger Fuchs, und als die Spinne schließlich stehen blieb und mit einem beherzten Tritt dreier ihrer Beine eine Luke im Boden öffnete, neigte er respektvoll vor ihr den Kopf. Dann zog er Armbrust und Schwert enger an seinen Leib und sprang mit seinem Fuchs in die Tiefe. Für einen Moment starrte Milou wie versteinert auf die Luke, doch es brauchte nicht mehr als ein Schnarren der Spinne, um sie an Nívs Seite darauf zustürzen zu lassen. Eilig duckte sie sich unter den Spinnweben hindurch und folgte Federicos Beispiel.

Die Luke schlug über ihnen zu und sie landeten auf weichem Grund. Milou bemerkte, dass sie sich in einem weiteren Tunnel befanden. Doch er bestand aus grob behauenem Fels, und das Moos, das allenthalben in den Nischen der Steine wuchs, war nicht schwarz und aus Eis, wie sie erwartet hatte. In leicht fluoreszierendem Grün glomm es in der Dunkelheit, und als Federico ein helles Licht in seiner Faust entfachte, stellte sie fest, dass er gänzlich frei war von Caldorons Einfluss.

»Ihr hättet uns vorwarnen können«, stellte Nív fest, als er auf die Beine kam. »Diese Kreatur dort oben hätte mich beinahe verschlungen, als ich meinen Dolch entfachte, ohne dass ich sie überhaupt kommen sah.«

Federico ließ sein Licht über die Tunnelwände schweifen. »Keine Sorge«, erwiderte er geistesabwesend. »Du hättest nicht das Geringste gemerkt. Die Arphyae haben ausgesprochen scharfe Zähne und ihr Gift wirkt schnell.«

Nív starrte ihn an. »Arphyae«, brachte er hervor. »Aber ich dachte …«

»… dass sie ausgestorben wären?« Für einen Wimpernschlag nur schaute Federico zu ihm hinüber, und doch bemerkte Milou denselben leisen Spott in seinem Blick, mit dem er ihr stets begegnet war, wenn er in einem Bereich, in dem sie sich gut auskannte, wider Erwarten mehr gewusst hatte als sie. »Ich bitte dich, junger Traumfänger. Nichts stirbt aus in der Welt der Scherben. Es lernt höchstens, sich besser zu verbergen. Hast du das etwa nicht gewusst?«

Damit setzte er sich in Bewegung, doch Nív zog die Brauen zusammen, als er ihm folgte. »Aber die Arphyae sind als Ungeheuer verschrien«, entgegnete er. »Ich kenne die Lieder über ihre finsteren Höhlen, in denen ausgeweidete Leichen hängen, verwest und ausgeblutet. Es sind Orte des Grauens, und die Arphyae sollen ihnen an Bosheit in nichts nachstehen, ganz besonders gegenüber denen, die sie hassen. Ich habe gehört, dass sie nichts so sehr verabscheuen wie die Menschen.«

»Nun«, entgegnete Federico und blieb stehen. »Nicht alle Menschen. Und was ihre geheimen Orte betrifft ... sieh selbst, wie weit du den Liedern deiner Welt trauen kannst, Krieger der Pathari.«

Milou sah noch das Lächeln auf seinen Zügen, dasselbe, mit dem er schon in ihren Kindertagen stets neue Geschichten begonnen hatte. Dann hob er die Faust, und im selben Moment, da er das Licht freiließ, wurde es strahlend hell. Rasch stieg es höher und fiel in flirrenden Lanzen auf die Umrisse des Tunnels ... und auf mächtige Äste und Zweige, die anstelle einer Decke mit tiefgrünen Blättern über ihnen lagen. Staunend sah Milou sich um und stellte fest, dass es kein Tunnel war, in dem sie standen, sondern die Überreste eines antiken Tempels. Und ringsherum, in samtenes Grün gehüllt, erhoben sich uralte, märchenhafte Bäume. Moos und Farne bedeckten den Boden, Glühwürmchen schwirrten durchs Unterholz, und sie meinte sogar, die schimmernden Augen von Tieren im Widerschein des Lichts zu erkennen, die scheu zu ihnen herüberschauten. Es war ein uralter Wald, der sich um sie herum erhob ... und er war wunderschön.

»Ausgeweidete Leichen«, murmelte Federico und warf Nív einen spöttischen Blick zu. »Wie oft hast du über die Blindheit der Menschen die Augen verdreht? Sieh dich um und frage dich, ob du vielleicht mehr von ihnen hast, als du glaubst.«

Für einen Moment blieb er vor Nív stehen, und Milou bemerkte den Ausdruck auf seinen Zügen, der mehr barg als Hohn. Sie erinnerte sich daran, wie oft er sie auf diese Weise angesehen hatte, wissend und sanft zugleich, und plötzlich hatte sie keinen Zweifel mehr daran, dass auch er durch Fleisch und Knochen sehen konnte … tief genug, um einen Jungen mit einem Herzen aus Scherben vor den Wohnungen der Menschen stehen zu sehen. Dann setzte er seinen Weg fort.

»Seid vorsichtig«, sagte er und wandte den Blick halb über die Schulter zurück. »Die Geheimen Pfade führen uns jenseits des Fluchs in Richtung des Palasts, doch sie sind tückisch. Also verlasst nicht den Weg. Wir wären nicht die ersten Wanderer, die in diesem Unterholz ihr Leben verlieren.«

Milou seufzte leise, als sie ihm folgte. Es fiel ihr nicht leicht, sich bewusst zu machen, dass es nicht länger Federico, der Märchenerzähler, war, der diese Worte aussprach, sondern der Pala'Dhey, und dass jedes einzelne davon genau so gemeint war. Nív ging in einigem Abstand voraus, den Blick ins Unterholz gerichtet und wie in Gedanken versunken, und schaute immer wieder zu Federico hinüber, als würden dessen Worte in ihm nachhallen. Milou folgte seinem Blick, und als sie zusah, wie Federico gewandt über Wurzeln und Steine lief, ohne auch nur das geringste Geräusch zu verursachen, konnte sie ihn sich vorstellen: als Abenteurer auf dem Meer der Scherbenwelt und in ihrem Himmel, als Wandergeselle auf ihren unzähligen Pfaden und als Träumenden zwischen den Welten, die er endlose Male verlassen hatte, um wieder zu ihnen zurückzukehren. Hin und wieder presste er die Hand gegen seine Brust, aber jedes Mal, wenn er die Blicke der Tiere erwiderte oder sein Fuchs sich zu ihm umwandte, flog ein Lächeln über sein Gesicht. Er sah aus, als wäre er nach Hause gekommen.

Behutsam ließ Milou die Gräser am Wegesrand durch ihre Finger gleiten. Sie konnte sich nicht daran erinnern, wann sie zuletzt in einem Wald gewesen war, aber mit jedem Schritt, den sie auf diesem weichen Moos tat, spürte sie deutlicher die Ruhe, die sie umgab und die langsam in sie einsank. Glimmende Blüten durchsetzten das Unterholz, rätselhafte Pflanzen rankten sich mit funkelnden Blättern an den Stämmen der Bäume in die Höhe, und immer wieder huschten Tiere an Milou vorüber, die verteufelte Ähnlichkeit mit Rehen hatten – so nah, als würden sie keine Furcht kennen. Mit einem Lächeln streifte sie die Samen einer purpurnen Pusteblume ab und wirbelte sie durch die Luft, und als sie ihnen mit dem Blick folgte, entdeckte sie ein Meer von wilden Rosen, die sich kaum wenige Schritte von ihr entfernt um Büsche und Sträucher rankten. Ein betörend schöner Duft stieg ihr in die Nase, und als sie auf die Rosen zutrat, erkannte sie, dass sie sich wie in einem liebevoll angelegten Feengarten umeinander wanden. Vorsichtig strich sie über ein Blütenblatt und sah staunend zu, wie silberner Staub von ihren Fingern niederfiel. Ihre Mutter hatte Rosen geliebt, sie erinnerte sich daran.

Kaum hatte sie das gedacht, ging ein Lachen durch die Blumen, leise und doch deutlich genug, um Milous Herz für einen Schlag aussetzen zu lassen. Sie drehte sich um und da sah sie ihre Eltern, eng aneinandergeschmiegt unter einem Rosenbogen. Ihr Vater steckte ihrer Mutter eine Rose ins Haar, und als diese erneut lachte, wandten alle Blumen ringsum die Köpfe und erstrahlten in samtenem Licht. Die Knospen erblühten zu schillernden Blüten, flüsternd wichen die Ranken vor Milou zurück, und da schauten ihre Eltern zu ihr herüber, noch immer lächelnd wie damals, als sie gemeinsam durch die Finsternis gelaufen waren. Milou streckte die Hand nach ihnen aus. Ihr Herz schlug schneller, als sie sich in Bewegung setzte, wohl wissend, dass dieses Bild jeden Moment zerbrechen konnte, gerade so wie das Bild des Spiegels im Grauen Dom. Flüchtig streifte sie eine weitere Blüte, sah den silbernen Staub, der zu Boden fiel … und gleich darauf den Schatten, der direkt vor sie sprang. Das Geräusch von Metall zerriss die Luft, so grell, dass sie erschrocken zurückfuhr.

»Milou«, drang eine Stimme in ihre Gedanken. »Sieh!«

Nívs Worte fuhren durch ihre Glieder und ließen sie die Augen aufreißen. Sie hatte nicht gemerkt, dass sie sie geschlossen hatte, aber gleich darauf zerbrachen alle Farben um sie herum. Die gerade noch wunderschönen Blüten verwelkten. In schwarzer Tinte liefen sie über Ranken aus Dornen, und der silberne Staub, der vor wenigen Sekunden noch in glitzernden Strömen durch die Luft geglitten war, offenbarte sich als ihr eigenes Blut. Voller Entsetzen sah sie, dass sie die rechte Faust fest um eine Dornenranke geschlossen hatte, und ein stechender Schmerz durchzuckte ihren Arm, als sie die Hand zurückriss. Ein Trugbild war es, in das sie geraten war, nicht mehr, und im selben Moment, da sich die Dornenranken schlangengleich in die Höhe hoben, erkannte sie Nív kaum wenige Armlängen von ihr entfernt. Mit glühendem Dolch wehrte er die Ranken ab, die nun nach ihm ausschlugen. Ein blutender Striemen lief quer über seine Stirn, immer schneller wanden sich die Rosen um ihn in die Höhe. Milou duckte sich unter einem Hieb. Der Schmerz peitschte durch ihre Glieder, als sie getroffen wurde, und im selben Moment loderte der Zorn in Nívs Augen auf. So schnell, dass sie seinen Bewegungen nicht folgen konnte, erhob er sich in die Luft und schloss die Hände fest um zwei Ranken. Blut lief über seine Finger, Milou sah, wie es an den Hälsen der Blumen abwärtsrann – und gerade in dem Augenblick, da sie sich rot verfärbten, schickte er seine Finsternis in sie hinein. Donnerndes Flügelrauschen erfüllte die Luft. Milou nahm nichts mehr wahr als Rabenfedern – und gleich darauf die Stille, als jedes Geräusch erlosch. Sie hob den Kopf. Noch immer stand Nív da, doch sein Blut war auf den vereisten Blüten gefroren, und die Ranken, die gerade noch um sich geschlagen hatten, erhoben sich nun in einem Irrgarten aus kristallenem Eis, umgeben von flatternden Schatten. Jedes Leben war aus ihnen gewichen, fortgerissen von einem Meer aus Finsternis, und nun waren sie nichts mehr als reglose Hüllen aus Frost. Kurz nur glühte die Dunkelheit in Nívs Augen auf, als er Milous Blick erwiderte. Dann riss er die Hände in die Höhe und mit einem gewaltigen Krachen zerbrach er die Rosen.

Schwer atmend sank Milou auf die Knie. Eissplitter wirbelten um sie durch die Luft wie Schneegestöber, und sie zitterte am ganzen Körper, als Federico neben ihr auf die Knie fiel. »Was zur Hölle ist hier los?«, rief er außer sich. »Ich habe doch gesagt, dass ihr euch vorsehen sollt!«

Seine Stimme bebte, und als Milou zu ihm aufsah, erkannte sie dieselbe Sorge darin wie früher, wenn sie sich mit waghalsigen Kletteraktionen auf den Dächern der Stadt in Lebensgefahr begeben hatte. »Das hast du mir auch gesagt, als ich Radfahren lernte«, stellte sie fest. »Und wie endete das?«

Sie brachte ein Lächeln zustande, als er bei dem Gedanken an ihre blutigen Knie den Mund verzog, aber die Geste schmeckte bitter auf ihren Lippen. Da war sie wieder, die legendäre Wanderin zwischen den Welten – die Träumerin, die durch das Reich der Scherben stolperte und sich mit grenzenloser Naivität in Gefahr brachte. Ihr Blick fiel auf ihre verletzte Hand. Sie hatte sich täuschen lassen wie ein Kind.

»Blutige Knie sind nicht dasselbe wie das hier«, murmelte Federico und betrachtete ihre Wunde. »Das muss verbunden werden. Wir ...«

Weiter kam er nicht, denn in diesem Moment ging ein Ruf durch die Stille, so durchdringend, dass Milou den Atem anhielt. Sie meinte, die Stimme des Fuchses erkannt zu haben, schrill wie eine Warnung. Angespannt sah sie zu Federico auf und fand ihre Ahnung in dessen Miene bestätigt.

»Bleibt hier«, raunte er und wechselte mit Nív einen Blick. »Ich werde nachsehen.«

Kurz nur lauschte er in die Dämmerung des Waldes. Dann kam er auf die Beine, und geduckt, die Armbrust in den Händen, tauchte er in den Schatten unter. Milou erwartete, wenigstens das Knacken von Ästen zu hören, während er sich entfernte. Aber kein Geräusch durchdrang die Stille, und als Nív sich neben ihr niederließ und nach ihrer Hand griff, fuhr sie zusammen. Noch immer standen seine Augen in schwarzem Feuer. Doch es war nicht diese Glut, die sie daran hinderte, ein Wort über die Lippen zu bringen, während er sich um ihre Hand kümmerte. Es war die Kälte, die von ihm ausströmte, derselbe Frost, der die Rosen mit nicht mehr als einem Fingerzeig zerrissen hatte. Wortlos sah sie zu, wie er ihre Wunde reinigte und verband und rechnete damit, dass er sich ebenso schweigend von ihr abwenden würde, als er fertig war. Aber stattdessen hielt er ihre Hand in der seinen, so behutsam, als wäre sie ein verletzter Vogel.

»Du musst aufpassen, wohin du deine Füße setzt«, sagte er, und obwohl seine Züge noch immer kalt waren, klang seine Stimme warm und sanft. »Die Welt der Scherben ist eine Meisterin der Täuschung. Genau wie ihre Bewohner.« Noch einmal strich er über ihre Fingerspitzen. Dann ließ er ihre Hand los, und im selben Moment schien er wieder zwischen den Ranken zu stehen, die er vernichtet hatte – unerreichbar für sie und mit dieser Kälte in seinem Blick, die ihn ihr ganz fremd erscheinen ließ.

Sie fuhr zusammen, als Federicos Pfeifen durch die Stille drang. Nív half ihr auf die Beine, und sie ging ihm rasch nach, aber sie bemühte sich, ihn nicht anzusehen. Noch immer fühlte sie seinen Kuss auf ihren Lippen, ganz gleich, wie kalt die Nacht in seinen Augen ihr erschienen war. Doch je länger seine Worte in ihr widerhallten, desto stärker kam es ihr so vor, als wäre dieser Kuss in einem Traum geschehen … einem Traum, aus dem Nív erwacht war und den sie nicht gehen lassen konnte.

25

Der Ruf des Fuchsmanns hallte dunkel durch den Wald. So schnell sie konnte, rannte Milou hinter Nív durchs Unterholz, immer darauf bedacht, den Zweigen auszuweichen, die nach ihren Haaren griffen. Ihre Hand schmerzte von den Dornen, die sich tief in ihr Fleisch gegraben hatten, aber irgendetwas lag in Federicos Pfeifen, das ihre Aufmerksamkeit von ihrem Körper ablenkte und sie tief hineintrieb in die Dunkelheit zwischen den Bäumen. Anspannung war es, die sie hörte, Gefahr – und dann Entsetzen. Im nächsten Moment brach der Ruf mit grellem Ton ab.

Milou wäre fast gestürzt, so abrupt schlug die Stille über ihr zusammen. Gerade noch rechtzeitig fing sie sich an einem Baum ab und folgte Nív zum Rand einer Lichtung. Auch sie hatte das Pfeifen soeben noch gehört, doch nun lag der Ort reglos da. Außer Atem von ihrem Lauf blieb Milou im Unterholz stehen und ließ den Blick über die Felsen gleiten, die im trüben Schein der Farne zwischen moosbewachsenen Wurzeln lagen. Federico war nicht zu sehen, und mit jedem Moment, den sie bewegungslos dastand, schloss sich die Stille enger um ihre Kehle. Vorsichtig trat sie neben Nív aus den Schatten. Er schaute zum Waldrand hinüber, dorthin, wo die Schatten tanzten, doch sie stieg über die Felsen, die sich direkt vor ihr auftürmten, und da sah sie etwas neben einem der Findlinge. Umgeben von blutigem Gras, lag Federicos Fuchs.

Das Tier rührte sich nicht. Sein Feuer war erloschen, und Milous Herz begann zu rasen, als sie sich vorbeugte. Ehe Nív sie zurückhalten konnte, hatte sie schon die Hand nach dem Fuchs ausgestreckt. Sie war darauf gefasst, den noch warmen Körper des Tieres zu spüren, aber stattdessen griff sie in ein Büschel aus Fell, das mit der ersten Berührung zu Staub zerfiel. Nichts als flirrende rote Funken blieben an ihrer Hand haften, und im selben Moment, da sie begriff, dass der Fuchs nur ein Zauber gewesen war, ging ein Beben durch den Boden. Rasch zog Nív sie an sich und da glitt etwas unter ihnen durch die Erde, riss die Baumwurzeln zu ihren Füßen auseinander und brachte sie mit lautem Grollen zu Fall.

Milou schlug auf einem metallenen Gitter auf. Um sie herum rasten Käfigstäbe in die Höhe, besetzt mit glühenden Spiegelscherben. Sie fügten sich zu einem Kerker zusammen und schossen zwischen den Bäumen aufwärts. Hoch in der Luft hielt der Käfig inne, so heftig schwankend, dass Milou nur mühsam auf die Beine kam. Sie warf einen Blick zum Boden hinab, doch der Schwindel, der sie umgehend befiel, rührte nicht nur von der Tiefe her, die sich unter ihr erstreckte. Eine eigentümliche Hitze ging von den Gitterstäben des Käfigs aus, so lähmend, dass es ihr schwerfiel, sich vom Waldboden abzuwenden. Erst als ein Zischen durch die Luft drang, hob sie den Kopf und sah zu ihrem Schrecken, dass die Stäbe Nívs Haut verbrannten, als er sie berührte. Benommen fuhr sie sich an die Stirn. Es war ihr, als hätte sie Fieber, aber die Erkenntnis flutete ihre Glieder wie Eiswasser: Sie saßen in einer Falle.

Nív jedoch schien weder Entsetzen noch Schmerz zu spüren. Nichts als Zorn stand in seinen Augen, als er den Dolch vorstieß, aber die Waffe sprang mit solcher Gewalt vom Käfig ab, dass er fluchend zurückwich. Auch sein Zauber aus schwarzen Flammen erlosch umgehend, kaum dass die Magie auf die Stäbe traf, und als sich seine Augen noch dunkler färbten, meinte Milou, den Käfig unter seiner Wut erzittern zu fühlen. Schon ballte er die Faust für einen weiteren Versuch, sie zu befreien. Doch mitten in der Bewegung hielt er inne. Abrupt riss er den Kopf zurück, so schnell wie ein witterndes Tier, und Milou wich das Blut aus dem Kopf, als sie den Schrecken auf seinen Zügen bemerkte. Sie folgte seinem Blick, und noch ehe sie die Kälte traf, sah sie ihre Feinde kommen.

Es waren so viele, dass die Luft zwischen den Bäumen flatterte. In Schwärmen glitten die Thar'koryen durch die Dämmerung. Die Äste und Blätter überzogen sich mit Eis und mit ohrenbetäubenden Schreien stürzten sie sich auf den Käfig. Ihre Speere zerbrachen an den Gitterstäben, doch die Splitter trafen Milou an Schulter und Wange und fügten ihr blutige Striemen zu. Instinktiv duckte sie sich vor weiteren Geschossen, aber ehe sie noch ihr Messer heben konnte, jagten glühende Eisscherben direkt auf sie zu. Im letzten Moment zog Nív sie hinter sich. Sie sah noch, wie er die Hände zu Fäusten ballte. Dann hob er die Arme, und im selben Augenblick, da die Scherben ihn trafen, brachen die Schatten aus seinem Leib. Mit dem Rauschen mächtiger Schwingen schmolzen sie die Zauber, die von Nív abglitten wie Regen aus Feuer, und als er die Fäuste hinabriss, ballte sich die Magie seiner Feinde zu einem gewaltigen Flammenwirbel, den er mit lautem Tosen in deren Reihen schickte.

Der Wirbel raste in einem Crescendo berstender Scherben durch die Körper der Thar'koryen. Die Lichter erhellten die Bäume, Eis und Schnee brachen von den Zweigen, und Milou sah mit einem Schaudern den Leibern zu, die zu Boden stürzten und auf den Felsen zerschellten. Doch gleich darauf schwankte Nív und fiel auf die Knie. Blut rann über seine Lippen. Und als sie nach seiner Hand griff, spürte sie die Glut des Käfigs, die durch seine Adern jagte. Die Stäbe raubten ihm die Magie, sie nahmen ihm jede Kraft. Einen weiteren Angriff würde er nicht mehr abwehren können.

Sie versuchte sich aufzurappeln, aber es wollte ihr nicht gelingen. Die Macht der Stäbe hielt sie am Boden, und so musste sie hilflos zusehen, wie die Thar'koryen sich neu formierten. Das Licht ihrer glühenden Augen durchschnitt den Waldboden mit lautem Knistern. Äste stürzten zur Erde nieder, bezwungen von Caldorons Frost, und als Milou Atem holte, kroch die Luft in ihre Lunge, als bestünde sie aus tausend Klingen. Wie in einem entsetzlichen Traum sah sie zu, wie die Thar'koryen sich um den Käfig herum zu einem undurchdringlichen Kreis zusammenschlossen. Dann rissen sie ihre Speere in die Höhe und preschten von allen Seiten zugleich auf sie zu.

Milou meinte schon, die Splitter all der Waffen in ihrem Fleisch zu spüren. Doch als die Furcht sie lähmen wollte, war Nív bei ihr. Mit sanfter Gewalt zwang er sie, ihn anzusehen, und da erkannte sie die Wärme, die durch seine Augen brach und jede Kälte darin in Flammen aufgehen ließ. Für einen Wimpernschlag stand sie noch einmal mit ihm am Kanal, weit fort von Tod und Schmerz, und sein Lächeln glitt über ihre Haut, zärtlich wie die Erinnerung an ihren Kuss. Sie fuhr unter dem Frost der Speere zusammen, aber gerade als die Geschosse den Käfig erreichten, glühten die Scherben der Stäbe in grellem Licht auf.

Milou hob die Hand vor ihre Augen, so heftig traf sie der Schein. Der Käfig begann erneut zu beben, so stark, als würde er sich jeden Moment in seine Bestandteile auflösen. Nív musste sie fester an sich ziehen, um sie vor einem Sturz gegen die Stäbe zu bewahren. Sie hielt sich an ihm fest und sah durch ihre gespreizten Finger, dass die Scherben sich zu einem durchlaufenden Spiegel zusammenfügten. Kaum hatte er sich errichtet, wich der Schein von Milous Augen, und sie konnte durch ihn hindurchschauen. Und da sah sie, wie die Speere der Thar'koryen in seinem Glanz innehielten, als würde er sie mit mächtigem Willen dazu zwingen. Gleich darauf brandete sein Licht auf sie zu. Knisternd brach es ihre Waffen auseinander, und mit einem Krachen, das die Luft in Fetzen riss, schlug es den Schergen Caldorons ihre eigene Magie um die Ohren. Die ersten Reihen fielen tödlich getroffen zu Boden, und im selben Moment, da die Splitter sich in Wellen über die geblendeten Thar'koryen ergossen, sprang ein Schatten aus dem Glanz des Spiegels und stürzte sich ihnen entgegen.

Milou hielt den Atem an, als sie Federico erkannte. Mit wehendem Mantel jagte er durch die Luft, so mühelos, als bewegte er sich auf festem Grund. Sein Schwert glühte in rotem Feuer, seine Armbrust traf etliche Thar'koryen mit brennenden Pfeilen in die Brust, und sein Fuchs war an seiner Seite, mit lautem Keckern, spöttisch und angriffslustig. Die Körper ihrer Feinde erstarrten um sie herum, als wären sie Insekten, die mit einer Nadel in die Luft des Waldes gestochen worden waren. Milou schien es, als würden rotflammende Füchse ihren Kampf begleiten, flackernd wie lodernde Schatten. Aber sie konnte den Blick nicht lange genug auf ihnen ruhen lassen, um sicher zu sein. Zu eindrucksvoll entfesselte Federico seine Macht. Jede Drehung seines Schwertes, jeder seiner Schritte hoch oben in der Luft gehörte der Legende, vor der die Welt der Scherben ehrfürchtig den Kopf neigte, und als er schließlich inmitten seiner erstarrten Feinde innehielt und sie mit einer mächtigen Bewegung zu tausend Scherben zerbrach, wäre sie fast auf die Beine gesprungen wie damals, wenn er ihr von den Kriegern in den Heldensagen berichtet hatte. Hingegeben sah sie zu ihm auf – und erschrak umso mehr, als er ihren Blick erwiderte.

Schon einmal hatte sie geglaubt, einen Engel in der Schlacht zu sehen, einen Engel, der seine Waffe aus gleißenden Schatten gegen seine Feinde geführt hatte. Deutlich erinnerte sie sich daran, wie Nív sie kurz vor seinem Zusammenbruch im verlassenen Haus gegen die Thar'koryen beschützt hatte und an die Kälte des Kriegers, die dort zum ersten Mal vor ihren Augen jede Faser seines Körpers erfüllt hatte. Aber dennoch war er in jedem Moment noch ihr Traum aus Nacht und Schatten gewesen. Das Wesen jedoch, das nun zwischen seinen Feinden niedersank, von ihren berstenden Körpern umgeben wie von fallendem Schnee, barg keine Wärme mehr. Schattengleich blieb der Pala'Dhey zwischen all den Scherben stehen, und als er mit gesunkenem Schwert auf die schimmernden Splitter schaute, sah Milou tatsächlich einen Engel vor sich: einen Engel aus Finsternis, der zwischen den gefallenen Leibern seiner Feinde stand und nichts als Dunkelheit in sich trug. Nichts an diesem Krieger erinnerte mehr an Federico, den Geschichtenerzähler, der sie das Träumen gelehrt hatte. Dieser Held der Scherben war ihr vollkommen fremd.

Als hätte er ihren Gedanken gespürt, nahm er den Blick von ihr, und im selben Moment verlor der Käfig den Halt. Erschrocken griff Milou nach Nívs Arm, doch er konnte nicht verhindern, dass sie direkt auf den Boden zurasten. Erst kurz vor dem Aufprall wurde der Kerker von unsichtbaren Händen aufgefangen, aber dennoch rumpelte er so unsanft über die Felsen, dass Milou sich den Kopf an den Gitterstäben stieß. Mit leisem Knirschen blieb er liegen. Die Scherben zerbrachen um sie herum, als wären sie nie mehr gewesen als eine Illusion, und gleich darauf war der Käfig verschwunden.

Benommen fuhr Milou sich an die Schläfe. Die Lähmung in ihren Gliedern ließ nur langsam nach, und erst als Nív mit sichtlicher Sorge im Blick die Hand nach ihr ausstreckte, wich der Schwindel aus ihrem Schädel. Behutsam berührte er ihre Stirn, als wollte er sicher sein, dass sie sich nicht ernsthaft verletzt hatte. Dann holte er Atem, und ehe der Zorn vollends in seine Augen zurückkehrte, stürzte er auf Federico zu.

»Habt Ihr den Verstand verloren?« Nívs Stimme hallte von den Bäumen wider, so laut sprach er, und Milou fühlte ihr Echo wie Donnergrollen. Noch nie hatte sie ihn in solcher Wut sprechen hören wie nun, da er dicht vor Federico stehen blieb. »Ihr habt uns in die Falle laufen lassen, mehr noch: Ihr habt uns hineingelockt! Verflucht, wieso habt Ihr uns nicht gewarnt?«

Federico stand regungslos. Er schaute noch immer auf die Scherben zu seinen Füßen, und erst als er den Kopf hob und Nív direkt ansah, schien er ihn überhaupt wahrzunehmen. Doch noch immer war sein Gesicht das eines Fremden, und selbst seine Stimme, die nun mit steinerner Kälte über seine Lippen kam, erschien Milou, als hätte sie sie noch nie gehört.

»Weil sie eure Angst riechen mussten«, erwiderte der Fuchsmann. »Sonst hätten sie Verdacht geschöpft. Du weißt doch, wonach sie suchen: nach Tränen, Blut und Furcht.«

Nív hatte die Hände zu Fäusten geballt. Milou konnte den Zorn spüren, der dicht unter seiner Haut glühte, ebenso wie den Trotz angesichts der Erkenntnis, dass Federico recht hatte mit dem, was er sagte. Aber es waren nicht dessen Worte, die Nív schweigen ließen. Es war etwas in Federicos Blick. Er sprach von Tränen, Blut und Furcht, doch er war noch immer der Engel, der inmitten seiner Feinde zur Erde hinabgesunken war, und er empfand … nichts …

Ohne ein Wort wandte der Pala'Dhey sich ab. Seine Schritte knirschten auf den erlöschenden Scherben, als er seinen Weg fortsetzte, doch erst als die Schatten der Bäume auf sein Gesicht fielen, sah Milou einen Ausdruck durch das steinerne Gesicht brechen, der Federico zu ihr zurückbrachte. Traurigkeit war es, die nun in seinen Augen stand, als wäre mehr auf diesem Boden zerbrochen worden als die Leiber seiner Feinde. Als er für einen Moment zu ihr zurücksah, halb schon in den Schatten verschwunden, konnte sie die Müdigkeit spüren, die mit jedem Atemzug stärker zu ihm zurückkam. Und da schien es ihr, als wäre mit jedem Splitter der Thar'koryen auch etwas in ihm zerbrochen … etwas, das er lange tief in sich bewahrt hatte und das nun vernichtet werden musste im Kampf gegen Caldoron, den König der Scherben, der einst sein Freund gewesen war.

26

Die Gassen des Fluchviertels waren tiefschwarz. Wie fließende Seide hatten sich die vereisten Schatten über die Häuser und Straßen gelegt oder glitten durch die Dämmerung, lautlos und schemenhaft, als wären sie Fetzen aus brennendem Papier. Geduckt schlich Milou durch die Gassen, die Arme zum Schutz vor der Kälte um den Leib geschlungen, und während Nív neben ihr für keinen Wimpernschlag die Hand von seinem Dolch nahm, hielt Federico vor ihnen immer wieder inne, als rechnete er mit plötzlichen Angriffen durch die Schergen seines Feindes. Doch jedes Mal, wenn sie stehen blieb, hörte Milou nur das leise Wispern des Windes, der verdorrte Blätter übers Pflaster trieb. Nichts schien ihnen in diesem Viertel aufzulauern als die Stille.

Milou hatte es bereits mehrfach gehört, dieses Schweigen, das über die Gassen kam, sobald der Wind sein Spiel unterbrach, und der Gedanke daran genügte, um ihr einen Schauer über den Rücken zu schicken. Als sie den unterirdischen Wald und all die geheimen Gänge unter der Erde verlassen hatten und wieder in die Oberwelt zurückgekehrt waren, hatten die Gebäude sie mit vereisten Schatten begrüßt, die als dicht gewebte Albträume über den Fassaden lagen. Immer wieder gingen Fetzen dessen durch Milous Sinn, was Federico und Nív ihr über dieses Viertel erzählt hatten. Sie erinnerte sich daran, dass es finstere Träume ebenso anziehen sollte wie schlechte Gedanken und Momente voller Leere, und bisweilen stürzte ihr Blick in Mauernischen, die so dunkel waren, dass sie tatsächlich wie Risse in andere Welten erschienen, die Trauer und Elend von dort in sich aufsogen. In diesen Momenten schloss sich die Stille heimtückisch um ihre Kehle. Doch gleichzeitig konnte sie sich nicht von den Schatten über Häusern und Gassen abwenden, und als Nív und Federico in einiger Entfernung vor ihr stehen blieben und leise miteinander sprachen, hielt sie ebenfalls inne. Sie strich über die finsteren Eisadern eines Hauses. Die Kälte peitschte stechend durch ihren Leib, aber sie wich nicht zurück. Die Schatten hatten sich ineinander geschlungen wie verwirrende Gedanken und doch schienen sie mehr zu bergen ... so viel mehr als Leere und Finsternis. Milou beugte sich vor, um die Verästelungen genauer betrachten zu können – und ehe sie noch zurückweichen konnte, schoss eine Klaue aus der Häuserwand und packte sie an der Kehle.

Eissplitter flogen ihr ins Gesicht. Panisch stemmte sie die Hände gegen die Mauer, doch die Klaue grub sich in ihren Hals und erstickte jeden Schrei mit knisterndem Frost. Es schien ihr, als würde die Zeit langsamer laufen. Fern nur erkannte sie die Umrisse von Nív und Federico, die wie durch tobendes Wasser zu ihr zu gelangen suchten, und da schob sich ein Gesicht vor ihr aus der Finsternis: ein Gesicht, in dessen Augenhöhlen nichts als Schatten lagen, mit einem wie zum Schrei aufgerissenen Mund, angefüllt mit tosender Dunkelheit. Aus dem Augenwinkel sah Milou, wie sich dürre Glieder aus der Mauer schoben, menschenartig und doch spinnengleich in den Bewegungen. Das Eis brach über ihnen, und als die Schatten in den Höhlen aufglühten, wusste sie, wen sie vor sich hatte. Ein zerrissener Gedanke war es, ausgespuckt von einem Menschen, wie sie es war, und durch Caldorons Fluch an diesen Ort gezerrt, ein Gedanke, der zum Leben erwachen wollte – und nichts weiter dafür brauchte als ihren Herzschlag. Schon strömte eisige Luft aus seinem Schlund und drückte ihr die Augen zu. Aber ehe die Müdigkeit sie lähmen konnte, packte sie ihr Messer und stieß zu. Die Klinge glomm in seiner Schulter auf und verkohlte sie zu erstarrter Asche, und mit heiserem Schrei ließ der Gedanke sie los.

Milou stürzte auf die Knie. Die Zeitlupe ringsum zerbrach, und bevor der Gedanke erneut nach ihr greifen konnte, war Nív an ihrer Seite. Blitzschnell wehrte er dessen Hieb ab, und gerade als der Gedanke die Schatten der Fassade wie eine gewaltige Welle auf sie niedersausen lassen wollte, sprang Federico vor ihn und trieb ihm sein Schwert ins Herz. Kurz nur starrte der Gedanke auf die gleißende Klinge. Dann loderte das Licht darin auf. Seine Augen wurden von grellem Schein erfüllt und er verwandelte sich in flüsternde Asche. Milou schwankte, als sie auf die Beine kam, so plötzlich wich der Bann von ihr, und sie sah die Sorge in Nívs Blick, als er behutsam nach ihrem Arm griff. Federico jedoch trug noch immer die steinerne Maske des Engels auf seinen Zügen, und seine Augen zeigten keine Regung außer Verachtung, als er sein Schwert sinken ließ.

»Die Finsternisse werden tiefer«, murmelte er wie zu sich selbst. »Nun ist es nicht mehr weit.«

Kurz nur traf Milou sein Blick, doch das genügte, um sie fröstelnd die Schultern anziehen zu lassen. All die Wärme, die er je in sich getragen hatte, schien auf das Fell seines Fuchses übergegangen zu sein, der nicht von seiner Seite wich. Dabei hatte sie Federico für seine sanfte Stimme geliebt, für den Funken in seinen Augen, der ihn binnen eines Wimpernschlags in einen kleinen Jungen verwandeln konnte, und für seine Hingabe, mit der er in seine eigenen Geschichten eingetaucht war und mit ihr gelacht, gelitten und geweint hatte. Sie erinnerte sich an jedes Detail seiner Hände, so oft hatte er früher an ihrem Bett gesessen und ihr vorgelesen, und jedes Mal, wenn sie ihn nun ansah, erwartete sie, einen Schimmer des alten Federico in seinen Augen erkennen zu können. Doch je enger die Finsternis sich um sie schloss, desto kälter wurde sein Blick, und nun, da er sich abwandte und vorausging, fühlte sie erneut, dass er mit jedem Schritt in die Dunkelheit stärker zu einem der Schatten wurde, die er bekämpfen wollte. Sie folgte ihm schweigend, darauf bedacht, Abstand von den Häusern zu halten, aber da wurden ihre Gedanken jäh unterbrochen. Sie hatten gerade den Campo Manin erreicht, als ein Grollen durch die Gassen drang, und im selben Moment, da Nív seine Waffe in schwarzes Feuer setzte, erhoben sich die Schatten unter dem Eis.

Mit dunklem Raunen formten sie sich aus den Fassaden, stemmten sich aus dem Boden und kamen auf die Beine, als hätte der Tod ihres Gefährten sie in ihrer Ruhe gestört. In unheilvollem Stöhnen brach das Eis unter ihren Klauen. Wie untote Menschen standen sie da, die Leiber halb zerfressen, als hätte heftiger Wind an ihnen gezerrt und sie tintengleich auseinandergerissen. Doch Milou bemerkte die messerscharfen Klauen, die sie bereits einmal an ihrer Kehle gespürt hatte, und hob ihr Messer. Nív trat an ihre Seite, und im selben Moment, da Federico seine Armbrust auflodern ließ, glühten die leeren Augenhöhlen der Schatten in weißem Licht auf. Kurz nur hoben etliche die Lippen, als wollten sie ihre spitzen Zähne zeigen. Dann stießen sie ein heiseres Keuchen aus und stürzten sich vor.

Sie bewegten sich so schnell, dass Milou kaum mehr sah als flackernde Körper und aufblitzende Krallen. Schützend hüllten Nívs Schatten sie ein, die sich mit lauten Schwingenschlägen ringsherum erhoben, und immer wieder hörte sie sein schwarzes Feuer ganz in ihrer Nähe auflodern. Federico jagte durch die Reihen der Angreifer, als wäre er selbst zu einer Flamme geworden, die jede Finsternis durchdrang, und als zwei Schatten auf Milou zustürzten, zögerte sie keinen Augenblick. Entschlossen umfasste sie ihr Messer und setzte sich in Bewegung. Nívs Magie hob sie in die Luft. Als sie die Schatten direkt vor sich sah, drehte sie sich um die eigene Achse, schnell wie in einem ihrer Träume, und führte die Klinge quer durch deren Leiber. Kurz nur blieben sie wie erstarrt vor ihr stehen, die toten Augen weit aufgerissen. Dann brach der Schnitt in ihrer Brust auf, und sie schlugen auf den Boden, dumpf, als hätten sie tatsächlich aus Fleisch bestanden, ehe sie zwischen den Steinen versanken.

Milou fuhr sich über die Stirn, als Nívs Zauber um sie herum erlosch. Sämtliche Schatten waren gefallen. Ihre Körper lagen zusammengebrochen auf den Steinen, und über das Schlachtfeld hinweg fing sie Nívs Blick auf. Mit raschen Schritten kam er zu ihr und auch Federico musterte sie mit etwas wie Sorge in seinen Augen. Rasch nickte sie zum Zeichen dafür, dass ihr nichts geschehen war, und als Nív bei ihr stehen blieb und auf die versinkenden Leiber der Schatten schaute, ging ein anerkennendes Lächeln über sein Gesicht, so sanft, dass es inmitten der Dunkelheit beinahe unwirklich erschien. Doch ehe er etwas sagen konnte, durchdrang ein Geräusch die Luft. Es war Blut, das zwischen den Steinen des Platzes aufbrach, gerade dort, wo eben noch ihre Gegner versunken waren – schwarz wie die Schatten, die sie zerschlagen hatten.

Federicos Ruf drang warnend durch die Stille. Mit einer Geste forderte er sie zur Eile auf, und als er sich umwandte und raschen Schrittes seinen Weg fortsetzte, folgten sie ihm. Milou bemühte sich, das Blut nicht zu berühren, das zunehmend schneller zwischen den Steinen hervorquoll, doch bald hatte sie keine Wahl mehr. Schwarz glänzend zog es sich über den Platz, und als sie hineintrat, sank sie darin ein wie in Treibsand. Erschrocken griff sie nach Nívs Arm, aber da ging ein Rauschen über den Platz und das Blut erhob sich in dunklen Ascheschwaden in die Luft. Milou erkannte Gestalten darin: fliegende Vögel über einem Feld aus Knochen, blutige Wasserfälle, in denen Leichen abwärtstrieben, und immer wieder Kinder, die aus großen Augen zu ihr herüberstarrten. Ihr schien es, als würde sie auf der anderen Seite unheimlicher Spiegel stehen, und erst als Federico sein Schwert in Flammen setzte und die Schleier in Fetzen schnitt, verstand sie, dass es vor allem Träume waren, die sie umgaben – finstere Albträume aus der Welt der Menschen.

Die Schleier fügten sich wieder zusammen, kaum dass Federico sie zerschnitten hatte. Daraufhin beschleunigte er seine Schritte mit finsterer Miene, während sein Fuchs kreuz und quer durch die Schwaden sprang und etliche davon in kurze, auflodernde Feuer setzte, und Milou duckte sich, als sie ihm so schnell sie konnte nacheilte. Nív ging voraus, als die Schleier ihnen entgegenstoben. Aber dennoch streiften einige von ihnen Milous Körper, und mit jeder Berührung rückte die Umgebung für sie in weite Ferne … fast so, als legten sich auch auf sie eisige Schichten aus zerbrochenen Träumen, die sie ebenso schwarz färben würden wie die Gebäude ringsherum. Sie zwang sich, zu Nív aufzuschließen. Doch ihre Schritte waren noch immer seltsam schwer, und als die ersten Bilder knisternd über ihre Wangen glitten, wandelten sie sich zu Szenen, die sie schon einmal gesehen hatte.

Blitzlichtartig brach der Campo Santa Maria Formosa vor ihr auf, auf dem sie die Kinder an Caldorons Nebel verloren hatte. Sie fühlte Cristians eiskalte Hand unter ihren Fingern, dicht gefolgt von Nonnas starrem Blick, der sie durchbohrte, und jedes Mal, wenn sie vor den Bildern zurückwich, umfingen sie andere Szenen, trostloser noch als jene zuvor. Ihr Herz begann zu rasen, als sie begriff, dass es nicht allein Träume waren, die nach ihr griffen. Diese Schatten waren im Fluch des Viertels geboren worden. Sie trugen die Scherben finsterer Gedanken in sich und die Bruchstücke verlorener Welten, und mit jedem Mal, da sie über Milous Haut glitten, sank ein Stück von ihnen lähmend in sie hinein. Weder Nív noch Federico oder den Fuchs konnte sie mehr inmitten all der Schatten erkennen. Stattdessen zog sich ihre Kehle in dieser Hoffnungslosigkeit zusammen, und als ein erstickter Schrei über ihre Lippen kam, traf sie etwas am Kopf.

Der Schmerz blieb seltsam dumpf, und da sah sie, wie Scherben vor ihr aus den Bildern brachen – Schwärme aus Scherben, die als kreischende Krähen über den Platz hinwegflogen. Grob stießen sie erneut auf Milou herab. Sie zerkratzten ihre Hände und brachten sie mit heftigen Schwingenschlägen zu Fall. Reste von Blut hafteten noch an den Steinen. Der Geruch ließ Übelkeit in Milou aufsteigen, doch mit jedem Hieb der Vögel und jedem Schrei aus deren Kehlen nahm die Taubheit in ihrem Inneren zu. Gnädig griff die Ohnmacht nach ihr, die sie fortbringen konnte aus diesem entsetzlichen Bild aus Blut und Scherben, in dem es keinen Halt mehr gab. Sie merkte kaum, dass sie die Hände sinken ließ … und da sah sie Nív inmitten der Krähenleiber.

Er stand in einiger Entfernung und wehrte die Angriffe der Vögel ab, doch er tat es wie in Trance und schien es kaum selbst zu spüren. Er stand einfach da und betrachtete ein Bild aus Asche, das direkt vor ihm schwebte, und etwas war in seinem Blick, das Milou durch alle Magie der Schatten und jeden Krähenschrei hindurch erreichte. Der Schmerz peitschte durch ihre Glieder, als ein Vogel ihre Wange traf, und mit erneut aufkeimender Entschlossenheit rappelte sie sich hoch. So gut es ihr möglich war, schützte sie ihren Kopf vor den Krähen und kämpfte sich zu Nív vor, und da erkannte sie das Bild, das in der

Asche vor ihm stand. Es zeigte einen Jungen aus der Menschenwelt, vielleicht zehn oder elf Jahre alt. Milou hatte ihn schon einmal gesehen. Es war der Junge, der im Teatro La Fenice Nívs Feuerfunken gefangen und ihnen so den Zugang zum Viertel der Masken ermöglicht hatte – der Junge mit dem tiefschwarzen Haar, der sie angesehen hatte. Nun jedoch kauerte er in einem großen Kinderzimmer in einer Ecke, und obgleich er den Kopf in den Armen barg, konnte sie sehen, dass er weinte. Ein Schauer flog über ihren Leib, so hilflos wirkte das Kind, und als Nív vortrat, da spürte sie seinen Drang, dem Jungen zu helfen, dessen Tränen er nie weinen würde. Er schien seine Umgebung kaum mehr wahrzunehmen, als er vor dem Bild stehen blieb, und im selben Moment, da dessen Ränder zu flackern begannen, ließ er die Arme sinken. Milou schrie auf, doch es war schon zu spät. Mit ohrenbetäubendem Kreischen stürzte sich ein gewaltiger Krähenschwarm aus dem Bild auf Nív und schlug ihm tiefe Wunden, und kaum, dass sein Blut über seine Schläfen rann, verwandelten die Vögel sich in Scherben und drangen in ihn ein. Kurz nur riss er den Kopf zurück und öffnete den Mund zu einem lautlosen Schrei. Dann verzerrte sich sein Gesicht unter heftigen Schmerzen und er stürzte zu Boden.

Milou war bei ihm, ehe er mit dem Kopf auf den Steinen aufschlug. Hilflos griff sie nach seiner Hand und spürte zu ihrem Schrecken die Scherben, die sich von innen gegen seine Haut drückten. Er atmete schnell. Seine Lider flatterten, als hätte er Fieberträume, und erst als Federico sich neben ihm fallen ließ, konnte Milou den Blick von ihm fortreißen. Sein Fuchs stob als grelle Flamme durch die Luft und trieb die Krähen von ihnen zurück, aber Federico achtete nicht auf ihn. Eilig riss er Nívs Hemd auf und presste beide Hände auf sein Herz, doch als Funken über seine Finger glitten und in dessen Leib einsanken, fuhr Nív nur mit heiserem Schrei zusammen. Federico zog die Hände zurück. Sie waren rußgeschwärzt, als hätte er sich verbrannt. Fluchend beugte er sich erneut vor. Jeder seiner Zauber zerriss unter der Magie der Scherben. Gewaltsam wandte Milou ihren Blick ab und schaute zu dem Jungen hinüber, der noch immer weinend in der Ecke seines Zimmers saß. Sie konnte sein Gesicht nicht erkennen, aber sie sah es dennoch vor sich, ebenso wie sein Staunen im Theater angesichts des blauen Funkens auf seiner Hand, und sie schüttelte den Kopf. Dieses Bild barg mehr als Falschheit und Zerstörung. Irgendetwas darin war wie die Schatten und das Eis, die über das Fluchviertel gekommen waren ... lautlos wie eine Decke, unter der etwas Kostbares in tiefen Schlaf gesunken war.

Sie musste sich dazu zwingen, Nív loszulassen. Sie kam auf die Beine, und als sie auf das Bild zutrat und die Hand dagegenlegte, nahm sie auf einmal das Zimmer wahr, als stünde sie mitten darin. Sie roch den Gestank von Alkohol zwischen Orchideen und teurem Parfum, sah die unzähligen Spielzeuge an den Wänden, aufgereiht wie Artefakte in einem Museum, und hörte die Schreie und die Schläge, die aus dem Nachbarzimmer herüberklangen. Ja, es war die Menschenwelt, in der dieser Junge weinte, allein in der Dunkelheit, und obgleich Milou noch nie zuvor in einem solchen Raum gewesen war, erinnerte sie sich genau daran, wie oft sie selbst einsam und verzweifelt in der hintersten Ecke ihres Zimmers gesessen hatte, kurz nach dem Tod ihrer Eltern, wenn Mathis auf Reisen gewesen war und sie sich gottverlassen gefühlt hatte mit ihrem Schmerz und ihrer Angst. Und sie erinnerte sich, wie sie damals ans Fenster getreten war in der Hoffnung, dass dort draußen in der Nacht ein Wunder stehen und ihren Blick erwidern würde, von ihr bemerkt oder unbemerkt. Nie hatte sie etwas in der Dunkelheit erkannt und sich dennoch jedes Mal getröstet gefühlt. Doch was wäre geschehen, wenn sich die Schatten gelichtet hätten, und wenn auch nur für einen Wimpernschlag? Was wäre geschehen, wenn sie tatsächlich aufgefangen worden wäre in ihrer eigenen Finsternis – von einem anderen Augenpaar?

Wie eine Schallwelle ging ihre Frage durch den Raum. Sie konnte sehen, wie sie die Schatten des Zimmers aufwühlte, und da hob der Junge den Kopf, als hätte sie ihn berührt. Seine Augen waren vom Weinen gerötet, aber sein Körper bebte nicht mehr, und als er den Kopf in ihre Richtung wandte, hielt Milou den Atem an. Bis vor wenigen Augenblicken war das Zimmer finster gewesen wie all die düsteren Szenen ringsherum, doch nun, da der Junge suchend in die Dunkelheit schaute, gingen Farbimpulse hindurch … schwach wie Sonnenstrahlen an einem kalten Wintermorgen. Noch immer berührte sie das Bild mit ihrer Hand, dieses Bild, das für ihn nichts als ein Fenster war. Doch er sah sie nicht an. Er schaute an ihr vorbei.

Milou drehte sich um. Nív war mit Federicos Hilfe auf die Beine gekommen. Seine Augen standen in fiebrigem Glanz. Noch immer pulsten die Scherben unter seiner Haut, aber er schien kaum noch Schmerz zu spüren. Stattdessen trat er nun auf das Bild zu, langsam, als würden seine Beine jeden Moment unter ihm nachgeben, und die schwachen Farben glitten in lindernden Schauern über sein Gesicht. Mühsam nur konnte Milou sich davon abhalten, die Hand nach ihm auszustrecken, so hingegeben betrachtete er das Schauspiel, und sie sah zu, wie der Junge sich ebenfalls erhob. Unsicher trat er auf sein Fenster zu, das tränennasse Gesicht ein Wechselspiel der Empfindungen. Sie fand Misstrauen in seinem Blick, Neugier … und immer stärker den leisen Glanz, den sie bereits im Theater in seinen Augen gesehen hatte.

Sie wusste, dass seine Hand zitterte, wie die ihre stets gezittert hatte, wenn sie sie gegen das Glas gelegt hatte. Für einen Wimpernschlag stand er reglos da und schaute sich selbst im Spiegelbild seines Fensters an, die Hand wie zum Gruß erhoben. Und auf der anderen Seite stand Nív, so zögernd, als würde jeden Augenblick die Kälte auf seine Züge zurückkehren, die ihn dazu bringen würde, sich umzuwenden und davonzugehen, zurück in die Schatten, die ihn an diese Schwelle getrieben hatten. Doch dann streckte er die Hand aus, und da der Junge sein Gesicht in der Dunkelheit erkannte und haltloses Staunen über seine Züge ging, tauchte Nívs Hand durch das Fenster und wischte eine Träne von dessen Wange. Im selben Moment leuchteten die Farben darin auf, gebrochen wie in einem Kaleidoskop, Farben, die das Lachen des Jungen in sich trugen und seine Ausgelassenheit, Farben, die wie goldene Vögel waren in einem tiefblauen Himmel, und als die Finsternis des Bildes von ihnen vertrieben wurde und der Junge Nívs Lächeln erwiderte, da konnte Milou sie sehen: dieselbe Verzauberung, die sie selbst in Anbetracht der Dunkelheit noch immer in ihrem Herzen trug wie damals, als sie ein Kind gewesen war, und die sie nun in diesen beiden Augenpaaren gespiegelt fand. Da standen sie, ein Wandler mit einem Herzen aus schwarzen Scherben und ein Menschenjunge aus ihrer Welt, und was immer sie auch trennen und unterscheiden mochte: Für diesen Augenblick waren sie vollkommen gleich.

Milou sah noch, wie der Junge in dem Bild lächelte. Dann erglühten die Farben, und im selben Moment, da Nív seine Hand zurückzog, wurden sie so hell, dass sie nichts mehr erkennen konnte. Gleißend brach das Licht in dem Bild auf und breitete sich in lautlosem Feuer über die anderen Szenen aus. Funkensprühend fielen die Bilder in sich zusammen, und als die

Krähenschwärme in goldenen Flammen auseinanderstoben, verbrannten die Schatten des Fluchs über den Häusern des Platzes und ließen ihre einstige Schönheit hervorbrechen. Atemlos sah Milou sich um. Sie fühlte den Glanz der silbernen Türme ebenso auf ihrer Haut wie die Kaskaden aus kristallenem Licht, die über die Fassaden strömten. Doch erst als sie Nív ansah, schwand die Anspannung aus ihren Gliedern. Der Bann der Scherben war von ihm gewichen. Die Wunden in seinem Fleisch schlossen sich, und als er den Kopf hob und Milou ansah, die funkelnde Träne wie ein Wunder in seiner Hand, stand nichts als Zärtlichkeit in seinem Blick.

»Deine Träume sind mächtiger, als du glaubst«, sagte da eine Stimme, und als sie sich umwandte, stand Federico vor ihr – ihr Federico, noch immer mit dem Schwert in seiner Hand, aber zugleich mit der Wärme in seinen Augen und der Sanftheit in seiner Stimme, die ihr so vertraut waren. »Nur sie können dich gesund machen, dich heilen von dem, was diese Welt dir angetan hat – sie allein. Vergiss das niemals.«

»Das hat Nonna zu mir gesagt«, erwiderte sie, und das Bild ihrer Großmutter flammte vor ihrem inneren Auge auf. »Als wir zusammengegessen haben, gleich nach meiner Ankunft.«

Federico neigte zustimmend den Kopf. »Und sie hatte recht, ebenso wie ich. Jetzt siehst du, dass es wahr ist, was ich sagte: Wenn es einen Ort gibt, der dich daran erinnern kann, so ist es Venedig.«

Das Zittern in seiner Stimme war kaum zu hören, aber es brachte Milou dazu, nach seiner Hand zu greifen wie früher, wenn sie genau gespürt hatte, dass er Kummer mit sich herumgetragen hatte, ohne darüber sprechen zu können. Ein sanfter Schimmer stand in seinen Augen, als er auf die Welt schaute, wie sie früher an diesem Ort gewesen war, und er nickte unmerklich, als hätte er die ganze Zeit über gefühlt, dass es noch da war: das Reich der Scherben, das voller Wunder war und das irgendetwas tief in seinem Inneren Antwort gab.

Erst als die Schatten sich erneut über den Platz legten, kehrte die Kälte in seine Augen zurück. »Kommt schon«, murmelte er. »Wir müssen uns beeilen.«

Er ließ Milous Hand los, als wäre sie nicht mehr als ein Stück Papier, und setzte seinen Weg fort. Doch Milou achtete nicht auf den Frost in seinen Augen, und als sie Nívs Blick begegnete, in tausend Farben gesetzt von der erlöschenden Träne in seiner Hand, erwiderte sie sein Lächeln. Mochte der Fuchsmann unzählige Masken über seine Züge legen in dieser Welt der Scherben, aber für sie war er doch noch immer Federico, der Märchenerzähler. Und so würde es immer sein.

27

Der Sturm zerrte an Milous Mantel, als hätte er Klauen. Er war im selben Moment aufgekommen, da der Campanile de San Marco vor ihr aus dem Häusermeer getaucht war. Dornengleich und deutlich höher, als Milou ihn kannte, markierte der von zahllosen toten Spiegeln besetzte Turm das Herz des Fluchs. Doch nicht er allein schickte seinen unheilvollen Schatten über ihre Stirn. Sie näherte sich dem Markusplatz über die Merceria Orologio, aber reihten sich in der Menschenwelt an diesem Ort die Geschäfte dicht an dicht, neigten die Häuser sich nun im Heulen des Sturms wie betrunkene Riesen zu ihr herab. Jedes Mal, wenn eine fallende Schindel sie nur knapp verfehlte, blieb ihr beinahe das Herz stehen. Atemlos schaute sie dann zwischen wirbelnden Eissplittern zu den Häusern hinauf, nur um festzustellen, dass sie vollkommen reglos dastanden, und schloss dichter zu Nív auf, der stets die Hand nach ihr ausstreckte, als könnte er auf diese Weise fühlen, ob sie verwundet worden war. Nah beieinander setzten sie ihren Weg fort, vorbei an Schatten, die wie zerrissene Buchseiten in den Häusernischen flatterten, und richteten ihre Blicke auf Federico, der sich vor ihnen dem Sturm entgegenstellte.

Mit schweren Schritten, den Oberkörper weit vorgebeugt, kämpfte er sich voran. Er war ein dunkler Schemen zwischen den Häusern, doch sein Fuchs glühte noch immer wie eine rote Fackel – die einzige Farbe in dieser Finsternis. Milou beschleunigte ihre Schritte, als der Widerschein der Flammen am Ende der Straße endlich auf den Uhrturm fiel. Auch in ihrer Welt war dieser Turm ein prachtvolles Bauwerk und so schön, dass der Doge seine Handwerker der Legende nach blind gemacht hatte, damit sie nichts Besseres schaffen konnten. Hier jedoch erhob er sich mit unzähligen kristallenen Uhren, die selbst durch die dicke Eisschicht über der Fassade das Feuer des Fuchses zurückwarfen. Ein Lächeln ging über Milous Gesicht, als ihr bewusst wurde, dass diese Uhren aus Murano stammten – dem Reich aus Glas, das sie hatte betreten dürfen. Dann jedoch erkannte sie, dass sich das Eis quer über den Durchgang zog und ihnen den Weg zur Piazza versperrte. Federico aber hielt nicht inne. Rasch bog er in die Calle del Cappello Nero ein, die parallel zu den Arkaden der Piazza verlief. In ihrer Welt war Milou schon oft durch diese Gasse gegangen, vorüber an den Hinterausgängen der Geschäfte, um den Touristenströmen zu entgehen, und dem Relief der Venezianerin, die 1310 an der Niederschlagung des Tiepolo-Aufstands beteiligt gewesen war. Oft hatte Federico ihr erzählt, wie die Dame dem Bannerträger der Rebellen damals ein schweres Gefäß auf den Kopf warf und ihn so tötete, woraufhin seine Gefährten sich zerstreuten, und sie wunderte sich nicht, als sie eben jenes Relief auch nun über sich entdeckte. Kurz meinte sie, die Augen der Frau in rotem Feuer aufglimmen zu sehen. Dann war sie an Nívs Seite in die Gasse eingetaucht. Wie in der Menschenwelt erhob sie sich in rätselhaftem Schweigen, doch erst als sie die Säulengänge der Piazza erreichten, ließ der Sturm von ihnen ab.

Außer Atem von der Anstrengung schaute Milou die Arkaden der Prokuratien hinab, die wie die Gänge eines düsteren Klosters dalagen. Noch nie hatte sie sie so verwaist gesehen. Dann fegte der Sturm eine Ladung Schnee zwischen den Säulen hindurch, und sie nahm die Kälte wahr, die nun mit aller Macht nach ihr griff. Rasch setzte sie sich wieder in Bewegung und bemerkte erst nach einem Moment, dass Federico neben einer Säule am Rand des Ganges innegehalten hatte. Sein Mantel flatterte im Wind, doch er selbst stand ebenso reglos da wie sein Fuchs und schaute hinaus auf die Piazza. Und dort, von tiefster Nacht umgeben, erhob sich der Palast der Scherben.

Milou erinnerte sich an einen ihrer ersten Besuche des Dogenpalasts und des Markusdoms. Staunend hatte sie auf dem Arm ihres Vaters zu diesen Bauten aufgesehen, die in der Sonne wie Schnee und goldenes Feuer gefunkelt hatten, und sich später mit wachsender Begeisterung die Schauergeschichten Federicos angehört, die von Hinrichtungen, finsteren Kerkern und Ränkespielen der einstigen Machthaber Venedigs erzählt hatten. Mit der Zeit hatte sie den Markusplatz tagsüber wegen der zahllosen Touristen gemieden, aber sie erinnerte sich an manche Nächte, in denen sie gemeinsam mit ihren Eltern, mit Nonna, Federico oder Freunden über die Piazza gegangen war und sie vor sich gesehen hatte: die erhabene Kathedrale und den gotischen, im Mondlicht strahlenden Palast, der mehr Geschichten in sich barg, als sie sich jemals ausdenken würde. Stets hatte sie ein feierliches, beinahe erhabenes Gefühl bei diesem Anblick ergriffen, ein Gefühl, als würde sie auf ein leibhaftiges Geheimnis schauen, das sie nie ganz ergründen würde, ganz gleich, wie sehr sie es auch versuchte. Nie hätte sie erwartet, diese Empfindung angesichts eines anderen Gebäudes einmal gesteigert zu finden – bis zu diesem Moment.

Der Palast der Scherben war mit der Kathedrale zu einem Schloss aus schwarzem Eis verschmolzen. Meterdick lag der kristallene Frost auf den Kuppeln und Zinnen, den Mauern, Fenstern und Balustraden und hatte die Schatten, die sich vor langer Zeit um den Palast geschlungen hatten, in geisterhaften

Schleiern gebannt. Als wehende Tücher lagen sie nun da, und Milou ertappte sich bei dem Bedürfnis, sie zu berühren, um sie im Wind fliegen zu sehen … all die Gedanken, die von der Finsternis dieses Ortes angezogen worden waren und nichts als Kälte darin gefunden hatten. Doch im selben Moment, da sie die Hand ausstreckte, traf eine eisige Schneeböe ihre Finger, und ihr Blick fiel auf die Dha'raki, die dort draußen auf dem Platz standen – zu ewigem Eis erstarrt.

Die meisten hatte der Frost mitten in der Bewegung gebannt, die Blicke auf den Palast gerichtet. Andere waren an dessen Mauern festgefroren, als sie wie Milou nach den Schatten gegriffen und versucht hatten, ins Innere vorzudringen. Aber ihre Finger waren vereist, kaum dass sie die Kälte bemerkt hatten, und als der Frost in ihre Glieder gefahren war, hatte das Entsetzen sie zurückgetrieben, so plötzlich, dass Teile ihrer Hände an den gefrorenen Mauern haften geblieben waren. Erst als Milou weiter in den Schutz der Arkaden zurückwich und Nív ihre Hand in die seine nahm, konnte sie den Blick von den erfrorenen Kriegern lösen. Doch der Frost durchdrang sie so gewaltsam, dass sie zitterte. Schon kroch er ihre Kehle hinab, und im selben Moment, da sie wie unter einem fremden Willen dem Spiel des Schnees zusah, das sich jenseits der Säulen beinahe spielerisch entspann, begriff sie, dass sie keinen Schritt aus dem Schutz der Arkaden hervortreten durfte, wenn sie nicht enden wollte wie diese Krieger: in plötzlicher Hingabe zu diesen Schatten entbrannt und erfroren in schwarzem Eis. Sie schaute zu Federico hinüber, der für keinen Moment den Blick von dem Palast abwandte – und ehe sie noch begriff, was er vorhatte, trat er hinaus in den Sturm.

Instinktiv stürzte Milou vor, um ihn aufzuhalten. Doch Nív riss sie zurück, gerade noch rechtzeitig, ehe die erste Schneeböe grollend vor ihr niederging. Messerscharf flogen einzelne Flocken über ihre Wangen, aber der Schmerz blieb seltsam fern. Zu deutlich sah sie, wie der Schlag Federico traf – und mit zornigem Donner auf seinem Leib zerbarst. Der Schnee wirbelte zurück, doch Federico schien ihn kaum wahrzunehmen. Langsam trat er an der Seite seines Fuchses auf den Palast zu. Raureif zog sich über seinen Mantel und sein Haar. Milou konnte hören, wie seine Stiefel den eisbedeckten Boden knacken ließen, als er zwischen den Kriegern hindurchtrat, und sie wusste, dass Federico ihnen in die Augen sah – jedem Einzelnen von ihnen, ohne auch nur einmal den Blick zu wenden. Seltsam klein wirkte seine Gestalt vor der mächtigen Fassade des Palasts, und für einen Moment schien es ihr, als wäre dieses Bild der Anfang einer Geschichte, die sie einmal gehört hatte … von ihm vielleicht oder von dunkler Stimme erzählt in einem ihrer Träume. Dann blieb Federico stehen.

Das Feuer seines Fuchses war blasser geworden, doch es loderte noch immer inmitten des dunklen Frosts zu Milou herüber, und als sie bis an die Säule vortrat, an der Federico gerade noch gestanden hatte, glaubte sie, es wärmend auf ihrer Haut zu spüren. Federico schaute zum Palast auf, so reglos, als würde er die Kälte in sich aufnehmen und sich ebenfalls von ihr zu einer Figur aus Eis gefrieren lassen. Langsam sank er auf ein Knie nieder. Es sah so aus, als wollte er einen Eid leisten. Dann zog er sein Schwert und rammte es mit voller Wucht vor sich ins Eis. Seine linke Hand glitt über die Klinge. So grell leuchtete sein Blut in der Dunkelheit, dass Milou meinte, den stechenden Schmerz selbst zu fühlen. Die Tropfen rannen zu Boden und gleich darauf ging ein Grollen durch die Luft. Milou wandte den Blick hinauf zu den Kuppeln, von denen das Geräusch zu ihnen herabrollte, und im nächsten Moment lösten sich etliche

Schatten aus dem Griff des Frosts, schossen durch berstendes Eis und jagten direkt auf Federico zu.

Noch im Flug formten sie sich zu Kreaturen, deren Leiber aus Spiegeln bestanden, aus Scherben, die tief in faulendem Fleisch saßen, und glühenden Spinnenbeinen, und Milou stockte der Atem, als sie begriff, dass es die Thar'koryen von damals waren, die nun auf Federico niederstürzten – die Schergen Caldorons, die in der Schlacht um den Palast der Scherben gefallen waren. In wilden Strömen jagten sie durch die Luft. Schon glühten weiße Zauber in ihren Fäusten auf, und Milous Herz begann zu rasen, als Federico regungslos am Boden blieb, als sähe er sie nicht kommen. Erneut wollte sie ihm zu Hilfe eilen und erneut hielt Nív sie zurück. Er zog sie an sich, aber sie ertrug den Anblick kaum, der sich ihnen dort draußen auf dem Platz bot.

Noch immer rührte Federico sich nicht. Er kniete in seinem eigenen Blut, das um ihn leuchtete. Aber im selben Moment, da die ersten Thar'koryen ihn erreicht hatten, sprang er auf die Beine. Mit mächtiger Geste riss er sein Schwert in die Luft und entflammte es in rotem Feuer. Rauschend setzte die Glut sich über seinen Körper fort, bis er in Flammen stand, und als seine Stimme über den Platz brandete, dunkel und schwer wie Meeresgrollen, da stießen Waffen aus dem Boden und Fäuste, in loderndes Feuer gehüllt. Schemenhaft nur waren die Leiber der Pathari zu erkennen, die sich nun in die Luft erhoben, und doch klang ihr Schlachtruf so laut in Milou wider, dass sie meinte, ihn auf ihren eigenen Lippen zu fühlen – den Schlachtruf der Pathari, die vor langer Zeit an der Seite des Fuchsmanns gekämpft hatten und die auf diesem Boden gefallen waren.

Mit ohrenbetäubendem Krachen schlugen sie mit den Thar'koryen zusammen. Milou erkannte mächtige Krieger, die den Schergen Caldorons die Köpfe von den Schultern rissen, sie sah Frauen und Halbwüchsige, die sich furchtlos in die Schlacht warfen, und immer wieder beobachtete sie, wie einzelne Pathari zu Federico hinabstoben, geisterhaft und so ehrerbietig, als hätten sie in all den Jahren im schwarzen Eis nichts anderes gewollt, als erneut den Kopf vor ihm zu neigen. Er erwiderte die Geste und beugte sich zu seinem Fuchs hinab. Und so schnell, dass Milou ihm kaum mit ihrem Blick folgen konnte, jagte das Tier durchs Kampfgewühl und hinauf zur Statue des Markuslöwen. Mit flammendem Schwert stieß Federico die Thar'koryen zurück, die sich auf ihn stürzen wollten, aber er sah sie kaum an. All seine Aufmerksamkeit lag auf dem Fuchs, der nun zu einer lodernden Flamme zusammenschmolz und mit hellem Krachen in den Löwen einfuhr. Kurz nur ging eine Erschütterung durch die Säule, als hätte dieser die Krallen in den Stein unter ihm geschlagen. Dann zogen glühende Risse über seinen Leib, und im selben Moment, da rotes Feuer aus seinen Augen brach und seinen Körper überzog, breitete er die Schwingen aus und jagte auf Federico zu. Flügelrauschend landete er direkt vor ihm. Der Löwe war so groß, dass Federico ihm gerade einmal bis zur Schulter reichte, und in seinen Augen stand ein Feuer, das weit über die rote Glut des Fuchses hinausging. Federicos Flamme mochte ihn geweckt haben, doch nun loderte seine eigene Macht in ihm auf, und sie war golden und uralt. Milou hörte das tiefe Grollen in seiner Kehle, als er sich vorbeugte, und kurz glaubte sie, er würde die Pranke ausstrecken und die Krallen in Federicos Fleisch graben, im selben Augenblick vielleicht, da dessen Schwert sein Herz durchbohren würde. Doch dann flammte die Hitze in seinen Augen auf, und als ein Lächeln über Federicos Gesicht flog, neigte der Löwe vor ihm den Kopf. Federico tat es ihm gleich, und Milou betrachtete diese beiden, umgeben von tobender Schlacht. Es war kein Wunder, ging es ihr durch den Kopf, dass Federico ein Geschichtenerzähler geworden war. Dann hob der Pala'Dhey den Kopf und zog sich auf den Rücken des Löwen. Dessen Brüllen ging über den Platz, so mächtig, dass die Arkaden erzitterten und Steinsplitter auf Milou niederfielen, und dann, mit einem gewaltigen Satz, erhob sich der Löwe in die Luft.

Milou konnte den Wind in ihrem Haar fühlen, als Federico sein Schwert in die Luft riss. Gemeinsam jagten der Löwe und Federico durch die Reihen der Thar'koryen dahin, deren Leiber um sie niederfielen wie Blätter, und für einen Moment schien es, als wäre die Schlacht nichts als eine Illusion – als würden der Fuchsmann und der Löwe noch einmal durch einen freien Himmel gleiten, wie es die Legenden der Scherbenwelt erzählten, und nichts auf ihren Gesichtern spüren als Feuer und ungezähmten Wind. Doch zugleich nahm Milou auch die Glut wahr, die mit jedem Hieb, den Federico seinen Feinden versetzte, und jedem Schwingenschlag des Löwen schwächer wurde. Und als sämtliche Schatten gefallen waren und die Leiber der Pathari als gleißendes Licht zu Boden sanken, landeten sie entkräftet vor dem Palast. Schwach nur glomm noch das Feuer im Leib des Löwen, und Milou hielt den Atem an, als Federico die letzte Flamme von seinem Schwert strich und mit seiner Faust umschloss.

Ächzend brachen ganze Säulen aus Eis von der Fassade des Palasts, durchbohrt von der Hitze der Pathari, und auch die Kerker der Dha'raki auf dem Platz begannen zu schmelzen. Doch Federico schien es kaum zu merken. Er stand einfach da, eine kleine Figur neben einem rot flammenden Löwen, und als er langsam die Hand nach den Schatten ausstreckte, die wie feuchte Seide unter dem berstenden Eis lagen, da meinte Milou, zwei Jungen in der Dunkelheit erkennen zu können, dicht beieinander in einer Gondel aus schwarzem Feuer. Sie zweifelte nicht daran, dass Federico dasselbe sah, als er nun die Finger auf die Schatten legte. Ein Schauer ging über seinen Körper, als wäre er noch einmal das Kind, das zum ersten Mal in die Welt der Scherben geraten war und eines ihrer Wunder berührte. Dann jedoch straffte er die Schultern, und im selben Moment, da er die Hand in die Schatten grub, entbrannten sie zu roter Glut. Knisternd zog sein Feuer sich durch die Finsternis. Das Eis fiel vom Palast nieder, und da ging ein Dröhnen durch das Gebäude, dunkel und von solcher Tiefe, als wäre es ein Schrei aus unsterblicher Kehle. Kurz nur glühten Federicos Flammen noch einmal auf. Dann brandete das Dröhnen auf, und mit einem Rauschen, das Milou das Haar zurückriss, fraß der Palast die rote Glut und entfachte sich zu kaltem schwarzem Feuer. Übermächtig brach es aus den Mauern und Kuppeln und setzte sich über die Säulen fort, und Milou musste nicht den Widerschein auf ihren Wangen spüren, um eines genau zu wissen: Der Fluch, der nach Federicos Blut trachtete und dem sie sich stellen musste, war erwacht.

Der Pala'Dhey brach im Schein des Feuers zusammen, gerade weit genug von den Flammen entfernt, die nun mit boshaftem Grollen nach ihm ausschlugen, und Milou zögerte nicht länger. So schnell sie konnte, rannte sie an den Dha'raki vorüber, deren Augen im Widerschein des schwarzen Feuers glänzten, als wären sie lebendig, und fiel neben Federico auf die Knie. Der Löwe stand regungslos, aber sie spürte seine goldene Glut auf ihrer Haut, als würde ihm ein Atemzug genügen, um ihr das Fleisch von den Knochen zu brennen. Kurz nur sah sie zu ihm auf, und sie musste an die Augen ihres flammenden Drachen denken – Augen voller Weisheit in einer Welt der Schatten. Sie bemerkte noch das Lächeln, das durch den Blick des Löwen ging. Dann riss sie sich von ihm los und griff nach Federicos Hand. Sie war eiskalt, und da wusste sie, dass sie sich trennen würden, gerade hier vor den Toren des Palasts, den er nicht betreten konnte, ohne von Caldorons Fluch verzehrt zu werden.

»Geht«, raunte er ihr zu. »Hütet euch vor den schwarzen Flammen, aber mehr noch vor den Räumen des Palasts. Sie sind tückisch und ...«

Milou erschrak, als er hustete und Blut über seine Lippen trat. »Ich lasse dich nicht allein«, erwiderte sie und schüttelte den Kopf, als sie den Widerspruch in seinen Augen sah. »Das kannst du nicht von mir verlangen.«

Kurz zog sich die Kälte des Kriegers in seinem Blick zusammen, so eisig, dass sie fröstelte. Aber sie wandte sich nicht ab. Sie hatte Federico hinter dieser Maske gesehen, und sie konnte ihn spüren, mit jedem Herzschlag, der in ihren verschränkten Händen widerklang. Und da ging die Wärme durch seine Augen, genau so, wie es früher gewesen war, wenn er sie verbotenerweise mitten in der Nacht in seinem Laden entdeckt hatte und jede Strenge unter ihrem Lächeln zerbrochen war.

»Ich bin nicht allein«, erwiderte er und berührte die Mähne des Löwen, als dieser sich zu ihm niederbeugte. »Niemand ist allein, der einen Freund aus Feuer bei sich hat.« Milou erschrak, als Federico die Glut aus dem Leib des Löwen zog und sie in ihrer Hand zu einer Flamme vereinte. Doch er schloss ihre Hände über dem Licht. »Diese Flamme wird euch führen«, sagte er, heiser auf einmal, als hätte der Verlust seines Feuers ihn seine Stimme gekostet. »Und nun geht. Geht und holt, was ich in dieser Finsternis verbarg – und dann folgt meiner Flamme zurück zu mir.« Er hielt inne und strich über Milous Haar, gerade so, wie er es früher getan hatte, wenn sie sich im Dunkeln gefürchtet hatte. »Keine Angst vor den Schatten«, flüsterte er wie damals. »Es liegt mehr, viel mehr in ihnen, als du jetzt noch für möglich hältst.«

Er zwinkerte ihr zu und sie konnte nicht anders, als sein Lächeln zu erwidern. Kurz saßen sie noch einmal miteinander in der Dunkelheit: Federico, der Märchenerzähler, und sie selbst, das Kind, das die Schatten fürchtete, nach denen es sich sehnte. Dann grub er die Hände in die Mähne des Löwen, und ehe sie noch etwas hätte erwidern können, schwang er sich auf dessen Rücken und jagte über die Dächer der Stadt davon.

Für einen Moment schaute Milou ihm nach und verschloss die Wärme, die sie soeben in seinen Augen gefunden hatte, tief in ihrem Inneren. Dann nahm sie Nívs Hand, der ihr wortlos auf die Beine half, und drehte sich zum Palast um. Die schwarzen Flammen flüsterten miteinander, doch sie wandte sich nicht von ihnen ab. Seite an Seite mit Nív trat sie auf den Palast zu – den gefährlichsten Ort der Scherbenwelt, an dem sie die Waffe finden würde, die Caldoron vernichten konnte.

28

Die Porta della Carta glühte in schwarzem Feuer. Das maßwerkgeschmückte Spitzbogenfenster und der geschwungene Tympanon wurden wie in der Welt der Menschen von zwei Strebepfeilern flankiert. Doch das Tor bestand nicht aus Stein, wie Milou es kannte, sondern seinem Namen *Tor des Papiers* entsprechend aus kohlenden Manuskriptseiten. Verschlungene Buchstaben glühten in den Flammen auf, und anstelle der Kardinaltugenden, die sie früher bei jedem Besuch des Dogenpalasts in den Nischen der Pfeiler entdeckt hatte, erhoben sich nun die Skulpturen der neun Musen inmitten der Flammen. Sie ließ den Blick über Kalliopes feine Gesichtszüge und die Schreibtafel in ihren Händen gleiten. Vor langer Zeit hatten Federico und Caldoron diesen Palast mit der Kraft ihrer Gedanken errichtet und ihn der Freiheit, der Fantasie und den Künsten geweiht, doch nun glühte die Finsternis in den Augen der Göttinnen, und als Milou an Nívs Seite durch das Portal trat, meinte sie, Eratos Leier hören zu können, so lebendig blickten die Statuen auf sie nieder.

Gleich darauf legte sich jedoch die Stille des Arco Foscari über sie. Es war ein lauerndes Schweigen, Milou konnte es fühlen wie tausend Blicke, die aus den finsteren Arkaden des Innenhofs zu ihr herüberstarrten, und sie schrak zusammen, als Federicos Flamme aus ihrer Hand glitt und sich einige Schritte von ihr entfernt in den brennenden Fuchs verwandelte. Nur mühsam widerstand sie dem Impuls, ihn an sich zu ziehen. Denn noch immer spürte sie die Kälte des Feuers um sich herum, und auch Nív zog den Mantel enger um seinen Leib, als sie dem Fuchs über die Scala dei Gianti aufwärts folgten. Die Flammen begannen zu wispern, als würden sie nur darauf warten, über ihnen zusammenzuschlagen. Doch Nívs Blick drängte sie zurück, jedes Mal, wenn sie näher heranglitten, und ohne dass auch nur ein Funke Milous Haut streifte, hasteten sie die Loggia hinunter und betraten die Scala d'Oro.

Caldorons Fluch hatte die einst prunkvolle Treppe schwarz gefärbt. Tintengleich war er über Reliefs und Stuckaturen gekrochen, und auch in den dahinterliegenden Räumen setzte er sich fort. In regloser Dunkelheit lag er über den Gemälden, die wie im Palast der Menschenwelt ganze Wände füllten, den reich verzierten Decken und dem Boden, der im einfallenden Feuerschein glänzte. Erneut war der Fuchs die einzige Farbquelle inmitten der Finsternis, und während Milou ihm an Nívs Seite folgte, leise und immerfort lauschend, als könnte sich jeden Moment eine Horde Thar'koryen aus den Schatten auf sie stürzen, ließ sie den Blick über die Gemälde schweifen. Sie sahen aus wie unter schwarzen Schleiern, aber sie konnte noch immer die Pinselstriche erkennen, die vor langer Zeit über die Leinwand geglitten waren, und sie musste an die Mythen und die großen militärischen Erfolge Venedigs denken, die in ihrer Welt von den bedeutendsten Malern des sechzehnten Jahrhunderts im Palast des Dogen festgehalten worden waren. Kurz fragte sie sich, ob auch die Gemälde dieses Scherbenortes von Tintoretto, Tizian und Paolo Veronese gefertigt worden waren, so ähnlich erschienen ihr Stil und Ausführung, und doch brauchte sie nicht länger als einen Wimpernschlag, um zu erkennen, dass es nicht die Menschenwelt war, die dort an Wänden und Decke dargestellt wurde. Ihr Blick glitt über heroische Schlachten zwischen Sirenen und menschlichen Kriegern, sie sah brennende Minotauren und den Bau kristallener Türme, und immer wieder bemerkte sie fliegende Menschen über den Dächern einer schillernden Stadt. Ohne jede Frage waren es Ereignisse der Scherbenwelt, die sie betrachtete, und als sie auf einem Bild Federico auf dem Rücken des Löwen entdeckte, glitt ein Lächeln über ihre Lippen. Die Augen des Löwen schienen aufzuglühen wie vor den Toren des Palasts – und im selben Moment drehte Federico ihr den Kopf zu.

Milou erschrak so sehr, dass sie nur knapp einen Schrei unterdrücken konnte. Sie starrte die Figur an, die dort auf dem Löwen saß, und sah zu, wie Federicos Gesicht sich in das eines Toten verwandelte. Auch der Löwe wandte sich ihr nun zu. Sein Leib riss an den Stellen auf, an denen er sich von der Leinwand löste. Fleischfetzen hingen von seinen Knochen, Milou konnte hören, wie Federicos knöcherne Hand sich mit knackendem Geräusch in seine Mähne grub. Dann setzte der Löwe zum Sprung an, und als er aus dem Bild herausglitt und binnen eines Wimpernschlags zu seiner wahren Größe heranwuchs, trat Nív vor. Sein Dolch zerschnitt die Luft, als er den Löwen zurückschlug. Krachend landete dieser in dem Bild, doch die Leinwand zerbrach und formte sich zu einem Tunnel aus verschmierten Ölfarben. Der Löwe glitt tief in den Palast hinein, ehe er die Krallen in den feuchten Grund grub. Voller Zorn riss er das Maul auf und brüllte, und im selben Moment, da Federico auf seinem Rücken die Faust mit einem Feuerwirbel vorstieß, zerfetzte der Schrei des Fuchses die Luft und riss Milou aus ihrer Starre.

Nív packte ihren Arm und zog sie mit sich, gerade noch rechtzeitig, ehe Federicos Zauber ihr die Haut verbrennen konnte. Krachend schlugen die Flammen in der Wand hinter ihnen ein, und sie rannten dem Fuchs hinterher, während die Statuen rings um sie zum Leben erwachten und die Figuren aus den Bildern ihnen nachglitten, nach Verwesung stinkend, als wären sie nie mehr gewesen als Abbilder ihrer einstigen Ideen und von innen seit Langem verfault. Waffen jagten ihnen nach, in Farben gegossene Speere und Messer, aber tödlich wie in den Szenen der Gemälde, aus denen sie stammten. Milou duckte sich vor einem Dolch, der an der Wand direkt vor ihr zu dunklem Öl zerbrach, und wich den Schwärmen des Glücks aus, die sich in tückische Scherbensplitter verwandelt hatten. In rasender Geschwindigkeit führte der Fuchs sie durch Geheimgänge und verborgene Türen, immer wieder sprangen ihnen entstellte Dha'raki in den Weg, halb in Fetzen gerissen in ihrer Mischung aus Fleisch und Farben, und mehrfach musste Nív die beißfreudigen Feen zurückschlagen, die nicht länger lieblich sangen, sondern deren Zähne wie Revolvergebisse aufeinanderschlugen, während sie ihnen nachhetzten. Es war ein Albtraum der Scherbenwelt, in den sie geraten waren, und Milou bekam kaum noch Luft, als der Fuchs endlich hinter einer geöffneten Tür stehen blieb.

In seinem Blick lag Anspannung. Fast meinte sie, die Horden ihrer Verfolger in einem Meer aus blutigen Farben in seinen Augen aufglühen zu sehen. Atemlos rannte sie durch die Tür und schlug sie hinter sich zu. Nív presste die Hände dagegen. Sein Feuer zog sich flackernd über den Rahmen, und das keinen Augenblick zu früh. Schon krachten ihre Verfolger dagegen. Milou hörte ihre Leiber unter Nívs Zauber brechen wie unter mächtigen Schlägen, und sie schauderte, als es auf der anderen Seite still wurde und von feinen Knochensplittern durchzogene Farbe unter der Tür hindurchkroch. Nur der Ruf des Fuchses trieb sie weiter, aber obwohl Nív sie mit sich zog, konnte sie sich nicht von der Farbe abwenden, die ihnen nachglitt. Sie drang in den Boden ein wie in Papier … und Milou spürte, wie er unter ihren

Füßen weich wurde. Sie sah noch, dass die Farbe rings um sie aufbrach, blutrot, als stünde sie auf einer Leinwand. Dann ging ein Lachen durch den Raum, halb wahnsinnig wie aus tausend ertrinkenden Kehlen, und der Boden stürzte in sich zusammen.

Sie landeten hart auf steinernem Grund. Noch im Fallen hatte Nív sie an sich gezogen, um ihren Sturz abzumildern, und als sie nun auf die Beine kamen, erkannte sie, dass sie in einer düsteren Version der Sala del Maggior Consiglio gelandet waren, diesem riesigen Saal, in dem in der Menschenwelt einst der Große Rat der Republik zusammengekommen war. Milou erinnerte sich gut an das Paradiesbild Tintorettos an der Stirnseite, das größte Wandgemälde der Menschenwelt, an dem sie früher so oft mit einer Mischung aus Befremdung und Faszination vorübergegangen war. Hier jedoch war es durch ein sich veränderndes Bild ersetzt worden, auf dem ineinanderfließende Ölfarben beständig andere Räume des Palasts zeigten. Milou erkannte Dha'raki, die vor lang vergangener Zeit darin herumgeirrt waren, sie sah Krieger mit gehobener Waffe und verwundete Abenteurer, die keinen Ausweg fanden aus dem Palast, um den das schwarze Eis sich schloss. Doch ein seltsamer Schleier lag vor ihrem Blick, und als sie den Fuchs inmitten des Bildes erkannte, von Finsternis umgeben wie von brennenden Fesseln, fuhr der Schreck in ihre Glieder. Schräg unter ihm, winzig klein und mit vor Entsetzen geweiteten Augen, stand sie selbst mit Nív in dem großen Saal – und um sie herum waren Wände aus Glas.

Gewaltsam riss sie den Blick fort, doch im selben Moment überzogen sich die Wände ringsum mit spiegelndem Silber. Aus dem Augenwinkel sah sie noch, wie der Fuchs den Kopf in den Nacken legte und schrie, aber sie hörte seine Stimme nicht mehr. Das Silber floss bis zur Decke hinauf, in verschachtelten Gängen und gewölbten Korridoren, durch kleine Kammern und über scheinbar freischwebende Schollen im Boden, und erst als sie sich selbst ins Gesicht sah, kaum eine Armlänge von ihr entfernt, begriff sie, dass sie in die Falle gelaufen waren. Sie waren in ein Labyrinth aus Spiegeln geraten.

Milou schien es, als würde ihr Herzschlag von den gläsernen, von schwachem Licht durchwirkten Wänden widerklingen, doch als sie Nív ansah, hob er warnend den Finger vor den Mund. Behutsam zog er sie von den Spiegeln fort in die Mitte des schmalen Ganges, in dem sie standen. Dann glitt sein Blick in die Spiegel hinein und im selben Moment ging ein entsetzliches Kreischen durch die Luft. Milou fuhr zusammen, und da sah sie die Fingernägel, die direkt neben ihnen von innen über die silberne Fläche gezogen wurden. Sie waren schmutzig, fast meinte sie, das Blut riechen zu können, das die menschlichen Finger bedeckte, und gleich darauf starrte ihr ein Gesicht entgegen, bleich und eingefallen. Das Gesicht eines Toten, der nun, langsam und bösartig, ein Lächeln auf seine Lippen schickte.

Erst als Nív seine Hand um ihren Arm schloss, merkte sie, dass sie zurückgewichen war. Die Wärme seiner Finger war beruhigend, aber als er den Dolch hob und sie mit sich zog, wich das Silber von etlichen Scheiben, und sie sah die Wesen, die dahinter standen. Es waren die Dha'raki, die sie gerade noch in dem Gemälde des Saals gesehen hatte, all jene, die vor langer Zeit in diesen Mauern umgekommen waren. Krieger aus der Schlacht, die einst um den Palast tobte, Abenteurer, die einen Weg hinein ins Eis fanden oder eingelassen wurden, nur um in den endlosen Kammern zu verenden, und Tiere, ausgehungert und mit wildem Blick, die Zähne und Klauen in ihr eigenes Fleisch gegraben. Bisweilen war das Glas der Spiegel halb gebrochen, als wäre die Kreatur auf der anderen Seite wie besessen dagegengesprungen, ohne doch ihren Käfig zerstören zu können, und immer wieder sah Milou blutige Fingerspuren, die wie entkräftet an den Scheiben abwärtsglitten. Mit starren Augen beobachteten die Gefangenen, wie sie in die Irre gingen. Immer wieder lachten sie mit Stimmen, die wie Kinderlieder auf verkratzten Schallplatten klangen, wenn sie in eine Sackgasse gerieten, und jedes Mal, wenn Nív näher an einen Spiegel herantrat, um einen Ausweg zu suchen, drängten sie sich so nah an ihn heran, dass Milou fürchtete, das Glas würde brechen. Vor jeder Biegung hoffte sie darauf, den Ausgang gefunden zu haben, doch stets wurde sie enttäuscht, und bald spürte sie, wie die Blicke der Gefangenen in sie eindrangen, wie Nív es zuvor mit den Spiegeln getan hatte … so mühelos, als wüssten sie, dass sie sehr bald schon hinter ihrer eigenen Scheibe stehen würde, reglos und kalt wie alle, die im Labyrinth der Spiegel verloren gingen.

Sie musste sich zwingen, nicht in deren tote Augen zu schauen, und sah zu, wie Nív direkt vor ihnen die Hand durch die Luft führte. Erst als Kälte über seine Finger strömte und sich in Eisblumen über die Fläche zog, erkannte sie das Glas, das ihnen den Weg versperrte und sich langsam in einen Spiegel verwandelte – und gleich darauf das Gesicht auf der anderen Seite. Es war ihr Gesicht, wie damals im Nebel, als sie zum ersten Mal mit einem Schergen Caldorons in Kontakt gekommen war, ohne es zu wissen. Und wie damals verzogen sich ihre Lippen auch nun zu einem grausamen Lächeln. Erschrocken packte sie Nívs Arm, doch ehe sie ihn zurückziehen konnte, legte die Fremde ihre Hand von der anderen Seite gegen das Glas, nur einen Deut von Nívs Fingern entfernt – und bevor Milou noch einen Ton über ihre Lippen bringen konnte, fuhr er mit einem Schmerzenslaut zusammen. Blut quoll aus einem tiefen Schnitt in seiner Hand und rann als einzelne Träne über den Spiegel, wo sie von Milous Ebenbild mit lüsternen Bewegungen aufgeleckt wurde. In plötzlichem Zorn stieß Nív die Faust vor, doch als der Spiegel sich mit Rissen überzog, lachte die Fremde darin schrill auf und verschwand. Nív jedoch fuhr stöhnend zusammen und wehrte Milou ab, die sich über ihn beugte.

»Die Spiegel«, stieß er aus. »Sie haben mich verwundet. Du darfst mir nicht zu nahe kommen.«

Schaudernd sah Milou, wie sich flüssiges Silber über seine Finger zog, gerade dort, wo er dem Glas nahe gewesen war. »Lass mich deine Hand ansehen. Vielleicht kann ich …«

»Nein!«, rief er. »Lauf weg! Lauf weg vor mir!«

Für die Dauer eines Herzschlags starrte sie ihn an, doch als sie sich nicht rührte, kam er auf sie zu und stieß sie von sich, sodass sie rücklings gegen einen der Spiegel krachte. Instinktiv wich sie vor dem splitternden Glas zurück, aber sie wandte sich nicht von Nív ab. Sie konnte sein Entsetzen darüber spüren, ihr so grob begegnet zu sein. Dann jedoch taumelte er, als würden seine Beine unter ihm nachgeben. Schwer atmend stützte er sich an einem Spiegel ab, fuhr sich über die Augen … und hob langsam wieder den Kopf.

Er schwankte nicht mehr. Jede Schwäche schien aus seinem Körper gewichen zu sein, und als er sie anschaute, so reglos, als würde kein Atem mehr über seine Lippen kommen, kroch flüssiges Silber über seine Augen und verwandelte sie in tote Spiegel. In bleierner Kälte glitt das Lächeln auf sein Gesicht, und da konnte Milou ihn spüren: den Fluch des Palasts, der in seine Adern gekrochen war und seinen Willen in Ketten hielt. Kurz nur sah sie, wie er sich in Bewegung setzte und gefährlich langsam auf sie zukam. Dann erlosch das Licht der Spiegel und sie stand im Dunkeln.

Sie hörte ihren Atem von den Spiegeln widerklingen, so laut, als würde er von den untoten Mündern darin zu ihr zurückgeworfen, und als der Luftzug sie traf, brach das Licht wie ein Blitz über sie herein. In raschem Stakkato flackerte es auf, und in den kurzen Augenblicken der Helligkeit sah sie, wie die Kreaturen hinter den Scheiben sich verwandelten. Ihre Körper formten sich zu dem eines hochgewachsenen jungen Mannes. Silbernes Haar fiel auf ihre Schultern herab, und dann, mit einem einzigen Schritt, traten sie zu ihr auf den Gang und wandten ihr ruckartig die Köpfe zu – all die Abbilder von Nív, die das Labyrinth erschaffen hatte. Milou zählte mehr als ein Dutzend. Sie spürte den Frost der Silberaugen wie ein tödliches Versprechen, und im selben Moment, da die Kreaturen sich in Bewegung setzten, fuhr sie herum und rannte los.

Sie sah kaum, wohin sie lief. Immer wieder sprang direkt vor ihr ein weiteres Abbild von Nív aus einem der Spiegel. Glas splitterte um sie herum und fiel in eisigen Scherben auf sie nieder, und mehrfach entkam sie nur knapp einem Hieb des schwarzglühenden Dolchs. Jedes Mal, wenn das Licht ganz plötzlich wieder aufbrach, sah sie einen weiteren Nív hinter einer der Scheiben stehen, das Gesicht maskenhaft verzerrt, die Finger wie Klauen in das splitternde Glas gekrallt, und so sehr sie sich auch bemühte, ruhig zu bleiben, so wenig wollte es ihr doch gelingen. Sein Schrei klang in ihr wider. Sie hörte die Verzweiflung darin, die sie fortgeschickt hatte, und spürte kaum, wie sie sich die Knie aufschlug, als sie fiel. Eilig rappelte sie sich auf, bog um eine Ecke – und krachte mit voller Wucht gegen einen Spiegel.

Kurz wurde ihr schwarz vor Augen. Das flackernde Licht hinter ihren Lidern ließ sie schwanken, doch sie stemmte sich auf die Beine, und als sie benommen ihr Messer hob, sah sie in dessen Schein, dass sie in eine Sackgasse gelaufen war. Ringsum erhoben sich die Spiegel zu einem achteckigen Raum, und ehe sie noch nach einem Ausweg suchen konnte, hatten ihre Verfolger sie erreicht. Mit tief geneigten Köpfen kamen sie näher, glitten an den Wänden entlang wie Schatten, um sich hinterrücks auf sie stürzen zu können. Sie ließen Nívs Lachen von den Spiegeln widerhallen, so gnadenlos und verzerrt, dass Milou davon in ihre Mitte getrieben wurde. Sie drehte sich um sich selbst, darum bemüht, die entsetzlichen Kreaturen im Auge zu behalten. Wie auf einen lautlosen Befehl hin blieben diese stehen und starrten zu ihr herüber, als würden sie lauschen. Milou spürte ihre Blicke, und da begriff sie, dass sie tatsächlich auf etwas hinhorchten. Dumpf pulste ihr Herzschlag durch ihren Leib, und als hätten sie ihn auch gespürt, verstärkte sich das teuflische Lächeln auf ihren Lippen. Fast konnte sie sehen, wie der Ton ihre Körper durchdrang – und im nächsten Moment sprang der Erste von ihnen vor.

Er war so schnell, dass Milou ihn mehr fühlte als sah. Der Wind strich kühl über ihre Haut, als er den Dolch in die Höhe riss, und für den Bruchteil einer Sekunde sah sie Nív im Kampf vor sich: die Augen zu schwarzem Feuer entflammt, die Schatten ringsherum in seiner Gewalt. Dann duckte sie sich unter seinem Schlag, und ehe er noch zurückweichen konnte, stieß sie ihr Messer vor. Sie stach es mitten hinein in die Schwärze, und atemloses Erstaunen flutete ihren Leib, als Blut über ihre Finger lief. Dann jedoch riss sie die Waffe zurück, und bevor sie noch gänzlich begriffen hatte, dass sie ihn verwundet hatte, jagte sein Schmerz durch ihre Glieder. Sie fuhr zusammen, so deutlich konnte sie ihn spüren, und ihre Kehle schnürte sich zusammen, als ein Stöhnen durch den Raum ging. Haltloser Schrecken peitschte durch ihre Adern, als das Licht aufhörte zu flackern und mit unbarmherziger Helligkeit den Raum zum Glühen brachte. Vor ihr, halb zusammengesunken, stand Nív und hielt sich die Brust. Sein Blut pulste über seine Finger, und als er den Kopf hob und sie ansah, war nichts als Entsetzen in seinem Blick.

Mühsam nur konnte sie sich davon abhalten, auf ihn zuzustürzen. Einzig das kalte Glühen seiner Silberaugen hielt sie zurück, dieses eisige Spiegellicht, das auch in den Augen der anderen nun heller aufleuchtete. Milous Hand mit dem Messer zitterte, als sie näher kamen. Ihr Blick flog über sie hinweg, doch sie konnte keinerlei Unterschiede zwischen ihnen ausmachen. Jeder von ihnen hätte Nív sein können – ihr Nív, der vergebens gegen den Fluch Caldorons aufbegehrte, der ihn in tödlicher Absicht auf sie zutreten ließ. Noch immer hörte sie das Stöhnen des Verwundeten, und Panik stieg in ihr auf, als ihr bewusst wurde, dass sie nicht noch einmal die Waffe gegen ihre Feinde heben konnte. Nicht, solange sie nicht sicher wusste, welcher von ihnen ihr Nív war.

Ihr Atem ging schnell, als sie die Hand sinken ließ. Kurz nur sah sie das Erstaunen, das über die Züge der Kreaturen ging, so täuschend echt, als wäre es tatsächlich Nív, der sie aus jedem dieser Gesichter anschaute. Dann schloss sie die Augen. Sie konnte die Verwirrung spüren, die um sie aufbrach, so schwach wie die Bewegung mächtiger Wellen, wenn ein kleiner Stein in sie hineingeworfen wird. Langsam begannen die Wesen sie zu umkreisen, rastlos, als wären sie Tiere in einem zu engen Käfig, die sich doch aus irgendeinem Grund davor scheuten, durch die weit geöffnete Pforte zu entwischen. Immer wieder glitten sie für Augenblicke so nah heran, dass sie ihre Kälte fühlen konnte, und schnell schien es ihr, als würden sich Schneeflocken auf ihre Stirn legen, so eisig wurde es in dem Raum. Aber sie zwang sich, nicht zurückzuweichen. Zu deutlich hörte sie den Schmerzenslaut, der wie aus Nívs Kehle von den Spiegeln zerbrochen worden war, als dass sie auch nur einen weiteren falschen Hieb riskieren konnte. Stattdessen erinnerte sie sich daran, wie er hinter sie getreten war, vor wenigen Tagen oder hundert Jahren, als sie zum ersten Mal die Kleidung der Pathari getragen hatte. Sie spürte seine Hand auf der ihren, gerade so, als würde er ihr noch einmal zeigen, wie sie das Messer im Kampf führen musste. Sacht strichen seine Finger über ihre Haut, und als er sie mit dieser Hingabe ansah, gegen die er sich nicht hatte wehren können, da war es, als stünden sie noch einmal vor seinem Spiegel, so nah beieinander, dass sie seinen Atem in ihrem Haar fühlen konnte. Ein weiterer Luftzug strich über sie hinweg und trug sie in das Labyrinth zurück, und da spürte sie noch etwas anderes inmitten des Frosts, der sich zunehmend lähmender um ihre Glieder schlang. Furcht war es … Furcht um sie.

Milou spürte kaum die Kälte, als einer ihrer Feinde sich auf sie stürzte. Sie fühlte nur Nívs Hand auf der ihren, genau so, wie es vor dem Spiegel gewesen war, und als sie dem Angreifer die Waffe in die Seite stieß, drang sein Stöhnen zu ihr wie durch tausend Tücher. Ihre Entschlossenheit drängte jeden Frost zurück. Blitzartig drehte sie sich um die eigene Achse und traf zwei weitere Feinde vor die Brust, und je schneller sie in die Höhe sprang, je fließender sie vor den Hieben zurückwich, desto müheloser wurden ihre Bewegungen. Wie in einem Traum rannte sie an den Spiegelwänden entlang. Es war, als würde die Dunkelheit hinter ihren Lidern ihr Flügel aus Rabenfedern geben, und jedes Mal, wenn sie einen ihrer Feinde verwundete, ging ein Schrei des Triumphs durch ihre Brust. Lautlos landete sie in ihrer Mitte, und als sie die Augen öffnete, standen sie da: wie zu Eis geworden, die Fäuste mit dem Dolch gehoben oder krampfhaft vor ihre Wunden gepresst, die Silberaugen in stumpfem Glanz erstarrt. Sie waren Milou so nah, dass sie meinte, ihre Atemzüge auf ihrem Gesicht fühlen zu können. Aber keiner von ihnen atmete, und als sie die Faust um ihr Messer ballte und es dem Nächstbesten mit voller Wucht ins Herz stieß, zerbrachen sie alle mit einem Krachen, als wären sie nie mehr gewesen als Figuren aus fühllosem Eis. Sie fuhr sich übers Gesicht und hob den Kopf, und da stand er, kaum wenige Schritte von ihr entfernt: Nív, ihr Traum aus Nacht und Schatten, mit nichts als Dunkelheit in seinem Blick.

Auch er war außer Atem, doch sie kam nicht dazu, die Wunde an seiner Stirn genauer zu betrachten. Denn nun setzte er sich in Bewegung, und so schnell, dass sie nicht zurückweichen konnte, zog er sie an sich. Seine Arme schlossen sich um ihren Leib, und kurz glaubte sie, dass er sie küssen würde, gerade so, wie er es zwischen den Flügeln der Träume getan hatte, für ihren Mut, ihre Stärke, ihre Entschlossenheit – und dafür, dass sie mehr in ihm sah als die Finsternis, die in seinen Augen glühte und sie fernhalten wollte. Im letzten Moment hielt er inne, als hätte er sich an all die Grenzen erinnert, die zwischen ihnen lagen. Doch die Kühle trat nur kurz auf sein Gesicht. Dann hob er Milou hoch und drehte sie im Kreis, und als das Labyrinth um sie herum zerbrach und Nívs Lachen in ihr widerklang, spürte sie sie wieder: diese Nähe wie am Ufer des Kanals, die sie bis in die Zehenspitzen mit Wärme erfüllte und die sie noch bei keinem anderen Wesen in dieser Stärke empfunden hatte.

Sanft strich er ihr durchs Haar, als sie zwischen den fallenden Scherben des Labyrinths innehielten, und Milou schien es für einen Augenblick, als würden sie tatsächlich noch einmal zwischen den glühenden Flügeln der Träume stehen, fern jeder Kälte und Gefahr. Ein Lächeln flammte über Nívs Gesicht, und erst als sie es erwiderte, drang das Geräusch leiser Schritte an ihr Ohr. Sie wandte den Blick, und dort, auf den glitzernden Scherben der Spiegel, saß der Fuchs und sah zu ihnen auf, als hätte er nie etwas anderes getan. Der zärtliche Spott in seinen Augen war Milou so vertraut, dass sie glaubte, Federicos Nähe spüren zu können. Dann wandte der Fuchs sich ab und lief über die Scherben davon.

In einiger Entfernung hielt er inne und schaute zu ihnen zurück, ungeduldig nun angesichts der Schatten, die ringsum zu flackern begannen, und als hätte er an ihrer Kleidung gezerrt, lösten sie sich voneinander. Ihre Hand jedoch ließ Nív nicht los, und als der Fuchs ein Keckern ausstieß, das wie ein Lachen klang, liefen sie ihm nach – Seite an Seite und so schnell, dass die Scherben unter ihren Füßen aufwirbelten wie Schneegestöber.

29

Die Gefängniszellen lagen da wie die Gräber einer Gruft. In schmalen Gängen wanden sie sich durch die Dunkelheit, schwach nur beschienen vom flackernden Feuer des Fuchses, der an ihnen vorüberlief, und legten ihr lauerndes Schweigen schwer auf Milous Schultern. Leise stieß sie die Luft aus, als sie eine weitere Kerkertür passierte. Ihre Arme waren von Kratzern übersät, Andenken der geisterhaften Seufzer, die auf der Ponte dei Sospiri über sie hergefallen waren. Ihre Knochen schmerzten von etlichen Stürzen, die sie sich auf der Flucht vor plötzlich nach ihr ausschlagenden Schatten zugezogen hatte. Und noch immer hörte sie das tückische Wispern der toten Feen, die jederzeit aus den Mauern brechen und sämtliche Finsternisse des Palasts auf ihre Fährte hetzen konnten. Aber erst seit sie diese Kerker betreten hatten, pochte die Erschöpfung in ihren Gliedern wie lähmendes Gift.

Dabei bemühte sie sich mit eisernem Willen, an diesen Ort in der Menschenwelt zu denken, an die unheimlichen, aber harmlosen Gruselgeschichten, die sie sich dazu ausgedacht hatte, und an die Berichte über Casanova, der einst in den Bleikammern gesessen hatte und ihnen letztlich doch entkommen war. Aber jedes Mal, wenn ein Brüllen aus den Kerkern drang oder etwas Schweres von innen gegen die geschlossenen Türen krachte, erinnerte sie sich mit aller Härte daran, dass sie nicht länger in ihrer Welt war. Dort mochten Grausamkeiten in diesen Verliesen geschehen sein, die sie trotz aller Vorstellungskraft nicht ermessen konnte. Doch hier, im Reich der Scherben, war es die Finsternis selbst, die ihre Fesseln zusehends enger um sie schlang. Und obgleich Nív sie immer wieder von den Kerkern zurückzog, konnte sie sich doch mit jedem Schritt weniger dagegen wehren.

Sie fuhr zusammen, als ein Heulen durch die Dunkelheit hallte, so verloren, dass sie sich nur mühsam davon abhalten konnte, die Türen aufzureißen und jeden verlorenen Gedanken, jeden zerbrochenen Traum darin zu befreien. *Befreien* … Das Wort flüsterte in ihrem Schädel wie die Geister des Palasts. War es überhaupt möglich, in diesen Mauern die Freiheit zu finden, ganz gleich, ob man sie nur verloren oder noch nie besessen hatte? Nachdenklich ließ sie den Blick über die uralten Kerkertüren mit ihren massiven Riegeln gleiten und fragte sich zum wiederholten Mal, aus welchem Grund Caldoron und Federico sie damals, lange vor dem Krieg, überhaupt angelegt hatten. Oder hatten sie das gar nicht getan? Waren die Verliese mit dem Fluch entstanden, der sich auf diese Mauern gelegt hatte und sich seither fortwährend tiefer in die Schatten grub wie die Gedanken eines rastlosen Geistes?

Milou fuhr sich an die Stirn. Ihr schien es, als würden sich auch in ihrem Kopf immer mehr Kerkertüren aneinanderreihen, zu denen sie keinen Zugang hatte, und je länger sie über den Begriff der Freiheit nachdachte, desto weniger konnte sie ihn greifen. Vor langer Zeit schon hatten die Schatten diese Idee in Ketten gelegt, das spürte sie immer deutlicher, und mit jedem Atemzug in diesen finsteren Verliesen konnte sie weniger sagen, ob es sie innerhalb dieser Mauern überhaupt noch gab. *Freiheit beginnt in den Gedanken*, hatte Federico immer gesagt und dabei gelächelt. *Und nicht selten endet sie ebenda.*

Als hätte er Federicos Stimme in ihrem Kopf gehört, hielt der Fuchs inne und schaute zu ihr zurück. Sein Gesicht leuchtete inmitten der Dunkelheit, und für einen Moment war es Milou, als würde sie Federicos Lächeln auf den listigen Zügen des Tieres wiedererkennen – gerade dieses Lächeln, das er immer dann auf seinen Lippen getragen hatte, wenn er kurz davor gewesen war, ihr ein Geheimnis anzuvertrauen. Ohne sie aus den Augen zu lassen, lief der Fuchs zu einer der Kerkertüren hinüber und ließ sich dann neben dem Rahmen nieder, den Schweif hoheitsvoll um die Pfoten gelegt.

Milou wechselte mit Nív einen Blick, der wie sie stehen geblieben war und nun den Fuchs anschaute, als würde dieser jeden Moment anfangen zu sprechen. Ohne Weiteres hätte das Tier durch die Tür schlüpfen können, das wusste sie. Sie hatte oft genug gesehen, wie es durch Wände und Treppenstufen geglitten oder ganz unsichtbar geworden war, nur um seinen brennenden Leib fern ihrer Verfolger wieder aufflammen zu lassen, und sie zweifelte nicht daran, dass es auch diese Tür überwunden hätte, wenn ihr Weg sich hinter ihr fortsetzen würde. Doch der Fuchs rührte sich nicht und das konnte nur eines bedeuten: Sie waren am Ziel. Hinter dieser Tür lag die Waffe, die Federico einst an diesem Ort versteckt hatte – die Waffe, die Caldoron bezwingen konnte. Milou holte tief Atem. Nív war ihr so nah, dass sie seine Anspannung fühlen konnte, und sie hörte sie selbst: die Stille, die nun hinter dieser Tür aufbrach. Doch ehe die Nervosität sie lähmen konnte, setzte sie sich in Bewegung und öffnete die Tür.

Zuerst sah sie nichts als aschfahle, von schwachen Lichtlanzen durchzogene Dämmerung. Aber sie nahm den Geruch wahr, den sie aus ihrer Welt kannte, diesen Duft von abgestandenem Rauch, kühlem Stein und lang vergangener Zeit, und ehe sie noch einen Schritt vortrat und die mächtigen Deckengewölbe sich über ihr erhoben, wusste sie, wo sie sich befand. Lautlos strich der Wind über ihre Stirn, dieser rätselhafte Luftstrom, der seit jeher in manchen Kathedralen umherirrte wie der Geist eines Verstorbenen und jeden verlorenen Sterblichen mit sanftem Hauch begrüßte. Milou hielt den Atem an, als sie den Kopf in den Nacken legte. Über ihr glühten die Wände und Kuppeln in Mosaiken mit goldenem Grund, als würde das Licht der Abendsonne in ihre Fenster fallen, und sie brauchte nicht die marmornen Ornamente im Boden zu sehen, um die Kirche zu erkennen, in der sie stand. Es war der Markusdom, der sich rings um sie erhob – die Kathedrale des Dogen in ihrer Welt.

Für einen Wimpernschlag glaubte sie, das Reich der Scherben tatsächlich verlassen zu haben. Denn auch in diesem Dom trugen vier mächtige Pfeiler die Gewölbe, der prunkvolle Boden glänzte im Schein des Lichts, und selbst das Echo ihrer vorsichtigen Schritte hallte mit gewohntem Klang von den Wänden wider. Doch es gab keinen Altar, die Weihrauchschwenker und Öllampen waren ebenso verschwunden wie die Figuren der Apostel und die Mosaike zeigten nicht länger Bilder des Christentums. Stattdessen stellten sie anbrechende Träume dar und auflodernde Ideen, keimend im Dunkeln. Milous Blick fiel in die goldene Finsternis, immer tiefer, als stürzte er in einen endlosen Brunnen, und ihr ging der Gedanke durch den Kopf, in ihr eigenes Inneres geraten zu sein: einen Kosmos mit nichts als Schatten, Bildern und goldenem Feuer. Ein Lächeln flog über ihr Gesicht. Vielleicht war es tatsächlich nichts als die Stille, die in diesen Mauern auf sie wartete – eine friedliche, sanfte Stille, in deren Spiegel sie mehr erkennen konnte, als jede Religion der Welt ihr jemals offenbaren würde.

Kurz nur schaute sie zum Fuchs zurück, der an der Tür verharrte, als wäre es ihm durch einen Bann verboten, diese Schwelle zu übertreten. Dann wechselte sie mit Nív einen Blick, und noch während sie an den marmornen Säulen vorübergingen, zwei dunkle Gestalten inmitten uralter Dämmerung, fiel kristallenes Licht aus einer der Kuppeln. Wispernd glitt es dahin und verharrte für einen Moment auf einer reglosen Gestalt, die in einiger Entfernung am Boden saß. Dann erlosch es in den Schatten. Aber Milou wandte sich nicht von dem Schemen ab, der im Zwielicht verharrte. Sie spürte die Neugier, die in Nívs Augen aufflammte, und langsam, die Hand auf ihr Messer gelegt, trat sie auf die Gestalt zu.

Es war eine Statue aus weißem Marmor, die dort kniete, eine Frau, gekleidet in ein langes Kleid, deren Haar ihren zarten Körper umspielte. Sie hielt den Kopf tief geneigt und die Augen geschlossen, doch während die linke Hand in ihrem Schoß lag, als würde sie etwas Unsichtbares darin halten, hatte sie die rechte Hand wie zum Gruß erhoben. Eine seltsame Reglosigkeit lag in dieser Figur, eine Mischung aus kühler Grazie und Zorn darüber, in steinerner Haut eingeschlossen zu sein. Milou beugte sich vor, und als sie das schmale Gesicht der Statue betrachtete, die geschwungenen Lippen und die in leichtem Trotz verzogenen Brauen, da erkannte sie, wen sie vor sich hatte. Sie riss die Augen auf. Das war kein Stein, sondern Glas. Vor ihr, für alle Zeit erstarrt, saß Lhornya – die Gläserne Prinzessin.

Der Schreck ließ Milou zurückweichen. Sie war in einem verfluchten Grab, aber die Prinzessin dort vor ihr war nicht tot. Sie konnte den Ton ihres zerbrochenen Herzens fühlen, so deutlich, als würden sich mit jedem Schlag tausend Scherben in ihr eigenes Fleisch graben, und im selben Moment, da die Verzweiflung nach ihr griff, rann eine Träne über deren Wange. Sie schimmerte in der Dämmerung, als hätten sich Sternfunken darin verfangen, und kurz schien es Milou, als würde sie das Rauschen des Meeres darin hören können. Sie schmeckte Salz auf ihren Lippen, und sie konnte sie fühlen: die Sehnsucht, die sie stets beim

Anblick des Ozeans ergriff … und den Tod, den jede Welle in sich barg.

Milou taumelte, als hätte die Prinzessin ihr einen Schlag versetzt. Erschrocken griff Nív nach ihrem Arm, um einen Sturz zu verhindern, doch sie konnte sich nicht von der Träne abwenden, die sich nun zu rotem Blut verfärbte. Haltlos fiel sie zu Boden, und als sie auf den Steinen aufschlug, ging ohrenbetäubender Donner durch den Raum. Die Steine erzitterten, als wären Tonnenlasten auf sie niedergefallen. Tiefe Risse zogen sich über Säulen und Wände, und da erkannte Milou, dass die Kathedrale keineswegs aus Stein bestand, wie sie geglaubt hatte. Auch sie war ganz und gar aus Glas, genauso wie die Prinzessin. Milou duckte sich, als die Säulen um sie niederfielen. Nur im letzten Moment konnte Nív sie vor einem herabstürzenden Kuppelstück zurückreißen. Sie hielt sich an ihm fest, während die Wände um sie herum zusammenbrachen, und sah noch, wie die Prinzessin dasaß – weiter regungslos und unantastbar inmitten ihrer eigenen Finsternis. Dann gab der Boden unter ihr nach und sie stürzte mit Nív in die Tiefe.

Sie waren wie Blätter in einem übermächtigen Sturm. Schwach erkannte Milou die Umrisse uralter Felsen, die in einem gewaltigen Schacht abwärts führten, und für einen absurden Moment musste sie an die Karte denken, die der Harlekin ihr gereicht hatte. Alice im Wunderland hatte sie gezeigt, und nun stürzte sie tatsächlich in die Tiefe, als wäre sie in ein riesiges Kaninchenloch geraten. Doch in dieser Dunkelheit gab es kein weißes Kaninchen. Stattdessen brachen Mauerstücke um sie auseinander, klirrend wie singendes Glas, und der Gedanke an den Fährmann genügte, um Panik in ihr aufsteigen zu lassen. Eiskalt schlug der Wind ihr ins Gesicht, so schnell stürzten sie in die Tiefe, und jedes Mal, wenn sie versuchte, sich am Rand festzuhalten, riss sie sich die Arme an den scharfen Felsen auf. Bald schon wusste sie nicht mehr, wo oben und unten war, und als Nív ihren Namen schrie, traf seine Stimme sie wie ein Befehl.

»Milou!«, rief er gegen den Sturm an. »Sieh mich an!«

Sie riss die Augen auf. Gerade eben noch erkannte sie ihn inmitten der zunehmenden Dunkelheit ein Stück unter ihr. Rauschend flammten die Schatten um ihn auf, sie konnte hören, wie seine Finger sich in einen der Felsen krallten, so fest schlug er seine Nägel in den Stein, und ehe sie an ihm vorbei tiefer fallen konnte, umfasste er ihre Taille. Für einen Moment stockte ihr der Atem. Dann schlang sie die Arme um Nívs Hals, während er an dem messerscharfen Vorsprung Halt suchte. Seine Schatten wurden von der Finsternis ringsum zerrissen, als bestünden sie aus Papier. Fast meinte Milou, gebrochene Rabenflügel in die Tiefe fallen zu sehen. Weit über ihnen fiel schwaches Licht in den gewaltigen Schacht, doch unter ihnen war nichts als Finsternis, und ihr schwindelte, als sie den Scherben nachsah, die in die Tiefe stürzten.

»Schau nicht nach unten«, rief Nív eindringlich und zog sie ein Stück höher. »Dieser Abgrund ist mehr als eine Schlucht in einem verfluchten Dom. Wir müssen …«

Milou sah, dass er die Lippen bewegte, aber sie hörte ihn nicht mehr. Aus dem Augenwinkel bemerkte sie die Scherbe, die ihren Arm getroffen hatte. Blut quoll aus dem Schnitt in ihrem Fleisch, und als sie den Kopf wandte, erkannte sie, wie ein Bild in der Scherbe auftauchte, undeutlich zuerst und dann immer schärfer. Milou kniff die Augen zusammen, und im nächsten Moment brach gleißendes Licht vor ihr auf. Erschrocken rang sie nach Atem – und fand sich gleich darauf in dem Bild der Scherbe wieder. Sie stand am Ufer Venedigs und vor ihr lag das Meer in der Nacht, tiefschwarz und wunderschön. Wie früher überkam sie das Bedürfnis, darauf zuzutreten, doch als die Gischt sie traf, fühlte es sich an wie tausend Nadeln. Milou fuhr zusammen. Dumpf nur spürte sie, wie Nív sie näher an sich zog, aber sie stand noch immer am Rand des Meeres, und auf einmal überkam sie eine Furcht, als wären die Nadeln der Gischt in ihre Adern eingedrungen. Sie begann zu rennen in der Nacht, in die sie geraten war, schnell, immer schneller, und im selben Moment, da sie begriff, dass sie sich nicht um sich selbst ängstigte, sah sie eine Gestalt am Saum des Meeres stehen, nicht weit von ihr entfernt … eine Gestalt, die sie kannte.

Ihr langes Kleid wehte im Wind, doch als Milou näher kam, da sah sie, dass ihr Körper kein Leben mehr in sich trug. Schaudernd streckte sie die Hand nach der Gläsernen Prinzessin aus, und als diese unter der Berührung zu zahllosen Scherben zerbrach, fiel Milou auf die Knie und schrie, lautlos und doch so durchdringend, dass sie glaubte, unter diesem Ton den Verstand zu verlieren. Verzweifelt grub sie die Hände in die Scherben, und erst als der Schmerz ihr den Atem raubte, tauchte sie aus dem Bild auf. Doch sie fand sich nicht in Nívs Armen wieder. Sie rannte durch dunkle Gänge, außer sich vor Entsetzen. Ihre Hände waren von den Scherben zerschnitten, die sie nicht loslassen konnte, ihr Atem hallte in den Korridoren wider, so laut, dass sie ihn kaum ertrug, und als sie schließlich die Faust durch ihren Brustkorb stieß und ihr Herz zwischen den Fingern fühlte, da wusste sie, dass es Caldorons Erinnerungen waren, die sie schon einmal am Ufer des Kanals gesehen hatte und in die sie nun geraten war – all die Schattenbilder, mit denen er den Palast einst schwarz gefärbt hatte.

Sein Schmerz durchzog sie mit solcher Macht, dass sie glaubte, daran ersticken zu müssen, und doch war es nicht allein seine Verzweiflung, die sie spürte. Eisige Kälte jagte durch ihre Adern.

Ihre Gedanken zerrissen unter dem stummen Schrei, der in ihr widerhallte, und noch einmal grub sie ihre Nägel in ihr eigenes Fleisch wie damals, als sie begriffen hatte, dass ihre Eltern tot waren und niemals zu ihr zurückkehren würden. Ihr schwindelte, so heftig rannte sie gegen die Mauern in ihrem eigenen Verstand, bis Nív ihren Namen rief und für einen Moment die Dunkelheit um sie zerriss. Er flüsterte etwas, doch sie verstand ihn nicht, und sie wollte seine Worte auch nicht hören. Außer sich wehrte sie sich gegen seinen Griff. Sie schlug ihn mit aller Kraft, und sie achtete nicht auf den Schreck, der nun über seine Züge flammte. Sie ertrug die Scherben nicht mehr, die sich in ihr Fleisch gruben, mit jedem Atemzug, den sie sich widersetzte. Sie wollte fallen, jenseits der Bilder, die um sie auftauchten, fern jeder Erinnerung.

Doch Nív ließ sie nicht los. Er ließ ihre Hiebe von sich abprallen und er rief ihren Namen, dunkel wie in einem Traum. Zorn klang in seiner Stimme mit, und noch etwas anderes, so zart und verletzlich, dass Milou instinktiv den Atem anhielt. Sie fuhr zusammen, als eine weitere Scherbe sie traf, aber sie sah kaum das Bild, das um sie herum entstand. Stattdessen klang Nívs Stimme in ihr wider und sie schickte eine Erinnerung durch ihre Gedanken, nah und fern zugleich. Es war die Hand ihrer Großmutter an ihrer Wange in jenen ersten Nächten, da sie von einem Albtraum in den nächsten geworfen worden war. Deutlich fühlte Milou sie auch nun auf ihrer Haut und ihre Schläge wurden schwächer. Sofort zog Nív sie näher an sich. Sein Atem streifte ihre Wange und wieder tauchte eine Erinnerung durch ihre Gedanken. Die leise Stimme ihres Onkels vor ihrer Tür, zärtlich und besorgt, wenn sie sich nach einem Streit eingeschlossen hatte. Ein Schauer ging durch ihren Körper, aber sie schlang die Arme um Nívs Hals, und da spürte sie den Wind über den

Dächern von Venedig … den Wind, den ihre Eltern geliebt hatten und in dem irgendetwas ihrem eigenen Schmerz Antwort gab. Sie wusste nicht, was es war, doch eines fühlte sie deutlich, nun, da sie Nívs Blick erwiderte: Es war mehr, viel mehr in ihr als ihr Schmerz.

Nívs Augen glommen in schwarzem Feuer. Noch immer trafen sie die Scherben, aber Milou hielt sich an der Wärme fest, die auf einmal in ihr glühte, als hätte sie sich selbst ein Versprechen gegeben, und als der Wind ihrer Erinnerung durch ihr Haar strich, durch jeden Sturm hindurch, da fühlte sie, dass auch Caldorons Verzweiflung eine Antwort bekam … tief, tief verborgen in dem ewigen Spiel fallender Scherben. Sie sah kaum, wie die Splitter in ihrem Fleisch zerbrachen und als Sternfunken um sie niederfielen. Sie fühlte nur den Sturm, der seine Schärfe verlor, und als sie den Blick auf die fallenden Scherben richtete, sah sie andere Bilder darin aufflammen. Den Palast der Scherben, von sanftem Licht erhellt, endlose Korridore, erfüllt von fliegenden Blütenblättern, lachende Gesichter auf den Balkonen und Treppen, und immer wieder die Gläserne Prinzessin, wie sie ihr Haar zurückstrich, über die Schulter schaute, sich zu unhörbarer Musik bewegte. Milou sah sie so deutlich, dass sie meinte, den Duft ihres Haares riechen und ihr Lachen hören zu können, und ein Lächeln flog über ihr Gesicht, als sie sich von Nív löste.

»Lass mich los«, flüsterte sie an seinem Ohr. »Ich werde nicht fallen.«

Kurz nur sah er sie an, und sie erkannte die Sorge in seinem Blick. Dann nickte er unmerklich, und ohne dass ein Wort über seine Lippen gekommen wäre, ließ er sich selbst los. Er wandte sich nicht von ihr ab, als sie aufgefangen wurden, von unsichtbaren Händen oder dem Wind, der mit ihren Haaren spielte, und als er seine Umarmung lockerte, schwebten sie inmitten der glühenden Erinnerungen tiefer, langsam, Hand in Hand. Sacht kamen sie am Boden auf und mit leisem Wispern lichtete sich die Finsternis um sie herum.

Milou musste sich nicht umsehen, um zu wissen, dass sie sich im Markusdom wiederfanden – gerade so, als wären sie nie gefallen. Noch immer ruhte das Zwielicht zwischen den Säulen aus uraltem Stein, und vor ihnen, genauso regungslos wie vor ihrem Sturz, saß die Gläserne Prinzessin, die rechte Hand wie zum Gruß erhoben. Ihr Körper jedoch bestand nicht länger aus makellosem Glas. Scherben waren es nun, die ihre Glieder bedeckten, so viele, dass ein Schimmer des Lichts aus der Kuppel ausreichte, um sie wie Regen schillern zu lassen. Es waren Scherben der Verzweiflung und Scherben des Glücks, und als Milou näher zu ihr trat, spürte sie die Risse, die sich über den Leib der Prinzessin zogen, als wären es ihre eigenen Wunden. Keuchend fuhr sie zusammen, doch sie hob abwehrend die Hand, als Nív zu ihr eilen wollte. Dieser Schmerz, der nun durch ihren Körper ging, war nicht für ihn bestimmt. Er würde ihn auseinanderreißen, genau so, wie er Caldoron vernichten würde mit seinem Herzen aus Scherben. Dieser Schmerz, der Lhornya gefangen hielt, war der Schmerz eines Menschen.

Schritt für Schritt trat Milou auf die Prinzessin zu. Es war, als würde sie mit wunden Füßen auf Glasscherben laufen. Messergleich zuckte der Schmerz durch ihren Leib, aber er war bedeutungslos im Angesicht dessen, was sie schon einmal ertragen hatte. Deutlich erinnerte sie sich an all die Nächte, in denen sie mit lautlosem Schrei erwacht war, hoffend, dass all das Entsetzliche nur ein Traum gewesen war, obwohl sie es doch besser wusste, an die Tage, in denen ihre Gefühle ihr fremd geblieben waren, die guten wie die schlechten, weil sie zu müde zum Weinen geworden war, und die endlosen Stunden, in denen sie nichts mehr gespürt hatte, gerade so, als wäre jede Empfindung ohnehin in jener Nacht ausgelöscht worden. Dieser Schmerz war es, der sie nun zu der Prinzessin führte, dieser Schmerz, der sie noch immer lautlos schreien ließ, und sie erinnerte sich an jeden einzelnen Augenblick, da sie mit diesem Schmerz in ihrer Brust an ihr Fenster getreten war und hinaus ins Dunkle gesehen hatte, und an dieselben Momente am Meer. Denn wie die Nacht hatte der Ozean stets ihren Blick erwidert, und als sie vor der Prinzessin in die Knie ging, fühlte sie keine Scherben mehr und keinen Schmerz. Alles, was sie wahrnahm, war die Sehnsucht tief in ihrer Brust, mit der sie über die Wellen hinweggeschaut hatte – gerade so, wie die Prinzessin es getan hatte in der Welt der Menschen.

Für einen Moment saß Milou nur still da und spürte, wie die Erschöpfung sich von ihren Gliedern löste. Dann hob sie die Hand, und im selben Augenblick, da sie die ausgestreckten Finger der Prinzessin berührte, hob diese den Kopf und sah sie an. Wispernd zogen sich die Risse auf ihrem Körper zurück, die Scherben zerbrachen zu Sternfunken auf ihrer menschlichen Haut, und ein Lächeln glitt über ihr Gesicht, sanft und staunend, als Milou in ihre Augen sah. In ihnen lag das Meer, so still und klar und unendlich, wie es immer gewesen war, und Milou nickte, als die Prinzessin ihr lautlos eine Frage stellte. Ja, sie wusste, was es bedeutete, sich nach einer Welt zu verzehren, für die man nicht bestimmt war, sie kannte den Schmerz, den diese Sehnsucht barg … und das Glück, das daraus geboren wurde und das alles Leid, alle Verzweiflung wert war.

Das Lächeln der Prinzessin war wie ein Licht, das über Milous Wangen strich. Kein Wort hatten sie miteinander gewechselt, und doch wusste sie, dass sie diesen Augenblick niemals vergessen würde … diesen Augenblick der Stille, in der sie mehr gefunden hatte als alles, was sie zuvor erwartet hatte. Langsam zog Lhornya ihre Hand zurück, und im selben Moment, da die Wellen in ihren Augen aufbrachen, verschwand sie. Sie erlosch einfach, als wäre sie der Tanz von Licht auf den Wellen gewesen, und dort, wo sie gerade noch gesessen hatte, stand der Fuchs.

Milou spürte seinen Blick auf ihrem Gesicht, doch sie sah ihn nicht an. Sie wandte sich auch Nív nicht zu, der nun neben ihr niederkniete, und kurz schien es ihr, als würde ihr Herz aussetzen, so erstarrt war die Welt um sie herum. Dann holte sie tief Atem. Sie hatte ihr Ziel erreicht. Dort vor dem Fuchs, schimmernd wie das Meer in der Nacht, lag die Waffe, die Caldoron bezwingen konnte.

30

Die Waffe, die Caldoron bezwingen sollte, war tiefschwarz. Sie schimmerte wie Meereswellen bei Nacht, der Schnitt war von dunklem Rot und die Schließen, die sich wie metallene Klauen in den Deckel krallten, standen in schwelender Glut. Vereinzelt stiegen verschlungene Zeichen aus ihnen auf und verbanden sich mit dem Siegel, das von Ketten gehalten auf dem Einband prangte, und Milou erwiderte den Blick des Fuchskopfs, der so regelmäßig darin aufglomm, als würde ein Herzschlag ihn anfachen.

»Ein Buch«, sagte sie, ohne sich von ihm abzuwenden. »Das soll die Waffe gegen Caldoron sein?«

Ein leiser Schmerz ging durch ihren Arm, als Nív den Kopf hob. Wortlos hatte er begonnen, ihre Wunden zu heilen, und nun presste er die Finger auf einen Scherbenschmiss, so fest, dass sie ihren Puls darin fühlen konnte. »Was hast du erwartet?«, fragte er, und sie hörte, dass er lächelte. »Ein Heer Orks?«

Milou warf ihm einen finsteren Blick zu. »Natürlich«, gab sie zurück. »Und ihre erste Amtshandlung wäre es gewesen, dem neunmalklugen Wandler mit den Rabenaugen sein überhebliches Grinsen auszutreiben.« Sie schüttelte den Kopf, als er lachte, und wandte sich wieder dem Buch zu. »Ich weiß nicht, was ich erwartet habe. Ein Schwert vielleicht, das magische Kräfte besitzt wie Excalibur, oder einen mächtigen Zauber. Aber doch kein Buch. Ganz abgesehen davon, dass wir es nicht schaffen, dieses verfluchte Siegel zu öffnen: Wie sollen irgendwelche Seiten den mächtigsten Magier der Welt bezwingen?«

Sie spürte den Spott in Nívs Augen, noch ehe sie ihn ansah. »Ich hätte nie erwartet, so etwas einmal ausgerechnet aus deinem Mund zu hören. *Irgendwelche Seiten.* Wie war es möglich, dass *irgendwelche* Seiten Kriege ausgelöst und beendet haben? Wie war es möglich, dass die Menschen ihr Leben riskierten, um *irgendwelche* Worte zu beschützen, oder dass eben diese Worte ihnen das Leben retteten, wieder und wieder?« Ein dunkler Glanz trat in seine Augen, als er innehielt. »Ich weiß es nicht«, sagte er dann. »Aber es *war* möglich und es passierte nicht in einem Reich der Magie, sondern in deiner Welt – der Welt der Menschen. Hast du das etwa vergessen?«

Milou seufzte. »Natürlich nicht. Aber hier geht es um etwas anderes. Es geht um Magie und …«

»Was ist ein Buch anderes als Magie?«, unterbrach er sie. »Welcher Zauber hat schon die Möglichkeit, dich in fremde Welten und Körper zu bringen, ohne dass du mehr dafür tun musst, als von Buchstabe zu Buchstabe zu springen? Hast du Corvin nicht genau das gesagt? Und du hattest recht damit. Welcher Zauber kann ohne jede äußere Magie in deine Gedanken eindringen, welcher Zauber kann dir Ideen geben, von denen du bis dahin noch nicht einmal wusstest, dass sie existieren? Welcher Zauber hat die Macht, dich zu verwandeln, aus deinem innersten Selbst heraus – und welcher Zauber verändert auf diese Weise die ganze Welt? Du weißt nicht, was in diesem Buch steckt, aber ganz sicher ist es mehr als *irgendwelche Seiten.* Federico hat sein Leben riskiert, um es zu beschützen. Es ist ein Licht in der Dunkelheit und ein kühlender Schatten im gleißenden Feuer, und jedes einzelne Wort darin birgt mehr Macht, als ein Schwert es jemals könnte, davon bin ich überzeugt. Denn Worte, Träumerin deiner Welt, verändern Gedanken und Gedanken gebären Ideen. Und nichts ist mächtiger als das.«

Der Glanz in seinen Augen hatte sich zu dunkler Glut entfacht, und Milou konnte nicht verhindern, dass ein Lächeln über ihre Lippen glitt. Selten hatte sie diesen kühlen Krieger mit solcher Hingabe sprechen hören. »Dann soll ich Caldoron also mit einer Idee zum Kampf fordern?«

»Das hast du bereits getan«, erwiderte er. »Und mit jedem Augenblick, in dem du dich ihm widersetzt, wächst deine Macht, auch wenn es dir nicht so erscheint.«

Sein Lächeln war sanft, ehe er sich abwandte und einen weiteren Zauber über ihre Wunden legte. Nachdenklich betrachtete sie das Buch, dessen Siegel die Seiten fest verschlossen hielt. Mehrfach hatten sie versucht, es zu brechen, doch selbst Nív hatte mit seiner Magie nicht das Geringste ausrichten können. Nur der Fuchs hatte mit listigem Lächeln neben ihnen gesessen, als hätte er gewusst, dass es sein Abbild war, welches das Siegel zierte – nicht grundlos, wie Milou vermutete. Sein Herr hatte dieses Buch auf jede ihm mögliche Weise vor unerlaubtem Zugriff geschützt. »Wieso hat Federico uns nichts davon gesagt?«, fragte sie nach einer Weile. »Dass wir ein Buch finden müssen, meine ich. Dann würde ich mich nicht fragen müssen, wie zum Teufel wir mit einem Buch in den Kampf ziehen sollen.«

Nív grinste, sie sah es aus dem Augenwinkel. »Nein«, entgegnete er, die Stimme brennend vor Ironie. »Stattdessen hättest du ihn mit Fragen bombardiert, wärest mit seinen Antworten aller Wahrscheinlichkeit nach unzufrieden gewesen und hättest begonnen, an deiner Reise zu zweifeln, weil du dir in den schlimmsten Farben ausgemalt hättest, wie sie enden könnte. Du solltest dein Gesicht sehen, wenn du dieses Buch betrachtest. Dann würdest du dich nicht mehr fragen, wieso Federico dir nichts davon erzählt hat. Er hat einfach ganz genau gewusst, wie du reagieren würdest. Er kennt dich ziemlich gut.«

Milou stieß die Luft aus. »Großartig«, murmelte sie. »Und jetzt sitze ich davor und habe keine Ahnung, was ich damit anfangen soll.«

»Das wirst du bald erfahren«, erwiderte er und strich über den Einband. Schwarze Funken sprühten unter seinen Fingern auf, ehe er seine Hand zurückzog. »Dieses Buch ist alt. Ich spüre die verschiedensten Formen von Magie, die es bereits getroffen haben, und ich bin der festen Überzeugung, dass Federico Caldoron mit eben dieser Waffe verwundete. Aber ich kann gut verstehen, dass er uns mit eigenen Augen sehen lassen will, welche Macht sie birgt. Du weißt doch: Manche Dinge muss man fühlen, um sie zu verstehen.« Für einen Wimpernschlag bloß tauchten die Flügel der Träume in seinen Augen auf, und doch genügte der blaue Schimmer, um Milou an den Kanal zurückzutragen. Noch einmal spürte sie Nívs Haar unter ihren Fingern und seine Lippen auf den ihren, und erst als ihr das Blut in den Kopf stieg, wandte er sich mit leisem Lächeln ab. »Sobald ich deine Wunden geheilt habe, machen wir uns auf den Rückweg. Dann wird Federico uns alles über dieses Buch erzählen, was wir wissen müssen – und ich zweifle nicht daran, dass du Caldoron mit seiner Macht bezwingen wirst.«

Es fiel Milou nicht leicht, die Erinnerung an den Kanal aus ihren Gedanken zu vertreiben, und während sie auf Nívs Hände schaute, die behutsam flirrende Zauber auf ihre Arme legten, wich ihre Anspannung einer Unruhe, die sie frösteln ließ. »Und dann kehre ich zurück in meine Welt«, sagte sie leise.

Nív schaute sie an. »Du sagst das, als würdest du es bedauern.«

Sie betrachtete den schimmernden Einband des Buchs und versuchte, sich die Bilder ins Gedächtnis zu rufen, an denen sie sich seit ihrem ersten Schritt in die Scherbenwelt festgehalten hatte, die Bilder aus der Menschenwelt, die ihr gerade eben im Sturz durch den Kaninchenbau noch ein Halt und ein Trost gewesen waren. Aber noch immer fühlte sie die Farben der Aegur'naray auf ihrem Gesicht, und die Erinnerungen schienen in eine solche Ferne gerückt, als hätte sich die Finsternis des Palasts um ihre Gedanken gelegt. »Ja«, erwiderte sie kaum hörbar. »Vielleicht ist das so.«

Es war nicht mehr als ein Schatten, der sich angesichts ihrer Worte in Nívs Blick entflammte, und doch spürte Milou die Kälte genau, die sich nun über seine Glieder zog. »Deine Wunden müssen dir stärker zusetzen, als ich gedacht habe«, entgegnete er kopfschüttelnd. »Sonst würdest du so etwas nicht sagen. Hast du vergessen, wie erschrocken du warst, als du dich nicht mehr an den Duft der Rosen erinnern konntest? Das Reich der Scherben mag sich enger um dich geschlossen haben, aber die Welt der Menschen ist deine Heimat, ganz gleich, wie fern sie sich gerade für dich anfühlen mag.«

»Heimat«, gab Milou zurück. »Du solltest mich gut genug kennen, um zu wissen, dass ich mich nie heimisch fühlte in meiner Welt.«

»Und doch ist sie genau das: deine Welt.« Mit routinierten Bewegungen legte er einen Zauber auf ihre Schulter. »Du solltest nicht auf diese Weise von dem Ort sprechen, nach dem du dich noch vor Kurzem so sehr gesehnt hast, dass ich dich nur mit Mühe davon abhalten konnte, in sein Licht zurückzukehren.«

Seine Worte trugen sie noch einmal vor Nonnas Fenster, und tatsächlich überkam Milou erneut das Bedürfnis, auf ihre Großmutter zuzutreten wie früher, wenn sie nach einem langen Tag durchgefroren nach Hause gekommen war. *Nach Hause* … Der Begriff hallte dumpf in ihr wider und löschte das Bild aus, und ehe sie noch darüber nachgedacht hatte, fragte sie: »Und wenn ich bleiben würde?«

Nív hielt abrupt inne. »Was meinst du damit?« Seine Stimme war seltsam rau, so als müsste er die Worte zwingen, über seine Lippen zu kommen.

»Was, wenn ich bleiben würde?«, wiederholte Milou und ertrug den Blick in seine glühenden Augen. »Wenn alles vorbei ist, meine ich. Was, wenn ich bliebe, hier im Reich der Scherben und … bei dir?«

Sie hatte so leise gesprochen, dass sie sich selbst kaum verstand. Nív jedoch sah sie an, als hätte sie gebrüllt, und für einen Moment brach ein Strom aus Empfindungen über sein Gesicht, so zügellos, dass sie ihn wie Feuer spürte. Haltlose Freude sah sie darin, Betroffenheit, Entsetzen, Furcht … und dunklen Zorn, der schließlich in seinen Augen aufglühte und jedes andere Gefühl verschlang. Wortlos zog er seine Hand zurück. »Ich riskiere mein Leben, damit du in deine Welt zurückkehren kannst«, sagte er. »Ich habe mein Blut dafür vergossen, damit du deine Erinnerungen behältst – und jetzt willst du sie wegwerfen?«

Die Kälte seiner Stimme legte sich gnadenlos um Milous Leib, und Nonnas Gesicht flammte vor ihrem geistigen Auge auf, so erschrocken, als hätte sie ihre Worte gehört. »Nein«, erwiderte sie. »Ich weiß, was sie bedeuten, und ich will sie nicht verlieren. Aber ich kann auch nicht einfach aufgeben, was mir in den vergangenen Wochen so wichtig geworden ist. Deine Welt erinnerte mich daran, dass ich fliegen kann. Sie …«

»Sie beraubt dich«, unterbrach er sie. »Und das weißt du sehr gut.«

Sie presste die Zähne aufeinander. »Ja, das weiß ich«, gab sie zurück, ebenso kühl nun wie er. »Und du weißt, dass das längst nicht alles ist, was sie tut. Sie ist eine Meisterin der Täuschung, genauso wie ihre Bewohner, hast du mir das nicht gesagt? Jetzt sehe ich, wie viel Wahrheit darin steckt. Wir haben uns gegenseitig das Leben gerettet, wir haben uns Seite an Seite den Schatten entgegengestellt, wir sind durch Masken und Spiegel gesprungen und haben uns nicht losgelassen, nicht für einen Augenblick. Und das war noch nicht alles. Wir haben uns angesehen, Nív Rabenherz. Oder willst du mir sagen, dass ich mir die Momente nur eingebildet habe, in denen wir mehr waren als Krieger und Wanderin? Dass sie Hirngespinste waren, die sich jetzt vor meinen Augen auflösen wie der Nebel Caldorons?«

Noch immer glühte der Zorn in seinem Blick, und seine Lippen bebten, als wollte er die Lüge gewaltsam herausschleudern, die sich auf seiner Zunge formte. Doch Milou wandte sich nicht von ihm ab und schließlich schüttelte er den Kopf. »Nein«, erwiderte er und stieß langsam die Luft aus. »Aber ganz gleich, was zwischen uns geschehen ist: Du bist nicht für meine Welt geschaffen. In ihr würdest du alles verlieren, was dich jetzt noch auszeichnet, deine Sehnsüchte, deine Gedanken, deine Träume, sie würde dir deine Heimat nehmen, so sehr ich auch versuchen würde, das zu verhindern. Du kannst nicht bei mir bleiben. Nicht als die, die du bist.«

Milou schwieg. Sie wusste, dass er recht hatte, und doch begehrte etwas tief in ihr gegen seine Worte auf, etwas, das sie in den vergangenen Wochen immer wieder zurückgedrängt hatte und das nun über ihre Lippen trat. »Ich habe noch nie so für jemanden empfunden wie für dich«, sagte sie leise. »Und das hat nichts mit irgendeinem Fluch zu tun oder mit dem Verlust meiner Erinnerungen oder sonst etwas, das deine Welt getan hat. Das liegt allein an dir. Du hast mich gerettet, mehr, als du vielleicht weißt, und ganz gleich, welche Geheimnisse du verbirgst oder was du sagen wirst: Ich werde einen Weg finden, damit wir zusammensein können, und das aus einem einzigen Grund: weil ich dich liebe. Ich liebe dich, Nív Traumfänger.«

Sie hatte nicht vorgehabt, ihm das zu sagen. Sie hatte nicht einmal gewusst, dass es so war, bis zu dem Moment, da sie die Worte auf ihrer Zunge spürte. Ihr Herz schlug so schnell, dass sie glaubte, er müsste es hören. Doch er saß nur da, vollkommen regungslos, und für einen endlosen Moment sah sie ihre eigene Erschrockenheit in seinen Augen gespiegelt. Ein Schatten ging über seine Züge, der ihm eine tiefe Verletzlichkeit gab, und er fuhr sich über die Augen, als würde er ihren Blick kaum ertragen ... als würde er unendliche Schuld darüber empfinden, dass sie sich in ihn verliebt hatte, in ihn, ein Geschöpf aus Nacht und Schatten, dessen Dunkelheit ihr unbekannt war. Dann jedoch schüttelte er den Kopf, und ehe auch nur ein Ton über seine Lippen kam, kehrte die Kälte auf seine Züge zurück, so unbarmherzig, dass Milou vor ihm zurückwich. »Wie kannst du so etwas sagen?«, raunte er, und es schien ihr, als würden die Schatten um ihn herum zu tödlichen Rabenflügeln aufbrechen. »Du weißt nicht, wer ich bin! Du bist eine Träumerin, die sich die Welten und die Wesen darin so malt, wie sie es gern hätte – aber nichts, nichts davon ist wahr!«

Milou rührte sich nicht, doch sie fühlte jedes seiner Worte scharf wie brennende Messer, und als sie in seine Augen sah, war er zurück: der Schwindel, der sie schon bei ihrer ersten Begegnung befallen hatte und der sie nun schwanken ließ, gerade so, als wäre ein Abgrund vor ihr aufgeklafft, vor dem sie bisher erfolgreich die Augen verschlossen hatte. »Dann war das alles nur ein Spiel«, sagte sie mit tonloser Stimme. »Eine Lüge, um mich auf meinem Weg zu halten, all die Momente der Nähe zwischen uns, all das, was du über meine Stärke gesagt hast ... und in Wahrheit hast du mich die ganze Zeit über als das gesehen, was ich wirklich bin: die versponnene Träumerin, die deiner nicht würdig ist. So ist es doch, nicht wahr? Das hätte ich mir denken können.« Sie spürte, dass ihr die Tränen kamen, noch ehe sie den Satz beendet hatte. Sie wollte nicht vor ihm weinen, nicht auch noch das. Rasch hob sie die Hand, doch ehe sie sich abwenden konnte, hielt er sie zurück.

»Nein«, sagte er, und plötzlich stand Schmerz in seinem Blick. »Es ist genau umgekehrt. Es ist die Wahrheit, wenn ich dir sage, dass du nicht weißt, wer ich bin, wie solltest du das auch ahnen können. Aber du hattest recht, ich habe ein Geheimnis, und wenn du davon erfährst ... wenn du herausfindest, was in mir liegt, dann wirst du mich verachten, genau so, wie ich mich selbst verachte. Aber vielleicht ist das gut, vielleicht ist das die einzige Möglichkeit, dich in deine Welt zurückzubringen. Ich wünschte, es gäbe einen anderen Weg, doch ich sehe keinen. Also sieh, Träumerin der Menschen. Sieh ... was ich bin ...«

Milou schaute ihn an. Noch immer war seine Stimme kalt, aber sie hörte die Verzweiflung darin, und als die Dunkelheit in seinen Augen aufbrach, ungestüm, als breiteten mächtige Raben ihre Schwingen aus, da erkannte sie das Meer darin, das Meer ... aus jener Nacht ...

Die Gewalt der Wellen erhob sich mit solcher Kraft, dass ihr der Atem stockte. Ihr Herz begann zu rasen wie damals, als sie sich in tödlichem Griff um ihren Leib geschlossen hatten, und sie wich vor Nív zurück, als er den Mund öffnete, instinktiv, als könnte sie so den Bildern entkommen, die sie in seinen Augen auftauchen sah, all den Bildern, die sie vergessen hatte und die nun mit drohendem Grollen zu ihr zurückkehrten. Schon meinte sie, die Gischt auf ihrer Haut zu spüren, so gnadenlos zog Nívs Dunkelheit sie näher heran. Doch im selben Moment, da sie seinen Atem auf ihren Wangen spürte, traf sie die Kälte.

Wie von einem Schlag getroffen taumelte Milou zurück. Auch Nív fuhr herum. Die Glut seiner Augen verschlang das Meer, als wäre es nie mehr gewesen als eine Illusion, und dicht nebeneinander starrten sie in die Dämmerung des Doms, die sich mit weißem Nebel füllte. Flüsternd glitt er über den Boden. Eisblumen krochen über Wände, Pfeiler und Säulen und ließen sie in unnatürlicher Kälte bröckeln, und im selben Moment, da Nív seine Waffe zog, glühte ein Augenpaar in dem Zwielicht auf. Der Fuchs stieß ein Knurren aus, das den Boden zum Erzittern brachte, doch Milou wandte sich nicht zu ihm um. Zu deutlich spürte sie, wer sich ihnen genähert hatte, durch jeden Frost und alle Schatten. Raunend zog der Nebel sich zurück, und dort stand er: Caldoron, der König der Scherben, und schaute mit einem Lächeln auf sie herab.

31

Caldorons Lächeln legte sich kalt auf Milous Haut. Seine Augen glommen in eisiger Glut, und während er reglos dastand, die rechte Hand auf sein Schwert gelegt, lief sein Frost in knisternden Adern von ihm fort. Gnadenlos grub er sich in die Wände, umhüllte die Säulen und ließ den Boden brechen, sodass es Milou schien, als stünde sie auf einem gefrorenen See, der jeden Augenblick in sich zusammenstürzen konnte. Ohne sich von ihrem Feind abzuwenden, griff sie nach dem Buch. Im selben Moment packte Caldorons Macht ihre Kehle, doch da trat Nív vor.

Sein Mantel wehte im aufkommenden Wind seiner Schatten, die sich schützend auf Milous Haut legten. Jede Faser seines Körpers war gespannt, bereit, ihn vorstürzen zu lassen, wenn Caldoron auch nur einen Schritt näher kommen würde, und obwohl sie nur seine Hand sah, die seinen Dolch umschloss, wusste sie, mit welchem Ausdruck er den König der Scherben betrachtete. Zorn lag darin und ein beinahe kindlicher Trotz, verschmolzen mit der Kälte des Kriegers, der jeden einzelnen Gegner in seinem Leben nur aus einem einzigen Grund getötet hatte: um diesem einen Feind hier gegenüberzutreten. Caldoron neigte den Kopf, als würde er den Schrei des Raben hören, der nun in Nív widerklang, und für den Bruchteil einer Sekunde ging etwas wie Respekt über sein Gesicht. Dann jedoch stieß er ein Lachen aus, rau und hart, und nichts als Verächtlichkeit blieb auf seinen Zügen zurück.

»Sieh an«, sagte er, und seine Stimme klang dunkel in den Schatten wider. »Wie reizend, ein Liebespaar an diesem Ort zu finden – ausgerechnet hier, welche Ironie! Und wie überaus passend, dass auch eure Geschichte tragisch enden wird!«

»Schaut in den Spiegel, wenn Ihr Tragik wollt«, gab Nív zurück, so schneidend, dass seine Worte wie gleißende Sicheln durch die Dämmerung glitten. »Was treibt Euch her, König der Welt? Seid Ihr uns nachgeschlichen, winselnd vor den Schatten Eurer Vergangenheit wie ein Hund?«

Ein eisiger Funke glühte in Caldorons Augen auf, als er unmerklich den Kopf neigte. »Nív Rabenblut«, sagte er, und seine Stimme hatte jeden Spott verloren. »Lange schon jage ich dich, und nun trittst du mir mit demselben Übermut entgegen wie bei unserer letzten Begegnung. Ein Jammer, dass du nicht mehr als ein Knabe warst, als meine Klauen deine Mutter zerrissen haben. Ich hätte schon damals Freude an deinem Schmerz gehabt.«

Nív rührte sich nicht, aber Milou konnte die Abscheu spüren, die bei diesen Worten in ihm aufbrach. Das schwarze Feuer auf seiner Klinge loderte höher, und sie glaubte schon, dass er sich vorstürzen würde, um sie Caldoron durch die Kehle zu treiben, als er langsam die Luft ausstieß. »Freude«, sagte er, und die Kälte in seiner Stimme ließ Milou frösteln, so gnadenlos war sie. »Schmerz. Wisst Ihr noch, was das ist, König der Scherben? Oder sind es nur noch Worte auf Eurem Weg, leblos und hohl wie Ihr selbst?«

Milou hörte das Knacken von Caldorons Knöcheln, als seine Finger sich fester um sein Schwert schlossen. Er schien zu überlegen, in wie viele Teile er Nív zerbrechen würde, wenn sein Frost erst in ihn eingedrungen war, doch so sehr er sich auch bemühte, den Zorn von seinem Gesicht zu vertreiben, so deutlich sah Milou doch die schwarzen Federn, die in seinen Augen niederfielen … die messerscharfen Federn eines Raben.

»Du hast lange gebraucht, Wanderin«, sagte er nun und riss den Blick von Nív fort. Eisglühend umfasste das Licht seiner Augen ihren Leib, aber sie spürte auch die Dunkelheit, die Nív ohne jedes Wort auf ihren Schultern verstärkte, und erwiderte den Blick ihres Feindes regungslos. »Sehr lange«, fuhr dieser fort. »Aber letzten Endes hast du doch genau das getan, was ich von dir erwartete.«

Sein Lächeln krallte sich in ihr Fleisch, als bestünde es aus unsichtbaren Klauen. »Wie erstaunlich«, gab Milou dennoch ungerührt zurück. »Dann habt Ihr also damit gerechnet, von mir erkannt zu werden, am Ufer des Rio dei Giardini? Ihr habt erwartet, dass ich Eure Schergen vor Buranos Toren zu Staub zermahlen würde? Und Ihr wusstet von Anfang an, dass ich Euren Häschern entkommen würde, wieder und wieder? Was seid Ihr für ein König, der hilflos zusieht, wie er für dumm verkauft wird, wenn er doch jeden meiner Schritte vorausgesehen hat?«

Caldoron verstärkte sein Lächeln, aber der Spott darin verwandelte sich in Grausamkeit. »Oh nein«, sagte er langsam. »Es gibt kaum etwas, das mich weniger interessiert als dein bisheriger Weg. Fast war es amüsant, dir zuzusehen, wie du durch mein Reich gestolpert bist, zwei Schritte vor und drei zurück. Aber eines hast du doch für mich getan, und von Anfang an wollte ich nicht mehr als das. Du hast mich hierher geführt, zu der Waffe, die mich einst verwundete. Du hast die Schatten dieses Ortes gelichtet, die mich um den Verstand gebracht hätten, und nun stehst du vor mir, noch immer als ein Kind deiner Welt, und glühst unter der Macht, die du birgst und nicht begreifst. Doch ich, Wanderin, verstehe sie, und ich weiß, wofür sie gut ist. Jeder einzelne Traum der verfluchten Kinder ist ein Splitter meines

Mosaiks, und du, Menschenmädchen, wirst sie alle zusammenfügen. Du wirst meinen Plan vollenden und die Pfade der Scherben endgültig in meine Gewalt bringen, und dann werden die Menschen sehen, wer sie wirklich sind – nichts nämlich, nichts in ihrer Welt ohne Wunder!«

Seine Worte klangen in Milou wider, als hätte er geschrien, und tatsächlich bemerkte sie, dass er schneller atmete, als hätte er gerade mit einem unsichtbaren Schemen die Klingen gekreuzt. Im selben Moment, da ein Zittern über Caldorons Körper ging, bewegte Nív die Finger hinter dem Rücken. Lautlos brach ein schwarzer Funke über ihnen auf, winzig nur und doch mächtig genug, um einen Windstoß über Milous Wangen zu schicken. »Ihr seid selbst ein Mensch«, sagte sie, um Caldorons Aufmerksamkeit von Nív abzulenken. »Warum hasst Ihr Euresgleichen so sehr?«

Caldorons Augen glommen auf, prasselnd, als bestünden sie aus Feuer. »Ich bin kein Mensch«, grollte er gefährlich leise. »Die Menschen wissen nicht, was sie sein könnten. Sie haben vernichtet, was ihre Existenz einst begründete, und sie jagen Göttern nach, die ihnen nichts geben als falsche Spiegel. Sie töteten alles, was ich früher gewesen bin, und sie nahmen mir, was ich mehr liebte als mein Leben. All das taten sie, ohne überhaupt etwas davon zu ahnen, blind und dumm, wie sie nun einmal sind. Die Menschen, Tochter deiner Welt, haben vergessen. Und ich werde sie ein letztes Mal erinnern!«

Milou umschloss das Buch fest mit ihren Händen, als er langsam auf sie zutrat. Der Boden barst unter seinen Füßen. Tief glitten die Risse hindurch und loderten wie Feuer. Aus dem Augenwinkel sah sie, wie Nívs Zauber aufglühte, so heftig nun, dass die Luft hinter ihm zu flackern begann. »Wie wollt Ihr sie erinnern?«, stieß sie aus. »Ihr habt doch selbst vergessen, wer Ihr seid!«

Kurz nur glomm die Kälte in Caldorons Augen auf, und sie sah den Zorn, der in ewigem Feuer darin schwelte. Dann stieß Nív die Faust vor. Donnernd schlug sein Zauber gegen Caldorons Brust und trieb ihn zurück, und als die Schatten ringsum in flatternden Schwingen aufstoben, fuhr er zu Milou herum.

»Lauf!«, schrie er so laut, dass seine Stimme von den Wänden widerhallte, und Milou zögerte keinen Augenblick. So schnell sie konnte, rannte sie auf das Portal der Kirche zu. Nív war dicht neben ihr. In rasender Geschwindigkeit schlug er brennende Zauber hinter ihnen zu Boden und brach das Eis auf, das ihnen nachjagte, und der Fuchs preschte durch die Schatten, so schnell, dass Funken hinter ihm herflogen. Aber gerade als das Portal vor ihnen auftauchte, brandete Caldorons Stimme durch den Dom. Sie schien von allen Seiten zugleich zu kommen, so laut war sie, und während sie noch in Milous Knochen widerklang, begannen die Schatten ringsum zu flattern.

Nív fuhr zusammen, als hätte die Macht seines Feindes ihn in der Dunkelheit aufgespürt. Keuchend presste er die Hand auf sein Herz. Milou spürte, wie sein Schutzzauber über ihrer Haut zerbrach und eisige Kälte ihre Glieder ergriff, und im selben Moment wurde der Fuchs mitten im Sprung von einer schemenhaften Schattenklaue gepackt. Milou stieß einen Schrei aus, als sein Feuer zu flackern begann. Doch ihre Stimme erlosch angesichts der Umrisse, die sich nun vor ihr aus der Finsternis hoben. Stolpernd blieb sie stehen, halb zu Nív gewandt, der schwer atmend neben ihr innehielt, und sah, wie sich die Schatten ringsherum mit dem Geräusch brechender Knochen in weißen Nebel verwandelten. Fast meinte sie, fallende Flügel darin zu sehen, und kaum hatte sie das gedacht, zog sich auch aus der Schattenklaue vor ihr jede Dunkelheit zugunsten des Nebels zurück. Die Klaue wurde zu Caldorons Hand, sein Körper hob sich als weißer Dunst aus der Finsternis. Und im selben Moment, da er den Fuchs mit voller Wucht zu Boden schlug, stürmte der Nebel ringsum auf sie zu.

Milou sah noch, wie der Fuchs am Boden aufkam, nicht mehr nun als ein betäubtes Tier, das reglos liegen blieb, ehe es erlosch. Dann riss Nív sie an sich, aber er konnte nicht verhindern, dass der Nebel ihr wie eine mächtige Faust in den Magen schlug und sie durch die Luft schleuderte. Sie verlor die Besinnung, so heftig war der Schmerz, und kam erst durch den Aufprall inmitten von Steinsplittern wieder zu sich. Benommen hob sie den Kopf, doch Nív war bereits auf den Beinen und sprang an ihr vorbei, so schnell, dass sein Mantel flatterte. Kurz glitt er in Rabengestalt dahin. Dann landete er direkt vor ihr und packte die Peitsche aus weißem Feuer, die Caldoron auf sie niedersausen ließ. Knisternd strömte seine Dunkelheit in den Frost. Milou erschrak, als Blut über seine Finger rann, aber in seinen Augen stand wilder Zorn, und mit einem Schrei, der die Pfeiler erzittern ließ, riss er den Zauber auseinander.

Die Funken jagten als Raben durch den Dom. In lauten Schwingenschlägen stürzten sie sich auf Caldoron und durchschlugen dessen Nebelleib an Brust und Hüfte, doch der König der Scherben fiel nicht zu Boden. Stattdessen ballte er die Hände zu Fäusten, und als Nív mit glühendem Dolch auf ihn zupreschte, zerbrach der Nebel auf seinen Gliedern und verwandelte sich in tödliches Eis. Milou konnte die Kälte spüren, die dampfend über Caldorons Leib strich. Er spielte mit ihnen, das war ihr klar, und sie musste nicht das Lächeln sehen, das nun über seine Lippen flog, um seine Macht zu fühlen. Krachend traf er Nív mit einem Zauber an der Schläfe, und obgleich dieser sich schattenschnell in die Luft erhob, kroch Caldorons Macht unvermindert näher. Bald schon würde der Nebel sie in die Knie zwingen und dann … Doch ehe der Gedanke sie lähmen konnte, packte Milou das Buch. Es hatte Caldoron schon einmal zurückgeschlagen.

Das Siegel glomm auf, als sie ihre Finger in die Ketten grub, aber es lockerte sich nicht um Haaresbreite. Mit zitternden Händen griff sie nach einem faustgroßen Stein und ließ ihn auf das Siegel niedersausen. Er zerbrach, als hätte er aus Sand bestanden, und das Feuer sank in den Fuchskopf zurück, langsam, als würde er sich von ihr abwenden. Wie aus weiter Ferne hörte sie Nív unter einem Schlag Caldorons stöhnen. Sie spürte seinen Schmerz, als wäre es ihr eigener, und wilde Entschlossenheit stieg in ihr auf, als sie erneut die Finger in das Siegel krallte. Sie musste ihm helfen, zur Hölle noch eins – sie war die Wanderin zwischen den Welten!

Das Klacken war kaum zu hören und doch fuhr es Milou ins Mark. Für einen Moment starrte sie wie betäubt auf das Blut, das über ihre Fingerkuppen rann. Sie hatte nicht gemerkt, dass sie sich geschnitten hatte, und auch jetzt spürte sie keinen Schmerz. Stattdessen glitt ihr Blick auf das Siegel, das sich vor ihr öffnete. Die Augen des Fuchses glühten auf. Fast meinte sie, ein keckerndes Lachen hören zu können. Die Ketten zogen sich zurück, und da lag sie: die Waffe, die Caldoron verwundet hatte, geöffnet von ihren Händen. Samtene Kühle wehte ihr entgegen, als sie das Buch in unendlicher Erleichterung aufschlug, doch kaum, dass sie einen Blick auf die Seiten warf, wich ihr das Blut aus dem Kopf. Schwarz waren sie, schwarz wie Rabenfedern … und vollkommen leer.

Nív schrie auf, als Caldorons Schwert ihn vor die Brust traf. Milou hob den Kopf und sah, wie er benommen zurücktaumelte. Blut lief über seinen Arm. Schon wich die Farbe aus seinen Wangen, und während Caldoron mit grausamer Langsamkeit auf ihn zutrat, blätterte Milou die Seiten um. Ihre blutigen Finger besudelten das Papier, aber die Seiten blieben leer, und erst als sie in ihrer Verzweiflung die Hände dagegenpresste, glühten schwache Funken unter ihnen auf. Sie hielt den Atem an, als sie umgehend wieder erloschen. Sie hatte die Glut gespürt, die darin lag, aber als sie sich vorbeugte, schien die Schwärze des Buchs sich vor ihr aufzutun wie ein Abgrund aus tanzenden Schatten, und im selben Moment, da diese Finsternis mit heftigem Schwindel nach ihr griff, hörte sie Caldorons Lachen darin … tief verborgen in einer Dunkelheit, die ihr das Fleisch von den Knochen reißen konnte.

»Närrin!«, hallte es da durch den Raum, so ohrenbetäubend laut, dass Milou meinte, von diesem Wort zerrissen zu werden. In tiefem Entsetzen sah sie, wie Nív unter Caldorons Schlag zu Boden ging und reglos liegen blieb. Flüsternd schlang sich der Nebel um seinen Leib, doch der König der Scherben sah ihn nicht einmal an. Sein Blick hatte sich auf sie gerichtet, und nun, da er die Hand nach ihr ausstreckte und sie mit seinem Willen auf die Beine riss, donnerte seine Stimme erneut durch ihren Schädel: »Was denkst du, wer du bist? Eine alberne Träumerin – nicht mehr!«

Damit befahl er sie in seine Faust und umschloss ihre Kehle fest mit seinen Fingern. Noch immer lag Eis auf seiner Haut, die Kälte glitt in eisigen Nebeln darüber hin, und als das Licht in seinen Augen aufglomm, spürte Milou, wie dieser Frost in sie eindrang. Er öffnete ihren Mund, glitt über ihre Lippen und die Kehle hinab, und ehe noch das Lächeln auf Caldorons Züge trat, ergoss sich seine Macht in jede Faser ihres Körpers. Wie aus weiter Ferne sah sie, dass das Buch in weißen Flammen aufging. Dann verschwamm die Umgebung vor ihrem Blick, und alles, was sie wahrnahm, war ein Strom aus Licht. Sie starrte hinein, als wäre sie erblindet, doch mit jedem Atemzug, den sie in Caldorons Faust tat, nahm seine Kälte in ihren Gliedern zu. Gnadenlos jagte der Frost durch ihren Schädel. Sie konnte die Gedanken fühlen, die unter seinem Griff zu Asche wurden, und als er die freie Hand hob und sie in die Luft krallte wie in einen festen Stoff, da sah sie für einen schrecklichen Moment mit seinen Augen. Rings um sie glühten die Pfade zwischen den Welten wie brennende Schleier, und Milou erkannte die Bilder, die über Caldorons Hand in dieses Feuer hineinflossen. Es waren ihre Erinnerungen, ihre Träume, ihr ganzes Ich, mit dem er jede freie Flamme der Scherbenpfade in seinem Weiß verfärbte – einem Feuer, das unüberwindbar war für jeden außer ihm selbst. Sie fühlte noch einmal Nonnas Hand in ihrem Haar, hörte Federicos Lachen und erkannte ihre Eltern nah beieinander auf der Wiese im Wald, doch kaum, dass sie diese Bilder in den Pfaden aufgehen sah, verloren sie ihre Farbe. Und mit jedem Funken, der in ihnen erlosch, entglitt Milou der Bezug zu ihnen. Sie wurden starr unter Caldorons Frost und binnen weniger Atemzüge empfand sie bei etlichen Bildern nichts mehr als haltlose Leere. Keuchend rang sie nach Luft, als er sie zu Boden fallen ließ, als wäre sie nicht mehr als ein lebloses Bündel. Der Nebel schlang sich um ihren Leib, aber sie meinte, den Griff dunkler Wellen fühlen zu können, die ihr den Atem abdrückten und sie tiefer zogen, weit hinab in das Meer, das nun in ihr aufbrach und nichts als Dunkelheit in sich barg.

Das Geräusch traf sie wie ein Flüstern aus einer anderen Welt. Benommen hob sie den Kopf, und da erkannte sie, was sie gehört hatte. Ein Keckern war es gewesen, spöttisch und angriffslustig … das Lachen eines Fuchses. Milou versuchte sich zu erinnern, aus welchem Grund sie dieser Ton aus dem dunklen Meer zurückrief. Doch erst als sie den brennenden Fuchs durch Caldorons Licht auf sie zuspringen sah, kehrte sein Bild vollends in ihre Gedanken zurück. Grell glühte es im Feuer der Pfade auf. Sie sah die Funken, die aus seinem Schweif stoben – und an seiner Seite, die Armbrust in rotem Feuer entfacht, jagte Federico direkt auf sie zu.

Krachend schlug sein Pfeil in Caldorons Brust ein. Der König der Scherben stieß ein Keuchen aus, und ehe er auch nur die Hand heben konnte, schlug Federico ihm mit voller Wucht die Faust ins Gesicht. Blut spritzte auf den Boden und gefror zu Eis, doch Milou merkte es kaum. Sie schaute zu Federico auf, der nun sein Schwert in Flammen setzte, und hielt den Atem an. Er blutete aus etlichen Schnitten in seinem Leib. Es sah aus, als wäre er durch tausend Scherben gesprungen, und sie schauderte angesichts der Wunde, die in seiner Brust aufgebrochen war. Aber er schien keinen Schmerz zu spüren. In rasender Geschwindigkeit warf er einen flackernden Zauber über das brennende Buch und erstickte die Flammen, ehe er Caldoron weiter zurücktrieb. Klirrend schlugen ihre Schwerter zusammen, und als sie sich in die Luft erhoben und sich gegen die Pfeiler schleuderten, da war es Milou, als hätten sie diesen Kampf in jedem Augenblick der vergangenen Jahre ausgefochten – seit jenem Moment, da sie einander in diesen Mauern verloren hatten. Zornige Stimmen hallten durch die Luft, und während die Krieger hoch oben in den Kuppeln des Doms die Waffen kreuzten, stemmte Milou sich gegen die Fesseln des Nebels. Schwer atmend richtete sie sich auf, und da erkannte sie die Bilder, die mit jedem Zusammenprall durch die Mosaike der Wände zuckten, durch die Kuppeln, die vom Blut der Krieger besudelt wurden, und den Boden, der unter ihren mächtigen Zaubern erbebte. Sie sahen schemenhaft aus wie unter dickem Eis, und doch spürte Milou ihre Farben so deutlich auf ihrer Haut, als würden sie sich jeden Moment in Flammen setzen – die Farben der Bilder der Vergangenheit, die um sie herum aufbrachen.

Es waren düstere Szenen. Sie zeigten Caldoron allein in einem verwaisten Saal, den Blick von Trauer und Leid gezeichnet, dann hoch auf den Dächern, als wollte er sich in die Tiefe stürzen, und immer wieder im Streit mit Federico, die Augen zu Feuer entfacht. Mehrfach fuhr Milou zusammen, wenn die Stimmen sich zu Schreien formten, und noch ehe sie die Verzweiflung in diesen Bildern fühlte, die Haltlosigkeit und den Schmerz, sah sie die Wunden, die hoch oben in den Kuppeln in Caldorons Leib aufklafften und die auch Federico zusetzten. Es war, als würden die Farben ringsum mit unsichtbaren Lanzen nach ihnen stechen. Wieder und wieder brachen neue Wunden auf, und Milou konnte spüren, wie ihre Kräfte nachließen, mit jedem Hieb des einstigen Freundes und jedem Bild, das aus der verlorenen Vergangenheit zu ihnen sprach. Schon wurde das Feuer des Fuchses schwächer, der als glühender Schatten um Federico herumglitt. Es flackerte unheilvoll wie kurz vor dem Erlöschen. Caldoron streckte die Hand nach dem Tier aus, doch sofort schlugen dessen Flammen zischend über seine Finger. Das Bild ihrer letzten Schlacht brach hinter ihnen auf. Und im selben Moment, da der Caldoron von damals seinen Feind in den Mauern des Doms verwundete, packte Federico ihn an der Kehle.

In rasender Geschwindigkeit schoss der Fuchs in Federicos Faust und entfachte sich zu gleißendem Feuer. Die Flammen flackerten über Caldorons Gesicht, und als Federico mit ihm durch den Dom jagte, so schnell, dass die Bilder ringsum erloschen, da wusste Milou, was er nun anstelle dieser Szenen sah. Sie konnte seinen Schmerz spüren, der seine Nägel tiefer in Caldorons Fleisch trieb, und fast meinte sie, die Gesichter der Pathari mit eigenen Augen sehen zu können, die in Federico aufbrachen.

Deutlich hörte sie die Schreie derer, die damals in der Schlacht gefallen waren. Sie konnte die Tränen auf ihren Wangen fühlen von all jenen, denen Caldoron und seine Schergen Leid angetan hatten, und sie spürte die Verzweiflung Federicos in ihrer eigenen Brust, als er den König der Scherben gegen die Wand presste, als wäre er nie mehr gewesen als ein Fremder hinter dem Gesicht eines Menschen. Wortlos streckte er die freie Hand nach dem Buch aus, das sich zitternd in die Luft erhob. Doch gerade in dem Moment, da sie glaubte, sein Schwert durch Caldorons Brust gleiten zu sehen, glomm ein letztes Bild rings um sie auf. Es zeigte zwei Jungen in einer Gondel aus schwarzem Feuer, zwei Kinder in einer verzauberten Welt – zwei beste Freunde, die sich nun in ihrem Palast aus Scherben noch einmal in die Augen sahen.

Milou atmete nicht mehr. Sie sah Federico nur an, diese Maske des Kriegers, die ihr noch immer so fremd erschien, und sie spürte durch jede Kälte seines Blicks hindurch den Kampf, der in seinem Inneren tobte. Schon einmal hatte er vor Caldoron Schwäche gezeigt, schon einmal war der glühende Funke durch seine Kälte gebrochen, der auch nun in seinen Augen aufloderte – dieser Funke aus Wärme und Zärtlichkeit, der ihr stets ein Zuhause gewesen war. Sie wusste, dass Federico ihn zurückdrängen musste, um diesen Kampf zu gewinnen, mehr noch als das: Er musste töten, was ihn damals hatte zögern lassen, oder er würde sterben. Aber er rührte sich nicht. Milou wollte ihn anschreien, wollte ihn an Nonna erinnern und an alles, was er beschützen wollte … und dennoch tat sie es nicht. Denn in diesem Moment, da sie zu Federico aufsah und langsam die Maske des Kriegers von seinen Zügen fiel, begriff sie, dass es um mehr ging als alles, was sie bis zu diesem Punkt geglaubt hatte. Dieser Funke, der in Federico brannte, war weit mehr als sein Herzschlag und das Blut in seinen Adern. Er war die Wärme in seinem Blick, wenn er sie wortlos in die Arme genommen hatte, er hatte ihre Geheimnisse erkannt, ohne sie jemals zu verraten, er war in die Schlacht gezogen für eine Welt, die nie ganz die seine gewesen war. Dieser Funke hatte ihn hoffen und weinen lassen, er hatte ihn durch Licht und Schatten getrieben und seinen Verstand bewahrt, selbst in Augenblicken der Verzweiflung, und er hatte sich entzündet, in jeder Geschichte, die über seine Lippen gekommen, und jedem Wort, das in Milou hineingesunken war. Diesen Funken, das spürte sie nun mit aller Macht, hatte er mit allem verteidigt, was er war … dieses Feuer, das wichtiger war als sein Leben. Wie aus weiter Ferne sah sie, wie er die Waffe sinken ließ, und für einen kurzen kostbaren Moment schaute Caldoron ihn an wie damals – hingegeben wie das Kind, das er einmal gewesen war und das ein Wunder betrachtete. Dann jedoch kehrte der Frost auf seine Züge zurück und mit einer einzigen Bewegung stieß er Federico das Schwert durchs Herz.

Milou nahm die Glut kaum wahr, die aus Federicos Wunde brach und Caldoron mit mächtigem Krachen zurückschleuderte. Sie spürte auch die Fesseln nicht, die sich von ihr zurückzogen. Sie sah nur, wie der Pala'Dhey am Boden aufschlug, und als sie neben ihm auf die Knie fiel, wurde der Schmerz in ihrem Inneren so übermächtig, dass sie glaubte, die Besinnung zu verlieren. Er hielt die Augen geschlossen. Schwach nur glomm die Flamme des Fuchses noch in seiner Faust, und als er keuchend die Luft einsog, konnte sie hören, dass viel zu wenig davon noch in seine Lunge strömte. Verzweifelt griff sie nach seiner Hand. Sie konnte ihn nicht loslassen, selbst dann nicht, als Caldorons Frost über seine Finger in sie hineinschoss. Tränen liefen über ihre Wangen, aber sie spürte sie so wenig wie die Erinnerungen, die nun aus ihr herausflossen, so schnell, als wären sie Blut in einer offenen Wunde. Alles, was sie deutlich fühlte, war der Schatten, der sich nun auf Federicos Körper legte ... die samtene Kühle des Todes, die jede andere Empfindung mit sich nahm.

Die Wärme kam so plötzlich, dass Milou zusammenfuhr. Schmerzhaft heiß legte sie sich über ihren Körper und drang in ihre Glieder ein, und erst als die Flamme des Fuchses prasselnd unter ihr aufloderte, merkte sie, dass sie die Augen geschlossen hatte. Schwer atmend hob sie den Kopf. Sie war neben Federico zusammengesunken. Eis hatte ihre Hände bedeckt und Raureif ihre Beine, doch über ihr, das Haar verkohlt und mit blutigen Striemen im Gesicht, kniete Nív und zog sie zu sich heran. Federicos Hand entglitt ihr, als er das halb verbrannte Buch in ihren Schoß legte, aber erst als er ihr Gesicht in seine Hände nahm, spürte sie, wie kalt sie geworden war. Benommen sah sie, wie er die Lippen bewegte, und dann hörte sie seine Stimme, zuerst fern wie ein Flüstern, dann ohrenbetäubend laut.

»Milou!«, rief er außer sich. »Sieh mich an!«

Ihre Lider senkten sich schwer wie Blei, aber die Verzweiflung in seiner Stimme hielt sie bei Bewusstsein. Wie in einem finsteren Traum bemerkte sie Caldoron, der – von drei mächtigen Raben umtost – die Fäuste in tödlichen Frost setzte, um sich ihrer zu entledigen. Doch sofort zwang Nív sie wieder, ihn anzusehen. Atemlos hielt sie sich an der Dunkelheit seiner Augen fest, für einen Moment schloss sie sich voller Zärtlichkeit um ihren Leib. Doch dann kehrte das Meer aus jener Nacht in seinen Blick zurück, und der Schreck traf Milou so heftig, dass sie vor ihm zurückwich. Seltsam taub waren die Schläge, die sie ihm versetzte, aber dennoch raste ihr Herz in ihrer Brust. Sie wollte diese Dunkelheit nicht sehen, die sie zerreißen konnte, wenn sie in sie hineinfiele – diese Finsternis, die jede Maske zerbrechen würde, die sie je auf ihrer Seele getragen hatte. Doch Nív ließ sie nicht los, und als ihre Kräfte schwanden, sah sie ihn noch einmal über sich, als Kind mit nassen Haaren. Mit unnennbarer Sanftheit schaute er sie an, und als hätte dieser Blick ein Tor zu ihrem Inneren aufgestoßen, ließ sie die Arme sinken. Behutsam strich er über ihre Wange, ein Lächeln glomm über sein Gesicht, das wie ein Abschied war. Dann loderte das Feuer seiner Augen auf und sie stürzte mitten hinein in seine Dunkelheit.

Die Wellen schlossen sich um ihren Leib, sodass sie kaum Luft bekam. Blitze zuckten über ihr am sturmgepeitschten Himmel, donnernd schlug die Gischt über ihr zusammen, und zwischen dem Tosen der Elemente hörte sie ihre Mutter schreien. Sie rang nach Atem, als irgendetwas sie unter Wasser zog, tauchte wieder auf, sah ihren Vater, leblos in den Wellen, ehe er unterging, und ihre Mutter an Deck, bevor der Mast sie traf. Wieder wurde sie in die Tiefe gerissen, wieder rang sie nach Atem, und dann war nur noch Wasser da, endloses schwarzes Wasser, das sie gewaltsam mit sich zog. Hilflos war sie wie ein Blatt im Wind, doch schlimmer als all die Schrecken dieser Erinnerung war der Blick, der noch immer auf ihr ruhte … der Blick des Traums aus Nacht und Schatten, der nun sah, wie sie wirklich war: eine hilflose Träumerin, die niemanden retten konnte, in keiner Nacht, keiner Dämmerung, keinem Meer der Welt.

Sie spürte Caldorons Kälte kaum, als sie hinter ihr aufwallte. Alles, was sie wahrnahm, war Nívs Blick, der sie nicht losließ, selbst dann nicht, als er sein Feuer in seiner Faust entfachte und die Flamme des Fuchses in seine Schatten hüllte. Noch einmal ging die Zärtlichkeit durch seinen Blick, so sanft, dass sie schauderte. Dann sprang er auf die Beine, und im selben Moment, da Caldoron die Raben zu Boden warf, stellte Nív sich ihm entgegen.

Milou griff nach Federicos Hand. Sie fühlte, wie der Schattenzauber sich entfaltete und sich mit dunklem Grollen mit dem Feuer des Fuchses verband. Warm strich er über ihre Haut und löschte die Umgebung um sie aus, während ihr Schrei in ihr widerhallte – ein Schrei voller Schmerz, umgeben von der Nacht eines Raben. Sie sah noch, wie Nív die Arme hob und mit schwarz brennenden Schwingen auf seinen Feind zustürzte. Dann brach das Feuer des Fuchses über ihr zusammen und sie verlor das Bewusstsein.

32

Milou erwachte vom Geruch nach Rauch und staubigem Papier. Für einen Moment gelang es ihr, im trüben Dämmerlicht der Bewusstlosigkeit zu verharren, in dem jeder Schrecken in weiter Ferne lag. Doch kaum, dass sie Atem holte und ein stechender Schmerz durch ihren Brustkorb zog, kehrte die Erinnerung an die Ereignisse zurück. Caldorons Lachen zerfetzte die Luft, seine Kälte schlang sich um ihre Kehle, und Nívs Gesicht stand ihr vor Augen: mit Blut an der Schläfe, die Augen in schwarzem Feuer entfacht, ehe er sich ihrem Feind entgegenwarf … dem König der Scherben, der seinen Tod wollte.

Milou fuhr in die Höhe. Sie brauchte keinen Blick auf die Regale und den roten Sessel zu werfen, um zu wissen, wo sie sich befand. Nívs Schatten hatten sie mit der Kraft des Fuchsfeuers in die Menschenwelt getragen, mitten hinein in Federicos Buchladen – sein Refugium der Scherben. Benommen kauerte sie zwischen den Büchern, die in der kleinen unterirdischen Kammer dem Zugriff durch die Thar'koryen entkommen waren, und dort, halb gegen ein Regal gelehnt, lag Federico. Sein Atem ging flatternd, seine Kleidung war blutdurchtränkt, und als Milou sich neben ihm fallen ließ, spürte sie wieder die Kälte, die von ihm ausströmte. Sein brennender Fuchs hatte sich an seiner Seite zusammengekauert, als wollte er ihn wärmen, und ringsherum, so reglos, dass sie wie wachende Statuen aussahen, saßen weitere Füchse, die Augen zu dunklen Spiegeln entfacht. Etwas in ihrer Stille schickte eisige Güsse über Milous Leib …

etwas, das unausweichlich war und das sie doch nicht akzeptieren konnte.

So leise wie möglich versuchte sie, auf die Beine zu kommen. Sie musste Hilfe holen, einen Arzt, eine Krankenschwester, irgendwen, der … Aber ehe sie sich noch aufrichten konnte, griff Federico nach ihrer Hand. Sacht tat er das, und doch schien es ihr, als würde sich in diesem Moment eine steinerne Schicht über ihren Körper ziehen. Alles in ihr wollte ihre Hand zurückziehen, sich losreißen von dem, was doch nicht zu ändern war. Aber sie saß nur da, erstarrt wie die Füchse ringsum, und als Federico die Augen öffnete, genügte ein Blick, um jede Hoffnung in ihr auszulöschen. Sie schüttelte den Kopf, als könnte sie auf diese Weise die Gewissheit aus seinen Augen vertreiben, die kein Wort brauchte, um ihr das Blut aus dem Schädel zu ziehen.

»Ich sterbe«, flüsterte er, so sanft, als würde er den Beginn einer neuen Geschichte erzählen. »Und abgesehen davon, dass du dort draußen nur Caldorons Schergen in die Arme laufen würdest, können mich die Menschen mit ihrer albernen Medizin nicht vor dem bewahren, was nun geschehen wird. Ich kann es fühlen, gerade so, wie ich immer wusste, wann es schneien würde, früher als Kind. Meine Zeit ist gekommen, und daran kannst auch du leider nicht das Geringste ändern.«

Milous Kehle schnürte sich mit solcher Gewalt zusammen, dass sie glaubte, sie müsste daran ersticken. Mit aller Macht drängte sie die Tränen zurück und strich behutsam über Federicos Finger. Wie oft hatte sie diese Hände angesehen, wie oft gebannt darauf gestarrt, wenn er an ihrem Bett gesessen und die Seiten der Märchenbücher umgeschlagen hatte, und wie oft hatte sie sie ergriffen, jedes Mal, wenn sie gestürzt war, auf den Straßen der Stadt oder in ihrem eigenen Geist? Noch immer waren es die Hände des Geschichtenerzählers, der ihre Welt in tausend Farben gehüllt hatte, und sie ertrug die Kälte nicht, die ihn nun wie unter einem fremden Willen schaudern ließ. »Es tut mir so leid«, flüsterte sie. »Ich habe versagt.«

Aber Federico stieß die Luft aus, beinahe verächtlich wie früher, wenn es ihr nicht gelungen war, den wahren Ausgang einer Geschichte zu erraten. »Signorina Voreilig«, sagte er, und seine Augen blitzten in altem Schalk auf. »Noch ist die Schlacht nicht entschieden.«

Sein Lächeln war sanft, doch sie konnte es nicht erwidern. »Caldoron hat die Pfade der Scherben in seine Gewalt gebracht. Sie sind kaum mehr überwindbar, er hat das Buch verbrannt und Nív in seinen Klauen. Bald schon wird er das Reich der Scherben gänzlich unter seinen Willen zwingen und sich daran ergötzen, wie die Menschen in unserer Welt mehr und mehr zu fühllosen Kreaturen ohne eigenen Willen werden, da er ihnen alles geraubt hat, was sie an sich selbst erinnern könnte. Währenddessen sitzen wir hilflos in der Menschenwelt herum, und apropos erinnern: Die meisten meiner eigenen Erinnerungen sind kaum mehr als erlöschende Farben in meinem Kopf. Caldoron hat mich in meine Schranken gewiesen, und du ...« Sie stockte, als ihr Blick auf seine blutige Brust fiel, doch er legte nur den Kopf schief und verstärkte sein Lächeln.

»Ich bin da, um dir zu sagen, dass du dich irrst«, stellte er fest. »So, wie es immer war.«

Milou sah ihn an, und für einen Moment wollte sie ihn gleichzeitig umarmen und schütteln, so sehr schnitt sein vertrautes Lächeln ihr ins Fleisch. »Aber es ist die Wahrheit«, beharrte sie. »Entgegen all den Hoffnungen, die in mich gesetzt wurden, habe ich im Kampf gegen Caldoron versagt. Und selbst wenn ich noch einmal in der gleichen Situation wäre, könnte ich nicht das Geringste anders machen. Ich habe das Buch geöffnet, aber ich konnte seine Macht nicht befreien. Alles, was ich darin gesehen habe, war Dunkelheit.«

Federico setzte zu einer Entgegnung an, doch ehe ein Wort über seine Lippen kam, verzog er schmerzerfüllt das Gesicht. Erneut drang Blut aus der Wunde in seiner Brust, und sein Atem zitterte, als er die Finger ins Fell seines Fuchses grub. Erst als das Tier zu ihm aufsah, klug und still wie immer, beruhigte sich sein Atem und der Schmerz wich von seinen Zügen. »Alles beginnt in der Dunkelheit«, flüsterte er, »ehe es stark genug wird, um ins Licht zu treten. Und jede Wahrheit hat zwei Seiten. Hast du das vergessen, Maestra der Worte?«

Er war kreidebleich, doch als nun der Schalk in seinen Blick zurückkehrte und dieser Name in Milou widerklang, konnte sie nicht anders, als sein Lächeln zu erwidern. Wie oft hatte er sie früher so genannt. Aber gleich darauf fiel ihr Blick auf das Buch, das halb verkohlt neben dem Fuchs lag, und sie meinte, noch einmal mit den Fingern über die Seiten zu streichen. Wieder sah sie die Funken aufglimmen … und gleich darauf die Finsternis, die vor ihr aufgeklafft war. Ein Schauer lief über ihren Rücken, den sie nicht fortdrängen konnte. »Ich habe Caldorons Stimme darin gehört«, sagte sie so leise, dass sie sich selbst kaum verstand. »Ich dachte, sie würde mich vernichten.«

Federico schwieg, bis sie den Kopf hob und ihn ansah. »Es ist nicht Caldoron, den du fürchtest«, sagte er dann. »Doch gib mir das Buch. Ich werde dir zeigen, was es damit auf sich hat.«

Milou konnte nicht verhindern, dass ein Teil des Buchs zu Asche zerfiel, als sie es aufhob. Aber Federico nahm es mit einer ehrfürchtigen Stille entgegen, als würde es noch immer in schönstem Glanz erstrahlen, und als er darüber hinstrich, glühte der Einband auf, als würde es seinen alten Freund begrüßen. Vorsichtig schlug Federico das Buch auf und begann, mit den

Fingern über die Seiten zu gleiten. Mehrfach brach das Papier, so stark war es an etlichen Stellen verkohlt, aber er fuhr einfach fort, die Seiten umzuschlagen, und ein Lächeln flog über seine Lippen, als würde er lesen. Und auf einmal sah Milou, wie die Funken tiefer sanken. Lautlos wie Steine, die in einen Ozean fielen, glitten sie in die Schwärze der Seiten hinein, und gerade als sie meinte, sie erlöschen zu sehen, flammten sie in schwachen Farben auf und zeigten Bilder ... Bilder, die Milou bekannt vorkamen.

Schemenhaft nur konnte sie sie erkennen, gerade so, wie es im Palast der Scherben gewesen war: als wären sie durch dickes Eis von ihr getrennt. Aber dennoch hörte sie die Stimmen, die nun die Luft durchdrangen, ausgelassen und frei, und da erkannte sie Federico als Kind, wie er übermütig auf den Dächern Venedigs herumturnte. Sein Haar wehte im Wind, seine Augen glühten im Schein der Sonne, und als er auf einem First beinahe das Gleichgewicht verlor, ergriff ihn eine Hand. So deutlich nahm Milou sie wahr, dass es ihr schien, als würde sie die Haut Caldorons unter ihren eigenen Fingern spüren. Da stand er, der Wanderer zwischen den Welten, der später der König der Scherben werden sollte, und war doch nichts als ein Junge, der seinem besten Freund zur Seite stand.

Rasch glühten weitere Szenen in den Seiten auf. Milou sah Federico und Caldoron auf den Türmen der Scherben, sah sie baden in silbernen Kanälen und fliegen über den Dächern der Stadt, und während ihre Leichtigkeit noch über ihre Stirn strich, als wäre sie selbst dabei gewesen, sah sie die beiden Freunde dicht beieinander vor eben dem Buch, das nun vor ihr lag. Sie zuckte zusammen, als sie sich gegenseitig in die Finger schnitten, und im selben Moment, da Caldoron eine Schwanenfeder in ihr Blut tauchte und zu schreiben begann, begriff sie, was sie getan hatten. Funken sprühten unter dem Federkiel auf und ließen das Blut der Worte tief in die Seiten sinken, und Milou beobachtete, wie sie aufglühten, als wären sie kostbare Juwelen: all die Erinnerungen, all die Gedanken, all die Abenteuer, die Caldoron und Federico miteinander geteilt hatten und die nun als ewiger Schatz in dieses Buch geschrieben wurden. Sie schaute den Jungen zu, die abwechselnd ihre Worte zu Papier brachten, und als das Bild schließlich erlosch, fühlte sie erneut die samtene Kühle, die sie auch beim ersten Öffnen des Buchs empfunden hatte. Doch dieses Mal folgte kein Entsetzen, als sie die schwarzen Seiten betrachtete. Stattdessen hörte sie noch einmal Caldorons Lachen, aber hell dieses Mal und klar – das Lachen eines Kindes.

»Caldoron hat vieles verloren auf seinem langen Weg«, sagte Federico leise. »Doch nicht alles. Deswegen konnte er den Fluch des Palasts nicht ertragen, deswegen setzte ihm dessen Schwärze so zu, und deswegen fürchtet er dieses Buch, das ihn in die Knie zwingen kann. Aber nicht nur für ihn ist es ein Spiegel, das hast du erfahren. Es öffnet, was wir tief in uns selbst verschließen … und es lässt sich nur von dem befehligen, der sich hineinstürzt in seine Dunkelheit.«

Milou schaute auf die Seiten, die nun wieder leer und reglos dalagen. Das Kinderlachen Caldorons war ebenso verstummt wie ihre Erinnerung an seine unheilvolle Stimme, die ihr aus dieser Schwärze entgegengeschlagen war, und doch flog ein Frösteln über ihren Leib, als sie diese Finsternis betrachtete. Noch einmal schien sie vor ihr aufzuklaffen, eine Schlucht voller Schatten, die sie mit sich reißen würde wie ein Blatt im Sturm, oder vielleicht keine Schlucht, sondern ein Meer … ein Meer in dunkler Nacht … Noch einmal spürte sie Nívs Hände an ihren Wangen, aber ehe die Gischt der Wellen sie treffen konnte, riss sie ihren Blick von dem Buch los. »Ich bin nicht die, auf die du gewartet hast«, sagte sie und konnte nicht verhindern, dass ihre Stimme zitterte. »Ich werde es niemals schaffen, die Kraft dieses Buchs zu nutzen.«

Federico hob die Brauen, als er sie ansah. »Aber wie kommst du nur darauf?«

Das ehrliche Erstaunen in seiner Stimme trieb ihr das Blut in die Wangen, teils aus Scham, teils aus Ungeduld mit diesem alten Mann, der selbst im Angesicht seines Todes nicht aufhören konnte, seinem verrückten Glauben an sie weiter zu folgen. »Weil ich es nicht kann«, erwiderte sie lauter, als sie es beabsichtigt hatte. Auf einmal raste ihr Herz, und als sie seinen Blick erwiderte, war nicht nur er es, den sie anschaute. Sie sah Asra vor sich, die stolze Anführerin der Pathari, die ihr das Herz des Meeres überlassen hatte, sie sah Corvin, der vom ersten Augenblick an beschlossen hatte, ihr zu vertrauen, sie sah all die anderen, die mit stiller Ehrfurcht zu ihr herübergesehen hatten – und sie sah Nív, der alles riskiert hatte für die Wanderin zwischen den Welten und der nun dem Tod ins Auge sah, weil sie nicht die war, für die er sie gehalten hatte. »Ich habe schon einmal versagt«, fuhr sie fort, und die Worte brachen aus ihr heraus, als hätte sie jedes einzelne davon in den vergangenen Wochen hinter tausend Türen in sich eingesperrt. »Und nicht erst jetzt im Kampf gegen Caldoron, sondern früher – viel früher schon! Du hast es gesehen, ebenso wie Nív! Er musste mich mit meiner letzten Erinnerung in die Menschenwelt zurückschicken, weil ich es nicht geschafft habe, all die anderen zu bewahren – eine Erinnerung, die so entsetzlich ist, dass ich sie tief in mir vergraben habe, ohne es überhaupt zu wissen! Nun, er hat sie gefunden. Er hat mir das Leben gerettet, wieder einmal. Und jetzt weiß er auch endlich, wer ich bin!«

Federico hatte die Hand vor sein Herz gehoben, während er ihr zugehört hatte, und für einen Moment verkrampften sich seine Finger, als würde er mit aller Kraft den Schmerz zurückdrängen. Doch sein Blick lag unverwandt auf ihr und er schüttelte langsam den Kopf. »Milou«, sagte er, behutsam wie früher, wenn sie zu ihm gekommen war und ihm ihr Leid geklagt hatte. »Und was glaubst du, wer du bist?«

Seine Sanftheit machte ihr das Atmen schwer, und kurz wollte sie alles zurücknehmen. Sie wollte ihm sagen, dass sie die Heldin war, die er in ihr gesehen hatte, dass sie nicht daran zweifelte, Caldoron besiegen zu können, sie wollte ihm die Hoffnung zurückgeben, die sie im Palast der Scherben vernichtet hatte, und ihn in der Stunde seines Todes nicht im Stich lassen. Doch sie sah das Lächeln, das sich nun auf seinen Zügen vertiefte, als hätte er ihre Gedanken gehört, und wie jedes Mal, wenn sie versucht hatte, ihn zu schonen, fühlte sie auch jetzt, dass sie ihn nicht belügen konnte, wenn er sie auf diese Weise ansah. »Ich konnte sie nicht retten«, flüsterte sie, so leise nun, dass sie sich selbst kaum verstand. »Das Meer hat sie verschluckt und ich konnte nichts, gar nichts dagegen tun. Ich bin eine Träumerin, Federico, nie war ich mehr als das. Und jetzt weiß Nív das auch.«

Für einen endlosen Moment war es still. Milou versuchte vergeblich, Nívs Gesicht aus ihren Gedanken zu verbannen, diesen Ausdruck auf seinen Zügen mit der Mischung aus Schmerz und Furcht, die sie nicht deuten konnte, und schließlich hob sie den Blick in der Erwartung, dieselbe Enttäuschung auf Federicos Antlitz zu erkennen, die dumpf in ihr pochte. Doch er sah sie nur an und schüttelte den Kopf.

»Zum Teufel«, sagte er zärtlich. »Was meinst du mit *jetzt*? Hast du denn nicht begriffen, was passiert ist? Sieh, Kind deiner Träume. Sieh, was damals geschah!«

Ehe sie zurückweichen konnte, legte er die rechte Hand an ihre Schläfe. Sie fühlte noch die Kälte, die plötzlich durch seine Finger schoss. Dann brach sein Feuer in ihrem Schädel auf, und alles, was sie sah, waren tiefschwarze Wellen, die über ihr zusammenschlugen. Panisch sog sie die Luft ein. Sie hustete, als nichts als Wasser in ihre Lunge drang, und als sie endlich an die Oberfläche stieß, hörte sie das Grollen des Sturms, das den Ozean aufwühlte. Sie riss den Blick von den Wellen los, doch sie konnte die Illusion nicht verlassen, in die Federico sie geschickt hatte ... dieses Abbild ihrer Erinnerung, mit dem Nív sie zurück in ihre Welt geschickt hatte. Erneut ballte sich das Meer vor ihr zusammen und riss sie in die Tiefe, und als sie unterging, zu geschwächt, um sich gegen diese Gewalt zu wehren, stieg Furcht in ihr auf – haltlose Furcht angesichts der Finsternis, die unter ihr aufklaffte. Wieder drang Wasser in ihre Lunge, doch sie spürte den Schmerz nicht mehr. Ihr Körper entglitt ihr. Sie fühlte nichts mehr als die plötzliche Stille um sich herum ... und dann Arme, die sich fest um ihren Leib schlangen. In rasender Geschwindigkeit wurde sie durch die Fluten gezogen, so schnell, dass sie kaum mehr wahrnahm als tiefschwarze Wellen und nasse Haut. Eiskalt traf die Luft ihre Stirn, im selben Moment überkam sie heftiger Hustenreiz. Wasser schoss aus ihrem Mund, ihre Lunge brannte, als sie sich am Ufer krümmte. Doch das Meer umgab sie nicht länger. Sie war in Sicherheit.

Schwer atmend sank sie auf den nassen Steinen nieder, und als sie den Blick hob, halb schon in Ohnmacht gesunken, stockte ihr der Atem. Dort vor ihr, durchnässt bis auf die Haut, saß Nív, ein Kind wie sie selbst, und strich ihr das Haar aus der Stirn. Milou erwiderte seinen Blick, als wäre er wirklich da, und sie erinnerte sich daran, dass sie dieses Bild schon einmal gesehen hatte ... kurz nachdem sie ihm ihre Erinnerungen geschenkt hatte in dem verlassenen Haus. Sie hatte geglaubt, es wäre ein Trugbild gewesen, eine Vermischung von Realität und Traum, doch während sie Nív ansah und sein Lächeln erwiderte, begriff sie, dass sie sich geirrt hatte. Seine Finger strichen kühl über ihre Wange, aber das Gefühl, das sie nun flutete, war voller Wärme. Es barg den Moment, wenn sie in den Armen ihrer Mutter eingeschlafen war, den Augenblick, wenn ihr Vater sie aufgefangen hatte, jedes Mal, wenn er von der Arbeit heimgekommen war, und sie fühlte sich so geborgen, dass Tränen in ihre Augen stiegen. Nív hatte die Erinnerung aus jener Nacht nicht in ihrem Inneren gefunden, um sie damit in ihre Welt zurückzubringen. Er hatte sie tief in sich selbst bewahrt, denn er hatte all das selbst erlebt. Er war wirklich dort gewesen … am Ufer des schwarzen Meeres, in dem ihre Eltern gestorben waren.

Milou merkte kaum, wie Federico seine Hand zurückzog und das Bild um sie herum zerbrach. Sie fühlte noch immer Nívs Blick auf sich, als der Geruch der Bücher längst wieder in ihre Nase stieg, und erst als sein Gesicht in ihren Gedanken erlosch, konnte sie den Kopf heben. »Er hat mir das Leben gerettet«, flüsterte sie. »Aber wieso …«

»Wieso du dich nicht erinnert hast?«, beendete Federico ihren Satz, und zum ersten Mal, seit sie aus dem Palast der Scherben entkommen waren, glitt etwas wie Spott über sein Gesicht. »Weil Nív dir die Erinnerung an jene Nacht genommen hat, nachdem er dir das Leben rettete. Er stahl sie dir, um dir den Schmerz zu ersparen – und um zu verbergen, dass er dich zwar retten konnte, deine Eltern jedoch nicht.«

Milou starrte ihn an, doch es war Nív, den sie sah … Nív am Ufer vor der verfluchten Insel, kühl und weit von ihr entfernt, Nív im verlassenen Haus, so zärtlich und zugleich so voller Furcht, Nív, der sie am Kanal küsste, nur um sie am nächsten

Morgen fortzuschieben, tausendmal Nív, der vor ihr zurückwich, jedes Mal, wenn sie ihm zu nah gekommen war und die Sorge um sie ihn dazu getrieben hatte … jedes Mal, wenn er gefürchtet hatte, sie könnte sein Geheimnis lüften. In all diesen Momenten waren seine Augen noch dunkler gewesen als sonst, und nun, da sie ihren Blick erneut erwiderte, begriff sie, was sie so schwarz gefärbt hatte. Schuld war es gewesen … diese tückische, lähmende, gnadenlose Schuld, die sie in ihrer eigenen Brust fühlte.

»Ich sehe, das kommt dir bekannt vor«, sagte Federico und ließ die Bilder in ihr zusammenstürzen wie fliegende Spielkarten. »Und alle Worte darüber, dass du ein Kind warst, ebenso wie Nív, dass es ein Heidenglück gewesen ist, dass ihr beide den Sturm überlebt habt, und dass keinen von euch auch nur die geringste Schuld trifft, werden nichts an diesen Gefühlen ändern. Ihr beide habt euch selbst in Ketten gelegt, doch ihr könntet euch helfen, euch zu befreien. Ich habe euch beobachtet. Deine Gefühle für ihn stehen auf deiner Stirn geschrieben, und was ihn betrifft … Nun, man braucht kein Herz aus Fleisch und Blut, um lieben zu können, das ist dir doch klar?«

Milou errötete erneut, aber sie schüttelte den Kopf. »Er kommt aus der Welt der Scherben und ich aus der Welt der Menschen. Wir können nicht zusammen sein. Das hat er mir noch kurz vor dem Kampf gegen Caldoron eindrucksvoll in Erinnerung gerufen.«

Doch Federico stieß nur die Luft aus. »Und du bist eine Närrin, wenn du ihm glaubst. Aber es ist leicht, voreinander zurückzuweichen, nicht wahr? Viel leichter, als einen Weg zu finden, zusammen zu sein.«

Da zog Milou die Brauen zusammen. »Ich wollte mit ihm zusammen sein! Ich wäre bei ihm geblieben, und …«

»… hättest dafür deine Welt aufgegeben und alles, was du bist?« Der Hohn in seiner Stimme war wie eine Ohrfeige und brachte sie zum Schweigen. »Nein, Milou, du hast dich nicht auf den Weg zu ihm gemacht, ebenso wenig wie er, und wenn du mit den Augen deines Onkels auf deine Gefühle schaust, dann ist es weder das Reich der Scherben noch Nívs Dunkelheit, die dir Angst einjagt – sondern deine eigene. Früher hast du Welten aus ihr erschaffen, du hast auf ihren Träumen fliegen gelernt und bist frei gewesen wie die Gedanken, die in ihren Schatten geboren wurden. Doch in jener Nacht, da deine Eltern starben, wurde dein Glaube an diese Dunkelheit erschüttert, und seit du Venedig verlassen hast, wurde er dir mehr und mehr abtrainiert, ob willentlich oder nicht. Deine Stärke, die dich über jede Grenze hinaustragen kann, wurde kleingeredet, sie wurde niedergemacht und belächelt, und mit jedem Biss dessen, was all die klugen Leute Realität nennen, wurde dein Zweifel an dir selbst größer. Deshalb gelingt es dir nicht, deine Macht zu entfalten, wenn du sie am nötigsten brauchst: weil du ihr nicht vertraust! Wie mächtig kann diese Kraft schon sein, wenn sie dir nicht dabei geholfen hat, deine Eltern vor dem Tod zu bewahren? Das ist es doch, was du denkst, nicht wahr? Aber es ist nicht wahr! Lass dich fallen, Kind deiner Welt – spring in die Dunkelheit, die in dir liegt, und du wirst es sehen!«

Milou saß da wie erstarrt. Noch nie zuvor hatte Federico so mit ihr geredet, doch trotz der Härte seiner Worte, trotz der Strenge, die in seiner Stimme mitschwang, spürte sie, dass seine Gedanken in sie hineinsanken wie die Stille, mit der er sie früher in scheinbar ausweglosen Situationen in den Arm genommen hatte. Sie glühten in ihr auf, flammend wie die Funken, die in das Buch hineingetaucht waren, und ihre Wärme ließ sie erzittern. Noch einmal spürte sie die Nacht des Meeres um sich herum, aber dieses Mal war sie nicht allein in der Finsternis. Federico war bei ihr, der Geschichtenerzähler, der nun ihre Hand nahm und auf sie niedersah wie auf ein Kind, das sich verirrt hatte. »Wenn ich wirklich tue, was du sagst«, flüsterte sie, »wenn ich springe, mitten hinein in diese Finsternis … was wird mich dann halten?«

Ein Lächeln glitt über sein Gesicht. »Nichts«, erwiderte er leise. »Nichts wird dich halten inmitten der Dunkelheit – außer dir selbst. Gerade darin liegt ihre Macht und ihr Zauber, und so sehr ich deine Furcht verstehe, ebenso wie deinen Zweifel, so eindringlich rate ich dir: Lass beides los. Denn auch du hast ein Herz aus Nacht und Scherben in dir. Und auf seinem Grund, Milou Traumkind, lodert die Kraft, es wieder und wieder zusammenzufügen. Diese Kraft ist wie eine Flamme … ein Feuer, das so hell strahlt, dass es so erscheint, als wäre das Herz für alle Zeit geheilt. Das ist nicht wahr, denn die Flamme braucht die Scherben wie ein Prisma. Aber sie bringt dennoch Heilung … für alle, die sie ansehen. Und das habe ich getan. Ich habe dich fliegen sehen, hoch oben über den Himmel deiner eigenen Welt – *bang-glücklich wie ein Kind im Dunkeln*. Und ich verrate dir noch etwas: Du hast deine Eltern gerettet in jener Nacht, und zwar mit derselben Kraft, die dich Drachen erschaffen ließ und goldene Planeten und die sich seit jeher in tiefster Dunkelheit verbirgt. Sie hat deine Eltern in deinen Gedanken bewahrt, in deinem Herzen und deiner Seele. Jede Einzelheit, die jemals wichtig war, findest du dort, wenn du die Augen schließt, unantastbar von jeder anderen Finsternis. Du hast sie gespürt, gerade eben am Saum des Meeres in jener Nacht, als du Nív in die Augen gesehen hast … die Kraft der Dunkelheit, die in dir liegt.«

Es war sein Lächeln, das Milou ans Ufer des Meeres zurücktrug. Noch einmal spürte sie Nívs Hand an ihrer Wange, noch einmal glomm die Wärme in ihr auf, als sie das Lachen ihres Vaters hörte und die Stimme ihrer Mutter, wenn sie ihren Namen rief, und sie spürte, wie diese Empfindung in sie hineinsank, tief hinab in eine Finsternis, aus der goldene Drachen und brennende Farben aufgestiegen waren und in der ein Funke glühte, namenlos und doch so mächtig, dass sie den Atem anhielt, als sie ihn in Federicos Augen gespiegelt fand. Derselbe Funke war es, der ihn im Angesicht Caldorons den Arm hatte sinken lassen und für den er sein Leben gegeben hatte – und dieser Funke, das spürte sie nun mit aller Macht, glühte auch in ihr. Er hatte sie mitten in der Nacht ans Fenster treten lassen, er hatte sie aufgefangen, wieder und wieder, er hatte die Häuser Buranos bunt gefärbt, und er hatte sie beschützt, jedes Mal, wenn niemandem sonst es möglich gewesen war. Verborgen lag er in tiefster Dunkelheit … beschützt von dem Herzen aus Nacht und Scherben, das sie in sich trug.

»Du bist eine Geschichtenerzählerin«, sagte Federico leise. »Bring diese hier zu Ende, wie sie es verdient. Entzünde die Dunkelheit. Du bist die Wanderin, niemand kann dich fernhalten von den Welten, nach denen du dich sehnst, das darfst du nie vergessen. Ich weiß, dass du Caldoron bezwingen wirst. Du bist stark genug für diesen Kampf und für alles, was darauf folgen mag. Ich wünschte nur …« Er hielt kurz inne. »Ich wünschte nur, ich könnte dir zusehen bei dem, was die klugen Leute Leben nennen.«

Kaum sichtbar war die Träne, die sich in seinem Augenwinkel sammelte, und doch war sie es, die Milou wie ein Stich ins Herz fuhr. Sie konnte nicht verhindern, dass sie zu weinen begann, aber als sie seine Hand nahm und seinen Blick erwiderte, glitt ein Lächeln über ihre Lippen wie damals, wenn sie einen geheimen Pakt geschlossen hatten. »Ich nehme dich mit«, sagte sie, und ihre Stimme zitterte nur ein wenig. »Jetzt und für immer.«

Federicos Lächeln war nicht mehr als ein Schimmer, als er ihren Blick erwiderte. Und doch trug es Milou an seiner Seite zurück in seinen Buchladen, gerade dorthin, wo sie sich früher so manches Mal gegenseitig beim Weinen hinter einem Buch erwischt hatten und sich mit eben diesem Lächeln begegnet waren, das neben dem stillen Verständnis vor allem eines in sich trug: das Versprechen, den anderen niemals zu verraten. Noch einmal strich Federico über das Buch in seinem Schoß, langsam wie bei einem stummen Abschied. Dann reichte er es ihr mit der Miene des Kriegers, der er geworden war, und der Glut des Geschichtenerzählers, den er noch immer in sich trug – und fuhr im nächsten Moment heftig zusammen.

Erschrocken wollte Milou ihn stützen. Doch als er erneut seine Finger in seine Brust krallte, spürte sie den Schatten, der nun über seinen Körper hinkroch. Ihnen war ein Aufschub gewährt worden, nicht mehr. Von nun an würde es keine Verzögerung mehr geben. Milou begann zu zittern, aber Federico beugte sich zu seinem Fuchs hinüber und raunte ihm etwas zu. Kurz legten sie ihre Stirnen aneinander, und das Bild brannte sich in Milous Herz: zwei Wesen, die sich so grundlegend voneinander unterschieden und die doch tief in ihrem Inneren eins geworden waren. Dann sank Federico ans Regal zurück und der Fuchs erhob sich. Er fixierte den Boden, als er zu Milou herüberkam, aber Federico sah sie direkt an.

»Nimm dies«, raunte er und ließ zwei Dinge in ihre Hand fallen. Das eine war der Knopf, den Asra ihm vor Jahren gegeben hatte … das andere ein grüner Kristall. Milous Herz zog sich zusammen, als sie ihn erkannte. Er war das Gegenstück zu Nonnas Feenkristall – jener Stein, mit dem Federico ihr vor langer

Zeit in den Schatten begegnet war. »Gib deiner Großmutter das von mir«, fuhr er fort, so leise nun, dass Milou ihn kaum verstand. »Und sag ihr, dass ich auf sie warte. Ich warte auf sie … im Reich der Scherben.«

Sie nickte. Ihre Finger schmerzten, so fest schlossen sie sich um den Kristall. Sie wollte Federico noch so vieles sagen, aber als sie ihm in die Augen sah, kamen nur drei Worte über ihre Lippen. »Ich danke dir.«

Die Träne rann aus seinem Augenwinkel, doch das Lächeln auf seinen Lippen drängte jeden Schatten zurück. »Ich bin bei dir, Kind des Goldenen Drachen«, flüsterte er und berührte ihre Stirn, gerade so wie die Helden in vielen ihrer Geschichten es getan hatten, ehe sie ihren Knappen in die Schlacht entlassen hatten. »Jetzt … und für immer.«

Noch einmal strich er über ihre Hand, und sie spürte ein letztes Mal mit aller Kraft das Feuer, das tief in ihm brannte. Dann griff er sich an die Brust. Ein Keuchen entwich seiner Kehle … und ehe noch der graue Frost über ihn gekommen war, erlosch die Flamme in ihm. Milou rührte sich nicht. Sie saß nur da und weinte, während sie seine Hand hielt, aber bevor die Stille über sie hereinbrechen konnte, die sie stärker fürchtete als jede Finsternis der Welt, traten die Füchse aus den Schatten. Lautlos sprangen sie über die Bücherstapel und glitten an den Regalen vorüber, bis sie vor Federico stehen blieben. Für die Dauer eines Herzschlags hielten sie inne, und da sah Milou, wie rotes Feuer in ihren Augen aufglomm – dieselbe Glut, die Federico zeit seines Lebens in sich getragen hatte und die nun in flüsternden Flammen aufbrach.

Das Feuer verzehrte nicht eines der Bücher ringsherum. Doch es glitt über die Körper der Füchse, und als die Tiere die Köpfe in den Nacken legten und ihre Stimmen erklingen ließen, hielt

Milou den Atem an. Es war ein Requiem, ein Klagelied aus tausend Welten, und sie spürte, wie Federicos Fuchs neben ihr erzitterte, als seine Gefährten den reglosen Körper seines Herrn aufhoben und ihn mit ihren Flammen überzogen. Sie sah noch, wie seine Glieder durchscheinend wurden und ein leises, wie befreites Lächeln auf seine Lippen glitt. Dann loderten die Flammen hoch auf. Sie ließen Milous Haar wehen. Schützend hob sie den Fuchs auf und wich zurück. Grelles Licht flackerte inmitten des Feuers auf, warm wie ein Lachen. Im nächsten Moment erloschen die Flammen und die Füchse waren mitsamt ihrem Herrn verschwunden.

Der grüne Kristall in Milous Hand jedoch war noch immer so warm, wie Federicos Lächeln gewesen war, und als sie darüber hinstrich, glomm er unter ihren Finger auf … sanft wie ein Gruß aus einer anderen Welt.

33

Milou saß in dem weichen Ohrensessel ihrer Kindheit und schaute in die Schatten, ohne sie zu sehen. Früher war sie oft auf diesem Sessel eingeschlafen. Sie hatte sich mit einem dicken Buch zwischen die Lehnen zurückgezogen, die Zehen gegen die Sprungfedern gedrückt, die bisweilen wie eigenwillige Kobolde aus dem dünnen Stoff der Sitzfläche hervorschnellten, und die Welt um sich herum vergessen, so lange, bis ihr die Augen zugefallen waren. Und jedes Mal, wenn sie erwacht war, hatte Federicos Decke über ihr gelegen … ein Hauch aus Wärme in tiefschwarzer Nacht, nur durchbrochen vom flackernden Schein eines Feuers.

Nun jedoch umgab sie flüsternde Dämmerung. Der Sessel stand halb zerbrochen in den Trümmern des Ladens, auf ihren Knien lag das verbrannte Buch der Scherben, und kein Feuer wärmte sie und auch keine Decke. Sie war allein, abgesehen von dem Fuchs, der hoch aufgerichtet auf einem Bücherstapel saß und sie seit einer gefühlten Ewigkeit unverwandt anschaute. Sie konnte seinen Blick kaum noch ertragen, diesen klugen, wissenden Ausdruck auf seinen Zügen, der alle Weisheit der Welt zu bergen schien und es doch nicht für nötig hielt, sie daran teilhaben zu lassen. Kurz nur schaute sie zu ihm hinüber, aber dieser Moment genügte, um jedes ihrer Vorurteile zu bestätigen. Ohne Frage hätte er schon längst einen Weg gefunden, in die Welt der Scherben zurückzukehren, doch er sah sie nur an mit seinem freundlichen und zugleich etwas überheblichen Lächeln, als wollte er sagen: *Du bist die Heldin in dieser Geschichte. Ich bin nur der Fuchs.*

Milou seufzte leise. Neben ihr am Boden lag ihr Messer, wie achtlos weggeworfen zwischen halb verbrannten Büchern. Mehrfach hatte sie versucht, einen Riss in ihre Welt zu schneiden, gerade so, wie Nív es so oft getan hatte. Der Fuchs hatte sie eine ganze Weile dabei beobachtet, wie sie in heillosen Verrenkungen durch den Raum gesprungen war und dabei doch nicht mehr zerschnitten hatte als die Luft und aus Versehen zwei Landkarten, die angekokelt an den Wänden hingen. Schließlich hatte sie sich daran erinnert, was sie über den Weltenwechsel wusste. Eine Erinnerung konnte die Menschen aus dem Reich der Scherben zurück in ihre Welt tragen – warum sollte das nicht auch umgekehrt funktionieren? Sie hatte sich gezwungen, innezuhalten und ihren Atem zu regulieren, und so gelassen wie möglich nach dem Bild gesucht, das sie in die Welt der Scherben hinüberbringen konnte. Lange jedoch hatte sie nicht danach suchen müssen. Es war Nív, der sie aus tausend lodernden Schatten heraus anschaute, mit diesem Lächeln, das ihr stets einen zärtlichen Schauer über den Rücken schickte. So deutlich hatte sie sein Gesicht vor sich gesehen, dass sie die Flammen kaum wahrgenommen hatte, die auf einmal auf der Klinge ihres Messers aufgelodert waren. Mit klopfendem Herzen hatte sie die Waffe gehoben und sie mit rascher Geste nach unten gezogen. Doch aus dem Riss direkt vor ihr waren Funken geprasselt, und im selben Moment war das Messer in ihrer Hand glühend heiß geworden. Erschrocken war sie zurückgewichen, und ehe sie noch gewusst hatte, was geschehen war, schloss sich der Riss, als hätte es ihn nie gegeben. Unermüdlich hatte sie dieses Schauspiel wiederholt, aber jedes Mal war der Riss nichts als ein lodernder Höllenschlund gewesen, und ihre Waffe hatte ihr schließlich so heftig die Finger verbrannt, dass sie sie erschrocken fallen gelassen hatte. Caldorons Plan war aufgegangen. Er hatte sich die Pfade ins Reich der Scherben untertan gemacht, und nun waren sie einfach zu mächtig, um jenseits seines Willens mit gewöhnlicher Magie noch überwunden zu werden. Milou fuhr sich über die Augen. Auch Nív hatte zwei mächtige Zauber gebraucht, um sie in ihre Welt zurückzutragen, und sie verfügte weder über starke Magie noch über die Kenntnisse, wie sie einen Scherbenpfad aufbrechen und mit heiler Haut hindurchschlüpfen konnte. Doch gerade als die Resignation in ihr aufloderte, neigte der Fuchs unmerklich den Kopf. Seine Pupillen glühten auf, und da strich etwas über Milous Wange, weich und warm wie das Feuer eines Ofens oder eine alte, von liebevollen Händen ausgebreitete Decke.

Du bist die Wanderin, raunte Federico in ihren Gedanken, so deutlich, als stünde er direkt neben ihr. *Niemand kann dich fernhalten von den Welten, nach denen du dich sehnst.*

Noch einmal spürte Milou seine Hand in der ihren, und als sie dem Blick des Fuchses hinüber zur Gondel folgte, da sah sie Federico vor sich: die Haare zerzaust und mit diesem Lächeln auf seinem Gesicht, das es ihr unmöglich machte, es nicht zu erwidern. Kurz zwinkerte er ihr zu, als verriete er ihr ein Geheimnis. Dann war er wieder verschwunden, aber Milou sah ihn noch immer da stehen: gerade so, als wäre er wie früher vom Tresen herübergekommen, um mit ihr zu sprechen, eine Hand auf seine Gondel gestützt. Sie bemerkte kaum, dass die Augen des Fuchses bei diesem Gedanken aufglommen. Stattdessen sah sie noch einmal Federicos Hand auf dem schwarzen Holz der Gondel und plötzlich begann ihr Herz schneller zu schlagen.

Die Dha'raki sind sehr einfallsreich, was ihre Schiffe betrifft, klang Nívs Stimme in ihr wider. *Und in früheren Zeiten beschränkten sie ihren Erfindungsgeist nicht nur auf ihre eigene Welt. Damals gab es sogar magische Gondeln, deren Kräfte der Legende nach durch die Tränen eines Drachen erweckt wurden und die ein schöner Gedanke von einer Welt zur anderen fliegen ließ, entfacht vom Drachenfeuer.*

Milou kam auf die Beine. Ohne sich von der Gondel abzuwenden, hob sie ihr Messer auf, steckte es zurück an ihren Gürtel und presste das verbrannte Buch an sich. Der Fuchs verfolgte jeden ihrer Schritte, als sie auf die Gondel zutrat. Sie lag noch genauso da, wie Milou sie zuletzt verlassen hatte: halb zur Seite gestürzt und rußbedeckt, die Bücher wie Lachen aus Blut um sie verteilt. Doch vor ihrem inneren Auge sah sie die Gondel erhaben inmitten des Ladens stehen, gerade so, wie es früher gewesen war. Sie strich über die blauen Blumen, die das Vordeck zierten, und schaute zum Bugbeschlag hinauf. Für gewöhnlich hatten die Gondeln Venedigs sechs Zacken unter dem zum Horn gebogenen Metallschweif, eine für jedes Sestiere der Stadt, sowie eine weitere für die Inselgruppe Giudecca. Federicos Gondel jedoch hatte stets acht Zacken gehabt – eine Besonderheit, die er in zahlreiche seiner Geschichten eingebaut hatte. Milou musste daran denken, wie oft sie früher eine Fahne an der leicht nach oben gebogenen Zacke aufgehängt hatte, das Zeichen der Piraten, zu denen sie sich während einer Geschichte gezählt hatte, oder der Schatzsucher, die sie und die anderen Kinder in ihrer Fantasie gewesen waren. Nie hätte sie erwartet, dass die achte Zacke auf etwas anderes hindeuten könnte … etwas, das ihr so nah war wie ihr eigener Atem und doch unendlich weit von ihr entfernt.

Sie stieg in die Gondel hinein, und im selben Moment, da sie sich auf einem der schiefen Sessel niederließ, klang das Gelächter ihrer Freunde in ihr wider, mit denen sie damals in diesem Gefährt herumgeklettert war. Schon sah sie die anderen Kinder um sich herum, und sie erkannte ihre Gesichter wieder, jedes einzelne mit geröteten Wangen wie damals, als sie ihnen ihre Geschichten erzählt hatte. Auch Federico sah sie vor sich, wie er zusammengekauert vorn im Boot stand und einen abgerissenen Piratenhut auf dem Kopf trug wie immer während seiner Märchenstunden, und als Stimmen durch den Raum klangen, verwischten die zerbrochenen Regale, und Milou sah die Erwachsenen, die sich fasziniert und lächelnd näher herangewagt hatten, um sich ebenfalls von Mythen und Legenden aus fernen Welten verzaubern zu lassen. Vorn riss Federico die Augen auf. Milou lachte wie früher, und als sie ihre Stimme in ihren Gedanken widerklingen hörte, da erkannte sie, dass sie für diesen Moment tatsächlich wie das Kind in der Gondel saß, das sie damals gewesen war: unbekümmert und frei in einer Welt voller Geborgenheit.

Sie schloss die Augen, als die Bilder um sie herum erloschen, und spürte im selben Moment, wie sich eine Decke um ihre Schultern legte. Lächelnd wandte sie den Kopf und da sah sie ihre Eltern dicht hinter ihr. Ihre Mutter hatte die Arme um sie gelegt, ihr Vater schaute über die Wellen, die auf einmal neben ihr aufwallten, und ehe sie noch erkannte, dass sie nicht länger in der schwarzen Gondel saß, traf sie die Gischt wie in jener Nacht, da sie hinaus aufs Meer gefahren waren. Ihr Herz verkrampfte sich, so heftig brach die Erinnerung an tobende Wellen und entsetzliche Schreie in ihr auf. Doch ihre Mutter strich ihr das Haar zurück, als hätte sie diese Regung gespürt, und als der Wind Milous Wangen streifte, sank jede Furcht in sie zurück. Noch war der Zorn des Meeres fern, das spürte sie nun, und als sie den Kopf in den Nacken legte, erinnerte sie sich mit aller Intensität an die Klarheit der Nacht, bevor der Sturm gekommen war.

Das Lachen ihres Vaters klang durch die Dunkelheit, Milou hörte es so deutlich, dass sie nicht anders konnte als darin einzufallen, und als sie sich mit ihren kleinen Kinderarmen an ihrer Mutter festhielt, da fühlte sie die Nacht um sich herum, in der sie damals an Deck zusammengesessen hatten, mit nichts als den Sternen über sich. Sie hatten Sternschnuppen gezählt und den Lichtfunken des Mondes auf den Wellen Namen gegeben, sie hatten zusammen gelacht und miteinander geschwiegen, und sie waren einfach da gewesen, umgeben von funkelndem Silberlicht und samtener, rätselhafter Dunkelheit. Es war eine Nacht voller Magie gewesen.

Milou sog die Luft ein. Sie hörte die Stimmen ihrer Eltern so deutlich, als wären sie wirklich da, und als sich ihr Herz erneut zusammenzog, doch ohne Ängste dieses Mal, sondern atemlos, als wollte es sich ausdehnen, um all den Gefühlen in ihm Raum zu geben, da spürte sie mit aller Macht, dass Federico recht gehabt hatte. Ihre Eltern waren bei ihr, bewahrt von derselben Kraft, die ihre Träume erschuf und sie in fremden Sprachen singen ließ, dieser Macht, die sie in ferne Reiche führte und Buchstaben in magische Formeln verwandelte und die sie tanzen und fliegen und fallen ließ, nur um alles um sie herum in tausend Farben zu tauchen. Diese Kraft war es gewesen, die sie auf dem Grund ihrer Trauer gefunden hatte, diese Kraft, die sie inmitten einer Wüste von einer Welt in eine Heldin, eine Tänzerin, eine Nachtigall verwandelt hatte – diese Kraft, die sie nun an diesen Ort zurücktrug und sie auffing, immer, selbst am dunkelsten Punkt der Nacht.

Milou öffnete die Augen und fand sich in der schwarzen Gondel wieder, umgeben von halb verbrannten Büchern und Dämmerlicht. Doch sie sah mehr als die Trümmer um sie herum. Sie konnte es fühlen, das Feuer, das sich in ihr entfachte, als wäre es von gleißender Flamme entzündet worden, und ein Lächeln flog über ihre Lippen, als sie die Hand auf ihr Herz legte. Lange genug hatte sie seiner Stimme misstraut, lange genug hatte sie an ihm gezweifelt. Jetzt würde sie ihm folgen, für Federico, für ihre Eltern, für Nonna, die Menschen und Dha'raki, die in Caldorons Ketten lagen – und für Nív, ihren Traum aus Nacht und Schatten, den sie liebte.

Sie streckte die Hand nach der Gondel aus, und im selben Moment, da sie das Holz berührte, ging ein heftiges Beben durch die Planken. Milou hörte fremde Stimmen aus uralter Zeit um sie herum aufsteigen. Ein gewittergleiches Grollen flog durch die Luft, und als die Gondel zu schwanken begann, musste sie sich am Rand festhalten, um nicht das Gleichgewicht zu verlieren. Aber sie wandte sich nicht von den Funken ab, die nun über ihre Finger prasselten. Kaum, dass sie das Holz trafen, zogen sie sich als Ströme aus Licht darüber hin. Knisternd sanken sie in die Planken ein, ließen die achte Zacke am Metallschweif aufleuchten und hüllten den Fuchs in glühende Schleier, als er nun mit einem Satz an Milous Seite sprang. Noch immer lag das wissende Lächeln auf seinen Zügen, doch sie sah auch den Funken in seinen Augen, den sie so gut kannte, und sie lachte wie ein Kind, als die Gondel sich in die Luft erhob. Es fühlte sich an wie damals, wenn ihre Eltern sie in die Höhe geworfen hatten und sie sicher gewesen war, in ihren Armen zu landen, und dann, mit mächtigem Rauschen, setzte sich die Gondel in goldenes Feuer.

Milous Lachen wühlte die Flammen auf und ließ sie nach ihrem Haar greifen, aber sie verwundeten sie nicht. Wie sachter Wind strichen sie über ihre Haut und setzten das Fell des Fuchses in strahlende Glut, und für einen Moment schaute Milou sich in der Dämmerung um wie früher, wenn sich die Pfade des Ladens unter ihrem Blick verwandelt hatten. Der Schein ihres

Feuers legte sich golden auf die Bücher, und sie brauchte nicht zu ihrem Ohrensessel hinüberzuschauen, um zu wissen, wer von dort zu ihr aufsah. Sanft brach sich der Glanz der Gondel in Federicos Augen, und sie fühlte mit tiefster Gewissheit, dass er ihr Lächeln erwiderte.

Dann griff sie nach dem Remo, und im selben Moment setzte sich die Gondel in Bewegung, so abrupt, dass Milou in den Sessel gepresst wurde. In halsbrecherischer Fahrt stob sie vorwärts, die Bücher flatterten um sie herum auf, und Milou konnte ihren Schrei nicht unterdrücken, als die Gondel geradewegs auf das geschlossene Tor zuraste. Der Fuchs neben ihr zog den Kopf ein, doch ehe sie das Tor erreichten, öffnete es sich wie durch Zauberhand. Funkensprühend brachen sie aus dem Buchladen heraus. Die Flammen begannen zu wispern, etliche Buchseiten verwandelten sich in fliegende Vögel, und Milou hielt den Atem an, als sie über die Dächer Venedigs dahinglitten, schnell, immer schneller, bis die Häuser vor ihrem Blick zu flackern begannen.

Noch einmal sah sie den Mond hoch über sich wie in jener Nacht, und als sie die Hand nach ihm ausstreckte, da schien es ihr, als würde silbernes Licht an ihren Fingern haften bleiben. Dann umfasste sie das Ruder mit aller Kraft, und mit einem Stoß, der Funken um sie niederregnen ließ, tauchte sie durch den Schleier ihrer Welt – hinüber in das Reich der Scherben.

34

Der Fuchs saß am Bug der Gondel und rührte sich nicht. Nur sein Fell wehte im Wind, und doch hatte Milou das Gefühl, als stünde sie mit diesem rätselhaften Wesen in stillem Zwiegespräch, seit sie über das Meer hinwegflogen … gerade so wie früher, wenn sie neben Federico in seinem Laden gesessen und gelesen hatte, wohl wissend, dass er hin und wieder von seinem Buch aufschaute und zu ihr herüberlächelte, ohne sie wirklich zu sehen. Auch der Fuchs lächelte, wenngleich sein Blick unablässig auf dem Horizont lag. Mitten auf dem Ozean waren sie im Scherbenreich angekommen, und während die Sonne als blasser Fleck hinter den Wolken höher stieg, saßen sie beide regungslos und lauschten dem Wind, der schon vor einer ganzen Weile das Ruder übernommen hatte. Wie eine flüsternde Stimme strich er durch Milous Gedanken und bauschte das Fell des Fuchses auf, und er führte sie immer weiter durch die Luft, fern ihrer Feinde, über dunkle Wellen und weiße Gischt hinweg.

Die Lagune lag in gespenstischer Stille, als sie über die ersten kleineren Inseln flogen, aber Milou meinte dennoch, die eigentümliche Kälte Caldorons spüren zu können, die in dichten Nebelschwaden weit unter ihnen über die Brandung strich. Sie zog sich den Mantel enger um den Leib und bemühte sich, keinen Blick zum Weißen Turm hinabzuwerfen, der in einiger Entfernung aus seinem Dunst ragte. Kurz glaubte sie, die grellen Augen der Thar'koryen inmitten des Nebels erkennen zu können. Doch der Fuchs saß noch immer reglos da, und die Gondel glitt so ruhig dahin, als läge ein Schutzzauber über ihr, der sie vor allen feindlichen Blicken verbarg. Langsam nur sank sie tiefer, vorbei an winzigen Eilanden, die mit verfallenen Ruinen in den Fluten lagen, und als Milou sich vorbeugte, bemerkte sie, dass sie in Richtung der Isola di San Secondo flogen. Sie kannte die kleine Insel von ihren Fahrten über die Brücke vom Festland nach Venedig. In der Menschenwelt war sie mit ihren großen, efeuüberwucherten Bäumen unbewohnt und so stark bewachsen, dass Federico ihr früher stets die herrlichsten Monstergeschichten erzählt hatte, wenn sie daran vorübergefahren waren. Fast musste sie lächeln, als sie daran dachte, wie sich die Bäume vor ihren kindlichen Augen in Ungeheuer verwandelt hatten. Doch kaum, dass die Erinnerung in ihr aufbrach, sah sie die Klauen, die nun vor ihr aus dem Dickicht ragten ... grüne, moosbewachsene Klauen mit messerscharfen Nägeln.

Der Schreck fuhr ihr in die Glieder. Mit einem Schlag erkannte sie etliche in Schlaf gesunkene Fratzen in dem dichten Grün der Insel, gewaltige Schädel und schuppenbedeckte Rücken, groß wie Häuser. Sie hielt sich am Rand der Gondel fest, atemlos hoffend, über die Insel hinwegzugleiten, irgendwohin, wo keine tödlichen Krallen und riesenhaften Mäuler auf sie warteten. Doch schon neigte die Gondel sich nach vorn und beschleunigte ihren Flug, und ehe Milou noch wusste, wie ihr geschah, stob sie in rasender Geschwindigkeit direkt auf die Insel zu.

Milou konnte sich nicht daran erinnern, wann sie zum letzten Mal in einer Achterbahn gefahren war, aber das Gefühl, wenn sich der Magen hob und ihr ein panischer Schrei in der Kehle steckte, hatte sie nicht vergessen. Mit aller Macht überkam es sie nun und damit war sie nicht allein. Der Fuchs fuhr aus seiner Starre, stieß ein heiseres Keckern aus und sprang auf Milous Arm, so schnell, dass sie ihn nur im letzten Moment festhalten konnte. Seine Krallen gruben sich in ihre Hand, und als sie die ersten Bäume erreichten und gelbe Augen darin aufglühten, konnte sie nicht länger an sich halten. Sie fiel in seinen Schrei ein, doch die Gondel verlangsamte ihre Fahrt nicht. Krachend brach sie durchs Unterholz. Milou schlugen Zweige ins Gesicht, sie ließen den Fuchs laut winseln, und immer wieder duckte sie sich gerade noch rechtzeitig vor tief hängenden Ästen. Sie streiften bröckelnde Rinde, schwarze Funken stoben um sie herum auf, und Milou wich das Blut aus dem Kopf, als sie direkt auf einen breiten Baumstamm zuhielten. Sie presste den Fuchs schützend an sich – und sah gerade noch, wie ein riesenhaftes Gestrüpp vor ihnen auftauchte und ihren Flug mit einem Stöhnen abfing. Milou wurde mitsamt Fuchs nach vorn geschleudert und fand sich am Boden der Gondel inmitten stacheliger Blätter wieder. Doch erst als sie sich aufrappelte, erkannte sie, dass es kein Gestrüpp war, in dem sie gelandet waren. Es war eine Hand – und sie grub sich knirschend tiefer in das Holz der Gondel.

Das Stöhnen hallte durch den Dschungel, ehe es verstummte und nichts als unheilvolle Stille zurückließ. Wie in Zeitlupe wanderte Milous Blick an der Hand aufwärts, über den gewaltigen Arm, die breite Brust bis hinauf zu dem Riesengesicht mit Hörnern und Ochsennase. Es war über und über mit Pflanzen bewachsen. Die Augen zwischen den buschigen Blätterbrauen glühten in dunklem Feuer und ein zorniges Grollen klang aus dem Inneren des mächtigen Körpers. Milou wich zurück, den Fuchs noch immer an sich gedrückt. Aber sie konnte sich nicht von dem Mund abwenden, der sich nun langsam öffnete und Zähne in Form spitz gefeilter Holzpfähle sehen ließ. Schon schob der Riese die Gondel direkt darauf zu. Doch gerade in dem Moment, da Milou schon meinte, sich mit einem Sprung in ungeahnte Tiefe vor den mahlenden Zähnen in Sicherheit bringen zu müssen, gellte ein Ruf durch die Luft. Der Fuchs stieß einen Laut der Erleichterung aus und Milous Herz setzte für einen Schlag aus. Es war der Ruf eines Kojoten.

»Arrqas!«, gellte eine Stimme durch die Dämmerung, die Milou nur zu gut kannte. »Was zur Hölle tust du da?«

Mit sichtlicher Verwirrung hielt der grüne Riese inne, als plötzlich ein Junge an einer Ranke vor seinem Gesicht herunterkletterte und direkt vor seinen feuerglühenden Augen innehielt. Sein Haar stand in alle Richtungen von seinem Kopf ab und seine Statur war dünn, beinahe zart. Aber in seinem Blick lag eine Entschlossenheit, die weit über sein junges Alter hinausging, und Milou musste lächeln. Corvin fixierte den Riesen mit solcher Empörung, dass dieser schuldbewusst den Kopf einzog und ein dunkles Murmeln von sich gab.

»Ich weiß, dass du unser Wächter bist«, erwiderte Corvin daraufhin versöhnlicher. »Aber ein guter Wächter erkennt, wer Freund und wer Feind ist. Und das hier ist Milou, die Wanderin – unser aller Rettung!«

Er sagte das mit einer Ehrfurcht, die Milou beinahe unangenehm war. Aber der Fuchs in ihren Armen reckte den Kopf, als würde er zur Bestätigung dieser Worte nicken wollen, und Arrqas hob die Brauen mit hochachtungsvollem Erstaunen, während er sie musterte. Wieder sagte er etwas, das Milou nicht verstand, doch dieses Mal lachte Corvin auf.

»Oh ja«, stimmte er dem Riesen zu. »Natürlich ist sie mutig, wenn sie sich in unsere Welt wagt.« Damit wandte er sich zu Milou um und strahlte über das ganze Gesicht, während er an seiner Ranke hin und her baumelte. »Es freut mich, dich wiederzusehen. Entschuldige, wenn Arrqas dir einen Schrecken eingejagt hat. Er ist manchmal ein wenig raubeinig.«

Milou bemühte sich, nicht auf die gewaltigen Zähne zu starren, während sie Arrqas' Lächeln erwiderte. »Das wäre ich vielleicht auch, wenn irgendein winziges Wesen laut schreiend auf mich zurasen und fast in meinem Gesicht landen würde«, erwiderte sie und stellte zu ihrem Erstaunen fest, wie sanft die Augen des Riesen auf einmal blicken konnten. »Ich war mir nicht sicher, wo ich euch finde, die Gondel hat sich selbstständig gemacht, und …«

Erst bei diesen Worten schien Corvin zu bemerken, worin sie stand, und riss die Augen auf. »Eine magische Gondel«, raunte er und streckte respektvoll die Hand aus. Funken stoben unter seinen Fingern auf, als er sie durch die Flammen führte, und seine Augen leuchteten. »Ich habe schon so viele Geschichten von ihnen gehört. Nív hat sie mir erzählt, früher, als …« Er verstummte, als hätte dieser Name jedes Wort auf seiner Zunge zerbrochen, und das Lächeln verschwand von seinen Zügen. »Dann ist es also wahr«, sagte er leise, während sein Blick durch die Gondel schweifte. »Caldoron hat ihn in seiner Gewalt.«

Milou ertrug seinen Blick kaum. Sie wollte ihm die Verzweiflung nehmen, die sich nun mit eiserner Macht um ihre eigene Kehle legte, doch ehe sie auch nur ein Wort über die Lippen bringen konnte, ging ein Schnalzen durchs Unterholz, laut wie ein Peitschenhieb. Und als wäre er von eben diesem getroffen worden, fuhr Arrqas zusammen. Milou sah noch den Schreck in Corvins Augen, als der Riese seine Hand zurückriss. Dann glitt die Gondel zwischen den grünen Fingern hindurch und mit kreischendem Fuchs an ihrer Seite raste sie auf den Boden zu. Der Aufprall war so heftig, dass Milou aus der Gondel geschleudert wurde. Sie hörte, wie das Gefährt hinter ihr zerbrach, dann schlug sie auf moosbewachsener Erde auf. Benommen hob sie den Kopf und erkannte die Pathari, die rings um sie lautlos aus dem Unterholz traten. Doch im Gegensatz zu ihrer letzten Begegnung fand sie nun keine Freundlichkeit mehr auf deren Zügen, und ehe sie Asra noch erkannte, spürte sie schon die Kälte, die die Anführerin der Krieger ihr entgegenbrachte. Mit finsterer Miene blieb diese vor Milou stehen.

»Genügt es nicht, dass du Nív in Caldorons Arme geführt hast?«, fragte sie frostig. »Willst du seinen Schergen nun ein zweites Mal unser Versteck verraten?«

Milou schwankte leicht, als sie auf die Beine kam. Sie wollte Asra ihre Kälte vor die Füße schleudern, so heftig überkam sie der Zorn angesichts der eisigen Miene der Kriegerin. Aber gleich darauf sah sie Federico vor sich und hörte noch einmal die Worte, die er über seine einstige Schülerin verloren hatte, und von einem Augenblick zum anderen war jede Wut in ihr wie ausgelöscht. Stattdessen kehrte die Trauer zu ihr zurück, die ihre Worte auf ihrer Zunge zerbrach und sie den Kopf neigen ließ, wohl wissend, dass eine einzige unbedachte Bewegung ausreichen würde, um ihr die Tränen in die Augen zu treiben.

»Was ist?«, fragte Asra ungeduldig. »Hast du vergessen, was dich hergetrieben hat, oder willst du uns alle noch mehr zum Narren halten, als du es ohnehin schon getan hast? Denkst du etwa, wir ...«

Sie verstummte so plötzlich, dass Milou erstaunt den Blick hob. Noch immer stand Asra da, die Hand auf ihre Armbrust gelegt, aber etwas in ihrem Gesicht hatte sich verändert ... etwas, das jede Maske zerbrochen hatte, gerade in dem Moment, da der Fuchs hinter Milou vorgetreten war. Nun blieb er stehen und sah zu der Anführerin der Pathari auf, und Milou suchte nach Worten, nach irgendetwas, das die Kälte in Asras Blick zurückbringen und diesen Schimmer daraus vertreiben konnte, der beim Anblick des Fuchses gekommen war und ihr Gesicht so verletzlich machte. *Und Asra, das Mädchen mit den Augen aus Eis, die so viel Sanftheit in sich trug,* klang Federicos Stimme in ihr wider, und da wusste sie, dass er recht gehabt hatte. Selten hatte sie eine solche Zärtlichkeit in einem Augenpaar erkannt wie nun, da der Schmerz in Asra aufbrach. Auf einmal sah sie sie vor sich, ein halbes Kind noch, ihren sterbenden Bruder in den Armen und die Hand mit dem roten Knopf nach Federico ausgestreckt, mit diesem zaghaften, zerbrechlichen Lächeln. Nichts wollte sie mehr, als der Kriegerin der Pathari beizustehen, und sie zweifelte doch nicht daran, dass das unmöglich war. Zu gut kannte sie dieses Gefühl, angesichts der haltlosen Trauer jeden Moment den Boden unter den Füßen zu verlieren. Zu gut wusste sie, dass kein Wort daran etwas ändern würde. Und so trat sie nur vor und legte den roten Knopf in Asras Hand … den Schutzbringer, den sie Federico einst geschenkt hatte und der nun zu ihr zurückgekehrt war.

Es brauchte kein Wort, um den Tod des Pala'Dhey durch die Reihen der Pathari zu tragen, sacht und eiskalt zugleich wie ein mächtiger Flügelschlag. Gemurmel brandete ringsum auf. Voller Betroffenheit mussten etliche Krieger sich an den Bäumen abstützen, gestandene Männer und kampferprobte Frauen, deren Blicke hilfesuchend zu ihrer Anführerin hinüberglitten. Asra jedoch schwieg. Sie schloss nur die Finger um den Knopf und ging in die Knie, als der Fuchs lautlos auf sie zutrat. Sanft strich sie durch sein Fell, und als ein Lächeln über ihre Lippen flog, als hätte sie einen Gruß aus weiter Ferne gehört, der allein für ihre Ohren bestimmt gewesen war, musste Milou die Arme um den Körper schlingen, um ein Zittern zu unterdrücken. Keine Träne funkelte in Asras Augen, als sie auf die Beine kam, und doch erschien sie Milou stärker als je zuvor. Erst nun, da sie Asras Blick erwiderte, verstand sie mit aller Macht, dass sie einer Kriegerin der Scherben gegenüberstand.

Der Angriff erfolgte so plötzlich, dass Milou ihn nicht kommen sah. Hart traf der Stein sie an der Schläfe. Blut lief über ihre Stirn und ihre Wange hinab, und ehe sie noch erschrocken zurückwich, sprang einer der Pathari auf sie zu. Seine Augen glühten vor Schmerz, als er die Faust ballte. »Das ist alles ihre Schuld!«, rief er außer sich. »Die Gerüchte sind wahr! Sie hat im Palast der Scherben versagt und Nív ebenso ins Unglück gestürzt wie den Pala'Dhey! Sie hat ihn umgebracht! Sie ...«

Weiter kam er nicht. Asra war vorgetreten, beiläufig scheinbar, und traf ihn mit einem einzigen Hieb so heftig vor die Kehle, dass er keuchend zurücktaumelte. Die Augen quollen ihm aus dem Schädel, doch Asra würdigte ihn keines Blickes. »Der Pala'Dhey ist und bleibt der Erste unter uns«, sagte sie mit einer Kälte, die augenblicklich jedes Raunen der Umstehenden unterband. »Niemand wird es je wieder wagen, seinen Namen in den Dreck zu ziehen oder ihn zu missbrauchen für die eigene Furcht.« Kurz nur schaute sie auf den röchelnden Pathari hinab, und doch genügte dieser Moment, um die Schuld auf seinen Zügen sichtbar zu machen. Er neigte betroffen den Kopf und nickte, als hätte sie nur zu ihm gesprochen. »Und ganz gleich, was im Palast der Scherben vorgefallen ist«, fuhr Asra an alle gewandt fort. »Der Fuchsmann hat an dieses Mädchen geglaubt und er hat sie zu uns geschickt. Aus diesem Grund werden wir sie anhören. Also, Wanderin: Was hast du uns zu sagen?«

Die Blicke der Pathari legten sich wie eine steinerne Schicht um Milous Leib, doch ehe sie sie lähmen konnte, holte sie tief Atem. »Es ist wahr«, sagte sie dann. »Der Pala'Dhey ist tot. Er fiel im Kampf gegen Caldoron, weil ich versagte. Doch er starb nicht für mich. Er starb für die Freiheit – die der Scherben und die der Menschen. Für euch mag er ein Magier gewesen sein, ein Lehrer und ein Vorbild. Für mich jedoch war er ein Freund. Und ich werde alles tun, damit sein Andenken geehrt und sein Ziel weiterverfolgt wird. Er hätte nicht gewollt, dass sich die freien Dha'raki vor dem Licht verstecken. Er hätte nicht gewollt, dass ein Pathari in Caldorons Ketten stirbt, weil wir seine Kälte fürchten. Er hätte gewollt, dass wir kämpfen. Und nichts anderes werde ich tun. Ich habe die Waffe gegen ihn. Und mit eurer Hilfe werde ich ihn bezwingen!«

Das Buch war nicht mehr als eine lose Sammlung verkohlter Seiten, als Milou es aus ihrem Mantel zog. Sie fühlte die Ascheflocken auf ihren Fingern, die leise zu Boden fielen, und sie konnte den Spott der Pathari schmecken, der nun die Luft bitter färbte. »Willst du Caldoron herausfordern?«, fragte einer der Krieger und verschränkte höhnisch die Arme vor der Brust. »Oder willst du Nív befreien, weil du in ihn verliebt bist?«

Vereinzelt erklang Gelächter, doch Milou erwiderte den Blick des Kriegers mit aufkeimendem Zorn. »Beides«, gab sie stolz zurück. »Und abgesehen davon erstaunt es mich, wie gleichgültig ihr über einen eurer Gefährten sprecht, der in diesen Augenblicken in Caldorons Ketten liegt.«

Der Pathari stieß die Luft aus. »Er hat es selbst so gewollt. Viele hier haben ihm gesagt, dass er verrückt ist, an einen Menschen zu glauben, aber er wollte nicht hören. Und jetzt sieht er, was daraus geworden ist! Die große Wanderin hat versagt – und er wird sterben in den Händen seines Feindes!«

Die Worte trafen Milou wie Hiebe. Sie bemühte sich, sie von sich abgleiten zu lassen, aber sie konnte nicht verhindern, dass Nívs Gestalt vor ihr auftauchte, entschlossen, sie gegen Caldoron zu verteidigen, ohne auf sein eigenes Leben zu achten. Sie musste das Buch an sich ziehen, um es nicht fallen zu lassen … die Waffe, die Federico ihr anvertraut hatte und die in ihren Händen zu Asche geworden war.

»Auch der Pala'Dhey war ein Mensch«, sagte da eine Stimme neben ihr.

Überrascht wandte sie den Blick und sah, dass Corvin an ihre Seite getreten war. Kerzengerade stand er da, das Kinn leicht erhoben, sodass er selbst die größten der Krieger von oben herab betrachtete. In seinem Blick stand stolze Verachtung, die Milou schon aus einem anderen Augenpaar kannte. Fast rechnete sie damit, nachsichtige Herablassung auf den Zügen der Krieger zu sehen, aber etwas in der Stimme des Jungen schien sie davon abzuhalten, ihm mit Spott zu begegnen ... etwas, das weit hinten in seiner Pupille aufglühte und eines ganz deutlich machte: Auch er war ein Mensch – und ein Krieger der Scherben.

»Der Pala'Dhey ist tot«, fuhr Corvin fort, die Stimme so laut, dass sie zwischen den Bäumen widerhallte. »Und obwohl etliche von euch Nív für seinen Glauben an diesen Krieger belächelten, gibt es doch keinen unter euch, keinen Einzigen, der ihm nicht gefolgt wäre! Jeder von euch war betroffen, als ihr von seinem Tod erfahren habt, weil ihr dieselbe Hoffnung in euch tragt wie Nív – dieselbe Hoffnung, für die der Herr der Füchse einstand! Wäre Nív jetzt hier, würde sich keiner von euch trauen, ihm auf diese Weise in die Augen zu schauen, und das wisst ihr nur zu gut! Ihr lacht jetzt über ihn, weil ihr Angst habt! So einfach ist das! Denn in diesen Augenblicken liegt er in Caldorons Ketten, ganz gleich aus welchem Grund, und jeder von euch weiß, dass es eure verdammte Pflicht ist, ihn zu befreien! Er ist euer Gefährte, euer Freund, er steht für all das, was der Pala'Dhey verkörperte! Für jeden von euch wäre er durch Feuer und Eis gegangen! Wir dürfen nicht zulassen, dass Caldoron ihn umbringt, denn wenn wir das tun – wenn wir das zulassen, dann stirbt jeder Einzelne von uns mit ihm! Dann hat Caldoron gesiegt!«

Es war, als hätten Corvins Worte einen Schleier von den Gesichtern der Krieger gezogen. Ihr Spott schmolz von ihren Zügen, und als sie mit dunklen Mienen in Schweigen versanken, schien es Milou, als würde jeder Einzelne von ihnen in diesem Moment Nívs Blick erwidern, aus tiefsten Schatten heraus, und dann wortlos vor ihm den Kopf neigen. »Aber Caldorons Sitz ist uneinnehmbar«, warf eine Kriegerin ein, die mit verschränkten Armen an einem Baum lehnte. »Sein Eisnebel ist kaum zu durchdringen. Die Scherben darin sind tödlich, von seinen Wächtern einmal ganz abgesehen, die jeden umbringen, der sich seinem Sitz ohne Erlaubnis nähert. Fraglos wartet der König der Scherben nur darauf, dass die Wanderin in seine Klauen gerät, damit er sie töten kann – die einzige bekannte Wanderin und damit die Einzige, die ihm gefährlich werden kann.«

Erneut brandete Gemurmel auf, aber Milou schüttelte den Kopf. »Es ist gut, etwas zu wollen«, sagte sie laut. »Doch Caldoron wird eine Enttäuschung erleben. Nicht ich werde es sein, die in dieser Schlacht fällt, sondern er!«

Ihre Stimme hatte fest geklungen, und zu ihrem Erstaunen bemerkte sie, dass ihre eigene Entschlossenheit sich in einigen Augenpaaren spiegelte. Vereinzelt nickten die Krieger und legten die Hände auf ihre Waffen, als würde ein Fingerzeig genügen, um sie in die Schlacht ziehen zu lassen. Sie sah schon, wie Corvin neben ihr die Finger über seinen Bogen gleiten ließ und ein Lächeln auf seine Züge trat. Aber da traf sie Asras Blick. Wie unter einem stummen Befehl schloss er sich um Milous Schädel und zwang sie, die Anführerin der Pathari anzusehen.

»Große Worte«, sagte Asra mit undurchdringlicher Miene. »Woher weißt du, dass es dir dieses Mal gelingt, ihn zu bezwingen, wo du doch schon einmal gescheitert bist?«

Milou lagen tausend Antworten auf der Zunge. Wie oft hatte sie an Federicos Seite die Helden der Mythen und Legenden ihrer Welt in die Schlacht begleitet, wie oft ihre eigenen Figuren mutige Dinge sagen lassen, ohne jeden Zweifel im Angesicht der namenlosen Gefahr? Sie konnte in den Gesichtern der Pathari sehen, dass sie genau diese Dinge hören wollten, ganz gleich, ob sie der Wahrheit entsprachen oder nicht. Doch als sie den Mund öffnete, waren es nicht die Worte der Geschichtenerzählerin, die über ihre Lippen kamen. Es waren die Worte der Träumerin und des Kindes aus der Welt der Menschen, das sie noch immer war. »Ich weiß es nicht«, sagte sie leise. Die Verblüffung der Krieger versetzte ihr einen Stich, aber sie fuhr fort, ehe ihre Stimme zu zittern beginnen konnte. »Ich kam als Mädchen aus der Menschenwelt ins Reich der Scherben, und Nív hat von Anfang an an mich geglaubt, ebenso wie der Pala'Dhey, als er erfuhr, wer ich bin. Ich jedoch ... ich glaubte nicht an mich. Die Ereignisse der vergangenen Wochen schlugen über mir zusammen. Sie rissen mich mit sich, und immer wieder dachte ich mir: Ich soll die Heldin dieser Geschichte sein, ausgerechnet ich? Ich bin doch nur eine Träumerin, nicht mehr. Es mag euch überraschen, dass ich so dachte, aber ihr wisst doch, wie viel ein Traum in der Welt der Menschen wert ist: nichts.« Sie hielt inne und schaute in die Gesichter der Krieger, die sie nun mit einer seltsamen Dunkelheit in den Augen ansahen, so tiefschwarz, als würden sie Mitleid empfinden oder haltlosen Zorn. »Und gleichzeitig alles«, sagte sie dann und hob den Kopf. »Denn nur in meinen Träumen liegt der Anfang von allem, nur in ihnen finde ich den Mut für den ersten Schritt, den ich dann in der äußeren Welt gehen kann. Das habe ich in eurem Reich gelernt.«

»Schöne Worte«, rief einer der Pathari da, die Augen glühend vor neu aufkeimender Wut. »Aber warum erzählst du uns das? Wir sind keine Menschen! Wir haben mit euren Träumen nichts zu schaffen!«

Zustimmendes Gemurmel erklang, doch Milou stieß nur die Luft aus. »Ja, es ist wahr: Ihr seid keine Menschen. Ihr könnt nicht bluten, weinen, lachen, wie ich es kann, genauso wenig, wie ich mich in Nebel und Feuer verwandeln und als Schwarm aus Raben über die Dächer Venedigs hinwegfliegen könnte. Wir sind verschieden, niemand bestreitet das. Aber die Träume der Menschen sind euch nicht fremd, nur weil ihr sie nicht selbst hervorbringen könnt. Im Gegenteil, ihr verzehrt euch danach, und mehr noch: Ihr seid selbst Träume, durch und durch. Ihr seid Gedanken, Ideen, Hoffnungen, ihr seid Erinnerungen und Momente des Glücks, und ihr alle wurdet zu dem geboren, was ich erst lernen musste: zu fliegen und frei zu sein, ohne Furcht, ohne Fesseln, ohne Schatten, die nicht selbst gewählt sind!«

Milou konnte die Anspannung der Pathari spüren, aber ehe sie noch fortfahren konnte, trat eine Gestalt aus den Reihen der Krieger vor.

»Die Menschen haben uns vergessen«, grollte der Bär mit dunkler Stimme und trat auf sie zu. Dicht vor ihr blieb er stehen, und seine Stimme hallte in ihrem Schädel wider, sodass sie nicht sicher war, ob er die Worte laut aussprach oder sie in ihren Gedanken erklingen ließ. »Asra sagte dir das schon einmal. Nív hat mit dem ihm typischen Trotz erwidert, dass das nicht für alle Menschen gelten würde, und du hast eingeworfen, dass unsere Welt auch die deine wäre. Ich habe dir geglaubt. Ich tue es noch. Aber diese Schlacht, in die du uns führen willst, ist mehr als ein Versuch. Sie kann unser aller Ende bedeuten, und so sehr ich ein Krieger bin, so sehr ich Nív schätze und Caldoron verachte, kann ich dir doch nicht folgen, wenn ich nicht weiß, wer du bist. Also, Träumerin, Wanderin, Milou aus der Welt der Menschen: Was treibt dich dazu, dein Leben zu riskieren in diesem Kampf?«

Milou öffnete den Mund, so schnell lagen die Antworten auf ihrer Zunge, doch ein Blick der braunen Bärenaugen genügte, um jede einzelne davon zu Asche zu verbrennen. Er hatte nicht nach

Nonna gefragt, nicht nach Federico oder den Kindern aus ihrer Welt. Er wollte auch nichts von ihren Gefühlen für Nív hören oder ihrem Drang, die Dha'raki in die Freiheit zu führen. Sein Blick glitt tiefer, und während er sie ansah, unverwandt wie bei ihrer ersten Begegnung, als sie sich mit rasendem Herzen von ihm abgewandt hatte, formte sich die Wahrheit tief in ihrem Inneren zu Worten, genau wie früher, wenn eine Geschichte in ihr gewachsen war, die nur auf eine einzige Art hatte erzählt werden können.

»Es ist wahr«, sagte sie schließlich. »Die Menschen haben das Reich der Scherben vergessen. Aber der Pala'Dhey hat mich daran erinnert, dass wir alle eine solche Welt in uns tragen: ein zerbrochenes, schmerzendes, wunderschönes Herz aus Scherben, das von Sehnsucht regiert wird und nicht von Furcht, Hass oder Zorn – ein Herz, das die Welt verändern kann. Jederzeit kann es gebrochen werden, gerade darin besteht sein Zauber. Doch es liegt an uns, es stark zu machen, es zu beschützen und dafür zu kämpfen. Dieses Herz hat mich über die Dächer Venedigs getragen, ausgerechnet mich, die glaubte, ihr Leben lang zu fallen und keine Flügel zu haben, die sie wirklich halten können. Und deshalb werde ich alles tun, was in meiner Macht steht, um es zu beschützen. Ich werde Caldoron in die Knie zwingen, denn ich habe gelernt zu fliegen, und ich bin nicht bereit, jemals wieder darauf zu verzichten!«

Sie war außer Atem, als sie innehielt, und für einen Moment sah sie, wie der Schleier sich in den Augen des Bären hob, flüchtig nur und doch deutlich genug, um sie einen Blick auf sein wahres Gesicht werfen zu lassen. Sie hatte es schon oft gesehen, draußen auf den kalten Straßen ihrer Welt, dieses Gesicht der Einsamen und Hungernden, das nichts so sehr ersehnte wie das Licht, wohl wissend, in seinem Glanz verbrennen zu müssen.

»Ihr wisst, was ich meine«, sagte sie, während sie den Blick dieses Kriegers erwiderte, der tausend Schlachten auf den Straßen ihrer Welt geschlagen hatte, ehe er ins Reich der Scherben gekommen war. »Ihr wisst, was Sehnsucht heißt.« Sie sah ihn vor sich, den fremden Mann jenseits des Lichts, als er nun den Kopf hob und langsam nickte, und als sich der Schleier wieder auf die Augen des Bären legte, konnte sie ihn noch immer fühlen: den Regen auf ihrer Haut in einer Welt, die auch die ihre war.

»Ja«, grollte der Krieger leise, und doch drang seine Stimme an jedes Ohr. »Und damit, Milou Scherbenherz, bin ich nicht allein.«

Sie bemerkte das Lächeln, das seine Augen mit tiefer Wärme durchzog, als er vor ihr zurücktrat, und sie umfasste das verbrannte Buch mit beiden Händen. »Ich bin ein Mensch«, sagte sie an die Pathari gewandt. »Aber ich sehe euch in die Augen und finde dort dieselbe Sehnsucht, die mich in die Welt der Scherben zog, damals schon, als ich noch nicht einmal wusste, dass es sie gibt. Es ist diese Sehnsucht, die unsere Welten einst verbunden hat und die uns am Leben hält, diese Sehnsucht, die uns weitermachen lässt, ganz gleich, ob wir Menschen sind oder Wesen aus Glas und Scherben! Könnt ihr sie fühlen, die Sehnsucht tief in euch, oder habt ihr sie vergessen in all dem Licht und den Schatten eures Feindes? Was ist, Pathari – kämpft ihr für eine freie Welt?«

Die Stille, die sich daraufhin über sie legte, nahm ihr fast den Atem. Regungslos standen die Krieger der Scherben da. Sie konnte die Anspannung in Corvins Muskeln spüren, so stark schloss sich seine Hand um seinen Bogen, und sie meinte, die Glut in den Augen des Fuchses auf ihrer Haut fühlen zu können, unruhig flackernd wie das Ofenfeuer in Federicos Laden, kurz bevor er mit einer Geschichte fortgefahren war.

»Zur Hölle noch eins«, krächzte da einer der Krieger. Es war der Pathari, den Asra zurückgeschlagen hatte, und als er nun auf die Beine kam und Milou mit wild funkelndem Blick ansah, hielt sie den Atem an. Dann jedoch breitete sich ein Lächeln über seine Züge. »Wenn wir nicht dafür kämpfen – wer soll es denn sonst tun? *Pathari!*«

Er hatte den Namen noch nicht ausgesprochen, als er von etlichen Kehlen aufgegriffen wurde. Donnernd brandete er durchs Unterholz und wurde zu einem Jubel, der Milou die Luft aus der Lunge presste. Außer sich fiel Corvin ihr um den Hals, ehe er sich mit raschen Bewegungen an einem Baum in die Höhe zog und brennende Pfeile ins Unterholz schoss, und während die Krieger ihre Waffen hoben, dröhnte das Stöhnen zahlreicher Baumriesen über die Insel, die aus neugierigen Augen zu den Pathari herabschauten oder sich ächzend von ihnen abwandten. Funkensprühend entluden sich ihre Zauber und setzten das Dickicht in dunkle Farben, und Milou musste lächeln, als die Lichter über den Boden sprangen … tanzend wie Splitter aus Glück über den Dächern einer verzauberten Stadt.

Erst als sie sich nach dem Fuchs bückte, der besorgt ihre blutige Schläfe betrachtete, spürte sie einen Blick auf sich. Doch er war nicht länger von bleierner Kälte, und als sie den Kopf hob, erkannte sie Asra in der Menge, die sie ansah. Unbewegt stand sie da, aber mit einem Ausdruck auf ihrem Gesicht, der tiefen Respekt in sich trug und Milou an das Kind denken ließ, das einst an Federicos Seite durch das Reich der Scherben gelaufen war – gerade so vielleicht, wie sie selbst ihn viele Jahre später bei seinen Geschichten begleitet hatte. Für einen Moment schien es ihr, als wäre er bei ihnen, schweigend und doch so nah, dass sie seine Hand auf ihrem Haar fühlen konnte. Asra nickte, als hätte sie die Berührung auch gespürt. Und dann, unmerklich, lächelte sie.

35

Das Dach der Kirche war kühl unter Milous Händen. Wie in ihrer Welt stand die Chiesa di Santa Maria del Pianto auch im Reich der Scherben ganz in der Nähe der Fondamente Nove, doch war sie an diesem Ort nicht von einer Mauer umgeben. Stattdessen erhoben sich urwüchsige Bäume ringsum, und Milou lauschte auf das Rauschen der Eiche, deren Blattwerk den schärfsten Frost fernhielt. Dennoch strömten immer wieder Kälteschauer über die Schindeln und legten sich als kristallener Raureif auf ihren Mantel, und sie konnte nicht verhindern, dass ihr Körper sich mit leichtem Zittern gegen Caldorons Macht zur Wehr setzte. Auch Corvin neben ihr ballte in regelmäßigen Abständen die steif gefrorenen Finger zur Faust, um sie zu wärmen. Nur der Fuchs am Rand des Daches rührte sich nicht, und jedes Mal, wenn ihr Blick über sein froststarrendes Fell streifte, meinte Milou, einen Hauch von Federicos Feuer spüren zu können. Entschlossen ließ sie ihren Atem in die eisige Luft strömen. Dieses Feuer war es, das sie ihrem Feind entgegensetzen würde – dieses Feuer, das ihn vernichten konnte.

Vorsichtig beugte sie sich vor und schaute zwischen den Blättern zu Caldorons Sitz hinüber, der sich hinter dem Eisnebel verbarg. Auch in dieser Nacht schipperten mit Planen überzogene Boote am Weißen Turm vorüber, und die Thar'koryen glitten über sie hin, die Blicke immer wieder auf die Schatten jenseits der Wellen gerichtet. Jedes Mal fuhr Milou zusammen, wenn das Licht plötzlich durch die Blätter der Eiche fiel. Dabei wusste sie nur zu gut, dass eine einzige falsche Bewegung ausreichen konnte, um entdeckt zu werden. Trotzdem musste sie all ihre Kraft aufwenden, um ruhig sitzen zu bleiben. Dort drüben, hinter dem elenden Nebel seines Turms hielt Caldoron die Kinder der Menschen gefangen, dort schmiedete er seine finsteren Pläne und hielt die Macht über zwei Welten in seiner Hand ... dort lag Nív in seinen Ketten, und sie konnte nichts tun, als in der Kälte zu kauern und sich vor seinen verfluchten Schergen zu verstecken.

Fast gewaltsam riss sie ihren Blick von der Insel fort, um ihre Unruhe zurückzudrängen. Sie durfte jetzt nicht die Nerven verlieren. Zu nah war sie ihrem Ziel, zu nah all dem, was Rettung bedeuten konnte, um es leichtfertig aufs Spiel zu setzen. Aufatmend schaute sie zum Ufer hinab. Die Fondamente Nove lag fast gänzlich verlassen da. Nur vereinzelt huschten Gestalten über den eisglänzenden Kai, die Köpfe geduckt vor den Schauern der Gischt, und angesichts des Nebels, der wispernd über die nächtlichen Wellen glitt, zog Milous Herz sich zusammen. Vor wenigen Wochen war sie Nív ganz in der Nähe dieses Ortes begegnet – zum ersten Mal, wie sie geglaubt hatte. Hier hatte er sie vor den Sirenen zurückgezogen, hier hatten sie die ersten Worte miteinander gewechselt, und ein Schauer flog über ihren Rücken, als sie an sein Lächeln dachte, das ihr schon damals nachgegangen war ... rätselhaft wie ein Versprechen in einer Sprache, die sie nicht verstand. Damals hatte er die Kälte von ihr ferngehalten, und umso gnadenloser erschien sie ihr nun, da sie ihr mit rauem Windstoß das Haar zurückriss. Fast meinte sie, ein höhnisches Lachen hören zu können. Doch gerade in dem Moment, da Corvin neben ihr die Zähne aufeinanderpresste, als hätte er es auch vernommen, klang ein Schnalzen zu ihnen herüber.

Wie erlöst sog Milou die Luft ein. Der Fuchs neigte den Kopf, und als sie seiner Geste folgte, bemerkte sie das Licht, das auf einem der Boote auf dem Wasser aufglomm. Es war nicht mehr als ein schwaches Blitzen, doch die Thar'koryen fuhren herum, als hätte sie ein Hieb getroffen. Rasend schnell stoben sie darauf zu, und als die ersten fünf Wächter das Boot erreichten, erklang der schnalzende Ruf erneut. Milou kniff die Augen zusammen, so grell wurde das Licht. Es hüllte die Thar'koryen in seinen Glanz, sodass ihre Umrisse verzerrt wurden, und während sie noch zurückwichen, wurden von den umliegenden Booten die Planen fortgerissen. Etliche Kanonen klappten in die Höhe, Harpunen richteten sich aus, und ehe die Wächter begriffen hatten, was vor sich ging, schossen brennende Netze aus den Maschinen direkt auf sie zu. Mit lautem Zischen umschlossen die Streben ihre Leiber. Milou hörte die erstickten Schreie, als die Schergen Caldorons ins Meer stürzten, doch schon brachen weitere Wächter aus dem Nebel des Turms. Einige sprangen durch die Luft, als jagten sie über unsichtbare Eisschollen dahin, andere flogen so schnell, dass Milou ihren Bewegungen kaum folgen konnte, und sie wollte nur noch eines: ihr Versteck verlassen und sich den Kriegern ihres Feindes entgegenstellen mit allem, was sie war. Sie hörte das Raunen der Schatten ringsherum, das wie drohender Trommelschlag aus den Gassen aufstieg, und gerade als die ersten Jetskis von der Insel strömten, erklang das Schnalzen ein drittes Mal.

Milou zögerte keinen Augenblick. Eilig kam sie auf die Beine und huschte über das Dach auf die Eiche zu. Corvin war an ihrer Seite. Noch im Lauf hob er seinen Bogen. Mit raschem Schuss löste er ein Bündel aus Seilen, das hoch oben in der Krone befestigt worden war und dessen unteres Ende nun zu ihnen herüberschwang. Milou schnappte sich den Fuchs, ergriff eines der Seile und kletterte daran abwärts, während das aufflammende Feuer seines Fells sich schützend über ihre Hände legte. Zeitgleich mit Corvin kam sie am Boden auf. Der Fuchs sprang aus ihrem Arm, und kaum, dass sie die Eiche hinter sich gelassen hatten, glitten sie Seite an Seite aus den Schatten.

Sie rannten über den Kai, so schnell sie konnten, doch Milou sah den Boden kaum. Zu grell flogen die Zauber der Pathari über sie hinweg, die nun aus dem Schutz der Kanäle hervorbrachen und sich den Thar'koryen entgegenstellten, zu grollend erhob sich das Piratenschiff aus dem Wasser, das sich bisher unter der Oberfläche verborgen gehalten hatte, und schickte donnernde Scherbenströme gegen Caldorons Schergen. Laut heulend sprangen Jetskis der Pathari durch die Kanäle, während Flammenströme in den Wellen aufbrachen, von tödlicher Kälte und ebenso weiß wie das Feuer in Caldorons Augen. Schon jagten sie den Booten der Rebellen hinterher, die mitsamt ihren Geschossen durch die Fluten preschten. Immer wieder erbebte der Kai unter den Zaubern, die sich in die Luft ergossen, und Milou rannte inmitten anderer Krieger auf das Ufer zu. Der Fuchs jagte ihnen voraus, das Fell in rauschendem Feuer entfacht, den Blick fest auf den Steg gerichtet, der ein ganzes Stück weit in die Lagune hineinführte, und als Milous Füße über die Planken donnerten, meinte sie für einen Moment, sie unter sich zusammenbrechen zu fühlen. Tosend bäumte das Meer sich vor ihr auf, die Wellen schäumend zwischen den Booten der Pathari und den entfesselten Zaubern der Thar'koryen. Doch ehe der Gedanke an den Zorn der Fluten sie lähmen konnte, ergriff Corvin ihre Hand. Seine Wangen glühten, als sie sich ansahen, wenige Armlängen nur noch vom Ende des Stegs entfernt. Dann richteten sie ihre Blicke auf die Schwärze der Wellen und stießen sich hinter dem Fuchs von den Planken ab.

Milous Beine wirbelten durch die Luft. Schon meinte sie, die Leiber der Sirenen aus den Wellen unter ihr auftauchen zu sehen, die tödlichen Klauen voller Gier nach ihr ausgestreckt. Aber gerade als die Gischt ihr ins Gesicht schlug, glitt ein Boot direkt unter sie. Hart schlug sie auf dem hölzernen Boden auf und kugelte mit Corvin und dem Fuchs übers Deck, bis sie benommen vor einem giftgrünen Steuerrad liegen blieb. Sie schaffte es gerade noch, Poggs Grinsen zu erwidern, der nun unter seiner Kapitänsmütze zu ihr herabsah. Dann schrie das Äffchen an seiner Seite auf, und im selben Moment, da Milou sich neben Corvin am Rand des Boots festhielt, ließ er den Motor aufjaulen. Ohrenbetäubend drang das Heulen durch die Nacht, und fast wäre Milou zusammengefahren, als schwarze Flammen rings um sie aufstoben. Doch dann spürte sie das Holz der Gondel unter ihren Fingern, all die Splitter, die sie unter Poggs Anleitung an seinem Boot befestigt hatte, und gleich darauf setzte der Kobold sein Gefährt in Bewegung, und sie jagten durch das Kampfgewühl dahin.

Poggs Stimme gellte so laut über die Wellen, dass sie selbst manches Zaubergrollen übertönte. Immer wieder trieb seine zügellose Freude sie hoch in die Luft, warf den Thar'koryen schwarze Flammenschauer entgegen und riss das Boot vor deren Hieben zurück, sodass Milou sich nur im letzten Augenblick an Bord halten konnte. Der Fuchs hatte seine Krallen in die Schiffsplanken gegraben, Schwärme seines Feuers glitten über den Rumpf und vermischten sich mit den Funken des Äffchens, und Corvin schickte seine Pfeile in die Nacht, so schnell, dass die Luft unter ihnen erglühte. Pogg ließ die Figuren seines Schachspiels als brennende Geschosse um sie kreisen. Etliche Male durchschlugen sie die Leiber der Thar'koryen, die klirrend in die Wellen stürzten, und Milou zögerte nicht, zwei hartnäckigen Wächtern ihr Messer durch die Brust zu ziehen. Sie schauderte, als die Verwundeten über Bord fielen, tödlich verletzt von ihrer Klinge, aber der Lärm der Schlacht erstickte jedes Entsetzen in ihr sofort. Grollend erhob sich die Stimme des Bärenkriegers, als er ganz in ihrer Nähe in mächtigen Sprüngen durch die Reihen seiner Feinde jagte. Blut und Funken fielen wie Regen auf Milou nieder, und erst als die Kälte des Weißen Turms sie traf, wich das Lächeln der Schlacht von ihren Lippen.

Noch nie zuvor hatte sie den Eisnebel Caldorons aus solcher Nähe gesehen. Wie weißes Wasser strömte er durch die Luft, so weit hinauf, dass sie sein Ende kaum erkennen konnte, und als Pogg direkt darauf zuhielt, tauchten Gesichter aus den Schleiern ... geisterhafte Fratzen mit geschlossenen Augen, deren Leiber wie Totentücher hinter ihnen herwehten. Für einen Moment überkam Milou der Drang, sich von diesen Kreaturen abzuwenden, von den zerrissenen Träumen und Gedanken all jener, die Caldoron vor langer Zeit in seinen Nebel gehüllt hatte und seither darin gefangen hielt. Doch gleich darauf stieß sie die Luft aus, und als hätte Pogg ihre Verachtung gegenüber ihrer eigenen Furcht gespürt, brach ein weiterer Schrei aus seiner Kehle. Das Boot stieg hoch aus den Wellen. Rauschend loderten die schwarzen Flammen auf und drängten den Frost zurück, der nun in weißen Schauern über die Planken strömte. Milou riss sich den Mantel vor Mund und Nase, Corvin ließ seine Pfeile in wilder Glut aufflackern, und im selben Moment, da der Fuchs vor ihnen ein lautes Keckern ausstieß, tauchten sie in den Nebel ein.

Caldorons Frost umfing sie mit unwirklicher Stille. Der Lärm der Schlacht hallte wie durch verwinkelte Korridore an Milous Ohr, und umso heftiger erschrak sie, als plötzlich direkt vor ihnen etliche Thar'koryen durch den Nebel brachen. Ihre Speere ließen die Luft flattern, so kalt waren sie, doch als die Geschosse auf das Boot zurasten, ließ Pogg ein tückisches Lachen hören. Scheinbar beiläufig trommelte er auf seinem Steuerrad herum, und kaum, dass die Speere sie erreichten, stoben glitzernde Scherben aus den Bootswänden und fügten sich wie durch Geisterhand zusammen. Krachend glitten die Speere daran ab und zerbarsten, als wären sie aus Zucker. Die Thar'koryen stießen die Fäuste vor. Schon glitten sie näher heran, aber Corvins Pfeile drangen durch die Scherbenwände und trafen etliche Angreifer in die Brust. Milou überkam ein pulsierendes Triumphgefühl, als das Boot durch ihre zerbrechenden Leiber hindurchschoss. Sie fixierte die Umrisse des Weißen Turms, die nun in einiger Entfernung vor ihr aus dem Nebel tauchten, und presste die Hände gegen das Holz der Gondel. Sie konnte spüren, wie die Kälte sich enger um sie schlang, wie sie die Glut des Fuchses ersticken und das Boot langsamer werden ließ, mit jedem frostigen Atemhauch, der über die Planken hinwegglitt. Aber sie wandte sich nicht vom Sitz ihres Feindes ab. Nicht grundlos verbarg er sich in seinem Turm aus Scherben, nicht grundlos schloss er Nebel und Kälte um sein Reich. Er war vor ihr geflohen, vor ihr, der Wanderin zwischen den Welten, die alles war, was er verloren hatte. Der Nebel ringsum war nichts als ein Kerker aus toten Träumen – und sie würde ihn zerbrechen!

Wie eine Antwort auf ihre Gedanken stoben goldene Funken unter ihren Fingern auf. Knisternd fielen sie in den Nebel, doch kaum, dass sie die Dunstschleier in Brand setzten, als bestünden sie aus Papier, warfen die geisterhaften Gestalten die Köpfe herum. Ihre Gewänder glühten unter Milous Flammen. Für einen Moment verzerrte Panik ihre Gesichter. Aber dann rissen sie die Augen auf, und Milou begriff, dass sie mehr waren als gefangene Seelen oder zerbrochene Gedanken. Sie waren Spukgestalten, verzweifelt und allen Lebens beraubt – und sie waren Sklaven von Caldorons Willen.

In greller Helligkeit brach sein Licht aus ihren Augen, verwandelte sich in Ströme weißer Scherben und traf das Boot mit solcher Wucht, dass Milou zurückgeschleudert wurde. Instinktiv krallte sie sich an den Planken fest, doch schon traf sie ein weiterer Scherbenstrom. Das Boot begann zu trudeln. Pogg mühte sich vergeblich, es wieder unter Kontrolle zu bekommen, aber er konnte nicht verhindern, dass es hart auf dem Wasser aufkam. Gleich darauf erhob es sich wieder in die Luft, doch Milou wusste nicht, ob es die Schwärme der Geister waren, die sie emporrissen, oder die Anstrengungen des Kobolds. Alles, was sie wahrnahm, war das flackernde Feuer des Fuchses, der auf dem Bug den Kopf einzog, und Corvins Pfeile, die hilflos durch die Nebelleiber schlugen, ohne ihnen auch nur einen Kratzer zuzufügen. Sie duckte sich unter einem Scherbenstrom, der knapp über ihrem Kopf hinwegraste, und sie konnte ihn spüren: den Zorn, der in jedem einzelnen der weißen Splitter lag und ihr das Fleisch von den Knochen reißen wollte. Mit rasendem Herzen presste sie die Hände erneut gegen das Holz der Gondel, aber ehe auch nur ein Funke unter ihren Fingern auflodern konnte, brach gleißendes Licht direkt vor ihr auf. Ein mächtiger Scherbenstrom schoss auf den Fuchs zu und Milou zögerte nicht. So schnell sie konnte, rappelte sie sich hoch und riss das Tier vom Bug. Die Scherben glitten kalt über sie hinweg. Sie fühlte noch, wie das Boot sich zur Seite neigte, um einem Zusammenstoß zu entgehen. Doch es war zu spät. Die Scherben schlugen auf den Planken ein, Eis zog sich darüber, und Milou verlor das Gleichgewicht und stürzte in die Tiefe.

Gnadenlos schlang Caldorons Frost sich um ihre Glieder. Um sie herum war nichts mehr als flatternder Nebel, durchsetzt von Strömen aus Licht, und kurz meinte sie, die Wellen über sich zusammenschlagen zu hören, donnernd wie in jener Nacht, als die Finsternis sie verschlungen hatte. Aber ehe die Furcht sie lähmen konnte, ballte sie die Hände zu Fäusten. Sie war kein Blatt im Sturm, wie sie geglaubt hatte. Sie war es damals nicht gewesen, sie war es auch jetzt nicht – und sie war nicht allein in ihrer Dunkelheit! Schwach nur glomm der Schimmer in ihrem Augenwinkel auf, und doch genügte er, um jede Kälte von ihrem Leib zu reißen. Mit aller Kraft warf sie den Kopf herum, und im selben Moment, da die schneidenden Klauen der Sirenen aus den Fluten brachen und nach ihr griffen, packte sie eine Hand. Kurz nur spürte sie die Wärme des purpurnen Feuers, die von Asras Armreif ausströmte. Dann zog die Kriegerin sie in die Höhe, und kaum hatte sie sich hinter ihr auf den gläsernen Jetski fallen lassen, jagten sie Poggs Boot nach, das von Scherbenströmen verfolgt durch die Menge der Geister dahinschoss.

Der Bug stand bereits in weißem Feuer. Verzweifelt versuchte Corvin, die Flammen zu löschen, die zusehends mehr Eis über die Planken schickten. Doch es wollte ihm nicht gelingen, und Milou stockte der Atem, als sie den Wirbel aus Scherben sah, der sich mit tödlichem Grollen vor dem Boot erhob. So hell war er, dass die Umrisse des Turms dahinter vor ihrem Blick verschwammen. Ohne ein Wort stemmte sie sich aus dem Sitz, als Asra zum Boot hinabstieß, und als sie neben der Kriegerin auf die Planken sprang, schoss der Jetski über sie hinweg. Milou sah noch, wie Asra auf die Beine kam und die linke Hand zur Faust ballte. Dann entfachte sich ihr Gefährt in purpurfarbenem Feuer und schlug mit ohrenbetäubendem Krachen im Wirbel der Scherben ein.

In knisternder Hitze fegten die Flammen über das Boot hinweg, rissen das Eis fort und erstickten das weiße Feuer, und als Asra auf den Bug sprang und die Arme in die Luft hob, entfachten sich die Wellen ringsum in ihrer Glut und trieben die

Geisterscharen ebenso zurück wie die Thar'koryen, die nun erneut in mehreren Horden durch den Nebel brachen. Für einen Wimpernschlag sah Milou zu der Kriegerin auf, die inmitten ihrer Flammen stand wie vor dem Eingang zur Hölle. Blutige Striemen zogen sich über ihre Wangen, ihr Mantel war zerrissen, aber in ihren Augen lag eine Entschlossenheit, die die Luft ringsum erzittern ließ, und Milou musste nicht die Hingabe in Corvins Blick oder die Ehrfurcht auf Poggs Zügen sehen, um Federicos Worte in ihren Gedanken zu hören. Das Lächeln auf dem Gesicht des Fuchses und der Ausdruck in Asras Augen genügten, um sie fühlen zu lassen, dass eben diese Worte auch für sie der Wahrheit entsprachen. Asra trug die Trauer um ihren Bruder in ihrem Blick, ihren Zweifel an der Kraft der Menschen und ihre Einsamkeit, aber gleichzeitig spiegelte sich auch die Leidenschaft auf ihren Zügen, mit der schon Rhemus sich dem Kampf gegen Caldoron verschrieben hatte – und der Fuchsmann, der ihr nun so nah war, dass Milou meinte, ihn vor sich sehen zu können. Da stand sie, die Tochter des purpurnen Feuers, Seite an Seite mit einem Mädchen aus jener Welt in der Schlacht, einem Menschen, der stolpern und fallen konnte und dem sie doch vertraute, nun, da sie sich daran erinnert hatte, wer sie war – Asra, die stärkste Kriegerin, der Milou je begegnet war.

Die Kälte traf sie mit solcher Wucht, dass sie fast erneut das Gleichgewicht verloren hätte. Im letzten Augenblick hielt sie sich fest und sah zu ihrem Schrecken, wie die Geister sich jenseits des Feuers zu undurchdringlichem Nebel zusammenschlossen. Schon glühten die Speere der Thar'koryen in ihren Reihen auf, und Asra fuhr zusammen, als ihr Feuer an den Rändern zu erlöschen begann. Corvin duckte sich unter dem schneidenden Wind, der plötzlich zu ihnen herüberstob. Pogg zog das Äffchen an sich, gerade noch rechtzeitig, ehe die Wellen nach ihm griffen, und selbst der Fuchs stemmte sich mit flatterndem Fell gegen das Grollen, das sich immer enger um sie schloss. Milou jedoch achtete kaum darauf. Sie schaute zum Weißen Turm hinüber, kurz nur – und doch lange genug, um jeden Zweifel in ihr auszubrennen. So nah war sie ihm gekommen, dass sie seinen verfluchten Frost wie eine Berührung auf ihren Wangen spüren konnte. Sie würde sich nicht bezwingen lassen von Wesen aus Schall und Rauch.

Atemlos ließ sie sich auf die Knie fallen und presste die Hände gegen das Holz der Gondel, ohne sich von den Gestalten abzuwenden. Scherbensplitter schossen auf sie zu, messerscharf und so gleißend, dass sie ihren Augen wehtaten, aber sie unterdrückte den Schmerz und schaute mitten hinein in das Licht ihres Feindes. Nichts schien mehr darin zu liegen als haltloser Zorn, der jeden freien Gedanken aus ihrem Schädel reißen wollte. Und doch war mehr darin als das. Milou sog die Luft ein, und da konnte sie sie fühlen: die Furcht vor dem Feuer, das sie in diese Kälte getragen hatte. Rauschend loderten die goldenen Flammen unter ihren Fingern auf, und als die Glut sich über die Planken zog, spürte sie Corvins Zuversicht so übermächtig in ihren eigenen Gliedern, als würde sein Blut durch ihre Adern fließen. Sie fühlte auch den Übermut des Äffchens und Poggs wilden Trotz, und als sich das Vertrauen des Fuchses mit Asras Mut vereinte, kam sie auf die Beine. Hier standen sie, Seite an Seite in Caldorons Nebel – und er barg mehr als leblose Hüllen!

Ohne jedes Wort hob Milou die Arme. Ihr Feuer floss über den Rand des Bootes und die Wellen hinweg, und während die Thar'koryen mit heiseren Schreien zurückwichen, färbten sich die Augen der Geister in goldener Glut. Kurz verlor sich der Schrecken, als die Wärme ihre Leiber streifte, und sie schauten auf die Flammen wie auf eine lang ersehnte Fremde. Dann fingen ihre Gewänder Feuer, und als die Nebelschleier sich unter mächtigem Rauschen in goldene Flammen setzten und das Boot sich in die Luft erhob, da konnte Milou sie in den brennenden Augen der Geister sehen: Federico und Caldoron in ihrer magischen Gondel, die über das Meer der Scherbenwelt hinweggeglitten waren, damals, vor lang vergangener Zeit. Wie aus weiter Ferne sah sie die beiden Jungen in den Flammen untergehen, und kurz schien es ihr, als würden sie ihr zuwinken – zwei Kinder aus einer anderen Zeit. Dann zerbrachen die Leiber der Geister um sie herum, und im selben Moment, da der Schutzwall Caldorons in sich zusammenstürzte, schlug das Boot vor den Mauern seiner Festung auf.

Funken fielen um Milou nieder, als sie auf den Steinen des Ufers auf die Beine kam. Die Wucht des Aufpralls hatte sie ebenso wie Asra und Corvin aus dem Boot geschleudert, und selbst der Fuchs sprang mit reichlich zerzaustem Fell an Land. Pogg jedoch warf mit triumphierender Geste die Arme in die Luft, und sein Äffchen hüpfte neben dem Steuerrad auf und ab, als wären die vergangenen Augenblicke nichts als ein belebender Ausflug gewesen. Hinter ihnen glühte der Himmel unter dem Eindruck der tobenden Schlacht, und ehe Milou noch etwas hätte sagen können, hob Pogg die Hand zum Gruß an seine Mütze und ließ mit knappem Schlag auf sein Steuer seitlich Flügel aus dem Rumpf klappen. Knirschend erhob sich das Boot wieder in die Luft, und gerade als ein halbes Dutzend Thar'koryen in ihre Richtung stob, wendete Pogg sein Gefährt und jagte ihnen mit lautem Jubelschrei entgegen.

Ein Lächeln flog über Milous Gesicht, als sie sich zu den anderen umdrehte – und verlor sich im selben Augenblick, da sie Asra am Boden liegen sah. Corvin kniete neben ihr. Hilflos strich er ihr das Haar zurück, und der Fuchs saß so regungslos da, als wäre er von einem Moment zum nächsten zu Stein geworden. Asra atmete schwer. Blut strömte aus einer Wunde in ihrer Brust, und als Milou neben ihr auf die Knie fiel, konnte sie die Kälte spüren, die über ihre Glieder kroch, grau und bleiern, eine Kälte, die nichts mit Caldoron zu tun hatte und die mächtiger war als jeder Zauber, den sie sich vorstellen konnte. Fast meinte sie, den Schmerz in ihrem eigenen Fleisch zu fühlen, als sie die Scherbe sah, die tief in Asras Leib steckte. Doch die Augen der Kriegerin waren hart wie zuvor und zeigten weder Schwäche noch Furcht.

»Geht«, brachte sie hervor. »Überwindet die Mauer und den Turm und dann zeigt diesem verfluchten König, was Schatten bedeuten!«

Corvin öffnete den Mund, um ihr zu widersprechen, aber ein Blick aus den eiskalten Augen genügte, um ihn zum Schweigen zu bringen. Auch Milou konnte sie fühlen, die Unabdingbarkeit, die über ihnen schwebte ... und schüttelte unmerklich den Kopf. »Nein«, sagte sie mit einer Ruhe, die sie selbst erstaunte, und erwiderte Asras Blick regungslos. »Ich mag keine Pathari sein, aber eines weiß ich: Wir lassen niemanden zurück.«

Asras Augen funkelten vor Zorn, als sie die Zähne aufeinanderpresste. »Zur Hölle, Wanderin«, stieß sie aus. »Ich bin die Anführerin und ich sage dir ...«

»Du hast mir nichts zu sagen«, gab Milou zurück. »Und selbst wenn es so wäre, würde ich nicht auf dich hören. Du bist eine Dha'raki. Ich weiß, dass nichts deine Wunden heilen kann als die Erinnerungen, die Gedanken, die Sehnsüchte eines Menschen, und ...«

»Du brauchst deine Kraft für Caldoron!«, fuhr Asra sie an. »Was denkst du dir? Dass ich mich von dir heilen lasse und zusehe, wie du ein zweites Mal versagst?«

Milou stieß höhnisch die Luft aus. »Ich spreche nicht von mir«, erwiderte sie, und ohne ein weiteres Wort hob sie den Blick und schaute Corvin an. Der Junge wich zurück, als hätte sie ihn geschlagen. Unglauben spiegelte sich auf seinen Zügen, dann Verwunderung, doch ehe er den Kopf schütteln konnte, fuhr Milou fort. »Er mag sich nicht mehr daran erinnern, aber er ist ein Mensch wie ich, und ganz gleich, wie fern seine Welt ihm erscheinen mag: Sie ist noch immer ein Teil von ihm. Glaube es oder nicht, aber er kann dir das Leben retten. Und nichts anderes wird er tun. Oder irre ich mich?«

Corvin saß da wie erstarrt. Für einen Moment glaubte Milou, er würde sie auslachen, er, der Krieger der Pathari, dem die Welt der Menschen fremd geworden war. Aber dann glomm er in seinen Augen auf, dieser Funke, den sie auch aus Nívs Blick kannte und der Corvin in den Büchern ihrer Welt versinken ließ wie in tausend Rätseln seiner eigenen Seele. Ein Lächeln flog über sein Gesicht, als er langsam nickte.

»Ihr seid wahnsinnig«, murmelte Asra, während sie Corvin musterte, doch ihre Stimme hatte die Abwehr verloren. Milou meinte, etwas wie ein Lächeln weit hinten in ihren Augen aufglühen zu sehen ... ein Lächeln wie damals, als sie in die Welt der Menschen gegangen war und den Kindern mit stiller Hingabe beim Spielen zugesehen hatte. Aber dann heftete sich der Blick der Kriegerin wieder auf sie und jede Wärme verschwand von ihren Zügen. »Und du willst Caldoron allein mit einem Fuchs gegenübertreten und ihn bezwingen? Glaubst du, dass du das schaffst?«

Milou konnte nichts dagegen tun, dass sich ihr Magen zusammenzog. Kurz war sie zurück, die Panik, die sich in ihrem Inneren aufbäumte und als eisiger Schauer über ihren Leib raste wie damals nach dem Tod ihrer Eltern, als sie allein in ihrem

Zimmer gesessen hatte, von nichts als Furcht umgeben … bis zu dem Moment, da sie ans Fenster getreten war und die samtene Dunkelheit sie aufgefangen hatte. »Ja«, sagte sie und nickte. »Daran glaube ich.«

Asra schaute sie an, rätselhaft wie seit jeher. Und dann endlich kehrte es auf ihre Züge zurück, das Lächeln, das Milou im Dickicht der Monsterinsel gefunden hatte, und die Kriegerin neigte vor ihr den Kopf. »Federico hat an dich geglaubt«, sagte sie leise. »Dieser Junge ebenso, von Nív ganz zu schweigen. Und ich … ich glaube auch an dich. Geh, Milou Traumkind. Geh – und entzünde die Dunkelheit!«

Ein Lächeln flog über Milous Lippen, als sie ihre Finger um den roten Knopf schloss, den Asra in ihre Hand fallen ließ, und für einen Moment stand sie wieder in ihrem Zimmer, die Hand gegen die Scheibe des Fensters gelegt, und fühlte die Dunkelheit auf ihrer Haut, die schon damals ihren Blick erwidert hatte. Sacht strich die Wärme des Fuchses über sie hin, und sie spürte noch einmal mit aller Kraft, dass sie nicht allein in diesen Kampf ziehen würde. Asra war an ihrer Seite, Corvin, ein Fuchs aus rotem Feuer – und Federico, ihr Freund, der bei ihr war … jetzt und für immer.

Dunkel nur hörte sie die Schreie der Pathari, die ganz in der Nähe eine Horde Thar'koryen zurückschlugen. Ihr Blick ruhte auf Asra, die voller Vertrauen zu ihr aufsah – demselben Vertrauen, das sie einst dem Pala'Dhey entgegengebracht hatte und das Milou nun begleiten würde, mitten hinein in den Frost ihres Feindes. Noch einmal neigte sie vor der Kriegerin den Kopf und schenkte Corvin ein Lächeln. Dann kam sie auf die Beine, und ohne sich noch einmal umzudrehen, eilte sie mit ihrem Fuchs auf Caldorons Mauern zu.

36

Die Scherben der Mauer schnitten in Milous Hände, doch sie achtete nicht auf den Schmerz. Mit zusammengepressten Zähnen kämpfte sie sich an der verteufelt glatten Fassade aufwärts, krallte ihre Finger in die Vorsprünge und hielt den Atem an, wenn einzelne Thar'koryen über sie hinwegglitten, um sich hinter ihr in die Schlacht über dem Meer zu stürzen. Jedes Mal schickte der Fuchs winzige Flammen über ihren Leib und verbarg sie vor Entdeckung. Mit wachsamem Blick kauerte er in der Tasche ihres Mantels, und als sie oben auf der Mauer anlangte, ging ein Zittern über seinen Leib, als hätte er den eisigen Schauer auch gespürt, der vom Turm zu ihnen herüberwehte. Aber Milou kümmerte sich nicht darum. Rasch glitt sie in den Schutz des Baumes, der auf der anderen Seite der Mauer stand, griff nach den Ästen und kletterte so leise wie möglich abwärts. Für einen Moment blieb sie neben dem Stamm stehen und lauschte. Dann trat sie aus den Schatten und konnte das Staunen nicht zurückdrängen, das sie beim Anblick von Caldorons Festung ergriff. Was auch immer sie sich zu diesem Ort zusammenfantasiert hatte – das Bild, das sich ihr nun bot, hatte sie nicht erwartet.

Vor ihnen lag ein Park aus glitzernden Scherben. Verschlungene Wege führten an Bäumen und Büschen vorüber, filigran gestaltete Pavillons standen neben prachtvollen Rosenhecken, und ganz gleich, wohin Milou ihren Blick wandte, bestand jeder Grashalm, jeder Kiesel aus winzigen, zusammengefügten Splittern aus Glas. Trotz des Nebels, der in dichten Schwaden über die Wege strich, war der Park ohne jeden Zweifel von vollkommener Schönheit. Doch als sie sich in Bewegung setzte, legte sich Stille über sie, dieselbe eigentümliche Stille, die sie schon einmal auf dieser Insel empfunden hatte, fern des Scherbenreichs in der Welt der Menschen ... eine Stille wie in einem Grab. Dort war San Michele, der Friedhof Venedigs, und Milou hielt den Atem an, als sie an einer Dornenhecke vorübereilte und den Vorplatz des Turms erreichte. In ihrer Welt befand sich an diesem Ort die Kirche San Cristoforo, doch anstelle der Gräber, die sich dort in weiten Feldern davor erhoben, standen hier, reglos und wie zu Eis erstarrt, die entführten Kinder der Menschen.

Abwartend schaute der Fuchs zu Milou auf, aber sie brauchte einen Moment, um ihren Weg fortzusetzen. Geduckt eilte sie zwischen den Kindern voran, die sie anzusehen schienen, durch eine Schicht aus weißem Glas hindurch. Etliche hatten die Hände ausgestreckt, als wollten sie etwas ergreifen, das weit in der Ferne lag. Andere bargen ihr Gesicht in den Armen, und manche standen einfach da, die Augen weit aufgerissen, als wären sie aus dunklen Träumen erwacht, nur um sich in noch tieferer Finsternis wiederzufinden. Milou ertrug ihre Blicke kaum, doch jedes Mal, wenn sie sich abwenden wollte, musste sie an Federico denken und daran, wie er vor dem Palast der Scherben an seinen einstigen Kameraden vorübergegangen war. Stolz war er gewesen und heldenhaft, und er hatte nicht den Tod in den Augen seiner Gefährten gesehen, als er ihre Blicke erwidert hatte. Er hatte sie *angesehen,* und Milou ballte die Hände zu Fäusten, als sie jedem einzelnen der Kinder ein Versprechen gab. Sie konnte es spüren, das Leben, das in ihnen war. Und sie würde es von Caldorons Ketten befreien.

Die Warnung des Fuchses strich als flüsternde Flamme über ihre Wange und ließ sie im Schutz einer Weide innehalten. Die

Zweige schimmerten im Schein der fernen Schlacht, doch Milou bemerkte es kaum. Ihr Atem gefror in der Luft, als sie sich vorbeugte, und als hätte er nur auf diesen Augenblick gewartet, glitt der Nebel vor ihr auseinander und offenbarte den Weißen Turm in all seiner Pracht. Im ersten Moment wollte sie zurückfahren, so grell war das Licht, das durch die unzähligen Scherben der Fassade strich, aber sie zwang sich, dem Anblick standzuhalten, und konnte sich der Faszination nicht erwehren, die sie angesichts der kristallenen Kälte überkam. Fast schien es ihr, als würde sich die Helligkeit zu einer Melodie zusammenfügen … einer Musik der Einsamkeit, umgeben von klarem Licht. Doch die Umrisse der Thar'koryen, die nun aus dem mächtigen Portal traten, wischten jede Verzauberung von ihren Sinnen. Sie war nicht an diesen Ort gekommen, um die Festung ihres Feindes anzustaunen, zur Hölle noch eins. Sie war hier, um sie zu vernichten.

Vor seinem gleißenden Turm wirkten Caldorons Schergen beinahe wie Schatten. Ihre Spinnenbeine glühten, als sie sich in die Luft erhoben, und kaum, dass sie über den Bäumen des Parks verschwunden waren, loderte das Feuer auf dem Fell des Fuchses auf. Milou konnte sie spüren, die Kälte, die von dem Portal ausströmte und es fest verschlossen hielt. Es war Caldorons Wille, der ihnen den Weg versperrte, und sie hatte bereits begonnen, die Fassade des Turms nach einem Schlupfloch abzusuchen, als der Fuchs ein leises Knurren ausstieß. Ein wilder, fast zorniger Ausdruck glühte in seinen Augen, und ehe Milou ihn noch zurückhalten konnte, preschte er als flammender Pfeil direkt auf das Portal zu. Kurz nur erhob er sich in die Luft und legte die Beine eng an den Leib. Dann tauchte er in das Portal ein wie in Wasser und war verschwunden.

Milou spürte ihren Herzschlag in ihrer Kehle, so angespannt stand sie da. Binnen eines Wimpernschlags schossen tausend

Bilder durch ihren Kopf. Der Fuchs, reglos zu Füßen des Turms, von tödlicher Kälte bezwungen, Scharen von Thar'koryen, die aus sämtlichen Ebenen des Bauwerks auf sie zujagten, Caldoron selbst, der sein Portal aus den Angeln stieß, den toten Fuchs laut lachend in seiner Faust. Sie fuhr zusammen, als eine Bewegung durch das Portal ging – und traute ihren Augen kaum, als es sich gleich darauf lautlos öffnete. Der Spalt war schmal, doch die Atemlosigkeit auf der anderen Seite genügte. So schnell sie konnte, rannte Milou die Treppe hinauf, duckte sich vor den Thar'koryen, die aus einem der oberen Stockwerke über sie hinwegglitten, und drückte sich ins Innere des Turms.

Auf der anderen Seite saß der Fuchs. Sein Feuer war schwächer geworden, und sein raureifbedecktes Fell war verkohlt, als wäre er zuerst durch große Hitze gesprungen und gleich darauf in eisigen Frost geraten, doch in seinen Augen glühte noch immer der Kampfeswille, der auch im Blick seines Herrn gelodert hatte, und ein Lächeln flog über Milous Gesicht. Federico war bei ihr, das konnte sie fühlen, gerade so wie früher, wenn sie Seite an Seite in die Buchstaben einer Geschichte gefallen waren und jedes Abenteuer gemeinsam gemeistert hatten. Sie hörte noch, wie sich das Portal hinter ihnen schloss. Dann fuhr der Fuchs herum und sprang die gewundene Treppe des Turms hinauf.

Sie glühte, als würde sie aus Gletschereis bestehen. Etliche Gänge und Räume zweigten von ihr ab, und immer wieder hallten die Stimmen der Thar'koryen von den Wänden wider, die über die Stufen abwärtseilten. Mehrfach blieb Milou fast das Herz stehen, wenn sie die Kälte ihrer Feinde auf ihren Wangen spürte, aber der Fuchs schien deren Bewegungen vorauszuahnen. Stets bog er gerade noch rechtzeitig in dunkle Seitengänge ab, die tief in den Turm hineinreichten, leitete Milou durch Räume mit Rüstungen und schimmernden Waffen und führte sie durch Zimmer, die sich wie die Kammern eines Traums aneinanderreihten, von Klängen und Gerüchen durchzogen, die sie an Schlaf und Dämmerung erinnerten. Fast schien es ihr, als wäre sie in eine eigene Welt geraten, eine Welt, die sich wie ein gläsernes Kartenhaus um sie herum erhob, und der Schreck traf sie heftig, als sie zum ersten Mal ein Gesicht in den scherbenbesetzten Wänden eines Ganges erkannte. Ein Verlorener war es, den sie dort sah. Sie erkannte ihn an den tiefen Schnitten an seinen Armen. Seine Augen waren geschlossen, als würde er schlafen, obgleich Milou spürte, dass er nicht mehr lebte. Seine Gedanken jedoch schimmerten noch um ihn herum, zerbrochen wie alles in dieser Festung der Scherben, und sie fuhr zusammen, als weitere Gestalten in den Wänden auftauchten, bleich wie Verstorbene unter dickem Eis. Einige streckten die Hände nach ihr aus, die Augen glänzend wie im Fieber, aber Milou zwang sich, nicht stehen zu bleiben. Tote Gedanken waren es, die in diesen Mauern steckten, erloschene Ideen, geweinte Tränen. Sie durfte sich nicht von ihnen packen lassen. Sie musste …

Weiter kam sie nicht. Die Thar'koryen tauchten so plötzlich vor ihnen auf, dass Milou fast mit ihnen zusammenstieß. Sie waren zu dritt und hoben ihre Speere, kaum dass sie ihre glühenden Augen auf sie richteten. Doch ehe auch nur ein Laut aus ihren Kehlen dringen konnte, sprang der Fuchs vor. Sein Leib verwandelte sich in eine Sichel aus rotem Feuer, und so schnell, dass Milou seinen Bewegungen nicht folgen konnte, schoss er durch die Brust zweier Angreifer, sodass sie klirrend zu Boden fielen. Der letzte Thar'koryen starrte auf seine Gefährten nieder und Milou zögerte nicht länger. Rasch hob sie ihr Messer, und im selben Moment, da der Speer in den Händen ihres Feindes aufglomm, rammte sie ihm die Waffe in den Hals. Kurz nur stieß er ein heiseres Röcheln aus. Dann fiel er auf die Knie, und bevor die Risse noch über seinen Körper zogen, setzte Milou ihren Weg fort.

Das Feuer des Fuchses war schwächer geworden. Ihr Herz raste in ihrer Brust, und obwohl eine Stimme in ihr jubelte, dass sie die Thar'koryen besiegt hatten, blieb der Triumph darüber seltsam fern. Immer wieder tauchten nun die Schergen Caldorons vor ihnen auf, immer wieder konnten sie ihnen entkommen, aber dennoch hatte Milou das Gefühl, als würde sie aus jeder einzelnen Scherbe dieses Turms beobachtet werden, und als wäre jeder Scherge, den sie besiegte, nur ein Lächeln auf dem Gesicht ihres Feindes, der auf sie wartete … irgendwo hinter seinen tausend Türen aus Glas. Schwer atmend stieß sie die Luft aus. Mochte er sie für ein schwaches Mädchen halten, mochte er glauben, sie noch einmal besiegen zu können: Sie würde ihn eines Besseren belehren. Sie würde Nív finden in diesem Turm aus Tod und Scherben, und dann würden sie Seite an Seite in die Schlacht ziehen – die Träumerin und ihr Schatten, die den König der Welt bezwingen würden.

Der Fuchs hielt so plötzlich inne, dass Milou nur im letzten Moment einen Zusammenstoß verhindern konnte. Sie hatten das Ende der Treppe erreicht. Vor ihnen lag ein Gang, gesäumt von prachtvollen Zerrspiegeln, und dort, verschlossen von einer Tür, die selbst nichts als ein Spiegel war, lag Caldorons Thronsaal. Milou meinte, die Kraft der Scherbenpfade zu spüren, die sich hinter der kristallenen Wand aufbäumte, und kurz schien es ihr, sie in unzähligen Stimmen schreien zu hören – in all den Stimmen jener, deren Träume in ihnen gefangen gehalten wurden. Doch gleich darauf schmolzen die Töne zu einem dunklen Lachen zusammen, und Milou konnte nicht verhindern, dass ein Schauer über ihren Körper flog, als sie auf die Tür zutrat. Sie sah sich selbst darin, ein blasses, dickliches Mädchen mit zerzausten Haaren, und kurz überkam sie der absurde Drang, über sich selbst in Gelächter auszubrechen. Hinter dieser Tür wartete Caldoron auf sie, der mächtigste Magier der Welt, fähig, ihr Unvorstellbares anzutun. Das fühlte sie mit jeder Faser ihres Körpers – und sie weigerte sich im selben Moment, der Furcht in ihrem Inneren Raum zu geben. Sie sah vielleicht nicht aus wie eine Heldin. Aber sie würde sich wie eine verhalten, so viel war sicher. Sie wechselte mit dem Fuchs einen Blick und fand ihre eigene Entschlossenheit in seinen Augen gespiegelt. Dann streckte sie die Hand nach dem Spiegel aus. Kurz nur spürte sie einen Widerstand unter ihren Fingern. Dann verwandelte sich die Oberfläche in Wasser und mit angehaltenem Atem betrat Milou den Saal des Königs.

Im ersten Moment sah sie nichts als das Feuer im Fell des Fuchses, der neben ihr innehielt. Die Kälte war so heftig, dass sie selbst seine Flammen durchdrang, aber im selben Augenblick, da sie sich an die Dunkelheit gewöhnt hatte, spürte Milou sie nicht mehr. Sie sah nur noch das rote Feuer, das der Fuchs als schmale Sichel vor ihr aufsteigen ließ – und erkannte gleich darauf die Spiegelscherben, die sich in einem gewaltigen Saal an Wänden und Decke erstreckten. In kunstvollen Wellenmustern zogen sie sich über Boden und Säulen, über reich verzierte Kuppeln und schmale Nischen, und sie gaben das Feuer des Fuchses mit einer Wärme zurück, die beinahe zärtlich über Milous Wangen strich. Erst als der Fuchs ein warnendes Knurren ausstieß, bemerkte sie die Risse, die über den Boden liefen, und folgte ihm dicht an der Wand entlang weiter in den Saal. Mit jedem Schritt wurde das Feuer in den Spiegeln heller, und gerade als sie meinte, den Saal verlassen zu sehen, erkannte sie eine Gestalt in einiger Entfernung. Es war ein Dha'raki. Er kauerte am Boden, so weit von allen Spiegeln entfernt, dass die Flammen nur schwach über seinen Körper glitten, und doch erkannte Milou ihn sofort. Sein silbernes Haar schimmerte in der Dunkelheit, und sie musste die Hand vor ihren Mund schlagen, um keinen Ton von sich zu geben. Dort, an Hals und Armen an den Boden gefesselt, den Kopf tief geneigt, kniete Nív in der Dunkelheit.

Erneut knurrte der Fuchs, und erst da bemerkte Milou, dass sie instinktiv einige Schritte in den Saal hineingetreten war. Sie musste all ihre Kraft aufwenden, um dem Fuchs zu folgen, der prüfend vorausging, einen Schritt vor, zwei zurück, und immer wieder stehen blieb, als lauschte er auf etwas in der Finsternis, das ihr verborgen blieb. Milou jedoch konnte den Blick nicht von Nív abwenden. Seine Kleidung war zerrissen, getrocknetes Blut bedeckte seine Arme und seine Brust, und jedes Mal, wenn der Fuchs sie wieder von ihm fortführte, krampfte sich ihr Herz zusammen. Die Ketten hatten sich tief in sein Fleisch gegraben. Seine Finger waren wund vom Kampf gegen die Kräfte, die ihn am Boden hielten, und fast kam es ihr so vor, als könnte sie die Schreie hören, die er in dieser Dunkelheit ausgestoßen hatte, wohl wissend, sich aus eigener Kraft niemals aus ihr befreien zu können. Mehrfach hoffte sie, dass er den Kopf heben und sie ansehen würde, aber erst als sie schließlich nah genug herangekommen war, um sein Blut riechen zu können, ging ein Zittern über seinen Körper, flüchtig wie ein Fieberschauer. Ein heiserer Laut kam über seine Lippen. Schwach nur verstand sie ihren Namen, doch das genügte, um jede Vorsicht zu verbrennen. Sie eilte an dem Fuchs vorbei, der ein heiseres Knurren ausstieß, rutschte über den glatten Boden und fiel vor Nív auf die Knie. Für einen Moment zitterten ihre Hände, so tief waren seine Wunden. Dann berührte sie sein Haar, und als hätte diese Geste einen Bann von ihm genommen, sog er die Luft ein und hob den Kopf.

Milou konnte nichts dagegen tun, dass ihr Tränen in die Augen schossen. Etliche Striemen zierten seine Wangen, Blutergüsse bedeckten seinen Hals, und seine Lippen sprangen auf, als er den Mund öffnete, um etwas zu sagen. Seine Augen jedoch glühten in schwarzem Feuer, und als die Zärtlichkeit in ihnen aufbrach, wollte Milou nichts mehr, als ihn an sich zu ziehen, als könnte sie so jeden Schmerz, jede Gefahr von seinen Schultern nehmen. Mühsam nur hielt sie sich zurück. Sie konnte spüren, wie kalt er war, so kalt, als wäre kein Leben mehr in seinen Gliedern. Doch ein Blick in seine Augen genügte, um sie eines deutlich fühlen zu lassen: Nicht seine Wunden waren es, die Schatten auf seinen Zügen tanzen ließen – sondern ihre.

»Es tut mir so leid«, flüsterte er, so heiser, als hätte er seine Stimme seit langer Zeit nicht mehr gebraucht. »Ich war dort in jener Nacht, ich hätte dir sagen müssen …«

Behutsam legte sie ihm die Finger auf den Mund. »Nein«, erwiderte sie und schüttelte den Kopf. »Es gibt nichts, wofür du dich entschuldigen müsstest. Du hast mir das Leben gerettet, nicht allein damals, sondern seitdem immer wieder, und ganz gleich, wie sehr du mir einreden willst, dass alles zwischen uns ein Fehler war: Ich bereue nichts!«

Das Lächeln, das nun über Nívs Lippen strich, war kaum mehr als ein Hauch. Milou spürte es unter ihren Fingern, so zärtlich wie ihr Kuss am Rand des Kanals … und gleich darauf so tödlich wie schneeweißer Frost. Der Schmerz peitschte durch ihre Hand, und sie sah zu ihrem Entsetzen, dass hauchdünnes Eis ihre Haut überzog. Wie aus weiter Ferne hörte sie den Fuchs schreien. Es war ein Laut von solcher Tiefe, dass er den Boden zum Erzittern brachte, und doch konnte sie sich nicht von Nív abwenden, der nun fast unmerklich den Kopf neigte. Sie spürte das Gift, das über seine Lippen in ihren Körper drang, eiskalt und lähmend … und im selben Moment, da die Dunkelheit in seinen Augen erlosch, begriff sie, dass es nicht Nív war, dem sie gegenübersaß.

»Nein«, raunte Caldoron und verstärkte sein Lächeln. »Noch nicht.«

Milou sah noch, wie das weiße Licht in seinen Augen aufglomm. Dann stob er als geisterhafter Nebel aus Nívs Körper, und ehe sie noch vor ihm zurückweichen konnte, schlug er ihr die Faust ins Gesicht. Der Schmerz explodierte in ihrem Schädel, und im selben Moment, da Nív bewusstlos zusammenbrach, wurde sie durch die Luft geschleudert. Das Feuer des Fuchses erlosch in den Scherben ringsum. Stattdessen brandete Caldorons Licht darin auf, und mit jedem Funken, der sich in den Raum ergoss, schien es Milou, als senkten sich froststarrende Klingen in ihr Fleisch. Sie schlug am Boden auf. Risse zogen sich darüber hin, als wollte er jeden Moment unter ihr nachgeben, und Caldorons Schritte klangen darin wider. Schon streckte er die Hand nach ihr aus, doch ehe er sie packen konnte, fuhr sie herum und riss ihr Messer in die Höhe.

Blut spritzte ihr ins Gesicht, und Caldoron stieß einen Schrei aus, als er rückwärtstaumelte. Für einen Sekundenbruchteil nur sah Milou sein Entsetzen darüber, dass es ihr gelungen war, ihn zu verwunden. Dann zog sie das Buch aus ihrer Tasche, doch das Gift in ihren Adern ließ ihre Hände zittern, und ehe sie es öffnen konnte, stob eisiger Frost aus Caldorons Faust. In Nebelklauen schloss er sich um ihre Kehle. Sie keuchte, als die Tücke in den Augen ihres Feindes aufglomm, und gleich darauf stieß er die verletzte Hand hinab. Sein Blut schlug am Boden auf, die Klauen rissen Milou hoch in die Luft und schleuderten sie mit voller Wucht gegen eine der Säulen. Die Luft wich aus ihrer Lunge, heftiger Schmerz raste durch ihren Rücken. Sie fühlte noch, wie ihre Finger über dem Buch starr wurden, als hätte sich ein fremder Wille ihrer bemächtigt. Dann glitt es aus ihren Händen, und kaum, dass es am Boden aufkam, entzündete es sich in weißem Feuer.

Milou hörte das Krachen ihrer Knochen, als die Klauen sie fallen ließen und sie am Fuß der Säule aufschlug. Ein Stechen ging durch ihre Schulter. Dennoch rappelte sie sich auf und rannte auf das Buch zu, aber ehe sie es erreicht hatte, trieb die Kälte des Feuers sie wie ein Schwarm tödlicher Klingen zurück. Sie riss die Arme vors Gesicht und sah zu ihrem Entsetzen, wie Caldoron durch die flirrende Luft auf das Buch zutrat. Ein Lächeln lag auf seinen Lippen, als hätte er jeden ihrer Schritte vorausgesehen, und Verzweiflung brandete in Milou auf, als er sich langsam zu dem Buch hinabbeugte. Außer sich stürzte sie vor, ungeachtet der Kälte, die sich gnadenlos um ihren Körper schlang. Doch der Frost warf sie auf die Knie. Sie sah schon vor sich, wie Caldorons Macht das Buch in Fetzen riss, aber gerade in dem Moment, da seine Finger die Seiten berührten, ging ein Flackern durch seinen Zauber. Die Hitze traf Milou mit solcher Wucht, dass ihr der Atem stockte, und ehe Caldoron noch vor den Funken zurückweichen konnte, die nun in leuchtendem Rot aus den Seiten schossen, stob eine Gestalt daraus hervor – rot und glühend wie die Funken ringsum. Die Augen des Fuchses leuchteten und sein Keckern klang wie ein Schlachtruf durch den Saal. Dann riss er das Maul auf und mit knirschendem Geräusch verbiss er sich in Caldorons Arm.

Mit einem Zornesschrei wich Caldoron zurück. Der Leib des Fuchses hinterließ brennende Schmisse in der Luft, so schnell schleuderte er ihn durch den Saal, doch das Tier ließ nicht von ihm ab, selbst dann nicht, als Caldoron gleißende Zauber durch dessen Leib schickte. Etliche zerbrachen, kaum dass das Feuer des Fuchses mit aller Kraft in ihnen erglühte, und im selben Moment, da Caldoron über Nívs Kette stolperte, sprang dieser auf die Beine. Milou stockte der Atem. Zischend grub Nív die Finger in das Metall, das mit lautem Knirschen auseinanderbrach. Jede Schwäche war von seinem Körper gewichen, und in seinen Augen glühte ein Zorn, der grollend in den Schatten des Saals widerklang. Schwingenrauschend stoben Raben aus den Nischen, Milou duckte sich unter ihren Flügeln, und ehe Caldoron noch die Faust für einen Zauber ballen konnte, schlang Nív ihm seine Kette um den Hals. Schwarz flackernd jagte sein Zauber durch sie hindurch und raste unter Caldorons Haut entlang, und im selben Augenblick, da die ersten Raben seinen Leib durchstießen, fiel Milou neben dem Buch auf die Knie.

Noch immer schwelte das weiße Licht darin, doch das Feuer des Fuchses setzte ihm zu, und als Milous Blick in die Schwärze der Seiten stürzte, drängte sie mit aller Kraft den Schwindel zurück. Sie berührte das Papier, und da konnte sie Federicos Finger sehen, die sanft darüber hinglitten. Noch einmal hörte sie seine Stimme in ihren Gedanken, noch einmal fühlte sie sein Lächeln auf ihrer Haut, und als sie seinen Bewegungen folgte, tauchten glühende Zeichen aus der Dunkelheit der Seiten auf. Aus dem Augenwinkel nur sah sie, wie Caldoron Nív zurückstieß, so heftig, dass dieser taumelte. Ihr Blick jedoch hing an den Zeichen, die sich vor ihr zu flammenden Bildern entfalteten, und kurz spürte sie deren Lichter, zärtlich wie zerbrechliche Worte einer lang vergangenen Zeit. In rasender Geschwindigkeit fühlte sie die Wärme der Sonne auf den Dächern der Scherbenwelt, sie hörte Caldorons Stimme wie damals als Kind, als er neben Federico zu den Sirenen hinabgestiegen war, und sie ballte die Hand zur Faust, als ein Bild sich in der Dunkelheit des Buchs zusammenfügte, das heller leuchtete als all die anderen. Kurz nur sandte es sein Feuer durch Milous Finger. Dann fuhr sie herum, und im selben Moment, da Caldoron Nív an der Kehle packte, schleuderte sie das Bild gegen seine Schläfe.

Nív entglitt seinem Griff, und Blut lief über sein linkes Auge, während seine Erinnerung um ihn herum aufbrach. Ein Kind war es, das nun vor ihm in der Luft stand, das Haar zerzaust, die Augen glühend vor Schabernack. Milou konnte die Angel in Federicos Händen sehen, mit der er vor langer Zeit versucht hatte, eine Sirene an Land zu locken, sie roch den Duft des Meeres, unbändig und frei – und sie konnte es hören, das Kinderlachen, das nun den Saal erfüllte, so kraftvoll, dass jeder Spiegel ringsum darunter erzitterte. Ihr schien es, als würde dieses Lachen aus ihrer eigenen Kehle kommen, so laut klang es in ihr wider, und übermütige Freude erfüllte sie, als sie Federicos Blick erwiderte. Caldoron jedoch presste sich die Hände gegen die Schläfen, das Gesicht zu einer entsetzlichen Fratze verzerrt, und gerade als Milou glaubte, er würde auf die Knie fallen, riss er den Kopf in den Nacken und schrie so markerschütternd, dass ihr die Luft aus der Lunge wich.

Schon einmal hatte sie einen solch haltlosen Schmerz gespürt – damals am Ufer des Rio dei Giardini, als Caldoron sie erstmals in seinen Frost gehüllt hatte. Nun jedoch füllte er seine Leere mit Tönen, so entsetzlich, dass sie glaubte, von ihnen zerrissen zu werden. Keuchend rang sie nach Atem, doch keine Luft drang in ihre Lunge, und sie musste wie betäubt zusehen, wie Caldoron den Fuchs von seinem Arm riss. Mit voller Wucht schleuderte er ihn gegen die Wand, sodass er zu tausend Funken zerbrach. Im selben Moment erloschen sämtliche Bilder des Buchs. Die Seiten zerrissen wie unter zornigen Händen, und ehe Milou erneut danach greifen konnte, stieß Caldoron die Faust in die Luft. Mit ohrenbetäubendem Donnern zersprangen sämtliche Spiegel und aus den Splittern erhob sich das Feuer der Scherbenpfade in weiß glühendem Licht. Milou sah noch, wie Caldoron herumfuhr, ein flackernder Schatten in all der Helligkeit. Dann packte er Nív an der Kehle und schleuderte ihn mitten hinein in seinen tödlichen Glanz.

Nívs Schrei riss Milou auf die Beine. Atemlos ergriff sie die letzten Seiten des Buchs, während sie auf Nív zueilte. Schwärme aus Scherben schlangen sich um seinen Leib und drangen in seine Glieder ein, und sie sah zu ihrem Entsetzen, wie sie die Kraft aus ihm herausrissen, so gnadenlos, dass seine Gedanken sich wie dunkles Blut in den Schleiern der Pfade ergossen. Schon wich jede Farbe aus seinen Wangen, und als sie ihn erreichte, hatte sich die Dunkelheit seiner Augen bereits in blasses Grau verwandelt. Benommen fiel sein Kopf nach vorn, und Milou fuhr zusammen, als Caldorons Lachen durch den Saal klang.

»Er stirbt!«, rief der König der Scherben und hob die Arme in die Luft wie ein Schauspieler nach einer gelungenen Vorstellung. »Das Feuer der Scherben raubt ihm die Kraft, kannst du es sehen? Es nimmt ihm seine Erinnerungen, all das, was ihn auszeichnet, und verwandelt es in ewiges weißes Licht! Sieh hin, Träumerin, sieh nur, zu was ich fähig bin – und wisse, dass du ihn davor bewahren kannst, wenn du nur willst!«

Milou riss sich von Nív los. Tränen liefen über ihr Gesicht, aber sie spürte nichts als Zorn, als sie Caldoron ansah. »Was muss ich tun?«, rief sie gegen das Tosen des Feuers an. »Sagt es mir, König der Welt! Wie kann ich ihn retten?«

Sie spürte, wie der Boden unter ihr schwankte. Nív schrie etwas hinter ihr. Sie wusste, dass er sich mit aller Macht in seine Ketten warf, um sie daran zu hindern, weiter auf Caldoron zuzugehen, doch sie wandte sich nicht zu ihm um. Sie erwiderte den Blick ihres Feindes, der für einen Wimpernschlag sein Lächeln verlor. »Befreie ihn«, raunte Caldoron, und das Licht der Scherbenpfade ließ seine Augen glühen wie im Fieber. »Nimm seinen Platz ein, Träumerin, und vollende mein Werk mit deiner Kraft. Doch tu es schnell! Sein Licht flackert schon!«

Caldoron stand regungslos, und für einen Moment kam es Milou so vor, als würde das Licht seines Blicks in sich zusammenstürzen wie ein Abgrund, der sich schon einmal vor ihr aufgetan hatte, schwer und schwarz wie die Wellen in einer endlosen Nacht. Doch ehe die Furcht nach ihr greifen konnte, fuhr sie herum und stürzte auf die Pfade zu. Nívs Augen glühten, als sie vor ihm innehielt, und obgleich die Scherben sich tief in sein Fleisch gruben, schien er keinen Schmerz zu spüren. Mit aller Entschlossenheit, die noch in ihm war, schüttelte er den Kopf.

»Nein«, brachte er hervor. »Wenn du das tust, hat er gewonnen! Niemand wird die Pfade der Scherben mehr überwinden können, er wird dich töten in ihrem Licht! Sieh mich an, Milou, sieh, was aus mir wird! Dieses Licht wird dir alles nehmen, was du bist!«

Seine Verzweiflung schlang sich um ihre Kehle, aber sie zwang sich, die Kälte des Lichts von sich abgleiten zu lassen wie Regen. Ohne sich von ihm abzuwenden, trat sie den letzten Schritt auf ihn zu. *»Alles«*, wiederholte sie und lächelte mit leisem Spott. »Ich bin mehr als das, hast du das vergessen?«

Kurz nur flammte das Erstaunen über seine Züge, und Milou zögerte nicht länger. Sie legte die Hand auf sein Herz, und im selben Moment, da das Licht der Pfade ihre Haut berührte, zogen sich die Fesseln von ihm zurück. Schwer atmend fiel er auf die Knie, und als er zu ihr aufschaute, konnte Milou sie sehen: die Erinnerung, die sie ihm in diesem Moment geschenkt hatte und die für immer ein Teil von ihm sein würde. Noch einmal lächelte sie, unmerklich wie in der Nacht der Sirenen. Dann grub sie die Finger ins Licht der Pfade, und im selben Augenblick riss eisiger Frost sie in die flackernden Schleier hinein.

Kurz nur sah sie noch die Scherbenströme, die sich um ihren Leib schlangen. Dann wurde der Schmerz so übermächtig, dass jedes Bild vor ihren Augen zerbrach. Ihr Körper spannte sich, als würden ihre Muskeln zerreißen, doch entsetzlicher noch war das Licht, das durch ihr Innerstes peitschte, so gnadenlos, dass sie binnen eines Wimpernschlags nicht mehr wusste, ob sie noch atmete oder nicht. Sie konnte spüren, wie die Erinnerungen in ihr erloschen, wie sie ihre Farben verloren, aus ihr hinausglitten und von den gierigen Schleiern aufgesogen wurden, bis nichts mehr in ihr übrig war als reglose Dunkelheit. Und dann fiel sie in die Leere, die sich in ihr ausbreitete, fiel lange, ehe sie auf hartem Boden landete.

Alles um sie herum war finster, als wäre sie auf den Grund des Meeres hinabgesunken, gerade eben oder vor tausend Jahren, unfähig, jemals einen Weg hinauszufinden. Der Schmerz ihres Körpers war fern, und sie überkam der Drang, ihn ganz loszulassen, als wäre er die letzte Verbindung zu jener Welt, die jenseits dieser Dunkelheit lag. Dumpf nur hörte sie die Schritte, die sich ihr näherten, und mit seltsamer Gleichgültigkeit stieg die Erkenntnis in ihr auf, dass es ihr Feind war, der auf sie zukam. Jede Sekunde konnte er sie packen und sie zwingen, ihn anzusehen, gerade in dem Moment, da die letzte Erinnerung in ihr zerbrach, oder er würde herumfahren zu jenem Krieger, der nun auf die Beine kam, um sich auf ihn zu stürzen, außer sich vor Schmerz, jener Traum aus Nacht und Schatten … Nív …

Der Name durchzuckte Milou wie ein Blitz, und als hätte er einen Schleier von ihren Sinnen gerissen, kehrte der Schmerz zu ihr zurück und ließ sie Atem holen. Sie starrte in die Finsternis und schüttelte langsam den Kopf. Nein, dachte sie und spürte die Schatten auf ihrer Haut wie schwarze Federn. Diese Dunkelheit war nicht das Ende. Sie war der Anfang. Der Gedanke ergriff sie mit solcher Macht, dass sie den Kopf in den Nacken riss, und da sah sie die Sterne über sich – die Sterne, die in jener Nacht in den Augen ihrer Eltern gelegen hatten. Sie breitete die Arme aus, und da begriff sie, dass es kein Meer war, das sie umgab, sondern flüsternde Finsternis. Gleichzeitig spürte sie ein vertrautes Gefühl an ihren Fingern. Die Buchseiten strichen über ihre Haut, und die Berührung weckte etwas tief in ihr … das stille und doch überwältigend mächtige Bedürfnis, mehr in der Dunkelheit ringsherum zu erkennen, als ihre Augen ihr erlaubten.

Wie ein Herzschlag pochte diese Empfindung in den Seiten zwischen ihren Fingern wider, und als glimmende Funken darin aufbrachen, fühlte Milou sie wie die Worte, die Federico einst aus den Büchern seines Ladens hervorgebracht hatte. Samten stiegen sie rings um sie aus der Finsternis, und es brauchte nicht mehr als ein Atemholen, um sie zu flammenden Bildern zu entfachen. Tiefschwarz lag das Fenster vor ihr, das aus einem Zimmer in der Menschenwelt hinaus in die Nacht blickte, und als sie darauf zutrat, rechnete sie fest damit, ihr eigenes Gesicht in seinem Spiegel zu erkennen. Sie streckte die Hand danach aus, wohl wissend, dass mehr auf der anderen Seite lag als tiefste Nacht – und schaute in die Augen eines Kindes. Ein Junge war es, vielleicht zehn oder elf Jahre alt, mit lockigem Haar und verträumtem Lächeln, und erst als er das Fenster aufschob und in die Nacht hinauskletterte, erkannte sie, dass es Caldoron war, der wie sie selbst damals in die Gassen Venedigs hinausgeschlichen war auf der Suche nach den Wundern in den Schatten.

Milou spürte, wie die Erinnerung an ihre nächtlichen Ausflüge zu ihr zurückkehrte, wie sie ihre Farben wiedererlangte und tief in ihr erblühte, und sie zögerte keinen Augenblick, als das nächste Bild vor ihr auftauchte. Wieder zeigte es Caldoron, vereint nun mit Federico, wie er durch die Gassen der Stadt lief, und als sie selbst zu rennen begann in der Dunkelheit, die sie umgab, da tauchten andere Bilder rings um sie auf, Bilder ihrer Freunde von damals, Bilder Venedigs, Bilder von Nonna und Federico und ihren Eltern. Sie lief an Caldorons Seite über die Dächer der Stadt, sprang mit Federico in die silbernen Kanäle der Scherbenwelt, um gleich darauf mit ihrem Vater zu den Sternen hinaufzusehen, und ein Schauer flog über ihren Leib, als Nív inmitten der Schatten auftauchte – Nív am Rand eines Daches, der ihre Hand nahm und sie mit sich in den Strom der Glücksfunken zog. Doch dieses Mal waren es nicht die Splitter anderer Wesen, die sie fliegen ließen. Deutlich spürte sie Nívs Nähe wie damals, als er sie vor den Sirenen zurückgezogen hatte, sah ihn noch einmal am Fenster des Palazzo Dario wie in jener Nacht, da sie ihm in seine Welt gefolgt war, stand mit ihm unter den Farben Buranos und durchquerte das Meer mit ihm, Seite an Seite und ohne jede Furcht. Wieder fand sie ihn inmitten tanzender Masken und brechender Spiegel, erneut schenkte sie ihm ihre Erinnerungen und rettete ihm so das Leben, noch einmal küsste sie ihn am Rand des Kanals, und als sie inmitten all ihrer Bilder die Arme um ihn legte und ihn ansah, da fand sie keine Kälte mehr in seinem Blick und keine Hilflosigkeit inmitten schwarzer Wellen. Alles, was darin auf sie wartete, war die Wärme seiner Umarmung in ihrer Dunkelheit, und als er lächelte, da fühlte sie seine Nähe so deutlich, als wäre er wirklich da.

Deine Wirklichkeit ist eine Illusion, flüsterte er in ihren Gedanken, und als sie die Augen öffnete und sich im Licht der Scherbenpfade wiederfand, da war es sein Atem, der über ihre Lippen strich. Für einen Wimpernschlag glaubte sie, ihren Augen nicht zu trauen. Aber dann spürte sie seine Arme, die sich um sie schlossen, und jeder Zweifel erlosch. Nív war wirklich da. Er war zu ihr ins Feuer gesprungen und hielt sie fest, und die Farben ihrer Erinnerungen spiegelten sich in seinen Augen – die Farben der Scherben, die mächtiger waren als jedes Spiel aus Licht und Finsternis.

Wie aus weiter Ferne spürte sie Caldorons Nähe. Seine Kälte griff nach ihr, um sie tiefer hinabzudrücken in sein ewiges Licht, doch sie empfand keine Furcht, als sie den Blick wandte und ihn direkt ansah. »König der Scherben«, flüsterte sie. »Ihr sagt, die Menschen hätten vergessen, und Ihr habt recht damit. Aber damit sind sie nicht allein. Erinnert Euch, Herrscher der Welt. Erinnert Euch an das, was Ihr seid!«

Damit hob sie die Hand, in der sie noch immer die Buchseiten hielt. Wie unter einem plötzlichen Windstoß zerbrachen sie zu Asche, doch als sie sich im Feuer erhoben, stoben die Erinnerungen aus ihnen hervor und entfachten all die gestohlenen Träume, die in den gleißenden Schleiern gefangen gehalten wurden, zu buntem Licht. In tosenden Funkenschwärmen zerrissen sie den Frost der Scherbenpfade und ließen sie durchscheinend werden, so wie sie einst gewesen waren, und Gelächter drang durch die Luft – das Lachen der Kinder, die in diesem Moment tief unten vor dem Weißen Turm ihre gläsernen Kerker mit Rissen überzogen.

Mit gellendem Schrei stürzte Caldoron sich vor, doch Milou zögerte keinen Augenblick. Blitzschnell griff sie in ihre Tasche und zog den roten Knopf hervor, und kaum, dass sie ihn in die Höhe hielt, strömten die Schwärme der Scherben auf ihn zu. Funkensprühend jagten sie durch Milous Glieder. Sie konnte spüren, wie sich ihre verblassten Erinnerungen wieder in voller Farbe entzündeten, und im selben Moment, da Caldorons Bilder sich als Wirbel um den Knopf vereinten, entglitt er ihrer Hand. Kurz schien es ihr, als würde er sich in einen Fuchs verwandeln, als er auf Caldoron zustob. Dann leuchtete er in grellem Feuer auf, und mit einem Krachen, das die Wände zum Erzittern brachte, durchschlug er das Herz des Königs.

Milou stockte der Atem, als Caldoron von der Wucht des Aufpralls in die Höhe gehoben wurde. Nív zog sie an sich, doch sie sah sie genau: die Bilder, die den König der Scherben umtosten, und die Sehnsucht, mit der er vor vielen Jahren an sein Fenster in der Menschenwelt getreten war und die nun in tausend Farben in seinen Augen aufbrach. Für einen Moment wurde sein Gesicht ganz jung. Dann öffnete sich die Wunde in seiner Brust, und weißes Licht strömte daraus hervor, so hell, dass jedes Bild darin zerbrach. Donnernd zerbarsten die Erinnerungen ringsherum, und mit einem Stöhnen, das wie ein Seufzen klang, stürzte der Weiße Turm in sich zusammen.

Milou hielt sich an Nív fest, während sie durch Flammen und Scherben fielen. Rabenschwingen milderten ihren Sturz, und als sie am Boden aufkamen, sah sie für einen Moment nichts als den schwarzen Himmel hoch über sich, über den die gestohlenen Träume in winzigen Sternfunken in die Nacht fielen. Sie hörte die Triumphschreie der Pathari und die Stimmen der Kinder, die auf dem Platz vor dem Turm wieder zu sich kamen, aber sie nahm beides kaum wahr. Sie sah nur Nív, der sie auf die Beine zog und ihr mit sanftem Lächeln das Haar zurückstrich – und Caldoron, der zusammengesunken inmitten der Trümmer seines Turms lag. Blut lief aus der Wunde in seiner Brust, und als Milou sich von Nív löste und auf den König der Scherben zutrat, da spürte sie die Kälte, die über ihn hinstrich … sacht und dennoch gnadenlos wie ein Versprechen, das vor langer Zeit gegeben worden war.

»Wanderin«, raunte Caldoron und schaute aus Augen zu ihr auf, in denen noch immer die Funken seiner Erinnerungen niederfielen. »Stehst du da, um mir beim Sterben zuzusehen?«

Der Spott in seiner Stimme hatte die Schärfe verloren, doch noch immer lag der Hohn auf seinen Lippen, und Milou schüttelte langsam den Kopf. »König der Scherben«, sagte sie, als sie vor ihm stehen blieb. »Ihr habt Euch selbst dabei zugesehen, über viele Jahre hinweg, und bei allen Träumen, die Ihr vernichtet habt, sind es doch Eure eigenen gewesen, die noch immer als grausame Stachel in Eurem Fleisch stecken. Dabei seid Ihr einst mehr, viel mehr gewesen als Leere und Schmerz. Ihr habt Euer Herz geopfert, um diesem Wissen zu entkommen, aber nun seht Ihr, dass sie niemals stirbt: die Sehnsucht, die tief in Euch verborgen liegt und die jede Dunkelheit für Euch entzündete.« Sie hielt inne und schaute auf die Ascheflocken in ihrer Hand. »Ich mag eine Wanderin sein«, sagte sie dann. »Aber ich werde nicht einen Fuß auf Euren Weg setzen. Ich werde Euch nicht brechen, wie Ihr es mit so vielen Wesen getan habt. Stattdessen erinnere ich Euch an das Kind, das auf den Flügeln von Märchen und Geschichten in diese Welt kam, vor lang vergangener Zeit. Und wie diese Geschichte endet … entscheidet Ihr selbst.«

Sie wusste, dass Nív hinter ihr die Hand auf seinen Dolch legte, als sie vor Caldoron in die Knie ging, doch sie schaute sich nicht zu ihm um. Wortlos erwiderte sie den Blick des Königs und strich dann mit vorsichtiger Geste die Ascheflocken auf seine leere Hand. Caldoron starrte darauf, verächtlich zuerst, als wollte er die Flocken fortwischen wie Unrat. Doch dann tastete sich seine freie Hand vor, zaghaft wie gegen seinen Willen und dann so behutsam, als berührte er ein zartes Blütenblatt. Er schauderte so heftig, dass die Flocken zu Boden fielen, und da krallte er mit plötzlichem Schrecken die Finger in die Scherben, als könnte er die Asche so davor bewahren, zu zerbrechen. Er zitterte, als würde er weinen, aber gerade in dem Augenblick, da Milou die Hand nach ihm ausstrecken wollte, wohl wissend, seinen Schmerz nicht lindern zu können, ging ein Flüstern durch die Asche.

Milou folgte Caldorons Blick, und da tauchte der Fuchs aus den Flocken, das Fell verbrannt und nur noch leicht glühend, aber ansonsten unversehrt. Kurz schaute er zu Caldoron auf, lächelnd, beinahe spöttisch. Dann trat er auf ihn zu, und ohne jedes Geräusch streifte er mit dem Schweif über dessen leere Hand. Winzige rote Flämmchen tanzten über seine Finger und spiegelten sich in Caldorons Augen, und dieser sah den Fuchs an wie ein Wunder, mehr noch … wie einen Freund, der in diesem Moment aus weiter Ferne auf ihn niederschaute. Der Fuchs neigte den Kopf, und Milou hielt den Atem an, als Caldoron die Geste erwiderte. Ohne jedes Wort legten sie die Stirnen aneinander, sacht, mit geschlossenen Augen. Und unmerklich glitt ein Lächeln über Caldorons Gesicht.

Milou wusste nicht, wie lange sie so gesessen hatten, ehe der König der Scherben auf die Beine kam. Er schwankte, als er sich in den Trümmern umsah, und schaute dann zu Nív hinüber. Milou konnte nicht sagen, was Caldoron dachte, aber für einen Moment schien es ihr, als würde er die Hand auf die Schulter des Kriegers legen, der ihn herausgefordert hatte … in stillem Stolz, wie er es bei einem Sohn getan hätte. Dann senkte er den Blick, und ehe Milou wusste, was er tat, schob er die aschebefleckte Hand tief in die Wunde in seiner Brust. Ein heiseres Keuchen drang aus seiner Kehle, doch er hob abwehrend den Arm, als Milou auf ihn zutrat. Kurz nur taumelte er, dann zog er die Hand zurück. Er sah nicht auf, als er die blutigen Finger öffnete, aber auf seiner Handfläche, silbrigweiß wie ein Blütenblatt, schwebte eine gleißend helle Flamme. Sie pulsierte … und sie war wunderschön.

Caldoron schaute darauf wie auf etwas Vermisstes, dessen Namen er lange gesucht und nun wiedergefunden hatte. Dann sog er die Luft ein, und wie unter einem Zauber schlossen sich Ströme aus funkelndem Licht um die lodernde Flamme. Wortlos streckte Caldoron den Arm aus und ließ sie auf Milous Hand gleiten. Sie war unerwartet schwer und Milou spürte das Pulsen darin in ihren Fingern widerklingen.

»Gib acht auf dieses Feuer, Träumerin«, sagte Caldoron leise. »Gib acht auf dieses Herz aus tausend Farben.«

Milou konnte nichts erwidern. Ihre Kehle zog sich zusammen, als sie Caldorons Blick erwiderte, und sie nickte langsam, als der König der Welt noch einmal auf sie niedersah. Dann wandte er sich um und ging auf das Ufer des Meeres zu. Milou lehnte sich an Nívs Brust, als er sie an sich zog. Ihr schien es, als würden sich die Wellen für einen Moment in Glas verwandeln, und heraus stieg ein Mädchen, das einst die Arme dem Mond entgegengestreckt hatte, als wollte es ihn umarmen. Es war Lhornya, die Gläserne Prinzessin, die Caldoron bei der Hand nahm. Milou sah, wie er sie an sich zog und wie sie die Arme um ihn schlang. Sie meinte, ihn lachen zu hören, fern und frei. Dann bäumten die Wellen sich auf und mit dem Geräusch von zerbrechendem Glas nahm das Meer sie mit sich.

37

Der Schwindel kam so plötzlich, dass Milou die Luft aus der Lunge wich. Ihr wurde schwarz vor Augen, der Boden schwankte, und im nächsten Moment gaben ihre Beine unter ihr nach. Sie fühlte wie durch tausend Tücher, dass sie aufgefangen und vorsichtig niedergelegt wurde. Dann strich etwas über ihre Stirn, sacht wie der Flügel eines Raben, und als sie die Augen öffnete, fand sie sich in Nívs Armen wieder.

Sie lag inmitten der Trümmer des Weißen Turms. Ganz in ihrer Nähe saß der Fuchs, und in respektvollem Abstand schauten etliche Pathari auf sie nieder, die Gesichter von der siegreichen Schlacht erhitzt. Milou erkannte Corvin und Asra unter ihnen, bleich, doch am Leben, und sie wollte sich aufsetzen, um die Sorge von ihren Zügen zu vertreiben. Doch sofort schickte die Erschöpfung den Schwindel zurück in ihre Schläfen, und Nív hielt sie mit sanfter Gewalt zurück. Er war noch blasser als sonst, aber das Lächeln auf seinen Lippen ließ seine Augen aufglimmen, als er zärtlich durch ihr Haar strich.

»Du hast es geschafft«, sagte er leise. »Du hast den König der Scherben besiegt.«

Seine Hände waren blutbesudelt, sein Haar hing in Strähnen in sein Gesicht, und seine Lippen waren aufgesprungen von den Strapazen der Gefangenschaft und dem Kampf gegen seinen Feind. Milou konnte die Entkräftung spüren, die in kalten Schauern über seine Haut jagte, und doch glaubte sie, nie eine solche Schönheit in seinen Augen gesehen zu haben wie nun, da sie einander auf dem Schlachtfeld der Scherben anschauten – der Schatten und die Träumerin, die diesen Kampf für sich entschieden hatten. »Ohne dich hätte ich keine Chance gehabt«, erwiderte sie und setzte sich ein wenig auf. »Ohne dich …«

Weiter kam sie nicht, denn plötzlich schoss ein stechender Schmerz durch ihre Schulter und ließ sie zusammenfahren. Behutsam löste Nív ihre Finger, die sich vor Schreck in ihrem Arm verkrampft hatten, und strich mit sachter Geste über ihr Schlüsselbein. Sofort glitt ein lindernder Kältehauch über ihre Schulter, doch sie bemerkte ihn genau: den dunklen Schimmer, der nun in Nívs Augen aufglühte und das Lächeln von seinen Lippen vertrieb. Für einen Moment schaute er auf ihre Hand, die reglos in der seinen lag, so als würde er sich davor fürchten, sie anzusehen. Dann hob er den Kopf, beinahe gewaltsam, und sie erkannte den Schmerz in seinen Augen, als er ihren Blick erwiderte.

»Tochter der Menschen«, sagte er so leise, dass seine Stimme raunend wie der Wind über die Trümmer strich. »Du musst gehen. Der Kampf hat dich geschwächt, ich kann spüren, wie meine Welt nach dir greift. Bald schon wirst du erneut vergessen, was du gerade erst zurückgewonnen hast, und das werde ich nicht erlauben. Du kannst nicht länger hier bleiben. Deine Wunden sind zu tief.«

Aus dem Augenwinkel sah Milou, wie Corvin die Arme um den Körper zog, als müsste er sich davon abhalten, auf sie zuzustürzen. Sie konnte ihn auf ihrer Zunge fühlen, den bitteren Geschmack von Abschied, der nun die Luft tränkte, und sie spürte ihn selbst: den Schmerz in ihren Gliedern, der ihre Lider schwer machte und die Macht der Scherbenwelt nur zu bereitwillig in ihre Gedanken eindringen ließ. »Ja«, sagte sie und nickte unmerklich. »Das sind sie. Aber es war nicht Caldoron, der sie mir zugefügt hat.« Erstaunen spiegelte sich auf Nívs Zügen, als sie zu ihm aufsah, doch sie hielt nicht inne. »Du hast mich verwundet, Sohn der Scherben«, fuhr sie fort. »Mit jedem deiner Worte, jedem Blick in deine Dunkelheit, die ich so sehr fürchtete, weil ich glaubte, nichts als Leere darin zu finden. Doch es ist mehr darin als das, und von dem Moment an, da ich dich zum ersten Mal sah, konnte ich nicht länger davor fliehen, ganz gleich, wie sehr ich es auch versuchte. Du hast es selbst gesagt: Du trägst einen Spiegel tief in dir, und mit ihm hast du mich angesehen. Du hast mich durch meine tiefste Finsternis geführt – und jetzt schickst du mich fort?«

Sie konnte sehen, dass die Frage ihn traf, schmerzlicher als jeder Hieb, den er in den vergangenen Stunden erlitten hatte. »Ich wünschte, es gäbe einen anderen Weg«, sagte er dunkel. »Aber uns bleibt keine Wahl.«

Milou wandte sich nicht von ihm ab, als sie die Hand mit Caldorons Zauber hob. Ein Raunen ging durch die Reihen der Pathari, kaum dass sie die Faust öffnete und das Licht über ihre Finger flutete. Noch immer konnte sie die Kraft des Zaubers spüren, doch er flackerte bereits. Bald schon würde seine Macht erlöschen. »Du irrst dich«, sagte sie und sah zu, wie das Licht über Nívs Züge glitt, als wäre es schillerndes Wasser. »Caldoron hat mehr in sich getragen, als die meisten hier je für möglich hielten, und er hat uns ein Geschenk gemacht. Ich kann die Macht dieses Zaubers spüren. Sie pocht wie …«

»… ein Herzschlag«, beendete Nív ihren Satz. Seine Stimme war nicht mehr als ein Flüstern, und er schaute in den Zauber, wie er in das Zimmer des weinenden Jungen gesehen hatte … voller Hingabe an etwas, das trotz seiner scheinbaren Nähe unerreichbar für ihn war. Dann sah er Milou an und strich über ihre Wange. »Du hast mir so viel geschenkt«, sagte er kaum hörbar. »Seit ich denken konnte, sehnte ich mich nach der Welt der Menschen, gefangen in dem Glauben, nie ein Teil von ihr sein zu können. Aber durch dich durfte ich es werden. Durch deine Erinnerungen, deine Ängste, deine Gedanken. Nichts davon werde ich je vergessen. Doch dieses Geschenk, Träumerin, kann ich nicht annehmen.«

Sanft sagte er das, aber in seinen Augen lag dieselbe Härte, mit der er sich von den Fenstern der Menschen abgewandt hatte – kalt und unnachgiebig wie unter einem Fluch, den er nicht brechen konnte. Doch Milou ließ seinen Blick nicht los. »Wieso nicht?«, fragte sie. »Dieser Zauber kann dir geben, was du immer wolltest: ein menschliches Herz. Warum weichst du vor ihm zurück?«

Für einen Moment glaubte sie, er würde seine Hand fortziehen, so deutlich stand die Abwehr auf seinen Zügen. Doch dann neigte er den Kopf, und ohne ein Wort legte er die Finger an Milous Schläfe. Seine Magie strömte kühl über ihre Haut, und ihr stockte der Atem, als das Meer in seinen Augen aufbrach ... das Meer aus jener Nacht. Der Sturm peitschte die Wellen auf, grollend rauschten die Fluten durch die Dunkelheit, aber es war nicht ihr Körper, den sie inmitten des schwarzen Wassers sah. Es war Nív, der in die Tiefe tauchte und nach der Hand ihrer Mutter griff. Die Gischt sprühte auf, fast meinte Milou, sie zu spüren, doch sie hörte das Tosen des Sturmes nicht mehr. Alles, was sie wahrnahm, war das Gesicht ihrer Mutter in der Dunkelheit tiefschwarzer Wellen, als diese die Augen öffnete und Nív ansah – Nív, das Kind der Scherben, das ihren Blick erwiderte.

Milous Herz zog sich zusammen. So viel Sanftheit lag in den Augen ihrer Mutter, so viel Zärtlichkeit, dass sie die Tränen nicht zurückhalten konnte, und sie begann zu zittern, als sie sah, wie das Leben aus deren Körper rann wie fliehendes Licht am Anfang der Nacht. In goldenem Glanz verließ es ihre Glieder, halb gezogen von Nívs zerbrochenem Herzen, und als sie lächelte, spürte Milou ihre Arme so deutlich um ihren Leib, als wäre sie wirklich da. Nichts als Geborgenheit lag in diesem Licht, und im selben Moment, da der Körper ihrer Mutter aus Nívs Händen glitt, brach es mit aller Kraft in seiner Brust auf. Kurz noch sah sie, wie der Widerschein in den Augen ihrer Mutter aufglomm, leise wie ein Abschiedsgruß. Dann schloss sich die Finsternis vor ihrem Blick und nichts als Schwärze blieb mehr in Nívs Augen zurück.

»Ich spüre noch immer die Gischt auf meiner Haut«, sagte er kaum hörbar. »Den tosenden Sturm und die Wellen, die mich fast gebrochen hätten. Aber stärker als all das fühle ich die Herzschläge deiner Eltern … und die Stille, als sie schließlich erloschen. Niemals wird diese Stille mich verlassen. Deinen Vater habe ich inmitten der Dunkelheit nicht finden können, aber deine Mutter hat mich angesehen in dem verfluchten Meer, und dennoch habe ich sie nicht gerettet. Ich habe ihr Leben durch meine Finger gleiten lassen, mehr noch als das: Ich habe es ihr geraubt. Wie soll ich einen Herzschlag in mir tragen, wenn ich den ihren nicht vor dem Tod bewahren konnte?«

Milou rührte sich nicht. Sie spürte die Tränen, die in den Schnitten ihrer Wangen brannten, und sah ihre Mutter so deutlich vor sich, als bräuchte sie nur die Hand auszustrecken, um sie zu berühren. Mit jeder Faser ihres Körpers sehnte sie sich nach ihr, doch inmitten der Verzweiflung, inmitten all der Traurigkeit dieses Gefühls spürte sie noch immer das Licht auf ihrer Haut, und sie lächelte, als das Bild sich vor ihren Augen verwandelte. »Aber das hast du«, sagte sie leise. Behutsam legte sie die Finger auf Nívs Hand und führte sie zurück an ihre Schläfe, und da zeigte ihre Erinnerung sich in seinen Augen: das Meer jener Nacht jenseits des Sturms, bekränzt von einem Ozean aus Sternen. Sie fühlte, wie Nív den Atem anhielt, als würde auch er die Nähe ihres Vaters spüren und die Wärme ihrer Mutter, und für einen Wimpernschlag saß sie ihm noch einmal an jenem Ufer gegenüber, durchnässt bis auf die Knochen. Wie damals strichen seine Finger auch nun kühl über ihre Wange, und da kehrte er mit aller Macht zu ihr zurück: der Moment, wenn sie in den Armen ihrer Mutter eingeschlafen war, der Augenblick, wenn ihr Vater sie aufgefangen hatte, jedes Mal, wenn er von der Arbeit heimgekommen war, und sie fühlte sich so geborgen, dass ein Schauer aus Zärtlichkeit über ihre Glieder flog. Nív hatte weit mehr für sie bewahrt als die Erinnerung an jene Nacht. Er hatte die Liebe ihrer Eltern um ihre Schultern gelegt ... das Licht, das ihre Mutter ihm geschenkt hatte, umtost von tiefster Dunkelheit.

»Du hast niemanden beraubt«, flüsterte sie und verschränkte ihre Finger mit den seinen. »Meine Mutter schenkte dir ihre Kraft, damit du mich retten konntest, und das hast du getan. Deinetwegen kann ich sie noch immer spüren, ihr Lachen, ihre Stimme, und gerade hast du mir ihr Lächeln geschenkt – das letzte, das in jener Nacht über ihre Lippen kam. Du ahnst nicht, wie kostbar das für mich ist.« Ihre Stimme zitterte ein wenig, als sie noch einmal das Gesicht ihrer Mutter vor sich sah, und Nív führte ihre Finger an seine Lippen, als könnte er so die Traurigkeit lindern, die schmerzhaft und unendlich wertvoll zugleich durch ihre Brust zog. »Ich kenne deine Sehnsucht«, fuhr sie fort. »Ich weiß, was es bedeutet, jenseits des Lichts zu stehen, wohl wissend, niemals Anteil daran zu haben, auch und gerade weil ich von ihm umschlossen wurde. Ich habe erlebt, was du über die Menschen gesagt hast, ihre Unwissenheit, ihre Ignoranz, ihre Blindheit, und ich habe darunter gelitten, an jedem verfluchten Tag in meinem Leben. Aber gleichzeitig habe ich mich nach ihnen gesehnt, genau so, wie ich die Hand nach der Dunkelheit ausgestreckt habe. Ich habe dieses Gefühl nie verstanden, und immer wieder fragte ich mich in den vergangenen Wochen, wie es möglich ist, dass selbst du auf diese Weise empfinden kannst, wenn du doch mit der Klarheit eines Dha'raki siehst, wie die Menschen wirklich sind. Jetzt weiß ich es. Du hast sie angesehen, wie ich in die Finsternis geschaut habe. Du hast ihre Träume gesehen. Und du brauchtest kein einziges Wort, um mich an ihnen teilhaben zu lassen. Durch dich konnte auch ich es fühlen: das Licht der Menschen auf meiner Haut. Du warst bei mir, nicht allein damals inmitten des Sturms, sondern in jeder Finsternis der vergangenen Wochen, und immer auf der anderen Seite meines Fensters. Du hast meinen Blick erwidert und mich aufgefangen, selbst wenn ich zu blind war, um das zu erkennen, und eines sage ich dir: Ich werde dich nicht gehen lassen, um nichts in der Welt.«

Sein Schweigen war wie ein Atemhauch auf ihrer Wange. »Und deswegen schenkst du mir ein Herz?«, fragte er kaum hörbar. »Das Herz eines Menschen, das nichts als ein Zauber ist, ein Schimmer und Gedanke inmitten all der Dunkelheit, die uns umgibt? Was, wenn er mich fortführt von Licht und Schatten, Träumerin? Was, wenn ich selbst mit dem Herzen eines Menschen tief in meinem Inneren für alle Zeit ein Sohn der Scherben bleibe?«

Die Frage war so leise gestellt, dass Milou sie mehr fühlte als hörte. Wispernd drang sie durch ihre Gedanken und ließ sie die Furcht spüren, die in Nív lauerte … die Furcht eines Wesens, das zeit seines Lebens in den Schatten verbracht hatte und nun zum ersten Mal das Licht auf seiner Haut fühlte. »Dann ist es die Dämmerung, die auf uns wartet«, erwiderte sie, ohne seine Hand loszulassen. »Wenn du mit mir auf diese Reise gehen willst. Aber wirst du das tun, Nív Rabenherz? Wirst du mir folgen in die Welt der Menschen?«

Er hob den Kopf, und für einen Moment stand sie ihm noch einmal in dem staubigen Zimmer des Palazzo Dario gegenüber, mit klopfendem Herzen angesichts der Frage, die er ihr gestellt hatte, ehe sie mit ihm in das Reich der Scherben gegangen war. Dann erwiderte er ihr Lächeln, und so langsam, als kostete es ihn körperliche Anstrengung, ließ er die Hand sinken. Die Anspannung der Pathari ringsum war fühlbar, als er sich zurücklehnte. Die Scherben glitzerten unter seinem Körper wie frisch gefallener Schnee, und als das Lächeln von seinen Lippen wich, schaute er mit der witternden Vorsicht eines verwundeten Tieres auf das Licht, das seine Strahlen über seine Brust schickte. Doch gleich darauf kehrte die Kühle des Kriegers in seinen Blick zurück und er nickte unmerklich.

Milou beugte sich vor, und ohne ein Wort zu sprechen, legte sie Caldorons Zauber auf sein Herz. Lautlos loderte die Flamme auf. Der Zauber um sie überzog sich mit feinen Rissen, während sie sich in die Luft erhob, und kurz schickte sie ihren strahlenden Glanz über all die Gesichter ringsum. Milou hörte die staunenden Rufe der Pathari und die leisen Stimmen der Kinder, die nun ebenfalls näher kamen, doch ihr Blick ruhte auf Nív, der zu der Flamme aufsah, regungslos, als betrachtete er einen einzelnen Stern am Firmament. Dann brach das Licht in ihr auf, und mit solcher Wucht, dass die Druckwelle Milou zurückwarf, schoss sie in Nívs Brust.

Benommen rappelte Milou sich im grellen Sturm auf, der ihr entgegenschlug. Die Pathari duckten sich und schützten die Kinder der Menschen vor der Helligkeit, die um Nívs Körper aufbrandete, und dann, mit einem Grollen, das im Boden widerklang, hoben Ströme aus Licht ihn in die Höhe. In rasender Geschwindigkeit umtosten sie seine Glieder. Immer wieder durchfuhren sie seinen Leib und ließen ihn schließlich in gleißendem Feuer erstrahlen. Milou schaute zu ihm auf, während die Flammen ihn durchpulsten, und kurz schien es ihr, als würde sie ihn in ihrem eigenen Leib fühlen können: den Herzschlag, der nun seine Brust erfüllte. Dann brach jedes Licht in sich zusammen, und ohne Halt stürzte Nív auf die Erde zu.

Im letzten Moment sprang Asra vor und milderte seinen Sturz mit einem Zauber. Sacht sank er inmitten der Scherben nieder, doch er rührte sich nicht, als Milou neben ihm auf die Knie fiel. Undeutlich nur nahm sie Corvins Nähe wahr, der neben Asra herangestürzt kam und schreckensbleich innehielt, und sie spürte deren Entsetzen in ihrem eigenen Leib widerklingen. Nív atmete nicht, und eine Kälte strömte von ihm aus, die jede Scherbe ringsum mit Eis überzog. Milous Herz schlug schmerzhaft gegen ihre Rippen, doch sie zwang die Panik zurück. Sie hatte das Leben in Caldorons Zauber gefühlt – es war nicht möglich, dass er nichts als den Tod gebracht hatte! Entschlossen griff sie nach Nívs Hand, und als ihre Finger sich trafen, riss er die Augen auf. Sie waren mattschwarz wie die eines toten Vogels, aber ehe Milou noch zu zittern begann, flüsterte Corvin etwas hinter ihr, und da sah sie ihn auch: den Glanz, der aus der Dunkelheit dieser Augen auftauchte und den Schleier verbrannte, der sich darüber hingezogen hatte. Atemlos beugte sie sich vor und erkannte, dass es ein Bild war, das sich in Nívs Augen zu tausend Farben entfaltete: das Bild einer Frau, die ihrem Sohn voller Liebe durchs Haar strich. Unmerklich lächelte sie, und im selben Moment, da ihr Bild verschwamm, holte Nív Atem.

Erleichterung flutete durch die Reihen, als er auffuhr, halb noch benommen, als wäre er aus einem tiefen Schlaf erwacht.

Die Farben zerbrachen in seinen Augen, doch Milou konnte sie noch immer sehen: die Erinnerung an seine Mutter, die er vor langer Zeit für eine Maske verloren zu haben glaubte und die nun zu ihm zurückgekehrt war. Ihre Blicke trafen sich. Unnennbare Zärtlichkeit strömte durch ihre Glieder, und sie sagte kein Wort, als er ihre Hand ergriff. Mit zitternden Fingern legte er sie auf seine Brust. Fast furchtsam schaute er sie an, und als sein Herzschlag sie durchfuhr, drang ein Lachen aus seiner Kehle, so zügellos und frei, dass Milou nicht länger an sich halten konnte. Außer sich fiel sie ihm in die Arme und küsste ihn, und da endlich brachen die Pathari rings um sie in ohrenbetäubenden Jubel aus.

Funkensprühend barsten die Zauber der Krieger über ihren Köpfen. Corvin schickte brennende Pfeile in den Himmel, Asras Lachen mischte sich mit dem Grollen des Bären, und graue Schleier flogen über das Firmament davon wie fliehende Dämmerung: die Nebel Caldorons, die das Reich der Scherben freigaben. Doch Milou sah es kaum. Alles, was sie wahrnahm, war Nívs Herzschlag an ihrer Wange, als sie den Kopf an seiner Brust barg, und ein tiefes Glücksgefühl flutete ihren Leib, als sie Salz auf ihren Lippen schmeckte. Es waren nicht ihre Tränen, die ihr Gesicht benetzten. Es waren Tränen aus tausend Farben, vergossen von einem Sohn der Scherben … die ersten, die er je geweint hatte.

38

Milou erwachte vom Geruch nach Rauch und staubigem Papier. Noch ehe sie die Augen aufschlug, streifte die alte Pferdedecke ihre Wange, und für einen Moment glaubte sie, Federicos Hand auf ihrem Haar zu fühlen … die Hand des Kriegers, des Fuchsmanns, des Geschichtenerzählers, der noch immer bei ihr war, gerade hier in seinem Bau, selbst wenn sie ihn nicht sehen konnte.

Sie blinzelte im Schein des Feuers, das in dem windschiefen Ofen flackerte, und ein Lächeln flog über ihr Gesicht, als sie den Blick über die Bücher des Ladens schweifen ließ. Drei Tage und Nächte hatte sie gebraucht, um die Zerstörung der vergangenen Wochen einigermaßen fortzuschaffen und die Bücher wieder an ihren angestammten Platz zurückzubringen: all die Tore in andere Welten, die Federico so sehr geliebt hatte. Sie dachte daran, wie sie mit Nív und Corvin am Boden zwischen den verrußten Stapeln gesessen und plötzlich gemerkt hatte, dass sie sich alle in einem Buch festgelesen hatten. Ein warmes Gefühl war bei diesem Anblick in ihr aufgeflammt, und sie erinnerte sich, dass er das Letzte gewesen war, das sie gesehen hatte, ehe sie im Morgengrauen eingeschlafen war. Nun jedoch lag Dunkelheit vor dem Tor zum Kanal, und kurz überkam sie der Drang, den Atem anzuhalten und zu lauschen, ob das Flüstern des Nebels durch den Spalt hindurchklang. Doch gleich darauf hörte sie die leisen Stimmen, die aus dem Nebenraum zu ihr drangen, und die Anspannung verlor sich. Caldoron war besiegt, so unwirklich es sich auch anfühlen mochte. Seine Thar'koryen waren zerbrochen oder geflohen, die Kinder ihrer Welt waren von Asra begleitet nach Hause zurückgekehrt und mitsamt den Menschen, die in den vergangenen Wochen unter dem Bann des Nebels gestanden hatten, für eine Nacht und einen Tag in tiefen Schlaf gefallen, alle … auch Nonna.

Milou erinnerte sich daran, wie sie in das Haus ihrer Großmutter gekommen war, das Herz so schnell schlagend, dass sie geglaubt hatte, es müsste aus ihrem Brustkorb springen, und Nonna am Küchentisch gefunden hatte … schlafend und mit einem Lächeln auf den Lippen, das so sehr das ihre gewesen war, dass es Milou die Tränen in die Augen getrieben hatte. Mit Nívs Hilfe hatte sie ihre Großmutter in ihr Bett gebracht, und sie sah sie noch einmal vor sich: den Blick voller Staunen auf sie gerichtet, als sie schließlich erwacht war. Endlos viele Fragen waren aus ihr hervorgesprudelt, und Milou hatte ihr Bestes gegeben, um sie alle zu beantworten, ehrlich und ohne den Schleier der Geschichtenerzählerin, der so leicht aus einer Kreatur aus Spiegeln ein Hirngespinst machen konnte. Mit großen Augen hatte Nonna ihr zugehört, die Bettdecke hochgezogen, als wäre sie ein Kind, das einem Märchen lauschte, doch die Wangen glühend vor Spannung. Immer wieder hatte sie zwischendurch leise vor sich hin gemurmelt, als hätte sie die Farben Buranos ebenso selbst erlebt wie die gläsernen Häuser der Scherbenwelt, und sie hatte den Atem angehalten, als sie von den Glücksschwärmen gehört hatte, mit denen auch sie schon einmal geflogen war. Milou konnte den Glanz in Nonnas Augen sehen bei diesem Gedanken, und sie fühlte sie noch einmal, die Stille, die schließlich zwischen ihnen eingekehrt war, als sie ihr den grünen Kristall gegeben hatte … eine Stille voller Zärtlichkeit.

Milou holte Atem und berührte ihr Haar dort, wo sie gerade noch geglaubt hatte, Federicos Hand zu spüren. Manchmal schien es ihr, als würde sie sein Lachen hören, gerade dann, wenn sie es am wenigsten erwartete, und jedes Mal kämpfte sie dann mit den Tränen. Doch es war die Stille, die ihr die Kehle zusammenschnürte, diese Stille aus goldenem Licht, die ihre Aufmerksamkeit in die Schatten zog und sie lächeln ließ, wusste sie doch, dass ihr Blick von dort erwidert wurde. Die Hand an ihrem Haar jedoch war nicht die Hand Federicos gewesen. So leise wie möglich setzte sie sich auf, als könnte das Bild zerbrechen, das sich wenige Armlängen von ihr entfernt neben einem der Büchertürme bot, und ein sanfter Hauch flog über ihren Rücken, als sie Mathis betrachtete – Mathis, ihren Onkel, der dort drüben in dem Sessel saß, in dem Federico ihr so oft vorgelesen hatte, und in Schlaf gesunken war.

Der Widerschein der Flammen tanzte auf seinem Gesicht, als Milou auf die Beine kam und zu ihm hinüberging. Sie hatte ihn angerufen, das erste Mal von Nonnas Bett aus, und ihn durch das Knacken in der Leitung kaum verstanden. Immer wieder hatte er ihren Namen gerufen, ehe die Verbindung abgebrochen war, und dann hatte er plötzlich in der Tür des Buchladens gestanden, am frühen Morgen desselben Tages. Sein Haar war zerzaust gewesen, als hätte er nächtelang nicht geschlafen, und kaum, dass sie von ihrem Bücherstapel zu ihm aufgesehen hatte, war jede Anspannung, jede Sorge auf seinen Zügen Erleichterung gewichen. Ohne ein Wort war er auf sie zugestürzt und hatte sie in die Arme genommen, so fest, als hätte er erwartet, sie niemals wiederzusehen, und Milou musste lächeln, als sie daran dachte, wie er sich neben sie auf den Boden gesetzt hatte, als würde er fürchten, sie könnte sich in Luft auflösen, sollte er sich auch nur einen Fingerbreit von ihr entfernen.

Immer wieder, so erfuhr sie, hatte er sie in den vergangenen Tagen am Telefon bei Nonna verlangt, immer wieder hatte diese ihn vertröstet, und als er schließlich die Entscheidung getroffen hatte, zu ihr zu reisen, war Nebel aufgezogen, so undurchdringlich, dass kein Flugzeug hatte starten können. Gerade als er beschlossen hatte, per Land zu reisen, war ihr Anruf gekommen, der Nebel hatte sich verzogen, und er war nach Venedig geflogen, Economy Class, die Beine unter dem Kinn. Milou hatte gelacht bei dieser Vorstellung, doch dann war sie wieder ernst geworden und hatte Mathis schweigend angesehen. Seine Stimme hatte gezittert, als er gefragt hatte, was denn nur geschehen war, und für einen Moment hatte sie ihn in der Sicherheit seiner abgeklärten Welt bleiben lassen wollen, so furchtsam hatte er sie angeschaut. Aber dann hatte sie angefangen zu erzählen. Zwischenzeitlich hatte sich Mathis' Gesicht voller Skepsis verklärt, doch er hatte sie nicht unterbrochen, nicht ein einziges Mal. Und als sie am Ende angelangt war, da sah sie in seinen Augen, dass er nicht das glimmende Messer an ihrem Gürtel hätte betrachten müssen, um zu wissen, dass jedes Wort der Wahrheit entsprach ... einer Wahrheit, die viel zu lange auch in ihm vergraben gelegen hatte und die nun in dieser Stadt der Legenden langsam aus den Schatten trat.

Milou strich über sein Haar. Erst als Nív den Raum betreten hatte, war die Kühle auf Mathis' Gesicht zurückgekehrt. Er hatte ihn von oben bis unten gemustert, und das Lächeln, das schließlich unmerklich über seine Lippen gehuscht war, war umso kostbarer gewesen, hatte es sich doch durch dickes Eis hindurchkämpfen müssen. Nie hätte Milou erwartet, dass Mathis verstehen würde, was sie für Nív empfand. Aber als dieser sie schließlich allein gelassen hatte, war das Lächeln auf den Zügen ihres Onkels stärker geworden, und er hatte kein Wort sagen müssen, um sie eines Besseren zu belehren. Er war erst wieder ernst geworden, als Milou auf ihre Zukunft zu sprechen gekommen war. Traurigkeit war über sein Gesicht geglitten, aber er hatte langsam genickt, als sie gesagt hatte, dass sie nicht mit ihm zurück nach Paris kommen würde. Zum ersten Mal in ihrem Leben hatte sie nicht erklären müssen, aus welchem Grund sie etwas tun wollte, mehr noch: etwas tun musste. Es war, als hätte Mathis ihn selbst gefühlt: den Zauber, der an diesem Ort herrschte und der nur darauf wartete, unter ihren Händen zu neuem Leben zu erwachen.

Der nur mühsam unterdrückte Fluch in einer fremden Sprache durchbrach ihre Gedanken, dicht gefolgt von einem scheppernden Geräusch. Erschrocken sah sie zu Mathis hinab, der jedoch ungestört weiterschlief, und ging so leise wie möglich ins Nebenzimmer hinüber. Mit hochrotem Kopf hockte Pogg auf der schwarzen Gondel, das Haar in sprühenden Funken entfacht, und starrte wütend auf die mühsam zusammengefügten Splitter, die gerade in knisternder Glut erloschen. Corvin saß auf einem Bücherstapel in der Nähe und kratzte sich nachdenklich am Kopf. Das Äffchen hielt respektvollen Abstand zu dem Kobold, der sich nun seufzend auf dem Rand der Gondel niederließ, und erst als Nív zu Milou herübersah, wich die Anspannung aus ihren Gliedern. Er lehnte am Eingang zum Kanal und zog sie an sich, als sie zu ihm hinüberging. Es war noch immer ungewohnt, in seine Augen zu sehen und den silbrigen Schimmer tief darin zu erkennen, der bisweilen seine Dunkelheit durchzog. Doch jedes Mal, wenn sie die Hand auf seine Brust legte, ging ein Schauer über ihren Leib, so sanft berührte sein Herzschlag ihre Finger.

»Wir haben alle Teile zusammengefügt«, stellte Nív fest und deutete unauffällig auf Pogg. Betrübt und mit hängenden Schultern saß dieser da und seufzte tief, als das Äffchen sich mit vorsichtigem Lächeln und großen Augen neben ihn setzte. »Aber trotzdem gelingt es ihm nicht, das schwarze Feuer zu entfachen. Dabei hat er in den vergangenen Stunden all seine Kunstfertigkeit aufgebracht … und sämtliche Geduld, zu der ein Kobold fähig ist.«

Sein Blick glitt zur Wand hinüber, in der etliche Schraubenzieher steckten, und leiser Schalk flammte in seinen Augen auf.

»Kobolde und Geduld, das verträgt sich nicht«, sagte da eine Stimme, die sie alle aufschauen ließ. Milou drehte sich um, und da tauchte Nonna unter der Gondel auf, das Gesicht rußgeschwärzt, die Hände ebenso dunkel wie das winzige Holzstück, das sie nun mit sachtem Hammerschlag in einer ebenso kleinen Lücke zwischen den anderen einfügte. Kein Wort hatte sie gesprochen, seit sie begonnen hatten, die Gondel wieder zusammenzusetzen, und umso schöner war es nun, ihre Stimme zu hören – jenseits von Schwäche und Traurigkeit. Lautlos tauchte der Fuchs an ihrer Seite unter der Gondel hervor, und das Lächeln auf seinen Zügen verstärkte sich, als sie hocherhobenen Hauptes an Pogg vorüberlief und am Bug stehen blieb. Sie schaute zum Beschlag auf, und als hätte ihr Blick einen Schleier vor Milous Augen zerrissen, bemerkte sie, dass die achte Zacke darin fehlte. Nicht mehr als ein schmaler Spalt klaffte an ihrer Stelle, gerade groß genug für …

Nonna stellte sich auf die Zehenspitzen, als hätte sie Milous Gedanken gehört, und holte den grünen Kristall aus ihrer Tasche. Sein Schein streifte ihre Wangen, sanft wie eine Berührung. Dann drehte sie ihn zwischen den Fingern und presste ihn in die Kerbe des Bugbeschlags. Flackerndes Licht brach aus ihm hervor, erhellte die Gesichter und ergoss sich auf dem Holz der Gondel wie glitzerndes Wasser. Jede Unebenheit, jeder Riss schloss sich in den schwarzen Splittern. Knisternd lief die Magie des Kristalls über die Verästelungen hin, und als das schwarze Feuer sich entfachte und die blauen Blumen des Vordecks sich flammengleich in die Höhe reckten, flog Federicos Lachen durch den Raum. Pogg sprang auf die Beine. Die Funken seines Haares mischten sich mit den dunklen Flammen, und als er die Arme in die Luft warf, stieß das Äffchen einen Freudenschrei aus, so ausgelassen, dass es dabei in die Höhe hüpfte. Corvin betrachtete staunend die flackernde Glut, und Milou konnte spüren, dass Nív den Atem anhielt, als sie zu dem grünen Kristall hinüberschauten – der Träne eines Drachen, die die magische Gondel ein zweites Mal zum Leben erweckt hatte.

Milou rührte sich nicht. Für einen Moment wusste sie nicht, ob es Nívs Herzschlag war, den sie hörte, oder das leise Pochen des Herzens, das nun an diesen Ort zurückgekehrt war ... in diesen Fuchsbau für Träume und Gedanken und alles andere, das so leicht zerbrochen werden konnte und doch so viel stärker war, als sie selbst lange für möglich gehalten hatte. Sie schaute zu Nonna hinüber, doch diese stand einfach da und blickte zu dem Kristall auf, gerade so, wie sie stets am Fenster gestanden und hinaus in die Schatten geschaut hatte, und als ein Licht im Inneren der Träne aufflammte, glitt ein Lächeln über ihr Gesicht. Sie sah über die Schulter zurück, schelmisch, als hätte sie Milous Blick gespürt. »Was ist, Weltenwanderer?«, fragte sie mit verschwörerisch gesenkter Stimme. »Hattet ihr nicht noch etwas vor?«

So behände, dass Corvin die Augen aufriss, kletterte sie in die Gondel und setzte sich neben den Fuchs auf die gepolsterten Sessel. »Sie hat recht!«, rief er dann und sprang mit Schwung über den Bootsrand. »Worauf wartet ihr noch?«

Nív lachte, als Milou zu ihm aufsah. »Schau nicht mich an. Wenn ich mich recht erinnere, war das Ganze deine Idee.«

»Ohne dich wäre ich nie darauf gekommen«, erwiderte sie, während er ihr in die Gondel half. »Und abgesehen davon hätte ich ja nicht ahnen können, dass ihr genauso verrückt seid wie ich und mir sofort dabei helft, meine Idee in die Tat umzusetzen.«

Da stieß Pogg ein heiseres Lachen aus und sagte etwas in seiner rauen, kehligen Sprache. »Oh doch«, übersetzte Nív und grinste. »Er sagt, das hättest du sehr wohl ahnen können. Schließlich bist du mit mir herumgezogen und das lässt tief blicken in die Abgründe der Dha'raki – und der Menschen.«

Milou musste lachen, als Pogg sie mit wissendem Ausdruck bedachte. Dann sprang das Äffchen hinauf zum Bugbeschlag, und im selben Moment, da der Kobold das Remo ergriff, setzte die Gondel sich in Bewegung. Instinktiv hielt Milou sich am Rand fest, erinnerte sie sich doch nur zu gut an ihre halsbrecherische Fahrt durch Federicos Laden. Aber Pogg brauchte nicht mehr als einen sachten Stoß mit dem Ruder, und sie schwebten so gleichmäßig dahin, als führen sie über spiegelglatte See. Erst als Corvin das Tor aufstieß und sie mit graziler Drehung in die Nacht tauchten, begann die Gondel zu schwanken. Das schwarze Feuer zischte, als wären sie in einen Sturm geraten, und Pogg lehnte sich mit flackernden Feuerhaaren nach vorn, das Gesicht so angespannt, als könnten jeden Moment tödliche Klingen durch die Flammen brechen. Milou spürte sie selbst, die Kälte ihrer Welt, die nach dem magischen Feuer griff, und sie duckte sich instinktiv, als das Stimmengewirr aus den Gassen zu ihr heraufklang. Doch Nív zog sie an sich, behutsam wie damals, als er sie in seine Welt geführt hatte, und als das Licht des grünen Kristalls ihr Gesicht traf, wich die Anspannung von ihr. Sie wusste, dass die Menschen sie nicht sehen konnten, selbst wenn sie in diesem Moment zu ihnen aufschauten. Die schwarzen Flammen verhüllten sie vor ihren Blicken, und doch konnte sie nicht anders, als über den Rand der Gondel hinabzuschauen und sich vorzustellen, dass vielleicht doch gerade in diesem Moment ein Mensch hinauf zum Himmel sah, der sich möglicherweise an die seltsamen Träume der vergangenen Wochen erinnerte und mehr dort oben in der Nacht erkannte als ein leises Flackern der Luft … ein Mensch, der ihren Blick erwiderte, ohne es zu wissen. Sie sah noch, dass Nív lächelte, sanft, als hätte er ihre Gedanken gehört. Dann stieß Pogg einen Befehl aus. Rasch schlug das Äffchen auf den Bugbeschlag und sie nahmen an Fahrt auf.

Mit flackernden Flammen glitten sie über die Dächer und Kanäle dahin. Fast rechnete Milou damit, dass Pogg die Gondel wie sein Boot mit lauten Schreien vorwärtstreiben würde, aber stattdessen stieß er nur das Ruder hinab, das funkensprühend auf den Dächern aufkam, und glitt in so waghalsigen Manövern über die Gassen hinweg, dass sie sich immer wieder an Nív festkrallte. Corvin hingegen kniete vorn am Bug und lehnte sich voller Neugier in den Sturm der Flammen. Das Äffchen sprang an seine Seite, und für einen Moment schien es Milou, als würde sie zu den Gestalten einer Geschichte hinübersehen … zu Peter Pan und Glöckchen, die in die Menschenwelt gekommen waren, um verlorenen Kindern das Fliegen beizubringen.

Als hätte der Gedanke die Flammen beruhigt, verlangsamte der Kobold ihre Fahrt. Sie glitten an vornehmen Häusern vorüber, nahe des Canal Grande, der in der Nacht glühte, als wäre er mit goldenen Münzen besetzt, und Milou setzte sich nervös auf, als sie vor einem Hinterhof innehielten. Alte Bäume wuchsen in dem von schmiedeeisernen Toren umzäunten Garten, dornenbesetzte Rosen rankten sich an ihnen empor, und Corvin schaute ehrfürchtig zu den vergitterten Fenstern auf, aus denen Musik in die Nacht klang. Laute Stimmen waren zu hören, eine

Party, groß und kalt wie das Haus, in dem sie stattfand, und auf einmal legte sich ein Schatten auf Corvins Gesicht … fast so, als würden Erinnerungen in ihm aufbrechen, die er nicht haben wollte. Aber gleich darauf glitt sein Blick zu dem einzigen Fenster hinauf, hinter dem Stille wartete. Von Kerzenlicht erhellt lag es im obersten Stock, klein und unscheinbar inmitten all der prunkvollen Fenster ringsum. Es war das Dachgeschoss, das sich dahinter verbarg, und als Pogg sie sacht vom Zaun abstieß, glitten sie darauf zu.

Milou konnte die Atemlosigkeit spüren, mit der Corvin sich am Bug festhielt, als fürchtete er einen plötzlichen Angriff aus dem Fenster, vor dem sie innehielten. Sie fühlte sie selbst, die Anspannung, die nun zu ihr zurückkehrte, und erst als Corvin sich erwartungsvoll zu ihr umschaute, setzte sie sich in Bewegung. Vorsichtig kletterte sie an Nívs Seite nach vorn, bis er vor dem Licht innehielt, das auf das lohende Holz der Gondel fiel. Kurz glaubte sie, die alte Härte auf seinen Zügen zu finden, die Mauer, mit der er sich zeit seines Lebens vor diesem Licht geschützt hatte, und sie zweifelte nicht daran, dass sie umkehren würde, sollte Nív noch immer auf diese Weise zu den Menschen hinübersehen – so fremd, wie sie sich ihnen so lange gefühlt hatte. Doch als sie ihn anschaute, war keine Kälte in seinem Gesicht und keine Furcht. Nichts als Hingabe stand in seinen Augen, und nun, da er sich vorbeugte und das Licht aus dem Zimmer seine Haut berührte, glitt ein Lächeln über seine Züge. Milou hielt den Atem an. Es war ein wunderschöner Anblick.

Erst als Nív sich von dem Licht löste und sie ansah, wandte sie sich dem Zimmer zu. Sie hatte nicht gewusst, was sie erwartet hatte, und doch erschien es ihr nun, da sie den Jungen mit dem tiefschwarzen Haar dort neben flackernden Kerzen sitzen und zeichnen sah, als hätte sie dieses Bild schon tausendmal zuvor gesehen … in all den Nächten, da sie allein in der hintersten Ecke ihres Zimmers gekauert und geweint hatte, an den Tagen, da sie durch fühllose Stunden und leere Gespräche gegangen war und den Regen ersehnt hatte, um zu spüren, dass sie noch am Leben war, und in jedem Augenblick, da sie zu ihrem nächtlichen Fenster hinübergesehen hatte … ihrem Fenster, das immer schon eine Tür gewesen war in eine andere Welt, ohne dass sie diesem Wissen tief in sich jemals ganz vertraut hätte. Ihre Finger zitterten, als sie die Hand hob. Sie spürte Nonnas Blick auf sich, wusste, dass ihre Großmutter lächelte, und konnte doch nichts dagegen tun, dass ihr das Herz bis zum Hals schlug. Kaum hörbar klopfte sie gegen die Scheibe – und der Junge hob langsam den Kopf.

Er sah sie sofort. Milou erinnerte sich an die unzähligen Male, da sie selbst gegen die Dunkelheit ihres Fensters gestarrt hatte. Sie sah ihr Spiegelbild vor sich, ernst, weinend, lachend, und sie wusste, wie schwer es war, im Widerschein des Kerzenlichts etwas von dem erkennen zu können, was auf der anderen Seite lag. Doch der Junge, der sie auf der Bühne des Harlekins angesehen hatte, der Junge, dessen Träne Nívs Rettung gewesen war vor dem Palast der Scherben – dieser Junge schaute sie nun von der anderen Seite des Fensters an, so unverwandt, als hätte er gewusst, dass sie direkt davor in einer brennenden Gondel stand.

Dennoch schwankte er leicht, als er auf die Beine kam und zum Fenster herübertrat. Milou meinte, seinen Herzschlag unter seinem Schlafanzug sehen zu können, und als er mit einem Ruck das Fenster öffnete und die eisige Luft zu ihm hereinstob, vermischt mit prasselndem Funkenschlag, da überkam sie das Bedürfnis, eine Decke um seine Schultern zu legen, so klein und verletzlich erschien er ihr. Ein Teil, vielleicht ein zu großer Teil von ihm musste glauben, verrückt oder krank geworden zu sein, und für einen Moment verfluchte sie sich selbst. Was zur Hölle hatte sie sich dabei gedacht, einen Jungen, ein Kind ihrer Welt mit einer brennenden Gondel zu konfrontieren, einem Kobold und … doch der Junge sah sie nur an, mit dem Glanz des schwarzen Feuers in den Augen, und ehe sie noch den Gedanken beenden konnte, lächelte er.

»Da seid ihr endlich«, flüsterte er, so leise, als fürchtete er, dass sie verschwinden würden, sobald er lauter spräche. »Ich habe schon auf euch gewartet.«

Corvin lachte, als hätte er genau dasselbe gesagt, wenn er an der Stelle des Jungen gewesen wäre. »Wir haben dich träumen hören«, sagte er und grinste auf seine spitzbübische Art. »Möchtest du mit uns fliegen?«

Milou konnte sehen, wie der Junge die Finger um das Fenster schloss, so fest, dass seine Knöchel weiß hervortraten. Seine Augen begannen zu leuchten, und als er atemlos lächelte, da war es, als würde sie Corvin ins Gesicht schauen – Corvin, der vor langer Zeit aus der Welt der Menschen gerettet worden war und der nun mit stiller Verzauberung in seinem Blick dieses fremde Kind betrachtete. Doch dann kehrte die Aufmerksamkeit des Jungen zu Milou zurück, und sie konnte ihn spüren, den Zweifel, der sich in seinem Magen zusammenzog wie ein Geschwür und eine Falte zwischen seinen Brauen entstehen ließ. »Ist es wahr?«, fragte er, und auf einmal war es, als müsste er gegen die Stimmen und die Musik ankämpfen, die mit einem Schlag lauter aufzuwallen schienen. »Oder träume ich … so wie sonst?«

Seine Furcht färbte seine Augen noch eine Spur dunkler. Er konnte nicht wissen, dass ihm all dies in wenigen Stunden tatsächlich wie ein Traum erscheinen würde, ein Traum aus gleißendem Licht und tanzenden Schatten … ein Traum, der ihn bis in alle Ewigkeit mit unumstößlicher Gewissheit fühlen lassen würde, dass es mehr, so viel mehr in der Welt gab, als seine Augen ihn sehen ließen. »Ja«, flüsterte Milou, ebenso leise wie er. »Alles, was du in dir trägst, ist wahr.«

Kurz nur sah der Junge sie aus großen Augen an. Dann kehrte das Lächeln auf sein Gesicht zurück, und als er ihre Hand ergriff und zu ihr in die Gondel kletterte, da spürte Milou, wie dieser Moment in sie hineinsank, so tief hinab, dass kein Zauber, kein Fluch, keine Welt ihn ihr jemals wieder nehmen konnte. Nichts als Magie war es, die in den Augen dieses Jungen stand, und sie war sich sicher, dass gerade jetzt ein Gargoyle auf sie niedersah … lächelnd in seinem Dom aus tausend Spiegeln.

Nív legte eine Decke um den Jungen, der sich neben Corvin niederließ. »Du brauchst keine Angst zu haben«, sagte er, und seine Stimme war so sanft wie die Schatten ringsum. »Wie ist dein Name?«

Der Junge sah zu ihm auf, ehrfürchtig wie zu dem Krieger, der Nív war. »Ich habe keine Angst«, erwiderte er und grinste ein wenig schief. »Und mein Name ist …« Er hielt inne, dann schüttelte er den Kopf. »Nein. Ich habe noch keinen Namen. Keinen wirklichen.«

Da strich ein Lächeln über Nívs Lippen. »Dann wirst du ihn finden, Junge ohne Namen«, erwiderte er leise. »Du wirst ihn finden im Reich der Scherben.«

Die Augen des Jungen leuchteten, als hätte er gerade die ersten Zeilen einer Geschichte gehört, die er unbedingt weiter verfolgen wollte. Doch ehe er etwas erwidern konnte, beugte Corvin sich zu ihm hinüber. »Halt dich gut fest, Namenloser«, sagte er und umfasste den Rand der Gondel. »Jetzt fliegen wir auf dem Feuer eines Drachen!«

Milou sah noch, wie er Pogg zunickte. Rasch ließ sie sich neben Nív fallen, und das keinen Augenblick zu früh. Schon loderten die Flammen der Gondel auf, so laut, dass jedes andere Geräusch in ihnen unterging, und mit einem Schrei, der die Fenster des Palazzos zum Erzittern brachte, rammte Pogg das Ruder in die Fassade. Funken sprühten über die ehrwürdigen Steine, fast meinte Milou, die Gläser der Erwachsenen klirren zu hören, so heftig ging die Erschütterung durch das Gebäude. Dann glitt die Gondel über den Zaun hinweg, und ehe sie noch einen Blick zurückwerfen konnte, jagten sie über die Dächer Venedigs dahin.

Sie duckte sich unter den zischenden Flammen und musste lachen, als der Junge ohne Namen neben Corvin auf die Beine kam und sich begeistert über den Rand der Gondel beugte. Das Äffchen sprang um sie herum, und als Milou den Kopf an Nívs Brust lehnte und sein Herzschlag sie durchdrang, schien es ihr, als würden die Ströme des Glücks durch ihre Adern fließen. Sanft wie ein Rabenflügel strich sein Kuss über ihre Lippen und er lächelte unmerklich, als er zu Nonna hinüberdeutete.

Milou folgte seinem Blick. Die Umgebung begann zu flackern, doch sie merkte es kaum. Sie schaute zu ihrer Großmutter hinüber, die im Schein des grünen Kristalls dasaß, die Augen strahlend in tausend Farben, und sie lächelte, als sie sich wieder zu Nív umdrehte. In diesem Moment war Nonna nicht mehr in der Gondel und auch nicht in der Welt der Menschen. Sie war bereits im Reich der Scherben und flog über die Dächer hinweg – Hand in Hand mit dem Magier, den sie liebte.

Gesa Schwartz wurde 1980 in Stade geboren. Sie hat Deutsche Philologie, Philosophie und Deutsch als Fremdsprache studiert. Nach ihrem Abschluss begab sie sich auf eine einjährige Reise durch Europa auf den Spuren der alten Geschichtenerzähler. Für ihr Debüt »Grim. Das Siegel des Feuers« erhielt sie 2011 den Deutschen Phantastik Preis in der Sparte Bestes deutschsprachiges Romandebüt. Zurzeit lebt sie in der Nähe von Hamburg in einem Zirkuswagen.

Von Gesa Schwartz ist bei cbt ebenfalls erschienen:

Nacht ohne Sterne (16320)

Gesa Schwartz

Nacht ohne Sterne

ca. 500 Seiten, ISBN 978-3-570-16320-7

Die 16-jährige Naya ist Tochter einer Elfe und eines Menschen. Ein Mischwesen, das keine Magie zu beherrschen scheint und sich weder der geheimnisvollen Elfenwelt New Yorks noch der Welt der Menschen gänzlich zugehörig fühlt. Ihr bester Freund Jaron ist ein Lichtelf, der New York vor den Machenschaften der Dunkelelfen bewahren soll. Doch dann wird Naya mitten hinein gezogen in den jahrhundertealten Krieg zwischen den beiden Völkern. Und als sie den Dunkelelf Vidar kennenlernt, wird all ihr bisheriges Wissen auf den Kopf gestellt. Welche Ziele verfolgt Jaron, welche Geheimnisse verbirgt Vidar? Wem kann sie trauen? Naya muss auf ihr Herz hören, doch das ist leichter gesagt als getan ...

70024

www.cbt-buecher.de